KRAL KAYBEDERSE

Dr. GÜLSEREN BUDAYICIOĞLU, üç çocuklu bir memur ailesinin ilk çocuğu olarak Ankara'da doğdu. TED Ankara Koleji'nden mezun olduktan sonra Ankara Üniversitesi Tıp Fakültesi'ne girdi. Öğrenciliği boyunca bir yandan da TRT televizyonlarında spiker ve sunucu olarak çalıştı. Psikiyatri ihtisasını yaptığı Hacettepe Üniversitesi'nde on yıl öğretim görevlisi olarak hizmet verdi. Yıllarca muayenehane hekimliği yaptıktan sonra 2005 yılında Türkiye'nin ilk psikiyatri merkezi olan ve halen Ankara ve İstanbul'da hizmet veren Madalyon Klinik'i (Madalyon Psikiyatri Merkezi) kurdu.

Bu arada *Madalyon'un İçi*, *Günahın Üç Rengi* ve *Hayata Dön* adlı kitapları yayınlandı.

İki çocuk annesi olan Budayıcıoğlu, halen Madalyon Klinik'in başkanı olup bir yandan da psikiyatri bilimini hikâye ve romanlarla insanlara ulaştırmaya devam ediyor.

www.facebook.com/drgbudayicioglu
www.twitter.com/drgbudayicioglu
drgbudayicioglu@madalyonklinik.com

GÜLSEREN BUDAYICIOĞLU

Kral Kaybederse

Remzi Kitabevi

KRAL KAYBEDERSE / Gülseren Budayıcıoğlu

Editör: Neclâ Feroğlu
Kapak tasarımı: Ömer Erduran

ISBN 978-975-14-1657-5

BİRİNCİ BASIM: Şubat 2015
ÜÇÜNCÜ BASIM: Temmuz 2015

Kitabın bu basımı 2000 adet yapılmıştır.

Remzi Kitabevi A.Ş., Akmerkez E3-14, 34337 Etiler-İstanbul
Sertifika no: 10705
Tel (212) 282 2080 Faks (212) 282 2090
www.remzi.com.tr post@remzi.com.tr

Baskı ve cilt: Remzi Kitabevi A.Ş. basım tesisleri
100. Yıl Matbaacılar Sitesi, 196, Bağcılar-İstanbul
Sertifika no: 10648

Hayatın içinde beni hiç yalnız bırakmayan,
sevgi ve sıcaklıklarıyla hep yanımda olan,
en değerli varlıklarım YAĞMUR *ve* HASAN*'a*

1

Genç adam telefonu aceleyle kapatıp yüzünü buruşturarak kalktı masadan. Eliyle, "Allah kahretsin!" der gibi bir hareket yaptıktan sonra birlikte iskambil oynadıkları arkadaşlarının biraz hayret ama daha çok da kızgınlık dolu bakışlarını görmemek için başını arkaya doğru çevirip kükrer gibi bir sesle kulübün garsonuna seslendi.

— Hüseyin, pardösümü ver, çıkıyorum!

Arkadaşları ellerindeki kâğıtları ne yapacaklarını bilemeden öylece kalakaldılar. Kumar dediğin, böyle yarıda bırakılıp kalkılmaz ki... Her şeyin bir adabı var. Adama, "Aldı da kaçtı," derler sonra. Erkek dediğin karı sözüyle arkadaşlarını satar mı? Bir değil, iki değil, bu kaçıncı oluyor? Buna rağmen yine de kâğıt ona geliyor. Bir de "aşkta kazanan, kumarda kaybeder" derler. Hepsi yalan... Bu herif hem aşkta kazanıyor, hem de kumarda.

İçlerinden en iriyarı olanı kâğıtları masaya sertçe fırlattıktan sonra sandalyesini gıcırdatarak ayağa kalktı. Ceketini yakalarından tutup arkaya doğru attıktan sonra başını sağa sola çevirerek, içinden "la havle" çeker gibi şöyle bir dolaştı ortalıkta. Canı çok sıkılmıştı. O gidince hem kare bozuluyordu, hem de paraların çoğu onun önünde olduğu için oyunun keyfi kalmıyordu. Bir-iki kere yüksek sesle genzini temizledikten sonra Kenan'a doğru dönüp söylenmeye başladı.

— Bu kaçıncı birader! Bir daha seninle masaya oturursam ne olayım. Bu kadından kurtulamadın gitti. Kadın da kadın olsa bari! Sana kaç kere söyledik, vazgeç şundan diye. Böyle giderse başın iyice belaya girecek. Görmüyor musun, adeta esir aldı seni. Evdeki karından çekmedin bu sürtükten çektiğini. Hem böyle ilişkiler bu kadar uzatılmaz, bir yerde kesip atılır. Duyan da hayatında hiç kadın görmedin sanacak.

— Bırak Allah aşkına Semih, zaten canım sıkkın, bir de böyle ulu orta konuşup benim canımı iyice sıkma.

— Sıkması var mı birader, şuraya oturalı telefonun susmadı! Ne istiyor bu kadın, anlamadık ki... Madem bu kadar kıymetli, madem bu kadar korkuyorsun ondan, bizimle bir daha masaya oturma. Çocuk oyuncağı değil ki bu! Şurada oturduk, bir yandan kafa çekiyor, bir yandan küçük küçük oynuyoruz. Bizim de tadımızı kaçırıyorsun. Artık pek genç de sayılmayız. Hepimiz yedik bu haltları ama tadında bıraktık. Tezgâhından geçmeyen kadın kalmadı maşallah ama hâlâ bıkmadın, usanmadın bu işlerden.

Semih doğru söylüyordu. Yine rezil olmuştu arkadaşlarına. Bu akşam kulübe keşke hiç gelmeseydi. Ama işten çıkıp dosdoğru eve gidecek bir adam değildi o. Üstelik böyle düzenli bir hayata alışkın da değildi. Akşamüstü işten çıkınca yıllardır hep bu kulüpte toplanır, yer içer, kadından kızdan, arada bir memleket meselelerinden, işten güçten konuşur, sonra da masaya oturup küçük çaplı kumar oynarlardı. Eve gitmeleri gece yarısını bulur, arada bir içlerinden biri veya birkaçı hanımlarını atlatamadıkları için gelemezlerdi. Kenan kulübün müdavimlerindendi. Ne yapar eder iş çıkışı burada bir tek atmadan eve gitmezdi. Ama bu kadın son günlerde iyice azıtmıştı. Gerçi eve gidince ona krallar gibi bakıyor, bir dediğini iki etmiyor, tam bir geyşa gibi her türlü hizmetini yapıyordu ama son günlerde akşamları eve geç gelmesine ısrarla karşı çıkıyor, her seferinde onu erken getirmenin bir yolunu buluyordu. Bugün de, "Doğum günümü unuttun mu yoksa?" deyince, Kenan'ın aceleyle masadan kalkmaktan başka bir çaresi kalmamıştı. Nasıl da unutmuştu Fadi'nin doğum gününü?

Şu kadınları hem çok seviyor, hem de bitmez tükenmez kaprislerine bir türlü tahammül edemiyordu. Yok doğum günü, yok tanışma günü, yok yılbaşı, o da olmadı bayram derken törenler hiç bitmiyordu. Gerçi diğer erkekler gibi böyle şeylere o pek pabuç bırakmaz, çoğunda bir yolunu bulur ve atlatırdı ama bu sıralar aralarında bir türlü başa çıkamadığı bir gerginlik sürüp gidiyordu. Doğum gününde bari yanında olsa iyi olurdu.

— Tamam, tamam, ne deseniz haklısınız ama Fadi'nin bugün doğum günüymüş. Unuttum işte. Aslında buraya hiç gelmemeliydim bugün ama kafam karışık. İş güç derken unutmuşum birader.

Masada oturanlar bir yandan kıs kıs gülüyor, bir yandan da homurdanıyorlardı. Sen hem kendine metres tut, hem de kadının doğum gününü bile unut! Bu kadarı da nerede görülmüş?

— Yine de marifetli adamsın, dedi Sami, biz olsak hanımlar hemen kapının önüne koyarlardı. Büyü mü yapıyorsun bu kadınlara? Hele karını nasıl idare ettiğini anlamak mümkün değil. Bunca yıldır hiç mi bir şeyin farkına varmıyor bu kadın? Allah bilir geceleri de eve gitmiyorsundur.

— Bırakın Allah aşkına benimle uğraşmayı, siz işinize bakın. Alın, bu markaları da aranızda paylaşın. Para mara istemiyorum.

Kenan markaları masanın ortasına doğru ittikten sonra garsonun getirdiği şık, bej pardösüyü giyip siyah deri çantasını da eline aldıktan sonra hızla çıktı odadan. Kulübün büyükçe VİP odasında ağırlanıyorlardı. Her biri ya devlet dairesinde bürokrat ya da büyük işadamıydı. Yıllardır hiç ayrılmamışlardı. İyi çalışıyor, iyi kazanıyorlardı. Bu kadar çalıştıktan sonra biraz da keyif yapmak onların da hakkıydı. Hem artık pek genç de sayılmazlardı, kırklı yaşların sonuna gelmişlerdi. Çoluk çocuk büyümüş, her biri üniversite öğrencisi olmuştu. Hiçbirinin karısı çalışmıyordu. Gerçi onlar da üniversite mezunuydu ama hem kocaları iyi para kazanıyordu, hem de çoluk çocuk telaşı hep annelere kalmıştı. Bu devirde çok para kazanmak kolay değildi. Ya Kenan gibi dağ bayır gezecektin ya da gece yarılarına kadar devlete hizmet edecektin. Küçük memur, saati dolunca çıkar ama büyük bürokratlar için saat kavramı yoktur. Gün olur gece yarısına kadar toplantılar devam ederdi.

Bu kulüp onlar için bir sığınak haline gelmişti. Ayrı bir odada oturup kalktıkları için başka kimse onları görmüyor, böylece gazetelere haber olmaktan kurtuluyor, geç saatlere kadar gönüllerince yiyip içiyor, erkek erkeğe sohbet ediyor, sonra da kıran kırana yanık oynuyorlardı. Zamanında kimi bakanlık, kimi müsteşarlık, kimi de daire başkanlığı yapmıştı. Gerçi şu anda aralarında bakan olan yoktu ama hâlâ çok üst düzey mevkilerdeydiler. İçlerine asla yeni birini almazlar, onlara hizmet eden garsonların bile değişmesine izin vermezlerdi. Onlar da bu hizmetin bedelini fazlasıyla öder, her gün garsonlara yüklüce bahşişler bırakır, devlet dairesindeki işlerinde her birine yardımcı olurlardı.

Kenan da önceleri devlette çalışıyordu. Orada kalsa şimdiye kadar çoktan o da bir şeyler olurdu ama o hırslıydı, parayı seviyordu. Bir an önce para kazanmak istemiş ve yıllar önce ayrılmıştı devletten. İnşaat mühendisliği okumuş, hemen kendine bir şirket kurmuş, eski ilişkilerini de kullanarak devletten ufak ufak iş almaya başlamıştı. Zamanla şirket büyümüş, yanında çalışanların sayısı gün gün artmış ve sonunda koca bir inşaat firmasının sahibi olmuştu. Bugünlere gelmek hiç de kolay olmamış, Türkiye'nin çeşitli illerinde şantiyeler kurulmuş ve özellikle gençliğinde eve barka gelemez olmuş, bol bol seyahat etmesi gerekmişti. Onun bu seyahatlerden aslında bir şikâyeti yoktu. Zaten düzenli bir ev hayatını hiç sevmez, hep macera arar, özellikle kadınların başrol oynadığı maceralara bayılırdı.

Bu iş seyahatleri sayesinde kimseye hesap vermeden istediği gibi yaşayabiliyor, hayatından kadınlar hiç eksik olmuyordu. Bir kadınla ömrünü geçirecek biri değildi o, zaten kadınlar kendiliğinden düşüveriyorlardı kucağına. Haksız da sayılmazlardı hani. Onun kadar yakışıklı artist bile yoktu bu ülkede. Allah sanki yaratırken çok özel davranmıştı ona. Uzun boyu, atletik vücudu, yeşil gözleri, son derece düzgün burnu yetmezmiş gibi sesi bile çok etkileyiciydi. O da bunu bildiğinden kadınların dikkatini çekebilmek için hiçbir şeyden kaçınmazdı.

Çocukluğunda bile diğerlerinden farklı bir ışıltısı vardı. Yaşıtlarından her zaman daha iriyarı, daha gösterişli ve parlak bir çocuktu. Hele annesi ona adeta tapar, koca adam olduğunda bile onu, "Benim güzel oğlum, benim yakışıklı oğlum, bütün kadınlar kurban olsun sana," diye severdi hep. Özel olmak, ayrıcalıklı olmak kaderinde vardı sanki. Madem o böylesine özel, herkesten farklı, daha doğrusu üstün biriydi, tabii ki çevresindeki insanlar da ona her zaman saygıyla, sevgiyle yaklaşacaktı.

Merdivenlerden sekerek inerken canı sıkkındı aslında. Böyle özel günleri oldum olası sevmezdi. Üstelik hediye filan da almamıştı. Şimdi hem bugünü unuttuğu için hem de bir hediye almadığı için bir sürü bahane bulması gerekecekti. Dışarı çıkmadan önce karısını arasa iyi olacaktı. Aceleyle bastı telefona. İki kere çaldıktan sonra açıldı telefon.

— Ne haber Handan, nasılsın?

— Merhaba Kenan, iyiyim. Sen nasılsın? Geldin mi?

— İyiyim, iyiyim. Geldim ama...

— Bu saatte aradığına göre, yine mi gelmeyeceksin eve?

— Sorma... Çok da yorgunum biliyorsun. Daha yoldan şimdi geldim. Arkadaşlara merhaba deyip çıkıyordum ki, Samsun'daki şantiyeden aradılar. Önemli bir sorun çıkmış.

— Ne sorunu?

— Şimdi sana uzun uzun anlatamam. Bir kaza olmuş galiba. Bir an önce gitmem gerekiyor.

— Bari eve uğra, bir duş al, çamaşırlarını filan...

— Yok, yok... Bunlara vaktim yok. Ben seni sonra yine ararım. Sen keyfine bak. Beni merak etme.

— Ama böyle de olmuyor ki... Her neyse, tamam... Sonra görüşürüz.

Her seferinde evi arayıp bir bahane uydurmak zoruna gidiyordu. Pardösüsünün eteklerini savurarak, hızla çıktı kulüpten. Hep başı dik, omuzları geride, gözleri etrafı tarayarak, biraz da salınarak yürürdü. Şoförü İsmail her zamanki gibi kapıda bekliyordu onu. Hemen koşup elindeki çantayı kaptı ve saygıyla eğilerek lacivert Mercedes'in kapısını açtı. Kenan arabaya biner binmez ilk işi

İsmail'e bir çiçekçinin önünde durmasını söylemek oldu: "Şöyle güzel bir buket çiçek yaptır, fiyakalı olsun."

Bir yandan da aklı Handan'da kalmıştı. İyi kadındı Handan. Ona karşı hep saygılı olmuş, gözünün tekini hep kapatmış, birçok şeyi görmezden gelmişti. Zaten başka türlü bu ilişkinin yürümesi mümkün değildi ve artık o da biliyordu bunu.

Yıllar önce bir kıskançlık krizi nedeniyle boşanmışlardı. Aslında kadın haklıydı. Bu sefer en yakın arkadaşıyla aldatmıştı onu ama bütün suç Kenan'da değildi ki, kadın kendiliğinden kucağına düşüvermiş, o da bu güzelliğe teslim olmuştu, hepsi bu! Kadın ona yanaşmasa, böyle bir şey olamazdı. Zaten o ara başka kadınlar vardı hayatında. Güzel olmasına güzeldi Özlem ama bütün güzellerin peşine düşmeye ömrü yetmezdi ki... O ara boş olsa, hadi neyse...

Özlem, Handan'ın yakın arkadaşı olması nedeniyle sık sık evlerine girip çıkıyor, Kenan akşamları eve ne zaman gelse Özlem'i evde buluyordu. Rakı masalarında şen kahkahalar atan, her yanından şehvet fışkıran bu kadını Kenan gibi bir adam nasıl reddedeceğini bilememiş, kısa süre sonra aynı yatağa girivermişlerdi. İyi bir mesleği vardı Özlem'in ve iyi para kazanıyordu. Üstelik güzeldi de. Bunca adam dururken kadın ısrarla Kenan'ın peşine düşmüş ve sonunda muradına ermiş, onu baştan çıkarmayı becermişti. Bekârdı, istese kendine kırk koca bulacak kadar da güzel ve çekiciydi ama o ısrarla başkalarını değil, Kenan'ı istiyordu. Bütün bunları bilmek Kenan'ın da gururunu okşuyor, böyle bir kadın tarafından bu kadar sevilmek ve önemsenmek hoşuna gidiyordu.

Hızlı bir aşk başlamıştı aralarında. İkisinin de gözü dünyayı görmüyordu. Zaten Handan'a da bu yüzden yakalanmışlardı ya! Daha dikkatli olabilseler, belki de Handan'ın ruhu duymayacaktı. Gerçi bu ilişkinin gözlerden uzak yaşanmasını isteyen tek kişi kendisiydi. Özlem'in hiç böyle bir derdi yoktu. Tam tersine bu işin bir an önce su yüzüne çıkmasını istiyordu çünkü Kenan'a âşık olmuştu ve artık tek amacı onunla evlenmek ve bu birlikteliği sonsuza kadar sürdürmekti. Gerçi Handan onun çok yakın arkadaşıydı, böyle bir şeyi kendine yakıştıramıyordu ama aşk başka türlü bir şeydi. Ayıp, günah dinlemiyordu. Hatta kendine bu yüzden kızamıyordu bile. Kenan'a öylesine tutulmuştu ki, dünya bir yana, Kenan bir yanaydı onun için.

Handan çok ağlamış, çok üzülmüştü o zamanlar. Aldatılmak kadar, en yakın arkadaşının ihaneti de çok ağır gelmişti ona. Kocası sonunda itiraf etmiş, olayları doğrulamış ama bir özür bile dilememişti. Kenan onun hayattaki tek aşkıydı, onu unutamayacağını biliyordu ama gururunu daha fazla ayaklar altına alamazdı. Öfke ve kırılmışlıkla bir celsede boşandı ama kısa süre sonra kocasının Özlem'le evlendiğini duyunca, sanki dünya başına yıkıldı. O ara sık sık intihar etmeyi düşünüyordu çünkü Kenan'sız bir dünya çok boş geliyordu ona. Günler bir türlü geçmiyor, karanlık ve yalnız geçen uykusuz gecelerde boğulacak gibi oluyordu.

Kenan'dan çok Özlem'e, bazen de kendine kızıyordu. O kadını ne diye evine sokmuş, kocasını hem de kendi gözlerinin önünde baştan çıkarmasına izin vermişti. Yıllarca birlikte olduğu arkadaşını hiç mi tanımamıştı? Onun baştan beri amacının ne olduğunu nasıl da anlamamıştı? Ne aptal bir kadındı! Göz göre göre kocayı kaçırmıştı elinden. Hem üniversite yıllarından beri bazı şeyleri bilmiyor muydu? Bütün kadınların Kenan'a nasıl baktıklarını, nasıl ağzının içine düştüklerini görmüyor muydu?

Kendisi de güzel bir kızdı ve her zaman beğenilmiş, onunla evlenmek isteyen pek çok erkek çıkmıştı karşısına ama Kenan başkaydı. O, hiçbirine benzemiyordu. Kadınların onu çok beğendiğini o zamanlar da biliyordu. Kocası da az değildi hani! Bu tür talepleri pek geri çevirmezdi ama o ne de olsa erkekti. Onlarla biraz düşer kalkar, sonunda yine eve, karısına dönerdi. Bunları bilerek evlenmemiş miydi Kenan'la? Şimdi ne diye bu kadar kızmış, işi bu seviyeye getirmiş ve onu en yakın arkadaşına kaptırmıştı? Nasıl bu kadar aptal olabilmişti!

Zor bir erkekti Kenan. Zor ama benzersiz... Bu kadar sevmese, asla onunla yaşamaya katlanamazdı. Her şeyi karısından bekler, eve bir ekmek bile almazdı. Sadece eviyle değil, karısıyla da yeterince ilgilenmezdi. Hep aklı başka yerlerde, hayalet gibi dolaşır, evden kaçmanın her zaman bir yolunu bulurdu. Beş yıl evli kalmışlar ama çocukları olmamıştı. Çocukları olsa ikisi de böyle yapamaz, evliliği mecburen sürdürürlerdi. Yanlış yapmıştı Handan.

Bir şeyleri bahane edip eski kocasını aramalı, onunla yeniden ilişki kurmanın bir yolunu bulmalıydı. Bu hayat Kenan'sız çekilmiyordu. Nitekim sonunda öyle yapmış ve Kenan da bu aramalara memnuniyetle cevap vermeye başlamıştı. İlk buluştuklarında, ikisi de çok garip hissetmişti kendini. Kenan şimdi de Handan'la gizli gizli buluşarak Özlem'i aldatıyordu. Eskisinden daha heyecanlı bir ilişki başlamıştı aralarında. Sanki yılların özlemini giderir gibi ikisi de birbiri için adeta yanıp tutuşuyordu.

Aslında Handan çok iyi bir ailenin kızıydı ve özenle yetiştirilmişti. Önce kolejde okumuş, sonra da mimar olmuştu ama Kenan'la evlenince işini bırakmış, tek işi kocasına daha iyi hizmet etmek olmuştu. Kenan'ı tanıyana kadar hiçbir erkekle flört etmemiş, ailesinden gizli bir şeyler yapmamıştı ama Kenan'ı daha uzaktan gördüğü anda içinden ılık ılık bir şeylerin aktığını hissetmiş, üniversitenin bahçesinde artık hep gözleri onu arar olmuştu. Hem çok yakışıklı, hem de çok havalıydı. Diğer erkekler kızların peşinde koşarken, o tam tersi, sanki kızlardan başını alamıyordu. Hem ciddi, hem de romantik bir erkeğe benziyordu. Aşk denen şey, olsa olsa böyle biriyle yaşanabilirdi. Bir süre ona pek yaklaşamamıştı çünkü Kenan bir türlü kızlardan nefes alamıyor, her zaman çevresinde birbirinden güzel kızlar oluyordu.

Evlenmeleri için aradan uzun yılların geçmesi gerekmişti. O ısrarla Kenan'ın yanından ayrılmamış ve kendisini fark edeceği günü dört gözle beklemişti. Diğer kızlar gibi ona fazla yaklaşmayan ama yanından da bir türlü ayrılmayan bu çok güzel ve bir o kadar da hanımefendi kız sonunda savaşı kazanmış ve Kenan'la evlenen o olmuştu. Ciddi bir zafer kazanmıştı aslında. Sanki onlarca yırtıcı hayvanın arasına girip elde etmişti onu. Bununla ne kadar övünse azdı. O yüzden kocasının yanında hep başı dik gezmiş, böyle bir adamla evli olmanın ne kadar ayrıcalıklı bir durum olduğunu hiç unutmamıştı. Hemcinslerinin onun yerinde olmayı ne kadar istediklerini biliyor, bunun keyfini sonuna kadar çıkarmaya uğraşıyordu.

Bütün bunları bile bile onu elinden kaçırmak affedilir gibi değildi doğrusu. Şimdi artık bulacağı hiçbir erkeğin Kenan'ın yerini tutmayacağını biliyor, için için kendini yiyip bitiriyordu. Herkes "Kenan'dan sonra şunun bulduğu adama bak" demez miydi? Üstelik Kenan, Özlem gibi, yani en az kendisi kadar güzel, itibarlı ve iyi bir mesleği ve parası olan bir kadınla evlenmişti. Ya bu dünyayı terk edip gidecek ya da kocasını geri almanın bir yolunu bulacaktı. Kenan da bu işe çok yatkın görünüyordu. Demek o da pişman olmuştu ayrıldığına. Demek onu seviyordu. Kenan tarafından sevilmek ne müthiş bir duyguydu! İlişki ilerledikçe sevildiğine iyice inanmıştı Handan. Kenan ona çok müşfik davranıyor, her gün onu arayıp soruyor, sık sık görüşüyorlardı. Şimdi de acı çekme sırası Özlem'e gelmişti. Nasıl olsa bu ilişkiyi duyacak ve öfkesinden çatır çatır çatlayacaktı. Gururlu kadındı Özlem. Tıpkı kendisi gibi o da aldatılmaya dayanamazdı. Hemen ayrılırlar, sonra da Kenan yeniden onun olurdu.

Her şey tam da Handan'ın düşündüğü gibi olmuştu. Bu ilişkiyi duyan Özlem tek celsede Kenan'dan boşanmıştı. Handan mutluluktan havalarda uçarken Özlem yıllarca kendini toparlayamamıştı. Hatta bir ara İstanbul dışında bir hastanenin psikiyatri servisinde bir ay kadar yatmış, kullandığı ilaçlar depresyonunu düzeltemediği için sekiz on kere elektroşok tedavisi uygulanmıştı. Ailesi bütün bunları çevreden gizlemeye çalışsa da, Handan bir yerlerden duymuştu. İki üç kere intihar girişiminde bulunduğunu da biliyordu ama bunlardan Kenan'a hiç söz etmemişti.

Kenan'la sade bir törenle evlenmişlerdi. Sonunda muradına ermiş ve sevdiği adama yeniden kavuşmuştu. Kenan da mutluydu ama o yine eski Kenan'dı. Eve sık sık geç geliyor, iş seyahatleri hiç bitmiyor, seyahati olmazsa bu sefer de kulüpte arkadaşlarıyla sabaha kadar içki içiyor, eğleniyor, kumar oynuyordu. Başka kadınlar yok muydu, şimdilik bunu tam olarak bilmiyordu ama iyi tanıyordu kocasını. O uslu dursa bile kadınlar buna izin vermeyecek, bir şekilde ona yanaşmanın yolunu bulacaklardı. Ancak bir kere ağzı yanmıştı, Kenan'dan bir daha asla ayrılmayacak, bir daha onu başka kadınlara kaptırmayacaktı. Onun için o akşam eşinin ona yalan söylediğini bile bile pek sesini çıkarmamıştı.

Şoför İsmail, her zamanki çiçekçinin önünde durmuş, patronunun istediği gibi gösterişli bir çiçek yaptırmak üzere aceleyle inmişti arabadan. Kenan sağ arka koltuktan çiçekçiye doğru bakarken, vazoların içine özenle yerleştirilmiş papatyalara doğru eğilmiş, beyaz ceketli genç bir kadına takıldı gözleri. Aceleyle indi arabadan. Yanında duran çantasını almayı da ihmal etmedi. Dükkânın içine giriyormuş gibi kadının yanından geçerken düşürdü elindeki çantayı. Çantanın yerdeki su birikintisine hızla düşmesiyle etrafa pis sular sıçradı. Genç kadının sadece pantolonu değil, üzerindeki beyaz deri ceket de bundan nasibini aldı.

Kenan büyük bir mahcubiyet ve telaşla kadına doğru eğildi. Arabadan yüzünü görememişti ama şimdi burun buruna gelmişken iyice inceleme imkânı bulmuştu. Sarı saçlarını atkuyruğu yaparak arkasına toplamıştı. Yaşı otuzun üzerindeydi. Ona hissettirmeden soğuktan kızarmış ellerine baktı, yüzük yoktu. Demek evli değildi. Bu yaşta, bu kadar güzel bir kadın hâlâ evlenmemişse, mahzun ve yaralı olur, dedi içinden. Böyleleriyle ilişki kurmak kolaydı. Hayal kurmaktan, beyaz atlı prensini beklemekten hiç vazgeçmezdi böyleleri.

— Özür dilerim, çok özür dilerim... Hay Allah, ceketinize bile çamur sıçramış. Ne sakar bir adamım ben.

— Önemli değil...

Böyle derken, bir yandan üzerine sıçrayan çamurlu suları temizlemeye çalışıyor, bir yandan da başına gelen bu kazanın belki de hayra işaret olduğunu düşünüyordu kadın. Burun buruna geldikleri anda, o da dikkatle bakmıştı adama. Ne kadar hoş biriydi, ne güzel kokuyor ve ne güzel bakıyordu. Kılığından, kıyafetinden, konuşmasından, elindeki çantadan işadamına benziyordu. Sonra sanki doğal bir refleksle kadın da ellerine baktı Kenan'ın. Alyans yoktu elinde. Demek bekârdı!

Cebinden aceleyle, beyaz, ipek bir mendil çıkardı Kenan. Bu devirde, cebinde ipek mendil taşıyan kaç erkek kalmıştı! Kadın uyanmak istemediği bir rüyada gibi hissediyordu kendini. Kenan ipek mendille ceketteki lekeleri zarif, heyecanlı, utangaç bir tavırla silmeye çalışıyordu. O sırada şoför İsmail'le birlikte dükkânın sahibi genç delikanlı geldi yanlarına. Ne olduğunu anlayamamış, yapacak bir şey var mı der gibi bakıyorlardı yüzlerine.

Kenan sesini iyice yükselterek, tam bir patron edasıyla hemen emirler yağdırmaya başladı.

— İsmail, hanımefendinin telefonunu ve adresini al, yarın sabah erkenden git ve ceketle pantolonu bizim temizleyiciye götür. Özellikle cekete dikkat etsinler. Deriyi hırpalamasınlar.

— Baş üstüne efendim.

— Oğlum, sen de şu papatyalardan güzel bir demet yap, hanımefendiye verelim. Kendimizi başka türlü nasıl affettirebiliriz, bilmiyorum.

— Baş üstüne efendim.

İsmail bu arada patronun yere düşen çantasını almış, temizlemek üzere içeri götürmüştü. Kenan bir iki silme denemesinden sonra ipek mendili kadının eline tutuşturmuştu. Mendilin üzerine isminin baş harfleri işlenmişti ve Kenan cebine koymadan önce, mutlaka kullandığı parfümü mendile de sıkardı. Kadın mendil elinde öylece kalmış, bütün bunlara ne diyeceğini bilemeden şaşkınlıkla bakıyordu. Kenan bir daha hiç gözlerine bakmamıştı kadının. Hatta olabildiğince ondan uzak duruyor, mahcup bir şekilde başını yerden kaldıramıyordu.

Çanta temizlendi, özenle hazırlanmış buket genç kadının eline verildi. Bu arada Kenan'ın istediği çiçekler de arabanın bagajına yerleştirildikten sonra sıra arabaya binmeye geldi.

— Hanımefendi, lütfen buyurun, sizi gideceğiniz yere kadar götürelim.

— Hayır hayır… Evim yakın zaten. Hem bu çiçekleri de aldınız. Gerçekten gerek yoktu bunlara.

— Gerek yok olur mu? Zaten utancımdan yüzünüze bakamıyorum. İnşallah üzerinizdeki cekette iz kalmaz. Yarın sabah İsmail gelip alacak onları. Sakarım işte… Hiç sevmiyorum bu huyumu. Yine bu gece bana uyku yok…

— Yok canım, o kadar abartmayın. Olur böyle şeyler…

Genç kadın bunları söylerken elindeki mendili ne yapacağını bilemiyordu. İpek mendil kirlenmişti. Şimdi bu lekeli mendili geri vermek olmazdı. Elindeki mendili evirip çevirirken Kenan'ın hafifçe eğilerek açtığı arka kapıdan arabaya bindi. Mendildeki harfleri görmüştü. K.B. Önemli bir adamdı galiba!

Kenan da kadının yanına ama biraz uzağına oturmuş ve az konuşuyordu. Kız İsmail'e yolu tarif ediyor, İsmail içinden gülerek denileni yapıyordu. Alışkındı böyle şeylere. Şu patron çok becerikli adamdı. Demek o ara arabadan kadını görmüş, yine yapacağını yapmıştı.

Kadının evi gerçekten de çiçekçiye yakındı. Araba köşedeki pembe apartmanın önünde durunca Kenan hemen fırladı arabadan. İsmail de inmiş, patronun arkasında hazır ol vaziyetinde bekliyordu. Kadına kapıyı Kenan açtı. Yine hiç yüzüne bakmadan, "Tekrar özür dilerim hanımefendi. Ben Kenan. Kenan Baran," diyerek elini uzattı kadına. O da kendine uzanan bu biçimli, içine yoğun bir sıcaklık yayan, büyükçe eli sıkarken, "Ben de Serap. Öğretmenim. Bu evde annemle birlikte oturuyoruz. Mendilinizi geri veremeyeceğim, çünkü kirlendi," dedi. Başını arkaya doğru atarak küçük bir kahkaha attı Kenan. Küçük, içten, duygulu bir kahkaha… "Ne önemi var. Bu akşamın bir hatırası olarak kalsın sizde. Memnun oldum tanıştığımıza. İyi akşamlar."

Genç kadın koluna astığı çantayla birlikte kucağına aldığı büyük papatya demetini göğsüne sıkıca bastırırken, bir elinde de Kenan'ın ipek mendilini tutarak apartmana doğru yürümeye başladı. Kenan başıyla İsmail'e işaret edince, o da peşi sıra gitti kadının. Çiçekleri elinden aldı. Asansörle oturduğu daireye kadar çıkarıp evi iyice öğrendikten sonra indi aşağı.

Kenan çoktan arabaya binmiş, İsmail'i bekliyordu.

— İyice öğrendin mi hangi dairede oturduğunu?

— Öğrendim efendim.

— İyi öyleyse. Yarın sabah erkenden git, ceketle pantolonu al ve temizleyiciye götür. Giderken çiçekçiden bir demet papatya daha al, içine de benim kartımı koymayı unutma. Öğretmenmiş, işe erken gider, gecikme sakın. Haa, Fadi'ye aldığın çiçek güzel mi bari? O telaşta bakamadım.

— Güzel efendim. Çiçekçideki en pahalı çiçekleri koydurdum. Kadife kurdeleyle de bağladı. Ablam beğenecek.

Kenan rahatlamıştı. Bir taşla iki kuş vurmuşlardı. Hem Fadi'nin zırıltısından kurtulmuştu hem de akşam akşam karşısına yeni bir huri çıkmıştı. Kız güzeldi. Artık kendisinin bir şey yapmasına gerek yoktu. Kız nasıl olsa onu arar, o da yine özür dileme, kendini affettirme bahanesiyle kızı yemeğe götürürdü. Gerisi nasıl olsa kendiliğinden gelirdi.

Kenan bir elinde koca çiçek buketi, ötekinde siyah deri çantasıyla apartmana girdikten sonra birinci katın merdivenlerini çıkarken kapı açıldı. Fadi onu her zamanki gibi pencerede beklemişti. Çiçeği ve çantayı sevgilisinin elinden aldıktan sonra kenara çekilerek onun içeri girmesini beklemiş, sonra da, "Hoş geldin tatlım," diyerek kollarını Kenan'ın boynuna sıkıca dolamıştı.

Kenan daha pardösüyü bile üstünden çıkarmadan ona dolanan bu kollardan biraz sıkılsa da onu hafifçe iterek, "Hoş bulduk canım, doğum günün kutlu olsun," demişti yavaşça. Ne acelesi vardı bu kadının? Kaçıyor muydu? Fadi ise Kenan'ı görmekten öylesine mutluydu ki, aceleyle çantayı salona, çiçeği mutfak masasına koyduktan sonra yeniden koşarak Kenan'ın yanına gelmişti. Şimdiki görevi Kenan'ın soyunmasına yardım etmekti. Pardösüyü elinden alıp kenarda duran vestiyere asmış, sonra da Kenan'ın salonun başköşesindeki koltuğa oturması için ona eşlik etmişti. Seviyordu bu adamı, hem de çok seviyordu. Gerçi doğum gününü bile unutmuştu, aklı hep başka yerdeydi ama yine de ondan kopmak ölüm gibi geliyordu Fadi'ye. Ne kadar yakışıklı, ne havalıydı sevgilisi! Başka türlü bir elektriği vardı. Koltuğun kenarına oturup ona sarılınca Kenan'ın sigarayla karışık parfüm kokusunu iyice içine çekti. Bu kokuyu duymak bile her şeye değerdi doğrusu.

— Nasılsın canım, günün nasıl geçti? Yine çok mu yoruldun? Keşke bu kadar yormasan kendini! Şöyle ayaklarını uzat, dinlen biraz. Bak, sana ne güzel yemekler yaptım. Kaç saattir uğraşıyorum bu yemeklerle biliyor musun? Neden, çünkü benim sevgilim her şeyin en iyisine layık.

— Tamam, tamam, eline sağlık... Evet, biraz yoruldum. Ne de olsa uzun yoldan geldim. Biraz işim vardı, onu halletmeden çıkamadım.

— Ama şirkette değildin, yine kulübe gittin değil mi?

— Semih'le konuşmam gerekiyordu. Onu da bu saatte ancak kulüpte bulurum. Oraya gidince de bir iki tek attık işte.

— Ama benim doğum günümü bile unuttun!

— Yok canım, unuttuğumu da nereden çıkardın? Sen aradığında işim bitmek üzereydi. Zaten geliyordum.

Fadi aslında alışkındı böyle şeylere. Kenan hiçbir zaman ona verdiği sözleri tutmaz, o hatırlatmadıkça önemli günlerin hiçbirini hatırlamaz, aldırmazdı böyle şeylere. Erkeklerin çoğu böyle değil miydi? Hem Kenan gibi önemli bir adam, bunca işin gücün arasında böyle şeyleri unutabilirdi. Bunları doğal karşılıyor ama yine de ona sitem etmeden duramıyordu.

Beraberlikleri on yıla yaklaşmıştı. On yıl, dile kolay! Ne günlerdi onlar! Onun gibi bir adamın sevgilisi olabileceğine, rüyasında görse inanmazdı Fadi ama olmuştu işte. O zamanlar üniversitede okuyor, aldığı burs parası yetmediği için de akşamları bir kulüpte garsonluk yapıyordu. Beş kız kardeşten tek okuyan Fadi'ydi. İlkokuldan beri derslerinde çok başarılı olduğu için okul yönetimi ve öğretmenler destek olmuş, üniversite sınavlarında aldığı çok yüksek puan nedeniyle devlet ona burs vermişti. Ailesinden zaten bir destek yoktu.

Önce geceleri sabaha kadar bir otelin santralinde çalışmış ama aylarca hiç uyumadan yaşamak çok zorlamıştı onu. Ancak yine de oradan kazandığı parayla kalın bir mont almıştı kendine. Daha sonra bu kulübe girmeyi başarmıştı. Her gün akşamüstü beş gibi okuldan çıkınca geliyor, kulüp kapanana kadar çalışıyordu. İşletmeciler çok memnundu ondan. İki kişinin yapacağı işi tek başına yapıyor, asla kaytarmıyor, ne verirlerse itiraz etmiyor, sigorta bile istemiyordu. Hep başı önünde gezer, müşterilere çok saygılı ve mesafeli davranır, işletmenin giymesi için kendisine verdiği iş kıyafetleri her zaman tertemiz olurdu.

Hayata bu kadar asılmasa, kardeşleri gibi kaderine razı oluverse bu kadar acı çekmezdi. Bu kadar okumasa, her şeyi bu kadar bilmese, bazı şeyleri görmeyiverse belki de daha huzurlu bir hayat yaşayabilirdi ama öyle değildi işte. İçinde yaşadığı çevredeki insanlardan ne kadar farklı ve bir sokak faresi kadar acınası bir durumda olduğunu hayat her fırsatta yüzüne vuruyordu. Arkadaşlarının en önemli sorunu o gün ne giyecekleriydi. Onun böyle dertleri yoktu çünkü ne giyeceği zaten belliydi.

Kenan'la bu kulüpte tanışmışlardı. Kenan oranın değerli üyelerinden biriydi. Tuhaf bir çekiciliği vardı. Sanki etrafına farklı bir elektrik yayılıyordu. Hele o kahkahaları kulübün duvarlarında çınlıyor ve onu derinden etkiliyordu. Ağlayan, inleyen, ıstırap çeken insanlara alışkındı. Ne oluyor, ne hissediyordu da böyle şen, böyle coşkulu olabiliyordu insan! Dünyaya hem erkek, hem de bu kadar yakışıklı ve güzel biri olarak gelmek nasıl büyük bir şanstı.

Gerçi Kenan hep neşeli ve keyifli değildi. En küçük dikkatsizliği affetmez, suyunu hep soğuk, ekmeğini hep sıcak ister, sigara tablasına bir taneden fazla sigara söndürmezdi. Rakısının bittiği anında fark edilmez ve hemen servis yapılmazsa kızar, sanki çok önemli bir yanlış yapılmış gibi ortalığı ayağa kaldırır, söylemediğini bırakmazdı. Onun için kulüpte çalışan herkes ondan korkar, o kulüp sadece ona aitmiş gibi her konuda ona öncelik tanırlardı ama bu bile o zamanlar Fadi'nin çok hoşuna gidiyor, herkes gibi o da Kenan'a daha çok saygı duyup önemsiyordu. Demek adam kendine ne kadar güveniyordu ki, kimsenin yapmadığını yapıyor ve her konuda ona özen gösterilmesinde ısrarcı oluyordu.

Kulübün VIP odasında sekiz on kalantor adam hep birlikte oturur, o odadan pek çıkmaz, orada yer içer, kumar oynarlardı. İşletme, o odaya servis yapmak üzere yılların garsonu Süleyman'la Fadi'yi görevlendirmişti. Aslında adı Fadi değil, Fadime'ydi. Bu adı ona Süleyman takmıştı. Servis işini daha çok Süleyman yapar, Fadi de o odadakilerin özel sekreteri ya da asistanı gibi çalışırdı. Kulübe gelen bütün telefonlara o bakar, VİP odasındakilere kimi bağlayıp kimi bağlamayacağını çok iyi bilir, her birinin kapıda bekleyen şoförleriyle o ilgilenir, patronlarını kaçta almaları gerektiğini, şoförlerin yiyip içmelerini hep o ayarlardı. Kırkta bir Fadi işe gelmezse kulüpte herkesin eli ayağına dolanır, VİP odasındakilerden fırça yememek için ne yapacaklarını şaşırırlardı. Zaten Fadi izin yapmaz haftanın yedi günü olabildiğince işinin başında olmaya gayret ederdi.

Kulübün telefon santralinin bulunduğu küçük odada arada bir kitaplara şöyle bir göz gezdiriyordu. Onun derdi dersler değildi, okulu nasıl olsa bitirirdi ama dil bilmiyordu.

Bir gün özel konuklarına laf arasında İngilizce öğrenmek istediğinden söz etmiş, Kenan çok ilgilenmiş, ilk fırsatta ona bir kurs ayarlayacağına söz vermişti. Fadi dil öğreneceğine seviniyordu ama onu asıl heyecanlandıran, Kenan Bey'in ona gösterdiği ilgiydi. Günün birinde, az da olsa ona benzeyen birini bulabilecek miydi acaba?

Birkaç hafta sonra, hafta sonları sabahtan öğleye kadar gidebileceği bir dil kursu ayarlamıştı ona Kenan. Sık sık onları arayan karılarına o gün ne söylemesi gerektiğini en iyi Fadi biliyor, karıları değil de arayan başka kadınlarsa, onlara da en doğru ve en yerinde cevabı yine Fadi veriyordu. Artık hiçbiri Fadi'siz olamıyordu. Diğerlerini değil ama Kenan'ı, karısından başka bir kadın ararsa canı sıkılıyordu Fadi'nin.

Kulüpte çalışmak başka bir boyut getirmişti Fadi'nin hayatına.

Artık kendini eskisi gibi sokak faresine benzetmiyor, hatta önemli biri olduğunu düşündüğü zamanlar bile oluyordu. Kulüp yönetimi VİP konuklarının ondan ne kadar memnun olduğunu biliyordu çünkü her biri oraya gelir gelmez karşısında Fadi'yi görmek istiyordu. Bu yüzden ne olur, ne olmaz diye hemen Fadi'yi sigorta ettirmiş ve ücretini artırmışlardı. Eskiden yaşamak ve hayata tutunmak için sadece hayalleri vardı Fadi'nin ama şimdi kılık kıyafetine, saçına başına daha fazla özen gösteriyor, dişlerini her gün fırçalıyor, parfüm bulamasa bile deodorant sürerek daha güzel kokmaya çalışıyordu.

Bu adamların sayesinde belki iş bulması da daha kolay olurdu. Kimi devlette çok önemli yerlerdeydi, kimi de ülke çapında iş yapan büyük şirketlerin sahibiydi. Ama sık sık kafası bu adamları arayan kadınlara takılıyordu. Anlayamıyordu onları. Kendisi ne olursa olsun asla böyle bir şey yapmayacaktı. Onu kimse sevmese de evli erkeklerle bir ilişki yaşamayacak, gözünün tutmadığı, hayranlık duymadığı biriyle bırak evlenmeyi, arkadaşlık bile etmeyecekti. Güzel bir kız değildi. Onu beğenen de olsa olsa kendi gibi biri olacaktı. Böyle birine o asla âşık olamazdı. Gerekirse ömrünün sonuna kadar evlenmeyecekti.

Gündüz çok çalışsa da geceler onundu. Gece hemen uyumak istemez, biraz olsun hayal dünyasında gezinmek isterdi ama gündüz o kadar çok yorulurdu ki, çoğu zaman daha hayallerin tadına varamadan uyur kalırdı. Öyle hemen uyuyup kalmasa ne güzel olacaktı. Bunu bildiği için artık sadece tek bir karede toplamıştı hayallerini. Siyah kürk mantosunun yakalarını kaldırıp beyaz Mercedes'ine bindiği gibi basıyordu gaza hayalinde. Ankara'nın ışıklı caddelerinde son hızla gidiyordu. Arabanın radyosunu açmayı da ihmal etmiyordu hiç.

Geceleri iş çıkışı genelde kulübün şoförü onu kaldığı yurda bırakır, yurt görevlileri de onun akşamları çalıştığını bildikleri için bu duruma bir şey demezlerdi. Bir akşam VİP konukları çok geç saatlere kadar kulüpte kalmış, Fadi'siz asla olamayacakları için de, "Şoför gitsin, birimiz onu yurda bırakırız," demişlerdi. O akşam,

"İnşallah Kenan Bey'in arabasına binerim," diye çok dua etmişti içinden. O lacivert Mercedes'in arkasına, Kenan Bey'in yanına kurulmayı çok istiyordu. Kimbilir hangi güzel ve havalı kadınları ağırlamıştı o Mercedes!

Gerçekten de öyle olmuş, onu yurda gecenin bir yarısında Kenan Bey bırakmıştı. Şoför kapıyı açmış, o binene kadar ayakta beklemiş, sonra kapısını kapatıp öyle geçmişti yerine. Yol boyu sohbet etmişlerdi Kenan Bey'le. Ne kadar konuşkan, nasıl da cana yakın bir adamdı! Onunla konuşurken kalbi ağzına gelmiş, hep sesi titremiş, gözlerine sanki başka türlü bir pırıltı yerleşmişti. İçinden, "Bir mucize olsa, ben hep bu arabaya binsem, hep Kenan Bey'in yakınında olsam, hatta bana sarılsa," diye geçirmiş, sonra da böyle şeyler düşündüğü için utanmıştı kendinden. O gece çok sarhoştu Kenan Bey. Ne de olsa bu saatlere kadar hepsi de aralıksız içki içmiş, kumar oynamışlardı. Konuşmasında bile hafif bir tutukluk vardı. Bir ara nasıl olmuşsa olmuş, Kenan kolunu ona doğru uzatmış, kızı kendine çekmiş ve saçlarından öpüvermişti. O anda heyecandan öleceğini sanmıştı Fadi. Allahtan tam da o sırada yurdun önüne gelmişler, şoför aceleyle yerinden fırlayıp Fadi'nin kapısını açmış ve utancından Kenan Bey'e teşekkür bile etmeden kendini sokakta bulmuştu.

Neler oluyordu? Koskoca Kenan Bey ona ilgi mi duyuyordu yoksa? Onca güzel kadın dururken, böyle bir şey olabilir miydi? Yok, olmazdı öyle şey.

Ertesi akşam işe gittiğinde eli ayağı titriyor, her zaman kolayca başa çıktığı işlerin altından bir türlü kalkamıyor, Süleyman Efendi ise onun bu haline bir anlam veremiyor, "Hasta mısın yoksa kızım?" diye sorup duruyordu. Ama o gün ortalık yine çok karışıktı. Kenan Bey'in sevgililerinden birinin kocası durumu fark etmiş ve kulübe baskına gelmişti. Bu adam nasıl bu kadar cesur olabiliyor, hiçbir şeyden korkmamayı başarıyordu? Adam Kenan Bey'i önce telefonla aramış, karısıyla bir ilişkisi olup olmadığını sormuş, o da, "Evet, var ama bunu bana değil eşinize sorun," demişti. Fadi bu konuşmayı kulağıyla duymamış, çalışanlar o gün bundan başka bir şey konuşmadığından, olayı en ince ayrıntılarına kadar onlardan öğrenmişti. Adam kozlarını paylaşmak üzere kulübe geleceğini söyleyince de, "Hayhay, ne zaman isterseniz gelin," demiş ama kapıda bekleyen bütün şoförler seferber edilmiş, karakollardan sivil polisler istenmiş, gece yarılarına kadar bütün kulüp alarma geçmişti. Sonunda adam gelmiş ama geldiğine, geleceğine pişman olup geri dönmüştü.

Ama artık geceleri onu kaldığı yurda sık sık Kenan Bey bırakır olmuştu. Fadi o arabaya binmeyi hem çok istiyor, hem de korkuyordu. Aslında neden korktuğunu kendisi de bilmiyordu ama korkuyordu işte. Bu adam artık ona her akşam sarılıyor, onu her seferinde öperek uğurluyordu. Aslında kötü bir niyeti olmadığını anlamıştı. Öyle olsa bu girişimlerin devamı gelir, onu rahatsız etmeye, daha ileri gitmeye kalkardı. Oysa Kenan Bey asla böyle bir şey yapmıyor, ilk gece ne yaptıysa sonraki geceler de aynı şeyleri yapıyor, ona hafifçe sarılıp saçlarından öpüyordu sadece. Daha ileri gitmek isteyen o değil, kendisiydi. Âşık mı olmuştu acaba? Aşk böyle bir şey miydi? Sabahlara kadar onu düşünmek, onu bir an önce görebilmek için akşamı iple çekmek, yanından hiç ayrılmak istememek, aklından bir an bile çıkaramamak... Bu muydu aşk? Aklını kaçırmış olmalıydı?

Aslında Fadi gerçekten akıllı, mantıklı, nerede, ne yapacağını bilen bir kızdı. Olmadık insanlara gönlünü kaptırmak da hiç ona göre bir şey değildi. Böyle biri tarafından asla sevilmeyeceğini biliyor ama bu rüyanın bitmesini de istemiyordu. Ayrıca gözü yükseklerdeydi. Bu hayatla göze göz, dişe diş mücadele edecek, başkaları nasıl başardıysa o da başaracak, bu dünyaya boyun eğmeyecek, paraysa parayı, itibarsa itibarı, bir gün mutlaka elde edecekti.

Arkadaşları yaşadıkları anın peşine düşüyor, çoğu zaman derslere bile boş veriyor, ailelerine yalan üstüne yalan söylüyorlardı. Bazılarını anlayabiliyordu. Nasıl olsa bir yolunu bulacaklarından emindiler ama bazıları olmadık birinin peşine düşüyor, âşık olduklarını sanıyor, göz göre göre yarınlarını berbat ediyorlardı. O öyle değildi. Öyle de olmayacaktı. Tanrı onu zor bir ortamda yollamıştı bu dünyaya. Geçmişi düşünmeyi kendisine yasaklamıştı. Geçmiş geçmişti. O artık hiç geriye bakmamalı, hep geleceği, gelecekte yaşayacağı güzel günleri düşünmeliydi.

Şimdi artık geceleri yatağa girince işler değişmişti. Önce Tanrı'ya, ona bu güzellikleri yaşattığı için uzun uzun teşekkür ediyor, sonra başlıyordu Kenan Bey'li hayaller kurmaya. Herkese çabucak kızan bu adam, ona kolay kolay kızmıyor, hatta arada bir teşekkür bile ediyordu. Acaba ona bu kadar farklı davranmasının altında yatan başka şeyler olabilir miydi?

Fakültenin son sınıfına geçmişti, yakında mezun olacak ve öğrenci yurdundan ayrılacaktı. İyi ama hemen iş bulamazsa nerede barınacak, kimin yanına sığınacaktı? Nasıl bir düzen kuracak, bir ev tutarsa kirasını nasıl ödeyecek, girdiği işten şimdiki kadar para kazanabilecek miydi? Şimdi hem burs, hem asgari ücret üzerinden de bir maaş alıyor, hem de VIP odası mensupları cebini bol bahşişle dolduruyordu. Kurs parasını da Kenan Bey ödüyordu. Eline geçen paranın bir kısmını ailesine gönderdiği için bir birikimi de yoktu.

Sonunda bu konuyu bir gece arabada Kenan Bey'e açtı. Okulu bitirir bitirmez acilen iyi bir işe ihtiyacı vardı. Başka türlü kendine bir ev tutamaz, kira ödeyemezdi. Kenan Bey her zamanki gibi büyük bir dikkatle onu dinlemiş ve konuyla ilgileneceğini söylerken de ağzının kenarıyla hafifçe gülümsemişti.

Arada bir alnına dökülen birkaç tel saçı iri uzun parmaklarıyla geriye atışı, yemyeşil gözlerini sık sık sağa sola oynatarak etrafa bakarken o gözlerde bütün kadınların gördüğü ateş, kumarda kazandığı zaman oturduğu yerde arkaya kaykılarak attığı neşeli kahkahalar, ona her yaklaştığında içine işleyen erkek kokusu... Her şeyi özeldi bu adamın. Ona bakınca insan önce onun erkeksiliğini görüyor hatta bunu ta içinde hissediyordu. Bu çok özel adama âşık olmuştu Fadi.

2

İşte bu hikâye böyle başlamıştı ve Bahçelievler'deki bu dairede yıllardır Kenan'la birlikte oturuyorlardı. Çok seviyordu evini ama bu ev Kenan gelmezse ona batıyor, akşamları camın önünde dört gözle onu bekliyordu. Kenan'a olan sevgisi ve aşkı tarif edilemeyecek kadar büyüktü. Ona adeta tapıyordu. Tek sıkıntısı başka kadınlardı. Kenan'ın nasıl çapkın biri olduğunu eskiden beri biliyor, çok güzel, ondan daha işveli, her bakımdan daha üstün bir kadın çıkar da Kenan'ı elinden alır diye ödü kopuyordu. Yıllar işte hep bu korkularla geçmişti.

Evli olduğunu baştan beri biliyordu ama buna kâğıt üzerinde kalmış bir evlilik diyordu Kenan. Zaten düzgün giden bir evlilik olsa, bunca yıl onunla beraber olabilir miydi? Ne tuhaf bir kadındı karısı! Adam on yıldır doğru dürüst eve bile gitmiyor, yine de hiçbir şey yokmuş gibi oturuyor evinde. Ama bu böyle gitmezdi, nasıl olsa bir gün bu işe daha fazla dayanamayacak ve çekip gidecekti. O zaman da hemen evleneceklerdi Kenan'la. Aslında Kenan da sevmiyordu karısını. O Fadi'yi seviyor ve bunu her fırsatta dile getiriyordu.

Okul bitmiş, Kenan ona şimdi çalıştığı işi buluştu. Çalışmaktan hiç kaçmadığı için işinde kısa sürede yükselmiş, şirkette sayılan, sevilen bir idareci oluvermişti. İngilizceden sonra bir de Almanca kursuna gitmiş, her iki dili de konuşabildiğinden, şirketin bütün dış ilişkileri kendisine verilmişti. Bu yüzden sık sık yurtdışı seyahatleri oluyor, bu ülkelere bazen Kenan da onunla birlikte gidiyordu. Eğer yalnız giderse aklı hep Kenan'da kalıyor, nereye gitti, kiminle beraber diyerek günde belki yüz kere arıyordu.

Bu arada okulu bitirmek ona yetmemiş, bir de yüksek lisans yapmıştı. Onca yorgunluktan sonra gece Kenan'ın koynundan çıkıp oturuyordu masanın başına. Daha da yapması gereken bir şeyler olsa onları da yapacaktı. Böyle şeylerden kaçmazdı. Yükselmek, önemli biri olmak, çok para kazanmak ilk günden beri en büyük hayaliydi. Gerçi Kenan zor bir erkekti, çok hizmet istiyordu ama olsun, onun çevresinde pervane gibi döner, onu bu evde rahat ettirebilmek için elinden geleni yapar, Kenan uyuduktan sonra kalkıp dersini çalışırdı. Özellikle son yıllarda hiç para sorunu kalmamıştı. Artık Kenan'dan beş kuruş istemiyordu. Ailesine düzenli olarak para gönderiyor, kirasını kendi veriyor, evin bütün masraflarını karşılıyordu. Sevgilisine birbirinden güzel yemekler yapıyor, sofrada rakısını hiç eksik etmiyordu. Kenan'dan artık para kabul etmemek kırılan gururunu biraz olsun tamir ediyor ama yine de bazen kendini ona borçlu hissediyordu. O yardım etmese, bugünlere gelebilir miydi acaba?

Aslında hayat ona son yıllarda kötü yüzünü göstermekten vazgeçmişti galiba. Sonunda belki de şansı dönmüş, kötü günler geride kalmıştı. Ah şu Kenan'ın karısı da bir an önce çekip gitse, kendisi de metres durumundan bir an önce kurtulsa ne güzel olacaktı. Bunun için çok dua etmiş, camilere gitmiş, adaklar adamış ama aradan tam on yıl geçmesine rağmen Tanrı bu dileğini bir türlü kabul etmemişti.

İşyeri bir yıl önce altına özel araba bile vermişti. Artık her sabah kapıya şoför gelip alıyordu onu. Bu arada ehliyet almış, biriktirdiği parayla bir de araba satın almıştı. Bazen şehirlerarası seyahatlere çıkıyor, en lüks otellerde kalıyorlardı. Bir tek o seyahatlerin parasını Kenan ödüyordu. Aslında orada da kendi parasını ödemeyi isterdi ama bu kadarı da Kenan'a ayıp olurdu belki.

Kenan'dan başka erkek tanımamıştı. Ona öylesine bir tutkuyla bağlıydı ki, kimseyi gözü görmüyordu zaten. Kendini ondan hep aşağı görüyor, aradaki mesafeyi kapatmak için var gücüyle çalışıyordu. Çevresi ona saygı gösteriyor, ona bağlı çalışan pek çok kişi yanlış yapmamak, Fatoş Hanım'ı kızdırmamak için gözünün içine bakıyordu. Fadi'den sonra, şimdi de insanlar ona Fatoş diyordu. Onun sayesinde çalıştığı şirket eskisinden çok daha fazla para kazanıyor, bu da yetmezmiş gibi onun ürettiği pek çok yeni projeyi hayata geçiriyorlardı. Kazandıkları paradan Fatoş Hanım'a da prim vermeye başlamışlardı. Böyle giderse yakında kendine ait bir evi bile olacaktı ama her şeye rağmen Kenan hâlâ bir başkasıyla evliydi ve bunu herkes biliyordu. Hanımefendi olmuş ama metres olmaktan kurtulamamıştı. Şimdilik bu durum iş hayatında önüne engel olarak çıkmamıştı ama içinden bir ses onu hiç rahat bırakmıyordu. Bu ses sürekli olarak, "Sen Kenan'ın metresisin," diyordu. Arkadaşları da, "Üstelik yaşı da senden çok büyük! Nerede bulacak senin gibisini," diyor ama Fatoş'u asla ikna edemiyordu. Bu kadınlara pek güvenmiyordu aslında, acaba onu kıskanıyorlar mıydı? Kenan gibi birini hiçbiri bulamamıştı. Hepsi de evliydi ama kocaları Kenan'ın eline su dökemezdi.

Kendini Kenan'a beğendirebilmek için yapmadığı kalmamıştı. Gözlükleri atalı çok olmuştu. Bir de üstelik renkli lenslerle mavi gözlü olmuştu. Güzellik salonları, kuaförler, modaevleri derken, sonunda o da beğenilesi bir kadın olmayı başarmıştı. Artık kimse ona çirkin diyemezdi ama yine de dünya güzeli olmadığını biliyordu. Kenan gibi o da olabildiğince kaliteli şeyler kullanmaya çalışıyordu.

Hep aklına ilk tanıştıkları, ilk beraber olmaya başladıkları günler geliyordu. Kenan geceleri iş çıkışı onu kaldığı yurda kadar arabasıyla götürürken, yol boyu ona hiç dokunmuyor, sadece yurdun önüne gelince hafifçe sarılıp saçlarından öpüyordu. Acaba ona neden daha fazla yaklaşmıyordu, onu yeteri kadar beğenmiyor, ona farklı bir ilgi duymuyor muydu? Fadi onun için sadece yurda bırakılması gereken gariban bir kız mıydı? Öyleyse saçlarını öperken o iç çekmeler neyin nesiydi? Her seferinde Fadi'ye, çok daha fazlasını istiyor ama ona olan saygısından yapmıyor gibi hissettiriyordu. Acaba yanılıyor muydu?

Daha sonra Kenan ona bir de ev kiralamış, içini dayamış, döşemiş, Fadi'ye de eve geçip oturmak kalmıştı. O zamanlar Kenan, "Ben arada bir uğrar, bir ihtiyacın var mı diye sorarım. Sen keyfine bak," demişti. Bütün bunları bu adam tamamen karşılıksız yapmıştı. Belki de Fadi istemese, ona elini bile sürmeyecekti. Tam da dediği gibi arada bir uğramaya başlamıştı. O sıralar sevinçten ve heyecandan Fadi'nin içi içine sığmıyordu. Artık bugüne kadar hayal bile edemeyeceği kadar güzel bir evi, iyi para kazandığı bir işi olmuştu. Kimseye hesap vermek zorunda değildi. Yediği önünde, yemediği arkasındaydı. Üstelik arkasında Kenan Bey gibi biri vardı.

Arada bir geceleri kulüpten çıkan Kenan ona uğruyor, birlikte kahve içiyorlardı. Bu gelişlerde Kenan camın önünde karşılıklı duran koltuklar yerine, televizyonun karşısındaki kanepeye oturmayı tercih ediyor, Fadi de yanına oturuyordu. Önceleri sadece veda ederken ona sarılırken, sonradan kanepede artık ona sarılarak oturuyor, çok güzel sözler söylüyor ama yine de "İstemediğin yerde söyle, hemen durayım," demeyi de ihmal etmiyordu.

Fadi istemesine istiyordu ama böyle bir ilişki başlarsa, bir daha Kenan'dan vazgeçemeyeceğinden korkuyordu. Onu kaybetmeyi göze alamıyor, bundan sonra hiçbir erkeğin onun yerini tutamayacağını biliyor ama yine de korkuyordu. Hep Kenan'ın karısı geliyordu aklına. Gerçi Fadi olmasa da o kadın kocası tarafından sürekli aldatılıyordu ama Kenan Bey'in ona farklı bir düşkünlüğü vardı. Aralarında bir ilişki başlarsa belki de karısını boşayıp onunla evlenecekti. Zaten başka türlüsünü Fadi de kabul etmezdi. Gün olur, Kenan bu eve gelmekten vazgeçerse, işte o zaman dünya başına yıkılacaktı.

Kanepede otururken ona hem sıkıca sarılmak istiyor, hem de içindeki korkular yüzünden istediği gibi yaklaşamıyor, geri duruyordu. Belki de Kenan bu yüzden ona kırılmış ve istenmediğini düşündüğü için son günlerde arayı iyice açmış, eskisi gibi akşamları uğramaz olmuştu.

Fadi akşamları eve gelir gelmez aceleyle hemen bir duş alıyor, süslenip püsleniyor ve camın önündeki koltuklardan birine oturup, gözleri yolda Kenan'ı bekliyordu ama günler geçiyor, ondan bir ses çıkmıyordu. Sonunda daha fazla dayanamamış ve on gün sonra aramıştı Kenan'ı.

Kenan telefonda Fadi'nin adını görünce gülümsemişti. Çünkü bütün bunlar planının bir parçasıydı. Onun hayatı bu tür planlar üzerine kuruluydu zaten. Her yaş ve her seviyeden kadın, onun hayatını renklendiriyor, zenginleştiriyor, güzelleştiriyordu. Ancak onlarla beraberken kendisinin ne kadar değerli, önemli ve benzersiz olduğunu hissedebiliyordu.

Kendine güvenen, enerjik, keyifli ve duygulu bir ses tonuyla açtı telefonu. Fadi ise çocuk gibi titriyordu telefonda. Ya bir daha gelmezse diye içi içini yiyordu. "Merak ettim sizi, uzun süredir gelmediniz de..." diye başlamıştı söze. "Merak edecek bir şey yok, seni rahatsız etmek istemedim," demişti Kenan.

"Size güzel yemekler hazırlasam, beraber yemek yer miyiz?" demiş, ama yine istediği cevabı alamamıştı. "Bu hafta olmaz, işlerim çok," deyip kapatmıştı Kenan.

Fadi günlerce ağlamış, ne yapacağını, bilememiş, tekrar aradığında yemeye gelmeye zor da olsa ikna edebilmişti. O gün işten erken çıkmış, elinden geldiğince güzel bir masa hazırlamaya çalışmış ve camın önünde saatlerce beklemişti Kenan'ı. Yemekler soğumuş, Kenan gelmemişti. İşte o zaman iyice yıkılmıştı Fadi. Kendini çok yalnız ve çaresiz hissediyordu. Bir kere daha aramayı da gururuna yediremiyor, gözünde yaşlarla oturuyordu camın önünde. Bir evi, iyi bir işi vardı. Kış bitmiş bahar gelmişti aslında ama o hiç mutlu değildi. Kenan'ı hiç tanımasa belki bunlar onu mutlu edebilirdi ama tanımış ve sevmişti bir kere. O olmadan bunların hiçbir anlamı yoktu ki...

Gece yarısına doğru lacivert Mercedes yanaşmıştı kapıya. Sevinç değildi duyduğu, bundan çok daha öte bir duyguydu. Arabadan inen Kenan'ı gördüğü halde yerinden kıpırdayamıyor, gözlerini hafifçe kapatmış, sürekli, "Teşekkür ederim Tanrım, onu bana gönderdiğin, dualarımı kabul ettiğin için teşekkür ederim," diyordu.

Adam içeri girer girmez Fadi sıkıca sarılmıştı ona. Kenan önce biraz isteksiz davranmış ama bundan çabuk vazgeçmiş ve soluğu divanın üstünde almışlardı. Bekâretini o akşam, bu divanda kaybetmiş, sonra da olaylar yavaş yavaş bu noktaya kadar gelmişti.

İşte bugün, doğum gününde yine birbirinden güzel çiçekler getirmişti sevgilisi. Aceleyle mutfağa koşup ışıl ışıl parlayan büyükçe kristal vazoyu çıkardı, çiçeklerin üzerindeki kırmızı kadife kurdeleyi becerikli elleriyle çözdü ve çiçekleri vazoya özenle yerleştirmeye başladı. Bembeyaz, mis kokulu krizantemleri, ince uzun orkideleri çok beğenmişti. Sonra da vazoyu kucağına alıp koşarak salona gitti. Masayı çoktan hazırlamış, ince beyaz porselen tabakların yanına gümüş çatal ve bıçakları tam da olması gerektiği gibi koymuştu. Ne de olsa bir zamanlar kulüpte böyle şeyleri çok iyi öğrenmişti. Peçeteleri öyle güzel katlamış, kristal bardakları öyle itinayla yerleştirmişti ki, uzaktan bakınca, masa sanki onları yanına çağırıyordu.

Bu arada Kenan camın önünde duran büyük kadife berjere yerleşmiş, bacak bacak üstüne atmış, dalgın gözlerle etrafına bakıyordu. "Bugün yine çok yoruldu galiba," dedi içinden. Gülerek koştu yanına. Önce kucağına oturdu, yüzünün her yerini öpücüklere boğdu Kenan'ın. Ne de güzel kokuyordu bu adam!

— Çok mu yoruldun tatlım? Hadi istersen önce bir duş al, sonra yiyelim yemeğimizi. Hem sana banyoda masaj da yaparım.

— Yoruldum ya, iş güç bitmiyor ki...

— Çiçekler de pek güzelmiş. Bak, ne güzel duruyorlar!

— Hı hı, sahiden güzel olmuşlar. Tabii, ne de olsa her birini ellerimle seçtim.

— Sağ ol bitanem. Benim için en büyük hediye sensin. Dünyalara değişmem seni. Hadi kalk, ben banyoya gidiyorum, çamaşırlarını, havlunu filan hazırlayacağım. Sen de soyun gel.

Bu ilişki arkadaşlarının da söylediği gibi gereğinden fazla uzamıştı. Böyle ilişkileri uzatmak doğru değildi. Bunu herkesten iyi biliyordu Kenan ama bu evde rahat ediyor, kendini kral gibi hissediyordu. Fadi tam bir geyşaydı. Sanki Allah onu Kenan'a hizmet etsin diye yaratmıştı. Galiba biraz da annesine benziyordu bu kız. Annesi gibi fedakâr, onun kadar candandı. Yemiyor yediriyor, içmiyor içiriyordu.

Arkadaşları durumu anlayamıyor, Fadi'nin onu nasıl da krallar gibi yaşattığını bilmiyorlardı. O yüzden sürekli başının etini yiyor, şu kızı ne zaman bırakacaksın diye sorup duruyorlardı. Fadi iyiydi, hoştu ama onu bu kadar aramasa, arkadaşlarının yanında o telefon bu kadar çok çalmasa daha rahat edecekti. Her güzelin bir kusuru vardı işte. Çok kıskançtı. Gittikleri yerlerde ona göz açtırmıyor, dakika dakika nerede olduğunu kontrol ediyordu. Kenan aslında kıskanç kadınları severdi. Onların bu ilgisi hoşuna gider, "beni paylaşamadılar gitti" diyerek için için gülerdi. Ama bu kadarı onu biraz rahatsız ediyordu.

Belki de arkadaşları onu kıskandıkları için böyle yapıyorlardı. Zaten bu kıskançlık işi yeni değildi. Kendini bildi bileli arkadaşlarının gözü hep onda kalır, oyundaki şansını bile çekemezlerdi. Alışmıştı böyle şeylere.

Bir tek karısı hiçbir şeye ses çıkarmıyordu. Yıllardır eve doğru dürüst gitmediği halde, kadıncağız bir gün olsun onu sorguya çekmiyor, surat asmıyor, neredesin demiyordu. Ama bu nereye kadar böyle gidecek, kendisi de bilemiyordu. Fadi önceleri evlilikten filan hiç söz etmiyor, şimdiki gibi sitem etmiyor, gül gibi geçinip gidiyorlardı. Artık onunla evlenmek istediğini kaç kere açık açık söylemişti. Önceleri bu konuyu espriyle karışık kapatıveriyordu ama ilişki uzadıkça kızın beklentisi de artıyordu. Onunsa Fadi'yle evlenmek gibi bir niyeti hiç yoktu. Handan gibi bir kadın boşanıp da Fadi alınır mıydı?

O anda Kenan'ın aklı akşamüzeri tanıştığı Serap'a gitti. Güzel kızdı Serap. Gönderdiği çiçeklere teşekkür etmek için yarın arardı nasıl olsa. Öyleyse yarın akşam için şimdiden bir bahane bulması gerekiyordu. Karısını idare etmek kolaydı da şu Fadi bu aralar çok sıkıştırıyordu onu.

Aslında karısıyla görünürde hiçbir sorunları yoktu. Çevre hep onları mutlu bir çift sanıyor, birlikte gittikleri davetlerde herkes onlara gıptayla bakıyordu. Hem güzel, hem de çok gösterişli, oturmayı kalkmayı bilen, insanlarla çok güzel ilişkiler kurabilen bir kadındı Handan. Ona saygıda kusur etmiyordu.

Bir de çocuk diye tutturmasaydı... Kadın değil miydi, aklı sıra bir an önce bir çocuk doğurup Kenan'ı eve bağlamaktı niyeti. Kenan adı gibi biliyordu. Kocasını biraz tanısa, böyle acele etmezdi çünkü tahammülsüz bir adamdı Kenan. Öyle sıkıntıya filan gelemez, evde ciyak ciyak bağıran bir çocuğa, hele o sıralar hiç dayanamazdı.

O ara hep gergin ve sinirliydi Kenan. İşte o gergin günlerden birinde yine sıkı bir kavga yaşanmıştı evde. Belki de hamileliğin verdiği sıkıntıyla Handan da tahammülsüz olmuş, Kenan'a her zamanki sabrını gösteremiyordu. O gece kavgadan hemen sonra kadın fenalaşmış, apar topar hastaneye gitmişlerdi.

Erken doğmuştu çocuk. Üç gün kuvözde yaşamış, sonra da ölmüştü. Böyle olmasını Kenan da istememişti ama olmuştu bir kere. Bu olayın ardından ağır bir depresyona girmişti Handan. Günlerce yememiş, içmemiş, konuşmamış ve uyumamıştı. Karısı ona açıkça bir şey söylemese, sitem etmese de, bu durumdan çok rahatsız olmuştu Kenan. Handan'la gözleri karşılaştıkça kendini katil gibi hissediyor, ona böyle hissettirdiği için de karısına çok kızıyordu.

Bir boşansalar rahatlayacak, bu kötü duygulardan da kurtulacaktı. O sıralar çok doktora götürmüştü karısını. Doktora götürüyor ama onunla birlikte içeri girmeyi hiç istemiyordu. Bu ruh doktorlarının sağı solu belli olmuyor, kalkıp da ona bir şey sorar ya da söylerler diye ödü kopuyordu. O ara canı hiç istemese de akşamları evde olmaya çalışıyordu. Neyse, sonunda düzelmişti Handan. Kenan boşanmayı beklerken, o hiçbir şey olmamış gibi kaldıkları yerden devam etmişti hayata. Kenan önceleri bu durumdan hiç hoşlanmamış ama sonra o da alışmıştı. Handan yine eskisi gibi olmuş, onun bir dediğini iki etmiyor, ne geçmişi kurcalıyor, ne de yeniden çocuğumuz olsun diye sıkıştırıyordu.

Zaten o yıllar çok çalışması gerekiyordu Kenan'ın. Tek tek şantiyeleri dolaşıyor, her gece başka bir şehirde uyanıyordu. Bu durumdan memnundu. Kimseye hesap vermeden dilediği gibi yaşayıp gidiyordu. Eğer bir dalgası varsa, Ankara'da bile olsa karısı şantiyede sanıyor, hiç peşine düşmüyordu.

Belki de Handan da anlamıştı artık onun iyi bir ev erkeği, iyi bir baba olamayacağını. Uçarı, daldan dala konmayı seven, tek bir aşk, tek bir kadınla asla yetinmeyen bir ruhu vardı onun. Ağzı iyi laf yapıyor, gülmeyi, konuşmayı, gezip tozmayı, kadınlara şiirler okumayı, onlara birbirinden güzel iltifatlar etmeyi seviyor, üstelik bütün bunları tam bir profesyonel gibi yapıyor, kadınlar da bayılıyorlardı ona. Şimdi böyle birini sen tut, evcil bir adam haline getir. Tanrı bile kızardı bu işe. Onun gibi, kaç adam vardı dünyada?

Şu Fadi de iyi kızdı aslında. Yıllardır gık demeden kahrını çekmiş, krallar gibi yaşatmıştı onu. Akıllıydı, becerikliydi, çalışkandı ama köylüydü işte. Onun pek tanımadığı bir kültürden geliyordu. Belki bu hali cazip gelmişti ona. Onu kolayca elde edeceğini sanmış ama işler pek de onun düşündüğü gibi gitmemiş, kız kendiliğinden onun kucağına düşmemişti.

Onu yurda bıraktığı akşamlar ona hafifçe sarılıyor ama kız ona bir türlü yaklaşmıyordu. Sonunda kıza ev açmış, dayamış, döşemiş, o eve ilk gittiği akşam artık beklediği yakınlığı bulurum sanmış ama yine olmamıştı. Sonunda diğer kadınlara yaptığı gibi, Fadi'ye de hafif bir çalım atmış, bir süre onu arayıp sormamıştı. Bu numara çoğu zaman olduğu gibi Fadi'de de işe yaramıştı. Kız onu aradığında neredeyse ağlayacaktı. İlk çağrıldığı gün özellikle gitmemiş, Fadi'nin iyice köşeye sıkışmasını beklemişti.

O günden beri de hayatından memnundu. Hiçbir kadınla olmadığı kadar mutluydu Fadi'yle. Zaten bu kadar hızlı bir hayat yormuştu onu. Şu Fadi, tam da zamanında girmişti hayatına.

Evlenelim diye de tutturmasa, hiçbir sorunları olmayacaktı ama bu istekten bir türlü vazgeçmiyordu.

Kız iki kere hamile kalmıştı, "Aldır hemen," demişti. Fadi'nin ona deli gibi âşık olduğunu biliyordu. Bu normaldi. Kadınların çoğu zaten âşıktı ona. Ama, çocuğu doğurmaya kalkar diye çok endişelenmişti. Allahtan Fadi dürüst, samimi, kendini zorla kabul ettirmeyi gururuna yediremeyen bir kızdı. Şu kadınlara oldum olası akıl sır erdiremiyordu. Akıllı dese akıllı değil, deli dese, deli de değillerdi. Karısı yıllardır eve barka uğramayan bu adamı sabırla bekliyordu. Fadi de bıkmamıştı beklemekten. Bir değil, iki değil, insan tam on yıl, hiç ümidini kaybetmeden bekler mi? Artık yalan söylemekten sıkılmıştı. Bu kız, onunla evlenmeyeceğini daha ne zaman anlayacaktı?

Keyfi yerindeydi. Kız ona çok iyi bakıyordu. Gençti, enerjikti ve üstelik çok saftı. İnsan hem bu kadar akıllı hem de nasıl bu kadar saf olabiliyordu? Çalıştığı yerde insanlar, karşısında selama duruyordu.

Kadınlara eskiden de çok yalan söyler ama ne söyleyeceğim diye böyle uzun uzun düşünmez, o anda aklına ne gelirse söyleyiverir, geçer giderdi. Onları kaybetmekten korkmazdı ki... Zaten çoğu aptaldı ama bu kızın gözünden hiçbir şey kaçmıyordu. Ona yalan söylerken iki kere düşünmesi gerekiyordu. Söylediği yalana Fadi'yi inandırmak kolay değildi. Allahtan aklı fesatlığa ermiyordu. Böyle olmasa zaten bu ilişkiyi bu kadar uzatamazdı.

O, ne Handan'dan vazgeçebiliyordu, ne Fadi'den, ne de diğer kadınlardan. Hem tek bir kadınla yaşamak alışkın olduğu bir durum değildi. Belki de o zaman kendini yalnız hissederdi. Şimdi çok daha garantide hissediyordu kendini. Amasya'nın bardağı, biri olmazsa biri daha diyordu içinden. Annesi söylerdi bu sözü.

Mutfaktan mis gibi kokular geliyordu burnuna. Gözleriyle rakısını arıyordu ki, Fadi salonun kapısında göründü. Bir elinde rakı şişesi, bir elinde de gümüş buz kovasıyla geldi ve Kenan'a özenle servis yapmaya başladı. Daha o servis işini bitirmeden Kenan bir şeyler atıştırmaya başlamıştı bile. Oh, dedi yüksek sesle, salata çok güzel olmuş. Fadi hiç yerinde durmuyor, arı gibi bir oraya bir buraya koşturuyor, arada bir gülüyor, espriler yaparak onu da güldürüyordu. Gece yarısına kadar rakı muhabbeti devam etti. Kulüpte de bir iki kadeh içmiş, sonunda iyice kafayı bulmuştu. Ağır ağır masadan kalkıp yatak odasına doğru giderken Fadi'ye seslendi.

— Ben yatıyorum, bırak sofrayı gel, sonra toplarsın.

3

Çiçekçide tanıştıkları günün sabahı erkenden aramıştı Serap. Fadi işe erken gittiğinden rahattı Kenan. Telefonu uyku mahmurluğuyla açmış, arayanın Serap olduğunu anlayınca hemen sesine çeki düzen vermiş, onunla bir süre telefonda muhabbet etmişti. O akşam değil ama hafta sonu buluşmayı kabul etmişti kız. Fadi bir şey anlamasın diye daha cuma gününden şantiyelerden birine gitmek üzere yola çıkmıştı Kenan ve Fadi'ye pazar günü döneceğini söylemişti. Cumartesi akşamı Serap'la Ankara'nın lüks otellerinden birinin restoranında yemek yemişler, gece de birlikte odaya çıkmışlardı. Kız kendini Kenan'ın cazibesine kaptırmış, geceyi onunla beraber geçirmişti.

Aslında böyle şeylere alışkın biri değildi ve sabah otelden ağlayarak ayrılmıştı Serap. Kenan da şaşırmıştı bu işe. Çok güzel bir gece geçirmişlerdi, ne vardı ağlayacak! Bir daha aramadı Serap'ı. Sevmezdi böyle ağlayıp sızlanan kadınları. İşi biraz daha uzatsa, böyleleri intihar etmeye filan kalkışır, başını derde sokarlardı. Geçmişte başına gelmemiş miydi böyle şeyler! Hatta kızın biri hap yerine fare zehri içtiği için az kalsın ölüyordu.

O, kimseye tecavüz etmemiş, istemeyene elini bile sürmemişti. Hepsi de isteyerek gelmişlerdi ona. Her biriyle evlenmeye kalksa, şimdi kadınlardan oluşan küçük çaplı bir ordu kurulurdu. Hem güle oynaya gel, hem de giderken bir şey olmuş gibi ağla...

Serap ağlayarak gidince o da toparlanmış, duşunu alıp çıkmıştı otelden. Sabah sabah Fadi'nin yanına gitmek olmazdı. Şüphelenirdi. Canı işe de gitmek istemiyordu. Çankaya'daki evinin yolunu tuttu. Kapıdaki anahtar sesinden Kenan'ın geldiğini anlamıştı Handan. Onun bu eve gelmesini hem çok istiyor, hem de ona baktıkça sinir oluyordu. Yine kimbilir kimin koynundan çıkıp gelmişti. Son yıllarda onun hayatında sürekliliği olan bir başka kadın olduğundan emindi. Bu ilişkinin yıllardır devam ediyor olmasına da çok şaşıyordu doğrusu. Böyle şeyler hiç Kenan'a göre değildi. O, en fazla üç ay dayanabilirdi kadınlara. Bu seferki nasıl olmuş da onu böyle uzun süre elinde tutabilmiş, anlayamıyordu. Kadın çok mu akıllıydı, yoksa aptal mı? Akıllı kadının Kenan'ın yanında ne işi vardı? O, insanın iliklerini sömürürdü, kadın hâlâ bunu anlamamış mıydı? Aman, neyse ne, dese de, bunları düşünürken ta içinde bir sızı hissetmeden de duramıyordu.

Ağır adımlarla hole doğru yürüdü. Kenan ayakkabılarını çıkarıyordu. Elindeki çantayı aldı, ona hafifçe "hoş geldin" diyerek çantayı çalışma odasına götürüp bıraktı. Geri döndüğünde Kenan salonda, her zaman oturduğu koltuğa yerleşmiş, bacak bacak üstüne atmış, pencereden dışarı bakıyordu.

Uzaktan şöyle bir baktı ona, lacivert elbiseler nasıl da yakışıyordu bu adama! Ayaklarını sürüyerek o da gidip karşısına oturdu. Son yıllarda bunu adet haline getirmişlerdi. Kenan gelince doğru gidip bu koltuğa oturuyor, o da karşısına geçiyor, bir süre sohbet ediyorlardı. Haftada bir on beş, yirmi dakika yetiyordu ikisine de. Daha fazla konuşacak bir şeyleri kalmamıştı zaten.

— Ne var, ne yok? Ben yokken ne yaptın?

— Hiç, iyilik işte... Geçen hafta Arif Bey'in kızı doğurmuştu, bir altın alıp hayırlı olsuna gittim. Çok memnun oldular. Sana selamları var.

— Ha, iyi iyi, benden de selam söyleseydin.

— Söyledim. Sen nasılsın, iş güç nasıl gidiyor?

— İyi, iyi... Her birine ayrı koşturmam gerekiyor. Şantiye çok olunca insanın ömrü de yollarda geçiyor ama şikâyetçi değilim. Ne yapalım, bizim de işimiz bu.

— Doğru, keşke kendini eskisi kadar yormasan!

— Yormadan da olmuyor ki… El aleme işini gücünü teslim etmeyeceksin. Sonra götürüverirler her şeyini, haberin olmaz.

— O da doğru ya! Kulübe hiç gitmiyor musun?

— Arkadaşlar da gelmiyorsun diye bol bol sitem ediyor. Öğleden sonra kulübe gidip biraz onlarla oturacağım, akşamüstü çıkarım yola.

— Semih'in karısı aradı geçen gün.

Semih'in karısı mı? Patavatsız kadın, inşallah bir şey yumurtlamamıştır Handan'a, gerçi Semih'in ağzı sıkıdır ama yine de bu işler belli olmaz.

— Ne diye aramış?

— Hiç, hal hatır soruyor. Bu arada hiç görüşemiyoruz ya, bir akşam birlikte yemeğe gidelim, diyor.

— Gideriz, gideriz… Hele şu işler biraz yoluna girsin, gideriz.

— Aç mısın, yemek hazır, istersen hemen ısıtabilirim?

— Yoo, pek aç değilim.

— Sen üstünü değiştirirken ben de sana meyve getireyim.

Handan böyle diyerek yerinden kalkıp mutfağa doğru gitti. Kenan bir süre daha görmeyen gözlerle etrafı seyrettikten sonra ağır ağır odasına gidip soyunmaya başladı. Bu eve gelmeyi aslında hiç istemiyordu. Daha uzaktan görünce içine bir kasvet çöküyor, bir an önce buradan çıkıp gitmek istiyordu. Oysa karısı onu memnun edebilmek için elinden geleni yapıyor, hiç sitem etmiyor, kavga çıkarmıyor, ondan bir şey istemiyordu ama yine de kendini soğuk hava deposuna girmiş gibi hissediyor, Fadi'nin etrafa yaydığı pozitif enerjiyi, onun dokunuşlarını, kahkahalarını özlüyordu. Eskiden daha sık gelirdi evine. Haftada en az iki-üç gün evinde kalır, Handan'la bazı geceler beraber olurlardı. Şimdi artık elinden gelse hiç gelmeyecek hatta yakınından bile geçmeyecekti ama bu kadarı da ayıp olacaktı.

Acaba Handan göründüğü gibi rahat ve huzurlu muydu, yoksa bir şeylerden şüpheleniyor da, ona mı söylemiyordu. Yıllardır ömrünü yemişti bu kadınlar. Her biriyle ayrı uğraşmış, hiçbirini tam olarak anlayamamıştı.

Salona döndü. Ne kadar şık ve ne kadar güzeldi burası. Fadi'yle oturdukları ev sıradandı. Fadi onu güzel ve şık sanıyordu ama burayı görse, dili tutulurdu. Salon birbirinden kıymetli antikalarla doluydu. Sadece köşede duran bronz üzerine kristaller konmuş ayaklı lamba bile Fadi'nin yaşadığı evin salonundaki tüm eşyalardan daha kıymetliydi. Hele yerdeki ipek halılar! Duvara dayalı konsolu, zamanında Büyükada'da yaşamış bir Yahudi'den almıştı. Tablolar zaten bir servetti.

Eskiden bu eve daha sık misafir gelir, bu şık salonda insanların kahkaha sesleri çınlardı. Şimdi artık Kenan eve pek nadir geldiği için misafirleri de olmuyordu. Aslında kulüpteki arkadaşları onu zaman zaman sıkıştırıyor, evde olmasa bile dışarıda bir yerde hanımlarla birlikte yemek yiyelim diye tutturuyorlardı ama Fadi'yi atlatmak o kadar kolay değildi.

Fadi ondan çok gençti. Böyle genç bir kadını daha kaç yıl idare edebilecekti acaba? Arkadaşlarının da dediği gibi bir an önce Fadi'yi bırakması gerekiyordu. Ama kadın çok seviyordu onu. Sevmek de değil, adeta tapıyordu. Farklı bir bağlılığı vardı ona. Bu pek aşka filan da benzemiyordu. Daha önceki ilişkilerinde de kadınlar ona çabuk bağlanır, onu kaybetmemek için ellerinden geleni yaparlardı. Bu öylesi de değildi. Sanki afyon bağımlılığı gibi garip bir şeydi işte. Ayrılırlarsa intihar filan etmeye kalkar mıydı acaba? Yapar mı yapardı. Hayat onlar için bu kadar değersiz miydi? Dünyada bir tane Kenan vardı, onun da hepsine yetişecek hali yoktu ya!

Handan'ın getirdiği soyulmuş meyveleri birbiri ardına ağzına atarken, şimdilik bu konuyu yine oluruna bırakmaya karar verdi. Madem kadınlar onu seviyor, ne yaparsa yapsın ondan asla vazgeçemiyorlardı, öyleyse endişeye gerek yoktu.

4

Fadi'nin işleri iyi gidiyordu. Maddi sıkıntıları tamamen bitmiş, arabadan sonra bir de daire almıştı kendine. Çocukluğunda çok yoksulluk çektiği için, kendini garantiye almaya çalışıyor, eline geçen parayı çar çur etmiyor, her şeyin en iyisini alsa da asla israfa kaçmıyordu. Ama artık sabrı kalmamıştı. Kenan'ı seviyordu sevmesine ama kandırılmak, aptal yerine konmak da hiç tahammül edemeyeceği bir şeydi. Karısının kendiliğinden gitmeyeceği anlaşılmıştı. Bunca yıldır devam eden bir ilişkiyi kadının anlamama ihtimali var mıydı? Hem Ankara aslında sanıldığı kadar büyük değildi. Belli kesimin insanlarının çoğu birbirini tanırdı. Bunca yıldır birlikte yemek yemedikleri restoran, gitmedikleri yer kalmamıştı. Her yıl kaç kere birlikte seyahat ediyor, otellerde, tatil köylerinde kol kola geziyorlardı. Hiç mi kimse onları görmüyor, o kadına bunu söylemiyordu. Bu işin içinde başka bir iş vardı. Kadın her şeyi biliyor ama ses çıkarmıyor olabilirdi. İyi ama kocası yıllardır eve barka uğramazken, başka bir kadını koluna takıp ortalıkta gezerken hiç mi gururu kırılmıyordu?

Kenan yıllar önce bu ayrılık meselesini karısına açtığını ama onun bunu asla kabul etmediğini sölemişti Fadi'ye. "Kabul etmezse etmesin, verirsin mahkemeye, tutarsın bir avukat, eve gitmediğini, yıllardır bir başka adreste ikamet ettiğini ispatlarsın, olur biter," demişti Fadi. Eğer bu Kenan denen adam onu aldatıyor, sürekli bahanelerle kandırıyorsa, onu hiç affetmeyecekti. Bunca yıl yalanlarla mı geçmiş, gençliği, hayalleri hep boşa mı gitmişti?

Gerçi aylar önce nihayet bir avukat tuttuğunu ve boşanmak üzere mahkemeye başvurduğunu söylemişti ama aradan bunca zaman geçmesine rağmen hiçbir gelişme olmamıştı. Bazen çok ümitli konuşuyor, hemen ardından ciddi bir engel çıktığını söylüyordu. Yoksa bu da mı yalandı? Ancak her seferinde, bekledin bekledin, kuyruğuna geldin, biraz daha sabret, diyordu kendine.

Camın önüne oturmuş, bir yandan kara kara düşünüyor, bir yandan gözü yolda, Kenan'ı bekliyordu. Hele bir gelsin, bu konuyu son bir kere daha enine boyuna konuşacaktı onunla. Ya düşündüklerim doğruysa, ya bu adam baştan beri beni kandırıyor, oyalıyorsa dedikçe içi içine sığmıyor, sigara üstüne sigara içiyordu. Sonra da, o kadar da değil diyordu içinden, benim onu nasıl sevdiğimi biliyor, arada bir yalan söylese de, sonunda mahkeme bitecek ve evleneceklerdi Kenan'la. Böyle düşününce içi rahatlıyordu.

Geçen gün arkadaşlarıyla gelinlikçiye gitmişler, hep birlikte gelinlik modellerine bakmışlardı. Bunca yıl bekledikten sonra içine sinesi bir düğünle evlenmek istiyor, gelinliklerin en şatafatlısını giymeyi düşlüyordu. Çocukluğundan beri hep bugünü hayal etmemiş miydi? Gerçi o, gelinlikten çok yanındaki adamın peşindeydi ama giyeceği gelinlik de önemliydi.

Lacivert Mercedes kapıya yanaşınca, heyecanla fırladı yerinden. Kenan bir süre önce arabayı değiştirmiş, yine lacivert bir Mercedes almıştı kendine ama bu seferkinin koltukları beyazdı. Fadi böyle istemiş, o da onu kırmamıştı.

Kenan oflaya puflaya çıkıyordu merdivenleri. Eskiden koşarak çıkardı ama ne de olsa aradan yıllar geçmiş, içilen bunca içki ve sigara kendini göstermeye başlamıştı. Çantayı elinden alıp sanki yıllardır görüşmüyorlarmış gibi hasretle sarıldı Kenan'a. O da eğilip öptü Fadi'yi yanaklarından.

Bugün ne yapıp edip bu konuyu açacak ve Kenan'ın kesin bir cevap vermesini isteyecekti. Evli bir erkeğin metresi olmak baştan beri ona çok ters geliyordu zaten. Kendiyle barışabilmenin tek yolunun onunla evlenerek bu ayıbı temizlemek olduğu kafasının bir yerinde hep duruyordu.

Yemek çoktan hazırdı. Kenan her zamanki gibi önce bir duş almış, Fadi yine onun omuzlarına masaj yapmış, üstüne rahat bir şeyler giyip öyle oturmuştu masanın başına.

Gecenin sonlarına doğru yavaş bir sesle konuşmaya başladı Fadi.

— Ne yaptın hayatım, mahkemeden bir haber var mı?

İşte Kenan'ın korktuğu başına gelmiş, yine o meşhur konu açılmıştı. Bu konuyu açmadığı gün kalmamış, Fadi onu sıkıştırdıkça sıkıştırıyordu. Artık söyleyecek yalan da kalmamıştı. Ne olursa olsun Fadi'den ayrılmak gibi bir niyeti hiç yoktu. Yalanla, dolanla da olsa bu ilişki daha yıllarca devam etsin istiyordu. Alışmıştı ona. Aradığı her şey vardı bu kadında.

Bu sefer ne bahane bulsam acaba diye düşünüyor ama artık aklına söyleyecek yeni bir yalan gelmiyordu. Biraz sertleşse, Fadi'yi korkutup susturmaya çalışsa işe yarar mıydı acaba? Başını tabağından kaldırmadan yüksek sesle cevapladı soruyu.

— Yok!

— Ne demek yok? Bu nasıl mahkeme böyle? Yoksa benim bilmediğim bir şeyler mi var?

Hayret, Fadi de ona sesini yükseltmişti. Böyle bir şey ilk kez başına geliyordu. İyi de, şimdi ne yapacaktı? Teslim olacak değildi ya, o daha çok bağıracak, konuyu kapatacaktı. Bir de üstelik yarın Semih'in oğlu evleniyordu. Bu düğüne Handan'ı da alıp gitmek zorundaydı. Belki aralarında çıkan kavga işine yarayabilir, bir iki gün buraya gelmez, bu arada düğün de aradan çıkardı. Sonradan nasıl olsa yine barışırlardı. Fadi ondan vazgeçemezdi.

— Ne biçim konuşuyorsun sen! Senin bilmediğin ne olacakmış? Her akşam yüz kere soruyorsun, biz de hesap veriyoruz. Kadın ayrılmayı kabul etmiyor, bunu sana daha kaç kere söyleyeceğim?

— Bana bak Kenan, bu iş daha fazla böyle devam etmeyecek. On yıl bu, dile kolay! Ya bu işi ne yapar eder halledersin, ya bu iş burada biter. Yalan söylüyor, beni atlatıyorsun gibi gelmeye başladı bana. Üç değil, beş değil, tam on yıldır bekliyorum seni. Benim de artık bir kocam, çocuklarım olsun istiyorum. Bunlar benim hakkım değil mi? Sen istesen bu işi çözersin. Artık seni iyi tanıyorum. Bu işte başka iş var. Bana gerçeği açık açık söyle. İşime gelmezse çeker giderim. Lütfen dürüst ol. Daha fazla karımı boşayamıyorum masalı anlatma bana. Karın bu ilişkiyi çok iyi biliyor. On yıldır kocası yok yanında, bilmez olur mu? Para, pul, ne istiyorsa ver karına ama evlen artık benimle. Biliyorsun benim parada pulda gözüm yok. İstersen her şeyini karına ver ama beni daha fazla kandırma. Bu gece bu konu bir şekilde sonuçlanacak. İçinde ne varsa söyle bana. Gerçeği bilirsem belki soruna birlikte bir çözüm buluruz.

Neler söylüyordu bu kadın? Onu hiç böyle görmemişti Kenan. Ne kadar da ciddi ve kararlı görünüyordu. Bir-iki kere yutkundu, böyle birinin daha fazla üzerine gitmek yanlış olacaktı. Biraz da duygusal takılmayı deneyecekti.

— Ne oldu sana böyle küçük Fadim benim. Neden böyle kızdın? Bir şey söyleyen mi oldu?

— İnsanlar zaten yıllardır söyleyeceklerini söylediler ama artık bende sabır tükendi.

— Yoksa beni artık sevmiyor musun?

— O başka, bu başka...

— Başka olur mu, ikisi de aynı şey.

— Konuyu değiştirme. Seni çok seviyorum ama o ayrı konu. Bu kadar sevdiğim, bu kadar önemsediğim adam beni yıllardır aldatıyor, yalan söylüyor gibi gelmeye başladı bana. Şimdi söyle bakalım, bunca yıldır neden boşayamıyorsun karını? Kadıncağız kötü birine benzemiyor. Bak, yıllardır bu evde, benimle yaşıyorsun. Başkası olsa başının etini yer, kırk kere gelir buraya, bizi basar veya bastırır, ikimizi de rezil ederdi. Bunların hiçbirini yapmadığına göre sen bana her şeyi söylemiyorsun. Ne istiyorsun, kadınla gidip bizzat mı konuşayım?

— Aman Fadi, sen bu gece neler söylüyorsun? Senin varlığını bilse, bu sefer hiç ayrılmaz benden. Kızar. Şimdi hiç olmazsa evleneceğimizi bilmiyor. Hem bu sefer ikna ettim galiba onu. Geçen gün konuştuk. Artık bitti bu iş. Mahkeme biter bitmez çekip gidecek buralardan. Sana söylemedim.

— Neden bana söylemiyorsun?

— İşin sonunu getireyim, sana sürpriz yapayım istedim. Hatta bizim sekretere söyledim, nikâh dairesinden bir an önce gün al dedim. Bu işler öyle kolay olmuyormuş.

— Daha boşanmadan gün alındığını da senden duyuyorum.

— Yok öyle değil, randevu gibi bir şey bu. Otellerin düğün salonlarını da çok önceden aramak gerekiyormuş çünkü özellikle hafta sonları bütün oteller aylar öncesinden doluyormuş.

Bu masalları da son günlerde bundan başka bir şey konuşmayan Semih'ten öğrenmişti. Oğlunun düğünü Hilton Oteli'nde yapılacaktı ve çok önceden gün almışlardı. Nasıl da çabucak buluvermişti bu yalanları. Allah onu seviyor, her seferinde onu kuyudan çıkaracak bir yalan getiriyordu aklına. Bu sözler karşısında Fadi de şaşırmış, Kenan'a inansa mı yoksa inanmasa mı bilemiyordu. Acaba gerçekten nikâh tarihi almış mıydı? Heyecanla sordu.

— Ne zamana gün alındı?

— Bugün gitti kız ama ben şirketten erken çıktığım için henüz konuşamadık.

— Karınla başka ne konuştunuz?

— Zaten yıllar önce bitti bu ilişki. Daha fazla uzatmanın kimseye faydası yok dedim.

— O ne dedi?

— Bu sefer itiraz etmedi. Demek ki böyle yaşamaktan o da bıktı. Ver öyleyse mahkemeye dedi.

— Mahkemeye mi ver dedi? Dava zaten yıllardır devam etmiyor mu?

— Ediyor tabii... Tamam öyleyse, avukatıma söylerim, bu işi daha fazla uzatmasın ama ben de şunları, şunları isterim dedi.

— Ne istiyormuş?

— Bir sürü şey, şirketten hisse, birkaç daire, para filan işte.

— Ver ne istiyorsa. Hazır kabul etmiş, caymadan bitir şu işi.

— Vereceğim tabii. Ne demişler, hamama giren terler. Zaten bunca yıl sonra o istemese de ben veririm.

— İyi, düğün işini ne yapacağız?

— Hilton'da olsun diyorum. Bize de öylesi yakışır. Hem salonu da büyük.

— Sen kalabalık bir düğün mü düşünüyorsun?

— Olunca öylesi olsun. Eş dost derken başka yere sığmayız. Senin de çevren geniş.

— Öyle ya... Kimleri çağırsam acaba? Geçen gün bizim kızlarla gelinlik bakmıştık. İyi ki gitmişiz. Yoksa aceleye gelecekti.

— Bunca yıl bekledikten sonra hiçbir şey aceleye gelmesin. Her şey hayal ettiğimiz gibi olsun. Aslında ben en çok senin mutlu olmanı istiyorum. Her şeyin en iyisine layıksın sen.

Derin bir nefes aldı Fadi. Kaç zamandır duymak istediklerini bir çırpıda söyleyivermişti Kenan. Demek bu arada bu yüzden çok düşünceliydi. Ne de olsa onca yıllık karısını boşayıp yeniden evlenmek kolay değildi. Ama düğün dernekten hiç kaçmıyor, tersine Fadi ne isterse öyle yapmaya çalışıyordu. Oysa Fadi hiç böyle düşünmemişti. Bu yaştan sonra ne düğünü, ne derneği der sanıyordu. Amma da haksızlık yapmış, günahını almıştı adamın. Gerçi için için onun kendisini ne kadar sevdiğini, bu ilişkiyi ne kadar önemsediğini biliyor ama şeytan sık sık aklına kötü şeyler getiriyordu. Haksız sayılmazdı. Bu sözleri duymak için tam on yıl sabırla beklemesi gerekmişti. Neyse, sonunda istediği olmuş, hayallerinin gerçek olmasına şunun şurasında artık aylar değil, günler kalmıştı. Yapılacak öyle çok iş vardı ki...

Daha fazla dayanamayıp yerinden kalktığı gibi sarıldı Kenan'ın boynuna. Öptü, öptü, öptü...

5

Sabah hiç âdeti olmadığı halde erkenden uyanmıştı Kenan. Başı çatlayacak gibi ağrıyor, dün gece olanları düşündükçe kalbi küt küt atıyordu. Bu yüzden uyuyamamıştı zaten. Bir de üstelik bugün mutlaka gitmesi gereken bir düğün vardı. Bir yolunu bulup Fadi'yi atlatmalı ve gece karısıyla birlikte oraya gitmeliydi. Eğer bu düğüne katılmazsa Semih onu asla affetmezdi. Hem en yakın dostunun oğlunun düğününe katılmamak için nasıl bir mazeret uyduracaktı ki... Gitmesine gidecekti de, kafasında dolaşan dokuz tilkinin hiçbirinin kuyruğunu birbirine değdirmeden bu işlerin altından nasıl kalkacağını şimdilik bilemiyordu.

Eskiden yalan söylemek daha kolaydı, hem de öyle maharetle yapıyordu ki bunu, kendi söylediği yalanlara bir süre sonra kendisinin bile inanası geliyordu. Sanki yalan söylemeyi otomatiğe bağlamıştı. Hiç şaşırmadan, özellikle kadınların gözünün içine bakarak yapardı bu işi. Kadınları hem çok sever, hem de biraz aşağılardı. Dünyaya erkek olarak gelmekten çok memnundu. Ne kötü şeydi kadın olmak! Bu dünyaya erkeklere hizmet etmek, onların gönlünü hoş etmek için gelmişlerdi.

Bu dünya erkekler için kurulmuştu. Bunun kıymetini pek bilmeyen hemcinslerini hiç anlamaz, hele kılıbık erkeklere hiç tahammül edemezdi. Karılarının ağzının içine düşerdi böyleleri. Onları gördükçe, "Erkek demeye bin şahit ister," der, arkalarından gülerdi. Bu adamlar deliydi ya da önemli bir eksiklikleri vardı. Neyin eksik olduğunu arkadaşlarının kulağına fısıldar, sonra da bir eliyle kulağını çekerek tahtalara vururdu. Ancak bu ara kendinde de başka türlü bir performans düşüklüğü görüyordu. Yine yalan söylüyor, yine kadınları bu yalanlara kolayca inandırabiliyordu ama eskisi kadar rahat hissetmiyordu kendini. Huzursuzdu.

Fadi çoktan gitmiş, gitmeden önce her zamanki gibi ona özenle kahvaltısını hazırlamış, portakal suyunu sıkmış, çayın altını kısmış, masaya da bir not bırakmıştı. Aceleyle kâğıdı eline aldı ve okumaya başladı.

"Sevgilim, bugün mutluluktan havalarda uçuyorum. Şu anda dünyada benden daha mutlu bir başka kadın eminim yoktur. İş çıkışı arkadaşlarımla buluşup gelinlikçiye bir kere daha gideceğim. Bu yüzden sana yemek yapamayacağım. Zaten on yıl sonra gelen bu mutlu haberi dışarıda güzel bir yemek yiyerek kutlamalıyız. Hilton Oteli'ne ne dersin? Hem oranın düğün salonuna da bakar, belki şimdiden bir tarih belirleriz. Seni hasretle öpüyorum."

Hilton Oteli'ymiş! Koca Ankara'da bu akşam gidecek başka yer kalmamış gibi kadın yemeğe Hilton'a gidelim diyordu. Neymiş efendim, düğün salonlarına bakacakmış! Bu kadının bazı şeyler içine mi doğuyordu acaba? Kaç kere böyle ufak tefek yalanlar söylese, ya rüyasında görür, ya laf arasında yalan söylediğini sanki yüzüne çarpardı adamın. İşler iyice sarpa sarmıştı. Başının ağrısı yetmiyormuş gibi bir de midesi bulanıyordu. Tansiyonu mu oynamıştı acaba? Durup dururken başına iş açmıştı.

Gençliğinden beri şu kadınların elinden çekmediği kalmamıştı ama biliyordu, suç kendisindeydi. Çok fazla taviz veriyordu bu kaşık düşmanlarına. Keşke bu kadar yumuşak olmasa, hiçbirine göz açtırmasaydı. Nasıl olsa ondan vazgeçemiyorlardı. Bunu kaç kere denemişti. Karısı bile bir kere gitmiş, sonra da bin pişman olmuştu gittiğine.

Böyle düşünmek biraz olsun rahatlatmıştı onu ama yine de içinde bulunduğu duruma henüz bir çözüm bulamamıştı. Dün gece Fadi hiç yapmadığını yapmış, neredeyse ona rest çekmişti ama o böyle şeylere pabuç bırakacak adam değildi. Bu numaraları yemezdi. Madem öyle, on yıldır aklı neredeydi? Onu korkutmak, sindirmek, dediğini yaptırmak için böyle söylemişti. Neymiş efendim, bu sefer de onu atlatırsa çeker gidermiş, ilişki bu sefer bitermiş, falan da filan... Aklı sıra onu korkutacak! Peki, yoksa korkmuş muydu? Yok canım, daha neler! Öyleyse neden ona o saçma sapan yalanları uydurmuştu? Nikâh günü almalar, Hilton'da düğün yapmalar filan!

Kahvaltı sofrasında, her zamanki yerine oturmuş, kukumav kuşu gibi düşünüp duruyor, canı bir lokma bir şey yemek istemiyordu. Omuzları düşmüş, elinde Fadi'nin yazdığı notla başını sağa sola oynatıp duruyordu. Bu işin altından kalkamazsa başına kimbilir daha ne belalar gelecekti. Hazır Fadi yokken evden pılısını, pırtısını toplayıp çekip gitse miydi acaba? Giderse nereye gidecekti? Eve... Evde mutlu muydu? Hayır... Bir daha o eve temelli dönme fikri bile içini ürpertiyordu. O güzelim ev, o birbirinden değerli eşyaların hiçbiri gözünde yoktu. O burada, bu evde, Fadi'yle mutluydu ama şu evlilik işini başına çıkarmasa, bu yaştan sonra el âleme onu rezil etmese olmaz mıydı? Hem bir yandan da Handan'ı temelli kaybetmek istemiyordu. Sessiz sedasız oturuyordu yerinde. Bu düzeni bozmak da nereden çıkıyordu. Rahat batıyordu bu kadınlara, rahat!

Fadi'nin sıktığı portakal suyunu bir dikişte içerken, onunla geçirdiği şu son on yılı düşündü. Memnundu yaşadıklarından. İki kadın birden onun yolunu gözlemiş, bir dediğini iki etmemişlerdi. Buna rağmen o boş durmamış, kısmetine ne çıktıysa hiçbirini kaçırmamış, az da olsa her birinin tadına bakmıştı. Ancak bir yerlerde yanlış yapıyordu galiba. Bu kadınlara fazla yüz verince mutlaka astarını istiyorlardı. Annesi de hep böyle derdi. "Aman oğlum, kadınlara yüz verme. Yoksa tepene çıkar, kullanırlar seni." Kadıncağız haklıydı...

Arkadaşları ona kırk kere söylememişler miydi, bu iş senin başına bela açacak, bırak şu kızı diye... Aslında önceleri hepsi seviyordu Fadi'yi. Bu ilişkiyi duyunca çok kızmışlardı Kenan'a. Elin garibanından ne istiyorsun, yakışıyor mu sana öyle birinin günahına girmek demişlerdi ama onları dinlememiş, bu işi bu hale getirmişti. Ne de olsa bu konuda arkadaşları da kendisi gibi oldukça tecrübeliydi. Sonradan, "Bari tadında bırak oğlum, bu işler fazla uzatmaya gelmez," demeye başlamışlardı. "Kız genç, yarın öbür gün senden nikâh ister. Hem sen kim, Fadi kim? Evine barkına sahip çık," diye az mı uyarmışlardı.

Aslında bu tür önerileri eskiden Kenan onlara yapardı. Ne de olsa bu konular onun ihtisas alanına giriyordu. Ama sonunda göz göre göre öyle bir bataklığa saplanmıştı ki, bu saatten sonra oradan çıkması çok zordu. Aslında ne Fadi'yi, ne de Handan'ı düşünüyordu. Kadın dediğin başının çaresine bakardı nasıl olsa. Onun derdi kendiydi. Fena alışmıştı Fadi'ye.

Şimdiye kadar hiçbir kadını gerçek anlamda sevip sevmediğini kendisi de bilmiyordu. Gerçi hepsine, "Seni seviyorum," derdi ama... Onlarla yatıp kalkmak, iyi vakit geçirmek kendisinin de çok hoşuna gidiyordu. Kadınlar hep baş tacı etmişlerdi onu. Böylesini hangi erkek sevmezdi ki? Bu anlamda anasından şanslı doğmuştu. Şimdiye kadar hiç terk edilmemiş, aşk acısı çekmemişti. Bir kadının peşinden koşmak filan hiç ona göre şeyler değildi.

Bu iş böyle olmayacaktı. Bugün mutlaka bir çözüm yolu bulup bu sıkıntıdan kurtulması gerekiyordu. Sevmezdi sıkıntıyı, derdi, tasayı. Zaten buna bedeni de daha fazla dayanamayacaktı. Baksana, belki de şimdi sıkıntıdan şuracıkta ölüp gidecek, kimsenin haberi olmayacaktı.

Karısına, "Boşanalım," dese, itiraz etmezdi. Paşa paşa gider, ne gerekiyorsa imzalardı. Tok gözlüydü Handan. Ondan fazla bir şey de istemez, ne derse boyun eğerdi. Hay Allah, onun çekip gitmesini de istemiyordu ki... Başı sıkışsa, hastalansa onun yanına koşardı. Nasıl da iyi bakardı ona Handan. Başucundan ayrılmaz, birbirinden güzel, sıcacık çorbalar yapar, hatta eliyle içirirdi. O da nazlandıkça nazlanır, grip bile olsa günlerce çıkmazdı yataktan. Onun ilgisini, şefkatini seviyordu.

Gerçi Fadi de ona ömür boyu krallar gibi bakardı ama yine de olmazdı bu iş. Haspam bir de düğün dernek istiyordu ondan! "Ulan sen düğünü derneği nerede kaybettin de burada bulasın? Bu yaştan sonra onca para harcayıp milleti kendime mi güldüreceğim," dedi içinden. Hele kulüpteki arkadaşları kimbilir nasıl da dalga geçerlerdi onunla. Elin sürtüğünü hanım yaptın başımıza der, arkasından bol bol gülerlerdi.

Ona neden sürtük diyorlardı acaba? Kızın geçmişi de tertemizdi, bugünü de. O, erkek olarak bir tek Kenan'ı tanımış, ondan başkasına göz ucuyla bile bakmamıştı. Ama bunca yıldır evli bir adamla birlikte yaşayan bir kadına bu ülkede kimse namuslu gözüyle bakmıyordu işte. Fadi'ye "sürtük" dediklerinde de buna hiç itiraz etmemişti.

Sabah sabah aklı iyice karışmış, morali tümden bozulmuştu. Eğer Fadi, kendisini söylediği kadar çok seviyorsa, öyle hemen evlenmediler diye ayrılmazdı ondan. Daha doğrusu ayrılamazdı. Birkaç gün kızar, küser, sonra yine barışırdı. Aşk bu, başka şeye benzemezdi ki... İnsan bir kere tutuldu mu, kurtulamazdı. Bu numaraları yememeliydi. "Handan vazgeçti ayrılmaktan, yine iş mahkemeye kaldı," deyiverse ne olurdu? Kıyamet mi kopardı? Koparsa kopsun.

Sofrayı öylece bırakıp kalktı yerinden. Çayın altını kapatırken eli çaydanlığa takıldı ve kaynar çay bir anda ortalığa dökülüverdi. Kendini ani bir refleksle geriye atsa da kaynar sular eline sıçramıştı. Aceleyle elini musluğun altına tutarak acısını hafifletmeye çalışırken, bir yandan da ağzına ne gelirse söylüyordu. Her taraf berbat olmuştu ama şimdi bunlarla uğraşacak hali yoktu. Yüzünü buruşturarak banyoya doğru yürüdü.

Evden çıktığında öğlen olmuştu. Bu saatte onu karşısında gören Handan da şaşırmıştı bu işe. Hiç bu saatte gelmezdi bu adam. "Biraz yorgunum, yatacağım. Midem de bulanıyor, bir çorba yaparsan içerim," dedi. Handan Kenan'ın elindeki çantayı aldı, koşarak yatak odasına gidip yatağı açtı, onun soyunmasına yardım etti.

— Akşama düğün var, biliyorsun.

— Biliyorum. İnşallah akşama kadar bir şeyin kalmaz. Gitmezsek Semih'e çok ayıp olur.

— Gideriz, gideriz. Şu telefonu getir de bizim sekreteri arayıp güzel bir çiçek yaptırıp göndermesini tembih edeyim. Sen de akşama iyi hazırlan. Tuvalet muvalet bir şeyler giyersin artık.

— Şimdi ben de akşama giyeceklerimi ütüleyecektim.

— Ben ne giyeceğim? Ona da bir bakıver.

— İtalya'dan aldığımız smokini giyersin diye düşünmüştüm. Onu da ütülerim.

Kenan bembeyaz çarşafların arasına kıvrılıp yattı. Oh, biraz rahatlamıştı. Şimdi çorbadan sonra bir de ilaç alır, birkaç saat uyursa aklı başına gelirdi. Akşam için Fadi'ye ne diyeceğini de o zaman düşünürdü. Kimsenin onu rahatsız etmemesi için cep telefonunu kapatmıştı.

Akşamüstü Kenan gerçekten kendini çok daha iyi hissediyordu. Hazır karısı meşgulken Fadi'yi aramak üzere cep telefonunu açtı. Ohoo, on kez aramıştı. Hay Allah bu kadın insanı cehennemde bile bulurdu. Biraz gergin bir surat ifadesiyle Fadi'nin numarasına bastı, telefon daha çalar çalmaz açıldı.

— Neredesin Kenan, çok merak ettim seni.

— Biraz işim vardı, keyfim de yoktu. Dün gece çok içmişiz, başım ağrıdı. Onun için kapattım telefonu.

— İnsan aramaz mı, izin alır gelirdim. Şimdi neredesin?

— Ne yapacaksın nerede olduğumu? İşim var dedim ya...

— Ama şirkette de yoksun. Bugün hiç uğramadı dediler. Kulübe de gitmemişsin.

— İşim var, işim... Şantiyelerden birinde önemli bir sorun çıkmış. Sabah erkenden yola çıktım. Bu gece de burada kalacağım. Şimdilik Ankara'ya ne zaman döneceğimi bilmiyorum. Ben seni yarın arar, durumu bildiririm.

— Ne sorunu?

— Zaten canım çok sıkkın, üzerime gelme lütfen.

— Neredesin sen şimdi? Hangi şantiyedesin?

— Sen sorgu meleği mi kesildin başıma? Yarın konuşuruz dedim ya?

— Bak Kenan, yine yalan söylüyorsun gibi geliyor bana.

— Bırak artık bunları. Sen ne yaptın? Gittin mi gelinlikçiye?

— Gittim... Ama benim içim hiç rahat değil. Zaten arkadaşlarım da bir türlü inanmadılar bana. Daha adam karısından ayrılmadan, acelen ne diyorlar. Hiçbiri güvenmiyor sana.

— Amaann... Şimdi bir de senin arkadaşlarınla uğraşamam...

Kenan telefonu bir an önce kapatmak istiyordu çünkü Handan her an giyinmesine yardım etmek için odaya girebilirdi. Şu Fadi her zamanki gibi lafı uzattıkça uzatıyordu.

— Ne demek uğraşamam? Hem bu şantiyeye gitme işi de nereden çıktı? O kadar adam dururken neden sen gidiyorsun?

— Tamam Fadi, kes artık. Bıktım senin bu şüphelerinden. Sana işim var diyorum, sen uzattıkça uzatıyorsun.

O sırada kapı yavaşça açılmış ve elinde ütülenmiş beyaz gömlekle Handan girmişti içeri. İşte korktuğu olmuş, çok zor durumda kalmıştı Kenan. Akşam akşam tam da düğüne giderken yeni bir mesele çıksın istemiyordu.

— Hadi, kapatıyorum şimdi. Yarın görüşürüz.

Telefonu kapatıp sehpanın üzerine koymuş ve Handan'ın elindeki gömleği almak üzere geri dönmüştü. Handan başını kaldırmadan gömleği verip aceleyle odadan çıkmaya hazırlanırken telefon yine çalmaya başlamıştı. Arayanın Fadi olduğundan emindi. Evet, oydu arayan. Açsa bir türlü, açmasa bir türlüydü. Yok, bu böyle olmayacaktı. Zaten artık söyleyecek bir şeyi de kalmamıştı. Konuştukça batacak, Fadi onun yalan söylediğini nasıl olsa anlayacaktı. En iyisi telefonu yine kapatmaktı. Keşke hiç açmasaydım diye düşündü içinden. Ne olduysa olmuştu artık. Gerisini yarın düşünürdü.

Fadi o andan itibaren defalarca aramıştı Kenan'ı. Telefondaki ses "aradığınız kişiye şu anda ulaşılamıyor" dese de, sanki biraz sonra açılacakmış gibi sürekli basıyordu telefonun tuşuna. Eli ayağı titriyor, kalbi küt küt atıyordu. Bıkmıştı artık bu adamın yalanlarından. Şimdi kimbilir neredeydi? Şantiyedeyim dediğine hiç inanmamıştı. Öyle olsa nerede olduğunu ballandıra ballandıra anlatırdı. Artık çok iyi tanıyordu onu. Acaba bütün söyledikleri yalan mıydı? Boşanma, Hilton'da düğün, davetliler, gelinlik... Arkadaşları doğru söylüyor olabilir miydi?

Arabayla evine gidiyordu. O kadar kızmış, kafası öyle karışmıştı ki, kaza yapmaktan, birilerine çarpmaktan korkuyordu. Keşke kimsenin canı yanmasa ama kendi ölseydi. Bu işkenceye daha fazla dayanacak gücü kalmamıştı. Yakın çevresi onu sürekli uyarmış, bu sevdadan vazgeçmesini söylemişti. "Bu adamın gözü göz değil. Şimdiye kadar sadece seni değil, beraber olduğu bütün kadınları aldatmış. Onun tarzı bu, huyu bu," demişlerdi.

Aslında haklıydılar. Bütün bunların böyle olduğunu en iyi kendisi biliyordu. Daha ona âşık olmadan önce her şeye gözüyle şahit olmuş, karısına ve sevgililerine ne yalanlar söylediğini bizzat kulaklarıyla duymuştu. O zaman o kadınlara gülüyor, her birinin ne kadar da aptal olduğunu düşünüyordu. Şimdi asıl aptal kendisi oluyordu demek ki... İstediği her şeyi verirse Kenan'ın değişebileceğini, herkesi aldatsa da bunu ona yapmayacağını sanmıştı. Belki o kadınlar da tıpkı kendisi gibi düşünmüştü. Demek insanoğlu neyse oydu, hiç değişmiyordu.

Arkadaşları çoktan evlenmiş, çoluk çocuğa karışmıştı. Her birinin az çok bir kurulu düzeni vardı. Bunu yapamayan tek kişi kendisiydi. Göğsünü gere gere ortalıklara çıkamıyor, her yerde başı eğik geziyordu.

Gün olmuş ayaklarını bile yıkamış, bir erkeğin hayal edebileceği her şeyi yaşatmıştı ona. Yeter ki evlensinler, yeter ki Kenan da onu sevsin ve kimselerle aldatmasın diye. Bu da mı yanlıştı acaba? Bir erkek daha ne isteyebilirdi? Hesaplar tutmamış ve bu aşk hikâyesini mutlu sonla bitirememişti. Yenilgiyi kabul etmek, vazgeçmek hiç ona göre şeyler değildi ama galiba yenilmişti.

Bunları düşündükçe kulaklarına kadar kızarıyor, içindeki sıkıntı giderek artıyordu. Evine gelmek üzereyken vazgeçti. Direksiyonu kırdı ve bir başka yere gitmek üzere telaşla bastı gaza. Kenan'ın evinin önüne gidecekti. İçine şeytan girmişti sanki. Bu gece, bu adam eğer ona yalan söylüyorsa mutlaka evine gitmiş olmalıydı. Yine bir işler çeviriyordu ama ne olduğunu bir türlü anlayamamıştı. Gerekirse sabaha kadar orada bekleyecek ve evi gözetleyecekti. Eğer adamın günahını alıyorsa, o da rahatlayacak ve yorgun da olsa huzurla evine geri dönecekti. Hem telefonu yüzüne kapatmak da neyin nesiydi? Veremeyeceği bir hesabı vardı bu adamın. Bu hesabın ne olduğunu öğrenmeli, sonucuna katlanmalıydı. İşin peşini bırakmaya niyeti yoktu. Ya bir an önce evlenecekler ya da bu iş burada bitecekti.

Saatine baktı, yediye geliyordu. Trafik de çok yoğundu ama olsun, eve gidip kara kara düşünmektense belki orada bir şeyler görür, neyin ne olduğunu anlamaya çalışırdı. Kenan Çankaya taraflarında oturuyordu. Sokağa girince yavaşladı. Evin önüne kadar arabayla gitmesi doğru olmazdı. Buralarda park yeri bulmak da meseleydi hani. Büyükçe bir apartmanın önündeki özel park yerine girdi. Nasıl olsa buralardan uzaklaşmayacaktı. Sahibi gelince çıkardı. Arabanın camını açtı. Başını hafifçe uzatınca evi gayet iyi görebiliyordu. Başını yukarı doğru kaldırıp dördüncü kata dikkatlice baktı. Evin bütün ışıkları yanıyordu. Hatta bulunduğu yerden tavanda asılı olan büyük, kristal avizeyi bile rahatça görebiliyordu. Dıştan bakınca çok şık bir eve benziyordu. Handan Hanım bu lüks dairede akşama kadar ne yapıyor, Kenan olmadan nasıl yaşıyordu acaba?

Evin ışıklarına baktıkça oflayıp puflamaları artıyordu. Bu evin önüne ilk kez geliyordu. Kenan'ın evinin nerede olduğunu biliyor ama buraya gelmekten özellikle kaçıyordu. Bu akşam ne olmuşsa olmuş, bir kuvvet onu sanki buraya gelmeye zorlamıştı. Acaba Kenan evde olabilir miydi? Buna pek ihtimal vermiyordu ama onda bugün kesinlikle tam anlayamadığı bir şeyler vardı. Açıkça hissetmişti bunu. Ondan bir şeyler saklıyordu.

Gözlerini o görkemli apartmandan alamıyordu. Evde bir hareket vardı. Sanki birileri içeride dolaşıyordu. Acaba misafir mi vardı? Tüller ne kadar da şık ve muntazamdı. Handan belli ki temiz ve titiz bir kadındı. Balkonlardan biri camla kapatılmış, kenarlara büyük, yeşil bitkiler dizilmişti. Kenan evde olsa, genellikle lacivert Mercedes de kapıda olurdu ama yoktu. Bu kadın, yalnız başına bütün ışıkları yakıp ne yapıyordu acaba evde? Uzaktan bakınca bile oturdukları evin çok geniş olduğu belli oluyordu.

Sokaktan geçen her arabaya dikkatle bakıyor, apartmana girip çıkan herkesi tek tek süzüyordu. Şimdilik ona ters gelen bir şey olmamıştı. Çantasından sigara paketini çıkarıp bir sigara yaktı. Cam açık olduğu için biraz üşümüştü ama üşüdüğünün bile farkında olamayacak kadar gergin ve sinirliydi. Sigaradan uzun nefesler alıyor ve camdan dışarı doğru üflüyordu.

O sırada koyu renk bir araba apartmanın kapısına doğru yaklaşıp durdu. Dikkat kesilmişti. Evet, bu oydu, yani İsmail, yani Kenan'ın şoförü... Başını arabadan biraz daha uzatıp yanılıp yanılmadığına baktı. Hayır, yanılmamış, İsmail arabanın motorunu kapatmamış sanki birinin aşağı inmesini bekler gibi orada duruyordu. Lacivert Mercedes gecenin karanlığında daha bir görkemli duruyor, kırmızı arka farları pırıl pırıl parlıyordu. Neler oluyordu acaba? İyi ki şeytana uymuş, iyi ki buraya gelmişti.

Çantasını kaptığı gibi hızla indi arabadan. Sigarayı yere atıp ayağındaki çizmeyle iyice ezdikten sonra başını hafifçe eğerek o tarafa doğru yürüdü. Hem görünmek istemiyor, hem de olacakların bir anını bile gözden kaçırmaktan korkuyordu. Neyse ki sokak karanlıktı. Evin tam karşısındaki kaldırımda bulunan büyük çınar ağacına doğru ilerledi ve arkasına saklanıp tüm dikkatiyle apartman kapısından kim çıkacak diye gözlemeye başladı.

İşte apartmanın otomatı yanmış, kapıya doğru yaklaşan bir gölge belirmişti. Evet, Kenan'dı kapıdaki. Nasıl da şık giyinmişti böyle... Siyah kaşmir paltosunun altından smokinin yakası ve kırmızı papyon kravatını hemen görüvermişti Fadi. Demek yalan söylemiş, şantiyedeyim filan diye onu atlatıp eve, sevgili karısının yanına koşmuştu. Hani onunla konuşmuştu, hani hemen boşanıyorlardı! Söylediği her şey yalan, hepsi masal mıydı?

Sinirden eli ayağı buz kesmiş, sanki kanı donmuş, gözleri Kenan'a kilitlenmiş, ağacın arkasında öylece kalakalmıştı. Akşamın bu saatinde, smokinleri giyip nereye gidiyordu bu adam? İsmail demek her şeyi biliyordu. Patronu, "Gel beni al," demişti ona. Sersem adam kimbilir daha neler biliyor da, ona söylemiyordu. Oysa İsmail onun arkadaşı sayılırdı. Ne de olsa ilk gençlik yıllarında kulüpte birlikte çalışmışlar, dertlerini, sorunlarını paylaşmışlardı onunla. Geçen bunca yıldan sonra, ona hiç hanımlık taslamamış, her zaman eski bir dostu, arkadaşı gibi davranmıştı. Yani dost bilmişti İsmail'i...

Kenan arabaya binmekte acele etmiyor, birini bekler gibi sık sık arkasına bakıyordu. Çok geçmeden Handan göründü kapıda. Siyah, uzun bir tuvalet vardı üzerinde. Kürkünün önü açıktı ve boynuna taktığı kolye, gecenin karanlığında bile ışıl ışıl parlıyor, eteklerini tutarak ağır ağır ilerliyordu arabaya doğru. O da ne, Kenan yavaşça Handan'a doğru yaklaşmış, koluna girmişti karısının. Gülerek bir şeyler konuşuyorlardı. Birbirlerine iltifat mı ediyorlardı yoksa? Handan bir şeyler söylüyor, Kenan da hafifçe ona doğru eğilmiş, dinliyordu. Ne kadar da mutlu görünüyorlardı uzaktan. Hiç de ayrılmaya karar vermiş bir çifte benzemiyorlardı.

Fadi gördüklerine inanamıyor, başı dönüyor, gözleri kararıyordu. Şu koca çınar da olmasa, belki de buraya yığılıp kalacaktı. Demek her şey yalandı!

İsmail yerinden fırlamış, Handan'ı arabaya bindirmek üzere yerlere kadar eğilerek ona kapıyı açıyordu ki Fadi gerilmiş bir yaydan atılan ok gibi fırladı yerinden. Daha Handan Hanım arabaya binmeye fırsat bulamadan, tam onların önüne dikiliverdi. Deniz Apartmanı'nın önünde, sadece filmlerde olur sanılan bir olay gerçekleşmek üzereydi. Dört kişi, büyük bir hayret ve şaşkınlıkla birbirine bakıyor, kimse yerinden kıpırdayamıyordu. Sanki zaman durmuş, rejisör filmi daha fazla devam ettirmek istemez gibi "stop" deyivermişti.

Bu sessizliği ilk bozan Kenan olmuş, bu havada, düşmesin diye Handan'ın kolunu tutan elini, sanki ateşe değmiş gibi hızla geri çekmişti. Yüzü sapsarıydı ve ne yapacağını, kime ne söyleyeceğini bilemediğinden sadece inler gibi tuhaf sesler çıkarmıştı. İsmail olacakları hissetmiş gibi arabadan bir iki adım uzaklaşmış, gözlerini kısarak bakıyordu onlara. Handan da neye uğradığını şaşırmıştı. Bu kadın da kimdi, onlara neden bu kadar öfkeli bakıyordu.

Fadi artık kendini tamamen kaybetmişti... Yıllardır içinde biriken öfke ve kin bir çağlayan gibi dışarı boşalmayı bekliyordu. Hareketleri tamamen kontrolden çıkmış, ne yapacağını, ne söyleyeceğini kendisi de bilmiyordu. Omzuna astığı büyükçe çantayı yavaşça çekti ve İsmail'e vurdu. İsmail'den, "Ah kafam!" diye bir ses sokağa doğru yayıldı. Sıra Kenan'a gelmişti. Kenan panik içinde ellerini başına doğru götürmüş, Fadi acımasızca vurmaya başlamıştı. Çantayı bütün gücüyle adamın neresine denk gelirse vuruyor, darbelerin ardı arkası kesilmiyordu. Çanta büyüktü, içi her zamanki gibi çok doluydu ve üstelik önünde kocaman bir madeni toka vardı.

Handan olanları önce dehşetle izlemiş, bu arada bir darbe de kendisi almamak için elleriyle başını koruyarak kendini bir-iki adım geri atmıştı ancak burada biraz daha kalırsa bu dayaktan kendisinin de nasibini alacağı belliydi. Bir an önce bu ortamdan uzaklaşması gerekiyordu. Küçük bir çığlık atarak apartmana doğru koştu. Şu anda bağıran sadece kendisi değildi. Fadi de Kenan'a her vuruşunda çığlık atıyor, Kenan can havliyle çevreden yardım istiyor, İsmail ise kendini sokağın ortasına atmış, "Yapmayın, durun!" gibi sözlerle ama olaya sadece uzaktan bağırarak dahil oluyordu.

Deniz Apartmanı'ndaki bütün pencereler açılmış, insanlar yarı bellerine kadar ve birbirlerinin üzerinden olayı görmeye çalışıyor, "Hey, durun, neler oluyor orada, ayol dursana, adamı öldüreceksin!" veya "Polis yok mu!" diye bağırıp duruyorlardı.

Herkesin duyduğu bu sesleri bir tek Fadi duymuyordu. Onun için zaman durmuş, her şey donmuştu. Beyninin içi ağzına kadar kin ve öfkeyle dolmuş, dışarı akabilmek için bütün bedenini zorluyordu. Ne yaptığını, neden yaptığını, biraz daha devam ederse belki de Kenan'ı öldüreceğini düşünecek durumda değildi. Aklı onu çoktan terk edip gitmişti. İçinden bir ses, ona, "Vur, bir daha vur!" diyor, o da bu sese itaat ediyordu. Hepsi bu...

Handan apartmana girmiş, o içeri girerken kapıcıları Cemal Efendi pijamasının üzerine giydiği eski kahverengi ceketinin önünü kapatarak sokağa fırlamıştı. Bu kadın, bu çelimsiz kadın, koskoca Kenan Bey'i, hem de sokağın ortasında evire çevire dövüyor muydu ne? İyi ama adam neden buna izin veriyor, bir tane de kendisi bu edepsiz kadına vurmuyordu? "Ben olsam," dedi içinden, "çantayı elinden kaptığım gibi yapıştırırım kafasına. Elimin tersiyle de iki tane patlattım mı, olay biter. Konu komşuya rezil olacağıma, veririm dersini."

Şimdi kendi karısı Emine görmeliydi bu manzarayı. Az dayak yememişti Cemal'den. Belki de, "Oh!" derdi o. "Oh, eline sağlık kadının." Ama Cemal göz açtırmazdı Emine'ye. Kadın değil mi, biraz yüz verse tepesine çıkardı.

Handan apartmanın demir kapısını iyice kapatmış, camın arkasından olanları seyrediyordu. Kocası neden böyle bir kadından dayak yiyor ve hiç ses çıkarmıyordu acaba? "Ah bu Kenan'ın işleri," diyordu içinden. Kimbilir yine ne işler çevirmiş, belki de bu kadına kendini bekâr olarak tanıtmış, kandırmıştı zavallıyı. İçin için kızıyordu kocasına. Kimbilir, kimlerle aldatmıştı onu. Bunun hesabını tutmayalı çok uzun zaman olmuştu ama yine de onu böyle dayak yerken görmek, hem de bunu bir hemcinsinin yaptığına tanık olmak canını sıkmıştı. Oldukça da gençti kadın ama maşallah çok da kuvvetliydi hani... Sonunda Kenan elindeki çantayı almayı başarmıştı ama kadın bu sefer de elleriyle saldırıyor, adamın yüzünü gözünü tırmalıyor, arada bir de geri çekilip elinin tersiyle vuruyordu adama. Tokatlar öyle sıkıydı ki, sokakta bu ses yankılanıyordu.

Handan bulunduğu yerde daha fazla duramayıp apartmanın kapısını aralayıp canhıraş bir sesle bağırdı İsmail'e.

— İsmail, Cemal, ne duruyorsunuz orada, Kenan'ı öldürecek! Koşun, yetişin! İmdat, adam öldürüyorlar, kurtaran yok mu!

Sokağın bir ucundan öteki ucuna kadar çınlayan bu ses karanlıkta hepsinin suratına tokat gibi çarpmış, Fadi, yumruğu havada bir boksör gibi olduğu yerde kalakalmıştı. Derin bir uykudan uyanır gibi etrafına bakıyor, bir yandan da düşmemek için sağa sola sallanarak dengesini bulmaya çalışıyordu. O durunca, harekete geçmeye hazırlanan Cemal ve İsmail de bir kere daha kımıldamaktan vazgeçtiler.

Kenan, sanki gülecekmiş gibi ağzını hafifçe aralamış ama yüzünden akan kanlar ellerine bulaşınca paniklemiş, dehşetle açılan gözlerini Fadi'ye dikmişti. Fadi de Kenan'ın kan içinde kalan yüzüne bakıyordu ama bu bakışlarda pişmanlık ya da merhametten eser yoktu. Sonra sesin geldiği yöne çevirdi başını. Apartmanın kapısında dehşet içinde titreyen Handan'la göz göze geldiler. İkisi de bir süre gözünü kaçırmadan baktı birbirine. Sonra Fadi eğildi, yere düşen çantasını aldı ve ağır ağır uzaklaştı oradan.

6

Sanki her şey bir anda olup bitmiş, Fadi oradan uzaklaşınca kimse ne yapacağını bilememişti. Handan, apartmanın yarı açık kapısında durmuş, uzaklaşan kadına bakıyordu. Onunla göz göze geldiklerinde tarif edemediği, yüreğini acıtan bir şeyler hissetmişti. O kadına kızmak, içinden onunla ilgili kötü sözler söylemek istiyor ama bunu bir türlü yapamıyordu. Nasıl da bakmıştı kadın gözlerinin içine. Ne demek istemiş, o ne hissetmişti acaba?

Kenan yıllardır bu kadın uğruna mı eve barka uğramıyordu? İnce, uzun bir sızı yayıldı içine. Bir an gözlerini kapattı, bin bir duygu beyninin içinde dönüp duruyordu. Sanki yıllardır yüreğinde sakladığı ve çok değer verdiği bir şeyler birer birer kırılıyor, parçaları dökülüyordu ortalığa.

Gözlerini yeniden açtı; burnunun kenarlarından iki damla yaş aşağı doğru süzüldü. Hafifçe silkelenerek kendine gelmeye uğraşırken burada ayakta durmaktan, telaştan, heyecandan ayaklarının uyuştuğunu ve üşüdüğünü fark etti. Kocasına doğru baktı, adamın yüzü gözü kan içindeydi. Belki de aldığı darbelerden beyni de zarar görmüştü. Hemen bir hastaneye gitmesi gerekiyordu. Eteklerini topladı, Kenan'a doğru koşmak üzereyken sanki bir el onu durdurdu. Ne işi vardı onunla hastanede. Elin kadınından, sokak ortasında dayak yiyen bir adamla ne işi vardı onun! Şoförü yanındaydı. Nasıl olsa ona gerekeni yapardı. Aceleyle arkasını döndü ve koşarak girdi içeri.

Cemal Efendi önce telaş içinde durduğu yerden Kenan Bey'e

doğru bir hamle yapmıştı ama kadın birden geri dönüp sahayı terk edince ne yapacağını bilememiş, şaşkın gözlerle etrafına bakınıyordu. Camda merakla onları seyreden yüzleri görünce başını iyice yukarı kaldırıp omuzlarını silkeleyerek ellerini iki yana açtı, ben de anlamadım, der gibi dudaklarını büktü.

Yıllardır bu apartmanda çalışıyordu. Çocukları burada doğmuş, iki kızını çoktan gelin etmişti bile. İyi kötü herkesin bilinmeyen pek çok yönünü bilir, kimsenin açığını kimseye söylemez ama her şeyi içinde tutamayacağına göre akşamları eş dost ve akrabayla bir araya geldiklerinde bunları gülerek konuşurlardı. Günün en keyifli kısmı da buydu işte... Öyle zamanlarda konuştuklarını çocuklar duysun istemez, herkesi uyarırdı. O böyle yaptıkça olay çocukların daha fazla dikkatini çeker, dinlemeyeceklerse de kapı aralığından birbirlerini itip kakarak dedikodulardan hiç olmazsa bir kısmını anlamaya çalışırlardı.

Dedikodu etmek için Kenan Bey iyi bir malzemeydi. Zaten adamın hali tavrı, giyimi kuşamı, insanlara tepeden bakışı, hatta ses tonu bile kadın erkek, herkesin dikkatini çekiyordu. Hele on numaradaki Süheyla Hanım utanmasa adamın içine düşecekti. Kocası sık sık seyahate gittiği için kendini nasıl oyalayacağını bilemez, camlardan ayrılmaz, Kenan Bey seyrek de olsa eve geldiği zaman bir şeyi bahane eder ve mutlaka adamın karşısına çıkardı. Üç numaradaki emekli albayın kızı da meraklıydı onunla konuşmaya. Daha yaşı küçüktü ama bu iş yaşa başa bakmıyordu.

Sadece kadınlar mı, erkeklerin de gözü sürekli Kenan Bey'deydi. Ancak kadınların aksine, adamlar onunla karşılaşmamak için ellerinden geleni yaparlardı. Bal gibi kıskanıyorlardı adamı. Aslında eve pek sık gelmezdi Kenan Bey. Gelse de elinde çantasıyla hiç sağına soluna bakmadan hızla girerdi içeri. Çoğu zaman asansör bile beklemez, dört kat merdiveni delikanlılar gibi ikişer üçer atlayarak çıkıverirdi. Şimdiye kadar gözüyle gördüğü bir şey yoktu ama apartmanda dedikodu almış yürümüştü.

Herkes onunla ilgili başka bir şey anlatıyordu. Ne de olsa zengin apartmanıydı burası. Ankara dediğin de küçük yerdi aslında.

Lüks mekânlarda herkes birbirini görürdü. Günahı onların boynunaydı ama her biri onun başka kadınlarla ilişki yaşadığını, eve böyle seyrek gelmesinin sebebinin de metresleri olduğunu iddia ediyordu. Özellikle apartmandaki kadınlar bu konuya büyük bir ilgi gösteriyorlar, aralarına pek de katılmayan Handan Hanım'ı seyrek de olsa gördüklerinde onu iğnelemekten geri durmuyorlardı. Öyle ya, adam kocalarına kötü örnek oluyordu. Gerçi eve her gelişinde camlardan ayrılmasalar da, hem sinir oluyorlardı adama, hem de gözlerinin içine hayran hayran bakmaktan geri durmuyorlardı.

Hepsi tamamdı da, şu Handan Hanım'ı bir türlü anlamıyordu. Temiz pak, güzel, namuslu bir kadındı. Az konuşur, apartmandaki diğer kadınlar gibi onu oraya buraya koşturmaz, bir gün olsun başkalarının derdine düşmezdi. Evlerinden gürültü patırtı gelmez, her şeye rağmen kocasıyla kavga etmezdi. Söylenenler doğruysa ki bu akşam bunların doğruluğunu kendi gözleriyle de görmüştü, bu kadın taş mıydı da olanlara hiç ses çıkarmıyordu.

Cemal Efendi, "böylesi dost başına" derdi içinden. Kendisi ömrü boyunca böyle işlerden uzak kalmış, evinin, çoluğunun çocuğunun nafakasını çıkarmak için koşturup durmuştu ama bir yandan da Kenan Bey'e imrenmekten kendini alamıyordu. Öyle yaşamak nasıl bir şeydi acaba? Bugüne kadar dini görevlerini çoğu zaman ihmal etmişse de, sonunda geçen yıl namaza başlamıştı. Kötü biri sayılmazdı ama Allah'ın gözünde neyin ne olduğunu kimse bilemezdi. Eğer Allah uygun görür de onu cennete kabul ederse, işte o da Kenan Bey gibi biri olmak, onun yaşadıklarını yaşamak isterdi. Bu dünyada olmasa da, belki öbür dünyada bunları hurilerle yaşar, işte o zaman Kenan Bey de belki onun hizmetine verilirdi. İki cihanda birden saltanat sürecek değildi ya...

Cemal Efendi şimdi Kenan Bey'in yanına yanaşmış, ellerini önünde birleştirmiş, başını eğmiş, yavaşça, "Geçmiş olsun efendim, bana bir emriniz var mı?" diye soruyordu. Aynı anda İsmail de patrona yanaşmış, dikkatle yüzünü inceliyordu. Sokak lambasının altında kıpkırmızı görünüyordu yüzü. Kenan tam bir panik içindeydi. Eliyle İsmail'i itmiş, Cemal Efendi'nin yüzüne bile bakmamış, gözleri eşi Handan'ı aramış ama onun da aceleyle uzaklaştığını görünce olduğu yerde donup kalmıştı.

Neler oluyordu bu kadınlara? Hadi Fadi neyse ama karısı onunla neden ilgilenmiyordu? Elini başına götürdüğünde gördüğü kırmızılık paniğini iyice artırmıştı. Başı kanıyordu ha? Ölüyor muydu yoksa? Ölüyordu da, kadınlar, onun kadınları, onu böylece ortada bırakıp arkalarını dönüp gitmişler miydi yani? Nasıl olurdu böyle bir şey? Kavganın, kıskançlığın, öfkenin sırası mıydı şimdi? Belki de ağır yaralanmıştı ve biraz sonra yere yığılıp kalacaktı. İşte elleri, ayakları titremeye başlamıştı bile. Başı da dönüyordu... Ellerini iki tarafına açarak hafifçe sağa sola sallandı. Sonra, "İsmail..." diye, feryat gibi bir ses çıktı ağzından. İsmail zaten tam karşısında duruyor, patronu bir an önce kolundan yakalayıp arabaya bindirmek üzere hazır bekliyordu. Apar topar onu arabaya bindirdiği gibi son hızla uzaklaştı apartmanın önünden.

Kulübe gelip giden öteki patronların şoförleriyle sık sık konuşuyorlar, bu sohbetlerde konu genellikle patronlar oluyordu. Kenan Bey'e kadınların gösterdiği ilgi hepsinin hoşuna gidiyordu. Gerçi ötekiler de bu konuda fena sayılmazdı ama Kenan Bey'in hali tavrı bile bir başkaydı. "Ben kadın olsam, ne yapar eder, bir kere de tadına ben bakardım," diyen bile oluyor, aralarında katıla katıla gülüyorlardı.

Hal böyle olunca, sanki bunun ona bir faydası varmış gibi İsmail de daha bir gerinerek yürüyor, patronuna layık olabilmek için elinden geleni yapıyordu. Diğer şoförlerden daha dikkatli giyiniyor, her sabah sinekkaydı tıraş oluyor, her gün gömlek değiştiriyor, deodorant kullanıyordu. Patron kullanmadığı elbiseleri ona verirdi. Gerçi elbiseler üzerine hep çok büyük gelirdi ama Terzi Ömer bu konuda çok maharetliydi. Elbiseyi İsmail'in tam üzerine oturturdu. Hepsi markaydı. Ah şu ayak numaraları da tutsa çok iyi olurdu ama tutmuyordu işte. Bu yüzden ayakkabılar Semih Bey'in şoförü Deve Kâzım'a gidiyordu.

Hepsi neyse de, şu Fadi'ye yanlış yapmıştı patron. Fadi onlardan biriydi. Kulüpte az mı aynı sofrayı paylaşıp, az mı muhabbet etmişlerdi onunla. Namuslu, kendi halinde, kazandığı üç kuruşun kıymetini bilen biriydi o. Kızın aç gezdiği günleri biliyordu. O işe başladığı zaman kulüpte çalışan ne kadar erkek varsa, çaktırmadan şöyle bir denemişlerdi kızı. Hiçbirine yüz vermemiş, canla başla çalışmış, bir süre sonra onlar da kızın üzerine gitmekten vazgeçmişti. Erkek kızdı. Sözüne güvenilirdi. Nerede ne yapacağını bilirdi. Ah, şu gece yurda bırakmalar olmasa, belki de patronun ağına düşmezdi zavallı. Ta o zaman anlamıştı İsmail bunun böyle olacağını. Fadi de ona bir şey sormamış, bu iş, işte bu hale gelmişti.

Bazen bu konuda kendini suçladığı bile oluyordu. Gerçi patrona ihanet edemez, kırdığı fındıkları kimseye söyleyemezdi. İşin raconu buydu ama yine de konu Fadi olunca, belki bir şeyler yapabilirdi. Onu bir şekilde uyarabilirdi. Aradan bunca yıl geçtikten sonra hâlâ bu adama inanmak aslında hiç Fadi'ye göre değildi. Çok aklı başında, çok çalışkan biriydi o. Buralara gelmek için gecesini gündüzüne katmış ama aklını bir tek bu konuda kullanamamıştı. Yazık olmuştu kıza... "Ulan hadi önceleri yaşın küçüktü, saftın, temizdin, daha da önemlisi fakirdin, zavallıydın. Ya şimdi! Emrinde onca adam çalışıyor. Sıradan, çelimsiz bir kızdın, onu ettin, bunu eyledin, güzelleşmeyi de becerdin. Senin hâlâ ne işin var Kenan Bey'le? Ne umdun be kızım? Adam karısını boşayacak da seni alacak, öyle mi? Sen aklını peynir ekmekle mi yedin? Her şeye aklın eriyor da, bunu niye anlayamadın?

Ankara sokaklarında rüzgâr gibi sürüyordu arabayı. Patronun kafası kanamaya devam ediyordu. Belki de ciddi bir yarası vardı. Bir an önce onu hastaneye yetiştirmesi gerekiyordu. Bir de şu Handan Hanım'a şaşıp kalmıştı. Kocası neredeyse ölüyordu ama kadın arkasını dönüp yukarı çıkıvermişti. Aslında haklıydı kadın ama eskiden böyle yapmazdı. Ne olursa olsun kocasının yanından ayrılmaz, ağzından tek kelime kötü laf çıkmazdı. Şimdi de kırk yılda bir kocasıyla düğüne gidiyorlardı. O bile kısmet olmamıştı kadına. Yine de çok sabırlı biriydi. Elin kadını kocasına saldırmış, yine de kocasını o korumuş, bağırıp çağırarak hepsinin aklını başına getirmişti. Aralarında bir şey olmasa, akşam akşam ne işi vardı o kadının buralarda. Ne olduğunu anlamayacak kadar da aptal değildi herhalde!

Hastanenin önüne geldiklerinde hızla indi arabadan. Kapıyı açıp kolundan tutarak indirdi patronu. İçeri birlikte girdiler. Maviler giymiş, iriyarı bir adam koşarak gelmiş, Kenan Bey'i beraberinde getirdiği hasta sandalyesine oturtmuştu bile. "Geçmiş olsun, trafik kazası mı?" diye sormuştu adam. Nasıl da aklına gelmemişti. Trafik kazasıydı ya! Başını sallayarak tasdik etti adamı.

7

Kolunda serum, o küçük odada öylece yatıyordu Kenan. Başına beş dikiş atılmış, hemen ardından da Kenan'ın ısrarıyla kalp elektrosu çekilmişti. Kalbinde bir şey yok demişti doktorlar. Beyin kanaması mı geçiriyordu acaba? Şu Fadi canavarı sonunda eliyle onu mezara mı gönderiyordu? Tabii ya, başının dönmesi, midesindeki bulantı genellikle beyin kanamasının habercileriydi. O burada ölürken doktorların da umurunda değildi. Neden hemen bir şeyler yapmıyorlar, beynini incelemiyorlardı. "Ölüyorum ben, yetişin!" diye bağırdı.

Kenan Bey'i MR çekmek üzere odaya aldıklarında yarı uykulu bir hali vardı. Soğuk, üstü kapalı bir aletin içine girdiğini görüyor ama bağıramıyordu bile. Neydi bu böyle? Yoksa onu ölmeden mezara mı koyuyorlardı? İçinden dualar okuyor, gözlerini kapatıp bu mezar gibi yerde olduğunu unutmak istiyor ama bir türlü beceremiyordu. Korkudan hafifçe kıpırdanıp duruyordu. O kıpırdadıkça yanına birileri gelip "Beyefendi, lütfen kıpırdamayın. Şimdi yine baştan alacağız. Siz böyle yaptıkça iş daha da uzayacak. Lütfen ama..." diyordu. Yattığı yer buz gibi soğuktu ama yine de her yanı ter içinde kalmıştı.

Ölmek istemiyordu... Daha yaşanacak çok şey vardı. Ölümden korkuyordu! O ölürse Fadi de hapishanelerde çürüyecek, onu öldürdüğü için perişan olacak, kendini ömür boyu affetmeyecek, her gün Kenan'ı sayıklayacaktı. Bundan emindi. Hatta Handan da aynı şeyi yapacaktı. O gece kocasının yanında olamadığı için çok kızacaktı kendisine. Hepsi de hak ettikleri cezayı çekeceklerdi ama Kenan yine de ölmek istemiyordu. "Allah'ım ne olur biraz daha zaman ver bana. Zaman ver de şu kadınların bana yaptıklarının cezasını senden önce ben vereyim. Dünyanın kaç bucak olduğunu göstereyim onlara," dedi içinden.

Şimdi onu yine eski yerine almışlardı. Yine yalnızdı odada. Hiç sevmiyordu yalnızlığı. Hiç olmazsa annesi sağ olsaydı, şimdi hastane köşelerinde böyle yalnız kalır mıydı?

Yarı uyur, yarı uyanık bunları düşünürken iki doktor girdi içeri. Ellerinde kâğıtlarla başına dikilmiş, ona hafifçe gülümsüyorlardı. Bu doktorlar hiç halden anlamazdı. Tabii, onların keyfi yerindeydi. Ölen onlar değil, kendisiydi. "Bir şeyiniz yok Kenan Bey, çıkabilirsiniz," diyordu biri. Heyecanla açtı gözlerini. "Sahi mi?" filan diye bir şeyler sordu, sonra aynı şeyleri bir daha sordu ama doktorlar ona söyleyeceklerini söylemiş ve çoktan odadan çıkmışlardı. Yaşlı ve şişman bir hemşire kolundaki serumu çıkarmıştı bile. Oldum olası sevmezdi şişman kadınları.

Biraz sonra yanına, kapıda bekleyen İsmail gelmiş, giyinmesine yardım etmiş, sonra da onu kolundan tutarak dışarı çıkarmıştı. Saatine baktı, on bire geliyordu. Hay Allah, düğüne de gidememişlerdi. Her neyse, gelirken yolda trafik kazası geçirdik, bütün gece hastanedeydim der, kapatırdı konuyu. Zaten yemin etse başı ağrımazdı çünkü gerçekten de geceyi hastanede geçirmişti. Sonra ne Handan'a, ne İsmail'e, ne de arabaya bir şey olmadığı geldi aklına. Başka bir yalan bulmalıydı ve hemen buluverdi. Tam arabaya binecekken ayağım kaydı, yüzümün üzerine düştüm, dese daha doğru olacaktı. Böylece yüzündeki yaraların nedeni de kendiliğinden anlaşılmış olurdu. Şimdi bunu bir de İsmail'e tembih etmek gerekiyordu.

İsmail bu işlerin yabancısı değildi. Yıllardır pek çok şeye şahit olmuş ama her seferinde ağzını sıkı tutmayı bilmişti. Biraz da bu yüzden tutmuyor muydu onu yanında. Sahi Fadi ona acımasızca vururken İsmail neredeydi? Neden patronunu o kadının elinden kurtarmamıştı?

— İsmail!

— Buyurun efendim.

— Sen neden beni o kadının elinden kurtarmadın? Öylece aptal aptal baktın?

— Şey efendim... Siz ona hiç el kaldırmayınca, ben de araya girmeye cesaret edemedim.

— Cesaret edememişmiş... Korkak, kalıbından utan be!

İsmail bu son cümleyi duyunca elinde olmadan hafifçe gülümsedi. Allahtan patron arkada oturuyordu, araba karanlıktı ve onun gülümsediğini görmemişti. Ne tuhaf adamdı, Fadi gibi bir kadından eşek sudan gelene kadar dayak yiyor, sonra da kendisine kalıbından utan diyordu. "Ulan sen bana böyle diyene kadar kendi kalıbına baksana," dedi içinden.

Oysa aynı anda, aynı şeyler Kenan'ın kafasından da geçiyordu. Adama kalıbından utan demişti ama iş kalıba geldiyse önce kendi kalıbına bakması gerekiyordu.

— Her neyse, yarın soranlara yüzünün üstüne düştü dersin.

— Baş üstüne efendim.

— Geceyi hastanede geçirdik demeyi de ihmal etme.

Şimdi omuzlarını iyice içeri çekip paltosuna biraz daha sarındı ama bir yandan da kara kara düşünüyordu. Eve gidiyorlardı. Sahi Handan onu hiç merak etmemiş miydi? Onu olmasa bile İsmail'i arardı. Fadi bu durumda aramazdı herhalde. Arkadaşlarının da durumdan haberi yoktu.

— Handan aramadı mı?

— Hayır efendim.

— Sahi aramadı mı?

— Aramadı efendim.

— Başka arayan oldu mu?

— Benim hanım aradı efendim.

— Başlarım şimdi senin hanımdan, dedi Kenan.

Doktorun Günlüğünden

Meşrutiyet Caddesi üzerindeki muayenehanemdeyim. Otuzlu yaşların keyfini sürüyorum. Kuaförden yeni çıktım. Özellikle saçlarımla uğraşmayı, açıklı koyulu ama birbirine benzeyen renkleri denemeyi seviyorum. Bugün yine bakır, kızıl, kahve karışımı yepyeni bir renge boyandı saçlarım. Asansörle muayenehaneme çıkarken aynada bir kere daha bakıyorum kendime. Güzel olmuş, yakışmış bana. Bakalım Aydın ne diyecek?

Kapıyı sekreterim Tuna açıyor. O da bugün çok şık. Hafif tombul bedeni, pırıl pırıl parlayan cildi, içinde bin bir ışık dolaşan gözleriyle kimse ona kırk yaşında demez.

Her zamanki enerjik haliyle saçlarıma bakıp ne kadar beğendiğini işaret ediyor. Salonda bekleyenler var. Demek ki az da olsa gecikmişim. Birlikte aceleyle benim odama geçiyoruz. Muayenehane çok büyük ama odam küçük. Küçük, aydınlık ve şirin… Yerde kırmızı hareli halılar var. Pencerelerdeki kırmızı kadife perdeler kenarlara toplanmış. Antika bir masa, karşısında iki berjer koltuk, ortada bir sehpa ve kenarda muayene masası, hepsi bu… Bir de pek sevdiğim lambalarım var tabii. Akşam olunca bu lambaların ışığı odayı aydınlatmaya yetiyor. Sevmiyorum tavandan aydınlatmayı.

İşte yine küçük, şirin, kırmızı odamda oturup sırayla içeri girip çıkan hastalarımı dinleyeceğim. Onlarla birlikte gülüp, onlarla hüzünleneceğim. Odadan çıkarlarken dikkatle bakacağım yüzlerine. Hep bir umut kırıntısı arayacağım bu yüzlerde. Bunu görebilirsem, işimi doğru yapmışım demektir.

Ben yerime oturup randevu listesine bakarken Tuna soruyor.

— Hazırsanız ilk hastayı alabilir miyim?

— Elbette Tuna. Yeni galiba, adını çıkaramadım.

— Evet, bize ilk kez geliyor. Bizim Gülay Hanım getirmiş. Yakın arkadaşıymış.

— Hangi Gülay?

— Hani şu kumral, güzel yüzlü, çok hanımefendi bir kız var ya! Daha geçen hafta gelmişti size. Neydi soyadı?

— Hatırladım, hatırladım.

— Bir saat önce aradı beni. Arkadaşının durumu acilmiş galiba. Şimdi hemen alıp geliyorum deyince ben de bir şey diyemedim. Aslında bu randevu Kemal Bey'indi. Onu da aradım, yarın gelecek. Size sormadım ama!

— Ziyanı yok, Kemal Bey kabul ettiyse sorun yok. Bize birer çay getirirsin değil mi?

— Size memnuniyetle getireyim ama yeni gelen kız çok asık suratlı. İkisine de salonda çay ikram emek istedim, kız kabul etmedi. O içmeyince Gülay da içemedi. Siz hastayı içeri alınca biz onunla içeriz çaylarımızı. Cam yine açık, siz üşümeyesiniz.

— Yok yok, üşümem. Şimdi kapatacağım zaten.

Ah bu Tuna, nasıl da anne gibi hep düşünür beni. Camı kapatmak üzere ben yerimden kalkarken Tuna aceleyle çıkıyor. Daha yerime oturmadan Gülay görünüyor kapıda. Her zamanki gibi şık ve güler yüzlü ama anlayamadığım bir telaş var gözlerinde.

— Hoş geldin Gülay, otursana.

— Hoş bulduk Gülseren Hanım. Bugün kendim için gelmedim ama yine de biraz otursam iyi olacak.

Gülay elimi sıktıktan sonra karşımdaki koltuklardan birine oturup hemen başlıyor anlatmaya.

— Bir arkadaşımı getirdim size. Durumu çok kötü! Sağ olsun, Tuna Hanım kırmadı beni. İntihar filan edecek diye korkuyorum. Zaten bunu denemiş sayılır. Geçen hafta, sizin bana verdiğiniz ilaçlardan biraz vermiştim ona.

— Ah Gülay, nasıl yaparsın bunu?

— Benim yakın arkadaşım. Son zamanlarda canı çok sıkkındı. Geceleri de uyuyamıyorum deyince verdim işte. Çok yanlış yapmışım. Evvelsi gün bu haplardan üç dört tane almış. Allahtan fazla vermemişim. Belki de hepsini almaya kalkardı. Ben de çok üzüldüm ama oldu bir kere.

— Neyi var arkadaşının?

— Aslında aklı başında, çalışkan bir kızdır. Büyük bir şirkette oldukça yetkili biri olarak çalışıyor. Uzun süredir evli bir adamla beraber.

— Ne kadar bir süre?

— Sanırım on yıl kadar. Adam yıllardır oyaladı kızı. Biz çok söyledik ama dinlemedi. Hatta o gün hep birlikte gelinlik bakmaya gitmiştik. Hiçbirimiz o adama güvenmiyoruz ama Fatoş'a bunu anlatamadık. Bu sefer doğru söylüyor, evleniyoruz diye tutturdu. O günün akşamı adamı karısıyla kol kola görünce bizimki perişan olmuş. Kırk sekiz saattir evinde yemeden, içmeden yatmış. İşyerinden de merak etmişler. Haberim olunca evine gittim. Çok çaldım kapıyı. Sonunda nihayet açtı. Sabahtan beri yanındayım. Zorla bir şeyler yedirip içirdim. Sonra da kaptığım gibi size getirdim. Buraya da gelmek istemedi. Bunu nasıl atlatacak bilmem ki...

Gülay başını iki tarafa sallayarak anlatıyor bunları. Belli ki o da üzülmüş. Oysa ağır bir depresyondan yeni kurtuldu. İnsanın böyle candan bir arkadaşı olması ne güzel!

Demek adam işi gelinlik almaya kadar getirmiş. Daha karısından boşanmadan ne gelinliğiymiş bu böyle...

— Çok bağlandı bu adama. Şimdi içeri girince siz de göreceksiniz ya, durumu çok kötü. Adam tam bir zampara! Elinden geçmeyen kadın kalmadı ama bizim kız saf. İnandı ona. Tedaviye de hiç niyeti yok.

— Dur bakalım, buraya zorla da olsa gelmesi iyiye işaret.

— Hani size bahsetmiştim ya, bir arkadaşım var, bana çok destek oluyor diye…

— Evet!

— Bu kız işte o. Şimdi sıra bende. Ailesi filan da yok! Elimden geleni yapacağım. İnşallah o da düzelir. Ben artık çıkayım. Fatoş size emanet.

— Tamam Gülay, görüşürüz.

Gülay üzgün bir ifadeyle çıkıyor odadan. Demek adam bu konuda tam bir profesyonel! Dışarıdan bakanlar durumu hemen anlıyor ama bunu yaşayan anlayamıyor. Bunun için aptal olmak gerekmiyor. Duygular zaten hep aptaldır. Aklı yoktur duyguların.

Bunları düşünerek Fatoş Hanım'ı karşılamak üzere kapıya doğru gidiyorum. Koridorun başında görüyorum onu. Siyahlar giymiş, ince, narin bir kız. Sanki her an yere yıkılacak gibi hafifçe yalpalayarak bana doğru geliyor. Saçları sanki hiç taranmadan arkadan küçük lastik bir tokayla bağlanmış. Yüzünde hiç makyaj yok. Gözlerinin altında koyu halkalar var. Sanki ağlamaktan bütün suratı şişmiş gibi. Bana yaklaştığı halde hiç yüzüme bakmıyor.

Hoş geldin diye elimi uzatacakken bundan çabuk vazgeçiyorum. Elimi sıkmaya sanırım hiç niyeti yok. Düşmemek için bir an önce kendini bir koltuğa bırakmak ister gibi bir hali var.

Hemen kenara çekiliyor ve ona yol veriyorum. Hayalet gibi yanımdan geçip kapıya en yakın koltuğa yığılır gibi oturuyor. Kapıyı kapatıp ben de yerime geçiyorum. Konuşmaya, derdini anlatmaya hiç niyetli görünmüyor. Bir süre daha başı önünde, boynunu iyice içeri çekerek hiç kımıldamadan oturuyor koltukta. Sessizlik uzuyor. Sonra bu sessizlik onu rahatsız etmiş olacak ki, başını yavaşça kaldırıp gözlerini tam karşısındaki duvarda asılı olan Mona Lisa tablosuna dikiyor. Yandan da olsa, gözlerinden etrafa saçılan öfkeyi o zaman görüyorum. Aman Tanrım, bu nasıl bir öfke!

— Hoş geldiniz Fatoş Hanım!

— …

— Tabloyu beğendiniz galiba. Ben de severim o tablodaki bakışı. Arada bir, özellikle çok yorulduğum veya bir şeye kızdığım zaman ona bakmak iyi gelir. Çabuk sakinleşirim. Sizi de öfkeli görüyorum.

Susmaya devam ediyor. Hayatının tek anlamı ve tek hedefi haline getirdiği sevgilisi tarafından aldatılmış. Ona dikkatle bakmaya devam ediyorum. Madem benimle konuşmaya en azından şimdilik niyeti yok, belki onu biraz daha dikkatle inceleyerek bazı ipuçları bulabilirim. Kendimi yine bir dedektif gibi hissediyorum.

Bu kız sadece öfkeli değil, aynı zamanda çok da yorgun. Belki de bu sadece bir fizik yorgunluk değil, ruhu da yorulmuş. Ellerini birbirine kenetlemiş, sıkarken, kısa tırnaklarını, açık renk ojelerini ve ellerindeki yıpranmışlığı görüyorum. Yaşı benden genç. Gözlerim hızla kendi ellerime gidiyor. Benimkiler onunkiler kadar yıpranmamış. Hasta derecesinde titiz mi, yoksa bu elleri hayat mı bu kadar yıpratmış?

Yüzünün bütün hatları, bir mıknatısla çekilmiş gibi aşağı doğru yönelmiş. Bunu en çok depresyon hastalarında görürüz. Hayattan vazgeçmiş, bütün umutları tükenmiş gibi. On yıl dedi Gülay. Demek tam on yıldır, bıkmadan, usanmadan bu adamla evleneceği günü beklemiş. Ne kadar uzun bir süre! Onun yaşının neredeyse üçte biri, bu aşk, bu sevda, bu umutla geçmiş. Uğradığı bu hayal kırıklığını ona kim unutturabilir ki?

Zaten bilinçdışı bunları çoktan kayda almıştır. Bazen bilinçdışını ülkelerin çok iyi çalışan istihbarat örgütlerine benzetirim. Bizi hiçbir şey atlamadan sürekli izler ve her şeyi tek tek kayda geçer. Bu kayıtları kurşun kalemle değil, sabit kalemle yapar. Ondan sonra artık onları oradan kimse silemez. Üstelik oraya kaydettiği şeyleri bize de göstermez. Bir yandan göstermezken, bir yandan da bundan sonra yaşayacağımız her şeye o yazılanların kokusu siner. Yani istihbarat örgütü bizi adeta fişler. Bize hiç hissettirmeden yaşadığımız sürece peşimizi bırakmaz ve tüm kararlarımıza müdahale eder.

Bu kızın bundan önce neler yaşadığını henüz bilmiyorum. Örgüt daha önce onunla ilgili ne tür kayıtlar tuttu, bunları da bilmiyorum ama bildiğim bir şey varsa, bu akıllı, bu becerikli, bu çalışkan kızı on yıl boyunca, Gülay'ın "tam bir zampara" diye tanımladığı o adama kul, köle eden de yine bu örgüttür.

Her zaman yer altında çalışan, su yüzüne çıkmayı hiç sevmeyen bilinçdışı dediğimiz bu örgüte sızmayı sadece psikiyatrist ve psikologlar başarabilir. Bu iş onlar için de aslında çok zordur. Çok zaman ve çok emek ister. Bu da yetmez. Örgütün sahibinin de en az onlar kadar çalışması ve bu işe emek vermesi gerekir. Bakalım bu kızda bunları başarabilecek miyiz?

Şimdilik, durum hiç de öyle görünmüyor. Yüzüme bakmadan, tek kelime konuşmadan karşımda oturmaya devam ediyor. Onu konuşturmanın bir yolunu bulmalıyım.

— Madem siz konuşmuyorsunuz, bari sizin yerinize ben konuşayım. Babam, ben küçükken bana hep Türk müziği dinletirdi. Hatta "ayrılık, yarı ölmekmiş" diye hüzünlü ama çok güzel bir şarkı vardı. Gülay sizden biraz bahsetti bana. Belki de bu şarkı onun için geldi aklıma.

Başını hafifçe kaldırarak yan gözle bakıyor bana. Söylediklerim ilgisini çekti. Devam ediyorum.

— Ayrılık gerçekten de zor. Bir de üstelik aldatılmak işi daha da zorlaştırıyor. Bu acıyı çeken pek çok insanla tanıştım ben. Zaten bizim işimizde en çok bulunan şey acıdır. Bu acı bazen ölüm acısı, bazen de ayrılık acısıdır. Aslında aralarında pek de fark yoktur. Her ikisinde de ciddi bir kayıp söz konusudur.

Yine yan gözle bakıyor bana ama bu sefer o gözlerde yaşlar var. Ağlıyor. Önce hafifçe, için için ağlıyor, sonra bu ağlamalar artıyor. Hıçkırıklar odaya yavaş yavaş yayılıyor. Acı, duvarları kırıyor, ağır ağır dışarı doğru akıyor. Ağlamak, her zaman ağlamamaktan daha iyidir. Sessizce bekliyorum. Bu arada gözlerim etrafa kayıyor. Her yer kırmızı. Ölüme, ayrılığa, aşka, öfkeye, kine, nefrete, her türlü acıya karşı kırmızı.

Gözünden akan yaşlarla birlikte içindeki acı ve öfke yavaş yavaş boşalacak bu odaya. Sonra lambalardan yayılan yumuşacık ışıklar bunları emecek, içinde eritecek, aşkla sevgiyle, heyecanla harmanlayacak. İşte o zaman odanın ısısı yine artacak ve ben pencereleri sonuna kadar açmak zorunda kalacağım. Hep böyle olmuyor mu?

— Çok mu acı çektiniz?

Başıyla hafifçe onaylıyor beni. Nihayet ilk tepki geldi. Yüksek sesle burnunu çektikten sonra dönüyor bana. Sevgilisiyle nasıl tanıştıklarını, ona ilk günden beri duyduğu hayranlığı, onun evli olduğunu bildiği halde on yıl onu nasıl beklediğini, ona nasıl hizmet ettiğini, nasıl inandığını ama o gece onu karısıyla birlikte görünce deliye döndüğünü tek tek anlatıyor. Hüzünlü olduğu kadar kırık bir sesi var.

Psikoterapi hayatın içinde karşılaştığımız en can alıcı sorunlara cevap bulmaya çalışan bir yakınlık, bir dostluk ilişkisidir aslında. İşte artık terapi başlıyor.

— Ben aslında çok aşağılık biriyim. Geçmişimi anlatınca siz de görecek ve ne kadar aşağılık ve değersiz biri olduğumu anlayacaksınız. Ne kadar uğraşsam da ona layık biri olamadım. O bir kraldı, bense zavallı bir geyşa, bir cariye. Bu açığı hiç kapatamadım. Bunu şimdi daha iyi anlıyorum.

Merakım giderek artıyor. O, saçındaki lastik bandı çıkarmış, başını geriye atmış, gür, siyah bukleli saçlarını yeniden tepesinde toplamaya çalışıyor. Ne kadar masum bir yüzü var. Ona güvenmek için yüzüne bakmak yeterli. Hani, "Bu kızdan kimseye kötülük gelmez," dediğimiz tipler vardır ya, işte onlardan biri. Sanki doğduğu gün yüzüne yerleşen masumiyet hiç bozulmadan, olduğu gibi duruyor.

Çenesini ellerine dayamış, bir ayağını aşağı yukarı sürekli sallıyor. Çıkık elmacık kemikleri, düzgün, ince ve beyaz bir cildi var. Gözleri soluk ama zeki bakıyor. Sanki çok duyarlı, ödün vermeye, uyum sağlamaya fazla yatkın biri.

— Bir kadının aradığı her şey vardı onda. Bir kere bile başını eğdiğini görmedim. Onu kral gibi gören sadece ben değilim, o krallığını zaten benden çok önce ilan etmişti. Sadece kadınlara karşı değil, erkek arkadaşlarına karşı da farklı bir duruş sergilerdi. Bin adamın içine koysanız, daha ilk bakışta fark edilmeyi başarırdı. Benden dayak yerken bile öyle samimi, öyle doğaldı ki...

— Dövdünüz mü onu?

— Öldürmediğime şükretsin.

— İnsan dayak yerken nasıl doğal olabiliyor, merak ettim doğrusu.

— Belli ki bugüne kadar ne o birine el kaldırmış, ne de ona bunu yapan olmuş. Sadece o değil, çevresindeki onca insan donup kaldı. Belki de benden korktular. Öyle gözüm dönmüştü ki, ne yapacağımı, nereye kadar gideceğimi kendim bile bilmiyordum.

Bu kadar tutkuyla bağlı olduğu birine öldüresiye vurabiliyor. İşte bunu çok iyi anlıyorum. İnsan en kolay, en sevdiklerine kıyar. Öfke ile aşk hep kol kola gezer. Onu gerçekten öldürebilirmiş.

— O yine sevgili karısına dua etsin. O çılgın gibi bağırınca kendime geldim. Bir ara göz göze geldik kadınla. O da belli ki benim gibi çok yaralı. Onu öyle görünce bir tuhaf oldum, oysa önceleri çok kızıyordum o kadına. Sadece beni değil, benim gibi daha nicelerini kalbinden hançerlemiş bu adam. Yazık olmuş hepimize. Sürüm sürüm sürünsün inşallah...

Gözünü uzaklara dikiyor. Böylesine bir tutku bir anda biter mi, diyorum içimden. Olsa olsa yerini bir başka duyguya bırakır. Sevgi gider, yerine onun kadar yakıcı bir duygu olan nefret gelir.

— Eğer birazcık aklım kaldıysa, bir an önce kurtulmalıyım ondan. Kendimi kullanılıp çöpe atılmış bir kâğıt mendil gibi hissediyorum. Bir yandan kendime kızıyorum, bir yandan da ona. Bunca yıl taptığım adam, meğer ne kadar acımasızmış! O hep kendini düşünmüş. Gözümün içine baka baka kandırmış beni. Buna hiç inanmak istemedim ama hayat sonunda doğruyu gözüme soktu. Belki de beni hiç sevmedi. Ömrümün en güzel yıllarını verdiğim, kulu, kölesi olduğum adam, beni belki de hiç sevmedi. Meğer sevilmek ne zor şeymiş!

Gözlerinden akan yaşlar ip gibi iniyor yanaklarından. Bir kadın için çekilecek acıların en büyüklerinden biri bu; bugüne kadar hiç sevilmediğini hissetmek... İki uçlu bir acıdır bu. Oklardan biri karşı tarafa yönelirken biri de kişinin kendine batar. Sadece onu sevmeyen adamdan değil, kendinden de nefret eder.

— Demek ki sevilecek biri değilim ben.

Kendine yönelen öfke ve nefret okları, sevgilisine yönelenlerden daha keskin. Bana çevirdiği gözlerine dikkatli bakınca, orada ışıklardan bazılarının yanmadığını görüyorum. Sevilmeyen insanların gözlerinin ışığı hep biraz sönüktür. Bunu görmek her zaman hüzünlendirir beni. Aç kalmak, susuz kalmak gibi bir şeydir bu.

Şefkatle bakıyorum ona. Gözlerimdeki bu şefkati hemen hissediyor.

— Galiba size anlatmam gereken çok şey var.

— Anlatın öyleyse.

— Bugün bir şeyler anlatmaya bile gücüm yok. Bittim ben... Yıllardır sıkı sıkı tutunmaya çalıştığım dal elimde kaldı. Aşağısı uçurum.

Bir yandan ona şefkatle bakmaya devam ederken bir yandan da düşünüyorum. Demek aşağısı uçurum... İntihar eğilimi çok yüksek bu kızda!

— Bittim ben, ne demek?

Yorgun bir şekilde gözlerini bana çevirip bunda anlamayacak ne var der gibi bakıyor yüzüme.

— İnsan bile bile kendini ateşe atar mı?

— Atar bazen!

— Ben de attım. Onu öyle çok sevdim ki, bunu o da anlar dedim. Anlarsa belki o da sever. Sevgisiz büyüdüm ben. Kimse sevmedi beni.

Onu şimdi daha iyi anlıyorum. Hiç sevilmemiş insanın yaraları derin olur. Herhangi birinin sevgisine hem inanmaz, hem de o sevgi, o yaraları kapatmaya yetmez.

— Çok sevdim bu adamı, çok...

Bir insanı kaybetmek istiyorsan tıpkı senin gibi, onu çok ama çok sevmen gerekiyor. İşte o zaman kendiliğinden gider zaten, diyorum içimden ama bunu ona söylemiyorum.

— Şimdi cayır cayır yanıyorum. Bu yangın daha ne kadar sürecek? Buna dayanamıyorum.

Yüzünde çektiği acının izleri dolaşıyor. Üstelik sorduğu sorunun cevabını bilmiyorum. Bırakırsak yıllarca sürebilir.

— Zor bir dönemden geçiyorsunuz ama vazgeçmeyin. Siz mücadeleyi seven birine benziyorsunuz. Bu yangını birlikte söndürebiliriz. Ancak size her konuda güvenmek isterim. Yangını söndürene kadar hem kendinize, hem de bana biraz zaman tanıyın. Ölüm hepimiz için. Nasıl olsa bir gün öleceğiz, bunun için acele etmenize gerek yok. Önce şu yangını söndürelim, sonra hayata bir kere de birlikte bakalım. Size neler vaat edecek, görelim.

Hafifçe gülümsüyor.

— Vereceğim ilaçları öyle üçer beşer almak yok. Hem bir dahaki seansa iyi hazırlanın. Bana anlatacaklarınızı şimdiden merak ediyorum.

Mütevazı bir doğallığı var bu kızın. Odadan çıkarken arkasından bakıyorum. Çok büyük bir depremden sonra yerle bir olmuş evlere benziyor.

Buraya gelenlerin her biri çözemedikleri sorunlarını, baş edemedikleri acılarını paylaşır benimle. Değişmek, hayata yeni biri olarak başlamak, bir daha yenilmemek, yaralanmamak isterler. Bazılarının kendilerini yeniden yaratabildiklerini görmek bana hep gurur vermiştir.

Umarım yüreği acı dolu bu kızcağızda da aynı sonucu alabilirim.

8

Kenan o günden sonra bir süre Fadi'yi aramadı. Hem onu aramaya yüzü yoktu, hem de onun öfkesinin biraz geçmesini, kendisini özlemesini bekliyordu. Sabah öğleye doğru yataktan kalkıyor, Handan'ın hazırladığı kahvaltısını yaptıktan sonra, her zamanki gibi pencerenin önündeki koltuğuna yerleşip kahvesini bekliyordu. Karşılıklı oturup kahvelerini içtikten sonra yine özenle giyiniyor, parfümünü sürüp öyle çıkıyordu evden. Çok asil bir kadındı şu Handan. Başka kadın olsa yıkar indirirdi her yeri. O yapmazdı böyle şeyler. Kızsa da ona belli etmez, saçma sapan şeyler yaparak kendini küçültmezdi. Gerçi o geceden sonra bir daha odasına girmemişti Handan. Yandaki misafir yatak odasında yatıyor, ona daha uzak ve mesafeli davranıyordu. Ancak nasıl olsa öfkesi geçecek, bir süre sonra yine Kenan'ı başında taşıyacaktı çünkü kocası yıllar sonra eve dönmüştü.

Önce işe gidiyordu. Aslında canı iş güç çekmiyordu ama işe yeni aldığı sekreter kız hiç fena değildi. Yıllardır ona hizmet eden kız işten ayrılmıştı. Aslında onunla da güzel şeyler yaşamışlardı bir zamanlar. Sonra kız evlenip çoluk çocuğa karışınca işin tadı kaçmıştı. Berna'yı yeni almıştı yanına. İşe gidince Berna'yı hemen yanına çağırıyor, ondan sürekli bir şeyler istiyor, sonra da kızın her yaptığına bir bahane bulup onu azarlıyordu. Kızı önce iyice korkutmak, bunaltmak gerekirdi. Sonra bir gün ona yakınlık gösterecek, her zamankinden farklı davranacaktı. Kız daha gençti. Sağ elinde, nişanlı olduğunu gösteren bir yüzük vardı ama bunlar Kenan'ı pek ilgilendirmiyordu. Hatta bekâr olanlardan uzak durmaya çalışırdı. Hele yaşı otuzu geçmişse, bunlar hemen evlenelim diye tuttururlardı.

Berna'ya rağmen işyerinde fazla kalamıyor, kafasını bir türlü işe güce veremiyordu. Akşam olmadan çıkıyor, kulübün yolunu tutuyordu. Kulüpte arkadaşlarıyla oyun oynuyor, içki içiyor, keyif yapıyor, geç saatte dönüyordu eve. Oh be, Fadi'nin zırıltısından da kurtulmuştu. Telefonu vırt zırt çalmıyor, kimse ona, "Neredesin," demiyor, canının istediği gibi yaşıyordu.

Hayatından memnundu ama bu aralar sağlığı iyi değildi galiba. O gece hastanede yapılan tetkiklere rağmen içi rahat etmemiş, ertesi gün özel doktoruna gitmiş, bir kere daha baktırmıştı kendine. Doktorlar onda bir şey bulamamışlardı ama arada bir başı döner gibi oluyor, sendeliyor, düşmemek için tutunacak yer arıyordu. Uykuları da sanki eskisi kadar düzgün değildi. Gece yatınca hemen uyuyor ama gecenin bir yarısı sıkıntıyla fırlıyordu yataktan. Handan da yanında yatmadığı için kimseye bir şey diyemiyor, bir süre salonda dolaşıp sigara içiyor, ancak birkaç saat sonra yeniden o yatağa girebiliyordu. Tuhaf bir sıkıntı çöküyordu içine. Aklına hep kötü şeyler geliyor, ölen annesini düşünüyor, kendi başına da kötü şeyler gelecek gibi endişeleniyordu. Sabahları da eskisi kadar keyifli kalkamıyordu. Sabah kahvesini içmeden aklı başına gelmiyor, o sıkıntıyı atamıyordu üzerinden.

Şimdiye kadar hayatından kimler kimler geçmişti ama hiçbiri böyle üzmemişti onu. Bu sefer üzülmekten de öte, başka şeyler hissediyordu içinde. Sanki öksüz kalmış çocuklara dönmüştü.

Handan ona elinden geldiğince iyi bakıyor, hiçbir şeyini eksik etmiyor, meyvesini bile soyup öyle getiriyordu ama bunlar yetmiyordu. Ev ona batıyor, kendini bir türlü oraya ait hissedemiyordu. Kolay değil, tam on yıldır başka bir hayatın içindeydi. Eve nadiren bir geceliğine geliyor, sonra yeniden kaçar gibi Fadi'yle oturdukları mütevazı apartman dairesine koşuyordu.

Sabahları aynada kendine dikkatle bakıyor, yaşlandım mı acaba diye yüzünün her yerini dikkatle inceliyordu. Aslında pek kötü görünmüyordu, sadece belki de bu ara iyi uyuyamadığı için gözlerinin altında biraz çökme vardı. Biraz da kilo vermişti galiba. Hatta doktorlar biraz daha verseniz iyi olur diyordu ama o canı yemek yemek istemediği için kilo veriyordu. Bu ara hiç iştahı yoktu. Handan güzel yemek yapıyordu ama o uzun süredir Fadi'nin yaptığı yemeklere alışmıştı.

Bu kadar iştahsızlık, durup dururken kilo vermesi kötü bir hastalığa işaret olabilir miydi? Doktora daha yeni gitmiş, bütün tetkikleri yapılmıştı ama yine de doktorlar atlamış olabilirdi.

Fadi geri dönmezse ne yapmalıydı? Kendine hemen yeni bir sevgili mi bulmalıydı? Kolaydı öyle şeyler, kadınlar severdi onu ama işin garibi o yeni bir sevgili istemiyordu. Bıkmıştı her gün yeni biriyle yatağa girmekten. O Fadi'yi istiyordu.

Arkadaşları bazı şeylerden şüphelenseler de, henüz ondan ayrıldığını bilmiyorlardı. Bilseler sevinirlerdi. Şimdi gidip canının neden bu kadar sıkkın olduğunu, Fadi'yi nasıl özlediğini onlara söylese, anlamazlardı. Hatta belki de gülerlerdi. Şu dünyada hiç dostu yoktu. Yine de en iyisi Handan'dı ama gidip de derdini ona anlatacak hali yoktu ya.

Yine de Fadi yokken bu arada keyfine bakmalı, bu özgürlüğün tadını çıkarmalıydı. Eski sevgililerinden birkaçını aramış, hepsi bir bahane bulup onu reddetse de, biri kabul etmiş ve bir otelde beraber olmuşlardı. Kenan hiç olmadığı kadar acemilik çekmişti o gün. Sanki yıllardır değişik kadınlarla düşüp kalkan o değilmiş gibi, kadına ne diyeceğini, ona nasıl iltifatlar edeceğini bilememiş, sonunda kadın bir şey söylemese bile kendi performansından memnun kalmamıştı. Karısıyla zaten ayrı yatıyorlardı. Fadi de yoktu. Hiç böyle bir dönem olmamıştı onun hayatında. Kendine de garip geliyordu bu durum.

Yaşlanıyor muydu acaba!

Doktorun Günlüğünden

On gün sonra Fatoş yine çaldı kapımı. Bu sefer daha sakin görünüyor ama yüzü yine solgun, hiç güneş görmemiş gibi. Gözlerinin altındaki mor halkalar azalmamış. Yüzünde yine makyaj yok. Üzerinde siyah, ipek bir gömlek var. Açık duran yakasından küçük, altın bir kolye parlıyor.

Bugün onda önce tam anlayamadığım bir değişiklik hissediyorum. Dikkatle bakınca kısacık kesilmiş saçları dikkatimi çekiyor. İlk geldiğinde taramadan arkasında toplamıştı. Demek kestirdi. Bu saç kestirme işi aslında iyiye alamet değildir. Biz ruh doktorları hep huylanırız bu durumdan çünkü saç kesmek, sembolik olarak kendini kesmeyi, yani intiharı çağrıştırır bize.

Ne kadar ince ve zayıf olduğunu bugün daha iyi fark ediyorum. Gözlerindeki ışıklar yine eksik. Keşke bir gün o ışıkların hepsi birden yanabilse diyorum içimden ama bir yandan da bunun ne kadar zor olduğunu biliyorum.

İki gün önce işe başlamış. Verdiğim ilaçları düzenli olarak alıyor, geceleri eskiye göre daha rahat uyuyormuş ama şimdilik doğru dürüst yemek yiyemiyor ve kilo vermeye devam ediyormuş. Sevgilisinden henüz bir haber çıkmamış ama zaten o arasa da telefonlarına cevap vermemeye kararlıymış.

Geceleri kâbus gibi rüyalar görüyormuş. Sürekli bir uçurumdan düşüyor ama bir türlü yere varamıyor, havada korku içinde bir o yana, bir bu yana saldırıp tutunmaya çalışıyormuş. Yoruma gerek bırakmayan türden bir rüya. Tıpkı rüyadaki gibi hayata tutunmaya çalışıyor. Hiç olmazsa işyerinde kimse onun ne halde olduğunu anlamasın diye gayret etmiş, kendine özen göstermeye çalışmış ama o hâlâ bir enkaz yığını gibi görünüyor.

Tuna'dan iki bardak çay istiyorum, bu sefer hiç itiraz etmeden alıyor ve bir yandan içerken bir yandan da anlatmaya başlıyor.

— Şimdi size anlatacaklarımı daha önce hiç kimseyle paylaşmadım.

— Sahi mi? Neden?

— Utandım! Bunun için hep sakladım geçmişimi.

— Sevgiline bile mi bahsetmedin?

— Hayır, zaten hiç sormadı ki... Kendinden başka hiçbir şey onu ilgilendirmiyordu ama işin kötüsü ben bunları daha yeni yeni fark ediyorum.

Bu söz ikimizi de hafifçe gülümsetiyor. On yıl birlikte yaşadığı adamı ayrıldıktan sonra tanımaya başlıyor. Bu da ilginç. Aşkın insanın gözünü nasıl kör ettiğinin kanıtı bu!

Sonra gözünü yerdeki kırmızı halıya dikiyor, sanki geçmişini oralarda bir yerlerde arar gibi kırık bir sesle başlıyor anlatmaya.

— Beşinci kız olarak doğmuşum ben. Babam dokuz ay boyunca tehdit etmiş annemi. Bu sefer de kız doğurursan boşarım seni demiş. Kız doğuracağım korkusuyla üç gün üç gece sancı çekmiş kadın. Bir türlü doğuramamış beni. Sonunda korktuğu başına gelmiş ve ben doğmuşum. Babam bir kızı daha olduğunu duyunca günlerce eve uğramamış. Annem sabahlara kadar gözyaşı dökmüş. "Ölse de kurtulsam," demiş benim için. Üzüntüden sütü de kesildiği için emzirememiş bile beni. Ablalarım bakmış.

Fatoş bunları o kadar kırık, o kadar hüzünlü bir sesle anlatıyor ki, etkileniyorum. Sonra kendimi düşünüyorum. Ben, annemin babamın ilk çocuğuyum. Annem o zaman henüz on yedi yaşındaymış. On yedi yaşında da olsa bana bakmayı, yedirmeyi içirmeyi becermiş. Sevmeye gelince; annem de babam da dünyaya yeni gelen bu kızı sevmeye hazırmış zaten.

— Bir gün, annemin bir akrabası gelmiş hayırlı olsuna. O zaman daha on beş, yirmi günlükmüşüm. Şehirlerarası otobüslerde şoförlük yapıyormuş. Beni bir köşeye atılmış görünce adam fena olmuş. Merhamet etmiş. Kucağına almış, sevmiş beni. Sonra da anneme, "Aman abla, böyle yapma. Günahtır. Ne suçu var bu garibanın. O da senin evladın. Allah günah yazar. Al şunu kucağına," demiş. Annem kızmış. "Onun yüzünden yuvam yıkılacak, beş çocukla ortada kalacağım. Bırak, sen de dokunma, sana da uğursuzluk bulaşır," demiş. Adamcağız gözleri yaşararak çıkmış bizden. Bir saat sonra da kullandığı otobüs bir kamyonla çarpışmış. Hem adam ölmüş, hem de yedi yolcu. O zaman iyice anlamışlar ne kadar uğursuz olduğumu. Zaten annem hiç adımı söylemezdi. "Uğursuz kız" derdi. İşte böyle başlamış benim hayatım. Daha merhaba demeden hayata, tuzaklar kurulmuş önüme.

Onun bebeklik dönemde yaşadıklarını düşünüyorum da, muhtemelen hiçbir tepkisine olumlu cevap alamadı. Böyle durumlarda bebekler büyüyüp geliştikçe, anne ve babalarının göreceği, takdir edeceği farklı tutum ve davranışlar geliştirerek onlarla ilişki kurmanın yollarını ararlar. Böylece kendileri olmayan, sahte bir kimlik ortaya çıkabilir. Sonra da kişi, bir türlü kendini gösterememiş ve reddedilmiş olmanın ondaki önemli bir kusurdan kaynaklandığı duygusuna kapılır. Çoğu insanda zaten var olan aşağılık duyguları, bu kişilerde çok daha derin ve yoğun olur.

Fatoş'un sevgilisiyle yaşadıklarında bütün bunların izlerini görmek mümkün çünkü adama, kendinin hep bir yanı kusurlu, bir yanı eksik biri gibi davranmış. Kaderimizi çoğu zaman geçmişimiz yazıyor...

— Bir kere daha dünyaya gelsem, öyle sıcacık bir evim olsa, ben de öteki çocuklar gibi gülsem, oynasam, annem beni kucağına alsa, babam akşamları çikolata getirse, bana oyuncak alsa, sonra da ölsem. Benim ardımdan gözyaşı dökseler, ağıtlar yaksalar...

Kurduğu hayale bak diyorum içimden. Dün gelen bir hastam, anne babasının onu şımarttığından, bu yüzden böyle zayıf, güçsüz kaldığından şikâyet ediyordu. Biri prensesler gibi büyütülmüş ama şimdi perişan; biri sürünmeye doğduğu gün başlamış. Hem önce, hem sonra sürünmek biraz adaletsizlik olmuyor mu? Bu karalar giymiş kızın yaşamaya, hiç olmazsa masalın sonunda bari prenses olmaya hiç hakkı yok mu da birazcık sevildikten sonra ölmeye razı oluyor.

Gözyaşları sel gibi akıyor. Sanki suların önünü tıkayan kocaman bir taş vardı. O taş aslında yıllardır yüreğinin üstüne kurulmuş da, bir türlü kimse kıpırdatamamış yerinden. İşte şimdi taş kenara çekildi, ardında biriken sular azgın seller gibi akıyor gözlerinden. Çocuklar gibi bağıra bağıra, hıçkıra hıçkıra ağlıyor. Bu yaşları silmek bile istemiyor. Elleriyle dizlerine vuruyor, sanki dövünüyor. Taş bir kere kıpırdadı yerinden.

— Ben çocukken evimizin önünden ayrılmayan, kapıdan kovulsa bacadan giren bir kedi vardı. Adı Sürtük'tü. Bu adı ona kim, ne zaman koydu bilmiyorum ama adı gibi bir sürtüktü o. Kirden rengi kaçmış, zayıflıktan kemikleri sayılan zavallı bir kedicik işte. O zamanlar ben bile pek ilgilenmezdim onunla. Karnı aç mı, tok mu, soğukta üşüdü mü, dondu mu düşünmezdim. Kapıya her çıktığımızda bacaklarımıza sürünüp dururdu zavallıcık. Onu da sevelim, okşayalım, koruyup kollayalım isterdi demek ki... İşin kötüsü bütün bunları o zaman hiç anlamazdım. Oysa benim de ondan bir farkım yoktu. Ben de tıpkı onun gibi sevilmek, okşanmak isterdim. Güya büyüdüm ama hâlâ istiyorum bunları.

— İnsan her yaşta ister sevilmeyi.

— Tam on yıl inanmayı çok istediğim bir rüya gördüm. Sevildiğimi, önemsendiğimi sandım. Aptal değilim. Belki de bu rüyaya inanmayı çok istemesem, o adam kandıramazdı beni ama öyle çok istedim ki... Kapımızda dolaşan Sürtük gibi, adamın bacaklarına dolandım durdum belki de, sev beni diye ama olmadı. Sürtük de becerememişti zaten. Soğuk bir kış günü, okula gitmek üzere sabahın köründe çıkmıştım evden. Kapıdan çıkınca alışmıştım o grili beyazlı tüyleri olan, yeşil gözlü kedinin bacaklarıma dolaşmasına ama o gün yoktu Sürtük. Pisi pisi diye bağırdım birkaç kere, yine ses çıkmadı. Sonra evin hemen yanındaki çalıların arasında gördüm onu. Boynunu uzatmış, huzur içinde yatıyordu orada. Boyu sanki her zamankinden daha uzun, yeşil gözleri aralıktı. Hemen koştum yanına. Önce dokunmak için elimi uzattım ama soğuktu. Kaskatı kesilmişti. Bağırarak kaçtım yanından. O zamanlar ölüm nedir bilmiyordum ama her zamanki Sürtük değildi o. Sesime annem çıktı dışarı. Elimle işaret ettim ve eteklerine sarıldım annemin. Annem, "Sus kız!" diyerek itti beni. Sonra bahçe süpürgesini ve büyük küreği getirdi. Süpürgeyle itip kakarak kediyi küreğe aldı, bahçe kapısının yanında duran ve çöp kutusu olarak kullandığımız büyük bidonun içine attı. Ben, Sürtük gibi kaskatı kesildim bunları izlerken. Bidonun kapağı kapanırken çıkan gürültüyle kendime geldim. O gün okulda hep ağladım. Ben bile sahip çıkmamıştım o zavallı kediye.

Ben de çocukluğumda donmuş bir kedi görmüştüm. O geliyor aklıma, ürperiyorum. O ise ağlamaya devam ediyor. Bu yaşları silmeyi sevmiyor. Sanki yaşlar sürekli aksın, bütün bedenini ıslatsın istiyor. Siyah ipek bluzunun önü çoktan ıslandı zaten.

— Bağların, bahçelerin, tarlaların arasında küçük bir evimiz vardı. Ona ev dediğime bakmayın, küçük bir kulübeydi aslında. Kapıdan girince, oturma odası ve mutfak olarak kullandığımız büyükçe bir hol ve oraya açılan karşılıklı iki oda... Birinde annem babam yatardı, birinde biz beş kız. Annemlerin tahta bir karyolası vardı, bizim o da yoktu. Enine serilen iki yer yatağına beş kız doluşurduk.

Beş kız, kedi yavruları gibi, iç içe yatıyorlardı demek o odada.

— Oturduğumuz hole küçük bir soba kurulur, kışın onunla ısınmaya çalışırdık ama ısınmak ne mümkün! Herkes üstüne ne bulursa giyer, üç kat kazağın altında bile donardık. Babam sebze, meyve filan satardı. Yazın bu bahçelerde işçiler çalışırdı. Tabii en çok da biz, yani annem ve biz kızlar... İşçilere imrenirdik. Onlar, hiç olmazsa gün batarken çekip giderlerdi. Bizim öyle bir lüksümüz yoktu.

Yanlarında onca işçi çalıştığına göre, demek ki o kadar da yoksul değillerdi. Acaba neden o kadar perişan bir hayat yaşamışlar?

— Annem sabahın köründe kalkar, işçilere yemek yapardı. Yemekler yendikten, bulaşıklar yıkandıktan sonra, o da başlardı tarlada çalışmaya. Babam sabahtan çıkar, akşamın bir saati kafayı çekip öyle gelirdi eve. O kadar çok içerdi ki, gözleri kıpkırmızı olur, suratı morarır, ayakta duramazdı ama o haliyle daha gelir gelmez anneme saldırmaya başlardı. "Bir oğlan bile doğuramadın, başkası olsa seni çoktan boşardı. Ben ne yapacağım bu kadar kızı? Tarlaya tapana sahip çıkacak bir oğlan lazım bana. Al bunları git başımdan. Ben mecbur muyum hepinizi beslemeye. Genç bir karı alacağım kendime. Bak bakalım oğlan nasıl doğurtulurmuş." diyerek vurmaya başlardı anneme. Zavallı kadın, zaten akşama kadar hem evde, hem tarlada çalışmaktan canı çıkmış, bir de gece yarısı babamdan kıyasıya dayak yerdi. Biz beş kız, babamın ayaklarına sarılır, kuş gibi hep bir ağızdan bağırırdık, vurma diye. Ama duymazdı bizi. Kime denk gelirse savururdu tekmeyi.

Bunları anlatırken gözlerimin içine derin derin bakıyor, sanki ilk kez birinin ona saygı duyduğunu, önem verdiğini hissetmiş gibi, beni adeta içine çekiyor. İkimiz arasındaki ilişki anlamında da burada olmaya, yapılan terapiye önem verdiğinin ipuçlarını görüyorum onda. Onu ilgiyle dinlediğimi, onu önemsediğimi görüyor ve hissediyor.

— En çok da bana kızardı, oğlan olmadım diye. O yıllar, bu sahneler hemen her akşam yaşanırdı bizim evde. Sonra da yatağına uzanır, annemi çağırırdı yanına...

Gözyaşları yine bardaktan boşalır gibi iniyor kucağına. Yerdeki halının kıvrımları açılmış, koca bir sahne olmuş sanki... Çocukken yaşadığı her şeyi görüyor orada.

— Çocukluğum böyle bir evde geçti benim. Tavandan sarkan büyükçe bir lamba vardı. Sarı ışık yayardı her yana. O ışığın içine babamın durmadan içtiği sigaraların dumanı karışır, sanki sisin içinde otururduk. Kapının sağ üst köşesinde kıvırarak açılan siyah bir elektrik düğmesi vardı. Benim boyum o düğmeye yetişmezdi ama hep o düğmeye boyumun yetişeceği günü beklerdim. Bu yüzden kıskanırdım ablalarımı. Büyük ablam arada bir, babam evde yokken beni kucağına alır, düğmeyi sağa sola çevirmeme izin verirdi. Işık açılıp kapanırken çıt diye bir ses çıkardı. Hem o çıt sesini, hem de ablamın kucağındayken onun sıcak göğsüne yaslanmayı çok severdim. Başka da kimsenin beni kucağına aldığını hatırlamıyorum zaten.

Ne de güzel anlatıyor bir çocuğunun acısını, ıstırabını. Ellerimi çenemin altına koyuyor, başımı sola doğru eğip dinliyorum onu. Sanki onunla birlikte ben de görüyorum o evi, o sarı ışığı, siyah elektrik düğmesini.

— Beyaz badanalı duvarlarda siyah çatlaklar vardı. Korkardım o çatlaklardan. Geceleri o çatlaklar büyüyecek, koca koca fareler ortalığa saçılıp bizi yiyecek diye düşünürdüm. Küçük ablamın kulağına söylerdim, yine korkuyorum ben diye... "Yat uyu, fare mare yok," derdi. Bu söz bile az da olsa rahatlatırdı beni.

Çocukluğum geliyor aklıma. Ben de karanlıktan korkardım ama bunu söyleyecek bir ablam yoktu. Tam tersi benden bir buçuk yaş küçük kız kardeşim sızlanırdı, "Korkuyorum," diye. Bana da onu teselli etmek düşerdi. Oysa ben de korkardım.

— Oturma odamızda sadece babamın oturduğu küçük bir divan vardı. Üzerinde mor kanaviçe işlemeli yastıklar dururdu. Biz yerdeki kilimin üzerinde otururduk. Her şeyin iyisi babama ayrılırdı. Karpuz kesilir, koca bakır sahana konur, kabuklarını sıyırmak bize düşerdi. Salatalığın kabukları, domatesin çürüğü, elmanın ve kirazın kurtlusu konurdu önümüze.

Uzansa her birine dokunacakmış gibi, başını biraz daha yere eğerek bütün dikkatiyle yerdeki kırmızı hareli halıya bakmaya devam ediyor. Artık burada değil, yaşadığı eve gitti.

— Babamın içkiden morarmış yüzünün aksine, o sarı ışığın altında annemin yüzü daha da solgun görünürdü. İçeri kaçmış kara gözleriyle hep mahzun bakardı annem. Babam odasına girip de soyunmaya başlayınca annem hemen yerinden kalkar, babamın yanına gider, ablalarım da tavandan sarkan sarı ışığın kara düğmesini çabucak çevirirlerdi. Sonra da aceleyle odamıza kaçardık ama bu da kurtarmazdı bizi. Yer yatağına üstümüzdeki kıyafetlerle oturur, utanır gibi birbirimizin yüzüne bakmaya korkarak başımız önümüzde, annemle babamın odasından gelen seslerin kesilmesini beklerdik. Güya kapatırlardı kapıyı ama kapı kapı değil ki, her şeyi duyardık. Tahta yatağın gıcırtıları hâlâ gitmiyor kulaklarımdan. Sesler kesilince odanın kapısı gıcırdayarak açılır, annem sobanın üzerinde kaynayan bakır güğümü yavaşça içeri alır, sonra suyu ılıştırmak için mutfaktan bir çaydanlık soğuk su götürürdü. Odanın içine koca leğen taşınır, önce kocasını yıkar, sonra da kalan suyu kendi başından aşağı dökerdi. Leğen tekrar duvara dayanana kadar öylece bekleşirdik. Kapı, sonunda yine gıcırdayarak kapanınca her birimiz yatağa uzanır, hiç konuşmadan yorganımızı tepemize kadar çeker, bir an önce o yatakta uyuyabilmek için debelenir dururduk.

Anlattıkları, beni de aldı götürdü o küçük kulübeye. O kulübede yaşanan karanlık duygular doldu odaya, iyi ki cam açık.

— Evimizin kendine has bir kokusu vardı. Bedenlerden yayılan, her biri farklı ama ağır bir ter kokusuyla karışık soğan, sarmısak, tereyağı, bulgur, tarhana, nane ve babamın hiç durmadan içtiği sigara kokusu birbirine girmişti sanki. Babama çevrede Mehmet Ağa derlerdi, yani çok da fakir değildik. Onlarca işçinin çalıştığı koca koca bağlarımız, bahçelerimiz, tarlalarımız vardı. Babamın keyfi yerindeydi. Tek işi tarladan toplanan ürünü satmaktı. Bunu da, daha mevsimin başında, ürün toplanmadan ucuza satıyor, sonra da akşama kadar kahvede kumar oynuyor, geceleri kafayı çekip gazinolarda para yiyordu. Arada bir o gazinolardan topladığı kadınları eve getirirdi. O kadınlar annemden çok farklıydı. Açık saçık giyinir, bol makyaj yapar ve sürekli gülerlerdi. Bazen de bize bakarak bol bol kahkaha atarlardı. Ağlanacak halimize işte böyle gülerdi o kadınlar.

Başını yerden kaldırıp yüzüme bakıyor, benim ne hissettiğimi merak eder gibi. Hüzünlü bir gülümsemeyle hafifçe başımı sallıyorum ona. Benim de üzüldüğümü fark edince önce bir şaşkınlık ifadesi yayılıyor yüzüne, gözlerini açıp bir kere daha dikkatle bakıyor yüzüme. Bu hikâyeden ne kadar etkilendiğimi görmek ağlamasını artırıyor. Nihayet biri onu anladı! Silmiyor gözyaşlarını.

Yüzünden aşağı yağmur gibi akmaya devam ediyorlar. Sonra yine başını öne eğip gözlerini yerdeki kırmızı halının harelerinde gezdiriyor, hem ağlayıp hem anlatıyor.

— Annem öyle günlerde çok sinirli olur, hırsını bizden çıkarır, babamın yanında gürültü de yapamadığından kaşıyla, gözüyle bizi yerdi. Kenardaki eski konsolun üzerinde duran kocaman bir teyp vardı. Babam oyun havaları çalardı sürekli. Eve gelen kadınların hepsi de kıpır kıpır olur, oyun havaları çalınca hemen başlarlardı oynamaya. Bazen babam da onlarla birlikte oynar, ağzından salyalar akarak gülerdi. İşte o zaman hepimiz işi gücü bırakır, babama bakardık. Yüzü gülen babama! Başka zaman hiç gülmezdi çünkü... Gece bitip yataklarımıza yatınca aklımızda hep o sahne kalırdı. Ablalarım aralarında konuşurlardı fısır, fısır. Küçük ablamla biz de kulaklarımızı dört açar, ne dediklerini duymaya çalışırdık. "Biz de evlenince kocamız bize bakarak böyle gülse..." derlerdi. Gülmek, kahkaha atmak, işte bu kadar önemliydi bizim evde. Küçük ablamla ben, söylemezdik ama biz de bunları hayal ederek koyardık başımızı yastığa. Babam gibi o kadına gülen, kahkaha atan o erkeği hayal ederek dalardık uykuya.

Hiçbir insan ilişkisi yoktur ki, içinde kişinin daha önceki ilişkilerinden getirdiği beklentiler olmasın. Kader ağlarını o zamandan başlamış örmeye. Sonra bu genç kadının yıllarca, sabırla, umutla bir erkeğin onunla evleneceği günü bekleyişi geliyor aklıma. Her şeye rağmen ondan vazgeçmeyişi... Ardından gelen büyük çöküş, umutların yerle bir olması... Acaba o adam hayal ettiği gibi güzel gülüyor, kahkaha atıyor muydu?

— Babamın aklı fikri genç, güzel ve ona oğlan doğurabilecek yeni bir hanım almaktaydı. Yine bir akşam eve her zamanki gibi sarhoş gelmiş, önce annemi odunla dövmüş, sonra da yeni bir hanım almaya kararlı olduğunu söyleyerek evi terk etmemizi istemişti. "Def olun evimden, ömrümün sonuna kadar sizi sırtımda taşıyamam," diyerek resmen kovmuştu evden. Bu eve hanım olarak başka birinin gelecek olması hepimizi çok korkutuyordu. Çektiğimiz onca sefillik yetmezmiş gibi, bir de bu duruma nasıl dayanacaktık? Bu evden dışarı atılırsak başımıza neler geleceğini bilmiyorduk ama başka türlü bir korku vardı içimizde. Bundan daha kötü ne olabilir diyemiyorduk o zamanlar.

Annelerinin korkusu bu diyorum içimden. Akılla, mantıkla ilgisi yok bunun. Anne de çok zayıf, çaresiz. Zaten anne bu kadar zayıf olmasa, bunların hiçbiri yaşanmazdı. Ne kendine, ne de çocuklarına sahip çıkabilmiş. Baba, dövse de, sövse de, öfke de kussa, onların tek sahibi. Baba da onları istemezse, sahipsiz kediye dönüyorlar. Kapıdaki Sürtük gibi...

— O geceyi hiç unutamıyorum. Ben o zamanlar beş ya da altı yaşındaydım. Korktuğumuz başımıza gelmiş, babam sonunda bizi evden kovmuştu. Nereye gidecek, kimin yanına sığınacaktık? Donup kalmış, ne yapacağımızı şaşırmıştık. İşte o anda neden bilmem, babamın ayaklarının dibine attım kendimi.

Belki de o anda olanları durduracak bir kurban gerekiyordu. Beş yaşında bir çocuk, annesini ve ailesini kurtarabilmek için kurban olmaya rıza gösteriyor.

— Ne olur baba, bizi sokağa atma, evlenme. Ben senin oğlun olurum. Büyüyünce erkek kıyafetleri giyer, ölene kadar evlenmem. Her işini görür, okula gider okur, büyük adam olurum. Yeter ki sen evlenme, yeter ki annem ölmesin diye yalvardım babama.

Annem ölmesin diyor. Demek anne, babanız evlenirse ben de ölürüm diye korkuttu çocukları. Tam bir çaresizlik!

Geçmişten getirdiğimiz duygusal tepki ve beklentilerin kaçınılmaz varlığı bir yandan öğretici olabilirken bir yandan da aslında son derece talihsiz bir durumdur. Sonradan yaşadığı on yıllık ilişkide, aldatılmada, kandırılmada, köle olmada, sanırım bu yaşadıklarının çok etkisi olmuş.

Kamera sanki zum yapmış, babasının ayakları altında, kapıdaki Sürtük gibi sürünen Fatoş'u, onun korkudan büyümüş gözlerini, o gözlerden sel gibi akan gözyaşlarını gösteriyor şimdi. Bütün bunları kırmızı halının harelerinde görür gibi dikkatle oraya bakarak devam ediyor anlatmaya.

— Zalim bir adamdı babam. Hemen tekmeyi bastı bana.

Sürtük ne zaman kapıda olsa, onu da aynen böyle tekmelerdi. Tekme karnıma gelmişti. Hafifçe havalanıp, sonra düştüm yere. Başım sokak kapısına çarptı. Kanamaya başladı. Çok mu acıdı, bilmiyorum. Benim başım kanarken annem ne yaptı, hatırlamıyorum. Her zamanki gibi kenara çekilip ağlıyordu belki de. Bana değil, kendine. Oysa ben, annem üzülmesin, ağlamasın diye atmıştım kendimi babamın ayaklarının altına. Belki bu fedakâr kızı bir kere olsun kucağına alır, sever diye...

Çok küçükken aldığın bunca yarayla ne yaptın sen be kızım? Buralara gelene kadar bu yaralar kaderini nerelere savurdu, ne hatalar yaptırdı sana. Her şeye rağmen bir gün kendine güvenecek, kendini sevecek ve belki de en önemlisi kendini affedebilecek misin?

— O gece, küçük ablam kaldırdı beni yerden. Başımı sardı. Sonrasını pek hatırlamıyorum. Ertesi gün eski bir minibüs geldi kapıya. Bir iki bohça alıp ağlayarak çıktık evden. Köye, anneannemin evine gidiyorduk. Minibüsün kokusunu hâlâ duyar gibiyim. Her taraf terle karışık izmarit ve mazot kokuyordu. Annem yol boyu ağladı. Büyük ablam annemin yanına oturmuş, o da onunla birlikte ağlıyordu. Biz minibüse yayılmış, başımıza neler geleceğini bilmeden bozkıra bakarak gidiyorduk. Köye vardığımızda anneannem bizi görünce tiz bir çığlık attı. Tıpkı bizim gibi, o zavallı yaşlı kadın da korkmuştu. "Eyvah... O Mehmet denen hayırsız sonunda dediğini yaptı mı yoksa!" diyerek evin ortasına oturdu ve dövünmeye başladı. O böyle yapınca, zaten ağlamaktan gözleri şişen annem de bu fırsatı kaçırmadı, sonunda hep birlikte feryat figan ağlamaya başladık. Sesleri duyan komşular, bir ölen var diyerek eve akın etti. Neyin ne olduğunun anlaşılması için, aradan uzun bir zaman geçmesi gerekti. "Keşke ölüm olsaydı. Ya o uğursuz herif ölseydi, ya da kızlardan biri... Hiç olmazsa ağladığımıza değerdi," dediler!

Susuyorum. Hepimizin hayatında, başlarda da söylediğim gibi, sürekli tekrar eden motifler vardır. İşte hayatımız da tıpkı öyle, motif motif işlenir. Her birimizin kader dantelinin motifleri birbirinden farklıdır. Bu motifleri geçmişimizde yaşadıklarımız, edindiğimiz alışkanlıklar, çekilen acılar belirler. Buna göre Fatoş'un kader motifi hep kendini eksik ve kusurlu hissetme, başkalarından aşağı görme, hep bir sahip arama sonra da bulduğu sahibin kulu, kölesi olma üzerine işlenmiş. Bu motifi değiştiremezsek, kader ona hep aynı filmi gösterecek.

Yüzüme bakıyor. Bu inanılması zor değersizlik duygusuna itiraz edecek birini arıyor sanki. Hafifçe kaşlarımı çatarak başımı itiraz eder gibi iki tarafa sallıyorum. O da sallıyor başını, beni onaylar gibi öne, arkaya doğru...

— Annem, "Sürüm sürüm sürünsün inşallah!" diye başlıyor, anneannem, "Allah ona oğlan yüzü göstermesin!" diye devam ediyordu. Bedduaların bini bir paraydı. Komşular da bu şamatayı kaçırmak istemiyor, akşam olduğu halde kimse evine gitmiyordu. Sabahtan beri bir şey yememiştik ama önümüze yemek koyan da yoktu. Sonunda yaşlı bir komşu, evinden yufka ekmeğinin içinde tulum peyniri getirdi. Ne tatlı gelmişti o peynir ekmek.

Başını iki tarafa sallayarak sanki o günleri bir kere daha yaşar gibi dalıp gidiyor. Elleriyle gömleğinin ucunu kıvırıyor, sonra yeniden düzeltiyor, haksızlıkları, hayatın getirdiği adaletsizliği düzeltir gibi... Kısa bir sessizlikten sonra yine başlıyor anlatmaya.

— Anneannemin evinin altındaki ahırda iki ineği vardı. Sık sık ineklere yem vermek, süt sağmak filan gibi bahanelerle hep birlikte ahıra iniyorduk. Aslında bütün işi on iki yaşındaki büyük ablam yapıyor, biz de oralarda oyalanıyor, samanların üzerinde yuvarlanıyor, arada bir de ablamın sağdığı sütü içiyorduk. İnekleri hem seviyor, hem de onlardan korkuyorduk. İkisi de çok büyüktü. Bir de sinekler vardı. Ahırın küçük, örümcek ağı tutmuş penceresinden içeri güneş ışığı giriyordu. Bu ışıkta binlerce, milyonlarca toz, bir aşağı, bir yukarı dans edip duruyordu. Bu küçük zerrecikleri görüyor ama ne kadar uğraşsak, atlayıp zıplasak da onları avucumuza alamıyorduk. Biz samanlarda yuvarlandıkça, ışık huzmesinin içindeki toz bulutu hareketleniyor, yeni yeni şekiller oluşuyordu içinde. Anneannemin evi deyince aklıma hep o ahırdaki ışık huzmesi, içinde dans eden toz tanecikleri, iki koca inek, bir de sinekler gelir. İneklerin gözlerine konan, oradaki çapakları yiyen, inekler başını salladıkça kalkıp sonra yine konan pis sinekler. O evde kaç gün kaldık, nerede yatıp kalktık pek hatırlayamıyorum. Zaten anneannemi o son görüşümüzdü. Biz eve döndükten bir süre sonra öldü kadıncağız. Oysa pek hasta gibi de görünmüyordu. Annem, "Hep babanızın yüzünden, kadıncağız kahrından öldü," demişti. Annem yerine, kahrından ölen anneannem olmuş, bu yüzden annesiz kalmamıştık.

Hüzünlü bir hikâyesi var bu kızın. Bir yandan konuşup bir yandan ağlamaktan dili damağı kurudu. Ona hiç sormadan telefonun tuşuna basıyor ve Tuna'dan iki bardak çay daha istiyorum. Çaylar gelene kadar ikimiz de susuyoruz. Tuna çaylarımızı özenle önümüze koyarken gözleri kızın gözyaşlarından sırılsıklam olmuş elbisesine takılıyor. Önce bana, sonra masanın üzerinde duran kâğıt mendillere, sonra tekrar bana bakıyor. Hafifçe kaşlarımı kaldırıyorum. Bir şey söylemeden hemen çıkıyor odadan. Fatoş o mendillerin orada durduğunu görüyor ama kullanmıyor. Bana ilk geldiği gün, kendini kullanılıp atılmış kâğıt mendillere benzetmişti. Belki de bu yüzden kullanmak istemiyor onları. Fatoş çayından büyük bir yudum aldıktan sonra devam ediyor.

— Eve neden döndük, babam bizi çağırdı mı bilmiyorum ama o eski minibüs bir hafta sonra yeniden köye geldi. Yine hep beraber dolduk arabaya. Kimse konuşmasa da, hepimizin içinde nefret ettiğim o korku vardı yine. Zaten o korku ömür boyu bırakmadı peşimi.

— Nasıl bir korku?

— Korku işte... Nedeni değişse de ömür boyu bir şeylerden korkup durdum. Hatta bazen nedenini bilmesem de bir şeylerden korkardım. Şimdi düşünüyorum da, hayat bana hiç güvenli bir ortamda yaşama fırsatı vermedi. İnsanın kaderi değişmiyor. Kaçamıyorsunuz kaderden. Bir kere peşinize düşmeye görsün...

— Ya da korktuğumuz şeylerin, bir süre sonra tiryakisi oluyoruz. O bizi bulmazsa, biz onu buluyoruz.

Başını kaldırıp gözlerini iyice kısarak söylediklerimi anlamak ister gibi bakıyor yüzüme. Kısa bir süre düşündükten sonra, bu sefer gözlerimin içine bakarak ve yoğun duyguların çatallaştırdığı sesiyle konuşmaya başlıyor.

— Ah, ne çok hata yaptım bir bilseniz.

— Hepimiz hata yapıyoruz.

— Bile bile... Demek ben de korkularımın tiryakisi oldum.

Bu sözlerde kendi gerçeklerini anlama çabası seziyorum. Kendini doğru değerlendirebilir, geçmişin derin yaralarına bakarken, bu yaraların onun kişiliğinde ne gibi değişiklikler yaptığını görebilirse, belki de kader onu hep aynı motifleri tekrarlamaya zorlamaktan vazgeçer.

Konuşurken başını önüne eğmiyor, gözlerime bakarak anlatıyor artık. Kolu kanadı kırılmış bir kuşa benziyor.

— Eve döndüğümüzde hepimiz şaşırıp kaldık. Bize kapıyı genç ve güzel bir kız açtı. Tanıyorduk onu. Adı Hanife'ydi. Tarlada bizimle birlikte çalışan zavallı, fakir bir kızdı o. Başında kırmızı, oyalı bir yazma vardı. Kırmızı çiçekli pazen elbise giymişti. Güneşten kararıp esmerleşen boynunda kırmızı kurdeleye takılı bir altın sallanıyordu. Demek üvey annemiz bu gencecik kızdı. Biz, ne yapacağımızı, ne diyeceğimizi bilemezken, Hanife koşarak annemin elindeki bohçayı aldı, "Buyur abla," diyerek bizi eve davet etti. Ev de değişmişti. Biz yokken evin içi de, dışı da boyanmış, bir oda daha ilave edilmişti. Annem hışımla girdi odasına. Oysa Hanife bizim için yemek yapmış, sofra hazırlamıştı. Bize üvey annemiz gibi değil de, ablamız gibi davranıyordu. Karnımız aç olsa da annemin korkusundan kimse oturamadı sofraya.

Çayından bir yudum daha alıyor ve şimdilik ağlamıyor ama gözlerinde ince bir buğu tabakası var.

— O akşam babam erkenden geldi eve. İlk kez onu neşeli görüyorduk. Üstelik sarhoş da değildi ama bu erken gelmeler de, içki içmemeler de kısa sürdü; babam yine eski haline geri döndü. Zaten yıllardır hiç yüzü gülmeyen annem, Hanife'nin eve gelişiyle hepten kötü oldu. Artık gözünden yaş, dilinden öfke, elinden sopa eksik olmuyordu. Bunca yıldır her türlü eziyete katlanmış, gıkı çıkmamıştı ama kocasının eve bir başka kadın getirmesine dayanamıyordu. Üstelik kabul etmek istemese de kadın hem genç, hem güzel, hem de tatlı dilliydi. Kendiyse genç olmadığı gibi, ne güzel, ne de tatlı dilli olabilmişti. Hep bir oğlan doğurmayı hayal etmiş o. Bu umutla tam yedi kez doğurmuş ama ne çocuklar oğlan olmuş, ne de kendini kocaya sevdirebilmiş. Ölen çocuklar bile kızmış. Tek bir duygu kalmıştı içinde; öfke. Sadece onu sevmeyen kocasına, kuması Hanife'ye değil, bütün dünyaya öfkeliydi.

Yine başlıyor ağlamaya ama bu sefer kendisi için değil, kırkında bir köşeye atılan annesi için ağlıyor. Ben de düşünüyorum anneyi, o kadının neler hissettiğini anlamaya çalışıyorum. Eskiden kızsa da, darılsa da, dövse de bir kocası varmış, sonra onu da kaybetmiş.

— Şu Hanife, bir de oğlan doğurursa, işte o zaman yandık diyordu. Sadece o değil, hepimiz korkuyorduk bundan. Hanife geleli, babam annemin hiç yüzüne bakmıyordu. Eskiden hiç olmazsa eve gelince bağırır, çağırır, onu öldüresiye döverdi ama sonra beraber yatağa girerlerdi. Hanife gelince evin bütün düzeni değişmiş, annem kaderiyle baş başa kalmıştı.

Koltuğun ucunda, kaskatı, solgun oturuyor. Dizleri bitişik, dudakları bembeyaz. Derin bir of çekiyor. Çok iyi anlıyorum onu. Bütün çocuklar bu dünyaya önemli olmak için gelirler.

— Çok üzülüyordu annem. Bu işte bizim de bir suçumuz varmış gibi, sürekli bize kızıyor, bize beddua ediyordu. Eskisi gibi tarlaya çalışmaya gitmiyor, her şey yansa yıkılsa umuru olmuyordu. Onun yerine, tarlaya Hanife gidiyor, ona da evde yemek yapmak kalıyordu. Aslında elinden gelse onu da yapmayacaktı ama babam göz açtırmıyordu. Hastayım da dese dinlemiyor, "Bu yemek yapılacak!" diye tutturuyordu. Tam bir çaresizlik içindeydik. Eve az da olsa huzur gelmiş, her gece kopan kıyametler bitmişti ama bu sefer de annem hiç rahat bırakmıyordu bizi. Eskiden de hiçbirimize sahip çıkmazdı ama o dönem iyice yalnız kalmıştık. Geceleri yatağa yatınca her birimizin içine bir korku düşüyor, annemin bu halini gördükçe sanki bunun tek suçlusu bizmişiz gibi tuhaf bir vicdan azabı duyuyorduk. İçerideki odadan gelen sesler bu duyguları nefrete dönüştürüyor, içimizi bu dünyadan intikam alma hırsı kaplıyordu. Artık bizim için bütün erkekler kötüydü. Kadınlar da... Bir de en kötüsü vardı; terk edilmek.

Kader ona korku, güvensizlik ve değersizlik kavramlarının egemen olduğu bir hayat hazırlamış. Kendini hiçbir zaman özgür, değerli olarak hissedememiş. Sanırım kızlar zorluklarla hep birlikte, ekip halinde savaşmışlar. Belki yaşadığı bu acı tecrübe sayesinde iş hayatında bu kadar başarılı olabildi. Grup çalışmasına ciddi bir yatkınlık kazandığı belli. Ancak o yıllarda başka bir şey daha öğrenmiş; terk edilmenin dünyanın en büyük acısı olduğunu... Korkmuş. Belki de onun hayatında belirleyici olan bu korku duygusu olmuş.

— Hanife eve geleli üç-dört ay geçmiş geçmemişti ki, onun hamile olduğu haberi eve bomba gibi düştü. Babam doğacak çocuğun oğlan olacağından çok eminmiş gibi seviniyor, her akşam yemekten önce ellerini gökyüzüne doğru kaldırıp, "Allah'ım, bana bir oğlan ver, karşılığında bütün malım mülküm feda olsun. Utandırma beni," diye dualar ediyordu. O böyle dedikçe başta annem olmak üzere biz kızlar içimizden bunun tam tersini söylüyor, "İnşallah oğlan yüzü görmezsin," diyorduk. Hanife hamileliği boyunca nazlandıkça nazlanıyor, tarlaya çalışmaya gitmiyor, çocuğa bir şey oluverir diye ağır kaldırmıyor, midesi bulanıyor, sık sık öğürüyordu. Bunları gördükçe annem iyice çileden çıkıyor, akşamlara kadar beddua ediyordu. Sonunda doğum anı gelmiş çatmış, Hanife büyük bir tantanayla hastaneye götürülmüştü. Hepimiz, bir idam mahkûmu gibi aylardır korkuyla bugünü beklemiştik. Kimse konuşmuyor, annem sessizce, sadece dudaklarını oynatarak yatağına girmiş dualar okuyor, biz, başımız önümüzde, eve gelecek haberi bekliyorduk. Küçük ablam yanıma oturmuş, okul defterine bir şeyler çiziyor, sonra da karalıyordu. Karalarken gıcır gıcır sesler çıkıyordu. Ben de başımı ona doğru uzatmış, ne çizdiğini görmeye çalışıyordum. Bebek resmi çiziyordu. İşte o anda annem hışımla kalktı yerinden. Elindeki tespihi bir kenara fırlattı, ocağın yanındaki oklavayı kaptığı gibi dikildi başımıza. Kıyasıya vuruyordu ablama. Kalemden çıkan sesler güya sinirine dokunmuş, "Mahsus mu yapıyorsun!" diyerek bütün sinirini ondan çıkarmak ister gibi vuruyordu. Hep birlikte küçük ablamı annemin elinden almaya çalıştık.

Hüzünlü bir merhametle dinliyorum onu.

— Sonunda korktuğumuz başımıza geldi. Babam güle oynaya geldi eve. Dikildi annemin karşısına, adeta kükredi. "Kadın, kadın! Bak, nur topu gibi bir oğlum oldu. Şimdi anladın mı suçun kimde olduğunu?" dedi. Daha çok şey söyledi o gün babam. Kahvede göğsünü gere gere nasıl oturacağını, geleceğinin garanti altında olduğunu, insanların yüzüne bakmaktan artık utanmayacağını filan işte... Bu sözleri aslında anneme söylüyordu ama hepimiz nasibimizi alıyorduk onun sözlerinden. Demek biz utandırıyorduk babamı! Annemden yeni dayak yemiş, babamın sözleriyse dayaktan daha ağır gelmişti. Bahçedeki dutun dibine oturup hep birlikte saatlerce ağladık o gün. Babam bizim ağladığımızı görünce kızdı bize. "Ağlayın, ağlayın. Bir erkek kardeşiniz olduğu için sevineceğiniz yerde siz oturup ağlayın. Zaten hepiniz düşmansınız bana," dedi. Hem annem, hem de babam bizi düşman gibi görüyordu. Tek bildiğimiz, ne kadar yalnız olduğumuzdu.

Kaderin eline bir koz daha geçiyor. Yalnızlık... Sen unutsan da kaderin unutmaz bunları diyorum içimden. Terk edilmek, sonra da yalnız kalmak! Bütün hayatını büyük ihtimalle bu iki korkutucu duygu yönetmiş.

Derin derin bakıyor gözlerime. Sanki ne kadar yalnız olduğunu anlamamı istiyor. Onu anlıyor ama şimdilik bir şey söylemiyorum. Anladıklarımı anlatırsam bu sefer gözyaşları sadece üstünü başını ıslatmakla kalmaz, belki ben bile boğulurum o yaşlarda.

Hayat, içinde barındırdığı binlerce sırrı, ince bir dal gibi eğilmiş bu kızın ağzından anlatıyor bana. Dinledikçe, perdeler sanki bir bir açılıyor önümde. Bazısını görüyor ve anlıyorum sansam da, çoğu hızla geçiyor önümden. Daha ben bir şey anlamadan...

— Ertesi yıl, Hanife bir oğlan daha doğurdu. Oğlan üstüne oğlan doğuruyordu. Oğlanlar kardeşimiz olsa da, onlara hiç yakın hissetmiyorduk kendimizi. Zaten annem öyle bir bakıyordu ki gözümüze, oğlanlara yaklaşacağız diye ödümüz kopuyordu. Büyümeye başlamıştık. Babamın gözü, bizi bir an önce evlendirip kurtulmaktaydı. İlkokulu bitireni alıyordu okuldan. On beşine girince büyük ablam evlendi. İster misin, istemez misin diye soran filan olmadı. Hepimiz korkuyla başımıza gelecekleri bekliyorduk. On beşine gireni hemen kocaya veriyorlardı. Yine yalnız, yine sahipsizdik...

Yalnız ve sahipsiz... Sanki bu dünyaya bir kusur olarak gelmişler ve kimse onlara sahiplenmemiş, ne anneleri, ne de babaları... O ise hâlâ kendine bir sahip arıyor. Oysa artık kendi sahibinin kendi olacağı yaşa çoktan gelmiş.

— Annem hastalandığında ben ilkokulu yeni bitirmiştim. Sonunda üzüntüden kanser olmuştu kadın. Üç ablam evlenmiş, küçük ablamla ben kalmıştık. Evlenme sırası küçük ablamdaydı. O da gelmişti on beş yaşına ama ufak tefekti, cılızdı. Hâlâ çocuk gibi görünüyordu. Talibi çıkmamıştı. Üstelik çabuk yoruluyor, işlerin altından kalkamıyordu. Biraz da beceriksizdi galiba. Anneme en çok onun bakması gerekiyordu. Hastaydı kadın. Yatıyordu. Sık sık şehre, doktora gidiyor, ışın tedavisi yapılıyordu ama ablam bir türlü ona doğru dürüst bakamıyordu. Ne yapsa annem kızıyor, iteleyip kakalıyordu. Hanife annemin bir dediğini iki etmiyor, bizden daha fazla ilgileniyordu onunla. Onun canı ne isterse, oğlanlara mama yapar gibi onu pişiriyor, kuvvetlensin diye çorbalardan tavuk suyunu eksik etmiyordu. Gerçi ne yaparsa yapsın annemin hiç yüzü gülmüyor, bir kere olsun teşekkür etmiyordu ve... ölüyordu. Bunu hepimiz biliyorduk. Hele küçük ablam, o ara iyice içine kapanmış, gizli gizli ağlayıp duruyordu. Arada bir yanına gidip, "Neden ağlıyorsun?" diye sorsam beni azarlıyor, hemen kovuyordu. Oysa ben biriyle konuşmak, dertleşmek, korkularımdan söz etmek istiyordum. Ayrıca ablamın bu haline de üzülüyor, ona yardım etmenin bir yolunu arıyor, neden böyle ağlayıp durduğunu anlamak istiyordum. Ötekiler neyse de, bari ben oğlan olabilseydim, kaderleri değişecekti. Beni istememekte, sevmemekte ne kadar haklı olduklarını biliyordum ama sonunda ablam feda etti kendini.

Bir insan dünyaya oğlan değil de kız olarak geldiği için kendini nasıl suçlar? Yıllardır kendisini acımasızca suçladıktan sonra sen suçsuzsun demenin artık bir faydası yok... Zamanla bunu kendisi görmeli. Bir de abla meselesi var. Abla kendini nasıl feda etti acaba?

Biraz sakinleşmesini bekliyorum. Elinin tersiyle gözlerini sildikten sonra duvarda duran saate kayıyor gözleri. Eliyle saçlarını düzeltirken kısacık kesilmiş bu saçlar belli ki ona da yabancı geliyor. Boynunu kesmektense şimdilik sadece saçlarını kesmiş ama konuşuyor, anlatıyor, içindeki zehri boşaltmaya çalışıyor. Bunlar umutlandırıyor beni.

— Ben bunları çoktan unuttum sanıyordum ama nasıl oldu bilmem, her biri daha dün yaşanmış gibi aniden ortaya çıkıverdiler. Size anlatacağım daha çok şey var ama sanırım zamanımız doldu. Haftaya görüşürüz inşallah!

Siyah ipek gömleğini düzelterek kalkıyor yerinden. Kapıya kadar uğurluyorum onu. Arkasından bakarken yine yürüyen bir enkaz görüyorum.

On yıl sonra sevgilisi tarafından terk edilince bütün acıları tazelenmiş. Yıllardır el sürülmeden gizlendikleri yerde duran acılar, sorunlar hızla su yüzüne çıkıyor. Biz psikiyatride bu unutma işine represyon diyoruz, yani insana acı veren duyguların, biz hiç fark etmeden yavaş yavaş suyun altına inivermesi gibi bir şey. Oysa biz bazı şeyleri unuttuk sansak da, onlar bizim bugünkü hayatımızı etkilemeye ve yönlendirmeye devam ederler.

O gidince hemen camın önüne atıyorum kendimi. Aşağıda insanlar koşturup duruyor. Herkesin acelesi var. Hayat devam ediyor.

9

Kenan'ın morali bozuktu. Günler birbirini kovalıyor, hayat akıp gidiyordu ama Fadi'den ses çıkmıyordu. Fadi'nin arkadaşları bile aramamışlardı onu. Bunda bir iş vardı. Bu kız delirmiş miydi acaba? On yıl sonra, bu kadarcık bir şey yüzünden insan sevdiğinden ayrılır mıydı?

O gece aklına geldikçe çok fena oluyor, morali bozuluyordu. Herkesin gözü önünde bir kadından dayak yemiş, dünya âleme rezil olmuştu. Handan bile o geceden sonra ona eski ilgiyi ve sevgiyi göstermiyor gibiydi. Ne yapsaydı yani, onca insanın önünde, Fadi'yi dövse miydi? Hiç kadın dövmemişti ki, bilmiyordu böyle şeyleri.

Her şeye rağmen Fadi'nin ne düşündüğünü bir türlü anlayamıyordu. Bu kadın günlerdir onu neden aramıyor, nasılsın, kafan iyileşti mi, demiyordu? Az kalsın ölüyordu o gece. Hiç mi merak etmiyordu sevgilisini. Hani onu çok seviyor, hani ona tapıyordu! Bunların hepsi yalan mıydı? Bu kadınlar hep böyle vefasız mıydı?

Gurur murur demeyecek, artık onu arayacaktı. Yeteri kadar beklemişti. Ona telefonda güzel sözler söyleyecek, seni çok özledim, yanıp tutuşuyorum, beni daha fazla kendinden mahrum etme filan diyerek gönlünü almaya çalışacaktı.

O akşamüstü, arabadan inince daha kulübe girmeden aradı Fadi'yi. Telefon çalıyor ama açılmıyordu. Bir daha aradı, yine açan olmadı. Bu sefer telefonda söyleyeceklerini ona mesaj olarak yazıp yolladı. Bir aşağı, bir yukarı yürüyerek ondan bir cevap bekledi, ama beklediği cevap gelmedi. Bu sefer de çalıştığı yerin telefonundan arayıp Fatoş Hanım'la görüşmek istediğini söyledi. "Bir dakika, hemen bağlıyorum," dedi sekreter ama sonra ona dönüp, "Fatoş Hanım toplantıda, ne zaman çıkacağı da belli değil," diyerek kapattı telefonu.

İşte bu kötüydü. Demek Fadi'nin öfkesi hâlâ geçmemişti. Daha fazla bekleyemezdi, bir an önce bir şeyler yapıp işi tatlıya bağlaması gerekiyordu. Bu hayat böyle çekilmez, Fadi'siz yaşanmazdı. Bu sefer bunu iyice anlamıştı. Handan'ı boşamayacağına göre, yine fedakârlık Fadi'ye düşüyordu. Ama galiba son yıllarda maddi açıdan da pek destek olmamıştı kıza. Gerçi artık onun kimseye ihtiyacı kalmamıştı ama arada bir pahalı hediyeler filan da almamış, doğum günlerini bile çiçekle miçekle idare edip geçiştirmişti. Daha dikkatli olmalıydı demek ki...

Bunları düşündükçe sinirleri yay gibi geriliyor, etrafa pek fazla belli etmese de morali giderek bozuluyordu. O gerildikçe tansiyonu fırlıyor, kalbine çarpıntılar geliyor, hemen doktora koşuyordu. Evham gelmişti üzerine. Ölüverecek gibi geliyordu ona. Doktor önemli bir şey bulamasa da, o bir türlü buna inanmıyordu.

Şu Fadi arayıverse, bir şeyi kalmayacak, aklı başına gelecekti. Bunu adı gibi biliyordu ama aramıyordu işte.

Doktorun Günlüğünden

Mevsim kış. Vakit öğleye yakın. Gökyüzü bulutlu ve kül rengi. Serin bir esinti ağaçlardaki kurumuş, hışır hışır olmuş yaprakları ortalığa savuruyor. Meşrutiyet Caddesi'ndeki küçük odamda yine sabahtan beri çalışıyorum. Hastaların biri girip, biri çıkıyor o küçük odaya. Artık alıştım arka arkaya değişik insanları, değişik hikâyeleri dinlemeye. Mesleğe başladığım ilk yıllarda bunu yapamazdım. İnsanların anlattıkları, yaşadığı değişik duygular üzerime yapışır kalırdı. Sevgili hocam Leyla Zileli o zaman, "Korkma, zamanla sen de alışırsın," derdi. Haklıymış, alıştım. Şimdi artık, tıpkı bir dosyayı kapatıp yeni bir dosya açar gibi, bir başkası içeri girdiği anda dikkatimi ona verebiliyorum.

Biraz önce elli beş yıllık eşini daha yeni kaybeden bir hanım çıktı odadan. Bu yaşta ölümün doğal olduğunu çoktan öğrenmiş ama yine de gönlüne söz geçiremiyor. Evde nereye baksa onu görüyor, onun gözleri, onun gülüşü, onun yemek yiyişi, elleri ayakları, hatta tırnakları bile hiç gitmiyormuş gözünün önünden. Çok arıyormuş onu, çok...

Şimdi de Fatoş girecek içeri. Kapıda karşılıyorum onu. Kendini bir an önce toparlamaya çalışıyor ancak o düzeldikçe içindeki öfke her gün katlanarak artıyor. Sevgilisine duyduğu hayranlık ve özlem yerini tamamen öfkeye bırakmışa benziyor. O artık söylemese de içinin nasıl yandığını, o adamı hiç unutamadığını, ne yaparsa yapsın aklının bir köşesinde ampul gibi yanıp söndüğünü biliyorum.

Kılığı kıyafeti daha düzgün ama kilo vermeye devam ediyor. Yine sade, yine şık... Kısacık saçlarını dümdüz arkaya taramış. Bu sefer kulaklarında küçük birer pırlanta küpe var. İşte bu iyiye işaret! Ne dudağında ruj, ne de tırnaklarında oje var. Gözleri ışıksız ve mahzun bakıyor.

Sevgilisi geçen haftadan beri onu ısrarla arıyormuş. Bu aramalar onu memnun edeceği yerde kızdırıyor. Hem cepten, hem de işyerinden arıyor, cevap alamayınca da ona destan gibi mesajlar yazıyormuş.

— Ne diyor mesajlarda?

— Çoğunu okumuyorum. Aklı sıra beni yine kandıracak.

— Daha önce de ayrıldınız mı hiç?

— Çok...

— Neden ayrılırdınız?

— Hep bu evlenme meselesi yüzünden çıkardı kavgalar. Ben ona her seferinde söylerdim. Eğer karını boşamaya, benimle evlenmeye niyetin yoksa bunu açıkça söyle. Ben bu ilişkiyi daha fazla böyle sürdürmemeye kararlıyım, derdim.

— Gerçekten kararlı mıydın?

— İlk yıllar evlilik filan yoktu aklımda. Zaten o zaman çocuktum. Üstelik hayatımda ilk kez âşık oluyordum. Bana hep evliliğinin çoktan bittiğini, ben olmasam da karısından ayrılacağını ama bunu onu kırmadan, üzmeden yapmak istediğini söylerdi. Böyle, böyle yıllarca oyaladı beni. Demek ki ben de safmışım. Her dediğine inandım. Beni sevdi sandım, o da yalanmış. Ama benim ahımı aldı. Bunların cezasını çekecek.

Nasıl da acıyla söylüyor bunları. Sevilmek onun için ulaşılması çok zor bir hedef. Demek bugüne kadar hep sevilmenin peşine düştü. Üstelik bütün kadınların çok isteyip de bir türlü ulaşamadığı bir hedef seçmiş kendine. Belki de, madem hiç sevilmedim, beni öyle biri sevsin ki, içimdeki o kocaman boşluğu doldursun, demiş. Oysa yıllar önce oluşan o boşluğun doldurulması öyle zor ki!

Derin bir iç çektikten sonra anlatmaya devam ediyor.

— Yıllardır kaderle kıyasıya mücadele ediyorum. Nerelerden geldiğimi anlattım size. İş hayatımda çok çalışarak başarılı olabildim. Çok şükür artık kimseye muhtaç değilim. Aynı şeyi özel hayatımda yapamadım. Bunun için ne çok gayret ettim, bilseniz!

Başımı hafifçe sallayıp gülümseyerek bakıyorum ona. Dediği doğru, adamı neredeyse kral yerine koyup başında taşımış ama hayat bunlarla yetinmiyor. Sadece iyi olmak, insanları memnun etmek hatta onları çok sevmek bile yetmiyor bazen.

Bu meslek, bana bu konuda çok şey öğretti. Öyle insanlar var ki, ne kadar kötüyseniz, onu ne kadar çok yaralayabiliyorsanız, size verdiği önem o kadar artıyor. Aşk bile geçmişte yaşananların ayak izleriyle oluşuyor.

— Demek bu işler böyle olmuyormuş. Kadere inanmak istemedim hiç. Ben çalışır, gerekirse geceleri bile uyumam, bu kaderi yenerim diye düşünürdüm. Zaten küçük ablamı kaybedince bunu anlamalıydım.

— Nasıl kaybettin onu?

Gözleri dalıyor. Bir süre bekliyorum. Bu konu belli ki onu çok üzüyor ama bir yandan da bunu benimle paylaşmak istiyor. Şimdiye kadar bunları kimseyle konuşmamış. Acıları bunca yıl, böyle yapayalnız nasıl çekti acaba.

— Üç ablam evlenip gitmişti ama pek kurtulmuş sayılmazlardı. Yeni evlerde, yepyeni sorunlarla boğuşsalar da hiç olmazsa babamın hışmından, annemin mutsuz ve sitemkâr bakışlarından uzaklaşmışlardı. Küçük ablama gelmişti sıra. O gerçekten küçük ve çelimsizdi. Çocuk gibiydi. Sadece bedeni değil, ruhu da büyümemişti. Eli hiçbir şeye yakışmıyor, istese de sürekli yatan anneme gerektiği gibi bakamıyor, ondan hep azar işitiyor, evde itilip kakılıyordu.

Anlatmaktan yorulmuş gibi derin bir nefes alıp sonra da kederle içini çektikten sonra kaldığı yerden devam ediyor.

— O aralar benim de canım çok sıkkındı. Bir yandan anneme üzülüyordum, bir yandan da okumak istiyordum. Derslerim fena değildi. Babamı razı etmek için çok yalvarmış ama onu ikna edememiştim. Ablamlar gibi kaderime razı olmaktansa ölürüm daha iyi diyordum. Zaten ölsem kimsenin umurunda olmayacaktı. Belki de bu yüzden küçük ablamla pek ilgilenmedim. Geceleri ikimiz de yatakta dönüp duruyorduk. Ne o uyuyordu, ne ben ama konuşmuyorduk. Arada bir annemin sesi geliyordu kulağımıza. Geceleri inliyordu. O inledikçe biz ne yapacağımızı şaşırıyor, bazen de bir şey istiyor mu diye yanına gidiyorduk. Ablam hemen koşarak su getiriyordu ona ama bardaktan bir damla su damlasa annem ona bile kızıyor, sürekli beddua ediyordu.

— Ne diyordu?

— Sürüm sürüm sürün inşallah, benden beter ol, beceriksiz kız filan diye söylenip duruyordu. O gece yine küçük bir şey için ablama çok kızmıştı annem. Galiba bütün hırsını ondan çıkarıyordu. Gece ikimiz de uyuyamamıştık. Ben sabah erkenden okula giderken ablamın yüzü sapsarıydı. Her zamanki gibi beni yolcu etmedi, sadece kapının kenarından hafifçe el salladı bana. Nedenini bilemediğim bir sıkıntı vardı içimde. O hafta okul kapanacak ve ben bir daha okula gidemeyecektim. İçimdeki sıkıntıyı hep buna yoruyordum. Öğleden sonra yorgun argın, başım önümde eve geldim. Bir tuhaflık vardı evde. Kalabalıktı. İçeriden ağıtlar yükseliyordu. Anneme bir şey oldu diye korkarak koştum eve doğru. Bahçeye girer girmez yerde gördüm ablamı. Her yanı yara bere içindeydi. Köye giden yoldaki uçurumdan atmış kendini.

Atmış mı? Küçük abla canına kıymış demek ki... Öf be, acının bu kadarı bana bile fazla geldi. Demek ki, kızlar arasındaki zayıf halka küçük ablaymış. Yazık olmuş kıza, çok yazık...

— Köylüler bulup getirmişler. Örgülerini sarkıtmışlar iki yanına, gözleri hafif aralık, ağzı açık, kanlar içinde öylece yatıyordu yerde. Bütün sıkıntıları bitmiş, rahatlamış gibi bir ifade vardı yüzünde. Duyan gelmiş, kimi içeride, kimi dışarıda ağıtlar yakıyordu ablama. Babam da oradaydı. Yere diz çökmüş, elleriyle yüzünü kapatmış, hıçkırarak ağlıyordu ablamın başında. Annemin sesi geliyordu içeriden. Kızım diye feryat ediyordu. Oysa daha önce hiçbirimize kızım dediğini duymamıştık.

Sesi giderek boğuklaşıyor ve hıçkırıklar ağır ağır düğümleniyor boğazına. Ne kadar hüzünlü bir hikâye! Dişlerimi sıksam da gözlerimin buğulanmasına mani olamıyorum. Başka türlü anlatıyor bu kız. Sanki anlatmıyor, yıllardır içinde hiç solmadan duran resimleri tek tek çıkarıyor yerinden.

— Herkes gibi bağıramadım, ağlayamadım, dondum kaldım. Sonra da kaçtım oradan. Saatlerce, etrafa boş boş bakarak dolandım durdum. Eve usulca, hırsız gibi girdiğimde akşam olmuştu. Yıllardır birlikte yattığımız odaya kapattım kendimi. Duvarın dibine oturdum, başımı dizlerime yasladım, bir daha da kalkmadım oradan. Günlerce yemeden, içmeden, konuşmadan oturdum orada. Ablamın kokusu vardı burnumda, bir de ölümün kokusu. O sıcakta herkes terlerken ben üşüyordum, hem de çok üşüyordum.

Ağlıyor. Bu kıza baktıkça, "Daha çook ağlayacak," diyorum içimden. Yıllardır sabırla köşelerinde bekleyen yaşların tamamını sanki bir çırpıda boşaltmaya uğraşıyor gibi geliyor bana. Hıçkırıklar arasında boğulsa da küçük ablasından sonra o koca yer yatağında yalnız geçirdiği geceleri, o gecelerde kafasından çıkaramadığı korkuları, gördüğü kâbusları, ablasının ölümünden kendi payına düşen suçluluk duygularını, çektiği vicdan azabını bunca yıl nasıl saklamış içinde?

Dinliyorum dinlemesine ama beni de zorluyor anlattıkları. Gözlerimdeki buğu giderek belirginleşiyor. Bunu onun görmesini istemiyorum. Ben doktorum, onunla birlikte ağlamak da neyin nesi? Ancak korktuğum oluyor ve gözlerimiz bir an karşılaşıyor. O anda sanki elektrik çarpmış gibi oluyor Fatoş. Yerinden hızla kalkıp bana doğru adeta koşuyor. Öyle bir sarılıyor ki, bir an koltuktan düşeceğimi sanıp korkuyorum. Sonra da kulağıma bir şeyler fısıldıyor. "Artık geceleri eskisi gibi üşümeyeceğim," diyor galiba. Bu sözler içimde kabaran hüznü daha da artırıyor.

Demek acılarını ilk kez biriyle paylaşıyor. Bu, onun için çok değerli, çok alışılmadık. Oysa bunlar öyle sıradan, öyle insanca ki...

— Küçük ablamın ölümü çok zor geldi hepimize. Ev bir anda sanki karanlığa gömüldü, oğlanlar bile bağırmaz, ağlamaz oldu. İlk günlerdeki kalabalık çabuk dağıldı, koyu bir sessizlik çöktü evin üstüne. O oda, ablamla yattığımız yatak, her akşam burnuma gelen ablamın kokusu deli ediyordu beni. Konuşmuyor, ağlamıyor, yemiyor, içmiyor, o odadan çıkmıyordum. Annem her zamanki gibi odasında yatıyor, Hanife ona çocuğu gibi bakıyordu ama ben vazgeçmiştim her şeyden. Annemden de... Artık ilaçlarını vermiyor, suyunu getirmiyordum. Hanife sık sık yanıma geliyor, beni o odadan çıkarmaya çalışıyor ama başaramıyordu. Bu halim babamın bile dikkatini çekmişti. Bir iki kere yanağımı okşar gibi yapmış, ağzında bir şeyler gevelemişti. Yanağıma dokunan eli çok yabancı gelmişti bana, sevmemiştim bu eli! O zamanlar bana kimsenin dokunmasını, hatta sevmesini bile istemiyordum galiba. Hatta beni annemin yanına götürmek istediklerinde de çok direnmiştim. Kimseyi istemiyordum.

Odamdaki lambalar yanıyor. Kırmızı perdelerin kıvrımları bu ışıkların altında daha bir canlanıyor, Fatoş'a sanki dev ekranlarda kendini daha yakından gösteriyor. O karanlık odada, yer yatağının üzerine büzülmüş, elleriyle dizlerine sarılmış, günlerdir yıkanmayan siyah saçları yüzüne gözüne dağılmış, başı önünde oturan kendini daha yakından görmek ister gibi dikkatle bakıyor oralara. Ne zavallı, ne çaresizmiş o küçük kız! Belki de ilk kez kendine acıyor, merhamet ediyor. O zaman ağlamayan, ağlayamayan o küçük kızın yerine de ağlıyor şimdi.

— Sonbahar gelmişti. Okulların açılma mevsimi. Ablamın ölümü babamı çok etkilemiş olmalı ki, bana hiç sormadan ilçeye yakın yatılı okula kaydımı yaptırmış, bana da toparlanıp okula gitmek kalmıştı. Demek okula gidebilmem için küçük ablamın ölmesi gerekiyordu! Bir zamanlar bizi anneannemin evine götüren minibüs yine geldi kapıya. Önceleri okula gitmek için can atan ben, sararıp solmuş, küçülmüş, kavrulup kalmıştım.

Artık gözümde ne okul vardı, ne başka şey. Hayalet gibi bindim o pis kokulu minibüse. Yine de o evden, orada soluduğum havadan, babamla Hanife'nin geceleri kulağıma gelen seslerinden, kokusundan, annemin yattığı yerden sürekli etrafı kontrol eden çukura kaçmış kara gözlerinden, ablamın ölmeden önce küçük ablama ettiği beddualardan, babamın yanağıma dokunan elinden, soğuktan donup kaskatı olmuş Sürtük'ten kaçmak istiyordum.

Ablasının ölümü gerçekten de kaderini değiştirmiş Fatoş'un. O ölmese, şimdi kimbilir nerede, nasıl yaşıyor olacaktı? Düşüncelerimi okur gibi yüzüme bakıp o da benzer şeyler söylüyor bana.

— İşte böyle, ablamın ölümü benim kaderimi değiştirdi. Keşke onun yerine ben ölseydim. Okudum da ne oldu, mutlu mu oldum? Hayat alnıma yazmış bir kere: öyle de sürüneceksin, böyle de!

Saatine bakmak üzere sol koluna doğru bakarken saatin hemen gerisindeki kırmızı izlere takılıyor gözlerim.

— Koluna ne oldu Fatoş?

Aceleyle kapatıyor kolunu. Bense yerimden kalkıp yanına gidiyor ve usulca koluna uzanıp o kırmızılıklara bakmak istiyorum. Suçüstü yakalanmış biri gibi yüzü kızarıyor. Sekiz-on kesik izi var kolunda. Taze. Daha yeni kesilmiş.

— Ne yaptın sen Fatoş?

— Hiç, önemli değil aslında.

— Ne zaman yaptın bunları?

— Dün akşam.

— Daha önce de böyle şeyler yapar mıydın?

— Yatılı okulda birkaç kez denemiştim. Bir de Kenan'a saldırdığım o gün.

— Başka yerlerinde de var mı?

— Şimdilik yok!

— Demek şimdilik yok, yani sonra olacak.

— Olmaz inşallah. Bazen o kadar daralıyorum ki, içimden bir

yerlerimi kesmek, kanatmak geliyor. Kanı görünce rahatlar gibi oluyorum.

Her terapide terapistin bir an tökezleyip düşeceğini sandığı anlar vardır. Ben de o anda hayati bir ayrıntıyı gözden kaçırmış olabileceğim kaygısıyla sarsılıyorum. Bu konuya önem vermeli, vakit dolsa da onu hemen odadan çıkarmamalıyım.

— Dün akşam neden o kadar sıkıldın?

— Şey... Biliyorsunuz telefona gelen mesajların çoğunu okumuyordum. Dün gece, neden bilmem, silmediklerimi okudum.

— Neler yazıyordu o mesajlarda?

— Boş laflar... Yalan hepsi...

— Ama etkilenmişsin.

Bu konuda konuşmak istemiyor gibi bir hali var. Mesajları okuyunca sıkıntısı o kadar artıyor ki kendini kesiyor. Mesajlar... Kafası karışmış bu kızın. Geri dönme isteği olabilir mi?

— Etkilendin değil mi sana yazdığı mesajlardan?

— ...

— Ben olsam, ben de etkilenirdim. İnsanız nihayetinde.

— Sahi mi?

— On yıl sonra insanın çok sevdiği birinden ayrılması zor.

— Zor! Ama yine de ona dönmeyeceğim.

— Bunu kendin için mi yapıyorsun yoksa amacın sadece onu üzmek, yaralamak mı?

Bir süre başını önüne eğip düşünüyor. Psikoterapi seanslarında bir süre bir şeyler anlatmaktan vazgeçmek, oturup düşünmek çok önemlidir. Bu, kendini tanımanın, bildiğini sandığı şeyleri yeniden sorgulamanın açık bir kanıtıdır. Değişime yelken açan insanlar sıklıkla yapar bunu.

Sorduğum soruya hemen cevap veremedi çünkü gerçeğin ne olduğunu büyük ihtimalle o da bilmiyor. Ancak o adamdan ayrılmanın içine kök salmış eski ve güçlü korkuları da beraberinde getirdiği bir gerçek.

— Korkuyorsun değil mi Fatoş? Belki kolunu da bu korkular yüzünden kestin.

Cevap vermek yerine, oturduğu yerde başını hafifçe öne arkaya doğru sallayarak korktuğunu sessizce ifade ediyor bana.

— Neden korktuğunu dile getirebilsen keşke...

— Reddedilmekten, terk edilmekten, yalnız kalmaktan, istenmemekten, aşağılanmaktan, sevilmemekten... Bunların hepsinden korkuyorum işte.

Bunları bir şeylere isyan eder gibi öfkeyle, bağırarak söylüyor. Susuyorum. Ağzından çıkanları iyice duysun, duyduklarını zihnine iyice yazsın istiyorum. Korktuğumuz şeyleri dillendirebilirsek, bizdeki etkileri biraz olsun azalır, tıpkı çocukluğumuzdaki kimi oyunlar gibi. Bir arkadaşımız yüzünü örtüp bizi korkutmak istediğinde, örtünün altında kim olduğunu bilsek de korkarız, ta ki örtü açılıp bildiğimiz şeyi tekrar görene kadar sürer bu korku. Sonra tatlı bir rahatlama olur ve haykırarak korktuğumuz gibi bu sefer de haykırarak güleriz.

Sonra yumuşak bir sesle tekrar konuşmaya başlıyoruz.

— Bunların hepsi insanca korkular. Bu söylediklerinden hepimiz korkarız ama hayatın içinde kimiyle başa çıkar, kiminden eskisi kadar korkmamayı öğreniriz. Önemli olan korkulara teslim olmamak, olabildiğince korkularımızı tanımaktır. Bak, artık nelerden korktuğunu sen de iyice biliyorsun. İnan bana bundan sonra seni eskisi kadar korkutamayacaklar. Şimdi ilk soruma cevap ver artık. Kendin için mi ayrıldın ondan yoksa amacın sadece onu üzmek mi?

— Onu üzmeyi çok istediğim doğru. İntikam ateşi cayır cayır yanıyor içimde ama bir yandan da ondan ayrılmamın benim için en doğrusu olduğunu düşünüyorum. Yıllardır bunu hem çok istedim hem de her seferinde bu kararı almak beni çok korkuttu.

— Yani korkularına teslim oldun.

Yine susup düşünüyor. Bazı şeyleri görüyor artık. Neyi, neden yaptığını görüyor ve anlıyor. Bir şey söyleyecekmiş gibi ağzını açıyor ama bundan çabuk vazgeçiyor. Hafif bir utangaçlık yüzünü yalayıp geçerken aynı rahatlamayı ben de hissediyorum. Artık gidebilir. Hafifçe sırtına dokunuyorum. Sevgiyle yüzüme bakarak kalkıyor yerinden.

Çıkmadan önce sarılıyor bana. Yine hafifçe sırtına dokunarak kapıya kadar uğurluyorum onu. Gerçekten çok zayıflamış, kemikleri sayılıyor.

İnsanın kendi bedenine zarar verebilmesi için anksiyete dediğimiz duygunun çok artması gerekiyor. Demek dün gece yerlerinden çıkıp karşısına dikilen o eski korkular, Fatoş'a kendi kolunu sekiz-on yerinden kestirdi. Böyle durumlarda şiddetin uyandırdığı heyecan, vücudun yatıştırıcı bir analjezik üretmesini sağlayabiliyor. Yani sakinleşme, gevşeme yoluyla değil, stresi arttırarak gerçekleşiyor. Bu tür durumlar, geçmişte ağır şiddete maruz kalan kişilerde görülür. Fatoş inşallah bu işten çabuk vazgeçer.

10

Kenan gibi biri böyle bir yenilgiyi kabul edemezdi. Ne yapıp edecek, Fadi'yi geri döndürmenin bir yolunu bulacaktı. Tam kulübe girmek üzereydi ki, vazgeçti. İyi tanıdığı bir kuyumcu vardı. İsmail'i çağırıp onu Tunalı Hilmi'ye bırakmasını söyledi. Kuyumcunun önünde indi arabadan. Güzel bir tek taş yüzük alsa fena olmazdı. Kuyumcuda biraz oturdu, uzun uzun baktı yüzüklere. Bir tane de Handan'a alsa mıydı acaba? Şimdi iki yüzük birden almak tuhaf olacaktı. Hem Handan'ın zaten vardı tek taş yüzüğü. İkinci kez evlendiklerinde almıştı. Biraz irice bir taş seçti. Güzel bir kutuya koydurdu. Arabada İsmail'e tembih etti. "Her zamanki çiçekçiye git, güzel bir çiçek yaptır, içine de bu kutuyu koydur. Akşam Fadi'nin evine git, kendi elinle bunları ona teslim et. Kutuyu görmez mörmez, sonra yazık olur yüzüğe. Kutuyu özellikle görmesini sağla," dedi. Biraz rahatlamıştı. Şimdi artık kulübe gidip oyununu oynayabilirdi.

Aradan saatler geçmiş, İsmail bir türlü yanına gelip bir şey söylememişti. Merak etti, telefonla aradı İsmail'i.

— Ne yaptın lan, vermedin mi çiçeği?

— Yok efendim, veremedim.

— Ne demek veremedim? Ben sana eve gelir gelmez ver demedim mi?

— Götürdüm efendim ama almadı. Ben de arkadaşlarınızın yanında size çiçeği ve kutuyu geri veremedim.

— Almadı ne demek! Kenan Bey gönderdi, demedin mi?

— Dedim. Çok kızmış efendim, beni de kapıdan kovdu zaten. Daha doğrusu çiçekleri başıma fırlattı. Ben de ne yapacağımı bilemedim.

— Kafana mı fırlattı? Kutuyu da gösterdin değil mi?

— Gösterdim tabii ama onun gözü bir şey görmüyor ki... "Bir daha buralara gelirsen ayaklarını kırarım," dedi bana.

— Tamam, tamam.

Böyle diyerek kapattı telefonu ve söylendi. "Demek çiçeği İsmail'in kafasına fırlatmış! Delirdi mi bu kadın? Günlerdir bekliyoruz öfkesi geçsin diye, bu nasıl öfkeymiş böyle ki, en kıymetli çiçekle, en pahalı yüzükle bile geçmez! Ne yapsam acaba?"

Kenan'ın aklı fena halde karışmıştı. Bugüne kadar onunla kaç kere kavga etmişler, her seferinde ayrılmaya kalkışmışlar ama hiçbirinde Fadi böyle yapmamıştı. Bu sefer ne olmuştu, neden böyle delirmişti bu kız? Ondan vazgeçmesi düşünülemezdi. Ne yapıp edip bu işi çözecekti. Ne de olsa o, bu konularda profesyonel sayılırdı. En iyisi geç saatte evine gitmekti. Nasıl olsa onu görünce yumuşar, daha kapıda boynuna atlardı. Kadınlar bayılıyorlardı ona naz yapmaya.

Kulüpte biraz daha oyalandı, sonra çantasını kaptığı gibi çıktı. İsmail onu kapıda bekliyordu. "Fadi'ye gidiyoruz," dedi, yüksek sesle. İsmail zaten arabaya biner binmez ona yüzük kutusunu uzatmıştı. Kadın az kalsın kapının önünde onu dövecekti, bu adam şimdi ne cesaretle gidiyordu oraya. Gönderdiği çiçeği darmadağın edip kafasına fırlatmıştı İsmail'in. Acaba durumu Kenan Bey'e yeterince anlatamamış mıydı? Şimdi rezalet çıkacaktı. "Bu adam yine belasını arıyor," dedi içinden. "Kadın artık anladı her şeyi. Daha ne uzatıp duruyorsun? Hem sana başka kadın mı yok? Sende bu karizma, cebinde de bu para oldukça kadınların biri gider, biri gelir."

Düzenli olarak her hafta loto oynuyordu. İki eli kanda olsa loto oynamayı ihmal etmiyor, boş kaldıkça uzun uzun hayal kuruyor, zengin olursa Kenan Bey'in yaptıklarının aynısını ben de yaparım diye geçiriyordu içinden. Önce kendine lacivert bir Mercedes alacak, sonra da yakışıklı bir şoför tutacaktı. Çankaya'da bir ev alacak, içini dayayacak, döşeyecek, her gün başka bir kadınla âlem yapacaktı. Çoluğu, çocuğu yine Tuzlu Çayır taraflarında ama daha geniş, daha lüks bir daireye taşıyacak, Çankaya'daki evden kimseye söz etmeyecekti. "İş seyahatlerim var," diyecekti karısına. Kolay mı işadamı olmak, bol bol seyahate çıkmak gerekirdi.

Yol boyu ikisi de konuşmadı. Kenan Bey de düşünceliydi. Bir yandan kendine çok güveniyor, bu gece ben buradan boş dönmem diyor, bir yandan sanki bir kurt için için onu kemiriyordu. Ya bir terslik olur da işler onun beklediği gibi gitmezse... O zaman perişan olurdu. Bu kadarını kaldıramazdı.

Lacivert Mercedes Fadi'nin oturduğu apartmanın kapısına yanaştığında ikisinin de kalbi küt küt atıyordu. İsmail hemen fırlayıp kapıyı açarken bir yandan da birinci kattaki Fadi'nin penceresindeydi gözü. Aynı anda Kenan Bey de başını kaldırıp aynı yere baktı. Salonun lambaları yanıyordu. Demek Fadi yatmamış, televizyon seyrediyor veya müzik dinliyordu. Özellikle böyle geç saatlerde, eğer başka bir işi yoksa kısık sesle klasik müzik dinlemeye bayılırdı. Haspam, sanki saraylarda büyütmüşlerdi onu.

Giriş kapısı kilitliydi. Kenan cebinden anahtarı çıkarıp demir kapıyı açıp içeri girdi. Aslında bu anahtarı belki de ilk kez kullanıyordu çünkü Fadi onu her zaman camda bekler, daha o arabadan iner inmez kapı otomatiğine basardı. Ağır ağır çıktı merdivenleri. Acaba bir kat merdiven çıktığı için mi kalbi böyle hızlı çarpıyordu, heyecandan mı, anlayamadı.

Kapıya gelince çalıp çalmamaya hemen karar veremedi. Hatta kendisi açsa mıydı, yoksa kapıyı çalıp Fadi'nin açmasını mı beklemeliydi? Elinde anahtarla kısa bir an durakladı kapıda sonra anahtarı cebine sokup kapıyı çalmaya karar verdi. Önce kulağını hafifçe dayadı kapıya, yanılmamıştı, içeriden hafif bir müzik sesi geliyordu, sonra bastı zile. Çarpıntısı hâlâ geçmediği gibi başı da fena halde ağrıyordu. Fadi ona şöyle güzel bir masaj yapsa bir şeyciği kalmazdı.

İçeriden hafif bir ayak sesi geldi, biri gözden baktı ama kapı açılmadı. Bir daha bastı zile, yine açan olmadı. Bu kadarı da fazlaydı. Ne yani, bu kadın, bu saatte onu kapıda mı bırakacaktı. Aceleyle pantolonunun cebine koyduğu anahtarı çıkardı, yuvasına soktu ama açamadı, kilitlenmişti. Birkaç kez eliyle vurdu. Ses yoktu. Sonra ayakkabısının ucuyla kapıya küçük tekmeler atmaya başladı. Arkadan kilitlediğine göre demek ki onu içeri almamaya kararlıydı. Bu kadın ne zannediyordu kendini? Şimdi burada rezalet çıkarır, bağırır, çağırır, gerekirse o kapıyı kırar, yine de girerdi içeri.

Bütün cinleri tepesine çıkmış, eli ayağı titremeye başlamıştı. Zaten gür ve kalın olan sesini iyice yüksek perdeden çıkararak adeta gürledi. "Aç şu kapıyı, yoksa kırarım, anladın mı beni! Şuraya seninle iki laf etmeye geldik. Önce dinle, sonra ne diyeceksen de. Aç çabuk!" Bir yandan da eliyle hızla kapıya vurmaya devam ediyordu. Gecenin bu saatinde muhtemelen onun sesini bütün apartman sakinleri duymuştu. Rezil olmamak için Fadi mecburen açacaktı kapıyı. Evet, yanılmamıştı, anahtar çevrildi, Fadi pembe geceliğiyle kapıda göründü. Kenan tam içeri girmek için hamle yaptığı sırada Fadi geçti önüne.

"Dur bakalım, gecenin bu saatinde sen kimsin de benim kapımı yumrukluyorsun! Hemen def ol ol git buradan. Yoksa polis çağırır, seni yaka paça attırırım. Sen hangi yüzle geldin buraya? Gecenin bir yarısı benimle konuşacakmış! Benim artık sana söyleyecek sözüm kalmadı. Hadi, başka kapıya."

Fadi, bir yandan eliyle itip kakarak, bir yandan da ağzına geleni söyleyerek kapıyı Kenan'ın yüzüne hızla çarptı. Kenan elinde çantasıyla oracıkta öylece kalakalmıştı. Üstelik sesleri duyan apartman sakinleri birer birer kapıları açıp başlarını uzatarak bakıyorlardı ona. Rezil olmuştu herkese. Halbuki o tam tersini düşünmüş, mecbur kalırsa Fadi'yi rezil etmeye gelmişti buraya. Nasıl bu kadar yanılmış, yıllardır beraber yaşadığı bu kadını nasıl da tanıyamamıştı! Omuzları düşük, başı önünde yavaş yavaş indi merdivenlerden. İsmail onu kapıda bekliyordu. Şimdi o da kendini adam yerine koyacak, ona nasihat etmeye kalkışacaktı. Daha baştan ağzının payını verse iyi olurdu.

— Ne bakıyorsun suratıma öyle aptal aptal. Aç şu kapıyı, çeneni de kapat, beni hemen eve götür!

— Baş üstüne efendim.

Evin önüne geldiklerinde koşarak kapıyı açmıştı ama patron bir türlü yerinden kıpırdamıyordu. Ne yani, kucağına mı almalıydı koca herifi. Biraz daha eğilip içeri baktı, Kenan Bey çantasını kucağına almış, bir ayağı dışarıda öylece bekliyordu. Sonra ayağını içeri çekip gürledi.

— Geç yerine, inmeyeceğim. Biraz dolaştır beni.

— Baş üstüne efendim. Ne tarafa gidelim istersiniz.

— Bahçelievler tarafına doğru git bakalım.

— Zaten oradan geliyoruz.

— Sana fikrini soran olmadı. Oralarda dolaşalım biraz. Bu kadın beni eve almadığına göre, başka bir gelen mi olacak, ona bakacağım.

"Bu adam iyice üşüttü galiba," dedi İsmail içinden. Fadi öyle bir kadın değildi, bunu kendisi de biliyordu. Hem dün bir, bugün iki... Sen kadını bunca yıldır kandır, ikisini, bazen üçünü, hatta dördünü birden idare et, sonra da elin kadınının günahını al. Onda da biraz akıl olsa, bunca yıl senin yalanlarına kanmaz, böyle kuzu gibi beklemezdi. Allahtan sonunda gözüyle gördü de, Hanya'yı Konya'yı anladı.

Fadi'nin evinin önüne gelmişler, İsmail arabayı yavaşlatmıştı ama bundan sonra ne yapması gerektiğini bilmiyordu.

— Kapıda durayım mı, yoksa geçip gideyim mi?

— Gezin işte buralarda, hem sen de bak bakalım, bir şey görebiliyor musun?

— Emredersiniz efendim.

Arabayla kapının önünden birkaç kez yavaşça geçmişler ama bir şey görememişlerdi. Fadi'nin dairesinin ışığı yanıyordu. "Hâlâ yatmamış, kimi bekliyor acaba sürtük?" dedi Kenan, dişlerinin arasından. Yavaş da söylese, bunları İsmail duymuştu. Günahını alıyordu kadının.

Işıklar sönene kadar o gece oralarda gezinip durdular. Sonunda

Kenan eve dönüp hemen yattı. Yattı ama bu gece onu bir türlü uyku tutmuyordu. Başka ne yapabilirdi ki. Acaba bu defteri kapatıp, üzerine bir bardak soğuk su mu içmeliydi. Yok, bunu yapamazdı, o Fadi'yi istiyordu. On yıldır onu kendine alıştırmıştı kahpe. Bırakıp gitmenin, onu terk etmenin sırası mıydı? Ayrıca, bu kadar öfkelenecek ne yapmıştı ona Kenan? Baştan beri onun evli olduğunu bilmiyor muydu Fadi?

Fadi'den ayrıldığını sonunda arkadaşlarına söylemiş, hepsi de bu işe çok memnun olmuşlardı. Gerçi ona kalsa söylemezdi ama telefonunun çalmamasından bir şeyler olduğunu hissetmişlerdi. Allahtan o gece olanları, Semih'in düğününe neden gelemediğini bilmiyorlardı. Gelirken düştüm demiş, hepsi de bu yalana kanmışlardı. Zaten Kenan'ın yüzünü öyle görünce, yalan tam da yerine oturmuştu. Ama Kenan'ın aklı hâlâ Fadi'deydi. Bunu onlar da fark etmiş, "Bırak artık şu kadını, işine bak, düşünüp durma," diyerek, onu sık sık ikaz ediyorlardı. Bırakamıyordu işte, aklından çıkaramıyordu onu. Zorla değil ya, bu sefer olmuyordu. Sanki onun yerinde olsalar onlar bırakabilecekler miydi? Bilmeden, gelişigüzel atıyorlardı işte!

Hata kendinde miydi acaba? Böyle bir kadının kıymetini bilmemiş miydi? Yok canım, daha ne yapabilirdi? Hem onlar birbirlerini seviyorlardı. Bu bir aşk ilişkisiydi. Hele Fadi, canı gibi seviyordu onu. Madem canı gibi seviyordu da, böyle durup dururken ne olmuştu bu kadına?

Bu onların ilk kavgaları, ilk ayrılışları değildi ki... Bu işin içinde mutlaka başka bir iş vardı. Acaba Fadi hemen kendine evlenecek birini mi bulmuştu? Bu kadar çabuk nasıl böyle biri bulunurdu? Belki de çoktan hazırdı da kendi bir şeyin farkında değildi. O, zamanında nasıl onunla beraberken başka kadınları da aradan çıkardıysa, belki aynı şeyi Fadi de yapmış, Kenan onunla evlenmezse diye tedbirini almış, birini yedekte tutmuştu. Daha önce neden bunları hiç düşünmemiş, Fadi'yi hiç ciddiye almamıştı?

Yatak sanki ona batıyordu. Şimdi Fadi'nin evinde olsa, oradaki yatakta yatsa, Fadi ona sarılsa, yine böyle deli danalar gibi yatakta döner durur muydu?

Ah Fadi ah, nereden çıkardın şu nazları, niyazları! Biliyorum, sen benden vazgeçemezsin, biraz nazlansan da sonunda nasıl olsa bana geri döneceksin. Nerede bulacaksın benim gibisini? Gerçi sen de eskisi gibi değilsin artık. Neydi öyle, eskiden sıçan gibi bir kızdın. Gençtir, toydun, bir de şunun tadına bakalım dedik, hepsi o kadar! Ama yaman kızmışsın. Kimsenin yapamadığını yaptın, bunca yıl tuttun beni elinde. Evlenecek adam bulursun bulmasına da, benim gibisi olmaz. Ya çirkin olur, ya parası olmaz ya da kadından, kadının dilinden anlamaz. Sen en iyisi çabuk bitir bu nazları niyazları da, bu saatten sonra beni başkasına kaptırma. Ben hovarda adamım. Gönlüme göre birini bulursam geçer giderim, bir daha adını bile anmam. Yolda görsem tanımam seni. Eskilere öyle yapmadım mı? Şimdi bana say şu kadınların adını desen, sayamam. Unuttum gitti... Sen de tarih oluverirsin sonra.

Bak Handan'a, ne kadar akıllı bir kadın. Bari biraz olsun ondan ders al. Seni gözüyle gördü. Onun karşısında kafama, kafama vurmadın mı? Ağzına geleni söylemedin mi? Ne yaptı kadın? Hiiç... Döndü arkasını gitti. Bir şey söylese, bunların hesabını sormaya kalksa, biliyor başına gelecekleri. Benim gibi bir kocası varken kadın onu başkasına kaptırmak ister mi? Bir daha adını anmayıverdi, geçti gitti. Ya sen? Daha karım bile olamadan, bana hesap sormaya kalkıyorsun. Biraz aklın olsa, böyle zırvalamazsın. Ama sende akıl yoksa ben ne yapayım.

Kenan o gece bir öyle bir böyle düşünerek sabahı etti. Doluya koysa almıyor, boşa koysa dolmuyordu. Bunları konuşabileceği kimse de yoktu etrafında. Arkadaşlarının hiçbiri anlamazdı onu. Zaten hepsi de ezelden beri kıskanırlardı Kenan'ı. Hepsinin gözü ondaydı. Gerçi, böyle bir adamı, ben olsam ben de kıskanırdım, diyordu içinden. Allah hiç sakınmadan her şeyi vermişti ona. Ayrıca iyi insandı. Kimse için kötülük düşünmez, kimsenin karısına, kızına yan gözle bakmazdı. Gerçi geçmiş tarihte buna benzer bir iki vukuatı olmuştu ama hepsinde de kadınlar aranmış, o da cevap vermek zorunda kalmıştı.

Sabah erkenden bir duş alıp çıktı evden. İsmail'i de çağırmamış, kendi başına Bahçelievler tarafına doğru şöyle bir uzanmak gelmişti içinden. Biraz yürüdükten sonra yoldan bir taksi çevirdi, Fadi'nin evinin önünde indi. Biraz sonra Fadi işe gitmek üzere evden çıkacaktı. Yolun karşısında onun çıkmasını bekleyecek, sonra çevirecekti yolunu, dün gecenin hesabını soracak, Kenan'ı kapıdan kovmak neymiş, ona gösterecekti.

Fadi'yi görebilmek için bir saate yakın beklemesi gerekti. Sigara üstüne sigara içiyordu. Saat tam sekiz buçukta Fadi'yi almak üzere siyah bir araba yanaştı kapıya. Hemen ardından da Fadi giyinmiş kuşanmış olarak çıktı evden. Kenan adeta yerinden fırlayıp kesti yolunu. Fadi onu görünce önce şaşırıp kaldı ama çabuk toparlandı. Adam ona yolun ortasında sıkı sıkı sarılmış, "Yakaladım seni, bir yere gidemezsin," gibi saçma sapan bir şeyler söylüyordu. Şöyle bir silkinip kurtuldu Kenan'ın elinden. Sonra kollarını öne doğru uzatarak, "Sakın bana yaklaşma, def ol git buradan!" dedi.

Kenan bir kere daha şaşırıp kalmıştı. Fadi'den böyle bir tavır beklemiyordu. Oysa o Kenan'a hiç dayanamaz, dokunduğu anda gevşer, kızgınlığı geçer, hemen sarılırdı. Bu sefer ne olmuştu bu kıza? Fadi konuşmaya, ona bağırarak bir şeyler söylemeye devam ediyordu.

— Bu iş bitti artık, anlamıyor musun, bitti! Sen git, sevgili karına anlat derdini. İnşallah o da bırakır gider seni, yalnız ölürsün. Bu yaptıkların yanına kâr kalmayacak. Hepsi fitil fitil burnundan gelecek. Sürüm sürüm sürüneceksin ve o günleri ben de göreceğim. Allah büyük, sana ben değil, o vuracak... Bir gün mutlaka bu yaptıklarının hesabını soracak senden. Bu kapı artık kapandı sana. Evde kalan eşyalarını kapıcıya verdim. Bugüne kadar bana ne aldıysan, hepsini dağıttım. Zaten pek de önemli bir şey almamışsın." Sonra, "Çekil yolumdan!" diyerek Kenan'a bir dirsek atıp siyah arabanın arka koltuğuna bindi. Kenan öylece arkalarından bakakaldı. Fadi'yi duymuş, söylediklerinin birazını anlamıştı ama kafasına bir şeyler girmemiş gibiydi. Biraz dolaşıp olanları bir kere daha iyice düşünmesi gerekiyordu. Tokat yemiş biri gibi hissediyordu kendini.

Bahçelievler'in ara sokaklarında boş boş dolaşıp duruyordu. Düşünmek istiyor, Fadi'nin söylediklerinden bir şeyler çıkarmaya çalışıyor ama bir türlü kafasını toparlayamıyordu. Bir tek, "Sürüm sürüm sürüneceksin!" sözü kalmıştı aklında. Bunu daha önce de söylemişti. Durup durup beddua mı ediyordu ona? Yine başı dönmeye, kalbi hızlı hızlı çarpmaya başladı. Eyvah, ölüyor muydu yoksa? Şimdi tek başına sokağın ortasına düşüp iki seksen yere serilecek, yalnız başına buralarda ölüp gidecek miydi? Bu soğukta buram buram terliyor, boğulacak gibi oluyordu. Nefes de alamıyordu galiba. Panik içinde etrafına bakındı. Sokaklar bu saatte boştu. Ölüyorum yahu, kimse yok mu?

Hemen sokağın ortasına attı kendini. Artık ilk gelen araba mecburen duracak, onu bir hastaneye yetiştireceklerdi. Acı bir fren sesi duyuldu. Beyaz bir araba son anda durabilmişti. Genç, sakallı bir adam başını çıkardı dışarı. "Ölümüne mi susadın be adam, yolun ortasında ne işin var? Çekil yolumdan, acelem var." Kenan, "Ölüyorum, hastaneye yetiştirin beni," gibi bir şeyler geveledi ama adamın ona yardım etmeye hiç niyeti yoktu. Kenan aceleyle kendini kaldırıma attı. Beyaz araba da vınn diye hızla geçti yanından.

Kadının bedduaları bu kadar çabuk mu tutacak, daha ağzından çıkar çıkmaz gelip şıp diye alnına yapışacak mıydı? Etrafta taksi de yoktu. Can havliyle toparlanıp yürümeye başladı. Köşeye gelince arka arkaya durmuş sarı taksileri gördü. Çok şükür, bir taksi durağı çıkmıştı karşısına. Bağırarak, elini kolunu sallayarak bir taksi çağırdı. Kendini arka koltuğa atar atmaz, aceleyle "Hemen hastaneye yetiştir beni, ölüyorum galiba," dedi şoföre.

Şoför şöyle bir arkasına dönüp baktı, "Adamcağız bu soğukta ter içinde kalmış, arabada ölmese bari," dedi içinden.

Doktorun Günlüğünden

Fatoş bugün her zamankinden çok daha iyi görünüyor. İlk kez hafif de olsa makyaj yapmış yüzüne. Pembe rujuyla tırnaklarındaki oje aynı renk! Siyah, dar, düz kesimli bir elbise var üzerinde. Boynundaki küçük, renkli ipek eşarbı çok güzel bağlamış.

İçeri girince elimi sıkarken bana sarılmadan oturmuyor yerine. Heyecanlı. Belli ki bana anlatacağı önemli şeyler var.

— Söyle bakalım, ne oldu?

— Nereden anladınız bir şeyler olduğunu?

— Bırak sen nereden anladığımı da, anlat. Merak ettim.

— Bu adam delirdi galiba. Önce şoförüyle bana pırlanta yüzük gönderdi. Daha önce aklı neredeydi acaba? Geçen akşam da, gecenin bir yarısı dayandı kapıma. Aklı sıra beni yine kandıracak. Almadım içeri. Rezil etti beni apartmana ama ben zaten rezil olacağım kadar olmuşum. Bu da yetmez gibi sabah işe giderken yine çıktı karşıma. Belki de sabaha kadar sokakta bekledi. Sokağın ortasında bana sarılmaya kalktı. Bizim şoför de gördü olanları. Zor kurtuldum elinden.

Heyecanla anlatıyor bana yaşadıklarını. Anlatırken sanki ışıksız gözlerinde bir iki ampul yanıp sönüyor. Kızsa da, olanlar bir yandan da hoşuna gitmiş. Demek adam ısrarlı... Öyle bir adamdan beklenecek davranışlar değil bunlar.

— Adam ısrarlı, seni bırakmayacak. Ne yapacaksın Fatoş?

— Bitti bu iş. Ona da söyledim.

— Ama yine de olanlar hoşuna gitmişe benziyor.

Ağzını hafifçe çarpıtarak gülüyor.

— Hoşuma gitti mi bilmiyorum ama şaşırdım. O, bunları yapacak biri değildi. Ne olacak, Fatoş gider, yerine daha güzeli gelir.

— Öyleyse neden yapıyor bunları?

— Ben de tam anlayamadım ama mutlaka bir çıkarı vardır. Belki de artık karısı da onu kapının önüne koymuştur. O gece olanlardan sonra kim olsa böyle yapar.

— Bu sefer seninle gerçekten evlenmek istiyor olabilir mi?

— Hiç sanmıyorum. Hem artık o istese de ben onunla evlenmek istemiyorum ki...

— Neden?

— O beni sevmiyor, hiç sevmedi zaten. Ben bunca yıl beni sevdiğini sandığım için oturdum onunla.

Umutsuz, karamsar bir ifade bu. Yüzünü ekşitmiş, bakışları yine kararmış, bir elini hafifçe sallayarak konuşmaya devam ediyor.

— Onu tanımadan önce ne hayallerim vardı benim. Hayal kurmaya okulda başlamıştım. Öğretmenlerin çoğu yaşlı, asık suratlı, sinirliydi. Ellerinde, evdeki oklavaya benzer uzun çubuklar vardı. Dersi dinlemeyeni bu çubuklarla dürtüklüyor, arada bir de vuruyorlardı. Ama bunlar vız geliyordu bana. Korkmuyordum böyle şeylerden. Vursa, falakaya yatırsa ne olurdu? Çok daha beterini yaşamıştım ben. Bir değnekten mi korkacaktım ama yine de derslerde öğretmenleri kızdıracak bir şey yapmıyor, sessizce oturuyordum yerimde.

Yine eskilere gitti. Bu kız bir zamanlar çok sevdiği adamdan gerçekten vazgeçti galiba.

— Bazen elime bir kalem alıp tıpkı küçük ablam gibi defterlerimi karalıyordum. Kurşunkalem, defteri karalarken tuhaf bir ses çıkarıyordu. Gıcırdar gibi, kulak tırmalayan bir ses. Sanki yıllardır kaçtığım bir başka gıcırtıya benziyordu bu ses. İşte o sese veriyordum kulağımı. O sesi dinledikçe sanki kafamdaki düşünceler bu sesten kaçıyorlardı. Onun için bazen saatlerce defterimi karaladığım oluyor, böyle yaptığımı öğretmenler görecek diye korkuyor, karaladığım sayfaları hemen yırtıp atıyordum.

Nedenini söylemese, sadece defterimi karalıyordum dese, nedenini bulabilir miydim acaba? Ama bunu kendisi nasıl güzel anlatıyor.

— Bu sessiz, tepkisiz kızı kimse sevmemişti. Yalnız da olsam, kimse beni sevmese de ben sevmeye başlamıştım okulu. Sıcaktı, artık kat kat giyinmem gerekmiyordu. Yatağımın yanındaki kalorifer kış gecelerinde cayır cayır yanıyor, bedenim değil ama içim üşüdükçe elimle kalorifer peteklerini tutuyordum. Evden ayrılalı aylar geçmişti. Babam telefon edecek diye ödüm kopuyordu. O evi unutmak, orada yaşananlardan kurtulmak istiyordum. Annemi bile merak etmiyordum. O yaz okul kapanıp da eve gitmem gerekince, diğer öğrenciler gibi sevinememiştim. Keşke okul kapanmasa, ben de o eve bir daha gitmesem diyordum.

Yine o ter, mazot ve izmarit kokan minibüs gelmişti beni almaya. Hanife karşılamıştı beni. Biraz tedirgin bir hali vardı Hanife'nin. Bana hoş geldin demiş, sarılmıştı ama sanki içeri girmemi istemiyor gibiydi. Sırtımda çantamla, bir an göz göze geldik Hanife'yle. Sonra içeri doğru hamle yapmış, doğru annemin yattığı odaya girmiştim. Yerde oyuncaklar, iki yanda çocukların yatakları vardı. Annem yoktu odada.

Susuyor Fatoş. Sanki oracıkta donup kalan o küçük kız oluyor karşımda. Alt dudağı bir çocuğunki gibi dışarı doğru sarkıyor ama ağlamıyor. Sanki kendine acır gibi bir-iki kere başını hafifçe sağa sola salladıktan sonra fısıldar gibi anlatmaya devam ediyor.

— Madem bana sahip çıkan tek yer okuldu, öyleyse çok çalışmam gerekiyordu. İlk yıl sınıfı şöyle böyle geçmiştim ama bir daha asla böyle olmadı. Liseyi bitirene kadar bir daha adım onur listelerinden inmedi. Okulda örnek öğrenciydim. Hatta üniversite giriş sınavlarında daha başarılı olabileyim diye, bazı öğretmenler ders bitiminde kendi arzusuyla bana özel ders veriyordu. Sonunda üniversiteye girmeyi başarmıştım. Şimdi bütün mesele

Ankara'da nasıl okuyacağımdı. Sonunda onun da çaresi bulundu ve devlet bana karşılıksız burs vermeyi kabul etti. Bu arada on sekiz yaşıma gelmiştim ama hiç sevgilim olmamıştı. Zaten doğru dürüst bir erkeğin beni sevebileceğine hiç inanmıyordum. Bir insanı annesi bile sevmezse, başkaları sever mi?

Haklısın diyorum içimden ama bunu ona söylemiyorum. İnsan değerli olmayı sevile sevile, sayıla sayıla öğrenir. Bu konuda biz bize yetmeyiz. Dışarıdan destek gerekir. Bu kıza, bu desteği kimse vermemiş. Sonra da onu yıllarca aldatan bir sevgilisi olmuş. Seviyor görünüp sevmemiş bu kızı. Böylece kafasındaki korkuları hayat bir kere daha çarpmış yüzüne. Seni seviyor görünseler de, kimse seni sevmez aslında, demiş ona.

Karşısına böyle bir adamın çıkması sadece bir tesadüf mü acaba, yoksa bilinçdışı bu kıza oyun mu oynuyor. Yani düşündüklerini, korktuklarını ona zorla arayıp bulduruyor mu? Bütün bunlar asla sevilmeyeceğine olan inancını kanıtlama çabası mı yoksa?

— Öyleyse yaşadıkların pek de tesadüfe benzemiyor. Bunu kendin istemiş ve arayıp bulmuşsun. Ne yaparsan yap, asla sevilmeyeceğini hayata doğrulatmışsın. Şimdi de buna kader diyorsun, değil mi?

Aslında bu kadar derin yorumları yapmak için doktorlar acele etmezler, beklerler çünkü anlaşılması, doğru algılanması, anlaşıldıktan sonra hazmedilmesi, hayata geçirilmesi zordur bu yorumların. Ama Fatoş çok akıllı bir kız.

11

Kenan artık her akşam kulüpten çıktıktan sonra soluğu Fadi'nin kapısının önünde alıyordu. İsmail arabayı görünmeyen bir yere park ediyor, o da elinde sigarası, evin karşısındaki ağacın altına gizlenip sürekli evi gözetliyordu. Kapıyı çalmaya cesaret edemese de hiç olmazsa eve kim girip kim çıkıyor ona bakıyordu.

Genellikle o saatlerde Fadi evde olduğu için evin ışıkları yanıyor ama pek giren çıkan olmuyordu. Demek ki şimdilik kızın hayatında kimse yoktu. Bu durum Kenan'ı iyice ümitlendiriyor, nasıl olsa yakında inadından vazgeçip bana döner diyerek kafasında yeni planlar kuruyordu.

Yine de kadın onu kapıdan kovsa, bacadan giriyor, sabahları erkenden evin önüne geliyor, gece yarılarına kadar pencerenin dibinden ayrılmıyordu. Artık ne işe, ne de kulübe, arkadaşlarının yanına gidiyor, Fadi'yi gözetlemekten başka bir şey düşünemiyordu. Takmıştı bir kere, hiçbir kadın onu terk edemezdi. Ne yapıp edecek, eski hayatını geri alacaktı. Bazen sıkıntıyla uyanıyor, bir o yana, bir bu yana dönüyor, uyku tutmayınca da sıcak yatağından kalkıp soluğu Fadi'nin evinin önünde alıyordu.

İçindeki sıkıntı bir türlü peşini bırakmıyordu. O ağacın altına gidince, biraz olsun ferahlıyor, gözlerini pencereye dikiyor, evde bir ışık görse, Fadi şimdi tuvalete gitti, şimdi banyoda yıkanıyor, şimdi mutfakta yemek hazırlıyor diye avunuyordu. Bazı geceler soğuktan donuyor, ara sıra da olsa yoldan geçenlerden utanıyor, bu saatte onu hırsız veya uğursuz sanmalarından korkuyordu ama yine de içinin en rahat ettiği yer burasıydı.

Onun bu hali Handan'ı da endişelendiriyordu. Bir tuhaf olmuştu kocası. İşe güce gitmiyor, hiçbir şeyle ilgilenmiyor, eskisi gibi giyimine kuşamına bile özen göstermiyordu. Üstelik gece yarıları eve barka sığmıyor, sokaklarda dolaşıp duruyordu. Bir de şu doktor işi vardı. Kendini sürekli hasta hissediyor, her gün bir başka doktorun kapısını çalıyor, tetkiklerin hepsi normal çıktığı halde bunlara bir türlü inanmıyor ve kendini hasta hissetmeye devam ediyordu. Aslında Handan da iyi görmüyordu onu. Arada bir nefesi kesiliyor, yüzü gözü kıpkırmızı oluyor, sıkıntıdan içi içine sığmıyordu. Doktorlar bütün bunların psikolojik olduğunu söylüyor ama bir psikiyatriste gitmeye onu kimse ikna edemiyordu.

Ne olmuştu bu adama? O gün karşılarına çıkan, kocasına saldıran kadın yüzünden mi bu hale gelmişti? Gerçi Kenan, kadın kız yüzünden böyle olacak adam değildi ama onun bilmediği bir şeyler vardı demek ki... Hem böyle hiç işe güce gitmeden, doktor doktor, sokak sokak gezerek bu iş olmazdı ki... Allah korusun böyle giderse işleri de bozulurdu bu adamın. "En iyisi Semih'i aramak," dedi içinden. Durumu enine boyuna ona anlatsa, belki o bir çare bulurdu. Hem ne de olsa en yakın arkadaşıydı.

Aradı Semih'i, durumu anlattı. O da endişelenmişti. "Sen merak etme, ben ne yapar eder, onu bir psikiyatriste götürürüm," dedi. Hemen ertesi gün öğleden sonra eve damladı Semih. Tanıdığı bir doktordan hiç Kenan'a sormadan randevu almış, şimdi de onu götürmeye gelmişti. Handan da ısrar edince ikisi birden apar topar alıp götürdüler Kenan'ı. Bekleme salonunda Kenan onlara söylendi durdu. O deli miydi de götürecek başka bir doktor yokmuş gibi psikiyatriste götürüyorlardı.

Sonunda sıraları gelince hep birlikte girmişlerdi içeri. Doktoru birkaç kez Semih'in yanında görmüştü. Kendi yaşlarında bir adamdı. Durumu önce onlar anlatmış sonra doktor onları çıkarmış, yalnız kalmışlardı. Şuradan, buradan derken sıra Fadi meselesine gelmişti. Gece yarıları evden çıkıp kapısına gittiğini, bir kerecik yüzünü görebilmek uğruna saatlerce orada beklediğini anlattı doktora. İşte bu iyi olmuştu, hiç olmazsa kimseye anlatamadıklarını bu adama anlatıyor, o da bir şey söylemese de onu dinliyordu. Doktor birkaç ilaç vermişti Kenan'a. Önce ilaçları kullanmak istememiş ama Handan'ın da ısrarıyla içmeye başlamıştı. Hiç olmasa geceleri bari uyurum diye düşünüyordu.

Artık her hafta doktora gidiyor, içinde ne varsa anlatıyordu ama en çok Fadi'yi anlatmayı seviyordu. Onunla yaşadığı günleri her hafta yeniden anlatıyor, bir gün ona mutlaka geri döneceğini söylüyordu.

Doktor arada bir konuyu değiştirmek istiyor, çocukluğuna, gençliğine ilişkin sorular soruyor ama Kenan buna asla izin vermiyor, ne yapıp edip yine lafı Fadi'ye getiriyordu. Bir gün doktor dayanamayıp, "Bırak artık şu kadını, biraz da başka şeylerden konuşalım. Hem sana kadın mı yok," dedi. Kenan o zaman neye uğradığını şaşırdı. Tıpkı arkadaşları gibi, doktor da böyle söylüyordu. Demek ki hiç anlamamıştı onu. O günden sonra bir daha gitmedi doktora. İlaçları da bıraktı. Zaten ilaç buna çözüm değildi. Onun ilacı Fadi'ydi.

Doktorun Günlüğünden

Gün boyu yağan yağmur, son bir haftadır ortalığı tozu dumana katan rüzgârın kaldırdığı kiri, pası ve özellikle de Ankara'nın isini toprağa indirdi, havaya bir ferahlık geldi.

Bugün cumartesi. Benim için cumartesi günleri çok özel çünkü çocuklar henüz küçük olduğu için eşimle bir tek cumartesi akşamları dışarı çıkabiliyoruz. Kalabalık bir grubumuz var. Eski arkadaşlarımız hepsi. İşte bu akşam yine onlarla beraber olacağız. Şimdiden hazırlandım bile. Önce kuaföre gittim, sonra giyindim kuşandım. İşim bitince Aydın gelip alacak beni. Kimbilir ne güzel yemekler hazırlamışlardır. Sevgili anneciğim sağ olsun, çocuklar onunla olacaklar, yani içim rahat. Keyifle çalışıyorum muayenehanemde.

Saate bakıyorum, altıya geliyor. Saat yedide işimi bitirmem gerekiyor. Son hastam Fatoş. Bakalım bugün nasıl gelecek? O daha içeri girmeden hemen yerimden fırlıyor ve onu kapıda karşılıyorum. Elini sıkarak karşımdaki koltuklardan birine oturuncaya kadar bırakmıyorum onu. Sonra yerime geçip şöyle bir bakıyorum. Yine kafası karışık ama artık kendisiyle daha fazla ilgileniyor. Şu anda çok şık ve zarif bir kadın var karşımda. Lacivert, mini etekli dar bir döpiyes giymiş. Ceketi küçük ve kısa. İçine giydiği beyaz, ipek gömleğin açık duran yakasından mercan rengi zarif bir kolye kıyafeti daha da şık hale getirmiş. Koltuğunun altına sıkıştırdığı küçük çantasını sehpanın üzerine özenle yerleştirdikten sonra hemen başlıyor konuşmaya.

Kenan'ın hâlâ onun peşinde olduğunu gülerek, keyifle anlatıyor bana ancak sık sık öfkesini dile getirmekten de geri durmuyor. Anladığım kadarıyla adam peşine düştükçe bir yandan ona olan saygısı azalırken, bir yandan da içindeki öfke büyüyor. Sanki ateş çıkıyor gözlerinden. Bu, saf bir öfke değil, daha derin bir yaralanmanın izleri var bu bakışlarda. Bir kız çocuğu olarak, babası tarafından sevilmeyi kimbilir ne çok istemiştir. Sonra hayatına giren bu adam bir süre doldurmuş o boşluğu. Onun gibi biri tarafından sevilmek uğruna çok şey vermiş. Şimdi yıllardır doldurduğunu sandığı o büyük boşluk bütün haşmetiyle yeniden çıkmış karşısına.

— Hayatta babamdan sonra tanıdığım tek erkek o. O da babam gibi çıktı. Annemin kaderinin bir benzerini yaşatıyor Allah bana. Son olarak eve bir de kuma gelince kadıncağız kahrından öldü. Hayatta neden korkarsan, başına mutlaka o geliyor.

— Bunun bir tesadüf olmadığını daha önce de konuşmuştuk. Sen onu bulmak için çok aramışsın.

— Öyle mutsuzum ki... Sanki evime hırsız girdi, neyim var, neyim yok, hepsini aldı götürdü. Hiçbir şeyim kalmadı. Benim her şeyim oymuş.

Kendine ait hiçbir değeri yok bu kızın. Çok değer verdiği birinden almış her şeyi. Giderken, verdiklerini de götürmüş adam.

— Kendimi çok yorgun hissediyorum. Onunla beraberken önemli biri tarafından sevilmenin tadına doyamıyordum. Sadece böyle hissettiğim zamanlar içimdeki öfke soluyor, yerini tam anlayamadığım yumuşak ve heyecanlı bir şeyler alıyordu. Bu odadaki lambalardan etrafa yayılan sıcacık ışıklara benziyordu o duygular. Çok çekici ama bana yabancı.

Güzel olan her şey yabancı bu kıza. Bana da önem veriyor ve ona gösterdiğim saygı ve yakınlık nedeniyle, bu odada içindeki o boşluk azalıyor. Transferansın ayak sesleri bunlar. Yani hasta ile doktor arasındaki duygu geçişi... Bana da giderek bağlanıyor. Bu hem iyi, hem de kötü. İyi, çünkü terapisti için önemli olduğunu hissetmek tedavide her zaman işe yarar. Kötü çünkü bağlanmak, artık onun içindeki korkularından biri haline geldi. Bu terapi ilişkisini biraz daha uzatabilirsek, Fatoş'la bu durumu bir şekilde halledebileceğimizi sanıyorum.

İyi tanıdığı, ona yabancı gelmeyen şeyler horlanmak, sevilmemek, istenmemek hep itilip kakılmak. Kendini bulduğu en rahat elbise oymuş gibi, hep aynı motifi işleyerek her maceranın sonunda hayat ona hep bu elbiseyi giydirecek. Kader motifi ağır ağır başını göstermeye başladı. Keşke bunları ona da anlatabilsem.

— Aslında suç onda değil, bendeydi. O beni hiç zorlamadı.

— Buna pek katılmıyorum. Geçmişe daha dikkatli bakarsan gerçeğin böyle olmadığını sen de göreceksin. Üstelik o zaman sen toy bir kız, o ise bu işlerin ustasıymış.

Susup düşünüyor. Düşünürken her zaman yaptığı gibi sol eliyle hafifçe başını kaşıyor.

— Yine de ben istemesem bu ağın içine düşmezdim. Onu her gördüğümde kalbim deli gibi atıyor, yüzümün rengi değişiyor, gözlerimin içi gülüyordu. Daha önce hiç böyle mutlu ve heyecanlı hissetmemiştim kendimi. Ama yine de gerçeği biliyordum. O, belki de dünyanın en yakışıklı, en karizmatik adamıydı. Kulüpte bu kadar erkek varken, kadınlar ısrarla onu arıyorlardı. Sanki yıldız gibi parlıyordu adam. Hayat sanki ilk kez benim için bir kapı açmış, mutlu olmama izin vermişti. Ben de bu izni en iyi şekilde kullanmaya çalışıyor, nasıl olsa çok kısa sürecek bu rüyayı doyasıya yaşamak istiyordum. Kenan zaten evli barklı ve benden yaşça çok büyüktü. Ayrıca neden bilmem, kendi yaşıtlarıma hiç ilgi duymuyordum

— Sahi bilmiyor musun?

Yine düşünüyor. Aslında çok iyi biliyor bu sorunun cevabını.

— Kendime bir baba mı arıyorum? Bu sefer beni çok sevecek, herkesin sevdiği, saydığı hatta hayran olduğu bir baba!

— Galiba!

— Benim, ne beni seven bir annem oldu, ne de bize kol kanat geren bir babam.

— Bu konuda pek yalnız sayılmazsın Fatoş. Böyle çok insan var. Ama öyle de olsa, bu dünyayı güzel, içinde keyifle yaşanılacak bir dünya haline getirmek senin elinde. Bunları düşün. Birer çay içelim mi, ne dersin?

Hemen toparlanıyor ve mırıltı halinde teklifimi teşekkür ederek kabul ediyor. Çaylar gelince, kaç şeker istediği, daha koyu veya açık isteyip istemediğiyle tek tek ilgileniyorum. Bunu özellikle yapıyorum. Burada kendini değerli ve önemli hissetmesini istiyorum. Bir yandan çaylarımızı yudumlarken, bir yandan da konuşmaya devam ediyoruz.

— O bir kraldı ve beni sever, beğenirse, ben de kendimi aşağılık biri gibi hissetmem sanıyordum. Ama olmadı. Hayat bir kere daha acı gerçeği çarptı yüzüme.

— Haftalardır seni, senin hayatını konuşuyoruz. İnsan ne öğrendiyse onu bilir, onu uygular. Sen de böyle yapmışsın. Neyi, neden yaptığını artık ikimiz de biliyoruz. Bütün mesele aynı motifi hayatında tekrar tekrar uygulamaktan vazgeçmen...

Ne dediğimi anladı mı diye dikkatle bakıyorum yüzüne. Sonra biraz daha açıyorum söylediklerimi.

— Herkes gibi sen de korkularında haklı olduğunu kanıtlamaya çalışmışsın. Nedir onlar? Ben aşağılık biriyim, kimse beni sevmez... Eğer bir şeyleri değiştiremezsen, benzer şeyleri çok sık yaşayacak ve böyle düşünmekte haklı olduğunu sürekli kendine kanıtlayacaksın. Ama bir yandan da günün birinde bu yolun seni mutluluğa ve huzura götüreceği gibi bir inanç hiç çıkmayacak aklından.

— Nasıl Yani?

— Sen onun nasıl biri olduğunu başından beri biliyordun. Beraber olduğu her kadını aldattığı, aslında hiçbirini sevmediği baştan beri belliymiş zaten. İçindeki boşluk ve sevgisizlik dikkat et, seni öyle birine itiyor. Kaybedeceğin bir oyuna giriyorsun. Böylece içindeki korkular gerçekleşiyor ve bir de üstelik haklı çıkıyorsun. Şimdi ne diyor sana hayat: Haklısın, seni kimse sevmez.

Gözleri buğulanıyor. Onu kendisiyle baş başa bırakıp susuyorum. Bir süre ikimiz de konuşmuyoruz. Sonra yine ben başlıyorum konuşmaya.

— Bunu kendine kanıtlamaya devam edersen, her seferinde haklı çıkacağından emin olabilirsin.

— Böyle olmasını ben mi istedim?

— İlk geldiğin gün sorduğun soruyu hatırlıyor musun? "İnsan bile bile kendini ateşe atar mı?" diye sormuştun bana.

— Ben attım.

— Neden attığını iyi anlarsan, belki bunu bir daha yapmazsın.

— Yani ben hiç sevilmeyecek miyim? Gerçek bu mu? Bunu mu kabul etmemi istiyorsunuz?

Hafifçe gülümsüyorum ona. Aslında çok doğru sorular soruyor bana.

— Hayır, tabii ki bunu söylemiyorum. Sen sevilmeyecek biri değilsin. Ancak sevilmeye en çok ihtiyacın olduğu dönemlerde maalesef böyle bir şansın olmamış. Ama şimdi sen, o boynu bükük, o çaresiz çocuk değilsin. Ama sevilmeyeceğine ilişkin korku hâlâ zihninin bir yerlerinde duruyor. Bu korkuyu zihninden uzaklaştırmak, ondan olabildiğince kaçmak yerine onu tanı. Tanı ki, senin kaderini yazamasın.

Kaşlarını çatmış, ne dediğimi anlamaya çalışıyor. Bilinçdışındaki korkularla yüzleşmek her zaman zordur, kaşları onun için bu kadar çatık.

— Doğru, hiç sevilmeden ölmek korkutuyor beni.

— Hepimizin böyle korkuları olabilir ama bunu iyi tanı, hayatının merkezine yerleştirme, kararlarını etkilemesine izin verme.

Bir yandan çayını içerken, bir yandan da sağ bacağını ısrarla sallamaya devam ediyor. Umarım ne dediğimi anlamıştır. Sonra hüzünlü bir sesle yeniden başlıyor konuşmaya.

— Bu ara yine sık sık içimden anneme kızıyorum.

— Annenle aranızda görülmemiş çok hesap var.

— Dünyaya getirdiği çocuğu bile sevmeyen bir anneye kızılmaz mı?

Başımı sallayarak onaylıyorum onu. Hepimiz suçluluk duygularıyla, genellikle annelerimiz aracılığıyla tanışırız. Onda da insanın içini acıtan bu duygu, çok küçük yaşlarında anneye karşı ortaya çıkmış. Anneye karşı hissedilen küçücük bir öfke bile, insanın içinde işte böyle dağlar gibi suçluluk duyguları oluşturur ki, onun öfkesi hiç de küçük sayılmaz.

Anneye, hem kendisini ihmal ettiği, sevmediği için kızıyor, hem de küçük ablanın ölümünden onu sorumlu tutuyor. Böylece öfke katlandıkça suçluluk duyguları da büyüyor. Aslında hepsinde ne kadar haklı, bütün bunlar ne kadar insanca…

— Babam neyse de, o neden sevmedi beni? Kız olmak benim suçum mu? Ablam da o yüzden kıymadı mı canına? Zavallı kız, kimse arka çıkmadı ona da. Ben de suçluyum. Yaşım küçük de olsa ablamı keşke koruyabilseydim, halinden anlasaydım. Kızcağız bana bile söyleyememiş derdini. Demek yeterince yakınlık göstermemişim ablama. Pek ilgilenmemişim onunla.

— Ne çok suç işlemişsin Fatoş. Hem de daha küçücükken. Vazgeç artık suçlu aramaktan! O küçücük, çaresiz kızı affet artık. O kız, o yaşta başlamış acı çekmeye. Keşke kendine karşı biraz daha insaflı olabilsen! Bugüne gelmek senin için hiç kolay olmamış. Ne çok çalışmış, nelerle mücadele etmişsin. İşin biraz da bu yanını düşünsene… Kendini her konuda bu kadar suçlarsan, cezalar hiç bırakmaz peşini. Böyle bir ortamda dünyaya gelmeyi sen seçmemişsin. Buna rağmen hâlâ hayatla göze göz, dişe diş mücadele ediyorsun. Biraz da bunları görmeye çalışsana. Sen artık kazanan taraftasın.

— Sahi öyle mi görüyorsunuz?

— Öyle görüyorum tabii. Kenan'ı da terk eden sensin. Geç de olsa gerçeği görmüş ve zararın neresinden dönersen kârdır hesabı, ilişkiyi bitirmişsin.

— Artık onun da benden bir farkı kalmadı.

— Yani?

— Yani sonunda kral da kaybetti. Bunu görmek beni biraz olsun rahatlatıyor.

İşte bu doğru, diyorum içimden. Kral için yani Kenan için düşüş, o gece Fatoş'tan yediği dayakla başlamış. Sonra telefonlar, mesajlar, kapıya dayanmalar derken bütün karizması yok olmuş. Onun gibi bir adam, böyle bir hatayı nasıl yaptı acaba?

— Benim gibi bir garibana bu yapılır mıydı?

— Gariban? Sen misin o?

Yaşlı gözlerle ters ters bakıyor yüzüme ama ben konuşmaya devam ediyorum.

— Sevsinler senin gibi garibanı. Sen artık çocukluğundaki Fatoş değilsin. Üniversite mezunu, üstüne yüksek lisans yapmış, birkaç dil bilen, güçlü, çalışkan ve başarılı bir iş kadınısın. Seni teselli etmek için söylemiyorum bunları. Gerçekleri çarpıtma. Sana hiçbir şey yetmeyecek Fatoş. Öyle açsın ki, doyman da doğal olarak kolay olmayacak. Ama sen asla bir gariban değilsin artık. Bir yandan bu adama kul köle olmuşken, bir yandan da bütün bunları başaran bir kızdan korkarım ben. Bu adam elinden nasıl kurtulmuş, işte onu anlayamadım.

— Şaka mı ediyorsunuz?

— Hayır, gerçek söylüyorum. Biraz zamana ihtiyacın var. Göreceksin, başaracaksın. Sen ancak başarıyla mutlu olabilenlerdensin. Yaptıklarını küçümseme ve biraz zaman ver kendine.

Bu son söylediklerim iyi geliyor ona. Yanaklarındaki yaşları eliyle silerken hafif bir gülümseme yayılıyor yüzüne.

— Yine çok konuştum galiba ama son söyledikleriniz iyi geldi. İnşallah, inşallah...

Böyle diyerek ağır ağır ayağa kalkıyor. Lacivert döpiyesin yakaları, beyaz gömleğin önü yine gözyaşlarından ıslanmış. Onu kapıya kadar uğurluyorum. Hüzünle karışık hafif bir nezaket gülümsemesi var gözlerinde. Teşekkür edip bana sarılarak çıkıyor odadan.

Saatime bakıyorum, yediye geliyor. Bugün işim zamanında bitti, Aydın'ı bekletmeyeceğim. Odadan çıkmadan önce hemen pencerelere koşuyorum. Kenardakini açıp temiz havayı içime çekiyorum. Odada yaşanan duygu yoğunluğunun izlerini silmeye çalışıyorum.

12

Artık böyle gidip gelerek Fadi'yi geri döndüremeyeceğini anlamıştı Kenan. Onu anlamıştı ama bu sefer de kendisini bir türlü anlayamıyordu. Bir kadın yüzünden bu hallere düşecek adam mıydı o? Ayrıca bunca yıldır Fadi'yle birlikte yaşasa da, ona âşık olduğu, deli gibi sevdiği filan da söylenemezdi. Zaten o bugüne kadar kimselere bağlanmamıştı ki... Bu olsa olsa sadece bir alışkanlıktı. Öyleyse aradan bunca zaman geçmesine rağmen o hâlâ neden bu kadını aklından çıkaramıyordu.

Böyle düşündükçe içine sıkıntılar giriyor, eli ayağı birbirine dolanıyor ve her seferinde soluğu acil servislerde alıyordu.

Artık bu vırt zırt gelmelerden doktorların da bıktığı belliydi. Böyle hastalar onları öyle çok meşgul ediyordu ki, asıl hastalara vakit kalmıyordu. Kenan psikiyatriste bir süredir gitmediğini, ilaçları da kestiğini Handan'a nihayet itiraf etmiş, yeni bir doktor arayışı başlamıştı. Sonunda yine kulüpteki arkadaşları yeni bir doktor bulup randevu almışlar, Handan da kocasıyla birlikte doktora gitmiş, elinden geldiği kadar ona bildiklerini anlatmıştı.

İlk günden Kenan hoşlanmamıştı doktordan. Onu anlayacak birine hiç benzemiyordu. Doğru dürüst bir şey anlatmadan ona "panik atak" teşhisi koymuş, bir sürü ilaç vermişti. Yine de doktor tam bir saate yakın dinlemişti onu ama bunlar Kenan'a yetmiyordu. Özel, çok özel bir ilgi bekliyordu doktordan.

İkinci gidişinde yaşadıklarını tek tek anlattı doktora. Bunca yıl sonra nasıl terk edildiğini, belki de kadının hemen bir başkasını bulduğunu filan... "Madem bu kadar seviyordun, neden evlenmedin onunla?" diye sordu doktor. Hiç sevmiyordu böyle soruları. "Hem baksana, kadın hemen birini bulmuş diyorsun. Bırak artık şu kadını. Bunca yıl sonra gönlün geçmiştir zaten. Hem karın da iyi birine benziyor. Hastasın sen. İlaçları alınca unutacaksın hepsini."

Arkadaşları gibi konuşuyordu bu doktorlar. Zaten sevmemişti bu adamı. Çirkindi. Annesi de sevmezdi çirkinleri. Yüzü çirkin olanın kalbi de kötü olur derdi. Onu iyi dinlese, bir gün nasıl olsa bu kadının ona geri döneceğini söylerdi. Aslında sırf bunun için gitmiyor muydu doktora. Fadi sana geri dönecek desin, bunun bir yolunu göstersin diye.

Bir daha oraya da gitmedi. Aklı fikri Fadi'deydi. Artık durumunun hiç iyi olmadığının kendisi de farkındaydı. Benim bir şeyim yok diyerek psikiyatristlere gitmekten de, verdikleri ilaçları almaktan da vazgeçmişti ama hali hal değildi. Sabahlara kadar sokaklarda deli gibi dolaşıp duruyor, en çok da Fadi'nin evinin karşısındaki ihtiyar ağacın altında sabahlamayı seviyordu.

Erkek doktorlar onu anlamamıştı, zaten oldum olası sevmezdi onu erkekler, kıskanırdı. Şimdiye kadar neden bir kadın doktora gitmek aklına gelmemişti? Şöyle genç, güzel bir kadın bulsa, belki de bu illetten daha çabuk kurtulur, kadın doktor nasıl olsa Fadi'yi ona geri getirmenin bir yolunu bulurdu. Kadın dediğin hem onu sever, hem de her türlü fesatlığa erkeklerden daha fazla aklı ererdi. Erkekler anlamazdı bu işlerden. Belki de işler başka türlü olur, hem derdini anlatır, hem de yeni bir heyecan bulabilirdi orada.

Şimdi ne yapıp edip doğru doktoru bulmaya kalıyordu iş. Bu kadar önemli bir konuyu Semih'le Handan'a bırakmakla hata etmişti. Deli meli değildi o, akıllıydı ama bazen aklını kullanmayı bilmiyordu. Hepsi bu...

Doktorun Günlüğünden

Bahar, ılık nefesini yazın sıcağına teslim etmeye hazırlanıyor. Tabiat uzun kış uykusundan uyanmış, yeniden doğmanın sevinciyle rengârenk güzelliklerini cömertçe sunmanın telaşı içinde. Bu dünyada bir bahar, bir yaz daha görmek ne büyük mutluluk! Hava güzel olduğu zaman evden biraz erken çıkıp muayenehaneme kadar yürüyorum. Gözlerim ağaçlarda… Tek tek bakıyorum her birine. Ağır ağır canlanıyor, diriliyorlar.

Hava serin mi, yoksa çok mu sıcak, anlayamıyorum. Hızlı yürüdüğüm için arada bir esen rüzgâr beni üşütürken arada bir de terliyorum. Muayenehaneme geldiğimde her yanım ter içinde. Kapıyı her zamanki gibi Tuna açıyor. Beni görünce biraz şaşırıyor çünkü onun beklediği saatten erken geldim.

— Oh, ne iyi ettiniz erken gelmekle. Kahvenizi içmediniz değil mi?

— İçmedim. Balkona oturur, Tuna'yla kahve keyfi yaparız dedim. Sahi biz balkonda oturmayalı kaç zaman oldu?

— Ohoo, kimbilir ne kadar! Geçen sene hiç oturmadık galiba.

— Öyleyse hadi bir an önce yap kahveleri.

Ben üzerimdeki ince ceketi çıkarıp odama asana kadar Tuna kahveleri yapmış bile. Şu kahvenin kokusu kendinden de güzel. Maşallah, köpüklerine de diyecek yok. Keyifle oturuyorum küçük sandalyeye. Meğer bu balkonun manzarası da ne güzelmiş!

Tuna'yla oradan buradan konuşuyor ve her seferinde bir bahane bulup kıkır kıkır gülüyoruz. Bu dünyanın tüm acılarına karşı belki de bir çeşit isyan bu…

Tam içeri girecekken Tuna aniden önemli bir şey söylemek ister gibi tutuyor kolumdan.

— Sahi söylemeyi unuttum, Fatoş Hanım çok sık arıyor burayı. Randevusunun kaçta olduğunu daha önce hatırlatmış olmama rağmen yine de arıyor. Bıraksam her seferinde sizinle konuşacak. İçeride hasta olduğundan her sefer bağlayamıyorum.

— Bağlayamıyor musun? Ama hemen her gün onunla telefonda konuşuyoruz zaten.

— O beş kere arıyor, ben sadece birini bağlıyorum.

— Demek öyle! Sanırım bugün de randevusu var.

— Var, var. Şimdi gelir.

Bulutların arasından süzülen güneş gözünü tam üstümüze dikmeye hazırlanırken kapı çalınıyor. İkimiz birden hemen toparlanıyoruz. Zaman ne çabuk geçmiş! Keyifli olunca, zaman hep çabuk geçer. Koşarak geçiyorum odama. İlk işim lambaları yakmak oluyor. Gündüz bile olsa, o lambalardan süzülen ışıkları seviyorum ama aklım Fatoş'ta. Bu kız beni neden bu kadar sık arıyor acaba? Sanırım o, hayatı paylaşacağı, yanında kendini güvende hissedeceği birinin hayalini kuruyor. Arada bir ben de kendimi, onu ve geçmişte yaşadıklarını düşünürken yakalıyorum. Ben ona bağlanıyorum, o da bana. Ben, ne de olsa bir profesyonelim ama ona ne olacak?

On yıldır ölesiye bağlandığı birinden daha yeni ayrıldı. Aynı hatayı bu sefer de benimle olan ilişkisinde mi yaşayacak? Acaba yine ne kadar tehlikeli sularda dolaştığının farkında mı? Bir kere daha bağlanmaktan korkmuyor mu? Eğer durum böyleyse, geriye tek bir seçenek kalıyor, kaçmak. Bu da tedavinin yarım kalması demektir.

Ben kapıya doğru giderken koridorda görüyorum onu. Krem rengi, düz bir elbise giymiş. Ayaklarında yüksek ökçeli kırmızı pabuçlar var. Şık ve güzel görünüyor. Elindeki küçük paketi daha içeri girmeden bana doğru uzatıyor. Küçük, altın bir kolye çıkıyor paketten. Üzerinde "Gülseren" yazıyor. Küçük de olsa, pahalı bir kolye bu. Ben daha ne yapacağımı, ne diyeceğimi bilmezken o hızla kolyeyi alıp uzanarak boynuma takıyor. Bana da sadece teşekkür etmek kalıyor. Bunu bana neden aldı acaba? Amacı beni memnun etmek mi, kendini bana sürekli hatırlatmak mı, yoksa bütün bunlar giderek bana daha çok bağlandığının ifadesi mi?

Bu konuyu zihnimin bir kenarına yazdıktan sonra hemen birbirimize hal hatır sormaya başlıyoruz. Biz konuşurken elinde kahveyle Tuna giriyor içeri. Fatoş ayağa kalkarak saygıyla ve teşekkür ederek alıyor kahvesini.

— Şu Tuna Hanım ne tatlı bir kadın. Bayılıyorum ona. Ne kadar güler yüzlü ve candan.

— Öyledir. Söyle bakalım, görüşmeyeli neler oldu? Kenan'dan ne haber?

— Benim için Kenan diye biri yok artık. Dünyada bir tek erkek o kalsa, yine de istemem onu. Zamanında ona nasıl da bağlandığımı düşündükçe çok üzülüyorum.

— Fatoş, insanlara neden bu kadar yoğun bir biçimde bağlandığını hiç düşündün mü?

Bu soruyu hemen yanıtlamıyor. Gözlerine inen bulutları görebiliyorum.

— Bir yudum sevgi uğruna kölesi oldum o adamın.

— İnsanlar kölelerini sever mi sence?

— Sevmez mi?

— Kendilerine iyi bakan bir köleyi sevebilirler belki ama senin istediğin bu muydu?

— Kaderim böyleymiş benim. Ben ona taptım, taptım...

— Belki de bunun için ona hiç eşiti gibi davranmamışsın.

— Zaten eşiti değildim ki...

— Bak işte buna hiç katılmıyorum. Çocukluğun, ilk gençlik yılların çok zor geçmiş olabilir ama bunu, bütün hayatına, hatta kaderine yayma. İşi kadere bırakırsan, seni nereye götüreceği belli zaten.

Yine kapanıyor kucağına. Ağlıyor.

— Mutsuz olmayı kim ister ki?

— Kimse istemez ama yolun bir yerinde yorulur ve teslim olur. Eğer sen de böyle yapacaksan çekilirsin köşene, eğersin başını, mutsuzluğuna kırk tane de bahane bulursun, geçer gider... Merak etme, bahane yaratmakta hayatın üstüne yoktur. Düşünsene, ölümlü bir dünyada yaşıyoruz. Sadece bunu bilmek bile mutsuz olmak için yeterli değil mi?

— Şu dünyada hiç gün görmedim ben. Yazık değil mi bana?

— Acılar insanı güçlendirir, aslında pek farkında değilsin ama seni de güçlendirmiş. Şimdi bu gücü nereye yatıracağına sen karar vereceksin. Kaderden medet ummaktan vazgeç. Sen gayret etmezsen, o senin için bir şey yapamaz.

— Bugün ne oldu size? Yaşanan bunca kötü şeyden sonra eğer mutsuzsam, bu benim suçum mu?

— Sen bugün daha iyisin Fatoş. Ben de bu fırsattan istifade edip seni bir an önce hayatın içine sağlıklı ve ne yaptığını bilen biri olarak göndermek istiyorum. Baştan beri ne kadar acı çektiğinin farkındayım ama kader dersen, ona teslim olmaktan başka çaren kalmaz. Mutsuzluğunu kadere yükleme. Savaş onunla. Mutluluğun peşine düş. Her yerde ara onu. Mutluluk emekle, çabayla, birikimle, acı çeke çeke gelir insana. Üstelik her emek, her çaba, her birikim, her acı mutluluk getirmez. Her şeyden önce hayatı mutlu bir insan olarak yaşamaya karar verenlere, bundan hiç vazgeçmeyen cesur ve tutkulu insanlara gelir sadece. Geçici hazlara, arada bir başımıza konan talih kuşlarının getirdiği şeye nasıl mutluluk diyemezsek, başımıza gelen kötü şeyleri de mutsuz olmakta bahane olarak kullanamayız. Sen cesur bir kızsın. Bugüne kadar yaptığın mücadele beni umutlandırıyor. Gerçi karakter olarak mutluluğa hazır biri değilsin ama senin içinde müthiş bir enerji var. Seni bugünlere getiren enerji... Eğer kendine ve hayata yatırım yapmaktan vazgeçmezsen önün çok açık. Ama yine de karar senin. Yani kader değil, karar diyorum.

Gözlerini kapatıp bir süre hiç konuşmadan düşünüyor. Hayatta yalnız olmak çok zor... Ne onu geçmişe bağlayan bir ailesi, ne de geleceğe bağlayan bir sevgilisi var. Bugün çok üstüne gittim ama ne dediğimi anlayacak kadar akıllı ve cesur bir kız o. Bir süre sonra gözlerini açıp sevgiyle bakıyor bana.

— Artık birilerine güvenmek beni çok korkutuyor. Buraya ilk geldiğim gün, size de güvenmeye hiç niyetim yoktu ama daha ilk görüşmede, ne oldu bilmem, o korkularım kayboldu.

Güven duygusu, bütün ilişkilerde gündeme gelen, önemli ancak bir o kadar da kırılgan bir duygudur. İlişkilerin bitmesi ya da tehlikeye girmesi, genelde insanlarda büyük hayal kırıklıklarına neden olurken, güven duygusu da çabucak yara alır.

Çoğu insan çok genç yaşlardan itibaren irili ufaklı hayal kırıklıkları yaşarken güven duygularında zedelenme olur. Her şeye rağmen insanlar bir başkasına güvenmeye her zaman muhtaçtır. Belki de bu nedenle her yeni ilişkiye güven duygularının her şeye rağmen sağlam olduğu inancıyla başlarlar ancak ilişkide yaşanan en küçük bir olayda güven duygusu çabucak çöker. Özellikle kaybetme ve reddedilme durumları, bu tür kişilere sanıldığından daha çok acı verir.

Fatoş bu konuda zaten çok yaralı. Doğduğu günden beri hayatında güven duyabileceği hiç kimse olmamış. İçindeki o kocaman boşluğu, saydığı, önem verdiği, kendisinden üstün tuttuğu insanların ilgisini çekerek, kendini onlara sevdirmeye çalışarak doldurmaya çalışıyor. Bunu, maddi, manevi her şeyini ortaya koyarak yapmaktan çekinmiyor. Üstelik bunu yaparken kendine en olmadık kişileri seçiyor. Kendinden oldukça büyük, çapkın sevgilisi de, ben de ölesiye bağlanmak için iyi birer örnek değiliz. Zaten sevgilisiyle yaşadığı on yılda bunu en iyi şekilde görmüş. Bana gelince, ben onun sadece doktoruyum, günlük hayatında yanında olacak biri değilim, giderek artan bağımlılık ihtiyaçlarına cevap veremem.

Bu durum ilişkimize büyük bir ihtimalle olumsuz yansıyacak ve benden beklentileri giderek artacak. Sonunda en küçük bir ihmali bile reddedilme olarak algılayıp içinde bana karşı büyük bir öfke duyarak, beni terk edecek. İşin kötüsü bundan çok yara alacak ve zihni bunu yeni bir hayal kırıklığı olarak ve bir daha silinmemek üzere bir köşeye kaydedecek.

Bütün bunları önceden biliyor olmama rağmen, mani olup olamayacağım konusunda tedirginim. Şimdi bunları onunla konuşmaya çalışacağım.

— Bana güvenmen aslında çok güzel çünkü senin gibi birinin güvenini sağlamak kolay değil gibi geliyor bana.

— Siz bana umduğumdan çok daha fazla yakınlık gösterdiniz. Aslında biliyorum, doktorsunuz. Bu yakınlığı belki de bütün hastalarınıza gösteriyorsunuz.

İşte ilk işaret geldi. Benim kafamda herkesten farklı bir yerde olmak istiyor. Başka türlüsü onu yaralayacak.

— Tabii gösteriyorum ama her biriyle aramızda farklı bir ilişki gelişiyor. Bu ilişki kimiyle uzun sürer, kimiyle daha çabuk biter. Biraz da kişinin tedaviden beklentileriyle ilgilidir.

— Bir gün benim tedavim de bitecek değil mi?

— Bunu sen de istemiyor musun?

Üzülmüş gibi başını önüne eğip dudaklarını ısırarak oturuyor karşımda. Sonra kısık bir sesle cevap veriyor.

— Ben o zaman çok yalnız kalacağım.

— Sen nerede olursan ol, ben hep buradayım. Hayatın içinde senin yanında değilim ama bir sorunun olduğunda bunu konuşmak üzere hep burada olacağım. Bir süre sonra umarım hayatın acılarını da, güzelliklerini de paylaşabileceğin biri olur yanında.

— Hiç sanmıyorum ama her neyse, ben artık gideyim. Haftaya görüşürüz.

— Haftaya ben Ankara'da olmayacağım.

— Nereye gidiyorsunuz!

Bunu, gözlerini açarak ve öfkeyle soruyor. Gözlerindeki öfke ve isyanı anladığımı belli ederek gülüyorum ona.

— Nereye mi gidiyorum? Umarım bu soruyu cevaplamamı beklemiyorsun.

— Pardon, fazla ileri gittim galiba. Tabii ya, ben kimim ki, bana her şeyi söyleyeceksiniz.

— Yapma Fatoş! Senin için ne kadar önemli olduğumun farkındayım ama inan bana sen de benim için önemlisin ama sen ne yaptığının farkında mısın?

— Ne yapıyormuşum?

— Beni Kenan'ın yerine koyma. O adama tam on yıl bağlandın ve bu sana çok şey kaybettirdi. Ben haftaya yoksam bile, aslında hep varım. Öfkeyle kalkıp zararla çıkma bu odadan. Bu konuyu seninle uzun uzun konuşmalıyız. Biliyorsun, bu tedavi henüz bitmedi.

— Biliyorum, biliyorum. Siz beni merak etmeyin.

Böyle diyerek aceleyle elimi sıkıp çıkıyor odadan. Korktuğum oldu galiba. Bu öfke, ona tedaviyi yarım bıraktırabilir. Belki de bana daha fazla bağlanmaktan korkuyor. Keşke kaçmasa, keşke bu konuda bana da, kendine de biraz daha zaman verebilse diyorum içimden ama vermiyor.

Sonraki randevusuna gelmeyince telefonla arıyorum onu. Kırık bir sesle açıyor telefonu. İstanbul'daymış, onun için gelememiş. Zaten artık Ankara'da yaşamak istemiyormuş, şirket de ona İstanbul'da bir iş verince hemen kabul etmiş. Şimdi, şirketin ona verdiği lojmanda oturuyormuş. Fırsat bulur da Ankara'ya gelirse, mutlaka bana da uğrayacakmış. Telefonu kapatırken beni hiç unutmayacağını eklemeyi de ihmal etmiyor.

İçimde bir yenilmişlik, hatta terk edilmişlik duygusu var. Bu işte benim ciddi bir yanlışım ya da eksiğim olmadığını düşünerek kendimi avutmaya çalışsam da, yüreğimde duyduğum ince sızı beni kolay bırakacağa benzemiyor.

13

Kenan kendine iyi bir kadın doktor bulmakta kararlıydı. Her gün acillere giderek bu hayat geçmeyecekti. Hem bu durumdan Handan da sıkılmış, hiç yapmadığını yapıyor ve evde sürekli söyleniyor, bir an önce bir ruh doktoruna gitmesi için onu sıkıştırıyordu.

Fadi'nin arkadaşı Gülay'ın gittiği doktor geldi aklına. Kız çok memnundu ondan. Meşrutiyet Caddesi'nden her geçtiğinde zaten görüyordu doktorun tabelasını. O kadına gitse belki bu duruma bir çare bulurdu. Hem kadınlar onu severdi, o da kadınları. Bir kadın doktor onu erkeklerden daha iyi anlardı. Bunu neden daha önce düşünmedim diye içinden söylendi kendisine. Doktor genç olsaydı bari... Yaşlı ve şişman kadınları oldum olası sevmezdi. Artık gerisi şansa kalmıştı.

Bu sefer kimseye söylemeden kendi gidecekti. Baştan doktorla ya Semih, ya Handan konuşuyor, belki de anlattıklarıyla doktorları yanıltıyorlardı. Önce hemen gitmeye davrandı ama holdeki aynada kendini görünce böyle gitmekten vazgeçti. Ne de olsa bir kadın doktora gidiyordu. Daha temiz, şık ve özenli giyinmeliydi. Aceleyle banyoya koştu. İçi sıkılıyor, çatlayacak gibi oluyordu ama yine de önce şöyle sinekkaydı bir tıraş olmalıydı. Eli ayağı titriyor, yüzünü kesmemek için büyük bir dikkat sarf ediyordu.

Lacivert elbiselerini çıkarması için Handan'a seslendi. Handan da şaşırmıştı bu duruma. Bu adam yine nereye gidiyordu acaba? Yüzünü ekşiterek kalktı yerinden. Köle gibi hissediyordu kendini. Bu gidişle Kenan değil ama Handan hastalanacaktı. Hiç insaf, merhamet yoktu bu adamda. Son günlerde Kenan'ın bitmez tükenmez hastalıkları nedeniyle hastanelere koşturmaktan o da bitap düşmüş, hiç âdeti olmadığı halde bugün ilk kez kendini çok yorgun hissettiği için biraz önce kanepeye şöyle bir uzanmıştı. Yine de ona bir şey belli etmeden denileni yaptı. Tek tek elbiseyi, gömleği, temiz iç çamaşırlarını hatta çorapları, kravatı bile hazırlayıp yatağın üzerine koydu. O gitmeden yatmadı bir daha.

Giyinmek çok zor gelmişti Kenan'a. Bu nasıl hastalıktı böyle! Eğer bu kadın da bir çare bulamazsa bugün akşamı edemeyecek, bu sıkıntıya daha fazla dayanamayacaktı. İsmail'in gelmesini beklemektense telefonla köşedeki taksi durağını aradı, son olarak parfümünü de sıktıktan sonra inleyerek çıktı evden. Yolda titremeler daha da hızlandı. Dişleri birbirine vuruyor, çenesi kilitlenecek gibi oluyordu. Sendeleyerek indi taksiden. Meşrutiyet caddesi her zamanki gibi çok kalabalıktı. Karşıya geçmek için üst geçidi kullanacak hali yoktu. Korkarak attı kendini caddeye. Düşüp bayılmadan şu doktorun yanına girebilse, kadın belki bir çare bulurdu.

Asansörle yukarı çıkarken bir yandan sıkıntıdan her yanı titriyor, bir yandan da aynada kendine bakıyordu. Kravatını düzeltti, omuzlarını dikleştirdi, çenesinde kalan tıraş köpüğü izini eliyle sildikten sonra indi asansörden.

Titreyerek yaklaştı kapıya. Kapıda doktorun adının yazılı olduğu ışıklı bir tabela vardı. Bastı zile. Tombul bir kadın açtı kapıyı. "Buyurun," dedi. Şöyle bir baktı etrafına. Çok ferah, geniş bir salonda buldu kendini. Yerde su yeşili halılar, etrafta bol yeşil yapraklı bitkiler vardı. İçerisi oldukça kalabalıktı ve oturanların çoğu kadındı. Hâlâ titrese de, dik durmaya çalıştı. Şimdi bütün gözler ona çevrilmiş, dikkatle süzüyorlardı onu. Tombul sekreter oturması için yer göstermişti ama onun oturacak hali yoktu. İçi çok sıkılıyor, bir an önce doktorun yanına girmek istiyordu.

Tombul kadın yanına yaklaşıp randevusu olup olmadığını sorduğunda sinirleri iyice gerildi. Randevu filan almak aklına gelmemişti. Ne yani, randevusu olmadığı için onu geri mi çevireceklerdi? Sesini alçaltarak, "Benim durumum acil, bu sefer randevu alamadım ama lütfen beni bir an önce doktorla görüştürün," dedi.

Tombul kadın bir an kararsız kalmış, salonda oturanları şöyle bir gözden geçirdikten sonra masasının üzerinde açık duran randevu defterine bakıyordu. Bu arada Kenan da masanın önünde dimdik duruyor, bir an önce ondan bir cevap bekliyordu. Gözünde siyah güneş gözlükleri vardı. Bu gözlükler hem son günlerde gözlerinin altında oluşan siyah halkaları gizliyor, hem de onu daha havalı gösteriyordu.

Sol elini cebine sokup hafifçe salona doğru döndü. Kadınların hepsinin gözü ondaydı. Bu durum bir an da olsa içindeki sıkıntıyı unutturdu ona. En hasta gününde bile demek kadınlar gözlerini ondan alamıyorlardı.

Aslında haksız da sayılmazdı çünkü kadınlar onu gerçekten biraz hayret, biraz da hayranlıkla izliyorlardı. Nasıl da şık giyinmişti! Bu dağ gibi adamın nesi vardı acaba? Hem hali vakti de iyiye benziyordu. Sen hem böyle artist gibi yakışıklı ol, cebinde paran da olsun ama sonra da hastalan. Sıradan insanların hastalanması normaldi de bu adama ne olmuştu. Kalbin filan hasta olsa neyse de ruhsal hastalıklar genellikle sıkıntıdan olur. Böyle bir adamın ne sıkıntısı vardı acaba?

Öteki kadınlar gibi Tuna da gözlerini alamıyordu adamdan. Şimdiye kadar çok yakışıklı erkek görmüştü ama böylesine hiç rastlamamıştı. Kendi kocası da boylu boslu, gösterişli bir adamdı ama bu adamda sanki insanı çeken farklı bir şey vardı. Zaten erkeğin yakışıklısı deyince herkesin aklına Aydın Bey gelirdi, yani doktorun kocası. Hangisi daha yakışıklıydı acaba? Aydın Bey mi, bu adam mı? İkisini kafasında bir türlü yan yana getiremedi. Şu kılığa, kıyafete bak, dedi içinden. Hastayken bile böyle giyindiğine göre, özel bir davete giderken ne giyiyordu bu adam! Neden artist filan olmamıştı?

Randevularda biraz kayma olmuş, sırasını bekleyenler hafiften söylenmeye başlamışlardı bile ama adam içeri girdiğinden beri sesler kesilmiş, herkesin gözü ona takılıp kalmıştı. Adam oldukça sıkıntılı görünüyordu ama diğerleri izin vermezlerse onu içeri alamazdı. Burası özel bir muayenehaneydi ve insanlar çok önceden randevu alarak geliyorlardı. Tuna şimdi içeri alacağı Leyla Hanım'ın yanına giderek yavaşça izin istedi ondan. Kadın gözlerini hiç Kenan'dan ayırmadan başını evet anlamında salladı. Oh, biraz olsun rahatlamıştı. Aslında ona sırasını veren Leyla Hanım çok aksi biriydi. Hep zamanından önce gelir ve beklemeyi sevmezdi. Nasıl olup da izin verdiğine önce şaşırmış ama sonra dönüp de adama bir kere daha alıcı gözle bakınca nedenini hemen anlayıvermişti.

Koşarak gitti Kenan Bey'in yanına. "Bekleyenlerden izin aldım, içerideki hasta çıkar çıkmaz sizi alacağım. İsterseniz yanda özel bir odamız var, oraya geçin. Daha rahat edersiniz," dedi. Kenan homurdanarak o tarafa doğru yürüdü. Neden içerideki hastayı bir an önce çıkarmıyorlardı. Durumun ne kadar acil olduğunu görmüyorlar mıydı?

Doktorun Günlüğünden

Ankara'nın sabah serinliği yavaş yavaş kayboluyor, yerini güneşli bir güne bırakmaya hazırlanıyor. Sonbahar çoktan geldi ama arada bir yazdan kalma günler bir görünüp bir kayboluyor. Yine erken geldim muayenehaneye. Pazartesi günleri her zamankinden daha kalabalık olur burası. Herkesin aksine, bende pazartesi sendromu olmaz. Koşarak gelirim buraya.

İnsanları dinlemek, anlamak, onların acılarını dindirebilmek, gözlerinde yeniden hayat pırıltıları görebilmek sanıldığından çok daha büyük bir haz verir biz, ruh sağlığı profesyonellerine. Yıllar geçtikçe bu hazzın bağımlısı olur, onu hayatımızın merkezine yerleştiririz.

İki çocuğum var. İkisi de henüz küçük, anne babalarını hep yanlarında istiyorlar. Bence haklılar ama ah bu mesleğin gözü kör olsun. Ailem, bir de vazgeçemediğim sevgili hastalarım var. Eşime ve çocuklarıma duyduğum sevgi dolu sorumluluğun bir benzerini de hastalarıma duyuyorum. Belki de bunun için çok yorulsam da kırmızı renkli küçücük odamda akşama kadar çalışmak hep büyük bir zevk veriyor bana.

Bugün de sabah çocuklarımı okula gönderdikten hemen sonra özenle hazırlandım ve sağa sola bakarak, sabah serinliğini hissederek geldim muayenehaneme.

Psikiyatri devamlılık isteyen bir tıp dalıdır. Psikiyatriste bir kere gelerek sonuç almak pek olağan bir şey değildir. Bu nedenle içeri girip çıkan hastalarımın çoğunu iyi tanıyorum. Onlarla çoktan dost olduk. Artık onların hayatlarının bir köşesinde ben de varım. Varlığımın onlara iyilik, güzellik getirmesi ve kendi gerçeklerini bir an önce görmeleri için elimden geleni yapıyorum.

Psikiyatriye deliler değil, akıllılar gelir, dediğimde insanlar güler bana ama bu sözün altında yatan gerçeği onlara mutlaka, ayrıntılı olarak anlatırım. Derim ki, iç dünyasında bir şeylerin yolunda gitmediğini, bir yerlerde bir yanlış olduğunu fark etmek için kişinin akıllı ve duyarlı olması gerekir. Keşke herkesin farkındalığı bu kadar yüksek ve herkes bu kadar duyarlı olabilse!

İçerideki hasta çıkar çıkmaz, sevgili Tuna telaşla giriyor içeri.

— Acil bir hasta geldi. Çok sıkıntılı. Randevusu yok ama bu halde onu geri çeviremedim.

— Burası acil servis mi? Randevulu hastaları ne yapacağız? Eski hastalarımızdan biri mi?

— Hayır, buraya ilk geliyor. Daha önce gelse hatırlardım.

— Maşallah, senin de hafızan muhteşem.

— Ondan değil... Bu adamı bir gören bir daha unutmaz.

— Nasıl yani?

— Ayol ben daha önce böyle birini hiç görmedim. Bir erkek nasıl bu kadar yakışıklı olabilir? Sadece yakışıklılık da değil bu... İnsan ondan gözünü alamıyor. Herkesten farklı işte!

Tuna gözlerini açmış, bol el kol hareketleri yaparak, kıpır kıpır anlatıyor bunları. Nasıl da heyecanlı! Aslında Tuna bir erkek için böyle şeyler söyleyecek bir kadın değil. Gerçekten etkilenmiş! Neler oluyor acaba?

— Demek çok yakışıklı! Çok mu beğendin adamı?

— Ayol çarpıldık hepimiz. Sadece ben değil, salonda oturan kadınların hiçbiri gözlerini alamadılar adamdan. Artist gibi! Giyinmiş, kuşanmış, sanki doktora değil, baloya gidiyor. İnsan bu kadar sıkıntılıyken bile bunları nasıl yapabilir? Ben böylesini ne sinemada gördüm, ne de televizyonda. İnsanın hiç mi bir kusuru olmaz? Boy bos, endam!

— Tuna sen neler söylüyorsun?

— Şimdi içeri girsin de bakalım siz ne diyeceksiniz?

— Sakın acil macil deyip adama torpil yapıyor olmayasın?

— Aman Gülseren Hanım... Siz de işi gücü bıraktınız benimle uğraşıyorsunuz yine. Ayol çarpıldık hepimiz diyorum size. Zaten Leyla Hanım'dan izin aldım. Ne olur önce şu adamcağızı alıverelim.

Şimdi de hayret etme sırası bana geliyor.

— Leyla sırasını bu adama mı verdi?

— Verdi, verdi. Düşünün o bile sırasını verdi, gerisini siz düşünün artık...

Tuna böyle derken bir yandan da kıkırdıyor. Ne diyeceğimi bilemeden hayretle bakıyorum ona. Bugün ne oldu bu kadına, hiç böyle şeyler söylemez, olsa olsa birilerine merhamet eder, bu yüzden randevuları birbirine katardı. Ancak bu seferki pek merhamete filan benzemiyor. Bu işin içinde başka bir iş var.

— Tamam, nasıl istersen öyle yap. Ben de şu adamı bir göreyim bakalım ama sonra sana bunların hesabını sorarım.

— Sorun, sorun. Hele bir görün adamı, benim de size soracaklarım olacak.

Tuna koşarak çıkıyor odadan. Doğrusu şu yakışıklı adamı ben de merak ettim. Herkesi etkileyen, Leyla'ya bile sırasını verdiren bu adam neyin nesi acaba? Benim bildiğim Tuna herkese yakışıklı demez. Hayırdır inşallah!

Oturduğum yerden koridora doğru merakla bakıyorum. Az sonra iriyarı bir karaltı beliriyor koridorun ucunda. Ağır ağır yaklaşıyor bana doğru. Yürürken arada bir derin nefesler alıyor. Sıkıntılı. İçeri girince elini uzatıyor kuvvetlice sıkıyor elimi. Sanki ilk kez bir erkeğin elini sıkıyormuşum gibi farklı bir heyecan yayılıyor içime.

Onu görebilmem için başımı iyice kaldırmam gerekiyor çünkü çok uzun boylu. Gözündeki koyu renk gözlükler yüzünden gözlerini göremiyorum ama daha ilk görüşte insanları ne kadar etkileyebildiğini hemen hissediyorum.

Aynı anda sigarayla karışık pahalı sabun, losyon ve parfüm kokusu geliyor burnuma. Simsiyah saçları, şakaklarına doğru hafifçe kırlaşmış. Burnu kalemle çizilmiş gibi düzgün ve kibirli. Çenesindeki keskin hatlar güçlü, kararlı ve kendine güvenen bir erkek olduğunun ipuçlarını veriyor. Beyaz, inci gibi dişleri var. Geniş omuzları, uzun boyu, her şeye rağmen başını dik tutmaya çalışırken vücudundaki kıvraklık ve zarafet hemen fark ediliyor. Tuna haklı! Bu adam gerçekten çok yakışıklı... Aydın'ı görünce de kadınlar böyle etkileniyor mu acaba?

Bu adam bu kadar yakışıklı ve gösterişli olmasa, belki de şimdi salonda oturmuş bekliyor olacaktı. Ne Leyla Hanım, ne de Tuna onun hemen içeri girmesine izin verecekti. Bu büyük avantajın farkında mı acaba?

Oturması için ona yer gösteriyorum, pantolonunu hafifçe çekerek oturuyor ama bacakları o kadar uzun ki, önünde duran sehpa dizlerine dayanıyor. Sehpayı biraz iteleyip bacaklarını düzelttikten sonra gözlüklerini çıkarıp bana bakıyor. Aydın'ınki gibi yemyeşil gözleri var ama bu adam eşim gibi sarışın değil, esmer. Esmer birinde yeşil göze pek sık rastlanmaz. Değişik bir çekiciliği var. Bu kadar sıkıntılıyken bile insan ondan yoğun bir elektrik alıyor. Bunu nasıl yapıyor acaba? Demek doğal hali bu! Daha ben bir şey sormadan o hemen başlıyor konuşmaya.

— Çok sıkıntım var doktor hanım. Aylardır bir türlü geçmeyen bir sıkıntı. Arada bir o kadar yoğunlaşıyor ki, soluğu hastanelerin acil servislerinde alıyorum. Bir iğne yapıp yolluyorlar beni. Özel doktorlarım yapılması gereken tüm tetkikleri yaptılar ama önemli bir şey bulamıyorlar.

Sesini de çok iyi kullanıyor. Bu, onun doğal ses tonu değil. Televizyonda spikerlik yaptığım öğrencilik yıllarımda konservatuardan hocalar gelir, sesimizi nasıl kullanacağımızı öğretirlerdi bize. Hadi ben bu işin dersini aldım, bu adam da mı özel ders aldı? Filmlerde esas oğlanı seslendiren sanatçılar kadar iyi kullanıyor sesini. Tam bir erkek sesi! Gür, kalın, derin ve hatta biraz romantik.

— Daha önce bir psikiyatriste gittiniz mi?

— Gittim. İki erkek meslektaşınıza bir süre devam ettim ama olmadı.

— Olmadı ne demek?

— Bazı ilaçlar verdiler bana. Kullandım kullanmasına ama galiba benim sorunum ilaçla düzelecek cinsten değil. Hem o doktorların hiçbiriyle elektriğimiz tutmadı. Sizin işiniz diğerlerinden çok farklı. Öncelikle doktora inanmak, güvenmek gerekiyor.

— Haklısınız. Öyleyse şimdi sizden biraz daha ayrıntılı bilgi istiyorum.

Son söylediğine ben de katılıyorum. Psikiyatride doktor-hasta ilişkisi çok önemlidir. Özellikle doktora duyulacak güven, tedavinin gidişini ciddi olarak etkiler.

Başını pencereye doğru çevirmiş, nereden başlasam der gibi düşünüyor. Aslında buraya randevusuz geldiği için ona fazla zaman ayıramam. Bir an önce anlatsa, ben de şu andaki sıkıntısını geçirsem ve daha sonraya bir randevu versem iyi olacak.

Cevap vermekte gecikince, bu sefer ben başlıyorum sormaya.

— Bu sıkıntı kendiliğinden mi başladı yoksa sizi üzen, etkileyen bir olay mı var?

— Var, var... Kendiliğinden niye böyle olayım ki?

Sözlerinde hafif bir öfke ve sitem var. Yine susuyor. Ben huzursuzum ve gözüm sık sık saate gidiyor. Acele etmem gerekiyor.

— Sizi üzen her neyse, belli ki kolay anlatılacak cinsten değil. Halen ilaç kullanıyor musunuz?

— Evet, son gittiğim doktorun verdiği ilaçtan sabahları bir tane alıyorum ama vız geliyor bana.

Böyle diyerek cebinden çıkardığı reçeteyi bana doğru uzatıyor. Elleri bile ne kadar bakımlı bu adamın. Hafif bir antidepresan kullanıyor demek ki...

— Uykularınız nasıl?

Çok kötü. Özellikle sabaha karşı yoğun bir sıkıntıyla uyanıyor ve hemen kalkıyorum yataktan. Bazı geceler sabahlara kadar sokaklarda dolaşıyorum. Akşama doğru sanki hafif bir azalma oluyor ama kısa sürüyor. Kötüyüm doktor, çok kötüyüm. Bu sıkıntıyı bir an önce durdurun çünkü artık dayanamıyorum.

Evet, gerçekten de kötü. Depresyon sıkıntısı bu, dayanmak zordur. Ne oldu acaba bu yakışıklı adama? Demek önemli bir derdi var ama onu bu gün dinleyemem. Vakit yok. En iyisi bu sıkıntıyı bir an önce durduracak bir ilaç vermek.

— Belli ki ciddi bir depresyonunuz var. Bu ilaç size yetmez. Biliyorsunuz depresyon beyin biyokimyasını bozan bir hastalıktır ve ciddi depresyonlarda psikoterapinin yanı sıra mutlaka antidepresan tedavisi de gerekir. Şimdi size yazacağım ilaçlardan biri sıkıntınızı azaltacak, diğeri ise asıl tedaviye yardımcı olacak. İlaçları düzenli kullanın ve ilk fırsatta bana yine gelin ama bu sefer mutlaka randevu alın.

Böyle diyerek reçeteyi veriyor ve seansın bittiğini belirtmek üzere ayağa kalkıyorum.

— Bu kadar mı?

— Bugünlük maalesef bu kadar... Biliyorsunuz salonda randevulu hastalarım bekliyor.

— Ama ben daha size hiçbir şey anlatmadım.

— Bu bir seans değil zaten. Acil geldiniz, ben de yapılması gerekeni yaptım. Gerisi bir dahaki sefere...

Böyle diyerek onu uğurlamak üzere kapıya doğru gidiyorum. Hışımla kalkıyor yerinden. Neden bu kadar kızdı acaba? Oysa hem onu randevusuz içeri aldım, hem de kısa sürede yapmam gereken her şeyi yaptım. Demek farklı beklentileri vardı!

Ben böyle düşünürken başıyla beni hafifçe selamlayarak hızla geçip gidiyor yanımdan. O çıksa da, kokusunu burnumda hissetmeye devam ediyorum. Arkamı dönüp odama şöyle bir bakmak geliyor içimden. Sanki odam bir anda bomboş olmuş, ben bile yokum içinde.

Canım sıkılıyor. Nerede yanlış yaptım diye bir kere daha düşünüyorum ama mantıklı bir cevap bulamıyorum. Onu ben de uzun uzun dinlemek isterdim ama bunu neden yapamadığımı ona anlattım. Sonra onun ne kadar yakışıklı ve gösterişli bir adam olduğu geliyor aklıma. Anneannem çok güzel bir kadındı ve durup durup "Kızım güzellik başa bela" derdi. O zaman çocuktum, ne demek istediğini anlamazdım. Aynı şey erkekler için de geçerli galiba. Benim tavrımdan yaralandı. Belki de ona ayrıcalık tanımamamı bekledi. Salonda sırasını ona veren insanlar bekliyormuş, ne gam! Dünyada ondan daha önemli hiç kimse yok ki...

Zordur böyle adamlarla yaşamak. Benim kocam Allahtan böyle değil. Aynaların karşısından ayrılmaz bunlar. Kendileriyle ilgilenmekten çevrede ne oluyor, ne bitiyor, fark etmezler bile. Yok sayarlar yanındakileri, kendi yansımalarını görmek için kullanırlar onları, tıpkı ayna gibi... İçlerinde her zaman kocaman bir boşluk hissederler ve ömür boyu bu boşluğun onlara hayran kalan kadınlar tarafından doldurulmasını beklerler. Hayatlarına giren her yeni kadın, o boşluğa damlayan bir damladır ama dibi deliktir o boşluğun. İşte bunu bilmezler.

Kadınlara gelince, hem bayılırlar bu tür erkeklere, hem de zamanla onlara sinir olurlar. Bayılırlar çünkü her kadın o boşluğu sadece kendisinin doldurabileceğini sanır. Sinir olurlar, çünkü bütün kadınlar öncelik ister. Buna ben de dahilim galiba...

Ama gerçekten yakışıklı! Karısı acaba onu çok kıskanıyor mudur? Onun karısını kıskanmadığı kesin. Bu tipler kıskanmak değil, kıskanılmak için yaratılmışlardır. Doktora değil, bir kadına bakar gibi bakıyordu bana. Bu kadar sıkıntılıyken bile bunu nasıl yapabiliyor acaba?

Ben bunları düşünürken Tuna yine hışımla giriyor içeri.

— Ayol ne yaptınız adama?

— Ne yapmışım?

— Bilmem! İçeriden çok kızgın çıktı. Hepimiz arkasından bakakaldık. Ona sırasını veren Leyla Hanım'a bile teşekkür etmedi.

— Öyle mi? Sanırım ona daha fazla vakit ayırmamızı istedi. Her neyse, Leyla'yı daha fazla bekletmeyelim istersen.

— Tamam, tamam... Ama söylediğim kadar yok mu?

— Var var.

Kıkır kıkır gülüyor Tuna. Gülmek bu kadına ne kadar yakışıyor. Bayılıyorum onun bu ergen kız tepkilerine. Böyle şeylerde gözü olmadığını biliyorum ama içindeki çocuk hiç susmuyor. Böyle olabilmek ne güzel!

14

Kızmıştı Kenan. Bu kadın ne zannediyordu kendini! Parasıyla değil mi, istediği kadar kalırdı orada. Güvendiği dağlara kar yağmıştı yine.

Meşrutiyet Caddesi'nden aşağı doğru yürüyordu. Kadını beğenmişti aslında. Tahmin ettiğinden daha genç ve bakımlı bir kadındı. Saçını arkasında bağlayan, siyah çerçeveli gözlük takan, kalın sesli, sert bakışlı, yaşlı doktorlara benzemiyordu. Yani tam da ona göreydi ama ne olduysa olmuş, doktor ona beklediği ilgiyi göstermemişti.

Başını hangi taşlara vursaydı acaba? Kadını başka türlü, erkeği başka türlüydü bu doktorların. Hiçbiri derdine derman olmayacaktı. Ne arkadaşları, ne de karısı anlıyordu halinden. Annesi de yoktu...

Bulvara gelince bir süre sağına soluna baktı. Aşağı doğru giderse kulüp, yukarı dönerse evi onu bekliyordu. Evinde Handan. Onun yanında da rahat hissetmiyordu kendini. Bir haller olmuştu karısına. Her hizmetini yapsa da bir yavanlık vardı. Onun temelli eve dönmesinden memnun değil miydi yoksa? Bu temelli eve dönme fikrinden hiç hoşlanmıyordu zaten. Hayır, yoktu böyle bir şey. O eve dönerse çabuk tarafından öbür tarafa gidiverirdi. Hayat yoktu o evde. Hayat Fadi'nin yanındaydı.

Bunları düşündükçe dizlerinin bağı çözülür gibi oldu. Yine kriz mi gelecekti yoksa? Yol yakınken doktorun yanına dönse miydi acaba? Bu sefer belki de içeri bile almazdı onu. Ne biçim biriydi? Özel doktor dediğin böyle mi yapardı? Önce, biraz tereddüt de etse ilk gördüğü eczaneden ilaçları aldı, sonra hemen önünden geçen taksilerden birini durdurdu. Evinin adresini verirken neredeyse ağlayacaktı. Taksiden inince uzun uzun asansörün gelmesini bekledi. Eskiden olsa üçer beşer çıkardı basamakları ama bugün merdiven çıkacak bile hali yoktu. Zili çaldı. Handan telaşla açtı kapıyı. Hiç konuşmadı Kenan. Hemen yatak odasının yolunu tuttu. Üstündekileri hızla çıkardı ve yorganın altına attı kendini.

Günlerce çıkmadı yataktan. Handan ona çocuk gibi bakıyor, yemeğini bile yatağına getiriyordu ama o bir iki lokmadan sonra bırakıyor ve yeniden yorganın altına saklıyordu kendini. Kadının verdiği ilaçları alıyor ve bol bol uyuyordu. Böyle olunca bir türlü geçmek bilmeyen zaman daha çabuk geçiyor, daha kolay akşam oluyordu. İlaçlar iyi gelmeye başlamıştı. İştahı açılmış, düzenli yemek yer olmuştu. Hatta Handan'dan sık sık tatlı yapmasını istiyordu. Biraz kilo almıştı ama artık daha az uyuyor, gündüzleri pencerenin önündeki koltukta oturup gazetesini okuyor, kahvesini içiyordu.

Evden çıkabilmesi için aradan iki aya yakın bir sürenin geçmesi gerekti. Evden çıktığı ilk gün, yine soluğu Fadi'nin evinin önünde aldı. Çok merak ediyordu. Fadi neredeydi, ne yapıyordu? Onu gerçekten unutmuş muydu? O unutulacak adam mıydı? Eğer gerçekten unuttuysa buna Kenan nasıl dayanacaktı?

Ev yerinde duruyordu. Camdan görünen perdeleri tek tek tutmak, okşamak geldi içinden. Perdeler bile yerinde duruyordu ama Kenan dışarıda kalmıştı. Kimler girip, kimler çıkıyordu o eve? Onun yatağında kimler yatıyordu? Onun Fadi'sine kimler dokunuyordu acaba? Onun Fadi'siydi ya... Onun ilk sahibi değil miydi? Neden ihanet ediyordu ona?

Fadi yapmazdı öyle şeyler. Hepsi kendi kuruntusuydu. Bu saatte Fadi'nin evde olmadığını biliyordu. Şimdi işyerinde arı gibi çalışıyor olmalıydı. En iyisi gece yine gelip bakmalıydı. Nasıl da özlemişti bu evi, bu mahalleyi, evin karşısındaki bu ihtiyar ağacı.

Ayaklarını sürüyerek ayrıldı oradan. Yalnızdı yine. Birilerine bir şeyler anlatmak istiyordu ama kime? O sevmediği asık suratlı doktora mı? Kadın doktora gitse iyiydi ama onda da iş yoktu. Tıpkı Fadi gibi o kadın tarafından da reddedilmiş gibi hissediyordu kendini. Aslında doktor onu beğenmişti. Bundan neredeyse emindi. Hem kadınların onu beğenmesinden, ona hayranlık duymasından daha doğal ne olabilirdi ki... Ama yine de çok kırılmıştı doktora. Daha ne olduğunu doğru dürüst anlamadan ilaçları yazıp odadan çıkarıvermişti onu. Neymiş, randevulu hastalar bekliyormuş. Onun durumunun ne kadar acil olduğunu görmemiş miydi? Kırılmıştı... Kadınlar eskiden böyle yapmazdı ona. Hep çok özel davranırlardı. Şimdi ne olduysa kimse ona özel davranmıyordu.

İçini çekerek yine bir taksi çevirip evin yolunu tuttu. Girdi yatağına ama bu sefer uyumadı, uyuyamadı. Akşamın olmasını bekledi. Yemekten sonra yine çıktı evden. Fadi eve gelmiş olmalıydı. Ama yanılmıştı. Ev karanlıktı. İhtiyar çınarın altına sinip bekledi. Gün ışıyana kadar öylece durdu orada ama gelen giden olmadı. Fadi yoktu. Çıldırmak işten değildi. Bu kadın artık geceleri de mi gelmiyordu evine?

Gece turları yine başlamıştı. Artık her gece o çınarın altına gelip sabaha kadar Fadi'nin eve gelmesini bekliyordu ama ne gelen vardı, ne giden. Seyahate bile gitse üç beş günde dönerdi. Nereye gitmişti bu kadın? Birilerini arayıp işin aslını öğrenebilirdi ama ona, duymak istemediği şeyler söylerlerse diye de çok korkuyordu. Bu çınarın altında onu beklemek bir şeylerin bitmediğini, bir gün Fadi'nin geleceği umudunu veriyordu ona. Elinde kalan tek şey işte bu umuttu.

Karısı yine telaşlanmaya başlamıştı. Kocasının durumu günden güne kötüye gidiyordu. Artık geceleri onun nereye gittiğini biliyordu. Boş bir hayalin peşine düşmüştü bu adam. Hastaydı. Başka türlü böyle şeyler yapacak biri değildi o. "Doktora git," diye söylenmeye başladı. Hatta, "Gitmezsen, ben eve doktor çağıracağım!" diye tehdit bile ediyordu kocasını.

Kenan da aslında iyi olmadığının farkındaydı. İlaçları alıyordu. İştahı da, uykuları da, üstelik içindeki o dayanılmaz sıkıntı da azalmıştı ama o gündüz uyuyor, geceyi Fadi'nin kapısının önünde geçiriyordu. Bu hastalık değildi, başka bir şeydi. Doktor deyince artık gözünün önüne hep o kadın geliyordu. En çok ona anlatmak istiyordu. Açık sözlü birine benziyordu aslında, güzeldi de. Kaç yaşındaydı acaba? Saçı, başı, giyimi kuşamı da zevkli olduğunu gösteriyordu. Evliydi galiba. Parmağındaki yüzüğü görmüştü.

Evli mevli, neyse ne, tam onun aradığı gibi biriydi doktor. İyi ama daha neyin ne olduğunu anlamadan neden onu kapı dışarı etmişti? Düşündü... Onu kızdıracak bir şey de yapmamıştı aslında. Şimdi kalkıp gitse, güzel güzel her şeyi anlatsa, kadın da ne düşünüyorsa açık açık söylese olmaz mıydı?

Demek kadın dediğin böyle oluyordu. İpiyle kuyuya inilmiyordu hiçbirinin. Bir tek annesi benzemiyordu bunlara. Nerede öyle kadınnn, dedi içinden. Onu hep sevecek, ne yaparsa yapsın terk etmeyecek bir kadın arıyordu o. Handan gibisi de değildi onun istediği. Sevgi böyle bir şey olmalıydı. Bir kere sevdin mi asla vazgeçmemeliydin.

Derin derin iç çekti. Şimdiki kadınlar vefasızdı, güvenilmezdi, hasta masta dinlemez adamı böyle ortada bırakıverirlerdi. Biliyordu bunun böyle olduğunu ama yine de onlarsız yapamıyordu. Madem Fadi yoktu, öyleyse o kadın doktora gitse belki biraz ferahlardı. Belki bu sefer ona daha iyi davranırdı.

Bir de, kadın sert mi, yumuşak mı, şefkatli mi, öfkeli mi pek anlayamamıştı. O, sevecen, şefkatli, ona hep çok ilgi gösteren kadınları seviyordu. Doktor biraz mesafeli birine benziyordu ama bu iş belli olmazdı. Bakarsın, kadın bu sefer onu daha çok beğenir, belki de âşık olurdu. Olmayacak şey değildi. Nice kadınlar önce ona pek yaklaşmamış ama sonra karizmasına dayanamayıp büyüsüne kapılıvermişlerdi. İnşallah bu da öyle olur, dedi içinden. Her şeyi göze alıp o kadına bir kere daha gitmeliydi.

Karar almak biraz olsun rahatlatmıştı onu. Hemen giyinip gitmeliydi. Tam tıraş olmak için banyoya giderken randevu meselesi aklına geldi. Bu sefer de acil geldim diyemezdi ya... Hem öteki doktorlara giderken randevu alıyordu da, sıra bu kadına gelince neden bir telefon etmek böyle zor geliyordu. Salondaki telefona yöneldi. Numarayı da bilmiyordu. Önce doktorun numarasını öğrendi, sonra aradı. Doktordan randevu alacaktı. Durum biraz acildi, ne kadar erken olursa o kadar iyiydi. Telefonu o tombul kadın açmış ve en erken bir hafta sonraya randevu verebileceğini söylemişti. O asla bir hafta bekleyemezdi. Bir şeyler yapamaz mısınız, diyerek ısrar etti ama olmadı. Demek tam bir hafta bekleyecekti.

Bütün millet delirmişti demek. Kadın acil hastalara bile bir haftadan önce randevu veremediğine göre onun akıllı sandığı insanların çoğu demek kendinden beterdi. Buna hem sevinmiş, hem de kızmıştı. Besbelli onun gibi başkaları da deli doktoruna sık sık gidiyordu. Yani normal bir şeydi bu. Eskiden olsa, "Akıllı adamın deli doktorunda ne işi var," der, güler geçerdi böyle şeylere. Hayat neler öğretiyordu insana. Kırk yıl düşünse bir ruh doktoruna gideceği aklına gelmezdi. Oraya gitmek hadi neyse de, bir de tam yedi gün randevu zamanını beklemek hiç işine gelmemişti. Bu işin de bir hal yolu olmalıydı.

Yanlış yapıyordu bu doktorlar. Karısına anlattı durumu. Nihayet istediği gibi bir doktor bulmuştu ama bir haftadan önce randevu vermiyorlardı. Hazır böyle bir karar vermişken keşke daha önce randevu alabilseydi.

Handan hemen ilgilenmişti konuyla. Şimdi eşi dostu arar, bir an önce randevu almanın bir yolunu bulurdu. Hazır kocası böyle bir karar almışken işin peşine düşse iyi olacaktı. Sonra doktorun bir kadın olduğunu öğrenince bir tuhaf oldu. Yine neyin peşindeydi bu adam? Ama bir şey belli etmedi kocasına. Neyse ne, diyordu.

Yakın arkadaşlarından birinin kocası büyük bir üniversitenin rektörüydü. Hemen aradı Canan'ı. Durumu anlattı. Acaba kocası doktordan daha erken bir randevu alabilir miydi? Canan,

"Ah, bizim Gülseren mi? O benim kolejden sınıf arkadaşımdır. Kocama gerek yok, ben şimdi arar, sonra da sana geri dönerim," dedi. Rahatlamıştı Handan. Canan bu işi nasıl olsa hallederdi.

Kenan karısının yanına oturmuş, konuşmaları dinliyordu. Ne becerikli kadındı şu Handan. Şimdi rektörün karısı arayınca doktor da onun ne kadar önemli biri olduğunu anlayacaktı. Kendisi yardım istemeyi hem sevmez, hem de bilmezdi. İnsanlar o istemeden düşünsünler, kendiliğinden versinler isterdi. Böylesine alışmıştı.

Salonda bir aşağı, bir yukarı gezinerek telefonun çalmasını bekliyordu. On, on beş dakika sonra çaldı telefon. Canan arıyordu. Akşam altı buçukta bekliyordu doktor. Derin bir oh çekti Kenan. Bu sefer "randevusuz geldin" de diyemeyecekti. Saate baktı, üçe geliyordu. Hazırlanmaya başlasa iyi olacaktı. Ayağındaki terlikleri sürüyerek banyonun yolunu tuttu.

Doktorun Günlüğünden

Bugün kızım Yağmur'un doğum günü. Kışın ortasında doğdu Yağmur. Hiç unutmam, o gün Ankara'ya lapa lapa kar yağıyordu. Diz boyu karda zor yetiştik hastaneye. Doğumdan sonraki günler, Hacettepe hastanesindeki odamın büyük camlarından hep lapa lapa yağan karı seyrettim. İçim, anne olmanın heyecanıyla kıpır kıpırdı. Öyle heyecanlıydım ki, geceleri bile gözüme uyku girmiyor, uzaktan gelen bebek seslerinin içinde kendi kızımın sesini seçmeye çalışıyordum. O zaman yeni doğan bebekleri belli saatler dışında annelerinin yanına vermiyorlardı. Şimdi de öyle mi bilmiyorum ama ben o arada hemen özlerdim yüzüne bakmaya kıyamadığım küçük kızımı.

Yağmur bugün on dört yaşına girecek. Ne tatlı bir yaş. Hep, çok güzel bir çocuk oldu. Hem güzel, hem sıcak... Nereye gitsek insanlar etrafına toplanırdı eskiden. Şimdi büyüdü, serpildi, dünya güzeli bir genç kız oldu. Hâlâ çok seviyor insanlar onu. Çevresi hep kalabalık!

Akşam altıya doğru işim biter diye düşünüyordum. Hediyelerimizi kızıma akşam yemekte vereceğiz. Hafta sonu da arkadaşlarına evde parti verecek ama Canan aradı. Acil bir hastası varmış, bugün görmemi istedi. Kıramadım onu. Oysa bugün eve erken gitmek istiyordum. Yine kızacaklar bana. Yağmur, "Hastaların bizden kıymetli mi?" diye soracak.

Son hasta çıkar çıkmaz Tuna hızla girdi içeri.

— Eve geç kalacağım Tuna. Canan'ın gönderdiği hasta geldiyse hemen al içeri.

— Geldi, geldi... Tahmin edin bakalım, gelen kim?

— Kim mi? Ünlü biri mi yoksa?

— Ayol Kenan Bey geldi.

— Kenan Bey kim?

— Hani şu yakışıklı adam vardı ya! Birkaç ay önce gelmişti. Bugün aradı, ben de haftaya randevu verdim. Bugün gelmek için çok ısrar etti ama zaten doluyduk, hem de akşam Yağmur'un doğum günü yemeği var.

— Eee?

— Ama ne yaptı etti, yine bugün gelmenin bir yolunu buldu. Yarım saattir salonda sohbet ediyoruz. Bir de tatlı dilli...

— Ben sizi rahatsız etmiş olmak istemem. İstersen siz devam edin. Ben bekleyebilirim!

— Aşk olsun Gülseren Hanım! Size de bir şey söylemeye gelmiyor...

Tuna yine gülerek çıkıyor odadan. Bu kadar hastaya bakmak, her birinin derdini dinlemek kolay değil. Tuna da olmasa kiminle uğraşacağım ben!

Demek Canan beni Kenan Bey için aramış. Ne biçim bir adam bu? Bir başkasının aramasına ne gerek var? Randevunu almışsın işte, zamanını bekle ve gel. Hep ayrıcalık, hep öncelik istiyor. Kızıyorum ama...

Ben böyle düşünürken hafifçe gülümseyerek, tüm haşmetiyle Kenan Bey giriyor içeri. Yine çok özenli giyinmiş. Gören de onu doktora değil, kokteyle filan gidiyor sanır. Siyah takım elbise var üzerinde. Yeşil ipek kravat takmış. Cebine aynı renk mendil özenle yerleştirilmiş. Altın kravat iğnesi bile eksik değil. Ne kadar heybetli bir adam! Boyu bir doksan var galiba. Daha kendi girmeden sürdüğü parfümün kokusu tüm odaya yayılıyor.

"Hoş geldiniz," diyerek elimi uzatıyorum. Gözlerimin içine bakarak kuvvetlice sıkıyor elimi. Geçen sefer pek dinleyememiştim onu. Bu sefer iyice dinlemeli, sorununu anlamaya çalışmalıyım. Aslında bugün çok yoruldum, üstelik kızımın doğum günü ama şimdi bunları bir yana bırakmalı ve tüm dikkatimi karşımda oturan bu yakışıklı ve o kadar da karizmatik adama yönlendirmeliyim.

— Tekrar hoş geldiniz Kenan Bey. O günden sonra bir daha o kriz gelmedi değil mi?

— Hayır gelmedi ama sıkıntılarım devam ediyor.

Sesi gergin ve endişeli... Başını kaldırıp gözlerini gözlerime dikiyor. Gür kaşlarının altından merakla bakıyor yüzüme.

— O gün sizi dinlemeye zamanım olmadı. Şimdi buyurun, sizi dinliyorum.

Bir an duraksıyor. Sanki söze nereden başlayacağını bilmez gibi bir hali var. Bacakları yine sığmadığı için önündeki sehpayı biraz iterek bacaklarına yer açıyor. Sonra elleriyle saçlarını düzeltiyor. Simsiyah ve pırıl pırıl saçları var. Acaba saçlarını berberde mi taratıyor? Bir erkeğin saçları nasıl bu kadar düzgün ve parlak olur?

Hay Allah, bugün benim dikkatim neden ısrarla Kenan Bey'in fizik özelliklerine kayıyor? Henüz kendisiyle ilgili tek kelime etmedi. Ben de bir şey demedim. Onu incelemekten bir şeyler söylemeye fırsat kalmadı ki... Hemen toparlanıp ona doğru eğiliyor ve soruyorum.

— Şöyle güzel bir çaya ne dersiniz?

— Memnun olurum, diyor kısık bir sesle.

Telefonla Tuna'dan çay istedikten sonra yeniden dönüyorum ona.

— Evet, sizin hikâyeniz uzun galiba. İsterseniz sondan başlayalım. Bu sıkıntılar nasıl başladı Kenan Bey?

— O sürtük mahvetti beni.

— Sürtük?

Sürtük deyince Fatoş'un kedisi geliyor aklıma. Zavallı kedicik. Sahi Fatoş ne âlemde acaba? Uzun süredir ondan hiç haber alamıyorum. Gerçi artık bana gelmeyecek ama ben yine de onu merak etmeye devam ediyorum.

Kenan Bey kızarıyor. Sürtük derken bir kadından bahsediyor olmalı. Böyle bir adam, bir kadın yüzünden mi bu hallere düşmüş? İlginç doğrusu.

— Bir kadından bahsediyorsunuz herhalde!

— O, sizin bildiğiniz kadınlardan değil, şeytan o, şeytan. Bir kadın yüzünden perişan olacağım hiç aklıma gelmezdi çünkü bugüne kadar hep tersi oldu. Ama bu sefer fena çarpıldım.

Ah bu erkekler, hem kadınsız yapamazlar hem de birikmiş ne kadar öfkeleri varsa hepsini de kadınlara yönlendirirler. Dostları da kadınlar, düşmanları da... Bu kadar yakışıklı ve gösterişli bir adamın kadınlarla sorunu olması ne tuhaf!

Kapı hafifçe vurulduktan sonra açılıyor ve Tuna tepsiye özenle yerleştirdiği çaylarla içeri giriyor. O çayları verirken bir ara göz göze geliyoruz Tuna'yla. Hınzır bir gülümseme var yüzünde.

Kenan Bey yerinden hafifçe doğrularak alıyor çayını. Bu arada gözlerinin içine bakarak teşekkür etmeyi de ihmal etmiyor. Zarafeti adeta kalıtımsal bir yetenekmiş gibi üzerinde taşıyan insanlardan biri galiba Kenan Bey.

O çıkınca kaldığımız yerden konuşmaya devam ediyoruz.

— Kadınlar hep benim hayatımın merkezinde yer aldılar. Ben kadınları seviyorum, onlar da beni. Üstelik çoğu erkek gibi benim kadınların peşinde koşmam da gerekmiyor. Nereye gitsem kadınlar bulur beni ama bu ilişkiler neden bilmem fazla uzun sürmezdi. İlk tanıştığımızda müthiş heyecanlanırım ancak kısa bir beraberlikten sonra bu heyecan biterdi. Zaten ilişkinin biri bitmeden diğeri başlar, bu sefer de sorun bir önceki ilişkiden nasıl kurtulacağım olurdu. Yani uzun lafın kısası benim hayatıma anlam veren tek şey kadınlarla olan ilişkilerimdi. Ancak son yıllarda kendi prensiplerimi bozacak bir şey yaptım ve yıllarca aynı kadınla yaşadım. Gerçi o arada yine hayatıma birçok kadın girdi, çıktı ama onunla ilişkimiz, neden bilmem, devam etti.

— Bu sizin dışınızda bir süreç mi, yani siz istemediğiniz halde ilişki devam mı etti?

— Öyle de değil. Onunla beraber yaşamayı hem istedim, hem

istemedim. İstedim çünkü bana olağanüstü bir ilgi ve şefkat gösteriyordu. Hiçbir konuda benimle tartışmıyor, tıpkı bir anne gibi beni sarıp sarmalıyordu.

Tıpkı bir anne gibi sözünü hemen zihnimin bir kenarına yazıyorum.

— İstemiyordum çünkü uzun süreli ilişkiler beni oldum olası rahatsız eder. Zaten evde beni bekleyen bir karım var. Onunla da doğru dürüst ilgilendiğim söylenemez ya...

Bunu söyledikten sonra gözlerindeki huzursuzluk dikkatimi çekiyor. Belki de benim de bir kadın olmamdan ve onu yargılamamdan çekiniyor, oysa psikiyatristler hastalarını asla yargılamamalı. Sonra hafifçe içini çekerek anlatmaya devam ediyor.

— İşin kötüsü bir kadınla uzun yıllar beraber olmak insanda zamanla kötü bir alışkanlık yaratıyor. Özellikle son yıllarda onun evlenelim diye tutturmaları beni çok rahatsız ediyordu. Benim onunla evlenmek gibi bir düşüncem hiç olmadı ama ilişkiyi bitiremeyince ona sürekli yalan söylemek zorunda kaldım. Daha açık söylemek gerekirse, benden önce onun bu ilişkiyi bitirmesi beni korkuttu. Ben böyle şeylere hiç alışkın biri değilim. Yaşım ilerledi. Hayatımdan kimler geldi, kimler geçti ama hiç terk edilmedim. Belki de sadece ben değil, herkes korkar terk edilmekten.

Acısını genelleyerek küçültmeye çalışıyor ancak bilmem neden, bu hikâye bana bir yerlerden tanıdık geliyor.

— Sonunda korktuğum başıma geldi ve o sürtük beni bırakıp gitti.

— Ona neden sürtük diyorsunuz?

— Az bile söylüyorum. Önce beni kendine alıştırdı, sonra da bırakıp gitti. O gidince önce bunu pek ciddiye almadım, nasıl olsa geri döner dedim. Daha önce de buna benzer ayrılıklarımız çok olmuş ama her seferinde beni arayan ve geri dönen o olmuştu. Bu sefer ne oldu anlayamadım. Birkaç ay sonra artık geri dönmeyeceğini anlayınca içime bir korku düştü. Sanki dünya bir anda bomboş oluverdi. Hiçbir şeyden zevk alamaz oldum. Bu da yetmez gibi zamanla içimdeki korku öyle arttı ki, kalbim, tansiyonum hepsi birbirine girdi. Her gün soluğu hastanelerin acil servislerinde aldım. Sizce bir daha geri dönmez mi?

Bu soruyu öyle içten soruyor ki, ben de şaşırıp kalıyorum. Sanki bunun cevabını bu dünyada bilen tek kişi benmişim gibi... Ayrıca bu dinlediklerim bana pek yabancı gelmiyor. Ben bu adamı nereden tanıyorum?

— O dönse, her şey düzelecek mi?

— Evet, bundan eminim. O dönse her şey düzelecek çünkü onunla beraberken benim hiç böyle sorunlarım yoktu. Çok şükür işimde eskisi kadar yoğun çalışmam gerekmiyor. Bizim arkadaşların toplandığı bir kulüp var. Her akşamüzeri oraya giderdim. Yer, içer, sonra da aramızda ufak ufak kâğıt oynardık. Sık sık seyahate gider, geceyi de dört gözle beni bekleyen kadınlardan biriyle geçirirdim. Zaten her şeyi kafaya takan, mutsuz olmak için bahane arayanlardan değilim ben. Hayatı, yaşamayı, her gün yeni bir heyecan hissetmeyi severim. Yani bu son durum beni de hayrete düşürüyor. Bu kadın bana ne yaptı böyle anlayamıyorum. Handan yani eşim de her şeye rağmen benim için çok önemli. Yanına pek sık gitmesem de beni beklediğini bilmek hep hoşuma gider. Şimdi artık hep evdeyim ama çok mutsuzum. Ben güçlü, kendine güvenen, kadınları her zaman himaye eden, nerede ne yapacağını bilen biriydim. Lütfen beni bu sıkıntıdan kurtarın.

Beni kurtarın. Bu son cümle ağzından çıkınca gözlerinde oluşan huzursuzluk ve kuşku yine ortaya çıkıyor. Sanırım yıllardır kadınları himaye eden, güçlü, özellikle kadınlar konusunda kendine çok güvenen bir erkeğin, bir kadından yardım istemesi onu rahatsız ediyor. Acaba bu güçlü erkek, zayıf yönlerini de bir kadınla paylaşmayı becerebilecek mi?

— Kurtarın derken, sanırım sıkıntınızı durdurmamı istiyorsunuz benden?

— Hayır, hayır. O dönmeden benim sıkıntım geçmez. Bundan neredeyse eminim. Siz onun bana geri dönmesini sağlayın.

— Bunu nasıl yapacağım?

— Siz de kadınsınız, bilirsiniz bu işleri. Yaptığım hiçbir şeyle onu ikna edemedim. Telefon ettim, mesajlar gönderdim, çiçekler, hediyeler yolladım ama hiçbiri olmadı. Belki siz bana başka bir yol gösterebilirsiniz.

İşte bu çok garip! Demek buraya tedavi olmak için değil de o kadını geri getirmesine yardımcı olmam için geliyor. Sonra daha ben bir şey söylemeden konuşmaya devam ediyor.

— Bana öyle iyi bakıyordu ki, onun yanında kendimi kral gibi hissediyordum.

Kral gibi mi? Nasıl yani? Bu Fatoş'un sevgilisi olmasın? Telefonlar, mesajlar, hediyeler... Geri dönmeyen sevgili... Hay Allah... Öyle galiba! İnanılmaz! Tesadüfün bu kadarı... Şu koca Ankara'da onun da bana gelmesi şart mıydı yani?

— Neşeli, şen, şakrak, erkeğine hizmet etmeyi çok iyi bilen bir kızdı. Eve girdiğim anda etrafımda pervane gibi döner, beni rahat ettirebilmek için elinden ne gelirse yapardı. İlk tanıştığımızda çok genç, saf, temiz biriydi. Daha önce hiç böyle biriyle beraber olmamıştım. Dar gelirli bir aileden gelen garibanın tekiydi.

Demek garibanın tekiydi... Sürtük, gariban...

— Sonra kendini geliştirmek için çok çalıştı. Bana adeta tapardı. Elim kolum gibi olmuştu.

Elin kolun gibiydi ha? Tıpkı bağımlı kişilerde ortaya çıkan yoksunluk sendromu gibi bir şey yani...

— Siz de kadınsınız, belki onu daha iyi anlar, geri getirmenin bir yolunu gösterirsiniz bana. Erkek doktorlar anlamıyorlar bu işleri. Bırak artık, yenisini bulursun nasıl olsa, deyip geçiyorlar.

— Yenisini bulursun diyorlar demek! Bulamadınız mı yenisini?

Bir an durup dikkatle bakıyor yüzüme. Alay mı ediyorum, ciddi miyim, anlamaya çalışıyor. Sanki eskiyen veya yırtılan elbisenin yenisini almaktan söz eder gibi bir hali var.

Yeniden konuşmaya başladığımızda ikimizin sesi de daha alçak, daha yavaş.

— Kenan Bey, sizi anlamaya çalışıyorum ama şimdilik pek anlayamadım galiba.

Doktora, neresinin ağrıdığını gösteremeyen, ancak canı çok acıyan bir hasta gibi bakıyor yüzüme.

— Kimse anlamıyor beni. İçime kor düştü, cayır cayır yanıyor. Ölüm gibi bir şey bu! Hani bir şarkı vardır, bilmem bilir misiniz, "Ayrılık yarı ölmekmiş" diye.

— Evet, bilirim. Güzel şarkıdır. Gerçek aşkı yaşayan, ayrılığın ne demek olduğunu bilen biri yazmış belli ki... Demek ayrılık bazen ölüme benziyor.

— Ölümün insanlara bu kadar acı verdiğini sanmıyorum. Yok oluyorsun, bitiyor ama ayrılık acısı bitmiyor. Ondan ayrılalı yarı ölü sayılırım. Zaman bir türlü geçmiyor ve ben hiçbir şey yapmak istemiyorum. Sabahlara kadar kapısının önünde dolaşıp duruyorum. Onsuz bir hayatı yaşamak istemiyorum ama işin kötüsü ölmek de istemiyorum. Ne yapacağım ben?

İnsanın içine işleyen ışıklı gözleriyle bakıyor yüzüme. Gerçekten acı çektiği belli ama yine de bir yapaylık var onda. Bir yanı sahte sanki... Ona neden inanmıyorum? Fatoş'un sevgilisi olduğu için mi, yoksa duygularım bana doğruyu mu söylüyor? Bu adam benim kafamı karıştırıyor. Fatoş'u dinlerken onunla birlikte ne çok kızmıştım bu adama. Şimdi bu duyguları geri çekmek, yok saymak pek kolay olmayacak.

— Evliliğiniz nasıl gidiyor?

— Karım iyi bir kadındır. O da çok sever beni. Son yıllarda doğru dürüst eve bile gitmedim ama yine de sesini çıkarmadı. Beni kaybetmeyi göze alamaz çünkü. Ben fazla sıkıntıya gelemem. İlk evlendiğimiz yıllarda itiraz etmeye kalktı, hemen ayrıldık.

Nasıl bir konuşma bu böyle? Kendine ne kadar güvendiğini mi yoksa karısının kişiliğinde kadınları ne kadar aşağıladığını mı ima ediyor anlayamadım. İşte bu yüzden bu adama kendimi yakın hissedemiyor, çektiği acılara bile inanamıyorum. Daha yüksek sesle soruyorum ona.

— Nasıl yani?

— Uzun hikâye! Eşimin en yakın arkadaşı, o ara bize sık sık gelip gidiyordu. Zaten o başlattı ilişkiyi. Güzel ve çekici bir kadındı. İşin doğrusu ben de hayır diyemedim. Eşim işi fark edince çok üzüldü. İşte o ara hemen ayrıldık ve ben o kadınla evlendim.

Oturduğum yerde kıpırdanarak dinliyorum onu. Tuna iyi ki bu çayları getirmiş. Çayımdan sık sık küçük yudumlar alarak duygularımı kontrol etmeye çalışıyorum. İlişkiler bu kadar ucuz, bu kadar değersiz olmamalı. Böyle olursa insanın diğer canlılardan bir farkı kalmaz. Oysa ben, insanın neredeyse kutsal bir varlık olduğuna inananlardanım.

Ona ilgi gösteren güzel ve çekici bir kadın uğruna hiç düşünmeden eşini terk edebiliyor. Üstelik ortada ne aşk var, ne sevgi... Gözüm saate takılıyor. Geç kaldım.

— Ama o evlilik de uzun sürmedi. Eşim beni aramaya başlayınca bu sefer de onunla gizli gizli buluşmaya başladık. Çok heyecanlı günlerdi.

— Siz heyecanı çok seviyorsunuz.

— Doğru seviyorum. Heyecansız bir hayat çok boş geliyor bana. İşte şimdi hayatım onun için heyecansız ve boş.

— Sonra ne oldu?

— Bu sefer de ondan ayrıldım, eşimle yeniden evlendim.

— O zamanlar bu ayrılıklardan etkilenmiş miydiniz?

— Yok canım, tam tersi, hayatımdan çok memnundum.

— Bu son ayrılığın diğerlerinden farkı ne?

— Terk edildim Gülseren Hanım, terk edildim. Beni kimse terk edemez. Nasıl olsa o, bir gün geri dönecek ve ben bunların hesabını soracağım.

— Biraz da intikam duyguları için mi onun geri gelmesini istiyorsunuz çünkü onu sevdiğinizden hiç söz etmediniz.

— Bilmem, belki de öyledir. Zaten nedeni, niçini beni hiç ilgilendirmiyor. Tek istediğim onun bir an önce geri dönmesi.

Anladığım kadarıyla kadınlar daha ne olduğunu anlamadan onları önce kıskıvrak yakalıyor, sonra hallaç pamuğu gibi atıp bırakıyor. Ama bu sefer terk edilmek onu sandığından çok daha fazla yaralamış. Neden acaba?

— Şu ara hayatınızda başka kadınlar yok mu?

— Yok, yok işte. O geri dönmeden de olmayacak.

— Bu bir karar mı yoksa siz isteseniz de olmuyor mu?

— Ne bileyim ben! Hem istemiyorum, hem olmuyor. Kafam zaten çok karışık, siz de çok soru soruyorsunuz.

Bana da kızıyor. Acaba şu anda tüm kadınlara duyduğu öfke mi bu? Sonra bir anda sanırım benim bu sözlere kızabileceğimi düşünüyor olmalı ki, aniden etrafına bakınmaya, sözü başka yerlere çekmeye çalışıyor.

— Ne güzel bir muayenehane burası! Çok zevkli döşenmiş. Kırmızıyı seviyorsunuz galiba.

Evet anlamında hafifçe başımı sallıyorum çünkü benim istediğim bir an önce konuya geri dönmek ama o konuşmaya devam ediyor.

— Buraya gelirken yaşlı, siyah çerçeveli gözlük takan, erkeksi bir kadınla karşılaşırım diye korkuyordum. Hiç korktuğum gibi olmadı. Genç, güzel ve hoş bir kadınsınız. Üstelik çok da zevklisiniz. Zaten burası da alıştığımız muayenehanelere pek benzemiyor. İnsan bu odadan hiç çıkmak istemiyor. Tabii sizin de bu odada olmanız kaydıyla...

Hafifçe gülümsemekle yetiniyorum. Daha önce de duydum bunları ama bu klişe sözler bile sanki Kenan Bey'in ağzında şekil değiştiriyor, daha anlamlı, daha dokunaklı oluyor. Demek sıra benimle hafiften flört etmeye geldi.

Eğer ruh doktoruysanız böyle durumlara alışkınsınız demektir. Özellikle terapi seanslarında bu tür durumlarla sık sık karşılaşırız biz. Bundan korkmamayı hepimiz çok önceden öğreniriz. Bu adam dünyaya kadınlarla flört etmeye gelmiş, bunu yaşamının önemli bir parçası haline getirmiş. Belki de kadınlarla başka türlü ilişki kurmayı bilmiyor. Tedavinin ilerleyen zamanlarında bunu onunla mutlaka konuşmalıyım.

Ayrıca bu ara hayatında neler olduğu konusunda şimdilik konuşmak istemiyor çünkü belki de bir kadınla paylaşmak istemediği şeyler var. Keşke beni karşı cinsten biri gibi değil de sadece ona yardım etmeye çalışan bir doktor olarak görebilse. Aslında daha önce gittiği erkek doktorlarla anlaşamamasında buna benzer bir sorun olduğunu sanıyorum. Belki de onları da doktor değil, kendisiyle rekabet içinde bir erkek olarak gördü. Ona soru da soramayacaksam bu seans nasıl devam edecek acaba? Üstelik Fatoş'u geri döndürme dışında kendisiyle ilgili pek fazla bilgi de vermiyor. Ayrıca çabuk kızıyor. Tıpkı geçen seansta olduğu gibi...

— Kenan Bey, siz galiba çabuk kızan birisiniz. Günlük hayatınızda da böyle her şeye çabuk mu kızarsınız?

— Tam tersi, ben hoşsohbet, insanlarla konuşmayı, gülmeyi seven biriyim. Daha doğrusu bundan önce öyleydim. Geçen sefer sizi de kızdırdım değil mi?

Bunu hafifçe gülümseyerek, sanki benimle çok daha yakın bir ilişki kurmak ister gibi soruyor.

— Kızmaktan çok tepkinizin nedenini pek anlayamadım.

— Gülseren Hanım, ben kadınların ilgisine alışkın biriyim. O gün beni beş dakikada başınızdan savdınız. Oysa ben buraya sizinle uzun uzun konuşmaya gelmiştim.

— Kadınların ilgisine alışkınsınız... Benim size yardımcı olmaya çalışan bir doktor olduğumu arada bir unutuyor musunuz, yoksa bana mı öyle geliyor?

— Haklısınız ama ne yapalım, ben de böyle biriyim işte. Hayat herkesi değişik şekilde etkiliyor. Beni zamanla böyle biri haline getirdi. Çok eskilerde yine de böyle miydim, şimdi bunu hatırlamıyorum bile. Ancak kadınlar konusunda eğer bu kadar kırılgansam, bunu yine kadınlar böyle yaptılar. Beni başlarında taşıdılar, hatta göklere çıkardılar. İnanın benim bunda katkım çok az. Hiçbirinin peşinden koşmadım, onları hiç zorlamadım. Ben kadınları sevdim, onlar da beni. Ancak diğer erkekler için durumun böyle olmadığını biliyorum. Bunu nasıl yaptığımı hep sorarlar ama inanın bunlar kendiliğinden oluyor. Galiba kadınların ne istediğini, ne aradığını biliyorum ben. Duygulu, hatta belki de biraz romantik biriyim. Onların bana ilgi göstermesi hoşuma gidiyor. Ben de onların bu ilgisini hiçbir zaman karşılıksız bırakmam. Ve sanırım bu beraberliklerde göklere çıkan sadece ben değilim. Birlikte çıkıyoruz yükseklere. Daha önce hiçbir erkekte bulamadıklarını bende buluyor ve bunu açıkça ifade etmekten de çekinmiyorlar. Onlar da mutlu oluyor, ben de.

— Ancak ilişkiler yine de kısa sürüyor.

— Kısa sürüyor çünkü sık sık yeni heyecanlar yaşamaya alıştırdılar beni. İnsanlar nasıl yeni yemekler yemek, yepyeni tatlar keşfetmek uğruna dünyanın dört bir yanını dolaşıyorsa, benimki de biraz öyle galiba. Her ilişki bana yeni bir dünyanın kapılarını açıyor. Sanki her birinde yeniden doğuyorum. Bunu hangi erkek istemez ki?

Haklı galiba, diyorum içimden. Bunu pek çoğu isteyebilir ama yine de işin içinde derin bir patolojinin saklı olduğundan neredeyse eminim. Durum onun dediği gibi olsaydı, terk edilmek onu bu kadar yaralamazdı. Hem kadınlar konusunda ne kadar kırılgan olduğunu biraz önce kendisi de söyledi.

Yemek yemeye doymayan bir obeze benzetiyorum onu. Daldan dala konarken bir türlü aradığını bulamayan biri o. Ne aradığını sanırım kendisi de bilmiyor. Bu galiba narsisizmin karanlık ve derin boşluğu.

— Aslında mantıklı düşününce benim bu ayrılıktan asla böyle etkilenmemem gerekiyor. Buna rağmen içimin yanmasını durduramıyorum. O gün siz de beni hemen odadan çıkarınca kendimi çok kötü hissettim.

Bazen de işte böyle çocuk gibi oluyor. İlginç doğrusu.

— Bana bir ayrıcalık tanırsınız sandım. Erkek doktorlar bunu yapsa, pek fazla etkilenmezdim ama bana bunu bir kadın yapınca çok kırılıyorum. Sizden sonra birkaç ay yataktan çıkmadan yattım. Büyük bir hakarete uğramış gibi hissettim kendimi. Ama yine de sonunda size geldim.

Bana gelerek beni onurlandırmış. Durum sandığımdan daha

kritik! Demek ki Kenan Bey'le ilişkilerimde çok daha dikkatli olmam gerekiyor. En küçük bir hareketimde kendini reddedilmiş hissedecek. Ama bir yandan da benimle flörtöz bir ilişki kurmaktan vazgeçmiyor.

— Verdiğim ilaçları alıyor musunuz?

— Evet, alıyorum. İlaçların iyi geldiğini söyleyebilirim. Hiç olmazsa artık kilo kaybetmiyorum, yatarsam uyuyorum ama ilaçlar benim derdime çare değil. Ben o sürtüğü geri istiyorum.

— Sürtüğü geri istiyorsunuz. Hem sürtük, hem de çok değerli öyle mi?

— Hem ona çok kızıyorum, hem de çok özlüyorum. İnsan çok sevdiği birini böyle aniden bırakır gider mi?

— Aniden mi oldu her şey?

— Pek öyle sayılmaz ama sonunda gitti işte. Şimdi ben ne yapacağım?

— Siz terk edilmeye değil ama terk etmeye alışkın birisiniz. Belki de bu sorunun cevabını siz daha iyi bilebilirsiniz. Siz kadınları neden terk ediyordunuz?

— Sıkılırdım.

— O da sıkılmış olamaz mı?

— Benden mi?

Gözlerini sonuna kadar açmış, hayret ve şaşkınlıkla bakıyor bana. Onun dünyasında bir kadının ondan sıkılması mümkün mü? O lütfetmiş, kadını kabul etmiş, daha ne istiyor?

— Kadınlar benden sıkılmaz. Siz sıkıldınız mı yoksa?

— Aman efendim, sizden sıkılmak mümkün mü?

Benim bu hafif alaycı tepkim karşısında bir an ne diyeceğini bilemiyor ama sonra zoraki bir gülümseme yayılıyor yüzüne. Aslında ona böyle tepkiler göstermemeliyim ama insanın kendisiyle başa çıkması her zaman mümkün olmuyor. Bazen işte böyle doğal haliniz çıkıveriyor ortaya.

— Beni henüz iyi tanımıyorsunuz. Hasta halim bu benim. Başka kadınlara söylemem bunları. Onlar benim başka bir yüzümü görür.

— Nasıl?

— Kendine güvenen, başını hiç eğmeyen, herkesten farklı, yani üstün ve ulaşılması çok zor bir erkeğim ben.

Keşke beni bir kadın gibi değil de doktor gibi algılayabilse! Biz burada onun hayatının gerçeklerini konuşmalıyız. Gözüm yine saate takılıyor. Geç kaldım.

— Bu gerçekten böyle mi, yoksa başkalarına gösterdiğiniz ama sizin de pek inanmadığınız bir maske mi?

Persona yani kişilik, Latinceden gelen bir kelimedir ve maske anlamına gelir. Kızgın gözlerle bakıyor bana. Hiç hoşlanmadı söylediklerimden. Hoşlanmasa da bazı gerçekleri ona gösteremezsem, daha çok acı çekecek.

Bunları düşünürken kendimi şöyle bir yokluyorum. Acaba fazla mı üzerine gidiyorum. Onun ağır bir depresyonun pençesinde olduğunu bile bile bunu neden yapıyorum? Gerçekleri anlamaya çalışmak yerine isterim de isterim diye tutturan bir çocuk gibi o. Gerçeklerden hep böyle kaçacak mı?

— Neden maske olsun! Benim en doğal halimdi o ama asıl şimdi daha önce hiç tanımadığım bir maske yüzüme yapıştı kaldı. Benim evli olduğumu baştan beri biliyordu. On yıl sonra insan çok sevdiği birini terk eder mi?

— Demek tam on yıl bekledi sizi.

— Tabii bekleyecek. Eşim beklemiyor mu? O da bekliyor.

— İlginç bir hayat felsefeniz var. İkisi de kalsın diyorsunuz yani.

Başını hafifçe sallayarak bakıyor yüzüme. Demek ikisini birden istemiş! Zaten on yıl tam da istediği gibi olmuş. Becerikli adammış. Her şeye rağmen her iki kadının da tam on yıl buna sabırla katlanması anlaşılacak gibi değil ama ben henüz eşini tanımasam da Fatoş'un onu neden bırakıp gitmediğini biliyorum.

— Şimdi onu nasıl geri getireceğiz, siz onu söyleyin. Yeter artık. Biri durdursun bu acıyı.

Uzun süredir keskin sancılar içinde kıvranan birine benziyor. Keşke Fatoş'un sevgilisi olmasaydı. Onu yargılamak yerine, acısına ortak olmaya çalışmalıyım. Her şey yalansa bile çektiği acı gerçek.

— Haklısınız Kenan Bey, hangi nedenle olursa olsun, acı çekmek zordur. Ancak bu konuda hiç de yalnız sayılmazsınız. Acı çekmeden yaşamak mümkün mü? Bugüne kadar kimbilir bu hayat size ne güzellikler, ne mutluluklar, ne heyecanlar sundu, Şimdi de sırada acı var. Korkmayın. Her gecenin bir sabahı vardır. Bu da geçer. Bu kadar umutsuz olmayın.

Benim bu sözlerimi duyunca hızla doluyor gözleri. Bana minnetle ve sevgiyle bakıyor.

— Nihayet biri beni anladı. Buna öyle çok ihtiyacım var ki... Yargılanmak değil, anlaşılmak istiyorum.

— Haklısınız, acılar paylaşıldıkça azalır.

— Benimki hiç azalmadı. Belki de paylaşamadığımdan. İlişkinin bittiğine aylarca inanamadım. Bana öyle düşkündü ki... Belki de bana naz yapıyor.

— Naz da yapsa, on yıl sonra buna hakkı var, öyle değil mi?

— Var, var, tabii var... Belki de ona kalsa böyle yapmazdı. Arkadaşları kışkırttı kızı. Her biri bir şey söyledi. O da "Ben senin metresin olmam," diye tutturdu sonunda. Ulan kaç senedir oldun da, şimdi mi aklın başına geldi? Tövbe, tövbe... Hayatımın ışığı söndü. Artık başka kadınlar da cazip gelmiyor bana. Hepsinin tadına baktık, yeter artık...

Biraz önce onu doymak bilmeyen bir obeze benzetmiştim. İşte şimdi bunu kendisi de itiraf ediyor. Kadınların tadına bakıyor demek! Bu adamı dinlerken sadece Fatoş'u değil, kadın olduğumu da unutmamam gerekiyor. En küçük bir yanlışta, kendini yine reddedilmiş hissedecek ve belki de yine aylarca çıkamayacak yataktan. Dikkatli, hem de çok dikkatli olmam gerekiyor. Umuyorum aldığım eğitim bu konuda bana yardımcı olur.

— Belki de çektiğiniz bu acılar, hayatınızda başka sayfalar açacak. Çekilen hiçbir acı boşa gitmez Kenan Bey. Her acıdan bir şeyler öğreniriz.

— Ama bu sefer çok üzüldüm. O da üzülmüştür, değil mi?

— Üzülmüştür.

— Üzüntü dediğin ne kadar sürer ki? Bir gün bitmez mi?

— Sizinki bitti mi?

— Bitmedi. Öyleyse onunki de bitmemiştir... Bu kadar üzüldüyse mutlaka bir gün geri dönecek demektir. Tamam öyleyse. Tekrar ne zaman geleyim?

— Haftaya gelin.

— Yarın gelsem? Neden bir hafta bekleyeceğim? Yine beni başınızdan atmaya çalışmıyorsunuz değil mi?

Hafifçe gülümsüyorum. Ne kadar alıngan ve kırılgan!

— Yarın olmaz, sizi haftaya bekliyorum.

— Teşekkür ederim doktor hanım. Ne kadar şık ve ne kadar hoş bir kadın olduğunuzu bir kere daha söylemeden gitmek istemiyorum. Bu saatte beni kabul ettiğiniz için ayrıca teşekkür ederim.

Büyük bir saygıyla eğilerek sıkıyor elimi. Elleri sıcak ve etkileyici! Saate bakıyorum, geç kaldım. Çantamı kaptığım gibi fırlıyorum. Tuna arkamdan sesleniyor, "Yağmur'u benim yerime de öpün," diye.

15

Kenan bu sefer çok daha keyifli çıktı doktorun odasından. Kapıda doktorun sekreteriyle sohbet edip bir hafta sonraya randevu aldıktan sonra ona gülümseyerek veda etti. Hemen eve gitmek istemiyordu. Biraz yürür, yolda da bu meseleyi uzun uzun düşünürdü. Hava soğuktu ama açıktı, yukarıda Ay parlıyor, her tarafı aydınlatıyordu. Acaba Fadi neredeydi, o da Ay dedeyi görüyor, ona baktıkça Kenan'ı hatırlıyor muydu?

Doktor arada bir kaşlarını çatsa da iyi kadındı. Demek Fadi de kendisi gibi bu işe çok üzülüyordu. Belki de hayatında başka biri yoktu.

İyi ki gelmişti bu doktora. Bu kadın ne yapıp edecek, Fadi'nin ona geri dönmesini sağlayacaktı. O bir kadındı. Erkekler anlamazdı bu işlerden. Yine bir kadın yardım edecekti ona. Hem de ne kadın ama! Doktor onu daha ilk günden beğenmişti. Bunu hissediyordu. Şimdilik bunu pek belli etmese de mutlaka bayılmıştı ona. Üstelik çok da akıllıya benziyordu. Aslında öteki erkekler korkardı bu kadar akıllı kadınlardan. Kendi gibi olsalar, hiç kaçırmazlardı böylelerini ama "Nerede onlarda bu cesaret," dedi içinden.

Eve keyifli gitmiş, ona güven veren bu doktor için, ne derse onu yapacağım, demişti karısına. Handan buna hem memnun olmuş, hem de ağzının kenarıyla gülmüştü. Yine kendine göre birini bulmuştu kocası. Bu da böyle bir adamdı işte. Rahat duramıyor, en hasta olduğu gün bile aklı hep kadınlarda oluyordu. Bu yaştan sonra değişecek değildi ya!

Ertesi gün Kenan her zamankinden daha erken kalkmış, birkaç saat de olsa işyerine uğramış, önce sekreteriyle şakalaşmış, yanağını sıkmış ama daha ileri gitmek içinden gelmemişti. Biraz işlerle ilgilenmiş, öğleden sonra da kulüpte almıştı soluğu. Onu gören arkadaşları da memnun olmuşlar, akşamüstü rakılar gelmiş, bir yandan kafaları çekerken, bir yandan da her zamanki gibi kumar masaları kurulmuştu.

Kenan eskisi kadar şanslı değildi oyunda. Bir şey söylese arkadaşlarının kızacağını bildiğinden, sinirlense de susup oturuyordu. Aklı biraz Fadi'de, biraz da doktordaydı. Bakalım doktor bu sefer ona ne diyecekti. Bu sefer daha ayrıntılı anlatacak, doktor da belki her şeyi öğrenince ona bir yol gösterebilecekti. Şimdilik bu yüzden Fadi'nin evinin önüne gitmiyordu. Geceleri yatağa yatınca aklı yine orada kalsa da, bir hafta bekleyecek, doktor ne derse öyle yapacaktı.

Bu sefer doktora giderken nasıl giyinmeliydi acaba? Hep takım elbiseyle gidiyordu ama doktor acaba seviyor muydu bu tür giyinen erkekleri? Gerçi o da çok resmi giyiniyordu. Etek, ceket filan... Kendine erkeksi bir hava vermeye çalışsa da, kadın aslında çok çekiciydi. Hele biraz kabarık, kızılımsı saçlarına bayılmıştı. Sadece ses tonu, onu biraz rahatsız ediyordu. Hep emir verir gibi konuşuyor, arada bir de hafiften dalga geçer gibi gülüyordu. Ama yine de erkek doktorlardan daha fazla etkilenmişti ondan. Sanki o ne söylese, öyle olacak gibi hissediyordu. Demek ki güveniyordu bu kadına. Bu sefer onu etkileyebilmek için daha fazla gayret edecek, inşallah sonunda istediği olacaktı. Farklı renkler kullanmalıydı. Devetüyü kaşmir ceket, içine ipek gömlek güzel olabilirdi. Bu kadının dikkatini çekmenin mutlaka bir yolunu bulmalıydı.

Sadece giyinip kuşanmak, belki de bu kadının gözüne girmeye yetmeyecekti. Acaba giderken ona çiçek götürse nasıl olurdu? Şöyle gösterişli, kimsenin getirmediği türden, tüllü müllü çiçekler!

Yatağında bir sağa, bir sola dönüp duruyor ama randevu günü

gelince ne yapacağına bir türlü karar veremiyordu. Korkuyordu bu kadından. Şimdiye kadar hiçbir kadından korkmamıştı o. Bu doktordan neden korkuyordu acaba? Onu korkutacak bir şey de yapmamıştı ama...

Bu gece onu uyku tutmayacaktı. Yavaşça kalktı yataktan. Başucundaki lambayı yaktıktan sonra terliklerini giyip salona doğru yöneldi. Gürültü etmemeye çalışarak, duvarlara tutuna tutuna salona girdi. Işık yakmak istemiyordu. Handan uyanırsa o da kalkar gelirdi yanına. Ona söyleyeceği bir şey yoktu. Bu düşündüklerinin hangisini anlardı Handan! Hemen yaktı sigarasını. Sokaklar bomboştu. Aşağı bakınca aklına Fadi'nin ona saldırdığı gece geldi. Hemen çevirdi başını. Ne demişti doktor, o da çok üzülmüştür, dememiş miydi?

Böyle düşününce keyfi biraz olsun yerine geldi. Uzun bir nefes çekti sigarasından. Daha beş gün vardı randevu zamanına. Zaman ne kadar da zor geçiyordu!

Doktorun Günlüğünden

Odamdaki beyaz tüllerin arkasından güneş süzülerek giriyor içeri. Bunu görmek bile insana yaşama sevinci veriyor. Şimdi içeri Kenan Bey girecek. Bu sefer herkes gibi randevu alıp geldi. Fatoş ondan bahsederken sık sık onu krala benzetirdi. O zaman bunu pek anlamasam da, şimdi neden öyle dediğini anlıyorum galiba. Bu adam gerçekten de kendini kral sanıyor.

Narsizmi o kadar yoğun ki, bu onun başına çok iş açacak. Zaten depresyon belki de tamamen bu narsistik yaralanmaya bağlı olarak ortaya çıkmış. Terk edilmekten onun için bu kadar çok etkilenmiş. O bir kralken, sürtük dediği bir kadın onu nasıl terk eder?

Hayatı ona kalbini açan, ona hayranlık duyan ve belki de daha önemlisi ona yaşadığını hissettiren kadınlarla geçmiş, ta ki biri tarafından terk edilinceye kadar... Alıştığı yaşam tarzı, var olma şekli değişmiş. Kendisiyle ilgili bildiği her şeyin üstüne kuşkunun gölgesi düşmüş.

Kadınlarla ilgili bildiği tek şey onlarla kısa sürede kurduğu ilişki ve sonra da onlarla sevişmekten ibaret olduğu için beni bir kadın olarak görmek ne de olsa onda sıkıntı yaratıyor. Belki de bu yüzden bu odada, yani bir doktorun karşısında bile kendini flört etmek zorunda hissediyor.

Aslında bir kadının ondan nasıl hemen etkilenebildiğini anlıyorum. Hatta bunu ta içimde hissediyorum. Belki de hayatının tek anlamı bu olduğundan, zamanla çok yoğun bir aura geliştirmiş. Ondan gelen bu yoğun enerjiyi hissetmemek mümkün değil.

Psikoterapide bizim amacımız her zaman kişinin kendisini doğru değerlendirmesini, iyi tanımasını sağlamaktır. İnsanın kendi kişiliğindeki olumlu ve olumsuz yanları görmesi, gelecek hayatı açısından her zaman çok önemlidir. Yani bu odada maskeler çıkarılmalıdır. Ancak bu maskenin düşmesi onun kaldırabileceğinden daha büyük acıları da beraberinde getirebilir. Zaten "bir kadın tarafından terk edilmek" adı altında çektiği bunca acının içinde kimbilir başka neler var? Bunu sanırım o da biliyor ve belki de o gerçekleri görmeye dayanamadığı için böylesine kaçıyor onlardan.

Gerçekler ne kadar acı olsa da, bize her zaman bir şeyleri değiştirme, düzeltme şansı verir. Hep aynı şeyleri yapıp aynı sonuçlarla karşılaşmak, acıyı çağırmak demektir. Kenan Bey sanki gerçekleri görmeyi reddederek acıyı çağırıyor. Onu tanıkça, sanırım ona olan öfkem giderek azalacak. Keşke ona yardım edebilsem!

Aslında ne kendini tanıyor, ne de hiç yanından ayırmadığı kadınları. Bir zamanlar o bir kurtmuş. Kuzuların arasına dalan vahşi bir kurt! Ama şimdi bir yerleri kanıyor o kurdun. Maskara olması an meselesi.

Ben böyle derinlere dalmış düşünüp dururken gülerek Tuna giriyor içeri. Yanakları pembe, pembe! Gözlerinde yine etrafa dalga dalga saçılan yaşama sevinci! Elinde koca bir buket çiçek var.

— Ayol adamcağız bekliyor, ne zaman alacaksınız içeri. Bu çiçekleri de o getirmiş size. Şu güllerin güzelliğine bakın! Bu mevsimde beyaz gül bulmak zordur. Oh, mis gibi kokuyorlar. Hangi çiçekçi yaptıysa çok marifetliymiş doğrusu. Şu tüllere, şu kadife kurdelelere bakın. Yaldız gibi bir şeyler serpmişler üzerine. Hiç böyle çiçek görmemiştim, acaba kaç metre inci sarmışlar etrafına. Vazoya koyacaktım ama önce siz görün istedim.

— Biraz fazla abartılı değil mi?

— Çiçeğin abartılısı mı olur? Çiçekçi yapmış işte! Siz de hemen bir kulp takmasanız olmaz. Adam teşekkür etmek için çiçek getiriyor, ona bile neredeyse kızacaksınız. Neden böyle yapıyorsunuz?

— Bir şey yaptığım yok. Sen neden koruyorsun onu?

— Siz ona kızdıkça, bana da onu korumak düşüyor. Beni de şaşırttınız sonunda.

— Haklısın tatlım, sen haklısın. Hadi, şimdi al bakalım hastamızı içeri.

Tuna kısa bir an dikkatle bakıyor yüzüme. Sonra yumuşak ve son derece şefkatli bir sesle soruyor.

— Bana kızmadınız değil mi?

Gülümsüyorum ona. Gözü bende, çiçekler elinde, yavaşça çıkıyor odadan.

Ona içimden de olsa kızdığımı Tuna bile anladıysa durum vahim demektir. Fatoş'u hiç tanımasaydım, ona yine böyle kızar mıydım? Bunun cevabını daha bulamadan Kenan Bey giriyor içeri.

Devetüyü, kaşmir bir ceket var üzerinde. Krem rengi ipek gömleğinin kıvrımları güneş vurdukça ışıldıyor. Pantolonu önce siyah zannediyorum ama biraz sonra koyu yeşil olduğunu fark ediyorum. Tıpkı kravatı ile mendili gibi... Ne kadar şık giyiniyor ve her giydiğini nasıl da yakıştırıyor kendine.

Yine elimi kuvvetlice sıktıktan sonra her zaman oturduğu koltuğa yerleşiyor. Otururken pantolonunu hafifçe çekiyor. Ben yerime oturmuyor, masamın önünde ayakta durup bakıyorum ona. Benim oturmadığımı görünce hemen fırlıyor yerinden.

— Affedersiniz. Kabalık ettim galiba!

— Siz hep böyle şık mı giyinirsiniz?

— Şey, iltifat ediyorsunuz. Teşekkür ederim. Genelde giyime meraklıyımdır ama siz de hep çok şıksınız.

— Çiçekler için teşekkürler.

— Ne demek? Az bile... Sizi çok yoruyorum. Beğendinizse ne mutlu bana.

— Beğendim tabii ama bir daha zahmet etmeyin lütfen.

Ben yerime geçerken o da gözlerini benden ayırmadan tekrar yerine oturuyor.

— Size ne ikram edelim?

— Teşekkürler, teşekkürler. Salonda sizi beklerken, Tuna Hanım'la çay içtik zaten.

— Nasıl geçti bu hafta?

— Zor, çok zor... Zaman bir türlü geçmiyor. Ne olur, randevuları bu kadar geciktirmeyin. Buraya daha sık gelmek istiyorum. Size anlatmak istediğim çok şey var.

— Buyurun, sizi dinliyorum.

Kendi sesimi duymak, canımı sıkmaya yetiyor. Ben bu adama neden bu kadar sert davranıyorum? O ise, sanki benim bu tavrıma çoktan alışmış gibi hemen başlıyor konuşmaya. Hep Fatoş'u, onunla yaşadığı güzel günleri, kızın ona nasıl hizmet ettiğini, nasıl masaj yaptığını, ona olan tutkusunu bütün ayrıntılarıyla anlatıyor. Sonra sıra, düğüne giderken Fatoş'a yakalandıkları geceye geliyor. Orayı kısa kesiyor. Fatoş'tan nasıl dayak yediğini bana anlatmak sanırım zoruna gidiyor.

Hiç sözünü kesmeden dinliyorum onu. Konuşurken arada bir durup benim bu konuda ne düşündüğümü anlamak ister gibi dikkatle yüzüme bakıyor. Bense her seferinde hafifçe gülümsemekle yetiniyorum.

Meslek hayatım boyunca zorlandığım durumlar çok olmuştur ama bu seferki galiba en zoru. Yapacağım en küçük hatanın onu ne kadar etkileyeceğini, hatta yataklara düşüreceğini biliyorum. Büyük bir sorumluluk bu ama onu dinlerken hep Fatoş geliyor aklıma. Fatoş'un gözlerinden akan yaşlar geliyor.

Üstelik karşımda kadınların ilgisini çekme konusunda olağanüstü yetenekli biri var ve ona herkesten fazla ilgi göstermemi bekliyor.

— Ama artık Fadi yok, gitti. Belki de bir daha geri dönmeyecek.

Fadi mi? Ne Fadi'si? Fatoş'un sevgilisi değil mi yoksa!

— Fadi kim?

— Kim olacak, beni terk edip giden o zalim.

— Değişik bir isim. Bir başka ismin kısaltılmışı mı?

— Şimdi ona herkes Fatoş diyor. Hanımefendi oldu ya!

O zaman anlıyorum Fadi'nin Fatoş olduğunu ve devam ediyorum.

— Evet, Fadi gitti ve belki de bir daha geri gelmeyecek. Nihayet gerçekleri görmenizi ve bunları ifade etmenizi çok sağlıklı buluyorum. Hepimiz insanız. Her insanın güçlü olduğu kadar zayıf ve kırılgan yanları da vardır. Bu ayrılık sizi de üzmüş ve kırmış ama acıdan kaçmak yerine gerçeği görmek ve kabul etmek her zaman daha doğrudur. Çünkü ancak gerçekleri görür ve kabul ederseniz ileriye doğru adım atma şansınız olur.

— Ama ben bunu bir türlü kabul edemiyorum. Bu sıkıntıdan beni kurtarın diye geldim buraya.

— Ben de tam olarak bunu yapmaya çalışıyorum. Terk edilmek çok canınızı yakmış. Üstelik söylemek istemeseniz de bu kız sizin hayatınızda önemli bir yer işgal etmiş. Buna ister sevgi, ister aşk, ister alışkanlık deyin.

— Alışkanlık.

— Sevgi ya da aşk demek sizi rahatsız mı ediyor?

— Bilmem. Aşk filan değildi ki... Âşık olsam ona varıncaya kadar kimler geldi, kimler geçti benim hayatımdan. Âşık olsam, onlara olurdum.

— Demek hiç âşık olmadınız.

— Ben kadınları her zaman çok sevdim ama onlara duyduğum bu ilgi çabuk kayboluyor. Belki de ona heyecan demeliyiz. Heyecan bitince de beraberliğin benim için bir anlamı kalmıyor ve hemen bitiriyordum ilişkiyi.

— Böyle bir hayat çok yorucu olmalı. Siz yorulmadınız mı?

Düşünüyor. Sanki doktor ona ömrünün sonuna geldiğini söylemiş gibi ağır bir keder var yüzünde. Her ilişki geçmişten izler taşır. Bu adamı bu hale getirenin ne olduğunu henüz bilmiyorum ama artık geçmişiyle ilgili bir şeyler öğrensem iyi olacak.

— O beni terk edene kadar hiçbir yorgunluk hissetmemiştim ama işte şimdi hiçbir şey yapmadan evde otururken bile yorgunum, hem de çok yorgun.

— Bunca ilişki yaşadıktan sonra bir kadının sizi terk etmesinden bu kadar etkilenmenizin mutlaka bir nedeni olmalı. Hiç bunu düşündünüz mü?

— Ben Fadi'den başka bir şey düşünmüyorum.

— Fadi'ye duyduğunuz bu özlem ve öfke sizi daha tehlikeli düşüncelerden koruyor olabilir mi?

— Bundan daha kötü ne olabilir ki?

— Bunca kadından sonra pek de tutkun olmadığınızı ifade ettiğiniz birinden ayrıldığınız için bu kadar acı çekmeniz size de garip gelmiyor mu?

— Geliyor. Hatta arada bir, "Sen bu hallere düşecek adam mıydın," diyorum kendime ama bir faydası olmuyor. Yine aklım Fadi'de, yine içim cayır cayır yanıyor. Bu öyle bir yangın ki, insan ancak evladını kaybedince böyle acı çeker.

Ne garip bir benzetme! Çocuğu olmadığını biliyorum ama o benim bunları bildiğimi bilmiyor. Demek içindeki acı o kadar yoğun.

— Sizin çocuğunuz var mı Kenan Bey?

— Yok. Bir kere oldu ama o da yaşamadı. Siz beni anlıyor musunuz?

— Ne dediğinizden çok, ne hissettiğinizi anlıyorum. Yani ne kadar acı çektiğinizin farkındayım.

— Kadınlar anlar beni. Güzellik de, heyecan da, ıstırap da siz kadınlarda.

İşin içine beni de dahil ederek kadın olduğumu unutmadığını bir kere daha vurguluyor.

— Ama yine de iyi ki varsınız! Siz olmasanız dünya hiç çekilmezmiş. Başkalarını bilmem ama benim hayatıma anlam veren hep kadınlar oldu. Sizin böyle ilişkileriniz olmadı mı?

— Benim mi? Burada konu ben olmamalıyım.

— Biliyorum, doktorsunuz ama bu sizin kadın olduğunuz gerçeğini değiştirmez ki... Keşke burada değil de hayatın içinde bir başka yerde tanışsaydık sizinle. Her şey çok güzel olurdu.

Bir an ne diyeceğimi şaşırıyorum. Benim kadar insanlara hem yakın hem de oldukça mesafeli duran birine bunları söyleme cesaretini gösteren ilk erkek o. Üstelik bunu ne kadar kolay ve doğal bir şeymiş gibi yapıyor. Ne de olsa o, bu konuda tam bir profesyonel.

Sözlerimin onu ne kadar yaralayacağını bilmesem cevabım çok daha net olurdu ama içimdeki öfke ve benim de bir ruh sağlığı profesyoneli olmam işleri değiştiriyor. Şimdi hem onun bu flörtöz tavrını durdurabilmeli, bunu yaparken de onu yaralamamalıyım. O, kadınlar konusunda usta, ben de psikiyatri konusunda.

— Sizin hayatınız zaten hep bu örneklerle dolu ama bugün bu örneği sizin sorununuzu anlamada kullanabiliriz. Kısa süren, heyecanlı ilişkileri seviyorsunuz. Hatta neredeyse bu sizin hayatınızın tek anlamı olmuş. Hayatta tek bir anlama yatırım yapmak her zaman tehlikelidir. Bunun ne kadar tehlikeli olduğunu en iyi bilenlerden birisiniz siz. Çektiğiniz bunca acı da zaten bu yüzden değil mi? Bunu neden yaptığınızı hiç düşündünüz mü?

— Neyi, kadınlarla olan ilişkilerden mi söz ediyorsunuz?

— Evet, hızlı başlayıp yine hızlı biten ilişkilerden bahsediyorum. Bir erkek bütün ömrünü böyle geçiriyorsa, bunun altında önemli bir sorun olduğunu düşünüyorum ben. Hatta arada bir sizi yemek yemeye doyamayan bir obeze benzettiğim bile oluyor.

Gevrek bir kahkaha atıyor. Gülmek bu adama yakışıyor, ayrıca çok da güzel gülüyor. Yine Fatoş geliyor aklıma, çocukluğunda gülen bir erkeğe hasret kalan Fatoş... Onun bu adama böylesine tutulmasının önemli nedenlerinden biri de bu kahkahalar olabilir ama kız haklı, gerçekten onun kahkahaları kulağa çok hoş geliyor.

— Demek beni şişmanlıktan patlayacak birine benzetiyorsunuz ama yanılıyorsunuz. Ben hayatımda hiç şişman biri olmadım. Ayrıca kiloma da hep dikkat ederim.

— Ne dediğimi anlamadığınıza inanmamı istemeyin benden. Bu konular anlaşılan sizi şimdilik rahatsız ediyor.

— Hem sizinle ilişkimizin kısa süreceğini nereden çıkardınız? Belki de bundan ikimiz de çok hoşlanırdık ve ilişki uzun sürerdi, hem de çok uzun...

— Çok uzun süren bir ilişkiden daha yeni çıktınız ve çektiğiniz acıyı en iyi siz biliyorsunuz.

— Siz de beni terk eder miydiniz?

Vazgeçmiyor. Benim üzerimde yoğunlaşmayı sürdürüyor. Benimle bir ilişki yaşayarak kanayan yaralarını saracağını düşünüyor. Burada önemli olanın ben olmadığımı biliyorum. Bu koltukta oturan, biraz eli yüzü düzgün her kadın doktora böyle yaklaşacaktı. Önce kadının ilgisini çekecek, kendisine ne kadar hayranlık duyduğunu, hatta sırılsıklam âşık olduğunu görecek, birkaç defa beraber olduktan sonra da yeni heyecanlara yelken açacaktı.

İşte Kenan Bey'in kader motifinin içinde şimdilik görebildiğim bunlar. Mutluluğu buralarda arıyor Kenan Bey. Hiç değişmeden tekrar eden farklı bir motif onunki...

Bir yandan buraya derdine derman aramaya geldiğinin farkında ama bir yandan da alışkanlıklarından vazgeçemiyor. Kurbağanın üzerinde karşı kıyıya geçmeye çalışan akrep hikâyesi geliyor aklıma.

— Aklıma bir hikâye geldi. Anlatayım ister misiniz?

— Tabii, memnuniyetle.

— Bir gün bir akrep bir dereden karşıya geçmek için orada gördüğü kurbağadan yardım ister. Kurbağa sorar: "Ya beni sokarsan?" Akrep der ki: "Ama o zaman ikimiz birden suya batar boğuluruz. Hiç yapar mıyım? Suyun ortasına geldiklerinde akrep kurbağayı sokup bütün zehrini ona boşaltır. Ölmeden önce kurbağa sorar: "Hani beni sokmayacaktın. Yaptığını gördün mü, şimdi ikimiz de öleceğiz." Akrep, "Ne yapalım, huyum böyle," der.

O meşhur kahkahalarından birini daha atıyor. Belki de bunu, konudan kaçmanın bir yolu olarak kullanıyor.

— Demek böyle... Burada akrep ben oluyorum yani. Yok canım, ben öyle kötü biri değilim. Ne kötüyüm, ne de aptal. Sadece biraz fazla duygusal biriyim, o kadar.

— Evet, duygusalsınız ve alışkanlıklarınızdan kolay vazgeçmiyorsunuz. Hepimizin bazı alışkanlıkları vardır ve bunlar zamanla bizim kişiliğimizi oluşturur. Çoğu zaman bunu dünyanın tek doğrusu olarak kabul eder ve öyle düşünürüz. Ancak şimdi sizin bu alışkanlıklarınızı bir kere daha gözden geçirmeniz gerekiyor.

— Hangi alışkanlıklarımdan söz ediyorsunuz?

— Bana anlattıklarınızdan yola çıkarak geçmişinize şöyle bir bakacak olursak, yeni fetihler yapmayı çok sevdiğinizi görüyorum. Bu fetihleri hep kadınlar üzerinden yapıyorsunuz. Kadın önce sizi sevecek, siz bunu hissettikçe kendinizi harika bir ziyafet sofrasında gibi hissedecek ve yemeğinizi zevkle yiyeceksiniz ama bir süre sonra karnınız yine acıkacak. İşte o zaman yeni sofralar arayacaksınız. İşin kötüsü bütün kadınları bu kısırdöngüye aday olarak gördüğünüz için nerede duracağınızı da bilemiyorsunuz.

Sözün burasında bir an duruyor ve onun tepkisini görmek istiyorum. Yüzü hafifçe pembeleşirken başını öne doğru eğiyor.

— Bunları sizi üzmek için söylemiyorum ama biraz önceki akrep hikâyesinde olduğu gibi, bazen alışkanlıklarımız bize çok pahalıya mal olabiliyor. Şu ara yine karnınız aç ve kendinize farklı lezzetler arıyorsunuz. Öyle ya da böyle bu zamana kadar bu şekilde yaşamayı başarmışsınız ancak bundan sonrası için keşke hayatınızda aynı senaryoları tekrar tekrar oynamak yerine, şu senaryoyu biraz değiştirebilseniz.

Susuyor. İnşallah ne demek istediğimi anlıyordur.

— Çektiğiniz bunca acı artık sizi değiştirebilmeli. Hayatınızı bir kere daha gözden geçirmeli, nerede ve niçin yanlış yaptığınızı, sizi bu noktaya getiren nedenleri bulmalısınız. Ben, size bu konularda yardım etmek için buradayım. Haftaya yine bekliyorum sizi. İlaçları aksatmak yok.

— Demek yine bir hafta bekleyeceğim. Tamam, her şey için teşekkürler.

Kenan Bey kapıda vedalaşmak üzere elimi sıkarken bu sefer gözlerimin içine değil, odaya doğru bakıyor; bir şeyler unutmuş gibi...

16

Kenan bu sefer çok mahzun çıkmıştı doktorun yanından. Kadın kibarca onu ikaz etmişti. Demek yanlış yapıyordu. Her kuşun eti yenmez diyordu belki de... Oysa eskiden olsa, ne yapar eder bu işin üstesinden gelirdi.

Sonra doktorun söyledikleri geldi aklına. Senaryoyu değiştir, diyordu. Senaryoyu değiştirirse yerine ne koyacağını bilmiyordu ki... Bunca yıl böyle yaşadıktan sonra şimdi emekli olmuş, yaşını başını almış biri gibi evine mi çekilecekti. "Ah," dedi içinden, "hepsi Fadi'nin yüzünden. O böyle çekip gitmese, şimdi eskisi gibi kaldığı yerden hayata devam ediyor olacaktım."

Gerçi doktora gitmeye başlayalı beri sanki bir umut doğmuştu içinde. Hem bu umudun Fadi'yi geri getirmeyeceğini biliyor, hem de uçurumdan düşmek üzere olan birine uzatılmış ince bir dal gibi bu umuda tutunmaya çalışıyordu. Böyle düşününce bir an içi sızladı. Nasıl da darmadağın oluvermişti hayatı. İçinde eski günlere dayanılmaz bir özlem duydu. Bilmemişti o günlerin kıymetini! İki kadın birden yolunu gözlüyorlardı. Şimdi ise ona olan tutkuları iğneyle delinmiş bir balon gibi pıss diye sönüvermişti.

Büyü yapılmıştı ona. Başka türlü bir izahı yoktu bu durumun. Kimbilir hangi kadın yapmış, onu bu hale getirmişti. Büyüyü yapan belki de kadın değil, bir erkekti. Onu çekemeyen arkadaşlarından biri yapmış olabilir miydi? Kumarda bile durmadan kaybediyordu. Eski neşesi, coşkusu kaybolmuş, sıradan biri haline gelmişti.

Sıradan biri olmaktan da korkuyordu. Annesi hayatta olsa, bu büyüleri bozmanın bir çaresini bulurdu. Hatta bir keresinde annesiyle birlikte uzak bir yerlerde bir hocaya gitmişlerdi. O zaman çok gençti Kenan. Annesi, "Oğlum sende büyü var, gidelim de bozduralım. Bu kadınlar ellerinden gelse seni parçalayacaklar. Her biri bir yanından çekiştiriyor. Maazallah, olmadık birini alıverirsin diye korkuyorum," demiş, kolundan tuttuğu gibi o hocaya götürmüştü. Adam ona okuyup üflemiş, büyüyü bozmak için annesi İstanbul'da çeşmeleri dolaşmış, yedi çeşmeden su getirip içirmişti Kenan'a. Zaten sık sık mahalledeki kör Hatice eve gelir ve nazar değmesin diye Kenan'a kurşun dökerdi. Şimdi annesi öleli ona ne kurşun döken vardı, ne de büyü bozduran.

Kadınlar onu hep başlarında taşısalar da kimse annesinin yerini tutmamıştı. Boşa dememişlerdi, "Ana gibi yar olmaz," diye... Bu işini de mi İsmail'e gördürseydi acaba? Onunla bu kadar yüz göz olmak istemiyordu. Başka birini bulmalıydı. Sonunda bir arkadaşı geldi aklına. Daha doğrusu eskiden arkadaştılar. Kenan zengin olunca yolları ayrılmıştı. O bırakmamıştı arkadaşını ama hayat yollarını ayırmıştı işte.

Ertesi gün erkenden büroya gitti. Sekreteri biraz kırgın ama yine de heyecanla karşıladı onu. Güzel çekici bir kızdı. Burada işe başladığında mahalleden bir delikanlıyla nişanlıydı. Ancak nişanlısı açıkgöz çıkmış, kızın Kenan'la olan ilişkisini öğrenince önce biraz patırtı gürültü çıkarmış, sonra da kızdan ayrılmıştı. Kızın dediğine göre mahallede adı çıkmış, herkes ona kötü gözle bakar olmuştu. O günden sonra rengi solmuş, gözleri çukura kaçmış, ortalıkta hep ağlamaklı gezer olmuştu. Kenan sevmezdi böyle hüzünlü, problemli kadınları. Zaten o ara büroya da fazla uğramadığından ilişki yavaş yavaş soğumuş, Kenan da kıza bir daha yaklaşmamıştı.

İşte bugün yine kız heyecanla Kenan'ın gözlerinin içine bakıyordu ama onun şimdilik böyle şeylerle uğraşacak vakti yoktu. Eliyle kızın yanağını hafifçe sıkıp hemen odasına girip masanın çekmecelerini karıştırmaya başladı. Sonunda aradığı defteri bulunca çocuk gibi sevindi. Hemen aradı arkadaşını. Biraz hoşbeşten sonra derdini açtı ona. Arkadaşı çok ilgilenmişti. Hemen ertesi gün bir yerde buluştular ve arkadaşının iyi tanıdığı bir hocanın evinin yolunu tuttular.

Hoca geniş bir gecekonduda oturuyordu. Her yerde yün halılar seriliydi. Hatta duvara bile iki halı asılmıştı. Kabarık minderlerin bulunduğu uzun bir sedirde oturuyor, beyaz sakallarını sıvazlayarak doktor gibi onu dikkatle dinliyordu. Başına gelenleri bir bir anlatmıştı hocaya. Kadının onu nasıl aniden terk ettiğini, eskiden onun ayaklarının dibinden ayrılmazken soradan onu görünce nasıl cin çarpmışa döndüğünü, üzerine saldırdığını... Kendisinin de o kadını görmeden duramadığını, gece yarıları sıcak yatağından kalkıp kadının evinin önünde sabahladığını filan tek tek söylemişti. Bütün bunları anlatırken, arkadaşı da yanındaydı ve sık sık hem hoca hem arkadaşı ağızlarının içinde geveleyerek ve duyulur duyulmaz bir sesle, "Vah vah," diyorlardı.

Hoca hemen anlamıştı onda büyü olduğunu. Hem de papaz büyüsü yapmışlardı ona. Kolay çözülmezdi. Bir kadın tarafından yapılmıştı ama büyüyü bozmaları biraz zaman alacaktı. Önce okuyup üflemiş, sonra daha önce okunmuş şifalı sular içirmiş, son olarak da ondan daha önce giydiği iki fanilasını istemişti.

Kenan o geceyi hep kendini yoklayarak geçirmişti. Acaba hocanın nefesi kuvvetli miydi? Üzerindeki sıkıntı kaç günde geçecek, Fadi onu ne zaman arayacaktı.

Hemen ertesi gün Handan görmeden iki fanilasını almış ve hocanın evinin yolunu tutmuştu. Hoca fanilaları almış, gereğini yapmış, ayrıca koyu yeşil muşambaya sarılı bir muska vermişti ona. Artık hiç çıkarmayacaktı üzerinden. Üzerinde olduğu sürece bu muska ve fanilalar onu her türlü kötülükten koruyacaktı.

Kenan hocadan çıkıp kulübe giderken bir yandan da düşünüyordu. Acaba doğru mu yapıyordu. Ne kadar yalnızdı. Arkadaşları ne işler çevirdiğini duysalar nasıl da dalga geçerlerdi onunla.

Semih onu birkaç kere doktora götürmüş, Sami ve Erol bir-iki sefer acilde yatarken yanına gelmişti, o kadar. Hatta Fadi'den ayrıldığına hepsi de memnun olmuş, içinin cayır cayır yandığını bir türlü anlatamamıştı kimseye. Doktorun da ne yapacağı belli değildi. Yine de ona hissettiklerini anlatmak, biraz olsun içini ferahlatıyordu. Akşamüstü randevusu vardı, kulüpten erken çıkıp doktora gidecekti.

Zaman çabuk geçmiş, hemen akşam oluvermişti. Muayenehanenin kapısına gelmiş ve Kenan'ı yine bir heyecan basmıştı. Son seansta konuştukları aklına gelince içinde bir huzursuzluk hissetti. Demek doktorla konuşurken çok daha dikkatli olması gerekiyordu.

Sabahtan beri önce hoca, sonra kulüp derken yorulmuştu. Tuna, hemen sade bir kahve söylemişti ona. Aslında sade kahveyi genellikle kafayı çektikten sonra içerdi ama bu yorgunluğun üstüne kahve ona iyi gelmişti. Kulüpte ötekiler birkaç kadeh yuvarlamışlardı. Doktora geleceği için kendisi bir yudum bile içmemişti. Hatta bu durumdan arkadaşları pirelenmiş, "Sen yine bir işler çeviriyorsun," demişlerdi. İşte böyleydi arkadaşları. Onu hep tilki gibi izler, her hareketinin altında bir hinlik ararlardı...

Doktorun Günlüğünden

Yine Kenan Bey'de sıra... Bana karşı takındığı flörtöz tavırda bugün ciddi bir değişiklik bekliyorum. Bu yaşa gelmiş olmasına rağmen kadınlarla ilişki kurmanın tek yolunun onlarla flört etmek olduğunu sanması ne garip! Kenan Bey çok dirense de hayat ona yeni bir şeyler öğretmeye kararlı gibi geliyor bana. Bir kadın tarafından terk edilmek onu bu kadar yaraladığına göre, belki de onu terk eden Fatoş değil, hayat! Fatoş'un değil, yaklaşmakta olan ölümün yasını tutuyor.

Kadınlara gelince, sanırım Kenan Bey gibi biri tarafından beğenilmek, seçilmek, tercih edilmek onlara da büyük bir haz veriyor. Gururları okşanıyor, kendilerine olan güvenleri artıyor. Aslında Kenan Bey, kendini kadınlar üzerinden tanımlıyor. Kadınlar varken kendini göklerde hisseden bu adam, onlar giderse aniden bir hiç oluveriyor. Tercih edilmemek, önemsenmemek, hele terk edilmekse öldürücü bir acı veriyor.

Böyle bir durumda, en olmadık kadınla kuracağı ilişkinin onu rahatlatacağını, içine girdiği çukurdan çıkmasını sağlayacağını sanıyor. Ayrıca ilişkilerdeki risk, her zaman o ilişkinin gücünü ve cazibesini artırır. Beni bu yüzden cazip buluyor. İçinde bulunduğu duruma bir çözüm olarak görüyor. Benimle birlikte yeniden eski Kenan olmayı hayal ediyor. Bir psikiyatristi bile baştan çıkaran, bu konuda yetenekli, yenilmez, başarılı, hiçbir kadının "hayır" diyemeyeceği eski Kenan!

Bütün bunlardan başka, bir de içindeki suçluluk duyguları var ki, bence en önemlisi de bu! Yıllardır içinde biriktirdiği, ne kadar görmezden gelse de arada bir varlığını ona hissettiren bu duygulara teslim olursa, işte o zaman yazık olur Kenan Bey'e.

Ben bunları düşünürken kapı vuruluyor ve Kenan Bey giriyor içeri. Çok heyecanlı görünüyor bugün. Sözlü sınava giren öğrencilere benziyor. Ayrıca oldukça da yorgun! Neden acaba?

Hafifçe eğilerek, saygıyla sıkıyor elimi. İkimiz de birbirimize gülümsüyoruz. Her zaman oturduğu koltuğa yerleşirken benim de yerime oturup oturmadığımı kontrol ediyor. Sonra yumuşak bir sesle, sanki epeydir görüşmemiş iki arkadaş gibi benim hatırımı soruyor. Bunu yaparken bile tedirgin.

Hemen ardından ilaçlarını çok düzenli aldığından, geceleri çok daha iyi uyuduğundan söz ediyor. Bana iyi görünmeye çalışıyor. Verdiğim ilaçların çok iyi geldiğini söylerken amacı beni ödüllendirmek ama ben onun hâlâ pek de iyi olmadığını görüyorum.

Bir yandan da belli etmeden dikkatle inceliyor beni. Hafifçe gülümseyerek onu dinlerken ben de onu inceliyorum. Bütün dikkatini kendi sorunları yerine bana çevirmiş olması bir yandan beni huzursuz ederken bir yandan da bunun nedenlerini düşünmeye devam ediyorum.

Aslında şu anda ona biraz daha yakınlık gösterecek bir doktora çok ihtiyacı var. Sevgiye, desteğe, anlaşılmaya, arada bir övülmeye, beğenilmeye öyle aç ki... Diğer hastalarıma bunu hep yaparım ben ama ona yapamıyorum çünkü biraz yakınlık göstersem, bununla yetinmeyecek, sınırları zorlayacak.

— Nasıl geçti bu hafta?

— Hep bugünü bekleyerek.

— Tamam, işte buradasınız ve ben de sizi dinliyorum.

— Aslında ne anlatacağımı da bilmiyorum ama buraya gelmek bile benim için bir umut. Fadi ne arıyor, ne soruyor. Ben ona mesaj atmaya devam ediyorum ama hiç cevap vermiyor. Evinde de yok. Aslında hem ne yaptığını öğrenmeyi çok istiyorum, hem de bundan korkuyorum. Şimdi hiç olmazsa bir umudum var.

— Ama o umut size zarar veriyor.

— Hayır hayır, bırakın o umut kalsın bende. Onunla ayakta duruyorum.

— Zaten üzüleceğiniz kadar üzüldünüz. O umut devam ettikçe üzüntünüz hiç azalmayacak. İçinizdeki o umudu öldürebilirseniz hayata yeniden başlayabilirsiniz.

— Yapmayın doktor hanım. Beni biraz olsun anlayın. İçim yanıyor benim. Onun bir daha geri dönmeyeceğini düşündükçe kalbim yerinden fırlayacak gibi oluyor. Buna dayanamıyorum.

Kenan Bey böyle diyerek başını önüne doğru eğerken, gözlerinde biriken yaşları görmek şaşırtıyor beni. Bu kadarını beklemiyordum doğrusu. Gerçekler demek onu bu kadar çok korkutuyor. Üzerine gitmemeliyim.

Sonra hafif bir sesle, mırıldanır gibi anlatmaya devam ediyor.

— Evdeki karım bile başka türlü bakıyor sanki.

— Nasıl yani?

— Eskisi gibi gözlerimin içine bakmıyor. Geldiğime sevinmiyor. Yapması gerekenleri yapıyor sadece. Tutku yok, heyecan yok, dümdüz her şey. Ben aşk adamıyım doktor hanım! Aşksız yaşayamam.

Aşk adamıyım diyor ama aşkın ne olduğundan haberi bile yok. Hatta bu duyguyu hiç tanımıyor ama yine de ne demek istediğini anlıyorum onun. Kadınların ona âşık olmasını istiyor. Bu kadının kim olduğu bile her zaman önemli değil. Bir de üstelik biraz güzel, biraz da önemli biri olursa keyfine diyecek yok.

Onu anladıkça ona olan duygularım da değişiyor. Ona eskisi gibi kızmıyorum galiba. Bütün bu söyledikleri onun hamurunda var, normal hali bu ve üstelik bütün bunları dünyanın en doğal şeyi gibi algılıyor. Hani renk körleri yeşili kırmızı görür ya, onun gibi bir şey.

Aslında eksik yaşamış bu hayatı! Birine âşık olmanın bile tadını bilmiyor.

Gözlerini dikmiş, baygın baygın bakıyor bana. Şefkate ve yakınlığa en çok ihtiyacı olduğu anda bari böyle yapmasa, kendini sabote etmese diyorum içimden. Bir yandan bu odada üzüntülerini, korkularını yaşarken, bir yandan da alışkın olduğu şeyi yapıyor. Tıpkı Fadi gibi onun da kendine ait hiçbir şeyi yok aslında. Hepsini dışarıdan alıyor. Hayatında hiç mi yenilmemiş, hiç mi bir engelle karşılaşmamış bu adam. Hiç sıkıntı çekmemiş, acı hep teğet mi geçmiş? Bu kadar dümdüz, engelsiz, acısız, kedersiz bir hayatın içinde insan nasıl gelişebilir, nasıl olgunlaşabilir?

— Bu hafta bir hocaya gittim. Büyü varmış bende. Öyle dedi hoca. Hatta muska filan yazdı.

— Muska mı yazdı? Siz inanır mısınız böyle şeylere?

— Eskiden inanmazdım ama denize düşen yılana sarılır derler.

— Bir çıkış yolu arıyorsunuz.

— Evet, evet. Köşeye sıkıştım sanki. Daracık bir hücrede gibiyim. Her tarafım duvar. O gece Fadi bizi yakalamasaydı, şimdi bambaşka şeyler yaşıyor olacaktım.

— Hayatta hiçbir şey tesadüf değildir Kenan Bey. Olayları keşke daha derinden görebilseniz! Bu son, zaten sizi bekliyormuş. O gece veya başka gece. Buna şans veya tesadüf diyemezsiniz. Sorunu çözmek yerine kaçmak bence iyi bir seçenek değil. Büyücülerle, falcılarla filan olmaz bu iş. Görmüyor musunuz, hayat size, "Artık yeter, dur!" diyor. "Değiş," diyor, yani "Hayata bir başka pencereden bakmayı öğren," diyor. "Bazı şeyleri anla artık," diyor. Hayatın sesini duyabilseniz keşke...

Neler söylüyorsunuz der gibi bakıyor yüzüme. Sıra gerçekleri konuşmaya gelince hep böyle yapıyor.

— O kadının hiç mi suçu yok? Bunca yıl sonra beni terk edip giden o kadının?

Ne garip, aynı soruyu bana Fatoş da sormuştu. O adamın hiç mi suçu yok, demişti.

— Şimdi artık yapılması gereken suçlu aramak değil, yaşananlardan bir ders çıkarmaktır. Aynı şeyleri yapmaya devam ederseniz, yollar sizi hep aynı noktaya getirecek.

— Bu işte benim hiç suçum yok. Baştan beri evli olduğumu biliyordu. Öteki kadınları da ona pek hissettirmedim. Aslında başkası olsa hemen yakalanırdı ama ben ne de olsa bu konuda çok tecrübeliyim.

Övündüğü şeye bak! Daha fazla tutamıyorum kendimi ve gülmeye başlıyorum.

— Tebrik ediyorum sizi Kenan Bey. Bu büyük bir başarı tabii!

— Siz gülüyorsunuz ama ben doğru söylüyorum. Hem gitti de ne oldu? İkimiz de perişan olduk. Şimdi kimbilir ne haldedir? Benim yerimi kimse tutamaz. O da biliyor bunu. Bir inat uğruna yıktı her şeyi. Ben çok şanslı biriydim ama bu ara şansım döndü. Şansımın tekrar dönmesi için ne yapabilirim sizce?

Bu adam, bütün bu yaşadıklarını sadece şansla elde etmiş olamaz. Aslında şu anda hep çok istediği o eski Kenan olabilse, hayatına giren kadınları kaybetmekten bu kadar korkmasa, bu kadar taviz vermese, risk almaktan böylesine ürkmese, bunların hiçbiri gelmezdi başına. Bunlar ancak risk alarak yapılabilir. Kaybetmeyi göze alması gerekir yani... Ama onda ne bu cesaret kalmış, ne de kendine güven. Henüz tam anlayamadığım ama pek çok tahmin yaptığım bir nedenle yıkılmış o. Hiç olmazsa bunu görebilse, bunun nedenlerini birlikte arayıp bulsak, yepyeni ve ona daha uygun çıkış yolları bulabiliriz belki.

— Eski Kenan risk almaktan, kaybetmekten korkmuyormuş.

— Ama şimdi korkuyorum.

— Asıl fark da bu zaten. Bazen çekilen acılar geliştirir, güçlendirir insanları. Siz de çok acı çektiniz. Gerçeklerden kaçmak yerine, onların ne olduğunu görmeye çalışsanız keşke.

Söz buraya gelince yine susuyor. Bu sefer de konudan susarak kaçıyor. Bu adam beni ne kadar yoruyor!

İnsanın hayvandan farkı, düşüncelerini yönetiyor olmasıdır.

Oysa hayvanlar tabiat ana ne derse onu yapar. Örneğin göç etme zamanı gelmiş bir kuş hiçbir zaman, "Ben bu sefer gitmek istemiyorum," diyemez. Yani kendi başına karar alamaz, hayata bırakır kendisini. Bu adam, bu sefer göç etmek istemiyor, hatta mevsimleri durdurun, ben göç etmeyeceğim diye bağırıyor sanki.

— Şu Fadi diyorum... Çok ahını aldım o kadının. Bana kızdıkça sık sık, sürüm sürüm sürün inşallah, derdi. Sizce bedduası tutar mı?

— Bilmem, siz bu konuda ne düşünüyorsunuz?

— Halime baksanıza! Her şeyim var ama çok mutsuzum. Şu anda sürünüyor muyum sizce?

Suçluluk duyguları içini kurt gibi kemiriyor. İşte bu kötü! Şimdi onun istediği gibi bir doktor olmanın tam zamanı galiba.

— Yok canım, ne sürünmesi?

Bir an dikkatle bakıyor yüzüme. İnanmaz gibi...

— Böyle düşünmüyorsunuz... Gerçek düşünceniz ne?

Hayret, benden gerçeği söylememi istiyor. Gerçekleri söylediğimde beni susturuyor. Bu sefer bari istediğini yapayım dedim ama ona da itiraz ediyor.

— Acı bile olsa siz de gerçeği istiyorsunuz. Acıdan bu kadar korkmayın. Siz belli ki böyle şeylere henüz yabancısınız ama hayat acısıyla, tatlısıyla güzeldir. Fadi'nin bedduaları tutmaz ama sizinki tutar.

— Ama ben kimseye beddua etmiyorum ki...

— Baksanıza Fadi'nin söylediklerini nasıl da yazmışsınız beyninize.

Hiç tepki vermeden bakıyor yüzüme ama beni anladığını sanmıyorum. Sesimi duyuramamanın hüznü çöküyor üzerime.

— Hiç almadan vermek nasıl Tanrı'ya mahsussa, hiç vermeden almak da size mahsus galiba! Biraz gayret edin, küçük de olsa bir adım atın. Vicdanınızı biraz olsun rahatlatın. Hayat size mutlaka cevap verecektir.

— Ben bunun için çok uğraştım. Sabahlara kadar kapısında

bekledim o hayırsızın. Mesaj üzerine mesaj çektim ama hiç cevap gelmedi.

— Beni anlamak istemiyorsunuz. Oysa dünya dönmeye devam ediyor. O sizin gibi durmuyor.

— Aslında ben çok durdum. O kadını bulup yapacağımı biliyorum ben.

— Ne yapacaksınız? Öldürecek misiniz onu?

— Neden olmasın?

— Kimler öldürür biliyor musunuz? Bu ara her gün gazetelerde karısını ya da sevgilisini öldüren erkekleri okuyoruz. O adamların bir atımlık barutu kalmış. O kadınları çok sevdikleri için öldürmüyorlar; zayıflar, güçsüzler, çaresizler... Ellerindeki bir atımlık barutu da kullanmışlar... O kadını da kaybederse hayata neresinden tutunacağını, nasıl ayakta kalabileceğini bilmiyorlar. Korkuyorlar yani... Onları katil yapan, içlerindeki bu büyük korku... Sizin barut da bir atımlık mıydı?

Başını önüne eğip susuyor. Yine korku var gözlerinde.

— Hayatınızda belki de ilk kez ayağınız taşa takılmış ve tökezlemişsiniz. Ancak bunu fırsata çevirip hayatınızı yeniden şekillendirebilir, yeni bir bakış açısıyla dünyaya bakabilirsiniz. Tökezlemişsiniz ama yine de hâlâ ayaktasınız.

— Ayaktayım değil mi?

— Evet, ayaktasınız. Kendinizi zorla düşürmezseniz, hâlâ ayaktasınız.

— Din kitapları bile ölünce içi birbirinden güzel hurilerle dolu bir cennet vaat eder insanlara. Bu cenneti öbür tarafa gitmeden yaşamayı hangi erkek istemez? İstemem diyen ya beceremiyordur, ya parası yoktur. En kötüleri de kılıbık erkeklerdir. Karılarından ödleri kopar. Bunlara sinir olurum ben. Bir de bizim gibileri ayıplamaya kalkar bunlar.

— Karısını ya da sevgilisini aldatmayan bütün erkekler için böyle mi düşünüyorsunuz?

— Sayın doktorum, işin doğasında var bu. Siz şimdi içinizden neler geçiriyorsunuz bilmiyorum ama gerçek aynen böyle. Tek eşlilik filan hep hikâye! Bir düzen kurmak için söylenen palavralara kanmayın lütfen. İşte bütün samimiyetimle her şeyi anlatıyorum size. Ha, bir de şu var, siz ruh doktorusunuz ama erkeklerin çoğu böyle şeyleri, ruh doktoru bile olsa, kadınlara anlatmaz.

İşte bu doğru diyorum içimden. Mecbur kalmadıkça bunları kadınlara anlatmak istemezler. Galiba bütün bunlarla övünüyor bu adam.

— Öyleyse siz neden anlatıyorsunuz?

— Madem kendi ayağımla geldim buraya, her şeyi anlatmam gerekmez mi?

— Biraz da bu yönünüzle övünüyorsunuz gibi geliyor bana.

— Tabii övüneceğim. Pek çok erkeğin yapmayı hayal edip de yapamadığı şeyleri anlatıyorum size. Erkekler arasında böyle şeyler zaten övünç meselesidir. Birbirimize anlatır, anlatır güleriz.

— Gülmek neden?

— Bunu, çocukların anne babalarından gizli yaptığı yaramazlıklarla övünmesine de benzetebilirsiniz. Öyle değil midir? Çocuklar en çok anne babalarının çok kızacağı tehlikeli şeyleri yapmayı sever ve arkadaşlarına bunları anlatarak övünür.

— Biraz da işin içinde kendini kanıtlamak var galiba!

— Olabilir. Bir erkeğin en büyük kanıtı işte bu tür yaramazlıklardır. Bunlar bitti mi, sen de bittin demektir.

— Kadınları çok sevdiğiniz belli ama onlarla sevgi dolu, içinde güven ve huzur olan bir ilişki kurmuyorsunuz. Çok zengin bir açık büfeden aç kalkıyorsunuz. Sunulan bütün yemeklerin sadece tadına bakıyorsunuz. Karnınız doymuyor, üstelik çok kötü besleniyorsunuz. Hiçbiriyle doğru dürüst bir ilişki yaşamamışsınız.

— Doğru dürüst ilişki dediğiniz nedir ki? Evde beni bekleyen, her türlü bakımıma özen gösteren bir karım var. Ötekiler de beni heyecanlandırıyor. Canlı, keyifli bir cinsel yaşamım oluyor. Bir erkek daha ne ister ki?

— Hayatı paylaşmıyorsunuz onlarla.

— Hayat dediğiniz bu değil mi?

— Ne?

— Cebinde paran, evde karın, dışarıda sevgililerin. Benim için hayat bu işte.

Demek onun için hayatın anlamı bu. Aslında tarafsız düşününce söyledikleri yalan değil. Belki de bütün erkekler bir süre bunu ister ama onun hayatında bu durum süreklilik kazanmış. İlk gençlik yıllarında bunlar kulağa hoş gelebilir ama bütün bir ömrü sadece yepyeni kadınlar tanıyarak, onlarla hiçbir duygusal ilişki kurmadan sadece yatarak, kalkarak geçiren bir erkeğin mutlu olması, kendine saygı duyması, hayatına anlam vermesi zor gibi geliyor bana.

Onu, bütün parasını kırmızıya yatırmış bir kumarbaza benzetiyorum. Bir süre gerçekten de çark dönmüş ve hep kırmızı gelmiş ama şimdi sıra siyahta!

— Hiç kendinizi yalnız hissettiğiniz olmuyor muydu?

— Yalnız mı? Hiç sevmem ben yalnızlığı. Allah korusun, inşallah hiç yalnız kalmam.

Demek yalnızlıktan korkuyor. Belki de bunun için bir değil, birçok kadın olsun istiyor hayatında. Aklı sıra kendini garantiye alıyor. Ama bilmiyor ki kadınlar hep kırmızıda.

— Bütün kadınları seviyor ama onlara hiç değer vermiyorsunuz. İnsanın yalnızlığını büyük kalabalıklar gidermez. Sizinle hayatı paylaşacak, sevdiğiniz biri olsa, çok daha iyi hissetmez misiniz kendinizi?

— Vardı, vardı ama gitti işte.

— Fatoş'tan mı söz ediyorsunuz?

— Ona neden Fatoş diyorsunuz?

— Fatoş değil miydi adı?

— Ben ona Fadi derim, siz Fatoş diyorsunuz.

Ensemden başlayan teri Allahtan sadece ben hissediyorum. Fatoş'u tanıdığımı asla bilmemeli.

— Her neyse işte... Demek Fadi'yle hayatı paylaşıyordunuz.

— Ne bileyim ben, yaşayıp gidiyorduk işte. Ben memnundum ondan.

Memnunmuş!

— Fadi ötekilerden farklıydı. Fadi madi değil işin aslı. Siz bana eski Kenan'ı geri getirin. Bunlara pabuç bırakmayan, gülüp geçen, biri olmazsa biri daha diyen Kenan'ı...

Susuyorum. Bu söze karşı ne söyleyebilirim ki. Çocuk gibi tutturuyor. Gerçekler onu sandığımdan daha çok korkutuyor. Benim suskunluğumdan hoşlanmadı. Üzülmeyi, sıkılmayı hiç sevmiyor.

Aniden aklına yepyeni bir şey gelmiş gibi dönüyor bana. Gözlerinde muzip bir gülümseme var. Nasıl bu kadar çabuk değişebildi?

— Acaba bana nazar mı değdi? Kurşun mu döktürsem acaba?

Benden ümidi kesti, çareyi falcıda, büyücüde arıyor. Bu adam acaba kendini çok çaresiz hissettiği için mi böyle yapıyor yoksa böyle şeylere gerçekten mi inanıyor? Bir şey söylemeden hafifçe gülümsüyorum.

Gitmek üzere ayağa kalkarken yine bir şey unutmuş gibi uzun uzun bakıyor odaya. Çok yemiş de yediklerini hazmedememiş biri gibi hissediyorum kendimi. Hemen çıkıyorum muayenehaneden. Birden yağmur başlıyor. Damlalar gittikçe büyüyor ve giderek pırıltılı gümüş tanelerine dönüp ışık yayıyor ortalığa. Karanlığı aydınlatıyor.

17

O hafta Kenan, hocaya bir kere daha gitmiş ama yine de pek düzelememişti. Demek papaz büyüsü öyle kolay bozulmuyordu. Şu adi kadın, canı yansın, Kenan sürüm sürüm sürünsün diye yapmıştı bu büyüyü. Ya kadının bedduası tutar da, ölene kadar böyle sıkıntı çekerse ne yapardı? Buna nasıl dayanırdı? Hem o yalnız ölmek istemiyordu ki...

Gerçi doktorun verdiği ilaçları almaya başladıktan sonra acillere filan gitmekten kurtulmuş, geceleri yatağında uyuyor, dışarı çıkmıyor, Fadi'nin evinin önünde sabahlamıyordu ama ilaç onu ne kadar iyi edebilirdi ki? Onun derdi başkaydı. Eski hayatını istiyordu o. Hangi ilaç eski hayatını geri verebilirdi ki ona.

Buna rağmen doktora gideceği günleri iple çekiyordu. Doktor ona kadın gibi değil, bir dost gibi davranıyordu. Bu hem iyi gelmiş, hem de onu biraz hayal kırıklığına uğramıştı. Onu beğenmemiş miydi yoksa?

Biraz kendini toparlayabilse, eskisi gibi kahkaha atabilse, kendine güvense, her şeyden bu kadar korkmasa kolaydı böyle şeyler. Zaten öyle olabilse, şu Fadi sürtüğünün de bu kadar peşine düşmez, onun için kendini bu kadar üzmezdi.

Doktora düzenli olarak gitmeye devam ediyordu. Her ne kadar doktor karısını da getirmesini istemişse de şimdilik bunun bir acelesi yoktu. Hem Handan'la tanışıp da ne yapacaktı? Ne gerekiyorsa zaten kendisi anlatıyordu. Her gidişinde o odada biraz daha fazla kalmak istiyor ama doktorun bundan rahatsız olduğunu biliyor, hareketlerinden bunu anlıyor, yine de zamanında çıkmayı beceremiyordu. Odadan çıkacağı zaman sanki kalbinin üzerine bir ağırlık çöküyor, konuşmalar yarım kalmış gibi geliyor, mutlaka yeni ve önemli bir konu bulmaya çalışıyordu.

Doktorun Günlüğünden

Hayat hızla akıp gidiyor. Muayenehaneme geldikten sonra akşamın nasıl bu kadar çabuk olduğunu anlayamıyorum. Eve geldiğimde benim için bambaşka bir hayat başlıyor. Evim sıcak ve huzurlu. Eşim ve çocuklarımın beni dört gözle bekliyor olduklarını bilmek, hayatıma en büyük anlamı katıyor. Çocuklarım hem bir an önce büyüsün istiyorum, hem de bundan biraz endişeleniyorum. Büyüyecek ve bu evden ayrılacaklar. Tıpkı bizlerin ayrıldığı gibi... O zaman başka bir dönemi başlayacak hayatın. Şimdilik pek tanımadığım, tanımaktan korktuğum bir dönem.

Onun için özellikle pazar günleri onlarla olabildiğince çok vakit geçirmeye çalışıyorum. Kızımla mutfağa girip birlikte sebze ayıklıyor, yemek yapıyoruz. Kızım bu işlere çok meraklı. Özellikle içine katmadığımız sebze kalmayan çorbalarda çok başarılıyız. Bir de evdeki büyük fırında pizza yapmak hoşumuza gidiyor. Bu pizzalar neredeyse pazar günlerinin simgesi haline geldi. Çok da lezzetli oluyor.

Oğluma gelince, onun sevdiği şeyler, eline tornavidayı alıp tamir yapmak. Neyse ki babası da anlıyor bu işlerden. Her hafta evde tamir edecek bir şeyler buluyorlar. Bir de bilgisayar merakı var. Altıncı yaş gününde alındı bilgisayar ama sekizinci yaş gününde, "Bu eskidi, yenisini alın," diye tutturdu. Henüz yaşı küçük ama yeniliklere meraklı. Bu bilgisayar ne kadar çabuk eskiyor, anlamadık gitti. Meğer her yıl yeni bir modeli çıkıyormuş. Zaten evde bilgisayarın dilinden Hasan'dan başka anlayan yok. Ondan beş yaş büyük olmasına rağmen Yağmur bile bilgisayarı onun kadar iyi kullanamıyor.

Bugün yine Kenan Bey gelecek. Bütün ısrarlarıma rağmen bana ne eşini getirdi, ne de geçmişine ait tek kelime etti. Bu konudaki suskunluğunu anlayamıyorum ama her zamanki gibi üzerine fazla gitmemeye özen gösteriyorum. Aslında ilaçlar etkisini gösterdi ve depresyonu büyük ölçüde geriledi ama hâlâ onda çözemediğim bir şeyler var. İşte bugün artık ne yapıp edecek ve eskilere gitmeye çalışacağım.

İlişkimiz eskiye göre çok daha iyi. Artık bana bir kadın gibi değil, dost gibi davranıyor ama eski Kenan olma sevdasından da vazgeçmiş değil.

Onu kapıda gülerek karşılıyorum. Yine çok şık! Zaten onu tanıdığım günden beri bu konuda son derece titiz davranmaya devam ediyor. Çok da zevkli! Kaliteli ve pahalı şeyler giyiyor ve her zaman parfümün en etkilisini kullanıyor. Elinde çoğu zaman siyah deri bir evrak çantası var. Bu çantada ne taşıyor acaba?

— Nasılsınız Kenan Bey?

— Fena değil... Eski sıkıntılarım azaldı ama hâlâ eski Kenan olamadım.

— Keşke sizinle birlikte yepyeni bir Kenan yaratabilsek!

— Sıradan biri olmak istemiyorum ben.

— Biliyor musunuz, aslında kimse sıradan değildir. Ben yıllardır bu meslekteyim, şimdiye kadar hiç sıradan birini görmedim. Herkesin dünyası birbirinden öyle farklı, öyle ilginç ki... Doğa sürekli yeni sanat eserler yaratıyor. Siz de o sanat eserlerinden birisiniz.

Bu sözlerim onu rahatlatıyor. Yüzüne gururlu bir gülümseme yayılıyor. Övülmeye, beğenilmeye, özel olduğunu hissetmeye ne çok ihtiyacı var bu adamın.

— Ancak bu eseri ben hâlâ yeterince tanımıyorum. Hâlâ eşinizi bile getirmediniz?

— Ne yapacaksınız eşimi, ben zaten size gereken her şeyi anlatıyorum.

— Pek öyle sayılmaz. Nasıl bir aileniz vardı, anneniz nasıl bir kadındı, bana bunları hiç anlatmadınız.

— Annem mi? Annem muhteşem bir kadındı. Beni çok severdi. Buna sevmek de diyemeyiz, adeta tapardı bana. Şanslı bir çocuk olarak doğurmuş beni. Pazar günü doğmuşum ben. İngiltere'de "Sunday Baybies" derler. Pazar günü doğanlar şanslı olurmuş. Ama o benim kadar şanslı değildi.

Nihayet geçmişiyle ilgili bir şeyler anlatacak. Sanırım onu bir sanat eserine benzetmem hoşuna gitti. Belki de annesinden söz etmeyi seviyor. Bir şey sormak yerine hiç konuşmadan devam etmesini bekliyorum...

Çünkü en küçük bir tepkim onu durdurabilir. Daha önce gittiği doktorlar da geçmişini sormuş ama hiçbirine anlatmamış. Biraz düşündükten sonra devam ediyor. Sesi yavaş ve mahzun!

— Tanıştıklarında babam evliymiş. Uzun süre böyle devam etmiş ilişkileri. Annem hep bir çocuğu olsun istiyormuş. Bursa'da bir Tezveren Türbesi var. Oraya gider, adaklar adarmış. Sonradan o türbeyi birlikte sık sık ziyarete giderdik. Sonunda annem hamile kalmış. Babam biraz da mecburen evlenmiş annemle. Öteki kadın ayrılmayı bir türlü kabul etmemiş. Babam ayrılmayı kabul etmesi için neyi var, neyi yoksa ona vermiş. Zaten bir bankada memurmuş. Yani zengin biri değilmiş. Babamın ailesi kabul etmemiş annemi. Aslında ben çocukluğumla ilgili pek bir şey hatırlamıyorum. Babanı anlat deseniz de anlatamam. Bildiklerim, annemin bana anlattıklarından ibaret.

— Yine de biraz düşünün isterseniz. Bazen beynimiz bize oyun oynar, hatırlamak istemediğimiz şeyleri derinlere saklar ama silmez.

Kaşlarını çatıp elini çenesinin altına koyarak dalıp gidiyor. Gerçekten bir şeyler bulmak ister gibi bir hali var. Sonra kendi kendine konuşur gibi mırıldanarak anlatmaya başlıyor.

— Babam hep durgun, asık suratlı ve hep neşesizdi. Arada bir neden bilmem annemle kavga ederlerdi. Öyle zamanlarda bana da kızardı. Babamın elinden beni hep annem kurtarırdı. Akşamları camın önündeki koltuğa oturup gazete okurdu. Benimle pek ilgilenmezdi galiba... Bir de ben hastanede yatarken beni ziyarete gelişleri var. Galiba başımı okşardı o zaman.

Yine susuyor. Demek çocukken hastaneye yattı. Neden acaba? Soru sormadan dinlemeliyim. Sessizlik uzuyor. Düşünürken kaşları giderek daha çok çatılıyor. Sanırım zihninin derinliklerinde gördükleri pek hoşuna gitmedi.

— Ben iki-üç yaşlarındayken annem hastalanmış. O dönemi de pek hatırlamıyorum. Hastaneye yatırmışlar kadıncağızı. Ben ortada kalınca babam beni de alıp babaannemlere yerleşmiş. Babaannemi çok iyi hatırlıyorum. Anneme hiç benzemezdi o. Suratsız, şişman ve çirkin bir kadındı. Galiba babam gibi, o da beni pek sevmiyordu. Birkaç yıl orada yaşamışız. Ben o dönem sık sık hastalanmışım. İşte o hastalıklardan birinde beni de hastaneye yatırmışlar.

Yine uzun bir sessizlik oluyor. Sonra başını aniden bana doğru çevirerek yüksek sesle konuşuyor.

— Bunları size anlatmak zorunda mıyım? Hem zaten çoğunu hatırlamıyorum bile...

Böyle dese de eli yine çenesinin altına gidiyor, kaşları çatılıyor ve gözleri uzak bir yerlere takılıyor. Pandora'nın kutusu açıldı bir kere. İstemese de anlatacak. Yıllardır o kutuyu açmaması belki de o günlerde yaşadığı derin acılarla ilgili. Hepimizin iç dünyasında bir kenara saklanmış, açılacağı günü bekleyen böyle kapalı kutular vardır. O kutular kapalı da olsa kokusu hiç gitmez burnumuzdan. O kokunun nereden geldiğini bilmesek de bizi rahatsız etmeye devam eder.

— Ah Gülseren Hanım, ah... Çok kötü günlerdi onlar. Özellikle geceleri korkar, uykudan uyanır ve çığlık atardım. Aslında odada yalnız değildim. Demir karyolalarda benim gibi birçok çocuk yatardı ama gündüzleri çoğunun başında anneleri olurdu. Ben yalnızdım. Babam her gün uğrar, şöyle bir başımı okşar, doktorlarla konuşup giderdi. Ben yalnızdım.

Ah Kenan Bey ah, bunları neden daha önce anlatmadın? Annesinin bir anda ortadan kaybolması ilginç! Hastaneye yattı diyor ama süre çok uzun. Bugün çektiğin ıstırapların kökleri işte o günlerde saklı. Bir kadın tarafından terk edilmenin onu neden bu kadar kırdığını, yalnız kalmaktan neden bu kadar korktuğunu şimdi daha iyi anlıyorum. Keşke bunları sen de görebilsen, bunları gördüğün için önce çokça üzülsen ama sonra küllerinden yeniden doğsan!

— Orada ne kadar yattığımı hatırlamıyorum. Doktorların her gün ağzıma soktukları soğuk demir çubuklar, hemşirelerin sabah akşam yaptığı, çok canımı yakan iğneler ve her gece düzenli olarak yatağı ıslatışlarım kalmış aklımda. Ben yatağı ıslatınca hemşireler buna çok kızar, "Koca oğlansın, utanmıyor musun her gece yatağı ıslatmaya," derlerdi. Belki de biraz da onlara kızdığım için yapardım bunu. Geceleri çığlık atarak uyanınca da öfkeyle bakarlardı yüzüme. "Sus, öteki çocukları da uyandıracaksın!" derlerdi. Aslında ben bunların çoğunu unuttum sanıyordum ama demek unutmamışım.

Sanırım bunları ilk kez anlatıyor. Kendisinin bile hatırlamaya korktuğu şeyleri bir başkasına anlatmak, ağzından çıkanları bir kez de kulağıyla duymak insana her zaman zor gelse de bir o kadar da faydalıdır. İnsanı hasta eden bir apse gibidir bunlar. Apse açılırken insanın nasıl canı yanarsa, burada da böyle olur.

O, yumuşak, çok farklı bir sesle anlatmaya devam ediyor. Yüzünde küçük bir çocuğun yalnızlığını ve çaresizliğini görüyorum.

— Geceleri koğuşun ışığını kapatırlardı, sadece koridordan sızan ışık yansırdı içeri. Işıklar kapanınca, hepimiz uyku vaktinin geldiğini anlardık ama hiçbirimiz uyuyamazdık. Konuşmadan öylece bakardık birbirimize. Kiminde sargılar vardı, kiminin kolunda serum. Hepimizin gözleri ölü gözü gibi donuktu. İçimizde en küçük olanı o gecelerden birinde öldü. O zaman ölümün ne olduğunu bilmiyordum. Önce o çocuğun yattığı demir karyolanın etrafına beyaz perdeler çekildi. Bütün doktor ve hemşireler başına toplandı. Önemli bir şey olduğunu anladık. İğne yapacaklar, çocuk çok bağıracak, ağlayacak sandık ama ondan hiç ses çıkmadı. Biraz sonra içeri bir sedye geldi, çocuğu onun üstüne yatırdılar, üzerine de yine beyaz çarşaflar örtüp götürdüler. O gece onun yatağı boş kaldı. Sabaha kadar hepimiz o yatağa baktık. Ertesi gün onun yerine iriyarı, şişman bir çocuk geldi. Çok iri olmasına rağmen sesi incecikti ve hep ağlıyordu. Bu sefer de hep birlikte ona bakmaya başladık. Biz baktıkça önce daha çok ağladı, sonra da sustu. Bir daha bizim gibi sadece iğne yapılırken ağladı.

Ne kadar hüzünlü! Anlatmaktan bu kadar korkmakta haklıymış. Bir çocuğun, o yaşta, hem de uzun süre hastanede yatması, onun hayatında hiç unutulmayacak bir travma etkisi yaratır. Üstelik o ara annesi de yanında yok. Belki de annesinin yokluğu yüzünden hastalandı. O yaşlarda anne yokluğu çocukların beden sağlıklarını ağır biçimde etkiler. Hatta yapılan araştırmalar anneleri tarafından terk edilen çocukların sadece sık sık hastalanmakla kalmayıp büyümelerinin de durduğunu gösterir. Anne tarafından aniden terk edilmenin yarattığı ruhsal travmaya gelince, onu anlatmaya kelimeler yetmez.

— Gündüzleri öteki çocukların anneleri çocuklarına bol bol yiyecek, içecek getirir, benim yanımda kimseyi göremeyince getirdiklerinden bana da verirlerdi ama ben yemezdim. Zaten o ara çok zayıflamıştım. Önceleri duyduğum korku azalmış, sanki ot gibi, tepkisiz biri olmuştum. Sadece canım yanarsa bağırıyor, onun dışında sessiz ve tepkisiz yatıyordum. Canım hareket etmek, koşup oynamak da istemiyordu. Babam bana resimli kitaplar, boya kalemleri getiriyordu. Onlar başucumdaki dolabın üzerinde duruyor, elime bile almıyordum. Hemşireler arada bir beni ayağa kaldırıp yürütmeye çalışıyorlardı ama o kadar halsizdim ki, bir an önce yatıp beyaz örtüyü başıma çekiyor, onlar açmadıkça, sanki onun altına saklanmak istiyordum. İşte bu kâbus dolu günlerin birinde bir mucize oldu.

Sözün burasında yüzü aydınlanıyor, kaşlarını çatmaktan vazgeçiyor ve başını bana doğru çevirerek anlatmaya devam ediyor.

— Annem geldi. Beni oradan kurtarmaya annem geldi. Onu daha uzaktan görünce çığlıklar atarak ağlamaya başladım. Bir yandan birbirimize deli gibi sarılıyorduk bir yandan da annemi tırmalıyor, saçını çekiyordum. Ağlamamı bir türlü durduramadılar. Ziyaretçi saati bitip de annem giderken öyle çok bağırdım ki, sonunda hemşireler beni yatıştırabilmek için canımı çok acıtan bir iğne yapmak zorunda kaldılar. Yine de o gece bir uyudum, bir uyandım. Annem gelmiş ama yine gitmişti. Ertesi gün mutlaka geleceğini ve beni buradan kurtaracağını söylemişti ama artık ona inanmıyordum. Ya gelmezse diye sabaha kadar içim içimi yemişti. Ne uzun bir geceydi o! Ertesi gün annem geldi ve beni çıkardı.

Derin bir nefes alıyor. Bir işkence odasından çıkmış gibi... Demek onu yine annesi kurtardı. Bu bana, tedavinin ilk günlerindeki sözlerini hatırlatıyor. Kurtarın beni... Birisi tarafından kurtarılmak, hayatında önemli bir tema haline gelmiş.

— Bu sefer babaannemlere değil, başka bir eve gittik. Sonra da babam geldi ama yine evde varlığı ile yokluğu belli değildi. O hep gazete okur, annem de odasına çekilip ağlardı ama eskisi gibi evde kavga gürültü olmuyordu. Şimdi düşünüyorum da benim annem de babam da o zamanlar çok mutsuzmuş. Demek ki ilk yıllarım bu mutsuz evde geçmiş benim. Sonra bir gün hastalandı babam. Annem onu hastaneye götürdü ve bir daha da gelmedi.

Sanırım babası öldüğünde, o çocukluğunun sonuna gelmiş. Baba kaybı için ne kötü bir yaş!

— Annem çok düşkündü bana. Kendine ait bir hayatı yoktu, sadece ben vardım onun için. Çocukluğumda bu durum çok rahatsız ederdi beni. Herkes gibi sokağa çıkamaz, istediğim gibi koşamaz, oynayamazdım. Sırtıma ter bezleri koyar, üşütürüm diye camı açtırmaz, soğuk su içirmez, yemek yemezsem oturur ağlardı. Koca oğlan olana kadar beraber yattık. Gerçi o zamanlar ben de ondan ayrı yatmak istemezdim ya... Korkardım... Çocukluk işte...

Düşündüklerim doğru. Anneyle ilişkileri pek sağlıklı değil.

— Annenizin bir anda ortadan kaybolmasını tam anlayamadım. Hani siz çok küçükken?

— Ben de annemin anlattığı kadarını biliyorum. Bakırköy'e yatırmışlar annemi. Babaannem zaten ondan hep "deli gelin" diye bahsederdi. Şimdi annemi daha iyi anlıyorum. Kadıncağız sıkıntıdan hasta olmuş. Zaten hayatta benden başka kimsesi yoktu. Babam da çok eziyet etmiş kadıncağıza. Beni doğurmasa belki de annemle hiç evlenmeyecekti. Ben doğduktan birkaç ay sonra resmi nikâh yapmış anneme. Bu duruma ailesi de karşı çıkınca, dünyayı zehir etmişler kadına. Anneme hep "kahpe" derdi babaannem. Ne kahpeliğini gördüyse kadıncağızın!

Ne ilginç bir hikâye! Geleceğimiz gerçekten de geçmişimizde saklı! İyi bakmayı bilebilsek, bakınca görmeyi becerebilsek, bir falcı gibi okurduk kaderimizi.

Aynı şeyleri tıpkı babası gibi o da yaşamış. Evliyken yıllarca Fatoş'la birlikte olmuş ama Fatoş hamile kalsa da bebeği aldırdığı için evlenmek zorunda kalmamış. İşin daha ilginç olan yanı ise, annesinden bahsederken bu durumlara düştüğü için çok üzülüp "kadıncağız" gibi şefkat dolu bir tabir kullanırken Fatoş için "sürtük" ya da "kahpe" sözlerini kullanıyor.

— Hep eski karısındaydı aklı. Ben hiç görmedim o kadını ama annemin anlattığına göre görgüsüzün, köylünün tekiymiş kadın. Annem daha modern bir kadındı. Çok kıskançtı babam, annemin onu başkalarıyla aldattığını düşünürdü.

Baba onun için bir yabancı, hatta bir düşman. Onunla özdeşleşememiş. Onu kendine örnek alamamış, zaten anne buna izin vermemiş. Eşcinsel olmak yerine tam bir erkek, hatta fazla erkek olmaya karar vermiş. Çapkın, kadınların bayıldığı biri...

— Benim sahibim annemdi. Yemez yedirir, giymez giydirirdi. Çok temiz, titiz bir kadındı. Ev, bark hep pırıl pırıl olurdu. Onun yaptığı yemeklerin lezzetini daha sonra hiçbir yerde bulamadım. Gerçi Fadi de güzel yemek yapardı. Anneminkilere benzemese de tıpkı annem gibi iyi bakardı bana. Koca adam oldum ama annemin gözünde hiç büyümedim. Benim sevdiğim yemekleri yapar, kahvemi, çayımı bile dantelli tepsilerde getirirdi.

Sahibi hep annesi... Babası ona hiç sahip çıkmamış, korumamış, kollamamış, güven vermemiş, hatta sevmemiş bile...

— Babanıza da böyle hizmet eder miydi?

— Hayır, kızardı babama.

— Babanızı kaybettiğinizde siz kaç yaşındaydınız?

— On bir, on iki filan ama ikimiz de pek üzülmedik.

Tam buluğ çağında kaybediyor babayı. Suçluluk duygularıyla nasıl başa çıktı acaba?

— Sanırım babam ölünce, bize az bir maaş bağlandı. Bu parayla idare etmek kolay değildi. Kirayı ödeyemediğimiz için sık sık ev değiştirdik. Tabii bu arada okuduğum okul da değişiyordu. O ara annem dikiş kurslarına gitmeye başladı. Evde dikiş dikerek bütçemize katkıda bulunuyordu. O dikiş dikmeye başlayınca bir daha ev değiştirmedik. Her şeye rağmen beni kral gibi büyüttü. Zaten iriyarı, gösterişli bir çocuktum. Babama hiç benzemezdim.

— Nasıl biriydi babanız?

— Sıradan biri işte!

Demek sıradan biri! Sıradan biri olmaktan korkuyordu Kenan Bey!

— Ben anneme çekmişim. Annem de boylu boslu, güzel bir kadındı. Beni hep temiz ve kaliteli giydirirdi. Yiyecek ekmeğimiz yokken bile kıyafetlerime bakan, beni köşkte yaşıyor sanırdı.

— Kendi de böyle mi giyinirdi?

— Kendine para harcamayı sevmezdi. Lacivert, çok şık bir döpiyesi vardı. Önemli bir yere gideceği zaman hep onu giyerdi. Yakasına annesinden ona kalan tek şey olan elmas bir broş takardı. Onun dışında evde basma elbiselerle dolaşırdı ama o basmaları öyle güzel dikerdi ki, onlar bile şık dururdu üzerinde.

Çocukluk yılları annesine çok yakın geçmiş. Her zaman saygı ve sevgi gören evin küçük erkeği olmuş.

— Sık sık konuşurdu benimle. Zaten konuşacak benden başka kimsesi de yoktu kadıncağızın.

— Neler anlatırdı size?

— En çok gençliğinden ve babamdan söz ederdi. Neler hayal ederken neyle karşılaştığını, babamın onunla hiç ilgilenmediğini, bir gün bile güzel bir söz duymadığını, zaten bu yüzden hastalandığını filan söylerdi. Beni hastane köşelerine attılar, bir de adımı deliye çıkardılar derdi. Sanırım çok ağır bir depresyon geçirmiş. O zamanlar hep kendini öldürmek istermiş. Bir tek benim varlığım onu ayakta tutmuş.

— Birkaç yıl boyunca hep hastanede mi kalmış?

— Onu tam bilmiyorum.

Bunu söylerken yüzü karmakarışık oluyor. Annesiyle ilgili belki de hiç bilmediği bir şeyler var. Bunu, bugüne kadar hiç düşünmemiş olamaz. Hepimiz gibi, o da bilmekten korktuğu şeyleri zihninin derinliklerine gömmüş ve bir daha da oradan hiç çıkarmamış. Ayrıca annesinin de ağır bir depresyon geçirmiş olması, Kenan Bey'e bu anlamda genetik bir yatkınlık kazandırmış.

— Annenizin gidişi de, sonradan anlattıkları da çok etkilemiş sizi.

Bir süre uzaklara dalıp gidiyor. Çocukluğunu düşünüyor.

— O ara öyle sık ev değiştirirdik ki, ben her seferinde yeni bir çevreye, yeni bir okula, yeni arkadaşlara uyum sağlamak, kendimi onlara kabul ettirmek zorunda kaldım.

— Bu da size, insanlarla kolay ilişki kurabilmek gibi bir yetenek kazandırmış.

— Öyle galiba... Anneme hem çok üzülür, hem de ondan bu iç karartıcı şeyleri dinlememek için bir bahane bulur ve hep kaçardım evden. Canım eve gitmeyi hem ister, hem istemezdi.

Sonraki yaşamında da öyle olmuş. Canı hiç eve gitmek istememiş ve hep evden kaçmanın bir yolunu bulmuş. Üstelik annesi sayesinde kadınları çok iyi tanımış. Neyin özlemini çektiklerini, hayallerinin ne olduğunu iyi bildiğinden, zamanla kadınların ilgisini çeken, onlar tarafından arzulanan bir erkeğe dönüşmüş. Bu hızlı yaşam biçimi ve içinde bolca kadınların bulunduğu dünya Kenan Bey'e hep cazip gelmiş. Sonunda her kadının hayalindeki adam olup çıkmış. Üstelik bütün bunlar ona kendini öyle değerli hissettirmiş ki, hayatında başka şeylere yönelmesi gerekmemiş.

— Üniversiteye başladıktan sonra hayatımda yeni bir sayfa açıldı. Kızlar o dönem bana yoğun bir ilgi göstermeye başladılar. Bu ilgiyle yavaş yavaş kendime geldim. Benim de değerli, sadece annesi tarafından değil, bütün kadınlar tarafından beğenilen bir erkek olduğumu işte o zamanlar fark ettim. Bu durum beni ziyadesiyle memnun etti. Kızların biri gelip biri gidiyordu ama ben baştaki heyecanımı çabuk kaybediyor, her seferinde yeni bir heyecan arıyordum.

Değerli olduğunu, herkes tarafından beğenildiğini, onaylandığını defalarca hissetme arzusu bu. Ancak listenin çok kabarık olmasına rağmen sanırım bunu kendine hâlâ kanıtlayamamış.

— Aslında yaşadığım onca ilişki size çok bencilce gelebilir ama hiçbiri öyle değildi. Kadınlar benim için her zaman kutsal varlıklardır. Onlara hayal ettiklerinden bile çok daha fazla ilgi gösterir, benimle birlikte onların da aynı heyecanı hissedebilmeleri için elimden geleni yapardım. Onları dinler ve anlardım. Kadınların her zaman bir erkek tarafından anlaşılmaya, keşfedilmeye ihtiyaçları vardır. İşte bunu bende fazlasıyla bulurlardı. Sonunda artık bensiz yaşayamayacaklarını hisseder ve bana teslim olurlardı. İşte bu noktadan sonra işler değişir, aynı şeyleri bir başka kadına yaşatmak isterdim.

Sadece tek bir kadın tarafından sevilmenin ve onaylanmanın ona yetmediğini bir kez daha açıkça ifade ediyor.

— Artık, her anlamda çok çekici bir erkek olduğumu görmüştüm ve bu bana kendimi çok iyi hissettiriyordu. Çoğu zaman kadınlar bana yaklaşıyordu. Öyle zamanlarda problem yoktu zaten ancak neden bilmem, arada bir bana uzak duran kadınlarla karşılaşmak zoruma gidiyordu. Sanki bir anda kendime olan güvenim azalıyor, hatta bu yüzden depresif dönemler yaşıyor ama sonunda ne yapıp edip o kadınla da ilişki kurmanın bir yolunu buluyor ve rahatlıyordum.

Bugün ne oldu Kenan Bey'e? Kendisiyle ilgili gerçekleri ne güzel görüyor, ne güzel anlatıyor… İlk geldiği günler bana gösterdiği yoğun ilgi geliyor aklıma. Bir kadın tarafından terk edilmenin acısıyla kıvranırken, önem verdiği, hatta yardım istediği bir başka kadınla ilişki kurmak, onu da ayartmak ve kendisine bağlamak ona çok iyi gelecek diye hissediyordu. Onun gençlik yıllarından beri en iyi bildiği yol bu olmuş zaten.

Freud, biz terapistleri bu konuda uyarır ve bu ilginin aslında bir aşk olmadığını, bir ebeveynden terapiste aktarılmış bir transferans yani aktarım olduğunu vurgular. Demek ki karşımda oturan bu yakışıklı adam, hayatında bir aşk, bir ilişki olmadığında kendini bomboş ve güvensiz hissediyor.

— İşte Handan o dönemde çıktı karşıma. Benimle arkadaşlık ediyor ama aramızdaki mesafeyi hep koruyor ve bana bir türlü teslim olmuyordu. Hatta bazen, beni bırakıp gideceğini bile düşündüğüm oluyordu. Sonunda o bana değil ama ben ona teslim oldum ve evlendik. Tabii evlenince işler değişti. O benim karımdı, benim için önemliydi ama ben yine de yeni fetihler yapmadan duramıyordum. Ama o bazı şeyleri görmezden geliyor ve ilişkimiz devam ediyordu. Onun bana gösterdiği bu tolerans, Handan'a duyduğum saygıyı daha da artırdı. Artık ben de onu incitebilecek davranışlardan uzak durmaya çalışıyordum. İşte tam evliliğimiz yoluna girmişken annemi kaybettim.

Annesi daha dün ölmüş gibi hemen gözleri doluyor.

— Annemi kaybedince dünya başıma yıkıldı sandım. Hastalandığında Türkiye'de ne kadar doktor varsa getirdim başına ama nafile… İşte böyle doktor hanım, sonunda annem işte böyle beni bırakıp gitti.

Büyük bir içtenlikle ve acıyla söylüyor bunu. Bırakıp gitti, diyor, yani terk etti. Ölümü genellikle çocuklar terk ediş gibi algılar. Bu adamın, hem de bu yaşta annenin ölümünü terk olarak algılaması çok ilginç doğrusu. Fadi'nin onu terk edişinden belki de bu yüzden bu kadar etkilendi. Kızın onu terk ederken ne kadar haklı sebepleri olduğunun bir önemi yoktu çünkü ölümü bile sebepten saymıyor o.

— İlk büyük depresyonu o sıralar yaşadım. Ne kadar acı çektiğimi anlatmaya kelimeler yetmez. Zaten o depresyondan çıkınca hayatımda çok şey değişti. O zamana kadar Handan'la idare edip gidiyorduk. Her neyse, ölenle ölünmüyor. O gitti, ben kaldım ama dünyanın eski tadını da alıp götürdü.

Cebinden çıkardığı beyaz, ipek bir mendille gözlerindeki yaşları sildikten sonra anlatmaya devam ediyor.

— O zaman da kimse anlamamıştı beni. Arkadaşlarım güya beni teselli ediyor, bu yaşta, elden ayaktan düşmeden ölmenin aslında şükredilecek bir şey olduğunu söylüyorlardı. Biliyorum, doğruydu söyledikleri. Annem öldüğünde seksen dört yaşındaydı ama ben yine de onun ölümünü kabullenemedim...

Mendili yavaşça cebine koyduktan sonra anlatmaya devam ediyor.

— Fadi konusunda da öyle yaptılar. Hiçbiri anlamadı halimden. "Geç bile kaldın, bırak artık şu sürtüğü," deyip durdular.

"Bırak artık şu sürtüğü..." Demek başkaları da arkasından Fatoş'a sürtük diyor. Nasıl bir tesadüf, nasıl bir kader bu böyle! Bu kaderi yazan, bu kadar ince ayrıntıları nasıl oturtmuş içine? Hüzün çöküyor üzerime. Bütün bunları nasıl yorumlayacağımı, bu oyunun karakterlerinden hangisine yanacağımı bilemiyorum.

— Annemden sonra yine bana bir haller oldu. Teselliyi yine kadınlarda aramaya başladım. Canım hiç eve gitmek istemiyor, her gece bir başka kadının koynunda sabahlıyordum. Evli olduğumu, evde beni bekleyen bir karım olduğunu sanki unutuvermiştim. Her şeye rağmen hayatı bir türlü dolduramıyor, hep bir boşlukta hissediyordum kendimi. Artık yaşadığım ilişkilerin süresi daha da kısalmış, kadınları her ne kadar hâlâ çok çekici bulsam da, onlara duygusal bir yakınlık hissedemiyordum.

Anneyle birlikte kadınlara duyduğu güven ve ilgi de bitmiş.

Belki de annesinden başka hiçbir kadını sevmeyerek, anneye ihanet etmemiş olmanın bir yolu bu.

— İşte o ara Handan hamile kaldı. Ben o ara bir çocuk sahibi olmayı hiç istemiyor ve bunu Handan'a ısrarla söylüyordum. Belki de beni eve bağlamanın bir yolu olarak düşündü çocuğu. İkimiz de çok gergindik. Doğum yaklaştıkça benim de onun da gerginliği artıyordu. Doğuma üç-dört hafta kala bir akşam yine bu konuda aramızda bir tartışma oldu. Sanırım o gece Handan'ın tansiyonu çok yükselmiş. Hemen hastaneye götürdüm, erken doğum yaptı. Birkaç gün kuvözde kaldı bebek ama yaşamadı. Bana çok benzeyen bir oğlandı ama kısmet değilmiş.

Suçlu gibi başını önüne eğip bir süre konuşmadan dalgın gözlerle etrafa bakıyor.

— Sonra yine kötü günler başladı. Handan bir şey demese de sanırım bu olaydan dolayı içinden beni çok suçladı. Zaten ben de suçluyordum kendimi, bir de en yakınımdan gelen bu suçlayıcı bakışları içime sindiremedim ve her zamanki gibi yine kaçtım.

Gençliğinde çok sevdiği halde annesinden de nasıl kaçtığını biraz önce anlatmıştı. Demek bir sorunla karşılaştığında hemen sahayı terk etmek de hayatındaki önemli alışkanlıklardan biri.

— Yine birçok kadın girdi hayatıma. Bir yandan işler, bir yandan kadınlar oyalıyordu beni. Ama yine de bu bitmez tükenmez ilişkilerden yorulduğumu hissetmeye başlamıştım. Gerçi kadınsız yapamayacağımı biliyordum ama ne eve, Handan'ın yanına dönebiliyor, ne de kadınlardan vazgeçebiliyordum.

İşte o yıllarda Fadi çıktı karşıma. Onunla bir ilişki aklımın ucundan bile geçmezdi ama yine de tanıdığım diğer kadınların hiçbirine benzemiyordu o. Gençti, saftı, köylüydü, daha önce hiçbir erkek tanımamıştı. Daha doğrusu garibanın tekiydi. Bana gösterdiği ilgiyi çok doğal kabul ediyordum ama daha fazlası gibi bir niyetim yoktu. Sonra nasıl oldu bilmiyorum, aradığım sıcaklığı o verdi bana. Onunla birlikte yaşadığımız eve gitmek zor gelmiyordu oysa diğerlerinde bunu hiç böyle hissetmedim. Sadece beni o kadar sık arıyor, adeta taciz ediyordu ki, biraz bundan sıkılıyordum. Buna sadece ben değil, arkadaşlarım da kızıyordu ama öyle böyle derken beni eve bağlamanın bir yolunu buldu. Onunla beraberliğimiz sırasında da arada bir kaçamaklarım oluyordu ama bunlar eskiye göre çok azalmıştı. Yorgun ama huzurluydum. Bana kalsa bu ilişki sonsuza kadar devam edebilirdi.

— Öyleyse neden etmedi?

— Biliyorsunuz, beni o terk etti.

— Onunla evlenseniz, sizi yine de terk eder miydi?

— Hiç sanmıyorum. Zaten onun tek amacı benimle evlenmekti.

— Neden evlenmediniz?

— Zaten evli gibiydik. Ben Handan'la yaşadığımız eve çok nadir gidiyordum ama onu bir kere daha boşamayı içime sindiremedim. O kadın bunu hak etmiyordu.

— Adalet duygunuz galip geldi diyebilir miyiz yoksa başka nedenleri mi var?

— Başka ne olacak?

— Ondan da vazgeçmek istemiyorsunuz gibi geldi bana.

— Doğru, kadının zaten sesi çıkmıyor. Hem onun varlığı bana güven veriyordu. O gitse belki de çok üzülürdüm.

— Hiç bunları Handan Hanım'la konuştunuz mu?

— Yok canım, bunlar konuşulacak şeyler mi?

— Neden olmasın, zaten yıllardır doğru dürüst eve gitmeyince, bir şeyler anlamıştır.

— Anlamaz mı? O her şeyi biliyor ama yüzüme vurmuyordu.

— Şimdi ne düşünüyorsunuz?

— Şimdiki aklım olsa hemen boşardım Handan'ı ve Fadi'yle evlenirdim.

— Emin misiniz?

Önce hemen cevap vermeye yelteniyor ama sonra bundan vazgeçip düşünüyor.

— Aslında bana kalsa, ilişki eskisi gibi devam etsin derdim.

— Yani ikisi de kalsın. Neden acaba?

— Bilmem, belki de öyle olunca insan kendini daha güvende hissediyor. Benim en büyük korkum hep yalnız kalmaktır.

— Kendinizi garantiye almaya çalışmışsınız.

— Hiç böyle düşünmemiştim ama belki de öyledir. Belki de Fadi'nin gidişi, benim bu korkularımı alevlendirmiştir.

— Şimdi Handan Hanım var yanınızda. O hâlâ sizinle birlikte. Onu kaybetmemek için bir gayretiniz var mı?

— Ne gayretim olacakmış! Zaten artık hep evdeyim. Bir yerlere gittiğim yok. Onun yıllardır istediği bu değil miydi?

— Bu muydu?

Yine düşünüyor. Basmakalıp sözlerde bugün ısrarlı değil.

— Aslında onunla ilişkimiz çok daha iyi gitse belki de bu kadar perişan olmazdım. Neden bilmiyorum, bana eski yakınlığı göstermiyor. Eskiden haftada bir gün şöyle bir uğrasam bile bana gözü gibi bakar, sevgi ve şefkat gösterir, hele gece de evde kalmışsam kedi gibi sokulurdu. Şimdi ise eve dönüşüme sevineceği yerde, bana eski yakınlıkların hiçbirini göstermiyor. Zaten odaları da ayırdı.

— Belki de artık o sizden yakınlık bekliyor.

— Hiç huysuzluk etmiyorum, benim için yaptığı her şeye teşekkür ediyorum ama daha fazla ne yapabilirim? Bir yere gittiğim yok, hep yanındayım ama bu sefer de o bunun kıymetini bilmiyor.

Hep onun kıymeti bilinecek ve sorunlar hep karşı tarafça çözülecek. Değişik ama çok tehlikeli bir hayat felsefesi... Belki de bu adam insanlara kendinden bir şeyler vermeyi bilmiyor. Bunu hiç öğrenmemiş olabilir mi?

— Bu ara hayatınızda başka kadınlara yer vermiyorsunuz galiba!

— Kadınlar mı bana eskisi gibi ilgi göstermiyorlar, bende mi bir şeyler değişti, henüz anlamış değilim. Bu konuda siz ne düşünüyorsunuz?

— Değişen sizsiniz gibi geliyor bana.

— Ne yani, yaşlandım mı, eskisi gibi yakışıklı mı değilim, nedir değişen?

Yaşlanmak ve yakışıklılığını, çekiciliğini kaybetmek de onun korkulu rüyası. Bunu baştan beri biliyorum.

— Yaşlanmadınız, üstelik hâlâ çok yakışıklısınız.

— Sahi beni yakışıklı buluyor musunuz?

Bu soruda eski flörtöz tavır yok. Diğer sorular gibi dümdüz soruyor. Bu da beni rahatlatıyor.

— Evet, hâlâ çok yakışıklısınız. Bugün bana kendinizle ilgili çok şey anlattınız. Biliyor musunuz, bu anlattıklarınızdan sonra hem sizi çok daha iyi tanıdım hem de bugün yaşadığınız sorunların nerelerden kaynaklandığını çok daha iyi anladım. Bu anlattıklarınızda, siz de bir şeyler görebildiniz mi?

Yine hemen cevap vermiyor. Sonra başını kaldırmadan sorumu yanıtlıyor.

— Bunları konuşmak çok canımı sıktı. Geçmiş, her zaman hüzünlendiriyor insanı. Bir daha o günlere dönmeyi istemiyorum. İlginize teşekkürler. Bugün çok vakit ayırdınız bana.

Böyle diyerek hemen ayağa kalkıyor ve elimi dostça ve nazikçe sıkarak çıkıyor odadan yani her zamanki gibi kaçıyor. Bu sefer bir şey unutmuş gibi arkasına bakmıyor.

O çıkınca kapıyı kapatıp masama geçiyor ve Kenan Bey'in dosyasını açıyorum önüme. İçimden, demek böyle Kenan Bey, diyorum, artık seni öyle iyi anlıyorum ki... Meğer senin de ne kadar hüzünlü bir hikâyen varmış! Demek sana düşkünlüğüyle ünlü sevgili annen tarafından, daha çok küçükken, hem de baban bile sana sahip çıkmazken terk edildin. Hiç tanımadığın, sevmediğin, sevilmediğini de o küçük kafanla bile hemen hissettiğin başka bir kadının ellerine teslim edildin. Bir çocuk için bundan daha büyük bir acı, bundan daha büyük bir travma olabilir mi? Hem de bir ay değil, iki ay değil, süresini bile tam söyleyemediğin birkaç yıl... Eminim o zaman seni bu büyük travma hasta etti.

Bir de hastane günlerin var. Yapayalnız oraya bırakıvermişler seni. Orada da ne kadar kaldığını bilmiyorsun. Anneni görünce neden ağladın? Sevinçten mi yoksa seni bırakıp giden anneне duyduğun öfkeden mi? Bütün bunlardan sonra senin kadınlara güvenmen mümkün mü? O yüzden mi bir yandan kadınsız yapamazken, bir yandan da onlara duyduğun öfke bitmiyor? O yalnızlık korkun, geçmişte, hem de daha küçücükken yaşadığın yapayalnız günlerinden mi kaynaklandı?

Yıllardır bir köşeye saklanan, ortaya çıkacakları günü sabırsızlıkla bekleyen korkuların, zaten fırsat kolluyormuş. Fatoş'un seni terk etmesi demek seni bu yüzden bu kadar etkiledi. Kadınlar yoksa sen bir hiçsin ama geçmişine bakınca, o hastane günlerini düşününce, insan seni ne güzel anlıyor. O yaşta bir çocuğun yanında bir annesi, bir sahibi yoksa o bir hiçtir zaten.

Sıradan biri olmaktan, babana duyduğun öfke nedeniyle mi bu kadar korkuyorsun? Onun için mi hep çok özel biri olmak istedin? Ama bir yanın kadınlara hâlâ çok muhtaç. Zora düşersen seni o düştüğün yerden yine bir kadının kurtaracağına neden böylesine inandığını anlamak için senin geçmişte yaşadıklarını bilmek gerekiyormuş. Demek onun için bir tek kadın sana yetmemiş. Demek onun için yedekte hep birileri bulunmuş. Demek onun için bir kadına bağlanmaktan hep korkmuşsun.

Bir de artık yavaş yavaş su yüzüne çıkmaya hazırlanan günahların, suçluluk duyguların var. İşte en tehlikelisi de bu! Ne kadar inkâr etsen de, her seferinde kendini haklı çıkarmanın bir yolunu arasan da, kadınlara çok acı çektirdiğini maalesef biliyorsun. Bir gün bütün bu suçların cezasını çekmekten korkuyor, bunu kendine bile itiraf edemiyorsun. Fatoş'un ettiği beddualar demek seni bunun için çok korkutuyor.

İşin kötüsü içindeki mahkeme çoktan kurulmuş. Kendine nasıl bir ceza vereceksin? O gece Fatoş'a yakalanman da bilinçdışının sana kurduğu bir tuzak mı? Ceza, ta o zaman mı kesildi? Kendine sonunda böyle bir ceza mı kestin yoksa?

Ben seni, senin elinden nasıl kurtaracağım? Zaten kurtarılmayı çok ister gibi görünsen de, aslında bana dokunma, bırak cezamı çekeyim mi diyorsun? Kadınlara nasıl acımasız davrandınsa, kendine de bu kadar acımasız mı davranacaksın?

* * *

Masamdaki saat altıyı gösteriyor. Ne çabuk geçti gün! Sadece bugün dinlediğim hikâyeler koca bir kitap olur. Hele şimdi çıkan hasta çok fena etkiledi beni. Genç ve umut vaat eden bir balerinmiş. Hep oynamayı hayal ettiği rolü sonunda kapmış. O ara sevinçten havalara uçmuş ve bunu kutlamak için gittiği yemekten dönerken küçük bir trafik kazası geçirmiş. O küçük kazada bizim genç balerinin ayak kemikleri kırılmış. "Hayati bir önemi yok" demiş doktorlar, "Çabuk kaynar ama bir daha dans edemezsin!" Oysa onun için hayat dans etmek demek!

Bu randevu Kenan Bey'in... Annesi ve babasıyla ilgili konuştuğumuz günün üzerinden aylar geçti. Bu arada birkaç kez geldi ama o güne dönmeyi hiç istemedi. Oysa ben bu ara onun buraya sık gelmesini isterdim. Bunu ona da söyledim, psikoterapiden fayda görmek istiyorsa bundan kaçmaması gerektiğini defalarca vurguladım ama bir faydası olmadı. Sanırım o günkü konuşmamızda kendisiyle ilgili keşfettiği şeyler pek hoşuna gitmedi. Daha da önemlisi o günlere geri dönmek onu çok üzdü. Şimdi olabildiğince araya zaman koyarak o gün konuştuklarımızı kendine de, bana da unutturmaya çalışıyor.

Değişmesi, değişmek için de onun çaba harcaması gerektiğini anlayınca, her zamanki gibi en iyi bildiği şeyi yapıyor, yani kaçıyor. Aslında ona yardım edebilmeyi her zamankinden daha çok istiyorum ama buna izin vermiyor. Bakalım bugün bana neler söyleyecek.

Onu yine kapıda karşılıyorum. Gülerek giriyor içeri. Bugün çok daha iyi görünüyor. Yine şık ve yine bakımlı! Artık eskisi gibi oturur oturmaz Fatoş'tan söz etmiyor. Yavaş yavaş onu aklından çıkarıyor. Yaraları küllenmeye başlar başlamaz yeni bir sevgili bulmuş kendine. Sanırım hayatına yeniden kadınların girmeye başlaması onun moralini düzeltmiş.

Şimdi artık dikkati eşinin üzerinde. Onu sürekli övüyor. İşte bu iyiye işaret! Belki de hiç yapmadığını yapar ve evliliğine sahip çıkar diye düşünüyorum içimden. Ancak evliliği iyi gitse bile hayatında mutlaka başka kadınlar da olacak. Buna kararlı.

En önemli isteklerinin başında arkadaşlarına eskisi gibi hava atabilmek var. Giyimine, kuşamına morali çok bozukken bile çok özen gösteriyordu. Belki de o zaman bunlarla ayakta durmaya çalışıyor.

Bugün hep gülerek konuşuyor. Sevincini gülerek ifade eden insanlardan o ama bu seferki gülmeler pek içten gibi gelmiyor bana. Dikkatle bakıyorum ona. İç dünyasının kapılarını biraz olsun kapatabilirse işler çok değişiyor, bambaşka bir adam oluyor. Neşeli, enerjik, hoşsohbet, esprili, rahat, kendine güvenen, iç dünyası zengin, ne yaptığını bilen biri izlenimi yaratıyor insanda. Fizik görünümündeki üstünlük ve giyim kuşamına gösterdiği titizlik de buna eklenince insanların, özellikle kadınların bu rüzgâra kendini kaptırması işten bile değil.

Kendisi çok iyi olduğunu söylese de bakışlarında korkunun izlerini hâlâ görebiliyorum. Kader ağlarını örüyor gibi hissediyorum. Aylardır ona göstermeye çalıştığım gerçeklerin neredeyse hepsi hafızasından silinmiş. O yine eski Kenan olmak istiyor ve bu yolda hızla ilerliyor ama yanlış hesap Bağdat'tan döneceğe benziyor. Kendini kandırdığını hem biliyor, hem bilmiyor.

Bütün bunları bilip onunla paylaşamamak zoruma gidiyor.

* * *

Kenan Bey'in eşi Handan Hanım'la nihayet bugün tanışacağız. Bütün ısrarlarıma rağmen Kenan Bey onu buraya getirmedi. Sonunda kadıncağız kendiliğinden randevu alarak gelmiş.

Orta yaşlı, son derece zarif bir hanım giriyor içeri. Siyah, dümdüz bir elbise giymiş. Bu elbise onu olduğundan daha zayıf gösteriyor. Boynunda tek sıra ışıl ışıl bir inci var. Hafif topuklu ayakkabıları ve koltuğunun altına sıkıştırdığı küçük çantasıyla çok şık doğrusu... Başı dik, hafifçe etrafına bakarak, bir kraliçe edasıyla yürüyor sanki. Sarı, röfleli saçlarını ensesinde toplamış. Aristokrat bir havası var bu kadının.

Yerine otururken meraklı ve dikkatli gözlerle süzüyor beni. Demek Handan da beni merak etti. Haklı kadın. İnsanın böyle bir kocası olursa aklına her şey gelir.

Kolunun altındaki çantayı önündeki sehpaya bıraktıktan sonra şöyle bir göz gezdiriyor odaya. Hava kararmak üzere olduğundan masa lambaları yanıyor.

— Sizi çok daha önce bekliyordum.

— Siz çağırmayınca...

— Kenan Bey size söylemedi demek!

— O, işine gelmeyeni söylemez ama son zamanlarda eskiye göre çok iyi. İlaçlarını aksatmadan alıyor. İlk günler nasıl olsa çabuk bırakır dedim ama bu sefer bırakmadı. Sevdi sizi.

Demek beni sevdi! Bu sözdeki imayı anlamamak mümkün değil. Bakalım bu konuşmanın sonu nereye varacak.

— Kenan Bey kendinden başka kimseyi sevmez sanıyordum ben ama acaba yanılıyor muyum?

— Haklısınız, sevmez. Ama yine de onu suçlamıyorum. Kabahat onda değil, bizde.

"Bizde" derken ne demek istiyor acaba? Beni de onun hayatına giren kadınlardan biri olarak mı algılıyor?

— Kenan çok bahsetti sizden. Sağ olun, çok rahatlattınız onu. Geçen yıl çok kötüydü, bir ara deli olacak sandım. Kendi kendine konuştuğu bile oluyor, gece yarıları hastanelere koşturuyorduk. Sıcak yatağında yatamıyor, gece demeden, gündüz demeden sokaklara atıyordu kendini. Çok şükür atlattı hepsini. Değişik bir adamdır Kenan. Aklı hep bir karış havadadır. Yıllar öyle geçip gitti işte...

Sesine bir hüzün geliyor. Olayların ne kadarını biliyor acaba ve eğer her şeyi biliyorsa, bunlara nasıl katlanıyor? Handan'la konuşurken dikkatli olmam, ağzımdan onun bilmediği bir şey kaçırmamam gerekiyor.

— Bizim evliliğimiz pek düzgün gitmedi. Kenan söylemiştir herhalde.

— Biliyorum. Bazı şeyleri Kenan Bey anlattı. Her şeye rağmen sizin ayrı bir yeriniz var onda.

Handan bu sözlerden etkilense de, sağ elini, gözümün içine manalı bakışlar atarak, "Boş ver bunları," der gibi sallıyor. Hep hüzünlü bu kadın... Kanım ısındı ona. Buraya gelirken ne düşündü acaba? Kocasının kadınlara olan düşkünlüğünü biliyor. Ben doktor da olsam bir kadınım. Daha önce onu götürdükleri erkek doktorları reddederken bana gelmeye ısrarla devam ediyor ve sanırım Handan Hanım doğal olarak bunu çok farklı değerlendiriyor.

— Kenan çok iyi bir arkadaştır ama iyi bir eş değildir. Hayatından kadınlar hiç eksik olmadı. Zaten o aramasa bile kadınlar onu bulur. O da hiç reddetmez. Bir eş için çok zor bunlar. O kadar çok aldatıldım ki, şimdi size hangi birini anlatayım. Kenan hayat dolu bir adamdır. Hayata dönük her şeyi sever. Neşelidir, konuşkandır, esprilidir, gezmeyi, tozmayı, eğlenmeyi sever. Gittiği yerlerde herkes onu kapılarda karşılar. Aslında bir kadının istediği her şey vardır onda ama hayatın öteki gerçeklerinden hiç hoşlanmaz. Sorumluluk almaz, acıyı, üzüntüyü, derdi, tasayı sevmez. Kaçar böyle ortamlardan. Ona dokunmazsanız size zarar vermez ama ondan asla bir şey istemeyeceksiniz.

Biraz soluklandıktan sonra anlatmaya devam ediyor.

— Keyfine düşkündür ve çok bencildir. Ama ayrıldığımız zaman ben bu gerçekleri tam görememiştim. Aklım fikrim hâlâ Kenan'daydı. Gözüm başka şey görmüyordu. Sonra yeniden evlendik ama sorunlarımız değişmedi. Yine aynı tas, aynı hamam... İşte ben o sıra hamile kaldım. Kenan istemedi çocuğu. Gerçi haklı tarafları vardı ama ben doğuracağım diye tutturdum.

— O neden istemedi?

— Kenan sorumluluk sevmezdi. "Ben çolukla çocukla uğraşamam," derdi. Bunu bile bile doğurmakta ısrar ettim. Şimdi düşünüyorum da biraz daha bekleyebilir, Kenan biraz olgunlaştıktan sonra böyle bir işe kalkışabilirdim.

Sanırım babası da Kenan'ı istememiş.

— O zamanlar çok ağladım, çok ıstırap çektim. Kenan'ın tüm baskılarına rağmen karnımdaki bebeği aldırmaya kıyamadım ve doğurdum. Çocuk doğunca öfkesi geçer, onu sever, belki de iyi bir baba olur, evine bağlanır diyordum içimden. Ama demek ki yanlış yapmışım.

Kenan'ın annesi, bir çocuk sahibi olmak kadar, belki de babayı evlenmeye razı edebilmek için doğurmuş onu. Demek Handan da ona benzer şeyler düşünmüş. Tarih tekerrürden ibaret diye boşuna dememişler ama Fadi böyle yapmamış. İki kere hamile kalsa da aldırmış bebekleri. İstenmeyen bir çocuk olarak, böyle yapması ne kadar doğal geliyor insana.

Sonra o geceyi anlatıyor Handan Hanım. Kenan'la ettikleri kavgayı, apar topar hastaneye gidişlerini ve bebeğin erken doğumunu.

— O ara Kenan hiç olmadığı kadar sıkıntılıydı. Öfkesi geçmiş ama dokunsalar ağlayacaktı. Hele bebeği gördükten sonra morali iyice bozuldu. Tıpkı ona benziyordu. O da sabahlara kadar uyumadı ve bebeğin başından ayrılmadı. Bana çaktırmasa da, o da içinden dua ediyordu. Kenan gibi bir adam üç gün boyunca eve gidip üstünü bile değiştirmedi. Benim yanımdan ayrılınca ben onun eve gittiğini sanıyordum, meğer ağzında sigarası, sabaha kadar hastane bahçesinde dolaşır dururmuş. Çocuk sonunda öldü. Elimiz boş çıktık hastaneden.

Ne hüzünlü bir hikâye! İstemediği bir çocuk için Kenan sabahlara kadar dua ederek gezinirken neler düşündü, neler hissetti acaba? Bu kaderi yazan bu kadar ayrıntıyı nasıl bir araya getirdi, kime, ne göstermek istedi?

Bu arada Handan'ın güzel gözlerinden boncuk gibi yaşlar iniyor. Masanın üzerinde duran kâğıt mendillerden birkaç tane alıp veriyorum ona. Başıyla teşekkür ederek alıyor mendilleri.

— O günden sonra aramızdaki ilişkinin sanki rengi değişti. Ne o beni affedebildi, ne de ben onu. Onun yüzünden öldü çocuk. Bunu o da biliyor. Pişman oldu ama iş işten geçtikten sonra pişmanlık neye yarar! Ama sonunda kabak yine benim başımda patladı. Onu günaha sokan, acı çektiren ben oldum. Eskiden yine çapkın bir adam olsa da beni sever, her zaman gönlümü almanın, kendini affettirmenin bir yolunu bulurdu. Oğlumdan sonra giderek uzaklaştı benden. Zaten o ara işleri de çoğaldı. Her gün bir başka şantiyeye gidiyordu. Gerçekten gitmesi mi gerekiyordu yoksa evden uzaklaşmak için bunu bahane mi ediyordu, artık o kadarını bilmiyorum.

Handan bütün içtenliğiyle yaşadıklarını anlatmaya devam ediyor.

— Kenan çok şımarık büyütülmüş. Annesi çok düşkündü ona.

— Nasıl bir kadındı kayınvalideniz?

— Çok değişik bir kadındı. Beni hiçbir zaman muhatap kabul etmedi. Varsa yoksa oğluydu. Ondan başka dünyada hiçbir şeyi gözü görmezdi. Sürekli Kenan'la övünür, onu yere göğe koymaz, her konuda ona hak verir, üzülecek, sıkılacak diye ödü kopardı. Kenan da çok düşkündü annesine. Ama onun düşkünlüğü bile başka türlüdür. Siz onun için hayatınızı vereceksiniz ama o sizin için parmağını oynatmayacak. Böyle, tuhaf bir hayat felsefesi vardır işte. Biraz da annesi yüzünden böyle olmuş. Onunla yaşayacaksanız, bu kurallara uyacaksınız, başka çareniz yoktur.

— Uymazsanız ne yapar?

— Çeker gider ve bir daha arkasına bakmaz. Bütün hayatı böyle geçti. Hayatına giren bütün kadınlar bu kurala uydular. Ben de öyle yaptım.

— Bunu neden yaptınız Handan Hanım?

Şaşırmış, hayret etmiş bir ifadeyle bakıyor yüzüme. Belli ki bu soruyu bugüne kadar kendine hiç sormamış. Bir an gözlerini uzaklara dikip derin bir iç çektikten sonra başlıyor anlatmaya.

— Ondan ayrılmak hep korkuttu beni. Ayrıldığımız zaman

adeta kara yasa büründüm. Kenan'a âşık olmak büyük talihsizlikmiş meğer. Hepimiz Kenan'ın büyüsüne kapıldık. O büyü uğruna pek çok şeyden vazgeçmeyi göze aldık ama yine de olmadı işte.

Biraz da hayretle dinliyorum Handan'ı. Evet, çok yakışıklı ve gösterişli bir adam olduğu doğru ama o büyü dediği şeyi pek göremedim ben.

— Siz Kenan'ı henüz iyi tanımıyorsunuz. Onun ölmüş zamanına denk geldiniz. Üstelik doktor olduğunuz için size gerçek duygu ve düşüncelerini anlatıyor. Dışarıda çok farklıdır. En hasta halinde bile kılığını kıyafetini görmüyor musunuz? Çok dikkat eder kendine. Her zaman şık ve bakımlıdır. Tıraş olmadan, parfümünü sürmeden asla dışarı çıkmaz. Gece yarısı gittiğimiz acil servislerde bile kadın doktor ve hemşireler dört dönerler etrafında. Alıştım ben bunlara. Bir yere yemeğe gitsek, bütün başlar döner ve kadın erkek herkes ona bakar. Kendisi de farkındadır bunun. Bu yüzden burnu hep havadadır. Çok güvenir kendine ama bu sefer fena çarpıldı.

Farklı bir tebessüm yayılıyor yüzüne. Bu tebessümü yorumlamakta zorlanıyorum.

— Gençlikte bazı şeyleri hiç önemsemedim. Yeter ki Kenan yanımda olsun, diyordum ama zaman geçtikçe, bunun hiç de kolay olmadığını gördüm. Adam başını çevirse, her köşeden bir kadın onu izliyordu. İnsan yaşadıklarından ders almayı bilmiyor. Yine kendi ayağımla gittim ona. Ne yaptımsa kendim yaptım. Benim artık hiçbir şeyden şikâyet etmeye hakkım yok.

Derin bir sessizlik sarıyor odayı. Ben de konuşmuyorum.

— Aptal bir kadın değilim. Kenan hiç fark etmediğimi sanırdı ama çoğunun farkındaydım. Hatta kadınlarla keyif yapmaya giderken bavulunu bana hazırlatırdı. İçimden, "Sen bunlara müstahaksın," derdim kendime. Beni yanaklarımdan öper ve çok doğal bir şey yapıyormuş gibi çeker giderdi. Pencereye çıkıp bakardım arkasından. Nasıl da keyifle, neşeyle giderdi. Bir tek annesi öldüğü zaman dünya başına yıkıldı sandı.

— Çok mu üzüldü annesine?

— Çok! Günlerce yemedi, içmedi, uyumadı, sabahlara kadar evin içinde dolandı durdu ama yine teselliyi kadınlarda buldu. O ara her gün bir kadınla gezdi. Zamanla alıştım. Kenan'la yaşadığım sürece bu gerçeğin hiç değişmeyeceğini bir kere daha öğretti bana hayat. Ah Gülseren Hanım, aslında bana, hâlâ onun yanında senin ne işin var demiyorsunuz da... Bazen kendimi çok aşağılanmış hissediyorum. Bana son yıllarda annesiymişim gibi davranıyor. Şimdi de yıllar önce kaybettiği annesinin yerine koydu beni. O kadınlarla yaşayacak, bense bunu dünyanın en normal işi gibi karşılayacağım ve ona şefkat göstermeye devam edeceğim. Ama işin aslını sorarsanız artık Kenan'a kızmıyorum bile. Nasıl olsa yolun sonuna yaklaştık. Benim ona en çok ihtiyacım olduğu zamanlarda yanımda olmadı. Ben de öyle yapacağım. Bana en çok ihtiyacı olduğu zaman yanında olmayacağım. Bana bir şey soramıyor ama için için gideceğimi hissetti galiba.

İşte bu çok kötü! Kenan acaba gerçekten Handan'ın gideceğini biliyor mu? Böyle söylese de Handan bu söylediğini yapabilecek gücü kendinde bulabilecek mi? Sırayla, teker teker terk ediyor onu kadınlar. Sonunda gücünü kaybetti, zayıfladı Kenan.

— Neden şimdi? Tam da Kenan Bey eve dönmüşken?

— Kendimi çok ezdirdim. Artık kendimden de Kenan'dan da nefret ediyorum. Hem ben de insanım. Yıllarca bunu unutturdu bana ama en sonunda aklım başıma geldi. Çekilebilecek acıların her türlüsünü çektim. Şimdi sıra onda!

— Bu da öfkeyle alınmış bir karar olmasın.

— Hayır, bu hayatımın en doğru kararı.

— Ne zaman aldınız bu kararı?

— O gece!

— Hangi gece?

— Bizim apartmanın önünde metresinden dayak yediği gece. O gece sanki içime bir kurt girdi ve ona olan tutkumu yavaş yavaş yiyip bitirdi.

Kadınlar her şeyi affeder ama zayıf bir erkeği asla affetmezler.

Ne ilginç, Fatoş da aynı gece almış bu kararı. Demek büyü o gece bozuldu.

— Bana hiç kendinizden söz etmediniz. Siz nasıl birisiniz?

— Hep ezilmiş biriyim ben. Çok varlıklı, adı sanı olan bir ailenin kızıydım. Babam memleketin önde gelen kişilerindendi. Çok otoriterdi. Bize bir fiske bile vurmadı ama gözleriyle yerdi hepimizi. Annem biz küçükken zatürreeden ölünce, abla olarak evin bütün sorumluluğu bana kaldı. Benden küçük iki erkek kardeşim vardı. O zamanlar ben on iki, kardeşlerimin biri on, diğeri de sekiz yaşındaydı. Hemen evlenmedi babam. Zaten neden bilmem, eve üvey anne gelecek diye hep çok korkardık. Koca bir konakta oturuyorduk. Evde her zaman en az iki-üç hizmetçi olurdu ama evi idare etmek o yaşımda bana kaldı. Asık suratlı, dediğim dedik biriydi babam. Evde düzen isterdi. Yemek zamanında hazırlanacak, o gazete okurken bile evde çıt çıkmayacak, elbiseleri gömlekleri çıkardığı gün yıkanıp dolabına asılacak, evde hiçbir şeyin yeri değişmeyecek, temiz olacak falan filan işte... Zor adamdı. Bizi hiç adam yerine koymaz, yüzümüze bile bakmazdı. Zaten eve çok misafir gelirdi.

— Ne iş yapardı babanız?

— Kaymakamdı. Daha sonra da siyasetle uğraştı biraz. Benim de o yaşta henüz çocuk olduğum hiç aklına gelmez, evdeki her eksiğin hesabını benden sorardı. İstanbul'a üniversite okumaya gidene kadar bu hep böyle devam etti.

— Anneniz nasıl biriydi?

— Annem, ah benim zavallı annem. Ben de ona çekmişim. Hayattaki tek amacı babamı memnun etmekti. Yoksul bir ailenin kızıymış. Babamla evlenince bütün aile zil takıp oynamış. Başlarına talih kuşu konmuş gibi sevinmişler. Babam sırf çok güzel olduğu için evlenmiş annemle. Kendisini kocası uğruna feda etti. Onu da hiç adam yerine koymaz, yaptığı hiçbir şeyi beğenmez, söylenir dururdu. Koca konakta oturdu, herkes annemi kaymakamın karısı diye başında taşıdı ama şimdi düşünüyorum da, o kadın hiç mutlu olmadı.

— Anneniz demek çok güzeldi! Babanız da yakışıklı mıydı?

— Yok canım, babama çirkin bile denebilirdi. Kısa boylu, tıknaz, göbekli, saçları erkenden dökülmüş, karga burunlu biriydi babam. Ben okumak üzere İstanbul'a gittiğim sene yeniden evlendi. Kendine baktıracak genç ve güzel bir kadın buldu. Onca parayı pulu, siyasete gireceğim diye yedi bitirdi. Sonra da öldü.

— Annenizi çok erken kaybetmişsiniz. O yaşta ölüm acısı çok yıpratmıştır sizi...

— Hiç sormayın. Hayata yaralı başladım. Zaten bir daha da yüzüm gülmedi. Kenan'la ilk beraber olmaya başladığımız zamanlar hariç... Kenan bütün acılarımı unutturdu bana. Ne günlerdi!

Başını yine pencereye doğru çevirip mahzun gözlerle bir süre düşünüyor, o günleri hatırlar gibi.

— Kenan, birlikte yaşamak için değilse bile, âşık olmak için bir kadının aradığı bütün vasıflara sahiptir. Yerden alır insanı gökyüzüne çıkarır, filmlerdeki gibi bir aşk yaşatır size. Sonra da sıkılınca sizi gökyüzünün ortasında yapayalnız bırakır gider. Hele babam gibi birinden sonra Kenan bana çok cazip geldi. Düşünsenize güler yüzlü, tatlı dilli, sizi göklere çıkaran, üstelik çok yakışıklı bir erkek var karşınızda.

— Siz de annenizden gördüğünüzü yapmış, yıllarca ona hizmet etmiş, bir dediğini iki etmemişsiniz.

Bir an durup düşünüyor.

— Ben hep, "Babam yüzünden evlendim Kenan'la," derdim. Siz farklı bir şey söylüyorsunuz. Hiç bunu düşünmemiştim. Demek ben de annemden gördüğümü yaptım. Onun uğruna feda ettim kendimi ama Kenan'ın hak ettiği cezayı çekeceğini biliyorum. Bu cezayı ona biçen ben değilim. Tanrı'nın işine karışılmaz ama bir yandan da içim sızlamıyor desem yalan olur. Daha bunlar bir şey değil, çok çekecek o. Bu cezaya ben de ortak olmak istemiyorum çünkü ben zaten cezamı çektim. Bana kalsa onunla birlikte hep cennette yaşardık ama olmadı işte. Şimdi cehennem kapılarını açtı, onu bekliyor. Kaderi değiştiremeyeceksiniz Gülseren Hanım. Siz bile kurtaramayacaksınız Kenan'ı!

Dehşet içinde dinliyorum onu. Handan tıpkı geleceği gören bir medyum gibi gözlerini boşluğa dikmiş, kendinden son derece emin bir tavırla söylüyor bunları. Siz bile değiştirmeyeceksiniz kaderi derken, ne demek istiyor acaba? Çok ağır bir kin ve acı var bu söylenenlerde ve bu acı sanki dalga dalga bana kadar geliyor ve beni de içine alıyor. Kaşlarım hafifçe çatılmış, yüzümün ifadesi donuklaşmış olarak buluyorum kendimi.

Handan yavaşça başını kaldırıp, çukurlaşmış gözleriyle bana derin derin baktıktan sonra konuşmaya devam ediyor.

— Sözüm size değil. Ayrıca bu söylediklerime bakıp da beni kötü biri zannetmeyin. Keşke biraz kötü olabilseydim. Kaderin nereye sürükleyeceğini bilemiyor insan. Böyle olmasını ben de istemezdim ama oldu işte. Tanrı'nın cezalandırdığı insandan uzak durmak lazım... İlahi adalet tecelli edecek. Kul ne yapsa boş! Onun için bir an önce gideceğim buralardan. Ben cezamı çektim, şimdi sıra onda. Siz iyi bir doktorsunuz. Lütfen Kenan'a yardım etmeye devam edin. Sizi tanıdığıma çok memnun oldum, ileride başım sıkışırsa, size yine gelirim. Beni dinlediğiniz için teşekkür ederim. Bu konuşma bana da çok iyi geldi. Yıllardır bunları biriyle konuşmak gibi bir hayalim hep vardı. Kendimi hafiflemiş, yıllardır içimde taşıdığım bir yükten kurtulmuş gibi hissediyorum.

— Ben de memnun oldum. Bir sorun olursa her zaman arayabilirsiniz beni.

— Her ne kadar onu bırakıp gidecek olsam da, bir yanım, onun bu kadar acı çekmesini istemiyor ama daha fazlası benim de elimden gelmiyor.

Sanki koyu bir sis çöküyor odaya. Koridorda giderek uzaklaşan Handan Hanım'ın topuk sesleri geliyor kulağıma. Tık, tık. Tık, tık... Demek onun perişan olacağından bu kadar emin. Çok sevmiş ama sevilmemiş kadınların öfkesi bu. Yıllar geçtikçe umut umutsuzluğa döner. Aşkın, sevginin, tutkunun yerini intikam duyguları alır.

Aslında Fatoş'la aynı kaderi paylaşıyorlar. İkisi de sevmiş, ikisi de onu kaybetmemek uğruna ömrünü vermiş Kenan'a. Gerçek, içlerini bir kurt gibi kemirirken, onlar yine de kendilerini yıllarca avutmuş, gözlerinin önünde oynanan oyunu görmezden gelmişler.

Her şeyin, hayatın bile bir sonu varken, sabrın sonu olmaz mı? Ancak bazı şeylerin yeri ve zamanı vardır. İşte ikisi de o zamanı beklemişler.

Kurdun kocamaya başladığı zamanı!

* * *

Güneşli, fazla sıcak olmayan güzel bir gün. Sabah onda başladım çalışmaya ve son hasta odamdan çıkınca heyecanla baktım saate. Eve geç mi kaldım acaba? Aydın da, çocuklarım da şimdi dört gözle beni bekliyordur. Masam karmakarışık ama ben her şeyi öylece bırakıp adeta koşarak atıyorum kendimi sokağa.

Yol boyu derin nefesler alarak üstüme yapışan olumsuz duygulardan arınmaya çalışıyorum. Aydın bana da, çocuklarına da çok düşkün bir eş. Eve her zaman benden erken gelir. Zaten daha gelmeden telefonla çocukların zamanında eve gelip gelmediklerini kontrol eder. Böyle bir kocam olmasa, ben ne yapardım? Bu kadar çok sevdiğim mesleğimi böylesine huzurla yapabilir miydim?

Anahtarla kapı açmayı hiç sevmediğim için her zamanki gibi zili çalıyorum. Aydın açıyor. Geldiğimi duyunca çocuklar da her biri bir yerden koşup geliyor. Hepsiyle sırayla öpüşüp, koklaşıyoruz. Bir yandan yemek yerken bir yandan da sürekli konuşuyoruz. Hasan pek sevmez konuşmayı ama Yağmur hep anlatıyor.

Bir süre sonra çocukların yatma vakti geliyor. Ballı sütlerini hazırlıyorum ve tek tek odalarına gidip yanlarında bir süre oturup kısa bir sohbetin ardından yatırıyorum onları. İkisi de bu tören olmadan yatmak istemez. Ben de çok severim bu gece mesailerini. Çocuklarımla yalnız kalabildiğim, onlarla teke tek ilişki kurabildiğim tek zaman bu, yani çok önemli ve bir o kadar da değerli benim için.

Salona döndüğümde saate bakıyorum, on bire geliyor. Bütün sorumluluklarımı yerine getirdim. Şimdi artık biraz dinlenebilirim. Aydın televizyonda maç özetlerini seyrediyor. Uzaktan bakıyorum ona. Kırlaşmış saçları, kalemle çizilmiş kadar zarif burnu, uzun boyu ve her zaman ışık saçan yeşil gözleriyle ne kadar yakışıklı bir kocam var. Böyle düşününce hemen Kenan Bey geliyor aklıma. Benim kocam ondan ne kadar farklı! Nasıl sevgi dolu, nasıl şefkatli!

Yanına yaklaşıp hafifçe dokunuyorum ona. Hemen sarılıyor bana. "Yoruldun, gel otur," diyor. Yanına oturuyorum. Konuşmadan, başka şeylerle ilgilenmeden, sadece birbirimizi hissederek bir süre yan yana oturuyoruz kanepede. Oh, yorulmuşum galiba. Aydın şu televizyonu kapatsa, güzel bir müzik çalsa, birlikte dinlesek.

İçimden geçenleri okumuş gibi televizyonu kapatıyor ve müzik setine ikimizin de çok sevdiği bir müzik koyuyor. Bilir benim klasik Türk müziğini çok sevdiğimi, piyasada yeni çıkmış ne kadar eskiye ait CD varsa toplar. Şimdilerde dinleye dinleye o da bu müziği çok sever oldu. Çocuklar yattığı için kısık sesle dinliyoruz. Keyfim yerinde, yorulduğumu unutturdu bana Aydın. Müziğin en güzel yerinde telefon çalıyor.

Hay Allah, diyorum içimden, yine Aydın'ı acil ameliyata çağıracaklar. Ne güzel oturuyorduk şurada. Ancak sonra anlıyorum ki, bu sefer onu değil, acil bir hasta için beni çağırıyorlar hastaneye.

Onun gece yarıları hastanelere gitmesine alışkınız ama benim için aynı şey söz konusu değil. Benim hastalarım kolay kolay bu saatte aramazlar beni. Telefondaki doktorla konuştuktan sonra anlıyorum ki, Kenan Bey ciddi bir ameliyat geçirmiş. Üç gündür yoğun bakımdaymış. Bugün durumu düzelince odasına almışlar ama bu sefer de yoğun bir sıkıntı başlamış. Doktorlar ne yaptılarsa onunla başa çıkamayınca, eski doktoru olarak beni aramak zorunda kalmışlar.

Aydın beni bu saatte oralara yalnız göndermeye kıyamıyor ve birlikte aceleyle giyiniyoruz. Çıkmadan önce çocukların odalarına şöyle bir göz atıyoruz, ikisi de çoktan uyumuş. Aydın yine de holdeki konsolun üzerine nereye ve niçin gittiğimizi belirten kısa bir not yazıp bırakıyor.

Hastaneden içeri girer girmez, kapıda Handan Hanım karşılıyor bizi. Kadıncağız bu saatte verdiği rahatsızlık için önce özür diliyor. Şöyle bir bakıyorum ona, nasıl da hoş, nasıl da hanımefendi bir kadın. Belli ki zor zamanında yine eşini yalnız bırakmamış. Asansörle üst kata çıktığımızda bir doktor ordusu karşılıyor bizi. Önce doktor odasına giriyoruz birlikte. Ben değilse de Aydın hemen hepsini tanıyor. Kısaca olanları anlatıyorlar önce. Ameliyatın ertesi gün Kenan Bey'de beklenmeyen bir kanama olmuş ve acil olarak ikinci bir ameliyata alınmış. Tam her şey yoluna girdi derken, bu sefer de yoğun bir sıkıntı ve huzursuzluk başlamış. Verdikleri hiçbir ilaçla bu sıkıntıyı durduramamışlar. O kadar çok bağırıyor ve o kadar çok hareket ediyormuş ki, dikişlerin patlamasından ve kanamanın yeniden başlamasından endişe ediyorlarmış.

"Nesi var Kenan Bey'in, nasıl bir ameliyat geçirdi?" diye soruyorum. "Yüzüne estetik ameliyat yaptık, aslında bu tür ameliyatlarda pek böyle sorunlar çıkmaz," diyerek anlatmaya devam ediyorlar. Gerisini dinlemiyorum. Demek estetik ameliyat yaptırdı kendine. Kızıyorum, hatta içimden söylenmeye başlıyorum. Demek bu sefer de gençleşmenin peşinde!

O sırada doktor odasına çaylar geliyor ama ben çayı bırakıp bir an önce Kenan Bey'i görmek üzere odadan çıkıyorum. Kenan Bey'in doktoru Ahmet Bey de bana eşlik ediyor. Handan Hanım zaten kapının önünde bizi bekliyor. Koridorun derinliklerine doğru ilerledikçe tuhaf sesler gelmeye başlıyor kulağıma. Aman Tanrım, bu Kenan Bey'in sesi! Nasıl da iç paralayıcı bir ses bu böyle. Adımlarımı daha da hızlandırıyorum. Kapıya gelince ötekilere, "Durun," diyorum, "ben yalnız gireyim."

Yavaşça açıyorum kapıyı. Büyük bir oda! Yatağın başında iki hasta bakıcı, bir de hemşire var, Kenan Bey'in hareket etmesine mani olmaya çalışıyorlar. Hızla yaklaşıyorum yanlarına. Umutla bakıyorlar yüzüme. Üçünün de yüzü kıpkırmızı olmuş, sanki onunla kör dövüşü yapıyorlar.

Aslında üçü de bir an önce ondan kurtulmak istiyor ama bir yandan da onu bırakmaya korkuyorlar. Bu arada Kenan Bey de başını çevirip bana bakıyor. Gözleri sanki dışarı fırlamış ve içlerinden oluk oluk korku akıyor. Yüzü sapsarı. Saçları terden sırılsıklam olmuş, her biri bir yana dağılmış ve suratına yapışmış. Gerçekten iyi görünmüyor. Hemen araya giriyor ve Kenan Bey'in elini tutuyorum. Kenardaki sandalyelerden birini vermelerini işaret ediyorum. "Sakin olun Kenan Bey, ben yanınızdayım. Şimdi geçecek bu sıkıntı. Güvenin bana." Sonra da "Çıkın," diyorum onlara.

Kenan Bey şaşkın ve çaresiz bakıyor yüzüme. Hafifçe gülümsüyorum ona. Sık sık nefes alırken göğsü bir inip bir kalkıyor. Sanki aldığı nefes ona yetmiyor. Yüzünde ve çenesinin hemen altında büyük sargılar var. Bir eline serum takılmış. Kalp kontrolü için de monitöre bağlanmış. Bir-iki sefer yerinden kalkmak için doğrulmaya çalışıyor, başımı iki tarafa sallayarak, "Sakın," diyorum "şimdi hiç kıpırdamadan yatacak ve ben ne diyorsam onu yapacaksınız." Sessizce teslim oluyor.

Sonra birlikte nefes egzersizleri yapmaya başlıyoruz. "Nefes al, tut, şimdi yavaş yavaş ver. Daha yavaş... Oldu... Şimdi yeniden..." On on beş dakika kadar devam ediyoruz bu egzersizlere. Biraz rahatlıyor. Onu rahatlatabilmek için o kadar çok ilaç vermişler ki, bir de ben ilaç veremem. Konuşarak, gülerek, nefes egzersizleri yaptırarak rahatlatmam gerekiyor onu. Benim sakin ve huzurlu halim, ona sık sık hafifçe gülümsememem, elini tutmam, daha da önemlisi onun yanında olmam giderek rahatlatıyor Kenan Bey'i. Başını bana doğru çevirip ağır ağır konuşmaya başlıyor.

— Ölüyorum doktor, ölüyorum! Ne olur kurtarın beni.

Kurtarın beni… Onun küçücükken hastanede acılar içinde, yapayalnız yatarken annesinin gelip onu bu acılardan kurtarması geliyor aklıma. Acaba onun da aklına geldi mi bunlar? Ama şimdi eskilere gitmenin sırası değil. Tam tersine, ona olabildiğince yakın, belki biraz da şakacı davransam iyi olacak. Benim ona şaka yapmam pek alışkın olduğu bir şey değil ama eminim hoşuna gidecek.

— Kötüye bir şey olmaz Kenan Bey. Korkmayın, bakın düzeldiniz bile.

Ağzını çarpıtarak hafif ama içten bir gülümseme yayılıyor yüzüne.

— Bugün sizin keyfiniz yerinde galiba!

— Hadi, hadi, yine şanslısınız! Köşeden döndü diyor doktorlar.

— Dönmüş müyüm?

— Öyle diyorlar. Hiçbir risk kalmamış artık.

— Sahi öyle mi diyorlar? Az kalsın öldüreceklerdi beni. Yeniden ameliyata girdim. Kanama, manama derken gürültüye gidiyordum.

— Nereden çıktı bu ameliyat? Neden bana bundan hiç söz etmediniz?

— Kızarsınız, olma dersiniz gibi geldi bana.

— Evet, buna zaten ihtiyacınız yok, derdim.

Bu söz hoşuna gidiyor. Hâlâ içindeki sıkıntıyı tam atamasa da hafif bir tebessüm yayılıyor yüzüne. Hasta da olsa, ölüyor da olsa bir kadından böyle sözler işitmek iyi geliyor ona. Aslında son zamanlarda iyi görünüyordu ve bana artık çok seyrek geliyordu. Eski hayatına neredeyse geri dönmek üzereydi. Belki de bu iyiliğe güvenerek depresyon ilaçlarını kesti, bir de üstüne ameliyat eklenince sıkıntılar yine başladı. Bu sefer gerçekten ölümle burun buruna gelmiş. Korkmuştur. Kim korkmaz ki!

— İlaçlarınızı kestiniz değil mi?

— Şey… Ameliyattan önce kesmem gerekti.

— Hemen yarın başlayın. Handan Hanım yine yalnız bırakmamış sizi.

— Evet, evet... Sağ olsun. İyi bir kadın o.

— Korkmuş kadıncağız. Sadece o mu, doktorları bile korkutmuşsunuz.

— Bırakın onları Allah aşkına... Asıl ben korktum.

Hâlâ pek iyi görünmüyor, sürekli inip kalkan göğsünü gördükçe onun dikkatini başka yönlere çekmeye çalışıyorum.

— Siz de az değilsiniz hani... Bütün hastaneyi ayağa kaldırmışsınız. Handan da başınızda... Kimbilir nasıl nazlandınız ona.

— Bu cerrahlar sadece kesip biçmeyi biliyor. Hastaya biraz şefkat göstereceksin, özen göstereceksin. Sadece kesip biçmekle olmaz ki...

— İyi de nereden bilsinler karşılarında bir kral olduğunu. Onlar sizi kullarınızdan biri sanmışlardır. Ne önünüzde eğilen var, ne eteğinizi öpen. Kızmakta, bağırmakta, hatta yeri göğü inlemekte haklısınız. Anlasınlar dünyanın kaç bucak olduğunu.

— Siz bugün tam formunuzdasınız ama olan bana oluyor.

— E, ne yapalım, ameliyat olan sizsiniz. Sargılar ne zaman açılacak?

— Merak mı ettiniz?

— Evet, merak ettim. Anladığım kadarıyla yine niyetiniz bozuk sizin.

— Yok canım!

Yine hafifçe gülümsüyor. Göğsündeki inip kalkmalar biraz azaldı. Şimdi biraz olsun onun korkularını konuşabiliriz.

— Çok korktunuz mu?

Cevap vermeden önce suratını ekşitiyor, bir süre ne diyeceğini bilemiyor, sonra başını yandaki duvara çevirip fısıldar gibi konuşuyor.

— Korktum tabii ama bu boş bir korku değil, gerçekten ölüyordum. Ölüme bu kadar yaklaşmaktan hiç hoşlanmadım. Bir ara her yanım buz gibi oldu. Tamam dedim içimden, buraya kadarmış. Tüylerim diken diken oldu. İnsan ölümün karşısında ne kadar çaresizmiş meğer! İnsanlar arasında eşitliğin olduğu tek şey ölüm galiba! İstediğiniz kadar paranız olsun, dünyanın en önemli adamı olun, Azrail gelince yapayalnız ve çok çaresiz kalıyorsunuz. Çocukluğumda hastanede yattığım günler geldi aklıma. Şimdi koca herif oldum ama tıpkı o günler kadar çaresiz hissettim kendimi. İşin kötüsü bu sefer çarşafları başıma çekip altına da saklanamadım.

Bir süre susuyor ve dalıp gidiyor. Hiç konuşmadan dinliyorum onu. Zaten bizim işimiz çoğu zaman dinlemek değil mi? Dinlemek ve anlamak...

— Bu sefer de siz geldiniz beni kurtarmaya. Teşekkür ederim.

Hafifçe gülümsüyorum ona. Demek benim aklıma gelenleri o da hatırladı. Zora düşerse onu bu durumdan mutlaka bir kadın kurtaracak. Bu da hayatında tekrar eden temalardan biri... Ona düşen de sadece beklemek.

— Ölümden, ben neden bu kadar korkuyorum?

— Hepimiz korkarız ölmekten.

— Ama ben galiba herkesten daha fazla korkuyorum. İyi biri olmadığımı biliyorum. Öbür tarafta bunların hesabını bana sorarlar mı dersiniz?

Ah Kenan Bey, Ah... Sana kaç kere söyledim. Bana bir süre düzenli gel, şu senin korkularını konuşalım dedim ama dinlemedin. Bak, şu sorduğun soruya bak! Bunları bana seanslarda sorsana! Bu korkular senin kaderini yazacak, haberin yok! O yine anlatmaya devam ediyor.

— Biraz iyi biri olabilsem belki de bu kadar korkmazdım ölümden. Çok beddua aldım. Bunlar korkutuyor beni. Hem ölümle ilgili hiçbir şey bilmiyoruz. Belki de öleceğim ve her şey bitecek ama ya dedikleri doğruysa, ya cehennem kapılarını açmış, beni bekliyorsa?

Handan Hanım'ın sözleri geliyor aklıma. O da aynen böyle demişti. Sonra korkar gibi gözlerini sonuna kadar açarak konuşmaya devam ediyor.

— Yoğun bakımda yatarken hayatımı düşündüm. Hani ölürken insanın yaşadıkları film şeridi gibi gözlerinin önünden geçer derler ya...

— Neler gördünüz o filmde?

— Tabii ki Fadi'yi. Ben ona haksızlık ettim galiba. Öteki kadınlar da severdi beni ama en çok o sevdi. Ben de onun beni sevmesini sevdim. Keşke evlenseydim onunla. O zamanlar hiç böyle düşünmüyordum. O hem iyi bir sevgili, hem de iyi bir dosttu. Onu hep küçümsedim, adam yerine bile koymadım. Böylesi çok diyordum içimden. İnsan bir şeyleri yaşarken kıymetini bilemiyor.

Ölüm o soğuk yüzünü gösterince bazı gerçekler kendiliğinden ortaya çıkıveriyor demek ki...

— Şimdiki aklım olsa öyle bir kadını kaçırmazdım. Bunları düşündükçe lanet ettim kendime. Hayatımın içine ettim. Bunca yıldır ölüm aklıma bile gelmiyordu. Öyle hızlı yaşadım ki, bunları düşünecek zamanım da olmadı. Hep böyle gider sandım. Sizin söylediklerinizi biraz daha dikkatli dinlemem gerekiyor galiba. Şu Handan'a da haksızlık ediyorum.

Haklısınız der gibi başımı sallıyorum. Handan kocasının başından ayrılmadığına göre, gitmekten vazgeçti galiba. İnşallah öyledir.

— Biraz gönlünü alayım bari...

— Çok iyi olur.

— Gerçi bu işleri de pek bilmem ya! Herkes ameliyat oluyor, üç günde kalkıyor ayağa. Şu benim halime bakın!

Nihayet göz kapakları ağırlaşmaya başladı. Saatime bakıyorum, yarım saattir buradayım.

— Az kaldı. Birkaç gün sonra bir şeyiniz kalmaz. Daha iyisiniz değil mi Kenan Bey? Biraz önceki sıkıntı kayboldu.

— Bilmem.

Gitmemi istemiyor, onun için iyiyim demek işine gelmiyor.

— Siz gidince ya sıkıntı yine gelirse, ne olur hemen gitmeyin.

— Merak etmeyin, gelmez artık. Hem gerekirse yine geleceğimi biliyorsunuz değil mi?

Minnet dolu bir gülümseme yayılıyor yüzüne.

— Çok yorulmuşsunuz. Uzun bir uykuya ihtiyacınız var. Çok ilaç vermişler size. Yarın öğlenden önce uyanmazsınız. Buradan çıkınca sizi muayenehaneye daha sık bekliyorum.

— Neden? Bu sıkıntı olmasa, ben son aylarda çok iyiydim.

— Sizinle uzun uzun konuşmamız gereken şeyler var. Bu tamamen ilaçlara bağlı bir iyilik! Oysa biz sizinle oturup sizi bu hale getiren sorunların hiçbirini gerektiği gibi konuşamadık henüz.

— Tamam, gelirim. Sizi de gecenin bu saatinde buraya kadar yordum. Teşekkür ederim.

— Önemli değil. İyi geceler.

Kenan Bey elini hafifçe sallayarak bana "güle güle" diyor. Odadan çıkar çıkmaz Dr. Ahmet Bey ile Handan Hanım'ı kapıda buluyorum. Merakla yüzüme bakıyorlar. Ahmet Bey hemen soruyor.

— Ne yaptınız Allah aşkına? Nasıl bu kadar çabuk susturdunuz onu? Vermediğimiz ilaç kalmadı. Bu kadar ilacı deveye versek, çoktan yıkılır kalırdı.

— Ben size hastaları nasıl ameliyat ettiğinizi soruyor muyum? Her mesleğin bir sırrı var.

— Aman biz ameliyat yapmaya razıyız. Meğer bizim işimiz ne kadar kolaymış! Allah size sabır versin.

Bu arada devreye Handan Hanım giriyor.

— Kenan Nasıl? Sizi görünce rahatlamıştır zaten ama gece sıkıntı yine gelirse diye korkuyorum.

— Merak etmeyin, bu geceyi rahat geçirecek. Sabah ben sizi ararım, ihtiyaç olursa yine gelirim.

Handan Hanım tekrar tekrar teşekkür ederek kapıya kadar uğurluyor bizi. Ankara sokakları çoktan boşalmış, ışıklar sönmüş, herkes derin bir uykuya dalmış. Aydın'la el ele çıkıyoruz hastaneden. Kocamın elleri sıcacık... Uzaklarda bol ışıklı bir şimşek çakıyor. Ardından gelecek gök gürültüsünü birlikte heyecanla bekliyoruz. Ankara bu gürültüyle inim inim inlerken aceleyle biniyoruz arabamıza.

* * *

Aylar sonra bir öğleden sonra yine geliyor Kenan Bey. O daha içeri girmeden Tuna koşarak giriyor odama.

— Ayol bu adama ne olmuş böyle?

— Kimden bahsediyorsun Tuna?

— Şu bizim Kenan Bey!

Gözlerini fal taşı gibi açmış, dudaklarını büzmüş, elini ağzına götürmüş, durmadan oynayan gözbebekleriyle bir yandan kıkır kıkır gülüyor, bir yandan da ellerini kollarını bolca oynatarak anlatıyor.

— Ayol sanki sihirli değnek değmiş adama. En az on beş yaş gençleşmiş. Şimdi siz de görünce şaşırıp kalacaksınız. Bir de giyinmiş! Gören de delikanlı sanır. Eskiden giydiği takım elbiseleri filan atmış üstünden. Lacivert montlar, bej pantolonlar... Yine çok fiyakalı! Vallahi şaşırdım kaldım.

— Sen bayılıyorsun bu adama.

— Ayol adam bayılınmayacak gibi değil ki... Erkek güzeli maşallah!

Böyle diyerek ellerini tıkır tıkır masama vuruyor ve bir yandan da "maşallah" diye mırıldanıyor. Âlem kadın şu Tuna! O da olmasa belki daha çabuk yorulacağım ama Tuna ve onun etrafa saçtığı pozitif enerji varken yorulmak ne mümkün!

— Yine çayını kahvesini ikram etmişsindir.

— Etmez miyim?

— Sen de az değilsin Tuna! Ben bunları Yalçın'a anlatmaz mıyım?

Böyle derken bir yandan da gülüyorum.

— Ben ona bunları anlatıyorum zaten. Buraya kadının da erkeğin de güzeli geliyor, o bunları biliyor. Ayol sizinle de şöyle ağız tadıyla sohbet edilmiyor ki...

Tuna kendi kendine söylenerek çıkıyor odadan. Gülüyorum arkasından. Demek hastanede çektiği acılara değmiş bu ameliyat. Merakla kapıya doğru bakarken Kenan Bey çevik adımlarla bana doğru geliyor. Onu görür görmez "Maşallah," diyorum içimden. Tuna haklıymış. Nasıl da gençleşmiş bu adam! Yine mis gibi bir parfüm kokusu yayılıyor odaya. Elimi sıkarken bu sefer yine gözlerimin içine bakıyor. Yerine oturduktan sonra başını bana doğru çeviriyor ve dikkatle inceliyor beni.

Bakışlar değişmiş. Bunlar artık dost bakışlar değil. Yine bir kadına bakar gibi bakıyor bana. Ne oldu bu adama, neden yine eskiye döndü? Aslında ben de onu dikkatle inceliyorum. Kilo da vermiş, incelmiş ama bu bakışlarda belli etmemeye çalıştığı bir heyecanın yanı sıra sanki gizli bir hüzün var.

— Ameliyat olduğunuza değmiş doğrusu, gençleşmişsiniz.

— Bunları sizden duymak güzel! Beğendiniz mi beni?

— Bu ameliyatı ben sizi beğeneyim diye olmadınız değil mi?

— Ne de olsa siz de bir kadınsınız.

— Siz beğenilmeyecek bir erkek değilsiniz. Ancak sanırım sormak istediğiniz tam olarak bu değil.

Koltuğunda hafifçe kımıldanıp duruyor. Sessizlik uzuyor. Ne diyeceğini bilemedi.

— İsterseniz bu soruya sizin yerinize ben cevap vereyim. Bütün kadınlar gibi benim de size hayran olmamı bekliyorsunuz. Öyle değil mi?

Gözlerini kırpıştırarak bakıyor yüzüme. Sonra da başını sağa sola oynatarak "belki de" der gibi bir şeyler yapıyor. Bir de ameliyat olup daha da genç ve yakışıklı olunca, bu konuda kendine güveni artmış galiba.

— Duygusal ilişkileri fazla hafife alıyorsunuz. Ben sizin hem doktorunuz, hem de artık dostunuzum. İnsanlar tabii ki beğenilmek ister ama sadece beğenilmek yetmez bize. Önem verdiğimiz bazı kişiler tarafından sevilmek isteriz. Kimileri buna aşk der ve işin içine büyük heyecanlar katar ama her kadında aşkı aramak, her kadın tarafından sonuna kadar sevilmek mümkün mü?

— Değil mi?

— Siz doğaya aykırı bir şey yapıyor ve sizi gören, sizi tanıyan bütün kadınların şıp diye size âşık olmalarını ve sizden hiç vazgeçmemelerini istiyorsunuz. Sizce bu, hastalıklı bir durum değil mi?

— Neden hastalıklı olsun? Bunu bütün erkekler ister.

— İsterler tabii ama bir yandan da bunun olamayacağını bilirler. Üstelik olmadı diye hayatlarını karartmaz, her önlerine gelen kadından bunu beklemez, ağır depresyonlara girmezler.

Başını cama doğru çevirip uzaklara bakıyor. Söylediklerime canı sıkıldı. Aslında o, bunların hiçbirini duymak istemiyor. Gerçeklerin hiçbirini duymak ve görmek istememek gibi garip bir huyu var. Sanki o görmezse gerçekler değişecek. Çocukça bir duygu bu!

— Gelelim bana... Sizi önemsiyor ve elimden geldiği kadar yardımcı olmaya çalışıyorum. Arada bir kızsam da sizin doktorunuz olmaktan hiç vazgeçmedim. Size neden kızdığımı biliyor musunuz?

— Beni kötü niyetli bir erkek olarak görüyorsunuz.

İçten bir kahkaha atıyorum. Ondan böyle bir cevap beklemiyordum. Beni dinlemiyor, söylediklerimi anlamak istemiyor diye kızdığımı söyleyecektim ama onun aklı her zaman olduğu gibi yine muzırlıkta.

— Aslında dediğiniz doğru. Aklı muzırlıktan başka bir şeye gitmeyen biri olduğunuzu tabii ki biliyorum ama ben size iyi bir doktor olamıyorum, buna bir türlü izin vermiyorsunuz diye kızıyorum en çok. Uzun zaman önce bana çocukluğunuzla ilgili çok önemli şeyler anlatmıştınız. Onları tekrar tekrar konuşur ve kaderinizin sizi nereye götürdüğünü oralarda bir yerlerde buluruz diye düşünmüştüm ama siz buna izin vermiyorsunuz.

— Yok, yok... Aslında pek öyle değil. Nasıl olsa bir gün onları yine konuşuruz. Görmüyor musunuz, başım sıkışınca hemen sizin yanınıza koşuyorum. Beni sizin kadar kimse anlamadı. Sizden başka dostum da yok zaten. Çevremdeki insanların hiçbirine sizin kadar güvenmiyorum. Hepsi de iyi gün dostu. Siz öyle değilsiniz.

— Ama işin kötüsü o dostu da kaybetmek için elinizden geleni yapıyorsunuz.

— Haklısınız. Bunu ben de düşündüm. Hayatta bir tek dostun var, bu uğurda onu da kaybedeceksin dedim ama huy işte. Can çıkıyor ama huy çıkmıyor.

Yine gülüyorum. Aklıma akreple kurbağa hikâyesi geliyor yine.

— Akreple kurbağa hikâyesindeki gibi yani…

Bu sefer Kenan Bey de gülüyor. Rahatladı. Böylece bu konu da tatlıya bağlanmış oldu ama her şeye rağmen bugün onda bir gariplik var. Gözleri içeri girdiği andan beri hüzünlü bakıyor.

— Ne oldu size? Bugün bir tuhaflık var sizde. Gençleşmek bile sizi mutlu etmeye yetmemiş.

— Çok mu belli oluyor?

Bir şey demeden bakıyorum yüzüne. O, ağzını gerip başını hafifçe sallayarak anlatmaya devam ediyor.

— Canım sıkkın işte. Hayatımda bir şey düzelirken, başka bir şey bozuluyor. Bu kader taktı bana. Tam aklım başıma gelmek üzereydi ki, yine çelme taktı ayağıma. Bu sefer de Handan gidiyor. Terk ediyor beni. Ne oldu bu kadınlara anlamadım ki… Böyle bir adam terk edilir mi? Hem de evine barkına dönmüşken.

Demek Handan'ın boşluğunu, önüne çıkan her kadını baştan çıkararak doldurmaya çalışıyor. Yine bilinçdışı ayarlamış her şeyi.

Handan ameliyatta başındaydı. Demek o düzelene kadar bekledi, her şey yoluna girince de kararını açıkladı. "Bu kadınlardan gerçekten de korkulur," diyorum içinden. Freud onları anlayamamakta haklı…

— Hayırlısı olsun. Ne zaman gidecek?

— Hiç şaşırmadınız bu işe, yoksa sizin gideceğinden haberiniz var mıydı?

— Haberim var sayılmaz ama bunu tahmin etmiştim. Onun için size sık sık Handan Hanım'la biraz daha ilgilenin diyordum. Hatta ameliyattan sonra ilişkilerinizin yeniden düzelebileceğini sanmıştım. Sizinle çok ilgilendi değil mi?

— Evet, çok ilgilendi. Çocuk gibi baktı bana.

— Siz ne yaptınız?

— Ben o zaman hastaydım zaten. Bir süre hep evdeydim. Sonra biraz düzelince her zamanki gibi yaşamaya başladık. Yine de işe güce düzenli gidemedim. Öğleden sonraları kulübe gittim ve inanın hiç aldatmadım onu.

— Demek aldatmadınız?

— Vallahi yapmadım öyle şeyler. Kadınlar gözümün içine bakıyor ama ben kafamı çeviriyorum. Aslında zor oluyor... Evdeki hanımda da iş yok! Hizmet etmesine ediyor ama ne aşk kalmış, ne cinsellik! Öylece boş boş yaşayıp gidiyoruz. Biraz da sıkıldım. Belki de gitmesi daha doğru. Madem gidecekti, ben Fadi'yle beraberken gitseydi ya! O gitse, biz de Fadi'yle evlenir, mutlu olurduk. Domuz bunların hepsi, domuz... Ulan şurada efendi efendi oturuyoruz, bir yere gittiğimiz yok. Biraz kıymet bilsene! Hem senin gözün kör mü? Kocan gençleşti, eskisinden daha yakışıklı oldu. Böyle bir zamanda gidilir mi? Yine kaptıracaksın adamı, sonra da paşa paşa döneceksin. Ama bu sefer ağlamalar, inlemeler işe yaramayacak. Yeter artık! Ne bu böyle, ikide bir çekip gitmeler.

Kenan elini kolunu sallayarak, yüksek sesle konuşmaya, Handan'a verip veriştirmeye devam ediyor. Sessizce dinliyorum onu. "İnsanın kendine ettiğini kimse etmezmiş," diyorum içimden. Biraz sevgi, şefkat, biraz ilgi görebilseydi, belki de Handan gitmezdi. Bozmazdı düzenini. O çok kızsa da, hâlâ seviyor kocasını. Belki de bu ameliyat, gençleşme sevdası iyice kızdırdı kadını. Adamın hiç değişmeyeceğini bir kere daha gördü.

— Ama çok pişman olacak, çok gözyaşı dökecek. Biliyorum, suç bende. O zaman boşayıverseydim, hiç bunlar gelmeyecekti başıma. Meğer o kafaya koymuş beni terk etmeyi. Öbürüne kaptırmamak için yılan gibi sessizce beklemiş. Zamanı gelince de işte böyle sivri diliyle sokuyor beni. Ben nerede hata yaptım sizce?

Düşünüyorum. Hangi birini söylesem acaba? Zaten o benim cevap vermemi beklemeden konuşmaya devam ediyor.

— İnsan biraz akıllı olur. Kocan uslandı, eve döndü, senin dizinin dibinden ayrılmıyor. Giderse gitsin. Biri gider, biri gelir. Bari şu Fadi'ye ulaşabilsem. Handan'ın gittiğini duysa belki o geri döner. Döner, döner... Benim bildiğim Fadi vazgeçmez benden. Hele şimdi karıyı da boşuyorum. Bekârım yani. Çöpsüz üzüm. Kapanın elinde kalacağım.

İnsan kendisini nasıl bu kadar kolay kandırır? Handan'ın kendisini terk ettiğini bile bile hâlâ onu kendisi boşuyormuş gibi konuşuyor. Ama artık köprülerin altından çok sular aktı. Bunu sen de biliyor ve korkuyorsun. Keşke böyle atıp tutmak yerine içinden geçen gerçekleri konuşabilsen! Kadınlara yaptığın gibi bu sefer de kendini aldatmasan! Sen artık eski Kenan değilsin. Kader bir kere "dur" dedi sana. Dursana! Duysana bu sesi... Aslında bir tarafın duyuyor ama bir tarafın ısrarla inkâr etmeye devam ediyor. Korkuyorsun çünkü. Halbuki duysan, çok korksan bile duysan, o zaman önce seni, sonra da kaderi değiştirebiliriz belki... Şimdi sana bunları söylesem, anlar mısın?

— Neden bir şey söylemiyorsunuz? Haklı değil miyim?

— Yalnız kalmaktan hâlâ korkuyor musunuz?

— Yalnız kalmak mı? Neden yalnız kalacakmışım? Handan gidiyor diye mi? Giderse gitsin. Ben elimden geleni yaptım. Gerisi ona kalmış. Çok şükür, aç değilim, açık değilim. Nasıl olsa yanıma birini bulurum.

— Birini ha!

— Kadın mı kalmadı dünyada! Genç ve güzel olsun isterim. Ne Fadi gibi ayak takımından, ne de Handan gibi yaşlı ve ruhsuz olsun. Yanıma yakışsın yani. Bunlar benim için zor değil.

— Biraz önce Fadi dönse diyordunuz...

— Tabii, dönse onu isterim. Sizce de döner mi?

Bu gidişle ne Fadi'nin döneceği var, ne de Kenan'ın bir şeyler anlayacağı. İşine geldiği gibi konuşup geçip gidiyor. Bu seanslardan bir fayda sağlamak, biraz olsun kendini görmek ve tanımak gibi şeylere niyetlenmiyor bile.

Ruh doktorluğu işte böyle bir şey... Aynı doktora kimi gelir, neler öğrenir gider, kimi de işte böyle zamanını boşa geçirir.

— Artık ona bir miktar bir şeyler vermek gerekir. Bu ara şirkette de işler iyi gitmiyor. Uzun süredir hep zarar gösteriyoruz. Ankara'da benim üzerime iki daire var. Onlardan birini vereceğim mecburen. Kendine yeni bir düzen kuracakmış. Buralardan gidiyor. Yani sizin anlayacağınız Ankara'yı bile terk ediyor. Biliyor musunuz, Fadi de terk etmiş Ankara'yı.

— Öyle mi?

— Geçen gün evine gittim, boşaltmış daireyi. Nasıl hüzünlendim bir bilseniz. Utanmasam ağlayacaktım. Ömrümü verdim ikisine de ama sırayla gidiyorlar. Sadece beni değil, şehri bile terk ediyorlar. Çok arayacaklar beni çok...

Onlar mı sana ömrünü verdi, sen mi onlara? Onlar mı seni arayacak, sen mi onları? Bu adam kendini kandırmaktan ne zaman vazgeçecek acaba? Ona yine bazı gerçekleri göstermeye çalışıyorum ama beni dinlemek istemiyor, hemen kapatıyor konuyu. Yapabileceğim bir şey yok galiba... Buraya neden geliyor acaba? Sadece dertlerini benimle paylaşmaya mı? Bu da bir yol... Ben de elimden geldiği kadar onu dinlemeli ve onaylamalıyım. Benden sadece bunu bekliyor.

İşleri de kötü gidiyormuş. Buna hiç şaşırmıyorum. Kadınlarla uğraşmaktan işe güce doğru dürüst bakmamış ki zaten. "Hayatım yine karmakarışık oldu. Bu ara size daha sık gelsem iyi olacak" diyerek kalkıyor ayağa.

Onu her zamanki gibi kapıya kadar uğurluyorum. Giderken sanki bir şey unutmuş gibi sık sık arkasına bakıyor yine. Canı sıkkın, morali bozukken daha çok yapıyor bunu.

* * *

O günden sonra Kenan Bey yine kayboldu ortalıktan. Birkaç yıl ondan haber alamadım. İlginç bir adam! Ne zaman ona bir şeyler anlatmaya çalışsam hep böyle yapıyor.

Bir kış günü randevu listesinde yine onun adını görüyorum. Ama bu sefer ondan önce Tuna gelmiyor odaya. Bu durum beni kaygılandırıyor. Demek değişen bir şeyler var.

Sıra ona geldiğinde merakla yerimden kalkıp kapıya doğru gidiyorum. Yine bütün heybetiyle Kenan Bey koridorun başında görünüyor ama sanki omuzları düşmüş gibi. Her zamanki gibi "Hoş gediniz," diyerek karşılıyorum onu. Beni görünce o da hafifçe gülümseyerek elimi sıkıyor. Üzerindeki kaşmir paltoyu çıkarıp muayene masasının üzerine koyduktan sonra her zaman oturduğu koltuğa yöneliyor. Bugün yanık kahverengi bir takım var üzerinde. İpek gömleği, renkli kravatı ve mendiliyle yine çok şık... Elindeki güneş gözlüğünü özenle yanından hiç eksik etmediği şık, deri çantasına yerleştirirken bir yandan da hal hatır soruyor. Bir süre birbirini özlemiş iki dost gibi sohbet ediyoruz. Sonra sıra sorunlara geliyor. Biraz yüzünü ekşiterek başlıyor anlatmaya.

— Tilkinin dönüp dolaşıp gideceği yer kürkçü dükkânı misali, yine geldim işte...

— Estağfurullah. Ne var ne yok, Handan Hanım'dan ne haber?

— O konu kapanalı çok oldu. Dedim ya, kader bırakmıyor peşimi. Bu sefer de işlerim bozuldu. Dilim varmıyor söylemeye ama iflas ettim galiba. Eğer alacaklarımı tahsil edemezsem, aç bile kalabilirim. Kredi borçlarımı ödeyemeyince, bankalar neyim var, neyim yok her şeyime el koydular. Ankara'daki dairelerden birini iyi ki zamanında Handan'a vermişim, yoksa şimdi o da gidecekti. Arabama bile haciz geldi. Şimdi Çankaya'da bir kiralık dairede oturuyorum. Adresimi kimseye vermiyorum çünkü eşyalarıma bile her an haciz konabilir.

İşte bu çok kötü, diyorum içimden. Onu ayakta tutan tek şey maddi gücüydü, demek bu sefer onu da kaybetmiş. Gerçi olacağı buydu çünkü son yıllarda özel hayatındaki karışıklıklar nedeniyle işiyle hiç ilgilenmiyor, arada bir bile büroya uğramak zoruna gidiyordu. Bakışlarına o korku yine yerleşmiş. Eskiden genç bakardı gözleri, şimdi bu gözlerin sanki ışığı sönmüş.

— Nasıl oldu bunlar?

— Vallahi ne olduğunu ben de anlayamadım. İflas eden arkadaşlarıma şaşar kalırdım eskiden. Baştan önlem alsalar böyle olmaz der, hatta biraz da aptal bulurdum onları. Meğer kazın ayağı öyle değilmiş. Önceleri borcumuz varsa malımız da var diyordum. Nasıl olsa bunları bir gün satar ve borçlarımı öderdim. Birdenbire, sanki bir karabulut çöktü üzerime. İnsanların gözü, nazarı bu hale getirdi beni. Yıllardır herkes haset etti bana. Her şeyimde gözleri kaldı. Kıskançlıklarından çatır çatır çatlıyorlardı. Sonunda istedikleri oldu. Şimdi hepsi de üzülmüş gibi yapıyor ama ben onların ne mal olduklarını biliyorum. İçlerinden oh diyorlar. Siz o zamanlar da inanmadınız ama ben size hep söylerdim, şansım döndü diye. Hiçbirine bir şey olmadı, bir tek ben battım. Onların işleri bozulsa üzülürdüm, onlara yardım etmenin yolunu arardım ama onların kılı bile kıpırdamıyor. Güya ilgileniyorlar benimle. Öyle kuru kuru ilgilenmek bir işe yaramaz ki...

Yine başkalarına kızarak kendini tüm sorumluluklardan kurtarmaya çalışıyor. Şimdi, "Bunun böyle olacağı baştan beri belliydi. Yıllardır işlerinizle hiç ilgilenmediniz," desem, olmaz. Zaten yeteri kadar üzgün ve buraya az da olsa rahatlamaya gelmiş.

— Hiç mi ilgilenmediler sizinle?

— Şöyle böyle işte... Bankalarla filan görüştüler. Bazı borçlara vade yaptırdılar, o kadar... Nasıl kalkacağım bu işlerin altından? Bağ-Kur'dan emekliyim ama aldığım maaş benim sigara parama yetmez. İşin kötüsü parasızlığa hiç alışkın değilim. Ne yapacağımı şaşırdım. Kenarda köşede de bir şey yok ki... Bu yaştan sonra başka birinin yanına girip çalışamam da... Aslında arkadaşlarımın hepsi de nüfuzlu insanlar. İsteseler benim için bir şeyler yapabilirler ama kimse bir şey yapmıyor.

— Ne yapabilirler Kenan Bey?

— Ne bileyim ben... Aralarında para toplayıp verebilirler veya devletten bir şeyler ayarlayabilirler. Hiçbirinde ne vicdan var, ne merhamet! Kırk yıldır beraber yiyip içiyoruz. İyi günümüz de oldu, kötü günümüz de. İnsan arkadaşına böyle mi yapar?

Sen yıllardır insanları kıskandırmak, hatta çatlatmak için elinden geleni yap, kendinden başkasını gözün görmesin, şimdi de onlardan yardım bekle... Hayatı boyunca böyle düşünmeye alışmış, insanlardan hep yapabileceklerinden fazlasını beklemiş. Aslında o yine kurtarılmayı bekliyor. Yavaşça onun dosyasını açıyor ve bir zamanlar oraya yazdıklarıma şöyle bir göz gezdiriyorum. "Bir sorun varsa kaçıyor ve başkaları tarafından kurtarılmayı bekliyor." Aynen böyle yazmışım dosyaya.

— Kenan Bey, eminim bu çıkmazdan kurtulabilmek için sizin de yapabileceğiniz bir şeyler vardır. Böyle oturup beklemek yerine, keşke siz de bir şeyler yapsanız.

— Ben ne yapabilirim ki? İflas ettim diyorum size. Hiçbir şeyim kalmadı.

— Ama siz uzun bir iş tecrübesine sahipsiniz. Böyle oturup beklemek yerine, kendiniz bir şeyler yapmayı deneseniz.

Canı sıkılmış gibi yüzünü ekşitiyor. Sevmiyor ona böyle şeyler söylenmesini. Yine sadece onu dinlememi, dertlerini paylaşmamı istiyor benden. Hemen konuyu değiştiriyorum.

— Handan Hanım'la hiç haberleşmiyor musunuz?

— Arada bir telefonlaşıyoruz. Bu olaydan sonra sık sık aradı beni. Yine ötekilere göre Handan çok vefalı. Fadi kahpesi İstanbul'daymış. Çok zengin oldu diyorlar. Garibanın tekiyken dizimin dibinden ayrılmıyordu, adam olunca ilk işi beni terk etmek oldu. Bırakın aramayı, sormayı, "Daha beter olsun," diyormuş. Bunca yıl ekmek yedik, su içtik. Benim hiç mi hakkım yok onda. İnsan bir arar, sorar, halin nedir der. Bunların hepsi böyle...

— Hepsi dediğinize göre, başka kadınlar da var.

— Olmaz mı, Handan gittikten sonra bir sürü kadınla beraber oldum ama neden bilmem, eski tadı bulamadım hiçbirinde. Zaten işlerim bozulunca çil yavrusu gibi dağıldılar. Paran varsa ne âlâ, ama yoksa tanımıyorlar seni.

— Şimdi yalnız mısınız?

Gözleri dolarak bakıyor bana. Sokakta kalmış kedi yavrusu sanki.

— Yalnızım. Bu durumda yalnız kalmak çok koydu bana. Ben kendime bakmayı bilmem, ev işinden hiç anlamam. Kapıcının karısı geliyor ama yakında ona verecek para da kalmayacak. Eski sıkıntılar yine yoklamaya başladı beni. Uykularım berbat, sabahları içim yanarak uyanıyorum. Aceleyle fırlıyorum yataktan. Bir de bakıyorum, kimse yok, yalnızım... İşte o zaman panik başlıyor. Evin içinde bir aşağı, bir yukarı dolanıyorum. Bu nereye kadar böyle gidecek? Kadınlar sanki vebalıymışım gibi kaçıyor benden. Eskiden onlar beni kovalardı, ben kaçardım. Şimdi işler değişti, ben onları kovalıyorum. Bu konuda oldukça acemiyim. Bir türlü yakalamayı beceremiyorum.

— Durumunuza gerçekten üzüldüm Bakın, kendinize iyi kötü bir düzen kurmuşsunuz. Az da olsa bir maaşınız var. Tecrübeli bir işadamısınız. Belki danışmanlık gibi işler yapabilirsiniz. Onu yapamam, bunu yapamam demek yerine, ne yapabilirim diye düşünün.

— Ama yalnızım, kimse yok hayatımda.

— Hayat bu, hepimizin başına olmadık şeyler gelebilir. Böyle zamanlarda biraz dik durmak gerekir. Arkadaşlarınıza kızmak yerine onlara daha yakın olun, onlarla konuşun, tartışın. Eminim birlikte bir çözüm yolu bulacaksınız.

— Siz onları tanımıyorsunuz. Ellerinden gelse gözümü oyacaklar benim. Kimse anlamıyor halimden.

Aslında onun durumunu anlıyor, üzerine gitmemeye çalışıyorum, hatta elimden geldiğince ona yol göstermeye çalışıyorum ama Kenan Bey benimle işbirliği yapmaya niyetli değil yine.

İyi bir doktor, her zaman karşısında oturan kişiyle empati kurabilen yani kendini onun yerine koyup, duygularını paylaşabilen doktordur. Diğer hastalarımla bunu yapmakta hiç zorlanmıyorum ama sıra Kenan Bey'e gelince işler değişiyor.

Onu tanıyalı yıllar oldu ama o hâlâ ilk günkü gibi duruyor, hiç değişmedi, gelişmedi.

— Kenan Bey, bu arada bir an önce ilaçlarınıza yeniden başlasak iyi olacak.

— Başlayalım tabii, bir an önce başlayalım ama ilaçları bana kim verecek? Evde bana sıcak bir çorba yapan kimse de yok. İlaç saatlerini de unuturum ben. Siz de anlamıyorsunuz halimden.

İki elini başına götürüp aniden ayağa kalkıp odada bir aşağı, bir yukarı dolaşmaya başlıyor. Bu tavırda gizli bir tehdit var sanki. Üzerime gelirseniz sıkıntım çok artar, hasta olurum diyor galiba. Mesajı hemen alıyorum. İlaçlarını bile saatinde almanın zor olduğunu söyleyen birine daha fazla yapabileceğim bir şey yok.

— Sizin için yapabileceğim başka bir şey var mı?

— Vizite ücretini bu sefer ödemesem olur mu?

O zaman daha iyi anlıyorum bu tavrın nedenini. Buna ne gerek var diyorum içimden, baştan açıkça söylesene...

— Üzülmeyin, önemli değil, ne zaman bir sorununuz olursa beklerim.

Kenan Bey odadan çıkmakta yine isteksiz. Bir eline muayene masasının üzerinde duran kaşmir paltoyu, öbür eline de deri çantasını alarak çıkıyor odadan. Aslında gerçekten zor durumda... Bir işadamı için iflas etmekten daha beter ne olabilir? Onca çaba, onca emek, maddi manevi onca yatırım bir anda yok oluyor. Bu kafayla bunlarla nasıl başa çıkacak ben de bilmiyorum.

Düşüş çoktan başladı! İnşallah bugünleri aramaz. Aman Tanrım, bütün bunlar bilinçdışının adaleti olabilir mi?

* * *

O günden sonra Kenan Bey sık sık gelmeye devam etti. Parası olmadığı için, bu gelişlerde vizite ücreti ödemiyor ama her seferinde bu borcu en kısa sürede kapatacağını defalarca söylemeden odadan çıkmıyor. Gerçekten zor durumda olduğunun farkındayım. Durumu beni de üzüyor. Her ne kadar yine çok şık ve bakımlı da olsa, odaya her girişinde sürdüğü parfümün kokusu uzun süre odada kalsa da sanki büyü bozulmuş, gözlerinin feri sönmüş adamcağızın.

Onu eskisi gibi güler yüzle karşılıyor, ona ilgili ve saygılı davranmaya özen gösteriyorum. Tuna çayını, kahvesini ihmal etmiyor ama artık eskisi gibi ondan bahsederken gözleri parlamıyor, hatta hiç söz etmiyor ondan. Demek ki oun diğer insanlardan pek farkı kalmadı Tuna'nın gözünde. Bu da bana önemli ipuçları veriyor. Tuna'nın hastalarımla ilgili tepkilerini her zaman dikkate alırım. Toplumun aynası gibidir o.

Bana her gelişinde eskiden olduğu gibi sürekli yakınıyor. Bu durumlara düştüğü için kadere, şansa, sonra da yeteri kadar yardım etmedikleri için onu tanıyan herkese kızıyor. Oysa anladığım kadarıyla arkadaşları ona ellerinden gelen desteği veriyor.

Gelecek onu korkutuyor. Bu korku artık onu tamamen esir almış gibi. Onu bu durumdan kurtarsa kurtarsa yine bir kadının kurtaracağını düşünüyor, bunun dışında bir başka çözüm hiç aklına gelmiyor. Kadın Fadi'ye benzemeli. Onun gibi marifetli ve Kenan'a tutkun olmalıymış. Ona masajlar yapmalı, şakalarıyla onu güldürmeli, etrafında pervane gibi dönmeli, geceleri de yatakta onu mutlu etmeliymiş. Mutlaka hem genç, hem de güzel olacakmış. Başka türlüsüne asla tahammül edemezmiş. Gerçi bu ara parası yoksa bile, kadın onu çok severse bunları sorun etmez, Kenan gibi birini bulduğu için Allah'a şükredermiş. Sürekli bunları anlatıyor bana.

Hayalleri burada da bitmiyor. İşte o zaman Kenan kendine gelir, her gün hâlâ gitmeye devam ettiği kulüpte bile şansı döner, hiç olmazsa kumardan üç-beş kuruş kazanırmış. Gerçi bu durum arkadaşlarının hiç hoşuna gitmez, yine onu kıskanırlarmış ama bu da onların sorunuymuş. Şimdi, şu halinde bile hepsinin gözü ondaymış. Parası yokmuş ama yıllardır gittiği her yerden paraya kıyıp aldığı en ünlü markaların etiketlerini taşıyan kıyafetlerle doluymuş dolabı. Bir tek parfümler suyunu çekmek üzereymiş. Bunun dışında hiçbir eksiği olmadığı gibi fazlası varmış. Bu giysiler onu daha yıllarca idare edermiş. Bunları zamanında almakla çok akıllılık etmiş. Arkadaşları da kılık kıyafete meraklıymış ama böyle bir gardırop hiçbirinde yokmuş.

Sanki anlattıkça hayalleri bir gün mutlaka gerçekleşecekmiş gibi bir inancı var. Ben de onu kırmamak, üzmemek için hiç sözünü kesmeden sabırla ve biraz da üzülerek dinliyorum. Artık konuşmaktan, ona yol göstermeye çalışmaktan çoktan vazgeçtim. O, bunları istemiyor. Şu sıralar kafasındaki hayalleri tekrar tekrar anlatabileceği bir dosta ihtiyacı var. Sonunda tam da onun istediği gibi bir doktor oldum.

Ne kadar yazık...

Yeni tuttuğu evden de memnunmuş. Özellikle eşyalar konunca ev saray gibi olmuş. Her ne kadar birkaç aydır kirayı ödeyemiyorsa da alacaklarını tahsil ettiği gün bütün borçlarını ödeyecekmiş. Hiç sevmezmiş borçlanmayı ama bu ara mecbur kalmış. Arkadaşlarının her biri bir miktar borç vermiş ona. Kendisi de birkaç değerli eşyasını satmış ama alacaklarını tahsil edemezse ne yapacağını kendisi de bilmiyormuş. İşin kötüsü kumarda da sürekli kaybediyormuş. Arkadaşlar arasında büyük oynamıyorlarmış ama yine de kaybediyormuş. Kaybettikçe morali daha da çok bozuluyor, işte o zaman çenesindeki titreme artıyor ve leylek gibi dişlerinden takır takır sesler çıkıyormuş. Ne kadar uğraşsa da bu seslere mani olamıyormuş. Ona yakışıyor muymuş böyle şeyler? Hem böyle giderse kulüpteki itibarı da zedelenecekmiş. Zaten daha şimdiden eskisi kadar saygı göstermiyormuş ona insanlar.

Bunun sebebini çok düşünmüş. İyi giyiniyor, tıraş olmadan evden çıkmıyormuş ama onlar gibi artık arabası ve şoförü yokmuş. Arada bir otobüse bindiği bile olsa da bunu arkadaşlarından gizliyormuş. Kapıcının karısı artık sadece çamaşırlarını yıkayıp ütülemek için geliyormuş eve. Temizlik filan yapılmayalı çok olmuş. Sabahları kahvaltı için köşedeki pastaneden bir şeyler alıyor, öğlen zaten bir şey yemiyor, akşam yemeğini de kulüpte yiyormuş. Arkadaşları hiç olmazsa bu yemeğin parasını ona ödetmiyor, her gün biri hesabı kapatıyormuş.

Sadece kulüpteki yemek parasını ödemekle iş bitmezmiş ki... İflas ettiğini duyunca aralarında ciddi bir miktar para toplayıp vermişler ama daha sonra hiçbirinin eli cebine gitmemiş, Kenan istemeden ona borç para vermiyorlarmış. Oysa Kenan para isterken ezilip büzülüyor, her seferinde yüz istiyorsa iki yüz verirler diye düşünüyormuş. Onun gibi gani gönüllü değilmiş hiçbiri. İstediğini verirken bile son zamanlarda yüzleri ekşimeye başlamış.

Aslında cebindeki parayı çok dikkatli harcıyormuş. Kendine yeni bir şey almıyor, olabildiğince taksi yerine otobüse biniyor, evde yemek yapmıyor, yaptırmıyor, temizliğe bile hizmetçi almıyormuş. Yine de kira, yol parası, temizleyici, sigara, içki, kumar filan derken bir türlü hesabı tutturamıyormuş.

Mutlaka daha net bir çözüm bulmalı bu durumdan kurtulmalıymış. Bunu arkadaşlarına da söylemiş. Aralarında biraz para toplasalar, ona iyi bir yerde, küçük bir ev alsalar, bankaya da bir miktar para koysalar, o paranın faiziyle geçinir gider, her gün birinden para istemek zorunda kalmazmış. Bunu söyleyince hep bir ağızdan gülmüşler. Hepsi de kötü, yürekleri haset dolu insanlarmış. Kendileri akşamları kulüpten çıkarken gevrek gevrek gülmeyi biliyormuş ama. Şoförler arabaların kapılarını açıyor, hafifçe eğilerek patronlarını karşılıyorlarmış. Allahtan sırayla onu eve bırakmayı akıl ediyorlarmış. Onu da mı yapmayacaklarmış? Hepsinin de keyfi yerindeymiş. Ne de olsa evde karıları onları bekliyormuş. Bir iki muhabbetten sonra sıcak yataklarına, karılarının koynuna giriyormuş adi herifler...

Her şey bir yana, şu yalnızlıktan çok şikâyetçiymiş. Kadınlar konusunda eski becerilerini kaybetmiş sanki. Eğer birini bulamazsa hali dumanmış. İlaçlarını alıyormuş ama şu ara ilaç milaç vız geliyormuş ona. Doğru dürüst bir kadın lazımmış, kadın...

Kenan Bey'in anlattıklarını dinlerken üzüleyim mi, kızayım mı bilemiyorum. Göz göre göre düştü bu hallere. Çok zaman ve çok emek verdim ona ama hepsi boşa gitti. Üstelik hâlâ öyle bencil ki... İnsanlar ona ne yapsa yetmiyor. Her zaman daha fazlasını istiyor.

Bir yandan da düştüğü durumu gördükçe üzülüyorum. Öyle perişan ki... Hâlâ ipe sapa gelmez hayaller peşinde. Onu bir türlü gerçekle yüzleştiremiyorum. Çaresizlik doktorları her zaman çok olumsuz etkiler. Bu adamın karşısında ben de kendimi çaresiz hissediyorum. Son zamanlarda vizite ücreti de ödemediğinden onunla konuşurken daha dikkatli davranmaya çalışıyorum. Söylediğim şeyleri yanlış anlayabilir.

Ben hep bunları düşünürken, bir gün bana şöyle diyor.

— Sizinle de artık iki eski dost sayılırız. Geçmiş yıllarda her gelişimde, hiç aksatmadan vizite ücretlerini ödedim. Şimdi ödeyemiyorsam, bunu da keyfimden yapmıyorum. Her gün akşama kadar bu muayenehaneye biri giriyor, biri çıkıyor. Madem arkadaşlarım yapmıyor, siz bana yardım etseniz, onların yapmadığını siz yapsanız.

— Nasıl yani?

— Siz bana küçük bir ev alsanız, bankaya da biraz para...

Ne diyeceğimi bilemiyorum. Bu adamın gerçekle bağlantısı iyice koptu galiba!

— Hayatınızdaki herkesi teker teker kaybediyorsunuz. Şimdi de sıra bende mi?

Şaşırmış gibi bakıyor yüzüme. Her zaman olduğu gibi çekmecemden, alması gereken ilaçları çıkarıp eline veriyorum. Bu sefer odadan çıkmakta eski kararsızlığı göstermiyor.

O günden sonra bir süre gelmiyor bana. Ya sonunda beni de kaybedeceğini anladı, ilişkiye bir süre ara veriyor ya da benim bilmediğim başka şeyler var.

O gelmiyor ama aylar sonra kapımı bu sefer de Kenan Bey'in yakın arkadaşlarından Semih Bey çalıyor. Genel görünümü, hali, tavrı ne çok benziyor Kenan Bey'e! O da yakışıklı, giyimine kuşamına son derece özen gösteren, oldukça gösterişli, oturmayı kalkmayı bilen, hoşsohbet biri.

— Hoş geldiniz Semih Bey. Buyurun, sizi dinliyorum.

— Efendim ben kendim için değil, yakın arkadaşım Kenan için geldim buraya. Uzun süredir size geldiğini hepimiz biliyoruz. Sağ olun, ona çok yardımcı oldunuz ama bu ara bizi çok zor durumda bırakıyor. Ne yapacağımızı şaşırdık. Arkadaşlar beni sözcü olarak seçip buraya yolladı.

— Hayırdır inşallah! Bilmediğim yeni bir şeyler mi oldu? Hem zaten son aylarda buraya da gelmiyor.

— Biliyorum ama merak etmeyin, yakında yine gelir. Vazgeçmez o.

Ne demek istiyor acaba? Kenan Bey için ben başka ne yapabilirim? Hayretle onu dinlerken kaşlarım elimde olmadan yine çatılıyor.

— Biz Kenan'ın çok eski arkadaşlarıyız. Yıllarımız birlikte geçti ancak son yıllarda siz de biliyorsunuz çok değişti. Hele işleri bozulunca iş iyice çığırından çıktı. Biz elimizden geleni yaptık. Maddi, manevi her türlü desteği verdik ona ama yaptığımız hiçbir şey yetmedi. Hele son aylarda iyice bir tuhaf oldu. Bizden aldığı borç parayla oturup bizimle her akşam kumar oynuyor. Sizce de bu durum çok komik değil mi? Madem yiyecek paran bile yok, kumar masasında senin ne işin var be adam! Hele bir de her akşam dişlerinden çıkan sesleri dinlemekten hepimize gına geldi. Ağaçkakan gibi sürekli gak gaklayan birine tahammül etmek inanın çok zor. Önceleri durumuna hepimiz çok üzüldük. İnanın bana, elimizden geleni fazlasıyla yaptık ama her şeyin bir sınırı var. Yaptığımız hiçbir şey yetmiyor ona. Her akşam herkesten önce gelip oturuyor masaya. Zaten onu gören herkesin keyfi kaçıyor. Sürekli sızlanan ve bunları yaparken leylek gibi gak gak eden bir adamdan hepimiz sıkıldık.

İyi ama ben ne yapabilirim, diyorum içimden.

— Başına bunca iş geldi, durumu kurtarmak için kılını bile kıpırdatmadı. O oturacak, biz onun yerine duruma çözüm bulacağız. Böyle şey olmaz ki canım! Geçen gün eski eşi Handan Hanım'ı aradık. Ona da anlattık derdimizi ama kadıncağız bir şey söyleyemedi. Sonunda siz geldiniz aklımıza. Doktor hanım ne olur kurtarın bizi bu adamdan. Son çaremiz sizsiniz. Hepimizin hayatının içine etti. İnanın ondan para pul esirgediğimiz yok. Evinde otursa, her ay karnını doyuracak parayı toplayıp eline vereceğiz ama oturmuyor. Hiçbir şey olmamış gibi eski hayatına devam etmek istiyor. Artık hiçbirimizde sabır kalmadı. O gak gaklamaya başlayınca göz göze bakıp gülmemek için kendimizi zor tutuyoruz. Delirdi mi ne?

Haklı, bunlar akıllı birinin yapacağı şeyler değil. Son gelişinde bana söyledikleri geliyor aklıma. Ona bir ev alıp bankaya da yüklüce bir para yatırmamı istemişti benden.

— Giyimini, kuşamını bir görseniz, şaşar kalırsınız. Evi derseniz, hâlâ saray gibi... Kimsede olmayan antika eşyaları var. Satsa, kimbilir kaç para eder. Sanırım Handan Hanım'ı siz de tanıyorsunuz. Son derece hanımefendi bir kadındır. Kadıncağız yıllarca her şeyine göz yumdu, her türlü kahrını çekti ama ne yapsın, sonunda o da daha fazla dayanamayıp gitti. Bu adamda şeytan tüyü vardı. Hangi kadın onu görse çarpılırdı. O da hiçbirini geri çevirmezdi maşallah ama çok ah aldı. Çok kadının günahına girdi. Sonunda olacağı buydu. Zamanında ona bunları çok söyledik ama dinletemedik. O zamanlar bize de az hava atmadı ama buraya kadarmış. Şimdi kendi günahlarının bedelini bize ödetmeye kalkıyor. Geçen gün sonunda bizim kulüp çalışanlarından birinden de para istemiş. Zamanında bahşiş verdiğin adamdan para istenir mi? Bu adamda hiç utanma da kalmadı. Ne olur doktor hanım, bizi Kenan'dan kurtarın.

— Ne yapmamı istiyorsunuz?

— Siz onun doktorusunuz. Söyleyin evden çıkmasın, bir daha kulübe gelmesin, bizimle kâğıt oynamasın. İlaçlarını alsın, otursun evinde. Yoksa kalbini kıracağız. Bunu da yapmak istemiyoruz. Ne de olsa eski arkadaşımız. Hem artık parasını biraz idareli kullansın. Kimse ona lüks içinde yaşasın diye para vermez. Haksız mıyım?

Ne diyeceğimi bilemiyorum Semih Bey'e. Aslında söylediklerinin doğru olduğunu biliyorum. Benzer şeyleri bana da yapıyor. Bu konuda onlara pek yardımcı olamayacağımı aslında Semih Bey de biliyor ama galiba biraz da buraya içini dökmeye gelmiş.

İçime inceden bir sızı yayılıyor. Onun bu hale gelmesinde benim de payım var mı acaba? Nerede yanlış yaptım?

* * *

Aylar sonra bir gün Kenan Bey yine çalıyor kapımı. Nerede eski Kenan Bey, nerede şimdi karşımda oturan bu yaşlı adam... Biraz heyecanlı, telaşlı görünüyor. Çenesindeki titreme artık çok belirgin hale gelmiş ve konuşmasını fena halde etkiliyor. Aklıma Semih Bey geliyor, Semih Bey'in söylediği gak gaklamalar... Gerçekten de konuşurken dişlerinden çıkan bu ses insanı çok rahatsız ediyor. Acaba Parkinson hastalığı mı bu diye defalarca muayene ediyorum ama değil. Muayene ve hal hatır sorma kısmı bitince başlıyor anlatmaya. Belli ki benimle paylaşmak istediği önemli şeyler var.

Bir süre önce bir kadınla tanışmış. Bir sabah yine pastaneden kendisine poğaça almaya gitmiş, orada rastlamış kadına. Kadın ona yakınlık göstermiş. Aynı masaya oturup sohbet etmeye başlamışlar. Orta yaşlı, tuhaf şeyler giyen, çok konuşan, biraz garip bir kadınmış. Daha tanıştıkları ilk gün pastaneden çıkınca Kenan Bey'in evine gitmişler. Üniversite mezunuymuş ama haline tavrına bakınca hiç de öyle görünmüyormuş. Kenan Bey de önce buna pek inanmak istememiş ama kadın çantasını açıp diplomasını göstermiş.

Kadının diplomasını çantasında taşıması tuhafıma gidiyor ama o çantada daha neler varmış neler... Güya evliymiş, üç tane de çocuğu varmış. Çok ünlü ve zengin bir ailenin kızıymış, kocasının fabrikaları varmış. Bütün bunları palavra gibi gelmiş Kenan Bey'e ama yine de yalnız kalmaktan daha iyiymiş.

Aslında kadın Ankaralı değilmiş, bir başka kentten gelmiş buraya. Güya sıkılmış, biraz değişiklik olsun diye gelmiş Ankara'ya. Burada kendine bir ev tutmuş. Öyle çok konuşuyor, o kadar çok şey anlatıyormuş ki, Kenan zaten çoğunu dinlemiyor, dinledikleri de zaten birbirini tutmuyormuş. Elinde son model bir cep telefonu varmış. Kimbilir o telefon kaç paraymış.

Aslında hiç ona göre bir kadın değilmiş ama zamanla ona alışmış. Yalnızlıktan çok korkuyormuş ve kadın gelmezse gözleri yolda kalıyormuş. Ayrıca kadın çok da edepsizmiş. Bazen onu fena halde tersliyormuş. Öyle zamanlarda Kenan hiç sesini çıkarmıyormuş aksi halde kadın o kadar çok bağırıyormuş ki, apartmana rezil oluyorlarmış.

Hiçbir şeyden utanmayan, sıkılmayan bu kadın, her akşam güzel bir masa hazırlıyormuş ve sabaha kadar karşılıklı içki içiyorlarmış. Bazen çantasından çıkardığı değişik ilaçlar kullanıyormuş. Lityum filan gibi... Çabuk kızıyor, sonra da hemen yumuşuyormuş.

Geliyorum diyor, gelmiyor, gelmeyeceğim diyor, sabahın köründe yine çıkıp geliyormuş. Kenan Bey sözlerine "Yalnızlık insanı işte bu hale getiriyormuş," diyerek devam ediyor. Biraz hayret, biraz da hüzünle dinliyorum onu. Demek kadın lityum kullanıyor!

Zamanla evden ufak tefek bir şeyler kaybolmaya başlamış. Önce bunları onun alabileceği hiç aklına gelmemiş çünkü çok garip şeyler kayboluyormuş. Mesela bir seferinde ipek bir kravat sonra kaşmir ceket, torbasının içinde yıllardır duran smokin, gümüş tespih filan sırayla evden gitmeye başlamış. Son olarak da cüzdandaki paralar ve kredi kartları gidince aklı başına gelmiş. Polise gidememiş çünkü polis onu da arıyormuş. Bankalar ve vergi daireleri peşindeymiş. Bu yüzden adresini herkesten gizliyormuş. Yakalanırsa, eşyalarına bile el koyarlarmış. Üstelik öyle garip bir kadınmış ki, hem çalıyor, hem de hiçbir şey olmamış gibi eve gelmeye devam ediyormuş. Gelirken de elleri kolları dolu, merdivenleri zor çıkıyormuş. Sebze, meyve, et, tavuk, balık ve şişeler dolusu içki alıyor, sonra da o evin hanımıymış gibi doğru mutfağa giriyor ve yemek yapıyormuş. Bir sofra hazırlıyormuş, kuş sütü eksik! Beraber oturup yiyip içiyorlarmış. Ama sabah olunca evden bir şeyler daha alarak erkenden gidiyormuş.

Yüzünü ekşitip başını sağa sola salladıktan sonra soran gözlerle bakıyor yüzüme.

— Sizce bu kadın hasta mı?

— Maalesef öyle. Lityum alıyor dediniz. Demek manik atak geçiriyor.

— Ne demek o?

— Bipolar hastalık dediğimiz, tüm dünyada sık görülen bir hastalık bu. Nöbetler halinde gelir ama sizin bahsettiğiniz hanım çok ağır bir nöbet geçiriyor. Bu tür hastalarda kontrol mekanizması tamamen ortadan kalkar. Her konuda aşırıya kaçarlar. Çabuk kızar, kızınca ne yaptıklarını bilmezler. Çok para harcar, yalan söyler ve suç işlemeye yatkın olurlar. Etken maddesi lityum karbonat olan bu ilaç, bu hastaların tekrar nöbet geçirmemesi için kullanılır ama belli ki ilacı da düzgün kullanmamış. Bu kadın sizin için çok tehlikeli olabilir. Lütfen ondan uzak durun.

— Demek öyle, aslında ben de farkındayım onun biraz kaçık olduğunun ama evimin anahtarı bile onda. Hem korkuyorum ondan, hem de dört gözle yolunu bekliyorum. Yalnızlık zor iş! Ondan başka kimse arayıp sormuyor beni. Eski itibarım da kalmadı. Kırk yıl düşünsem, bu hallere düşeceğim aklıma gelmezdi. İşte, kala kala bu manyak kadına kaldım. Delidir, doludur ama olsun, hiç olmazsa benim yanımda.

— Kenan Bey, bu kadın hasta! Ne yapacağı belli olmaz. Size zarar verebilir. Bakın, buraya, bana bu konuyu sormaya gelmişsiniz ve ben de sorunuzu cevaplıyorum ama siz yine de bildiğinizi okuyorsunuz. Yapmayın bunu!

— Başka ne yapabilir bana? Zaten alacağını aldı. Evde kıymetli ne varsa götürdü. Kapıya kamyon dayayıp eşyaları da götürecek hali yok ya... Siz beni merak etmeyin. Onun hasta olduğunu öğrendiğime göre, artık daha dikkatli davranırım.

Öyle diyerek aceleyle çıkıyor odadan. Bugün benimle daha fazla konuşmak istemiyor. Onu her zamanki gibi kapıya kadar uğurluyorum.

Bilinçdışı mekanizmalar bütün yolları kesti galiba. Ona ulaşma şansım hiç kalmadı. Oysa düzenli bir terapi uygulanabilseydi, benim gördüklerimi o da görebilseydi, kader motifinde neler yazdığını ona okutabilseydim, birlikte çok şeyi değiştirebilirdik. Sonunda suçluluk duygularına teslim oldu ve cehennemi dünyada yaşatıyor kendine. O kadının şu ara çok hasta olduğunu öğrendiği halde, yine de vazgeçmeyecek ondan. Bu uğurda canını bile tehlikeye atabiliyor. Demek Kenan Bey için yalnızlık ölümden de beter! Öyleyse ceza, onun canını en çok yakan yerden gelecek.

Düşünüyorum da, insan kendine bir kader biçmişse, hayat da ona bu konuda sonuna kadar destek oluyor. Karşısına böyle bir kadının çıkmasına, tesadüf deyip geçebilir miyiz?

* * *

Ankara'nın hem isli, hem de sisli günlerinden biri. Vakit henüz erken olmasına rağmen gökyüzü hiç görünmüyor. Biz Ankaralılar alışkınız böyle havalara. Sisli de olsa, isli de olsa, burası bizim memleketimiz. Burada doğup yine ömrünü burada geçirenler, ne yapar eder, onda sevilecek çok şey bulur. Dünyanın en güzel yerlerine de gitsek, dönüşte Ankara'yı nasıl da özlediğimizi fark ederiz çünkü baktığımız her köşede geçmişe ait bir anı öylece bekler bizi.

Her zamanki gibi muayenehanemdeki odamda hasta görüyorum. Bugün yine bütün randevular dolu. Hastaları zamanında içeri alabilmek için elimden geleni yapsam da ufak tefek aksaklıklar yine de oluyor.

Saat üç sularında Tuna koşarak odama geliyor. Bu kadar telaşlı olduğuna göre bir sorun var.

— Gülseren Hanım, Kenan Bey geldi. Durumu çok kötü! Hani bize ilk geldiği gün vardı ya, aynı öyle olmuş. Salonda bir aşağı, bir yukarı dolaşıp duruyor. Hastalar korktular adamın halinden. Önce onu alıverelim mi?

— Tamam, alalım. Yine ne oldu acaba?

Tuna koşarak çıkarken kapıda Kenan Bey görünüyor. Sallanarak, oflayıp puflayarak giriyor içeri. Aman Tanrım, ne olmuş bu adama! Hayalet gibi...

— Kurtarın beni, ne olur kurtarın. Nefes alamıyorum, boğulacağım.

Kurtarın beni... Kurtulmak için bir şeyler yapmak yerine, yine bir kadına koşuyor. Bu adam hiç mi büyümeyecek? Aklı olmasa da, duyguları hastaneye yattığı o yaşlarda saplanıp kalmış. Freud bu dönemde ortaya çıkan bir saplantının cinsel kimlik konusunda zayıflığa ya da kafa karışıklığına yol açabileceğini söyler. O yıllarla ilgili anlattıklarını düşününce Freud'a hak vermemek mümkün değil. Tam erkek, hatta üstün erkek olarak hayata tutunmaya çalışması belki de bundan.

— Gelin, şöyle oturun, ne oldu size böyle?

— Yok, oturamıyorum. Başıma neler geldi bir bilseniz? Semra soyup soğana çevirdi beni.

— Semra kim?

— O gün size bahsettiğim kadın.

Demek düşündüğüm oldu. Hiç laf dinlemiyor ki. Kadın ne yaptı acaba? Aceleyle çekmeceleri karıştırıyor ve onu rahatlatacak bir ilaç arıyorum. Eline ilacı verince, Tuna'nın su getirmesini beklemeden yutuyor hapı.

— Biraz sonra geçecek, rahatlayacaksınız. Neler olduğunu merak ettim.

— O kadından uzak durun, demiştiniz bana. Yine dediklerinizi yapamadım. Adeta sığındım ona. Bir deliye sığındım. Biliyorsunuz evin anahtarlarından biri de ondaydı. Benim evden çıkmamı beklemiş, sonra da kapıya kamyonu dayamış ve evde ne var, ne yok yüklemiş kamyona.

— Yapmayın Kenan Bey, böyle bir şey nasıl olur?

— Olmuş işte. Hatta son gelişimde, "Kapıya kamyon dayayacak hali yok ya," demiştim size. Meğer o kadın benim tahmin ettiğimden daha deliymiş. Konu komşu, hatta kapıcı bile görmüş olanları ama benim eve sürekli girip çıktığı için, taşınıyorum zannetmişler. Kimsenin aklına kötü bir şey gelmemiş. Bizim kapıcıdan yardım bile istemiş. Şu cesarete bakın, güpegündüz, âlemin gözü önünde evimi soyuyor! Eşyalarımın çoğu antikaydı, çok değerliydi yani. Elimde kalan son şeydi onlar.

Kenan Bey hâlâ ayakta, odada gezinerek anlatmaya devam ediyor. Sık sık durup derin nefes alıyor, içini çekiyor anlatırken. Gerçekten de bir tek onlar kalmıştı elinde.

— Özel eşyalarımı bile götürmüş ahlaksız kadın. Giyime, kuşama ne kadar meraklı olduğumu biliyorsunuz. Marka gömlekler, ipek kravatlar, kaşmir ceketler, halis yün paltolar, deri çantalar filan... İnsafsız kadın hepsini götürmüş. Düşünebiliyor musunuz, iç çamaşırlarımı bile almış. Şu üzerimde gördüklerinizden başka hiçbir şeyim kalmadı. Dımdızlak kaldım. Yenisini alacak param da yok!

Aman Tanrım! Şimdi bu adam ne yapacak, nereye sığınacak?

— Yoruldunuz, biraz otursanız! Size açık bir çay ikram etsem, içer misiniz?

— Olur, içerim ama biraz bisküvi filan var mıydı?

— Var, var... Şimdi Tuna'ya söylerim, getirir.

İçim bir tuhaf oluyor. Demek karnı da aç! Yemek yiyecek parası bile mi yok bu adamın? Aceleyle telefonun tuşuna basıp Tuna'ya çay ve kurabiye getirmesini söylüyorum. O da yavaşça masanın hemen karşısındaki koltuğa çöker gibi oturuyor. Biraz sonra Tuna elinde tepsiyle içeri giriyor. Bir kupa dolusu çay, bir tabak dolusu da soğuk sandviç ve kurabiye getirmiş. Tepsidekileri, Kenan Bey'e hafifçe gülümseyerek sehpanın üzerine özenle yerleştiriyor. Son olarak birkaç tane kâğıt peçete bırakıyor önüne. Teşekkür etmeyi hiç ihmal etmeyen Kenan Bey bugün onu bile yapacak halde değil. Tuna, "Afiyet olsun," diyerek odadan çıkıyor.

Kenan Bey, bir yandan bir şeyler yerken, bir yandan da anlatmaya devam ediyor.

— Ne yapacağım ben şimdi! Ne olur bir yol gösterin Gülseren Hanım!

— Polise haber verdiniz mi?

— Verdim, artık kaybedecek bir şeyim kalmadığı için eve gelip de durumu öğrenince hemen polise gittim. "Buluruz, merak etmeyin," diyor polisler ama ne zaman bulacakları belli değil. Hem bulsalar bile o güzelim eşyalar kimbilir ne hale geldi. Zaten artık benden çıktı hepsi. Bu sefer de bankalar el koyacak. Sizin anlayacağınız yatacak yatağım, giyecek çamaşırım bile yok artık. Battım, mahvoldum ben! Cebimde beş kuruşum yok! Yemek yiyecek param bile kalmadı. Size de epeydir ödeme yapamıyorum. Ne olur, bir süre daha idare edin beni. Borçlarına sadık biriyimdir. Bunları tek tek defterime kaydediyorum. Sadece size değil, arkadaşlarıma da borçlandım. Bir gün bunları mutlaka ödeyeceğim. Ben nasıl bu hale geldim? Böyle bir şey nasıl olur? Bazen acaba rüya mı görüyorum diyorum kendi kendime. Bu bir kâbus diyorum. Şimdi uyanacağım ve eski hayatımın içinde bulacağım kendimi ama bir türlü bitmiyor bu kâbus ve ben uyanamıyorum. Birkaç yıl önce trilyonlarım vardı benim, şimdi...

İnsan nasıl bu kadar hızlı düşer? Buna ben de inanamıyorum. Kenan tabaktakileri aceleyle bitirdikten sonra konuşmaya devam ediyor.

— İş adamıyım, işadamı dediğin zaten hep diken üzerindedir. Herkesin bir gün işi gücü bozulabilir. Arkadaşlarım kaç kere köşeden döndü, iflas edenler oldu ama hiçbiri benim durumuma düşmedi. Bir süre zorlandılar ama sonra toparlandı hepsi. Lüksten biraz uzak durdular, bir süre moralleri bozuldu, o kadar... Ama benimki başka türlü! Hiçbir şey düzelmiyor. Düzelmediği gibi giderek daha çok batıyorum. Ben ne aptalmışım! İnsan hiç mi geleceği düşünmez, hiç mi kendini garantiye almaz? Nasıl bu kadar saf olabilir? Göz göre göre mahvetmişim kendimi. Boğazıma kadar battım. Etrafımda kimse kalmadı, herkes terk etti beni. İşte yapayalnız kaldım! En korktuğum şeydi yalnız kalmak ama ben biliyorum, hep o Fadi sürtüğü yüzünden bu hallere düştüm. Yattı kalktı, beddua etti bana. Al işte, sürünüyorum. Artık bir yerlerine kına yaksın.

Kenan Bey çağlayan gibi içindekileri boşaltıyor. Söyleyecek ne çok şeyi varmış! İlk geldiği günden beri hep öfke kusuyor. Hayatta kızmadığı hiç kimse yok ama Fadi'nin yeri her zaman başka. O hep başköşede.

— Belki Handan da beddua etmiştir, yüzüme söylemedi ama arkamdan o da etmiştir. Keşke ben de etseydim. Şimdi sadece ben değil, onlar da sürünüyor olurdu.

Acı acı gülüyorum bu sözlere... Bedduadan dolayı süründüğünü düşünüyor hâlâ, kendi payını yine hiç hesaba katmıyor. Kenan Bey gerçekten perişan! Yıllardır tanıyorum onu, sanki hayatımın bir parçası haline geldi. Yaşadığı bunca acıya tanıklık ettim. Günahlarının bedelini ödetiyor kendine. Ben de uyandıramadım onu. Bu duruma hem üzülüyor, hem de sık sık kendimi sorguluyorum. O ise anlatmaya devam ediyor.

— Annem ölmeseydi, başıma bunlar gelmezdi. Hiç olmazsa bana dua eder, bu kadınların beddualarından korurdu beni. Bunlara daha ne kadar dayanabilirim ki... Ölür giderim... Çok korkuyorum ölmekten. Sizce de hemen ölür müyüm?

— Yapmayın Kenan Bey, ölüm nereden geldi aklınıza? Sapasağlamsınız.

— Dindar biri de değilim ben. Hayatımda ne namaz kıldım, ne oruç tuttum. Keşke biraz olsun bunları yapsaymışım. İşin kötüsü ölünce de cehenneme giderim. Tanrı da kızgın bana. Söyleyin, kızgın değil mi?

Öfke ve suçluluk duyguları, nasıl da sık sık yer değiştiriyor!

— Kızgın olan o değil, sizsiniz.

— Yok yok, biliyorum o da kızgın bana. Öyle olmasa beni bu

kadar cezalandırır mıydı? Siz de görüyorsunuz, başıma gelmeyen kalmadı. Şu Semra denen kadın bile koca Ankara'da beni buluyor. Onunla karşılaşmasaydım, şöyle böyle idare edip gidiyordum. Hiç olmazsa başımı sokacak bir evim, yatacak bir yatağım, üzerime giyecek bir şeylerim vardı. Şimdi hepsi gitti.

— Kenan Bey önce biraz sakinleşin, sonra da şu sizin Tanrı'yla aranızdaki meseleyi konuşalım. Diyelim ki kızgın, ama siz de yıllardır ıstırap içindesiniz. Çok acı çektiniz. Sizi hâlâ affetmedi mi?

— Yok yok, affetmez o. Zaten kul hakkı diye bir şey varmış. Tanrı kul hakkını affedemezmiş.

— Kendinizi affettirebilmek için bir şeyler yapmayı hiç denemediğinizin farkında mısınız?

Öfkeli gözlerle bakıyor bana. Yanlış yapıyorum. Acaba ondan ben bile ümidi kesmeli miyim?

— Siz bile artık anlamıyorsunuz beni. Ne yapabilirim ki, ortada kaldım diyorum size.

— Tamam Kenan Bey, anladım. Önce sağlığınızı düşünelim.

— Artık düzelmem ben. Düzelmem! Ama yine de bir tek siz kaldınız beni terk etmeyen. Ne olur, yanımda olmaya devam edin. Bir de bana siz yüz çevirmeyin. Size olan borçlarımı ödeyeceğim. Yeter ki vazgeçmeyin benden.

— Onlar önemli değil Kenan Bey. Yeter ki siz bir an önce düzelin. Bütün bu olanlardan sonra kim olsa perişan olur. Biraz toparlanırsanız, eminim bir çaresini bulacaksınız. Toparlanmanın da tek yolu, kendinize bu kadar kızmamak... Ne olur, bu ara kendinizle uğraşmayın. Zaten yeteri kadar üzüldünüz.

— Şimdi buradan çıkınca nereye gideceğim ben? Siz de başınızdan savıyorsunuz. Kimse dinlemiyor beni. Size para ödeyemediğim için mi beni hemen çıkarmak istiyorsunuz?

— Neler söylüyorsunuz Kenan Bey? Burada istediğiniz kadar oturabilirsiniz.

— Bekleyen hastalar ne olacak?

— Eskiden onları düşünmek aklınıza gelmezdi.

— Özür dilerim, özür dilerim. Size de çok haksızlık ettim değil mi?

— Hayır, öyle bir şey demedim ben. Bugün özel bir gün! Zor durumdasınız ve eski bir dost olarak ben de size yardımcı olmaya çalışıyorum.

— İşte şimdi de sizi kızdırdım. Bundan sonra bir daha kabul etmezsiniz beni. Bu odadan çıktım mı, bir daha giremem. Biliyorum... Ne olur böyle yapmayın.

Tam bir panik içinde... Karşılıklı konuşmanın bile imkânı kalmamış. Dişlerinden başlamak üzere bütün vücudu titriyor. Ne yapacağımı ben de şaşırdım. Yardım etmek istiyorum ama nasıl? En iyisi susmak, onun biraz sakinleşmesini beklemek.

— Biraz daha kalayım bu odada, biraz daha konuşalım sizinle. Birileriyle konuşmaya çok ihtiyacım var. Ne olur, yalvarıyorum size.

— Arkanıza yaslanıp rahat rahat oturun Kenan Bey. Sizi dinliyorum ben.

— Arkama mı yaslanayım? Sıkıntıdan yerimde bile oturamıyorum ben, arkama nasıl yaslanayım?

— Nasıl isterseniz öyle oturun.

— Siz hiç bu kadar yumuşak davranmazdınız bana. Şimdi de bana deli muamelesi yapıyorsunuz.

— Hayır, biraz rahatlayın istiyorum. Çok sıkıntıda olduğunuzun farkındayım. Bakın burası sizin en rahat ettiğiniz yer. Şimdi neden her söylediğime bir kulp takıyorsunuz? Ben sizin bu sıkıntıdan bir an önce kurtulmanızı istiyorum. Hem ben yıllardır sizin doktorunuz değil miyim?

— Öylesiniz... ama bırakmayın beni.

— Neden bırakayım. Alacağınız ilaçların hepsi var bende. Şimdi bunları elinize vereceğim. Siz de çok düzenli alacağınıza söz vereceksiniz ama.

— Bunlar sıkıntımı geçirir mi?

— Geçirecek. Bundan önce nasıl geçirdiyse, yine geçirecek.

— Biliyorum, sizi de üzüyorum. Salon dolu. Hastalar benim

bir an önce dışarı çıkmamı bekliyor. Üstelik sıralarını bana verdiler ama çıkamıyorum işte.

— Tamam, acele etmeyin. Biraz daha oturun.

Şimdi artık çok yavaş hareket ediyorum. İlaçları Kenan'ın eline verirken, hiç acele etmiyorum. Keşke daha fazlasını yapabilsem...

— Tariflerini yazdınız mı?

— Yazıyorum.

— Tekrar gelebilecek miyim size?

— Tabii, her zaman bekliyorum ama gelmeden önce Tuna'dan bir randevu alırsanız sevinirim. Daha rahat, daha uzun konuşuruz o zaman.

— Tuna bana randevu verir mi?

— Tabii verir.

— İyi, artık gideyim bari... Bir şey unutmadım değil mi?

Bir yandan ıh, ıh diye inlerken, telaşlı gözlerle etrafına bakıyor. "Tanrım, onu affet," diyorum içimden.

18

Evsiz barksız, üstelik beş parasız ortada kalınca eski şoförü İsmail'in yanına sığınmıştı Kenan. İsmail çocuklarıyla birlikte üç odalı, mütevazı bir apartman dairesinde oturuyordu. Karşısında perişan bir halde eski patronunu görünce önce çok şaşırmış, sonra da mecburen onu evine buyur etmişti. Odanın birini boşaltıp patrona vermişlerdi. Patron eski patron değildi. Yanında köpeği bağlasan oturamazdı. Sürekli inliyor, hep bir şeylerden şikâyet ediyor, konuşurken ağzında eveleyip gevelediği için söyledikleri zaten pek anlaşılmıyordu. Bir de ağaçkakan gibi dişlerinden çıkan tuhaf sesler vardı. İşte en çok da buna tahammül edemiyorlardı.

Hem onlar kendi yağında kavrulan bir aileydi. Çocuklar gerçi büyümüşlerdi ama biri okuyor, biri de yakın bir dükkânda çıraklık yapıyordu. Karısı haftada üç gün evlere temizliğe gidiyor, kendi de köşedeki taksi durağında devamlı olmasa bile sık sık özellikle akşamları işe çıkıyordu. Kendilerine bakmaktan acizken bir de bu adamla daha ne kadar uğraşacaklardı!

Tabii, olacağı buydu. Sen yıllardır ye, iç, karı kız peşinde koş, işine gücüne bakma, sonra da para suyunu çekince gidecek başka yer yokmuş gibi şoförünün evine sığın! Nerede görülmüştü böyle bir şey. Bir de benden akıllısı yok havaları atardı. Birkaç kere Kenan Bey'e bir şeyler söyleyecek olmuş, adam hemen susturmuştu onu. Halbuki şoför deyip küçümsemese, belki de bu halle re düşmezdi. Sonunda Allah'ı da kızdırmıştı.

İsmail'in karısı Emine de çok şikâyetçiydi bu durumdan. Hadi üç beş gün neyse ama bu gidişle bu adam ömrünün sonuna kadar bu evden gitmeyecekti. Ne mecburiyetleri vardı ona bakmaya. Zamanında çok para vermiş, onun sayesinde bugünlere gelmişlerdi ama kocası da paranın karşılığında çok çalışmıştı. Bazen sabahlara kadar eve barka gelmez, patron çağırdı diye gider, o keyif yaparken İsmail de sokaklarda onu beklerdi.

Hem bu adam eskiden böyle miydi? Bir bakan, bir daha bakıyordu. Gerçi o zaman patronu uzaktan görmek bile hadiseydi. İsmail akşamları geldiğinde onu uzun uzun anlattıkça doğal olarak hepsi de merak ediyordu bu adamı. Sonunda karısının ısrarlarına dayanamamış, İsmail bir akşamüzeri karısının kulübe gelmesine izin vermişti. Görür görmez çarpılmıştı adama. Meğer kocası az bile söylüyormuş. Artistlere taş çıkartıyordu adam ama havasından yanına yaklaşılmıyordu. Madem bu eve gelecek, o zaman gelseydi ya! Misler gibi bakar, kimseye muhtaç etmez, gitmek istese de göndermezdi. Ancak şimdi adamın yüzünü görünce cinler tepesine çıkıyor, midesinden yukarı doğru bir bulantı geliyor, kusmamak için kendini zor tutuyordu.

Üstelik her şeye o pis elleriyle dokunuyordu. Çocukların da sabrı kalmamış, onun dokunduğu şeyleri kimse yemez olmuştu. İşe gitmediği günler bu herifle evde yalnız kalıyorlardı. O zaman yan yan bakıyordu ona. Pis ağaçkakan, kendini hâlâ bir şey sanıyordu. Hiç mi aynaya bakmıyor, gak guk diye çenesinin titrediğini, ağaçkakan gibi dişlerini tangırdattığını bilmiyor muydu? Madem bakacaktı, kulübe geldiği gün ondan bir selamı bile neden esirgemişti.

Buzdolabına kilit yaptırmışlar, evden çıkarken kilitliyorlardı. Onlarla beraber sofrada ne gerekiyorsa yiyordu zaten. Bu işe çok bozulmuştu patron ama beğenmiyorsa çeker giderdi. Onu burada zorla tutmuyorlardı. Büyük kız kaç kere adamı kovmaktan beter etmişti ama onda gururun zerresi kalmamıştı.

Sonunda oğlan bile adamı azarlamaya başlamıştı. Allah'ın acımadığına onlar mı acıyacaktı. Cenabı Allah şimdi yaptıklarının hesabını soruyor, işte böyle süründürüyordu adamı. İsmail daha iyi biliyordu ama galiba o kızın ahı tutmuştu. Fadi miydi neydi, o kız işte. Daha öğrenciyken almıştı kızı koynuna. Gerçi kız da meyilli olmasa böyle olmazdı ama yine de o kadar sene hiç acımadan kullanmıştı garibi. Kullanmış da ne olmuştu? Şimdi kız İstanbullarda fink atıyordu.

Aslında İsmail de çok kızıyordu ama Allah korkusundan idare ediyordu. Zaten herifin yüzünü ne de olsa onlar kadar görmüyordu kocası. İşim var deyip çekip gidiyordu. Şeytanlar, "Sen de bir gün hepsini bırak git, görsünler günlerini," diyordu ama korkuyordu İsmail'den. Adam zaten sinirliydi, öfkesini ondan çıkarabilirdi.

Artık eve eş dost da gelmiyordu. İlk günler adamı görmek için akın akın gelmişti insanlar ama sonra ayaklarını çekmişlerdi. Zaten eve bir gelen olsa adam hemen karşısına geçip başlıyordu anlatmaya. Anlattığı dinlense bari! Ihlamaktan, titremekten, ne dediği de anlaşılmıyordu.

İsmail'in içtiği yetmiyormuş gibi, bir de bu herif akşama kadar sigara içip evi dumana boğuyordu. İçki bulsa, onu da utanmadan zıkkımlanacaktı ama Allahtan evde içki olmuyordu. İç iç, sen o sigaraları, daha çok iç ki, bir an önce geber de biz de kurtulalım, sen de!

Doktorun Günlüğünden

Son yıllarda Kenan Bey eskisi kadar sık gelmiyor muayenehaneme. O gelmese de benim aklım sık sık ona gidiyor. Onu hem merak ediyor hem de onun için endişeleniyorum. Artık onu hayatın ağır darbelerini yemiş eski bir dostum, arkadaşım gibi görüyorum. Başına öylesine kötü şeyler geldi, öyle çok acı çekti ki, seyrek de olsa buraya geldiğinde onun acılarını biraz olsun hafifletebilmek, bir an olsun huzur duymasını sağlamak için elimden geleni yapıyorum.

Nasıl da tepetaklak olabiliyor insanın hayatı. Ya da insan nasıl göz göre göre tepetaklak olmayı göze alabiliyor ve bunu fark edemiyor. Bir tiyatro oyununu seyreder gibi hissediyorum kendimi. Oyun gözlerimin önünde oynanıyor ve bana da sadece seyretmek düşüyor. Dünyanın sunduğu güzelliklere bir teşekkür bile etmeyenin sonradan isyan etmeye hakkı var mı acaba?

İşte yine karşımda oturuyor Kenan Bey. Bu adam bana yıllar önce gelen haşmetli, başı dik, insanlara biraz yukarıdan bakan, şık, bakımlı, mis gibi parfüm kokan, bütün kadınları haremi gibi gören Kenan Bey değil. Ürkek, korkak, üstü başı dökülen, sarı benizli, eli ayağı titreyen, dişleri sürekli birbirine vuran yaşlı, zavallı bir adam.

Belli ki buraya gelirken tıraş olmuş, yüzü yara bere içinde. Kesmiş her yerini. Biliyorum ki karnı aç. Zaten Tuna onu görür görmez yakındaki Pastaneyi arayıp bol bol pasta, börek, çörek getirtiyor. Tuna da bu konuda en az benim kadar üzgün. Kocaman bir kupayla çay getiriyor ona, bol bol da peçete. Sanki önündekileri birileri alıverecekmiş gibi hırsla yiyor hepsini. Yiyecekler bitince hemen başlıyor anlatmaya. Hiç sözünü kesmeden, sessizce dinliyorum onu.

— İsmail'in karısı aldığım maaşı hemen alıyor elimden. Bir de utanmadan buzdolabına kilit vuruyorlar. Akşam onlar gelene kadar aç susuz bekliyorum. Herkes gelince sofra kuruluyor ama dişlerim takırdadığı için beni sofraya oturtmuyorlar. Bir tepsinin içine bir şeyler koyup veriyorlar elime. Televizyon seyretmem, ortalıkta dolaşmam, hatta sigara içmem bile yasak. Onlar böyle yaptıkça ben iyice daralıyorum. Hemen koşup camı açıyorum. O zaman bile kızıyorlar. Yakıt parasını sen mi veriyorsun diyorlar.

Konuşurken gözlerinden yağmur gibi iniyor yaşlar. Eskiden de arada bir gözleri dolardı ama sanki o ağlamalarda teatral bir eda vardı. Amacı ağlamak değil de beni etkilemekmiş gibi gelirdi bana. Şimdi gerçekten ağlıyor.

— Ölsem herkes sevinecek. Çabucak da unutacaklar beni. Unutulmak istemiyorum ben. Kurt kocayınca köpeklerin maskarası oluyor işte böyle.

Sanki ses tonu bile değişmiş. O kalın, gür ses gitmiş yerine cılız, çatallı, ürkek bir ses gelmiş.

— Hep eski günlerin hayaliyle yaşıyorum. Sanki aniden bir mucize olacak ve ben yine o güzel günlere geri dönecekmişim gibi geliyor. Ama ben yine de onlar kadar merhametsiz değilim. İsmail'i yine alırım yanıma. Beni bugünlerde hiç arayıp sormayan arkadaşlarıma da sıra gelecek. Yine giyinip kuşanacak, yine basacağım kahkahayı. İşte o zaman hasetlerinden çatır çatır çatlayacaklar. Kadınların biri gelip biri gidecek. Onlara da hasetlerinden çatır çatır çatlamak kalacak.

Tıpkı küçük bir çocuğun beyni ve ruhu var karşımda. Kendinden hiç umudu kalmamış bu adamın. Mücadele etmek, savaşmak, bir şeyleri değiştirmek gibi düşünceleri hiç yok. Hayata teslim olmuş birinin ruh hali bu.

Teselliyi bu hayallerde buluyor. Aslında bunlar hayal değil, daha önce yaşadığı şeyler. Zaten onlar yüzünden bu hallere düşmedi mi? Hep aynı motifleri tekrar ederek kaderin elinden kurtulamayacağını ne zaman anlayacak acaba?

— Buraya gelirken banyodaki bir yanı kırık aynada baktım kendime. Ne kadar değişmişim ama yine de bozmadım moralimi. Bir gün her şey düzelirse ben de değişirim. Yine eskisi gibi yakışıklı biri olurum. Bunlar hep moral bozukluğundan. Galiba biraz da bakımsızlıktan... O evde yarı aç, yarı tok yaşıyorum.

Bu, daha böyle ne kadar devam edecek? İsmail yakında onu kapının önüne koyarsa ne yapacak, nereye gidecek bu adam. Aslında devlete ait huzurevleri var. Bunu neden hiç düşünmüyor acaba?

— Kenan Bey o evde daha ne kadar kalacaksınız? Keşke sizin için bir huzurevi bulsak! Orada daha rahat edersiniz.

Hiç beklemediğim bir öfke yayılıyor yüzüne. Huzurevi sözü onu çok kızdırıyor. Orada kalmayı biraz daha aşağılara düşmek olarak algılıyor.

— Umutlarım, hayallerim var benim. Bunlardan asla vazgeçmeyeceğim. Bakalım o zaman siz ne yapacaksınız?

Böyle diyerek ayağa kalkıyor. Kızgın da olsa gözleri dolu dolu... Bu yaşlar acaba umudun mu yoksa umutsuzluğun mu habercisi?

* * *

Hayat hızla akıp gidiyor. Çocuklarım büyüyor. Yağmur üniversiteyi bitirdi. Büyük bir kurumun sınavlarını kazanıp İstanbul'a gitti. Onu öyle çok özlüyorum ki, odasına her girdiğimde gözlerim doluyor.

Hasan bu yıl liseden mezun olacak. Aslında baştan hiç ümidim yoktu ondan ama bizi çok şaşırttı. Her yıl ders başarısı biraz daha arttı. Aynı sürprizi üniversite giriş sınavlarında da yapar mı acaba diye düşünüp duruyoruz.

Bu ara Aydın'ın sağlık sorunları var. Otuz dokuz yaşından beri kalp damarları sürekli sorun çıkarıyor. Babası da çok genç yaşta kalp krizinden vefat etmiş. Bunları düşündükçe moralim çok bozuluyor.

Yağmur gitti ama aklı hep bizde, en çok da babasında. Kız çocukları babalarına çok düşkün oluyorlar. Aydın da öyle. Hasan'ı da sever ama Yağmur'un yeri başka.

Sık sık İstanbul'a, Yağmur'u görmeye gidiyoruz. Önceleri özgür olmak, kendine ait bir düzen kurmak çok hoşuna gitmişti ama birkaç ay sonra zorlanmaya başladı. Ankara dururken ne işi var kızımın İstanbullarda ama ona bunları pek fazla söyleyemiyorum. Artık kendi kararlarını alacak yaşa geldi! (Yirmi yaşında üniversite mezunu olarak sanırım bir rekor kırdı.)

Muayenehanemde bıkmadan, usanmadan çalışmaya devam ediyorum. Bu dünyaya çalışmaya gelmiş biri gibi hissediyorum kendimi. Sonunda çalışmanın, insanlara bir şeyler verebilmenin müptelası oldum adeta. Çocuklar küçükken olabildiği kadar erken çıkmak için uğraşırdım ama şimdi pek öyle yapmıyorum. Saat sekizden önce işim bitmiyor. Bazen dokuzu, hatta onu buluyor eve gidişim. Aydın bu durumdan hiç memnun değil. Haklı aslında, böyle yapmamalıyım. Her sabah masama oturduğumda Tuna'ya sıkı sıkı tembih ediyorum. Akşam en geç yedide işim bitsin, randevuları buna göre ayarla diyorum ama ne oluyor bilmem, bir türlü zamanında çıkamıyorum.

Bugün günlerden çarşamba, yani haftanın tam ortası! Neden bilmem, ben çarşamba günlerini çok severim. Sabah erkenden yürüyerek geldim. Zaten muayenehaneme arabayla gelemiyorum. Bu yakınlarda park yeri yok. Akşamları da eve taksiyle giderim. Taksi durağındaki şoförlerle ahbap olduk. Benim çıktığım saatlerde bizim sokakta kimse kalmaz. Oysa bütün sokak doktor doludur. Selanik Caddesi'ndeki doktorlardan bir değil iki üniversite hastanesi açabilirsiniz. Ama onların işi en geç yedide biter ve evlerine zamanında giderler.

Öğleden sonra saat üç gibi Tuna yine heyecanla giriyor odama.

— Ayol şimdi içeri girecek olan hasta kim, biliyor musunuz? Randevu defterine bakıyorum, Handan Çiftçi adlı birinin adı var. Düşünüyorum, çıkaramıyorum.

— Kim?

— Ayol bizim Kenan Bey'in karısı. Hani bir kere gelmişti ya!

— Aman Tuna, sende de ne hafıza var? Kötü bir haber yok değil mi?

— Vallahi bilmem, bana bir şey söylemedi ama oldukça durgun ve hüzünlü görünüyor. Tabii hemen Kenan Bey'i sordum, "İyi," dedi. Gerisini artık size anlatır.

— Tamam, hemen gelsin.

Merak ve heyecanla bekliyorum Handan Hanım'ı. Kenan Bey uzun süredir gelmiyor bana. Kadıncağız Bursa'daydı. Neden geldi acaba?

Handan Hanım her zamanki zarafetiyle giriyor odama. Siyah, oldukça değerli bir kürk ceket var üzerinde. Yorgun görünüyor. Başıyla beni hafifçe selamlayarak giriyor odama. Yorgun ama eski güzelliğinden hiçbir şey kaybetmemiş. Saçları yine arkada toplanmış. Ceketini çıkarıp muayene masasına özenle koyduktan sonra karşımdaki koltuklardan birine oturuyor.

Önce birbirimize nezaketen hal hatır soruyoruz. Ardından başlıyor anlatmaya.

— Yıllardır Kenan'a destek oldunuz. Sizin hakkınızı ödeyemeyiz. Ben bugün hem size teşekkür etmeye geldim, hem de Ankara'ya gelmişken sizi görmeden gitmek istemedim.

— İyi ettiniz, sizi gördüğüme ben de memnun oldum. Kenan Bey nasıl? Bu ara hiç uğramadı. Merak ettim.

— Sormayın, bir ay kadar önce ağır bir kalp krizi geçirmiş. Sanırım sizin haberiniz olmadı. Bana da İsmail haber verdi. Biliyorsunuz uzun zamandır onların yanında kalıyordu. Buna üzülmedim desem yalan olur ama gelip yardımcı olayım desem, bu sefer de benim başıma kalacak. İnanın bunları üstlenecek gücüm kalmadı. Ama İsmail, "Ölüyor," deyince, duramadım geldim. Belliydi böyle olacağı... Kendini de perişan etti, bizi de. Doktorlar durumu çok ciddi diyordu ama çok şükür atlattı. On beş, yirmi gündür başındayım. Şimdi fena değil. Sanırım yakında hastaneden çıkacak. Ama çıkınca ne yapacağımızı bilemedik. İsmail de, karısı da artık onu istemiyor. Haklı insanlar. Yine de bu kadar zamandır iyi dayandılar. Hastanede gözümün içine bakıp duruyor. "Bırakma beni," diye çocuk gibi yalvarıyor. Öyle çok ağlıyor ki, insan dayanamıyor ama bunu yapamam Gülseren Hanım. İstesem de yapamam.

Handan Hanım gözlerime bakamıyor, sanki utanıyor ve başını önüne eğip başlıyor ağlamaya. Öyle içten, öyle derinden, öyle dokunaklı ağlıyor ki, benim de gözlerim yaşarıyor. Hemen masanın üzerindeki kâğıt mendillerden bir tutam uzatıyorum ona. Başını kaldırmadan alıyor mendilleri. Bir an önce susmak, ağlamak yerine benimle konuşmak istiyor aslında. Biriyle konuşmaya belli ki çok ihtiyacı var.

Galiba sonunda Kenan Bey'e yine Handan sahip çıkacak. Ne de olsa vicdanlı, görmüş geçirmiş biri Handan. Onu ortada bırakıp gitmeyecek. Buna rağmen yine de vicdanı sızlıyor. Biraz da düştükleri duruma ağlıyor olmalı. Kimbilir kendisi nerede, hangi şartlarda yaşıyor? Onun bir sahibi, ona destek olan bir arkadaşı, bir akrabası var mı acaba? Ona bunca yıl zulmeden adama yardım etmeye gelmiş. Aferin sana Handan diyorum içimden. Kadın dediğin işte böyle olmalı. Sağlam ve vefalı... Birazdan bunları sana da söyleyeceğim. Senin kendini bu kadar suçlamana, bu kadar üzülmene izin vermeyeceğim.

Handan, gözyaşları yanaklarından aşağı doğru süzülürken başını yavaşça kaldırıp, biraz endişeli ama daha çok acılı gözlerle bakıyor bana. Bir şey söylemeden sadece gözlerimle gülümsüyorum ona. Sanki iki kadın hiç konuşmadan anlaşmanın bir yolunu buluyoruz. Bu bakışlar az da olsa su serpiyor Handan'ın yüreğine. Başını iki yana sallayarak, benim onayımı almak ister gibi gözlerimin içine bakarak usul usul anlatmaya devam ediyor.

— Ayrıldığımız zaman, biliyorsunuz çok parası vardı Kenan'ın. Bunca yıl sonra, şunu da isterim, bunu da isterim demeyi kendime yakıştıramadım. Zaten gururum yeteri kadar kırılmıştı. Sadece bir ev istedim. Aslında onu da istemeyecektim ama başka türlü kendime bir düzen kurmam mümkün değildi. O da beş kuruş fazla vermedi. Sanki ben onun bunca yıllık karısı değil de düşmanıymışım gibi davrandı. Hemen satışa çıkardım daireyi. Yıllardır oturduğum şehri bile terk ettim bu adam yüzünden. Küçük bir daire aldım, babamdan bağlanan maaşla idare etmeye çalıştım. Bu arada Kenan beni ne aradı, ne sordu. Geçen yıl tanıdıklar aracılığıyla iyi bir kısmet çıktı karşıma. Biraz yaşlı ama olsun. Evlendim onunla.

Demek evlenmiş! Belki de bunun için de suçluluk duyuyor zira bunu söylerken çocuk gibi utandığını fark ediyorum. Oysa evlenmek onun en doğal hakkı.

— Hayırlı olsun, memnun oldum. Nasıl gidiyor evlilik?

— İyi... Sessiz, sakin biri kocam! Eski bir bürokrat. Maddi durumu iyi. Eşini beş yıl önce kaybetmiş. İki oğlu var ama onlar evlenip düzenlerini kurmuşlar. Şehrin en iyi yerinde, geniş bir dairede oturuyoruz. Az konuşan, asık suratlı bir adam ama iyi yürekli. Görseniz, Handan bu adamla nasıl evlendi diye hayret edersiniz.

— Neden?

— Öyle işte... Kenan'dan o kadar farklı ki! Yaşlı zaten. Belki de gençliğinde böyle değildi.

Daha fazlasını sormuyorum. Kenan'dan çok farklı demek! Yani hem çok yaşlı, hem asık suratlı ama galiba daha da önemlisi bu adam Kenan gibi yakışıklı değil, çirkin.

Ne düşündüğümü anlar gibi bir an yüzüme bakıp hemen anlatmaya devam ediyor.

— Ama bana son derece nazik davranıyor, bir dediğimi iki etmiyor. Evde yardımcım var. Gelen giden oluyor, derken vakit geçiyor.

Bunları anlatırken yüzündeki mahzun ifade dikkatimi çekiyor. Mutlu değil. Sanırım artık o sadece huzur ve güven arıyor.

— Kocamın dış görünüşü pek hoş olmasa da ona güveniyorum.

Demek yanılmamışım. Kenan'ı bırakıp yaşlı ve çirkin bir adamla evlenerek hayata ne söylemek istiyor acaba?

— Yıllarca yakışıklı biriyle yaşadım da ne oldu? Başıma gelen, pişmiş tavuğun başına gelmedi. Her neyse, işim biter bitmez hemen döneceğim ama aklım Kenan'da kalacak.

Handan sözün burasında yine başlıyor ağlamaya. "Onu siz bile kurtaramayacaksınız," demişti son görüştüğümüzde. Doğru çıktı sözleri.

— Cennet de cehennem de bu dünyadaymış. İnsan bunları, yaşadıkça, gördükçe anlıyor. Ah doktor hanım, hangi birini söylesem bilmem ki... Sabaha kadar anlatsam bitmez benim derdim. Zaten buradan gittin de rahat mı ettin, diyeceksiniz. Gözümün yaşı bir gün dinmedi. Evlendiğim güne kadar sanki hapishaneye girmiş gibi kendimi eve kapattım. Zaten yıllarım evde, pencerelerde Kenan'ı bekleyerek geçti. Aslında içimden ona yardım etmek filan gelmiyor ama yine de vicdanım rahat bırakmıyor beni. Hastalandığını duyunca kalkıp geldim. Düşene bir de sen vurma dedim içimden.

— Siz iyi birisiniz Handan Hanım. Bunu baştan beri biliyorum zaten. Bugün, biraz da hayranlıkla dinliyorum sizi.

— Aman öyle demeyin doktor hanım. Utandırıyorsunuz beni. Bazen oturup günlerce düşünüyorum. Neler çekmişim ben bu adamdan! Ona kızsam bir türlü, acısam, merhamet etsem başka türlü. Beni de kötü etti bu adam. Öyle bir durumdan bu hale nasıl gelinir? Bunu bir türlü aklım almıyor. Sonunda Allah şaşırttı diyorum. Başka türlü olmaz... Öylece sap gibi ortalıkta kaldı. Ben de elinden tutmasam, hali ne olacak bilmiyorum. Artık sizi de aileden biri gibi görüyorum da, ondan söylüyorum bunları.

— Konuşmak, içindekini söylemek çoğu zaman bir apseyi boşaltmak gibidir.

Alt dudağını ısırarak derin derin içini çektikten sonra anlatmaya devam ediyor.

— Bir zamanlar gururlu bir kadın sanırdım kendimi ama bende gurur filan bırakmadı. Çok acı çektiğim o günler o kadar incinir, o kadar içim yanardı ki, elimde olmadan beddua ederdim ona. Size ilk geldiğim gün söylediklerimi bilmem hatırlıyor musunuz?

Hatırlamaz olur muyum, hepsini hatırlıyorum. Bu kadar net hatırladığıma göre demek ki bu sözlerden ben de çok etkilenmişim. Kısa bir tereddütten sonra bunu tam olarak hatırlayamadığımı söylemeye karar veriyorum. Belki de başka şeyler anlatacak Handan. Hem böyle bir durumda geçmişte söylenen böylesine ağır cümleler Handan'ın kendisini suçlamasına neden olabilir.

— İlahi adaletten filan söz etmiştiniz ama gerisini pek hatırlayamıyorum.

— Sanki olacakları biliyor gibi, ilahi adaletin bir gün tecelli edeceğini, cehennemin kapılarını onun için açtığını söylemiştim. O zamanlar cehennem ateşi benim yüreğimde yanıyordu, şimdi onun bu halini görünce ateş biraz hafifledi.

Bunu söyledikten sonra başını pencereye doğru çevirip başka bir dünyaya bakıp oralarda bir şeyler izliyor gibi bir süre hiç konuşmadan öylece duruyor. Bir yandan intikam ateşiyle yanarken, bir yandan da olanlardan kendini suçluyor Handan.

— Ona çok beddua ettim, keşke etmeseydim!

İntikam almak aslında canlıların pek çoğunda var olan bir duygudur. Özellikle hayvanlar üzerinde yapılan araştırmalar bunu açıkça gösteriyor. Hatta pek çok konuda ciddi bir hafızaya sahip olmayan bazı hayvanlar, sıra intikam duygusuna gelince olanları unutmuyor ve düşmanlarına zarar vermenin, onları öldürmenin bir yolunu buluyorlar. Onlarda da sonra bir pişmanlık oluyor mu, bilim şimdilik bunu bilmiyor ama Handan'ın şu anda eski öfkesinin yerini yavaş yavaş pişmanlık duygularının aldığı belli.

Öfke ve pişmanlık aslında hep kol kola gezen duygulardır. Annesinin eteğinden çeken çocuklar gibi hangisi öne geçse diğeri ne yapar eder bir süre sonra yeniden öne geçmeyi başarır. Bu birbirine zıt iki kardeş daha uzun yıllar yüreğinde oynaşıp duracaklar ve kadıncağızı hiç rahat bırakmayacaklar. Hele Handan gibi, kötülükten çok iyiliğe eğilimli, yıllarca öfkesini içine hapsetmiş bir kadının bu anlamda geleceğini hiç parlak görmüyorum doğrusu. Yaşlı ve çirkin bir adamla evlenmesi de aslında bir tür intikam değil mi? Böyle biriyle evlenerek Kenan'a mı, kendine mi, yoksa hayata mı isyan ediyor acaba? Üstelik adam babasına da çok benziyor. Nefret ettiği babasına...

— Siz hep iyi bir eş oldunuz. Zor günlerinde, her şeye rağmen onu yalnız bırakmadınız. Siz, istese de kötü olamayanlardansınız.

Gerilmiş yüz hatları gevşiyor, gözlerindeki acı hafifçe geri çekilip yerini tatlı bir hüzne bırakıyor.

— Sözleriniz beni biraz olsun rahatlatıyor doktor hanım ama kendime söz geçiremiyorum. Öteki kadınlar da beddua etmiştir ona. Sadece benim değil, hepsinin canını yaktı.

— Adım adım geldi bu noktaya. Lokomotife bağlanmış vagon gibiydi. Ben de çok uğraştım ama o lokomotiften kurtaramadım onu. Hatırlıyor musunuz, "Siz bile kurtaramayacaksınız onu," demiştiniz. Haklı çıktınız.

— Açık söylemek gerekirse o zaman Kenan'ı kurtarmanızı pek istemiyordum.

— Anlıyorum sizi ama o mücadele etmek yerine kaderine teslim oldu. Kader işte böyle bir şeydir Handan Hanım. Önce insanın gözlerini kör eder, gerçekleri göstermez ki, tecelli edebilsin.

Handan Hanım kederle başını iki tarafa sallayarak dinliyor beni.

— İnsanın kendini değiştirmesi, dünyayı yerinden oynatmaktan daha zordur Handan Hanım. Düşünsenize, Kenan bir anda değişse, bambaşka bir adam olsa, hayatla savaşabilse, başkalarını anlayabilse, herkesin onu kıskandığını, düştüğü duruma oh çektiklerini düşünmek yerine, ben onlar için ne yaptım diyebilse bu hallere düşer miydi?

Düşünüyor Handan. Bir yandan konuşurken, bir yandan ben de düşünüyorum bu sorunun cevabını.

— İşte o zaman tüm kâinat onu kurtarmak için harekete geçer, yepyeni kapılar açardı ona ama o bunu istemedi.

— Neden?

Bu, "Neden!" adeta bir feryat gibi çıkıyor Handan'ın ağzından.

— Suçlu olup olmadığına bir türlü karar veremedi Kenan Bey galiba. Eğer suçsuzsa bu dünya onun için mucizeler yaratır, düştüğü çukurdan onu nasıl olsa kurtarırdı. Hep bunu hayal etti, bununla oyaladı kendini. Ama eğer kurtarmıyorsa, o zaman demek ki suçlu. Suçluysa mutlaka cezasını çekecek. Hep öyle dedi içinden. Bu kararı başkaları değil de kişinin kendi vermişse, bunun temyizi filan da yoktur. Karar verilir ve kalem kırılır. Kendini affettirmeyi hiç denemedi.

Kadıncağızın dili damağı kuruyor beni dinlerken. Hemen telefonun tuşuna basıyor, hem kendim, hem de Handan için birer bardak soğuk su istiyorum Tuna'dan.

Sular gelene kadar ikimiz de konuşmuyoruz. Bunları dinlemek kadar anlatmak da zor... Tuna elinde tepsiyle içeri girince, daha suyu içmeden biraz rahatlıyoruz ikimiz de. Tuna'nın içeri girişiyle odadaki o ağır hava dağılır gibi oluyor. Suları bir dikişte içtikten sonra Tuna'nın çıkmasını bekliyoruz. Ben başlıyorum konuşmaya.

— Psikiyatri, insanı kendine affettirme sanatıdır. Ben bunun için çok uğraştım ama olmadı. Biz kendimizi affetmiyorsak Tanrı niye affetsin ki...

Ağlıyor Handan. Kenan için dökülen kimbilir kaçıncı gözyaşı.

— Şimdi duruma bir hal çaresi bulmam gerekiyor. Birkaç arkadaşıyla görüştüm. İyi bir huzurevi bulmamız için bana yardım ettiler. O beğenmiyor ama çok iyi, çok candan arkadaşları varmış. İnsanlar ne yapacaklarını şaşırdılar, yine de bunların hiçbiri Kenan'a yetmiyor. Kenan bu huzurevi işini duyunca çıldırdı. "Ben huzurevinde kalamam!" diye yeri göğü inletiyor ama başka çare yok ki... Kendine ait bir odası, odasında televizyonu, buzdolabı var. Lüks bir yer. Doktoru, hemşiresi filan da varmış. Gittim, kendi gözümle gördüm. Bağırıp çağırıp duruyor ama ikna olmaktan başka çaresi yok.

Handan Hanım kararlı. Kenan Bey artık bir huzurevinde yaşayacak. Bunun yapılması gereken en doğru şey olduğunu ikimiz de biliyoruz ama galiba kalplerimiz bilmiyor. İnsanın kendi kararıyla huzurevine gitmesi başka şey, hiç istemediği halde yakınları tarafından oraya adeta atılması çok başka... Hele Handan Hanım'ın anlattığı gibi lüks yerlere, insanlar kendileri gitmek istiyor artık.

Oralarda yaşlı insanlar hem kendilerini daha güvende hissediyorlar, hem de yalnızlık bitiyor. Hayatın son günlerini, o günlerde yaşanan farklı duyguları paylaşıyorlar birbirleriyle ama Kenan Bey'in durumu hiçbirine benzemiyor.

— Haklısınız Handan Hanım. İyi düşünmüşsünüz. Son görüşmemizde bunu ona ben de söylemiştim.

— Onu yerleştirir yerleştirmez gideceğim buralardan. Bir an önce kaçmak istiyorum bu memleketten. Düşenin dostu olmuyor ama siz insanlık yaptınız. Her şeye rağmen hiç reddetmediniz Kenan'ı. Madem artık gidiyorum, madem sizinle de artık bir daha görüşemeyiz, size son bir şey daha söylemek istiyorum. İçimde kalmasın.

Biraz mahcup, biraz esrarlı bir ifadeyle yüzüme bakıyor. Ne söyleyecek acaba?

— Bundan yıllar önce, Kenan'ın bir kadın doktora gittiğini duyunca, ne yalan söyleyeyim, içimden olmadık fesatlıklar geçti. Çünkü Kenan'ı tanıyorum, hiçbir kadına iyi gözle bakmaz o. Sizin onunla yakından ilgilendiğinizi anlayınca da, düşüncelerimde haklı olduğumu sandım. Sonra sizi tanımak için bir gün buraya geldim. Sanırım o zaman siz de beni görmek istemiştiniz. İşte odanıza bu düşüncelerle girdim. Sonra sizi tanıyınca utandım kendimden. İşte şimdi böyle düşündüğüm için sizden özür dilemek istiyorum.

— Önemli değil Handan Hanım.

— Siz o zaman bunu anlamış mıydınız?

Hafifçe başımı sallayarak gülüyorum ona.

— Ama yine de size hak vermiştim.

— Kenan'ı iyi tanıyorsunuz değil mi? İnsan zamanla her şeyi anlıyor anlamasına da, iş işten geçmiş oluyor.

— Hayat biraz da böyle işte... Acemi olarak geliyoruz bu dünyaya, tam her şeyi görüp öğrenip, usta olduğumuzda da ölüm geliyor kapıya.

— Kenan acemi olarak gelmiş bu dünyaya yine acemi olarak gidecek. Hayat ona hiçbir şey öğretemedi.

Böyle diyerek ayağa kalkıyor Handan Hanım. Yavaşça bana yaklaşıyor ve içten bir samimiyetle sarılıyor. Sonra elimi tutarak buğulu gözlerle uzun uzun bana bakıyor, ardından çıkıyor odadan. İkimiz de bunun son görüşmemiz olduğunu biliyoruz.

19

Handan Hanım sonunda Kenan Bey'i ikna etmeyi başarmış ve son derece modern, temiz ve şık bir huzurevine yatırmıştı onu. Ankara'dan ayrılmadan önce kocasına son görevini de yapmanın huzurunu yaşamak istiyordu. Bunun için hiçbir detayı gözden kaçırmamış, Kenan'ın ihtiyacı olduğunu düşündüğü her şeyi almış ve dolaplara özenle yerleştirmişti. Odanın içinde bir aşağı, bir yukarı koştururken ayrılık anını geciktirmeye çalışıyordu sanki.

Kenan ise yatağının ucuna hafifçe ilişmiş, ağlamaklı gözlerle ve bir yandan da her zamanki gibi inleyerek onu seyrediyordu. Ne olurdu gitmeseydi? Madem onu bu kadar çok seviyor, hastalandığını duyunca koşup geliyor, günlerce başından ayrılmıyordu, madem ona bu kadar değer veriyordu, neden gidiyordu bu kadın? Şöyle küçücük bir ev tutsalar, Handan'ın babasından aldığı maaş ile kendi maaşını birleştirseler, gül gibi geçinip giderlerdi. Evlenmeseler de olurdu. Zaten artık o hiçbir şey istemiyordu. O zaman Handan'ın dizinin dibinden ayrılmaz, ne pişirirse onu yer, hiçbir şeye itiraz etmezdi. Bunu kaç kere Handan'a söylemiş ama onu bir türlü ikna edememişti. Hem Kenan Handan'ı ne kadar sevdiğini sonunda anlamış, bunu ona da defalarca belirtmişti.

Ah, diyordu içinden, akılsız kafa, daha önce bunu nasıl da anlamamışım! Meğer onun asıl sevdiği, âşık olduğu, ömür boyu birlikte yaşamak istediği kadın Handan'mış. Biraz geç de olsa gerçeği görmüştü ama bu sefer de kimseyi buna ikna edemiyordu.

Handan yeni aldığı iç çamaşırlarını, pijamaları, çorapları,

eşofmanları küçük odanın çekmecelerine yerleştirirken Kenan onu korkarak izliyordu. Biraz sonra işi bitecek ve ona veda edip gidecekti. Nasıl dayanacaktı bunlara? Buraya ölmek için gelen insanların arasında yapayalnız nasıl yaşayacaktı? Yoksa o da hemen ölecek miydi? Ölmek için daha gençti o. İhtiyarlamamıştı. Biraz bakımsızdı, hastalanmış, rengi solmuştu ama ona bakan biri olsa çabuk toparlar, hemen kendine gelirdi. Yine eskisi gibi yakışıklı, havalı Kenan olur, sabahları tıraş olur, parfümünü sürer, giyinir, kuşanır, yürürken başını hep dik tutardı. Acaba hasta ve yaşlı göründüğü için mi beğenmiyordu onu Handan?

Yatağına oturmadan önce dolabın üzerindeki aynada kendine bakmış ve halini hiç beğenmemişti. Avurtları çökmüş, gözlerinin altında mor halkalar oluşmuştu. Ne de olsa büyük bir hastalık geçirmiş, ölümden dönmüştü. Yine de Tanrı onun ölmesine izin vermemişti. Acaba neden ölmemişti? Tanrı onun yaşamasını istiyordu ama neden? Ona kıyamamış mıydı yoksa daha günahlarının cezası bitmemişti de ondan mı almamıştı canını?

Bunları düşünmeyi de sevmiyor, ölüm deyince tüyleri diken diken oluyordu. İsmaillerin evinde göğsüne ağrı girip de ecel terleri dökmeye başlayınca kalp krizinden değil ama az kalsın korkudan ölüyordu. Ambulansın içinde ağrıdan kıvranırken bile ölmemek için gözlerini sonuna kadar açmış, Azrail geldi mi diye çevreyi kolaçan etmişti. Bu korku, hastane odasında karşısında Handan'ı görene kadar devam etmiş, sonunda Handan'ın güzel yüzünü görünce biraz olsun ferahlamıştı. Tıpkı annesi gibi Handan da hastaneye, onu kurtarmaya gelmişti. O, nasıl olsa bir çaresini bulur, bütün doktorları seferber eder ve onun ölmesine izin vermezdi.

Ama işte gidiyordu Handan. Onu kaderiyle baş başa bırakıp gidiyordu. Annesi de ilk gelişinde onu bırakıp gitmiş ama hemen ertesi gün geri gelmişti. Acaba Handan da hemen döner miydi? O kriz bir daha gelirse, bu sefer Handan yetişemeden ölüp giderdi. Ondan başka kimsesi kalmamıştı hayatta. Herkes sırayla terk etmişti onu.

Bir zamanlar hiç istemediği o çocuk yaşasaydı, bugün böyle ortada kalmazdı. Bunları düşününce sıkıntıları daha da artıyordu. Eliyle sinek kovalar gibi bir hareket yaparak bu konuları aklından silmeye çalıştı.

Handan odayı yerleştirirken sürekli ıhlamış, inlemiş ama Handan yine de işine devam etmiş, neyin var diye sormamıştı bile. Ya giderse ne yapardı? Başladı çocuk gibi yüksek sesle ağlamaya.

O sırada Handan işini bitirmiş, odanın girişindeki küçük banyoda ellerini yıkıyordu. Gitme vakti gelmişti. Üzerine düşeni fazlasıyla yapmış, Kenan'ı, rahat edeceğini umduğu bir yere yerleştirmiş, ihtiyacı olan her şeyi de almıştı. Tıraş bıçağı, diş macunu, diş fırçası, iyi cins sabun, şampuan, hatta parfümü bile eksik etmemişti. İnlediği yetmezmiş gibi şimdi de ağlıyordu Kenan. Sesi banyoya kadar geliyordu. Bütün bunları o gitmesin diye yapıyordu, bundan adı gibi emindi. Ama daha fazla dayanacak hali kalmamıştı Handan'ın. O da insandı ve sabrı tükenmek üzereydi. Şimdi de ağlayarak, inleyerek onu burada daha fazla tutamazdı. Giyinip, kuşanıp çekip giderken aklı neredeydi? Arkasından az mı ağlamıştı. Yine de her şeye rağmen insanlık etmiş, buralara kadar gelmiş ve son görevini de yerine getirmişti. Evlendiğini söylememişti Kenan'a. Bir de bununla onu üzmek istemiyordu.

Kenan'ın bulunduğu odaya geldi. Ceketini aldı ve hafifçe gülümseyerek Kenan'a doğru yaklaştı. Kenan onun gideceğini anlayınca ağlamayı biraz daha artırdı. Şimdi artık sadece ağlamıyor, Handan'ın ellerine sarılmış, ona adeta yalvarıyor, "Ne olur bırakma beni!" diyordu. Handan onu yanaklarından öptükten sonra hemen geri çekildi. Ona dokunmak bile tüylerinin diken diken olmasına yetiyordu.

"Yapma böyle Kenan, çocuk gibi ağlama. Hiç yakışmıyor sana. Hem bak, göreceksin, burada çok rahat edeceksin" dedikten sonra yatağın başucundaki komodinin üzerinden çantasını, yatağın kenarından ceketini alıp hızla kapıya doğru yöneldi. Kenan ayağa kalkmış, inanmayan gözlerle bakıyordu arkasından. "Yapma, bırakma beni, sen gidersen buralarda ölürüm ben!" filan gibi bir şeyler söylüyordu ama bunları daha fazla dinlemeye tahammülü kalmamıştı Handan'ın. Çantasında kalan son paranın çoğunu yatağın ayakucuna bıraktıktan sonra kararlı adımlarla çıktı odadan. Kapı çıt diye kapandı. Ne yapacağını bilemedi Kenan. Ağlamaya devam mı etmeliydi, yoksa kapıyı açıp arkasından koşmalı mıydı?

Şimdi artık bir tek doktor kalmıştı. Ne sevgilileri, ne karısı, ne de arkadaşları. Gerçi burada pek çok ihtiyar vardı ama onları arkadaştan saymıyordu. Ölümü bekleyen ihtiyar bunaktı hepsi. Tıpkı kendi gibi onlar da yakınları tarafından ölüme terk edilmişlerdi. Aklı başında biri, adına huzurevi dedikleri bu yerde nasıl huzurlu olabilirdi ki? Hayatı, hayatın güzelliklerini, gençliği, aşkı nasıl bu kadar çabuk unutabilirdi insan.

O günden sonra kurum çalışanları zorlamadıkça bir daha çıkmak istemedi odasından. Aslında kaldığı yer çok bakımlı, lüks bir yerdi. Handan ne yapmış etmiş, onun böyle bir yerde kalmasını sağlamıştı. Çok becerikli bir kadındı ama kıymetini bilmemişti işte. Her sabah doktor geliyor, ihtiyacı olan herkesi muayene ediyor, hemşireler ilaçları bizzat veriyordu. Odalar temiz, yemekler çok güzeldi ama hayat bunlar değildi ki... Kurum personeli onu huzursuz gördükçe etrafında dört dönüyor, yatak çarşaflarını çok sık değiştiriyor, diğer konuklarla arkadaşlık kurması konusunda sürekli teşvik ediyorlardı. Ama hiçbiri işe yaramıyor, Kenan bir şeylerden çok korkmuş gibi gözleri sonuna kadar açık, başta dişleri olmak üzere bütün vücudu titreyerek, kamburunu çıkararak ve inleyerek dolaşıyordu ortalıkta. Bu durum diğer konukları da rahatsız ettiğinden sonunda odasına götürüp yatağına yatırıyorlardı.

Günlerce odasından çıkmadığı oluyordu. Sık sık nefes alıp vererek, bütün vücudu titreyerek yatıyordu yatakta. O zaman da vakit bir türlü geçmiyor, akşam olmuyordu. Nedenini kendisi de bilmiyordu ama akşamları sanki biraz daha rahatlıyordu. Hemşireler ilacı verince hemen uyuyor ama sabahın köründe açıyordu gözlerini. Aslında gözlerini hiç açmak istemiyor, yeni bir güne başlamak içini ürpertiyordu. Her gün birbirinin aynıydı. Bir türlü bitmek bilmeyen birbirinin aynı günler...

Kendini biraz toparlayabilse ilk işi doktora gitmek olacaktı ama dışarı yalnız çıkmaya korkuyordu. Burada hiç olmazsa kendini hastanede gibi hissediyor, bir şey olursa ona yardım edecek doktor ve hemşirelerin varlığı biraz olsun içini rahatlatıyordu. Soğuk ve karanlık mezarlar onu korkutuyordu. Ölüm de, yaşam da, ikisi de birbirinden beterdi.

20

Kenan'ın sürekli içi daralıyor, derdini birine dökmek, içindekileri boşaltmak, konuşmak, saatlerce anlatmak istiyordu ama öyle biri yoktu çevresinde. Olanlar da onu anlayacak cinsten değildi. Çok yalnızdı. Ömrü boyu kaçtığı yalnızlığa sonunda hem de böyle bir ortamda yakalanmıştı. Sonunda Handan bile onu bırakıp gitmişti. Bu dünya ne istiyordu ondan? Yalnız ve kadınsız kalmamak için işini gücünü bile ihmal etmiş, onu soyup soğana çeviren Semra'ya bile sonuna kadar tahammül etmiş ancak bir zamanlar peşinden ayrılmayan kadınlar sanki söz birliği etmişçesine sırayla onu terk edip gitmişlerdi.

Onu dinleyecek, anlayacak birine çok ihtiyacı vardı. Birkaç sefer kurum doktoruyla konuşmaya çalışmıştı ama adam aile hekimiydi. Onu dinlemek yerine hemen muayene etmeye başlıyor, her gün yeni bir tetkik istiyordu. Tıbbi aletlerin çoğu kurumda bulunmadığı için onu hemen ambulansa koyup en yakın hastaneye götürüyorlar, tetkikler yapılıp bitene kadar hemşire başında bekliyor, sonra yine ambulansla kuruma dönüyorlardı. Böylece bir koca gün daha kolay geçiyor, akşam daha çabuk oluyordu ama doktor da, hemşireler de sıkılmaya başlamışlardı ondan. Artık yapılacak tetkik de kalmamıştı. Kenan her sabah inleyerek kapısına gitse de doktor ona eski ilgiyi göstermiyordu. Hatta son gidişinde hastanedeki psikiyatriste görünmesini tavsiye etmişti. Onun bir psikiyatristi vardı zaten ama oraya gidecek gücü yoktu.

Sonunda bir sabah eli ayağı titreyerek kalktı, giyindi, tıraş oldu ve kurumdan izin alıp çıktı, inleye inleye yakındaki otobüs durağına gitti. Kurum şehre oldukça uzaktı. Neyse ki, durakta oturacak geniş bir bank vardı. Yavaşça oturup beklemeye başladı. O saatte, durakta kendinden başka kimse yoktu çünkü şehre inmek isteyenler daha erken çıkarlardı kurumdan. Doktorun yerine gelmesi için hiç olmazsa öğleye doğru gitmeliydi oraya.

Korktuğu kadar kötü olmamıştı. Hele oturacak yer de bulunca yüzünü rüzgâra vermiş, temiz havayı içine çekerek bekliyordu. Ne de olsa kurumdan çıkmıştı ve hayatın içine girmeye hazırlanıyordu. Onu da bir bekleyen vardı. Şimdi gidip her şeyi anlatacaktı doktoruna. Bunca olanı, başına gelenleri, nasıl yapayalnız kaldığını, hiç kimsenin onu ziyarete gelmediğini, garibanlar gibi bir köşeye atıldığını, durumunu bildiği halde Handan'ın bile gideli aramadığını bir bir söyleyecekti.

Doktor onu sever, ona değer verirdi. Yine her zamanki gibi onu can kulağıyla dinleyecek, haline çok üzülecekti. Hatta belki de sadece üzülmekle kalmayıp bir çare düşünecekti. Hayat sürprizlerle dolu değil miydi? Son yıllarda hep kötü sürprizlerle karşılaşmış, hayatı alt üst olmuştu ama bundan sonra neler olacağını kimse bilemezdi.

O sırada Ankara'nın kırmızı belediye otobüslerinden biri durağa doğru tozu dumana katarak yaklaştı. Kenan ağır ağır kalktı yerinden. Otobüsün ön kapısı açılınca ıhlayarak çıktı iki basamağı. Şoför ona doğru dönerek, "Aman amca yavaş," dedi. Bunu duyunca Kenan'ın iyice canı sıkıldı. "Amca" da ne demek oluyordu şimdi! Şoför onu kurumda kalan diğer moruklarla mı karıştırmıştı yoksa. Başını sağa sola sallayıp oflayarak arka sıralardan birine oturdu. Şoförden olabildiğince uzağa gitmek istiyordu. Densiz herifin tekiydi. Otobüs yine tozu dumana katarak kalkarken yolcular hep birlikte önce öne, sonra arkaya doğru sallandılar. Kenan başını cama dayamış, epeydir uzak kaldığı hayatın içine doğru özlemle bakıyordu. Aylardır burada olmasına rağmen kurumdan ilk kez kendi başına çıkıyordu. Doktoru görmeyeli de çok uzun zaman olmuştu. Aylar mı yoksa yıllar mı, artık bilemiyordu.

Çoğu zaman olduğu gibi yine randevu almamıştı. Psikiyatristten randevu almak ne saçma bir şeydi. İnsan doktora ne zaman ihtiyaç duyacağını önceden bilemezdi ki... Bir de üstelik yıllardır vizite ücreti ödemeyen biri hangi yüzle randevu alacaktı. Şöyle bir uğradım, durumum çok acil filan diyerek çalıyordu kapıyı. İşte şimdi yine öyle yapacaktı. "Zaten bunca zamandan sonra, kimsenin aklında borç morç kalmamıştır," dedi içinden.

Otobüs Meşrutiyet Caddesi'nden geçiyordu üstelik ve durak doktorun muayenehanesinin tam karşısındaydı. Sevindi buna. Demek artık sık sık otobüsle buraya kolayca gelebilecekti. Sendeleyerek indi otobüsten. Meşrutiyet Caddesi her zamanki gibi çok kalabalıktı. Karşıya geçmek için üst geçidi kullanmayı göze alamadı. O kadar merdiveni çıkamazdı. Bekledi ama trafik bir türlü durmuyordu. O sırada genç bir grup da karşıya geçmek üzere yanına gelmişti. Hemen tuttu birinin kolundan. "Beni de geçirin ne olur," der gibi baktı gözlerine. Kız sıkıca tuttu onu ve hep birlikte koşarak geçtiler karşıya.

Uzun süredir doğru dürüst yürümemişti bile. Kısa mesafe de olsa koşmak yormuştu onu. Kalbi küt küt atıyordu. Önce bundan korktu ama nasıl olsa doktorun yanına gidiyordu. Kötü bir şey olsa bile, o bir çaresini bulurdu. Yavaş adımlarla apartmanın önüne geldi.

Asansörle yukarı çıkarken aynada şöyle bir baktı kendine. Şoförün dediği gibi amcaya benzer bir hali yoktu. Eskisi kadar olmasa da yine yakışıklı bir adamdı o. Asansör durunca son bir kez kendine bakıp yavaşça çıktı kabinden ve doktorun kapısına doğru yöneldi.

Hayret, kapıda doktorun adı yazılı ışıklı tabela yanmıyordu. Biraz daha dikkatli bakınca tabelanın da yerinde olmadığını fark etti. Yanlış katta mı inmişti acaba? Kapıya doğru korkarak yaklaştı. Daire numarası doğruydu ama kapıda bir başkasının adı yazıyordu. Ne olmuştu doktora, nereye gitmişti? Yoksa sonunda o da mı terk etmişti onu?

Ne yapacağını bilemeden sağa sola bakınırken apartman otomatı sönmüş, bu sefer de karanlıkta kalmıştı. Doktoru bulamazsa ne yapardı. Onu koruyup kollayan, onu seven, önem veren tek kişi oydu. Kalbi yerinden çıkacak gibi çarpıyor, başı dönüyordu. Karanlıkta şimdi buraya düşüp ölecek, yardım eden bir Allah'ın kulu olmayacaktı. Soğuk soğuk da terliyordu. Panik içinde duvarları yokladı ve ilk bulduğu düğmeye basınca dairenin kapısı otomatik olarak açıldı. Kapıyı iteleyerek girdi içeri.

Bambaşka eşyalar vardı içeride ve salondaki sekreter masasında genç bir kız oturuyordu. Eli ayağı titreyerek içeri giren bu garip adamı görünce kız ayağa kalkıp Kenan'a doğru yaklaştı. Kapıya yakın duran deri koltuklardan birine kendini attıktan sonra güç bela anlattı derdini. Doktorunu arıyordu, nereye gitmişti doktor. Kız önce söylenenlerden bir şey anlamasa da sonra adamın onlardan önce bu dairede oturan doktoru aradığını anlamıştı. Daha önce de birçok kişi gelip sormuştu. Bu gelenlerden biraz ürküyordu kız çünkü doktoru aradıklarına göre bunlar psikiyatri hastasıydı yani çoğu deliydi! Onda da ne şans vardı. Bu kadar yıl bekledikten sonra kendine bir avukat yazıhanesinde iyi bir iş bulduğunu sanmış ama durmadan kapıya gelen bu hastalar bezdirmişti onu. Her zaman olmasa bile bugün olduğu gibi bazen yazıhanede yalnız oluyordu. Avukatlar genellikle öğleden sonra geliyorlardı. Şimdi bu adam acaba ona saldırır, kötü şeyler yapar mıydı?

Biraz uzak duruyor, ondan bir an önce nasıl kurtulacağını hesaplıyordu. Adam yaşlıydı ama yine de deli kuvveti olurdu bunlarda. "Amca, köşede taksi durağı var, onlar biliyor doktorun yeni adresini," dedi yüksek sesle. Adam yüzüne bön bön bakıyordu. Deliydi işte, bakışlarından belliydi. Bağırsa onu duyan olur muydu acaba? Bir-iki adım daha geri çekilip sesini iyice yükselterek aynı şeyleri yine tekrarladı. Belki de kulağı da iyi duymuyordu adamın. İşin kötüsü o böyle söyledikçe sanki bir suç işlemiş gibi adam ona giderek artan bir öfkeyle bakıyordu.

"Tamam, tamam, anladık," dedi Kenan, "Sen bana bir bardak su ver de gideyim." Şoför gibi bu kızın da aklından zoru vardı galiba. İkisi de söz birliği etmiş gibi "Amca" diyorlardı ona. Oysa daha biraz önce asansörde kendine dikkatle bakmıştı. Hiç de onların dediği gibi amca havası yoktu yüzünde. Cahildi bunlar, hepsi de kör cahil...

Kenan su isteyince kız iyice korkmuştu. Şimdi o içeri gidince acaba bu adam ne yapacak, mutfaktan gelince nasıl bir durumla karşılaşacaktı. Belki de yavaşça arkasından gelecek, ona arkadan saldıracaktı. "Su yok amca, bizde de su kalmadı," dedi yine bağırarak. Bu kadarı da fazlaydı. Söylenerek kalktı yerinden. "Amcaymış, ben sana amcayı gösterirdim ama neyse," diyerek kapıya doğru yöneldi. O daha çıkar çıkmaz kız koşarak kapının kilidini indirdi. Bundan sonra kapı otomatiğini kullanmayacak, biraz fazla yorulsa da kapıyı kendi açacak, doktoru soranları da bir daha içeri almayacaktı.

Bu sırada Kenan bir yandan homurdanırken bir yandan da sendeleyerek aşağı inip taksi durağına doğru yönelmişti. Sinirleri bir yay gibi gerilmiş, zaten bozuk olan morali artık iyice dibe vurmuştu. Ya doktoru bulamazsa, ya işi bırakmışsa, ya başka şehre gitmiş veya hastalanmışsa diyerek kafasında sürekli senaryo yazıyordu. İşi bırakmışsa bile evine gider yine görürdü onu ama ya buralardan gitmişse ne yapardı?

Durağın önünde iki şoför birer küçük tabureye oturmuş ellerindeki çayları yudumluyorlardı. Karşılarında eli ayağı titreyen adamı görünce ikisi birden ayağa kalkıp dikkatle baktılar ona. İçlerinden biri "Hayrola dayı, hasta mısın, istersen seni hemen hastaneye yetiştirelim," deyince Kenan sinirden az kalsın düşüp bayılacaktı. Dişleri sürekli birbirine vurduğu için zaten söyledikleri zor anlaşılıyordu. Şimdi de "Dayı" diyorlardı ona. Oysa eskiden herkes ona "Beyefendi" derdi.

İçinden adamın gırtlağına sarılmak geliyordu ama kendini tuttu. Şoförler ise bu yaşlı ve hasta adama yardım edebilmenin peşindeydi. Biri, düşmesin diye yavaşça kolundan tutmuş, öbürü de arabayı hazırlamak için taksinin kapısını açmaya hazırlanıyordu ki, Kenan sonunda ne istediğini söyleyebildi. Şu karşıki apartmandaki doktoru arıyordu. "Ha, o mu," dedi kolundan tutan şoför, "Bizde kartı var, yerini biliyoruz, istersen seni oraya götürüverelim." Kenan yine sendeleyerek bindi taksiye. Şoför düşmemesi için ona yardım etmese belki de oraya yığılıp kalacaktı.

Hemen cebini yokladı. Cüzdanında taksiye verecek parası olup olmadığını şöyle bir kontrol etti. Vardı. Artık parasını çok dikkatli kullanıyordu. Vergi borçları nedeniyle zaten üç kuruş olan emekli maaşından kesinti yapılıyor, kalan parayla sadece sigara filan alabiliyordu. Hele bir doktorun yerini öğrensin, bundan sonra oraya da taksiyle değil otobüsle giderdi.

Kavaklıdere'ye doğru gidiyorlardı. İnşallah buralara otobüs gelir dedi içinden. Neyse, demek sonunda doktoruna kavuşacaktı. Üzerinde "Madalyon Psikiyatri Merkezi" yazan binaya girince en üstte doktorun adını gördü. "Vay be," dedi içinden, demek bu kliniği bizim doktor açmış.

Şöyle bir etrafına bakınca bankoda sırayla oturan kızları gördü. Başlarında güler yüzlü bir delikanlı vardı. Doktoru sordu ona. "Randevunuz var mıydı efendim?" dedi delikanlı. Hayda! Bunlar insanı daha içeri girer girmez sorgulamaya başlıyorlardı. "Yok, ama ben onun eski bir dostuyum. Tuna Hanım'a haber verirseniz o gerekeni yapar," dedi, sinirli bir sesle. Delikanlı hemen telefonu çevirdi, sonra ona dönüp, "Adınız neydi beyefendi?" diye sordu. Adını söylerken artık bütün vücudu gibi sesi de titremeye başlamıştı ama ne de olsa ona eskisi gibi "Beyefendi" demeleri biraz olsun içini rahatlatmıştı. Sonunda delikanlı saygılı bir tavırla "Buyurun efendim, Gülseren Hanım altıncı katta," dedi.

Bunu duyunca hemen asansöre doğru yöneldi. Sabahtan beri hem çok yorulmuş hem de sinirleri bozulmuştu. Şöyle şekerli bir kahve yapsalar, yanına da buz gibi su, belki o zaman biraz ferahlardı. Zaten doktorun yüzünü görmek bile ona her zaman iyi geliyordu. Bir ümit ışığı vardı sanki onda.

Böyle bir yer açmak da nereden çıkmıştı. Eski muayenehanesinin nesi vardı? Hem orada yalnız çalışıyordu doktor. Her şey ona aitti. Burası çok kalabalıktı. Girişteki salonda bir sürü insan oturuyor, tabelada ise pek çok doktor ve psikoloğun adı yazıyordu, "İnsanlara rahatlık batıyor" dedi içinden.

Nihayet altıncı kata gelmişti. Salona doğru titreyerek ve heyecanla bakarken sekreter masasında oturan Tuna'yı gördü. Ihlayarak, inleyerek, titreyerek girdi içeri. Tuna hemen yerinden fırlamış, tombul bedenini sallayarak ona doğru yönelmişti.

— O, hoş geldiniz Kenan Bey. Nerelerdeniz? Yine kayboldunuz ortalıktan.

— Hoş bulduk Tuna Hanım. Sormayın başıma gelenleri.

Böyle diyerek bir yandan Tuna'nın elini sıkarken, bir yandan da gözleriyle etrafı tarıyordu. Ne güzel, ne şık bir yerdi burası. Ama yine de eski muayenehanenin sıcaklığı yoktu burada. Oraya alışmıştı.

Tuna hemen onu rahat bir koltuğa oturtmuş, hal hatır soruyor, bir yandan da yine randevusuz gelen bu adamı içeri ne zaman alabileceğini hesap ediyordu. Hemen alamazdı. Bu adama hem acıyor, hem de kızıyordu. Bunca yıldır insan hiç mi değişmezdi. Doktoru da, onu da hep zor durumda bırakıyordu. Koskoca Kenan Bey nasıl da bozulmuş, nasıl da yaşlanmıştı. Onun geldiğini telefonda söylemeseler belki de tanımayacaktı bile. Eskiden böyle miydi bu adam? Bir bakan bir daha bakıyor, salonda sırasını bekleyen hastalar bile gözlerini ondan alamıyorlardı. Şimdi sadece ıhlayıp inleyerek etrafı rahatsız ediyor, insanlar sırf bunun için bakıyorlardı ona.

İçerideki hasta çıkıp da Tuna onu değil, bir başkasını odaya alınca canı sıkıldı Kenan'ın. O ta nerelerden, hem de ne zor şartlarda gelmişti buraya. Tuna bile böyle yaparsa başkaları ne yapmazdı. Ne halde olduğunu görmüyor muydu yoksa? Bu kliniği açınca demek doktor da, Tuna'da bir havalara girmişti. Üstelik ne yersin, ne içersin diyen de yoktu. Bunca yoldan gelmiş, vakit öğlen olmuş ve onun karnı acıkmıştı. Eskiden çayın yanında tabak dolusu bisküviler, kurabiyeler getirirlerdi ona.

Ihlayarak Tuna'dan bir bardak su istedi. Aslında hava serindi, pek susamamıştı ama sırf boğazından bir şey geçsin diye istemişti suyu. Birkaç yudum içtikten sonra bardağı yanı başındaki sehpanın üzerine bıraktı. Doktor onu iyi karşılarsa, bundan sonra her hafta gelecekti buraya. Haftada bir gün o karanlık, o ölüm kokan yerden çıkacak ve hayatın içine karışacaktı.

İyi kadındı doktor, nasıl olsa geri çevirmezdi onu!

Doktorun Günlüğünden

Öğlene kadar olan hastalarım bitti. Şimdi biraz dinlenme vakti. Artık eskisi gibi yemeden, içmeden saatlerce hasta bakamıyorum. Yemek bahanesiyle biraz olsun odamdan çıkıyor, diğer meslektaşlarımı görüyor, ayaküstü de olsa onlarla sohbet ediyoruz. Sevgili sekreterim Tuna, beni benden daha çok düşündüğü için yemek saatlerime zaten çok özen gösteriyor. Yıllardır muayenehanemde tek başıma çalıştıktan sonra Madalyon Klinik'te meslektaşlarımla bir arada olmak hoşuma gidiyor. Meğer ben ne kadar yalnızmışım!

Bu kliniği kurarken tek hedefim ben bu dünyadan göç ettikten sonra arkamda, insanları şefkatle kucaklayan ve her dem onlara yardıma hazır olan bir ekip bırakabilmekti. Şimdi ise daha çok insana ulaşabilmenin peşindeyim, çünkü biliyorum, ülkemizde pek çok kişinin bu tür bir desteğe ihtiyacı var.

Odamdan çıkar çıkmaz, Tuna yerinden kalkarak hızla yanıma geliyor. Alçak sesle bir şeyler söylüyor kulağıma. Kenan Bey gelmiş. Dönüp bakınca ben de görüyorum onu. Nasıl da çökmüş! Yine içime o eski, tanıdık sızı yayılıyor. Aslında o daha pek yaşlı sayılmaz ama gençken ihtiyarlamış. Bir an içim burkuluyor ama ona bir şey belli etmeden gülerek gidiyorum yanına.

Elimi uzatıp, "Hoş geldiniz," diyorum. Beni görünce gözleri parlıyor. Yavaşça, sendeleyerek kalkıyor yerinden. Odaya girince oturmadan önce dikkatle etrafa bakıyor. Dudaklarını büküp başını hafifçe öne arkaya sallayarak odayı beğendiğini ima ediyor ama bu bakışları ben pek beğenmiyorum. Sonra yavaşça, sanki kendi kendine söylenir gibi, "Ben böyle kaderin," filan gibi bir şeyler mırıldanıyor.

Ben onu duymazdan gelip masama doğru giderken ona da oturması için karşımdaki koltuklardan birini gösteriyorum. Bir yandan ıhlıyor, bir yandan da dikkatle bana bakıyor. Demek odadan sonra şimdi de sıra bende. Aslında geldiğine çok memnun oldum. Uzun süredir gelmediği için merak ediyordum onu. Yılların aşinalığı bu! Nerelerden nerelere geldi ve bütün bu yıllar boyunca onun hayatına tanıklık ettim. Kimi zaman onun için üzüldüm, kimi zaman kızdım, kimi zaman da başına gelenler karşısında hayrete düştüm. Neredeyse yıllardır birbirimizin hayatının bir parçası haline geldik.

Hemen hal hatır sormaya başlıyorum. Uzun süredir bir huzurevinde kaldığını biliyorum zaten. Orada pek rahat etmişe benzemiyor. Kısa bir duraklamadan sonra başlıyor anlatmaya. Geçirdiği hastalıkları, Handan'ın ona nasıl yardımcı olduğunu, hastanede günlerce başını beklediğini ama sonunda onu huzurevine bırakıp gittiğini, bütün ısrarlarına rağmen ona dönmeye hiç niyeti olmadığını tek tek anlatıyor.

Onu dinlerken bir yandan da ne hale gelmiş adamcağız diyorum içimden. Hayat bazen ne kadar acımasız olabiliyor? Ondan geriye tam bir enkaz kalmış. O şimdi zavallı bir ihtiyar olmuş. Hemen aklıma babamın çok sevdiği bir şarkı geliyor:

Geçti sevdalarla ömrüm, ihtiyar oldum bugün.
Ak pak olmuş saçlarımla bikarar oldum bugün.

Müzeyyen Senar söylerdi. Hatta TRT'de yaptığım programlarda bu şarkıyı sık sık ekrana getirir, babamı anardım. Babam da yakışıklı, kadınlar tarafından kolayca sevilen, beğenilen bir adamdı. Tıpkı Handan Hanım gibi, annem de babamı çok sever, o eve gelince pervane gibi dönerdi etrafında. Daha Kenan Bey'in yaşına gelemeden öldü benim babam. Acaba arada bir de olsa Kenan Bey'de babamı görüyor olabilir miyim?

Dikkatim dağıldı galiba... Oysa Kenan Bey konuşmaya, anlatmaya devam ediyor. Bu anlattıklarını kimbilir kaç kere dinledim ben. O anlattıkça, aslında çok daha güvenli bir ortamda yaşadığını anlıyorum ama yine de çok mutsuz çünkü kendini çok yalnız hissediyor.

Onu dinlemeye çalışsam da sık sık dikkatim dağılıyor. Gözlerim odamdaki pek çok objeyi tek tek tarıyor sanki. Aslında doktorların odaları genelde çok sade olur. Belki hem kendilerinin, hem de hastalarının dikkatleri dağılmasın diye yaparlar bunu. Belki de o oda, onlar için sadece çalıştıkları, işlerini yaptıkları bir mekândır. Benim için durum böyle değil ki... Benim için bu oda bir mabet! İçeri her girenle ruhen hemhal olduğumuz bir mabet...

Ne çok şey var bu odada! Bunu yeni fark ediyor olmam da ilginç doğrusu. Zihnim bana oyun oynayarak bir şeylerden korumaya çalışıyor galiba. Kenan'dan mı? Sanmam. Ben onun bu hallerine alışkınım. "Öyleyse?" derken buluyorum. Bu adam bana kendimi başarısız hissettiriyor. İşte bu duygudan kaçmaya çalışıyorum.

Odamda neler varmış diye bakmaya devam ediyorum. Büyükçe bir askılığa asılmış, bana hastalarım tarafından hediye edilen her renk ve boyda tespihlere takılıyor gözlerim. Her birini elime alıp tek tek okşamak, getirenleri yad etmek geliyor içimden. O ise konuşmaya anlatmaya devam ediyor. Anlatırken öyle derin bir acı çekiyor ki, işte bunu anlıyorum... Sanki bir yeri koparılıyormuş gibi adeta feryat ediyor.

Eskiden bir kahraman olduğuna beni ikna etmek ister gibi bir hali var. Arada bir de ölecek miyim, diye soruyor. Ölüm deyince eli ayağı birbirine dolanıyor. Ne kadar trajikomik bir durum! Kenan Bey için demek ki ölüm bile kurtuluş değil.

Kenan'ınki varoluşsal bir keder de değil. O, sadece malını mülkünü, hayatındaki kadınları, sosyal statüsünü değil, huzurunu da kaybetmiş. Bir labirentin içine hapsedilmiş fareler gibi aynı karanlık koridorlarda dolanıp duruyor, aradığı ışığı bir türlü bulamıyor. Galiba o, ışığın peşinde değil. Ona fener tutmama, yolunu aydınlatmama izin vermemesi belki de bundan.

Her hafta buraya gelmek gibi planları var. Ona faydalı olabileceğime inansam, bunu kabul edebilirdim. Yıllardır zaten böyle yapmadım mı? Ama ışığı görmemeye kararlı... Sanki Kenan kaderiyle el ele vermiş karanlığın en koyusuna doğru koşuyor. Ve sistem benim araya girmeme izin vermiyor.

Belki de böyle yaptığını biliyor ama sürekli ağlayarak, inleyerek hem kendini hem de çevresini kandırmaya çalışıyor. Yaşadığı bunca kriz, bunca acı da aynı amaca hizmet ediyor ve gözlerini bağlamaya yarıyor olabilir. Başına gelen her şeye bizzat davetiye çıkarmadı mı? Demek gerçekleri görmek, bu krizleri yaşamaktan daha çok korkutuyor onu.

Dünya, bir şeyleri göstermek ister gibi ona vurdukça vuruyor. Acının, kederin ağır ağır, doyasıya tadını çıkaran bu adama hayat da desteğini esirgemiyor. Azgın suların karşısında kımıldamadan duran biri gibi sanki...

Oysa ben, belki de mesleğimin de etkisiyle hep gerçeğin peşine düştüm. Acı da olsa, gerçeğin her zaman daha değerli, daha önemli olduğuna inandım. Eğer bir sorun varsa ve siz gerçeği doğru değerlendiremiyorsanız, çok ağır bir acıdan belki bir süre kaçabilirsiniz ama o gerçek, tıpkı bir apse gibi açılıp dışarı boşalıncaya kadar sizi mutsuz, huzursuz ve hasta etmeye devam eder. Ağır ağır düşer peşinize. Örümcek ağı gibi sarar hayatınızı. Elinizi kurtarayım derken önce kolunuzu alır, sonra da tüm hayatınızı.

Neden bilmem, Tanrı ya da sistem, Kenan'ın bunu yapmasına, öbür tarafa içindeki apseyle gitmesine izin vermiyor. Başka türlü olsa, ona bu kadar vurmazdı. Bir yerde ondan vazgeçer, bir köşede öylece yaşayıp gitmesine izin verirdi. Vermiyor. İçimden bir ses, hep böyle diyor bana. Belki de bunun için tıpkı sistem gibi ben de, bazen çektiği acıları daha da artırmak pahasına, ona gerçeği göstermek için uğraşmaktan vazgeçmek istemiyorum.

Bana göre bu sistem, tıpkı Mevlana'nın dediği gibi karşılıklar esasına göre işliyor. Ne bir katre hayır karşılıksız kalıyor, ne de bir katre şer. Bu dünyada ne yaparsan, dünya er veya geç sana onun karşılığını mutlaka veriyor. Her insanda var olan ve adeta bir bilgisayar gibi hafızasına her şeyi bir bir kaydeden bilinçdışının bu konuda ne kadar adil olduğunu, hatta bazen kişinin kendisine herkesten daha acımasız davranabildiğini biliyorum. Bu yüzden karşılıklar kuralına gönülden inanıyorum. Meslekte geçen bunca yıl, bu kurala olan inancımı giderek güçlendiriyor.

Aslında hayat Kenan'a yıllar önce başladı bir şeyler söylemeye. Ama hayatın dilini hiç öğrenemedi. Bu dili öğrenmek, hayatın ona ne dediğini anlayabilmek, doğru okumak, doğru yorumlamak için gayret etmedi. Zamanını sadece her şeyden ve herkesten şikâyet ederek, hayata sitem ederek geçirdi. Bu dili öğrenemeyenler, ömürleri boyunca aynı hataları yapmaya, bilinçdışı tarafından alınlarına yazılan kaderi yaşamaya devam ederler. Oysa o sesi duyabilse, bütün bunları neden yaptığını anlayabilse, içindeki apseyi boşaltabilse, hayat ona başka türlü cevaplar verecek, bambaşka kapılar açacaktı.

Ona baktıkça kendimi bir doktor olarak başarısız hissediyorum. Belki biraz da bu yüzden ona bir yandan şefkat ve merhamet, bir yandan da öfke duyuyorum ama vazgeçmek, yenilgiyi kabul etmek, bana göre şeyler değil. Başaramayacağımı bilsem bile...

Tuna, her ikimizin de aç olduğunu bildiğinden birer çay ve sıcak poğaça getiriyor odaya. Kenan iştahla yemeye başlıyor önüne konanları. Peçeteyle ağzını sildikten sonra aceleyle kaldığı yerden konuşmaya, anlatmaya devam ediyor. Vereceği havadisler bitti, sıra yine onun bitmez tükenmez hayallerine geldi. Ben bunları ezberledim artık. Onu terk etmeyen bir ben kalmışım. Hayatındaki yerim, benim sandığımdan çok daha önemliymiş.

Sık sık dikkatim dağılsa da onu sabırla dinlemeye çalışıyorum. Bu bitip tükenmeyen bir umut mu yoksa kesif bir umutsuzluğun göstergesi mi? Adı umut mu, umutsuzluk mu her neyse, arkasına saklandığı katran karası paravan hep bu oldu.

Bazı düşünürler, umudun insana çok zarar verebileceğini söyler. Hele o umutlar, yalan umutlarsa…

Dikkatle bakıyorum ona. Aslında hâlâ pek yaşlı sayılmaz. Yolundaki engelleri yani yalan umutları önünden çekip alıversem yine kaçar mı acaba? Ama bu sefer kararlıyım, kaçamayacak.

Aniden sağ elimin işaret parmağı dudaklarıma doğru gidiyor. Hastanelerin duvarlarında asılı duran ve "sus" işareti yapan güzel yüzlü hemşireler gibi "sus" işareti yapıyorum Kenan Bey'e.

O, sanki garip bir şey olmuş gibi etrafına bakınıyor. O sağa sola bakarken ben kararlı bir ses tonuyla başlıyorum konuşmaya.

— Bir gerçekler vardır, bir de efsaneler… Söylediklerinizin hiçbiri gerçek değil. Yalan umutlar bunlar… Bunun böyle olduğunu siz de biliyorsunuz. Hâlâ bıkmadınız mı bu yalanlardan? Artık yeni şeyler söyleme zamanı…

Gözlerini açmış hayret ve korkuyla bakıyor yüzüme. Duyduklarına inanmak istemez gibi bir hali var.

— Duyduklarınız doğru Kenan Bey. Ayrıca ısrarla eski günlere yeniden dönmek istemenizi anlayamıyorum doğrusu! Sizi bugünlere, geçmişte yaptığınız hatalar getirmedi mi? Bu yolun sizi nereye götüreceği beliyken neden hâlâ eski Kenan olmakta direniyorsunuz? En zor günlerinizde bile eski Kenan'mış gibi davranarak kendinizden başka kimi kandırabildiniz? Firdevsi'nin ünlü bir sözü vardır. "Yeryüzündeki bütün ıstıraplar aza kanaat etmemekten doğar," der. Bu saçmalıkları daha fazla dinlemek istemiyorum. Eğer böyle devam edecekseniz, artık ben de yokum.

Ben de yokum… Aslında onu bir daha hiç görmesem bile, ben bu dünyadan göç edene kadar zihnimin bir köşesinde hep kalacak Kenan Bey ama ona kendi gerçeklerini gösterebilmek, son bir kez daha küllerinden yeniden doğmasını sağlayabilmek için bugün onun canını olabildiği kadar çok yakmam gerekiyor.

— Bu saçma sapan umutlar size insan olduğunuzu unutturdu. Hayatı unutturdu, ölümü unutturdu…

— Ölümü mü? Ölecek miyim yoksa?

— Tabii ki öleceksiniz. Yoksa siz aksini mi düşünüyorsunuz?

— Yapmayın ne olur, böyle söylemeyin. Ölmek istemiyorum ben.

Onun korktuğu ne varsa, hepsini birden söyledim. Söyledim ki, bu sefer kaçamasın!

— Ben de ölmek istemiyorum ama ben hâlâ toprağın üzerindeyim ve yaşıyorum. Ya siz Kenan Bey?

— Ben yaşamıyor muyum? Ne oldu size, neden böyle söylüyorsunuz?

— Bu dünyayı terk ederken ne götüreceksiniz yanınızda?

— ... Günahlarımı...

Bu son kelime sessiz bir bomba gibi düşüyor odaya. Ben de şaşırıyorum. Her ne kadar Kenan Bey'den bunu duymayı yıllardır beklediysem de sanki o bunu bilerek, isteyerek söylemedi. Bilinçdışı daha fazla sabredemedi...

Bir süre ikimiz de konuşmuyoruz. Kenan donup kalmış, oturduğu koltuğa sinmiş, eriyip yok olmak ister gibi küçülüvermiş. Her ne kadar suçunu itiraf etmiş biri gibi biraz rahatladıysa da kesilecek cezanın büyüklüğü sanki iyice ürkütmüş onu. Gözünü bana dikmiş, heykel gibi hiç kıpırdamadan oturuyor. Ağzı açık. Tam bir teslimiyet bu! Kolu kanadıyla birlikte tedaviye olan direnci de kırılmış.

Tiyatroda oyun başlamadan önce olduğu gibi son ışık da ağır ağır sönüp yerini koyu bir karanlığa bırakıyor şimdi. Kenan Bey sanki gerçeklere yakalanmış gibi öylece oturuyor karşımda.

Masamda öne doğru eğilip ona iyice yaklaşıyor ve yumuşak bir sesle, masal anlatır gibi başlıyorum konuşmaya. Bu sefer beni dinleyecek.

— Ben çocuktum o zaman... Altı yaşlarında filandım herhalde. Rahmetli babaannem dindar bir kadındı. Beş vakit namazını kılar, sonra da uzun uzun tespih çekerdi. Arada bir de kendi kendine mırıl mırıl söylediği bir türkü vardı. "Mevlam verince azma, geri alınca da kızma" filan gibi bir türkü işte...

Bir yeri acımış gibi gözlerini bir süre sıkıca kapatıyor, açınca ben yine başlıyorum anlatmaya.

— Bize dini bilgiler öğretmeye çalışır, yaramazlık yaptığımızda Allah'ın günah yazacağını söylerdi. Kız kardeşimle yaşlarımız çok yakındır. Allah fikri, yazılan günahlar hep ürkütürdü bizi. Annemin evde olmadığı bir gün babaannem bizi dizinin dibine oturtup başladı anlatmaya. Her insanın, onu sürekli izleyen, biri sağında, biri solunda duran iki meleği varmış. Bir elinde kâğıt, bir elinde kalem, bu melekler o kişiyi sürekli gözetler ve sevap işlediyse sevap hanesine, günah işlediyse günah hanesine bunları dikkatle kaydedermiş. Bu işlem, kişi ölene kadar aralıksız devam edermiş. Kişi ölüp de kabre girince melekler onu, "Geldin mi melun, geldin mi?" diye karşılar ve dünyada yaşarken işlediği günahların bir bir hesabını sorarlarmış. O nedenle yaşadığımız sürece göz hapsinde olduğumuzu bir an bile unutmamalı ve hiç günah işlememeliymişiz.

Kenan Bey gözlerini açmış, dehşet içinde dinliyor beni. Aslında babaannem bunları anlatırken kardeşimle ben de aynı dehşeti yaşamıştık.

— O zaman, tıpkı sizin gibi biz de çok korkmuş, geceleri uykularımız kaçmış, tuvalete bile gidemez olmuştuk. Çünkü bizi hiç yalnız bırakmayan, her an peşimizde olan meleklerin tuvalette bile bizi gözetliyor olması sinirimize dokunmuştu. Allahtan annem çabuk fark etmiş ve babaannemin yaptığı bu hatayı düzeltebilmek için aylarca bizlerle uğraşması gerekmişti. Hele kız kardeşimin yürürken bile sürekli arkasına bakıp onu izleyen meleği kollamalarını, uzun uzun ağlamalarını hiç unutamıyorum.

Kenan dikkat kesilmiş, beni dinliyor.

— Aradan yıllar geçti. Babaannemin anlattığı, o hiç durmadan bizi gözetleyen melekleri çok aradım ama sonunda psikiyatri biliminin içinde buldum onları. Bu melekleri belki de ilk arayan ünlü bilim adamı Freud olmuş ve sonunda yakalamış onları. Meleklerin bulunduğu bölüme "bilinçdışı" adını vermiş Freud. Çok çalışkan bu melekler. Çok da dikkatliler. Hiçbir şeyi atlamadan ellerinde kâğıt kalem, yaşadığımız her anı durmadan yazıyorlar. İyiyi de, kötüyü de, doğruyu da, yanlışı da, sevabı da günahı da... Ancak kötü huyları var, günahları yazarken büyük harf kullanıyorlar. Zaten her yazdıkları duruyor yerinde, silinmiyor ama günahlar büyük harfle yazıldığı için önce onlar çıkıyor karşımıza.

Kenan artık gözlerini daha çok kırpıştırıyor, arada bir kısıyor, bazen de iyice açarak dinliyor beni. Hiç yapmadığı bir şeyi yapıyor o. Dinliyor!

— Bu yazılanları görmemek için tıpkı sizin gibi her birimiz ne numaralar yapıyoruz bir bilseniz! Oraya yazılanları sürekli okumak kadar hiç okumamak da hasta ediyor insanı. Siz onları okumaktan hep çok korktunuz. Bu konuda bana da hiç izin vermediniz. Kendi gerçeklerinizden hep kaçtınız.

Bedenini hafifçe öne eğerek bana biraz daha yaklaşıyor.

— Ama biz kaçsak da onlar orada duruyor. Melekler yazdıklarının silinmesine asla izin vermiyor. Hem biliyoruz, hem bilmiyoruz bu yazılanları. Hem okuyoruz, hem anında unutuyoruz. Okursak, bilirsek verilecek cezadan korkuyoruz. Sanki o cezayı biz değil de başkaları verecekmiş gibi sürekli yaptıklarımızı inkâr ediyor, olmadık yerlerde, olmadık insanlara karşı savunmaya çalışıyoruz kendimizi. İçimiz sıkılıyor, moralimiz bozuluyor, uykularımız kaçıyor, kalbimiz bir şeylerden korkmuş gibi küt küt atıyor; terliyoruz, nefesimiz daralıyor, inliyoruz, titriyoruz ama bir türlü nedenini bilemiyoruz. Hastayız diyoruz, doktorlara gidiyoruz ama bedenimizde bir şey bulamıyor doktorlar. Oysa bizi mahkûm eden o mahkeme bizim içimizde... Meleklerin bulunduğu bölümü hiçbir alet görüntüleyemiyor. Hiçbir program o şifreyi çözemiyor. İşte o şifre sadece psikiyatri bilimine gönül verenlerde var.

Masamda duran sürahiden bir bardak su daha içiyorum.

— Biraz önce dosyanıza baktım, biz sizinle tanışalı çok uzun yıllar olmuş. Ben bu şifreyi bundan yıllar önce çözdüm ama siz bunları anlatmama hiç izin vermediniz. Korktunuz, hayatın size çıkardığı hesap pusulasını ödemeye hiç yanaşmadınız, hep kaçtınız ondan. Oysa hayat, sadece size değil hepimize gönderir o hesabı. Biraz daha cesur olabilseydiniz, biz sizinle birlikte o kozmik odaya girer, belki de bu kaderi değiştirirdik. Siz de kendinizi bu kadar ağır bir cezaya mahkûm etmezdiniz. İnsanın kendine kestiği cezayı ne Allah affedebilir, ne de kul. Ama kişi kendini affederse ceza hafifler, belki de biter. Bir terapist o kişinin kendini affetmesini sağlayabilir. Psikoterapi dediğimiz şey de zaten bu değil midir, yani kişiye kendini affettirme sanatı.

— Siz beni affettiniz mi?

Kenan söylüyor bunu. Sesi çok uzaklardan gelir gibi derin ve heyecanlı. Uzun bir süredir hiç konuşmadan beni dinleyen, gözleri ilk kez söylediklerimi anlar gibi bakan bu adamdan hiç böyle bir soru beklemiyordum doğrusu. Bir an durup düşünüyorum.

Affetmek aslında sadece karşı tarafı rahatlatan bir eylem değildir. Affedince önce biz rahatlarız. Yüreğimizdeki taş hafifler, bir süre sonra da kalkıp gider. Önceleri ona kızdığım doğru ama onu yakından tanıdıkça, yaşadığı bunca acıya tanıklık ettikçe içimdeki öfke ağır ağır yerini derin bir şefkate bıraktı. Affetmesem, her şeye rağmen ona yardım etmenin bir yolunu arar mıydım? Bugün bile onu daldığı derin uykudan uyandırabilmek için bu kadar uğraşır mıydım?

— Ben sizi affedeli çok oldu. Dünyada ne kadar acı varsa hepsini çektiniz siz. Hak ettiğinizden daha fazlasını çektiniz gibi geliyor bana.

Yine susuyor. İtiraz etmiyor buna ama konuşurken bu sefer de benim sesim titremeye başlıyor. Sesimdeki titremeyi hemen fark edip başını hafifçe sola çevirerek yandan, sadece gözleriyle gülüyor bana. Kederli olduğu kadar da muzip bir gülümseme bu.

— Her suçun bir cezası vardır ama ceza da sonsuz değildir. Sizinki ne zaman bitecek?

Bu soruya cevap vermek yerine başını önüne doğru eğiyor.

Suçunu itiraf etmiş, bundan dolayı büyük bir vicdan azabı çeken birine benziyor şimdi. Ne kadar da çaresiz...

— Çok ağır bir kalp krizi geçirdiniz ama ölmediniz. Tanrı size zaman tanıyor.

— Cezam daha bitmedi de ondan.

— Size son bir şans veriliyor olmasın?

Kenan başını hafifçe kaldırırken biraz önceki kederli gülümseme yine yayılıyor yüzüne.

— Belki de gerçekleri görmemek için kendinizi sürekli bir şeylerle meşgul etmeye çalıştınız. Başka acılarla içinizdeki o boşluğu kapatmaya çalıştınız.

— İçimdeki boşluk değil, uçurum o, uçurum...

Bu sefer hayret etme sırası bana geliyor. Demek biliyor! Demek o korkular uzun süredir bilince çok yakındı.

— Ne zaman fark ettiniz onu?

— Yıllardır hem biliyor, hem de bilmiyordum.

— İşte artık biliyorsunuz. Kaçtığınız her şey zaten sizden hiç de uzak değilmiş. Nasıl bir şey o uçurum dediğiniz?

Düşünüyor ama yüzünde inanılmaz bir keder var.

— Çektiğim bunca acının hiçbirine benzemiyor. Anlamsız... Hayatı da anlamsız kılıyor.

O boşluk bundan daha iyi tanımlanamazdı. Aslında isterse, her şeyi görebilecek kadar da zeki!

— Sizce nereden çıktı o boşluk?

— Bilmiyorum.

— Biraz eskilere gidin. Çocukluğunuza. Oralarda bir yerlerde bulacaksınız onu.

Şimdi yüzündeki ifadede artık keder yok! Gözleri bomboş ve ifadesiz bakıyor.

— Hatırlayamıyorum.

— İlk sorduğumda da hatırlayamamıştınız ama sonra o günleri bana tek tek anlattınız.

— Aniden yapayalnız kalıveren çocuğu söylüyorsunuz değil mi? Annesi bile olmayan çocuğu...

Yine bir süre susup düşünüyor.

— Hastanedeki o korkunç geceler... Sonra bir gün annemin geri dönüp beni oradan kurtarması...

Susup bekliyorum. İpin ucunu buldu. Artık gerisi çorap söküğü gibi gelecek. Onun ne kadar acı çektiğini görüyorum. İçimdeki şefkat duyguları kabarsa da, kendimi ona beklediğim kadar yakın hissedemiyorum. Neden? Ben insanlarla kolayca empati yapabilen biriyim. Hem de böyle bir anda, ona neden ulaşamıyorum? Önemli bir soru bu ve cevabını mutlaka bulmalıyım.

Odadaki sessizlikten istifade edip başlıyorum düşünmeye. Demek o soğuk ve karanlık boşluk, içine bir şeylerin girmesine de içinden bir şeylerin dışarı çıkmasına da izin vermiyor. Gönül gözünü kapatıyor. Ne istediği kadar sevebiliyor, ne de ona verilen sevgiyi alabiliyor. Kalın bir paravan gibi orada öylece duruyor. Ve şu anda bile birinin içeri girmesine izin vermiyor. Demek kimsenin ona ulaşamaması bundan. Demek hiç âşık olamaması, kimseleri gerçekten sevememesi bundan...

Sonra onun kırık sesi geliyor kulağıma. Bu arada demek ki o da düşündü.

— Yalnızlıktan bu kadar korkmam, hep bir kadın tarafından kurtarılmayı beklemem, kendim için hiçbir şey yapmamam, hep başkalarından beklemem, kadınları çok sevdiğimi sansam da, gerçek anlamda hiç sevememem, onlara bir türlü güvenememem, hayatımda hep birden fazla kadın olması ve bitmez tükenmez bencilliğim...

Ucunu bulunca nasıl da kolay sökülüyor her şey...

— Annemi hem çok sever, hem de içimden çok kızardım ona. Kızdıkça daha çok sever, sevdikçe daha çok kızardım. İntikamını başka kadınlardan aldım.

Ah Kenan Bey, ah... Madem bunları görecektin, neden bu kadar bekledin?

— Otomatiğe bağlanmış bir dönme dolap gibi, yıllardır hep aynı yerde döndüm durdum...

Ne güzel bir yorum! Yaşadıklarını nasıl bu kadar doğru görebildi? İçinde kendi kurduğu mahkeme onun hep acı çekmesini istedi. Bir akrebin kıskacı gibi yakaladı onu. Şimdi, bunca şeyi görüp anladıktan sonra, o kıskaçtan kurtulabilecek mi acaba?

Elleriyle yüzünü kapatmış, öylece oturuyor karşımda. Konuşmuyor artık. Bekliyorum. Bu sessizliğe şimdi çok ihtiyacı var. Başka bir değişiklik daha var onda. Titremiyor, inlemiyor, ıhlamıyor, öylece oturuyor koltukta. Bu sefer ben başlıyorum konuşmaya.

— Sizi yıllardır tanıdığımı sanıyordum ama şimdi görüyorum ki hâlâ tanıyamadığım yönleriniz varmış. Meleklerin bilinçdışınıza yazdığı bölümleri okurken, sadece büyük harfle yazılanları değil, diğerlerini de okuyun.

— Bu saatten sonra okusam ne olacak ki?

— İnsanın neyi, neden yaptığını bilmesi, her zaman çok önemlidir. Sizi, size daha iyi tanıtır. Hem okumanın ne saati, ne de yaşı vardır. Unutmayın, siz hâlâ toprağın altında değil, üstündesiniz. Yaşıyorsunuz. Artık daha kalıcı, daha değerli şeyler yapın. Her şeyi okuyup bildikten sonra, hayat artık sizin eski Kenan olmanıza izin vermeyecektir.

Başını kaldırıp bana bakıyor. Gözünde yaş yok ama bakışlarında tam yorumlayamadığım sessiz bir çığlık var sanki. Sonra ağır ağır kalkıyor yerinden. Demek gidiyor. Oysa bu konuda konuşulacak öyle çok şey var ki...

Yine mi kaçıyor yoksa? Dikkatle bakıyorum ona. Hayır, yakalandı artık. Görmek istemediği her şeyi gördü, kendi sesinden duydu. Suyun altından çıktı hepsi. Zamanla orada daha kim bilir neler görecek?

Ben de kalkıyorum. Biraz önceki ihtiyar adam gitti, dimdik duruyor karşımda. Elini uzatıyor bana, ben de ona. Her zamanki gibi kuvvetlice sıkıyor elimi. Gözlerimin içine bakarak, "Teşekkür ederim," diyor, fısıldar gibi...

Önce ne yapacağımı, ona ne diyeceğimi bilemiyorum ama hemen sonra benim de ağzımdan fısıldar gibi kısa bir cümle dökülüyor. "Sizi, size beğendirecek şeyler yapın," diyorum. Hafifçe başını sallayarak hiç oyalanmadan çıkıyor odadan.

Arkasından bakakalıyorum. Bugün, bu odada çok farklı şeyler yaşandı. İçimde yine bir sızı var, eskilere pek benzemeyen bir sızı. Sanki Kenan Bey, bir daha gelmemek üzere gitti. Kendimi terk edilmiş biri gibi hissediyorum.

Yıllardır ona göstermeyi isteyip de gösteremediğim gerçekleri nasıl bu kadar hızlı görebildi? Kaderinin motifleri tel tel döküldü ağzından.

Bugünkü konuşmalar bir işe yarayacak, sonunda kendini affedebilecek mi acaba? Affederse kaderi değişecek, yıllardır çektiği acılar dinecek mi?

Hayat bunlar için ona zaman tanıyacak, yeni kapılar açacak, daha da önemlisi huzur içinde ölmesine izin verecek mi?

Hafifçe titrediğimi hissediyorum. Bu oda aniden neden bu kadar soğudu? Üşüyor muyum?

21

Kenan sendeleyerek çıkıyor klinikten. Sanki dünyada değil, uzayda yürüyor gibi hissediyor kendini. Kavaklıdere'den aşağı doğru hiç sağına soluna bakmadan, baktıklarını görmeden, gördüğünü hissetmeden öylece yürüyor. Titremediğinin, inlemediğinin kendisi de farkında. Hemen otobüse binmek istemiyor. Serin havayı ciğerlerine çekerken sanki hava sadece ciğerlerini değil, bütün bedenini dolaşıyor. İçi titrese de bedeni titremiyor. Artık kaçacağı bir şey kalmadı. Yakalandı o.

Düşünmek, neler olduğunu anlamak istiyor ama beyni buna izin vermiyor. Kurulmuş bir robot gibi yürüyor sadece. Gri paltosunun önü açık, elleri ceplerinde, başı dik ama gözleri yaşlı. Bir iki saat sonra nefes nefese kalınca yorulduğunu fark ediyor. Neredeyim ben, diye etrafına bakınca Kızılay'ın kalabalığını görüyor. Adımlarını yavaşlatıp otobüs durağına doğru gidiyor. Otobüsün gelmesi uzun sürüyor ama onun artık hiçbir şeyden şikâyeti yok. Duraktaki banklardan birine oturuyor ve sükûnet içinde bekliyor.

Otobüs gelince hiç acele etmeden, sendelemeden, titremeden biniyor ve arka sıralarda bir yere oturuyor. Uzun uzun gidiyorlar. Huzurevinin önüne geldiklerinde zaten pek kimse kalmamış otobüste. Yine acele etmeden yavaşça iniyor. Kapıcı Osman Efendi demir kapıyı gıcırdatarak açıyor ona. Elleri cebinde, başı önünde giriyor içeri. Dalgın dalgın ağaçlı yolda ilerlerken kulağına durup durup tekrar eden, iç gıcıklayan bir ses geliyor. Dönüp bakınca sesin demir kapıdan geldiğini anlıyor. Otomatiği bozulmuş. Osman düğmeye her basışında kapı biraz ilerleyip duruyor. Bir süre ne yapacağını bilmeden bakıyor.

Orta yaşlı, oldukça kilolu, kırmızı yüzlü biri Osman Efendi. Göz göze geliyorlar. Sanki yardım ister gibi bakıyor adam. Ne yapması gerektiğine hemen karar veremiyor. Sonra yavaş ve tedirgin adımlarla geri dönüp kapıya doğru yaklaşıyor, kapının sıkıştığı yere doğru uzatıyor elini. Osman Efendi'yle birlikte epeyce uğraşmaları gerekiyor kapıyla. Demir kapı takılmış. Üstelik çok ağır! İkisi birden omuz verse, belki de takıldığı yerden kurtulacak. "Hadi," diyor Osman Efendi'ye. Birlikte altına girip yüklenince çıt diye yerine oturuyor kapı. "Allah razı olsun beyim," diyor Osman Efendi. Şöyle bir bakıyor bunu söyleyen adamın gözlerine. Başını aşağı yukarı oynatarak, biraz minnet dolu bir bakışla bir kere daha aynı şeyleri söylüyor adam. "Allah razı olsun beyim..."

Kenan'ın içinde, yıllardır uyuyan bir taş sanki canlanıyor, yumuşuyor, kımıldıyor. Adam gülümsüyor ona. Kenan'ın gözlerinde de bir gülümseme beliriyor. İşi bitti, artık arkasını dönüp içeri girmesi gerekiyor ama yerinden kımıldamak istemiyor. Bu kırmızı yüzlü, gözlerinin içi gülen adama bakmaya devam ediyor. Sonra ona bir adım daha yaklaşıp sağ eliyle adamın omzuna dokunuyor. Adam hemen soruyor.

— Beyim, sen burada mı kalıyorsun? Daha önce seni hiç görmedim de...

Adam onu tanımamakta haklı. Bu bahçeye neredeyse hiç çıkmadı, ötekiler gibi buralarda hiç gezinmedi ki... İlk gün Handan onu arabayla getirdi, daha sonra da sadece ambulansla hastaneye gitmek için çıktı bu kapıdan. Bugün öğlen çıkarken de adam yemekteydi. Oysa burada kalan herkesi tanır Osman Efendi. Kadını erkeği hava biraz güzel olunca mutlaka çıkar dışarı. Gezinir buralarda.

— Ben, ben aslında epeydir buradayım ama hastaydım, çıkamadım işte...

— Geçmiş olsun beyim. Allah uzun ömür versin.

— Amin!

Hafifçe gülümsüyorlar birbirlerine. Sonra Kenan yürümeye devam ediyor. Yüzündeki gülümseme kaybolmamış, öylece duruyor yerinde.

Doktorun Günlüğünden

Hayat hüzünleri, acıları, ağrıları, bir yandan da sevinçleri ve mutluluklarıyla akmaya devam ediyor. Kimi en acılı gününü yaşarken kimine yepyeni kapılar açılıyor. Velhasıl, dünya durmadan dönerken herkes kendi hayatını, kendi kaderini yaşamaya devam ediyor. Her sabah doğudan yüzünü gösteren güneşin, gün batımına kadar kime ne göstereceği her zaman olduğu gibi yine belli değil.

Her ne kadar Kenan Bey kliniğe son gelişinde benim hayatıma gıptayla baktıysa da, o günlerde güneşin bana arkasını döneceğini henüz o da bilmiyordu, ben de... Birkaç ay sonra eşim hastalandı. Bir anda evimize bomba düştü sanki. Onu kaybetmeyi göze alamadım, bu gerçeği kabullenemedim bir türlü. Sadece ben değil, çocuklarım da panik içindeydi. Üstelik kızım o ara hamile kalmış, hamilelikle ilgili hayati sorunlar ortaya çıkmıştı. Kara bulutlar bir türlü dağılmak bilmiyordu.

Elimden geldiğince ayakta durmaya çalışırken ruhumda fırtınalar kopuyordu. Hayat, aslında ne kadar aciz olduğumu başıma vura vura gösteriyordu bana. Derdimi anlatamıyor, paylaşamıyor, ağlayamıyordum bile. Birkaç yıl içinde kayıplar birbirini izledi. Her şeyden önce artık yalnızdım, çok sevdiğim eşim artık yoktu.

Uykusuz gecelerde uzun uzun konuşmuştum kendimle. İsyan etmekten vazgeçmiş, dünyayı olduğu gibi kabul etmek için büyük bir savaş vermiştim. Bu savaşa kazanmak için girmemiştim. Zaten böyle bir savaş kazanılamazdı. Kazanmak yerine savaşarak teslim olmayı öğrenmiştim sonunda.

O günlerde en çok tasavvuf okuyordum. Başucumda yanan gece lambasının bir yanına fizik, biyoloji, astronomi, dünyanın ve evrenin tarihi, insanın tarihi gibi kitapları, öteki yanına da Kuran'ı, İncil'i, Tevrat'ı, Mesnevi'yi koymuştum. Benden önce yaşayan filozofların bu konuyla ilgili ne dediklerini araştırıyor, sabahlara kadar oralarda bir şeyler arayıp duruyordum.

Her şeye rağmen klinikten ve hastalarımdan hiç kopmadım. Gün oldu, onları dinlerken kendi dertlerimi unuttum, gün oldu onlarla birlikte daha çok dertlendim. Demek hayat benimle yaptığı kontrata bunları yazmıştı.

Aslında yıllardır başkalarının kontratlarında neler yazdığını araştırıyor, gördüklerimi anlamaya ve anlatmaya çalışıyordum. Ancak çektiğim bunca acı boşa gitmemişti. Acılar her zaman insanlar için mutluluklardan daha öğretici olabiliyor. Napolyon Bonapart, "İnsanın olgunlaşabilmesi için acılarla yoğrulması gerekir çünkü o acılar hem taş, hem heykeltıraştır," demiş. Gerçekten de öyleymiş. Artık kader çizgisinin herkeste çok farklı olabilen motiflerini sanki eskisinden daha iyi görebiliyor, hayatın arada bir de olsa insanlara fısıldadığı bazı gizleri daha iyi duyabiliyordum. Yeniden keşfettiğim, her birimizde farklı ama sürekli tekrar eden bu motifler çok ilgimi çekiyordu.

Yaşanan onca acıdan sonra, bu acıların insanı nasıl da derinleştirdiğini görmek hüzünlü bir memnuniyet veriyordu bana. Ankara'daki klinik artık istediğim gibi olmuş, sıra İstanbul'a gelmişti.

Aylarca gidip geldim İstanbul'a. Oraya gitmek bir yandan da iyi geliyordu bana. Eskiden beri bu büyülü şehre için için hep hayranlık duyardım zaten. Sonunda büyük uğraşlar ve yorgunluklardan sonra orada da bir klinik açıldı.

O sabah yine yürüyerek gelmiştim kliniğe. İstanbul'u pek tanımadığımdan evim kliniğe çok yakındı. Henüz bahar gelmemiş olsa da, geleceğinin müjdesini verir gibi bir koku vardı havada. Ağır, ağır, havayı koklayarak yürüyordum.

Kliniğe geldiğimde kırmızı tenteler yine göz kırpıyordu bana. Kırmızıya olan tutkum hiç bitmeyecek galiba! İçeri girince bankodaki arkadaşlarımla kısa bir sohbetten sonra odama çıkıyorum. Hastalarımı almadan önce şöyle bir göz gezdiriyorum etrafa. Mona Lisa burada da duvardaki yerini almış. Resmi aydınlatan ışıklar yanıyor ama altındaki dresuara konan çeşitli boylardaki insan figürleri yine karmakarışık. Sırayla onları da düzelttikten sonra lambaları yakıyor ve yerime geçiyorum.

Aslında titiz biri değilim ama dekorasyona meraklıyım. Zaten titiz biri olsam odam bu kadar kalabalık olabilir miydi? Yine çok şey doldurmuşum odaya. Çoğu bana hastalarımın hediyesi olan irili ufaklı objeler. Her birinden öyle pozitif enerji alıyorum ki...

Daha yerime oturmadan yeni sekreterim başını uzatıyor kapıdan. Tuna şimdilik Ankara'da... Aslında Tuna'sız çalışmak hoşuma gitmiyor. Keşke Tuna'yı klonlayabilsem, ondan bir tane de İstanbul'daki kliniğe koyabilsem ne iyi olurdu!

"On bir randevunuz Fatoş Hanım geldi. Hazırsanız içeri alabilir miyim?" diye soruyor. Başımla "Evet," derken tanıdık bir yüz başını içeri doğru uzatıyor. Elinde kocaman, beyaz bir çiçek buketi var. Çiçekleri masamın üzerine bırakıp çocuk gibi atlıyor boynuma. Aman Tanrım, bizim Fadi bu...

Uzun uzun sarılıyoruz birbirimize. Onu görmek hem sevindiriyor, hem de heyecanlandırıyor beni. Sarılma faslı bitince hafif nemli gözlerle karşımdaki koltuğa oturuyor.

— Öyle hemen oturmak yok. Çabuk kalk ayağa!

— Neden?

— Çok oldu görmeyeli. Değişmiş misin, yine eskisi gibi genç ve güzel misin, bakmak istiyorum.

Hemen fırlıyor yerinden. Odamda manken gibi bir iki adım atıyor. Ben de dikkatle izliyorum onu. Sanırım şu anda kırklı yaşlarda. Arasına ince gümüş tellerin karıştığı koyu renk saçlarını iki taraftan ışıl ışıl parlayan küçük taraklarla arkaya doğru toplamış. Ancak gözleri taraklar kadar parlak değil, sevincin her türlüsünden yoksun bakıyorlar yine. İnce kemikli, küçük yüzlü zarif bir kadın Fadi. Yüzündeki çocuğumsu ifade yine yerli yerinde duruyor. Kara gözlerinde makyaj yok! Sadece hafif bir allık ve uçuk pembe ruj var dudaklarında.

Siyah, dar bir etek, gece mavisi, kaliteli olduğu hemen belli olan küçücük bir ceket giymiş. Yine incecik, dal gibi... İçine giydiği, yakası açık, kemik rengi ipek bluzun üzerine doğru sarkan zarif bir altın kolye var boynunda. Pahalı bir saat takmış ama ellerinde yüzük yok. Yüksek ökçeli ayakkabılarıyla kuğu gibi dönüyor karşımda.

Oturmadan önce köşede duran büyük pembe cam vazoya çiçekleri birlikte yerleştiriyoruz. Aslında bir an önce Fadi'yi dinlemek istiyorum. Etrafına bakınarak oturuyor yerine. Ben hemen soruyorum.

— Ne kadar oldu biz görüşmeyeli, kaç yıl?

— Bilmem. Ben İstanbul'a geleli on yılı geçtiğine göre...

— Ama sen hâlâ çok genç ve güzelsin. Yıllar nasıl da çabuk geçiyor?

— Ne iyi ettiniz de geldiniz İstanbul'a.

— Bana küsmüştün. Buraya geldiğine göre demek ki barıştık artık. Ben de seni gördüğüme çok memnun oldum. Nasılsın, nasıl gidiyor hayatın?

— Aslında dıştan bakanlar bana gıpta ediyor. Çalıştığım şirkete genel müdür oldum. Allah yardım etti işte...

— Allah hak etmeyene yardım etmez.

— Öyle mi diyorsunuz?

Bunu söylerken yine eskisi gibi boynunu büküyor. Ne kadar mahzun!

— İyi para kazanıyorum ama her şey para değilmiş. Bunu önceden de biliyordum ama lüks içinde yalnızlık daha çok dokunuyor insana.

— Demek hâlâ yalnızsın! Ailenden ne haber?

— Dört yıl önce babam öldü. Onun ölümüne hiç üzülmedim. Benimle görüşmeyi çok istedi ama ben bunu kabul etmedim. Ona sadece bol bol para gönderdim. Zaten o da bu paraların hatırına beni görmek istiyordu. Maddi durumu çok bozuldu. Neyi var, neyi yok sattı. O da annem gibi kanserden öldü. Tedavisi için gereken her türlü maddi desteği yaptım. Sonra da öldü işte... Cenazesine de gitmedim. Oğlanlar iki yıldır İstanbul'dalar. Annelerini de getirdiler, burada küçük bir evde otuyorlar. İkisi de çok akıllı. Okuyorlar. Ciddi bir gelirleri yok ama ben onların hiçbir şeylerini eksik etmiyorum. Hafta sonları bazen bana geliyorlar. Hanife abla da geliyor. Ablalarımın hiçbiri sevmez o kadını ama ben seviyorum. Hatta bazen düşünüyorum da, bana ablalarımdan daha yakın. Her gelişinde benim mutfağıma girer, birbirinden güzel yemekler yapıp öyle gider. Oğlanlarla çok iyi anlaşıyoruz. Sizin anlayacağınız onlarla tam bir aile olduk. Arada bir de ben giderim onlara. O zaman çok seviniyorlar, beni nasıl ağırlayacaklarını bilemiyorlar. Onların yanında kendimi huzurlu bir aile ortamında hissediyorum. Geçen yıl ufak bir operasyon geçirdim. Bir hafta üçü de bizde kaldı. Prensesler gibi baktılar bana. İnsanın bir ailesi olması çok güzel...

— Sen iyi bir kızsın. Merhametli, sadece ben demeyen, çevresini gören, onların ihtiyaçlarını fark eden, başkalarının mutluluğuyla mutlu olabilen biri yani... O içindeki öfke var ya, işte o öfke pek çok insanı kötü ederken seni kötü edememiş. Buna izin vermemişsin. Suyun yolunu değiştirmeyi başarmışsın.

— Öyle mi diyorsunuz?

Yine boynu bükük!

— Öyle diyorum. Ablalarından ne haber?

— Onlarla ilişkilerimiz pek yakın değil. Her biri bir yerde, dünya telaşında... Çoluk çocuğa karıştılar. Eskisi gibi yine sadece başları sıkıştığı zaman beni arıyorlar, ben de elimden geleni yapıyorum ama oğlanlar kadar kendimi onlara yakın hissetmiyorum. Çok güzel bir evim, evimin bahçesinde özlemini duyduğum ağaçlar ve çiçekler var. Boş kaldıkça her biriyle ayrı ayrı uğraşıyorum.

Toprağı seviyorum. Bana memleketimi hatırlatsa da yine de seviyorum. Kenan'la beraberken hep böyle bir evim olsun isterdim. Kocaman bahçesi olan bir ev... O bahçede koşturan çocuklarım, bir de kedim olacaktı. Şimdi çocuklarım yok ama bir kedim var. Sürtüğü hatırlıyorsunuz değil mi?

— Hatırlamaz mıyım? Demek hiç olmazsa bir kedin var.

— Bana arkadaşlık ediyor Filozof. Gece bile yatağımın ayakucunda yatıyor. Seviyoruz birbirimizi.

— Adı Filozof mu?

— Önce Sürtük dedim ama sonra vazgeçtim. O garibana sürtük demeye kıyamadım. Sonra gariban dedim, o da olmadı. Aldığımda avucumun içine sığacak kadar küçüktü. Düşündüm, düşündüm sonra Filozof koydum adını.

— Nereden aklına geldi bu isim?

— Önceleri bir garibandım ben. Hatta ben kendime böyle dedikçe siz hep kızardınız. Yaşadıkça, gördükçe, acıların içinde yandıkça, kavruldukça artık gariban diyemedim kendime. Acılar insanı filozof yapıyor. Ben de kedinin ismini Filozof koydum.

O günler geliyor aklıma, Fadi'nin bana geldiği ilk günler. Bu kız o zamanlar gerçekten perişandı ama yine de o bir gariban değildi. Olsa olsa silahları elinden alınmış bir savaşçıydı o.

— Hayata kafa tutan, daha iyisini almak için onunla savaşan birine gariban denmez Fadi. O zamanlar sen bir savaşçıydın. Demek şimdi filozof oldun.

— Fadi mi? Bana Fadi mi dediniz?

Bir an duruyorum. Evet, Fadi dedim. Yıllardır benim kafamda onun adı Fadi ama ona sadece Kenan Bey Fadi derdi. Yakalandım galiba...

Bu soruyu sorarken yüzünü yalayıp geçen heyecan dalgası gözümden kaçmıyor. Demek Kenan Bey'i hatırlatan her şey onu hâlâ heyecanlandırabiliyor. Öyleyse bu aşka gerçekten de yazık olmuş.

— Kenan Bey böyle derdi değil mi?

— Demek Kenan da size geldi.

— Geldi.

— Hâlâ geliyor mu?

— Hayır, son yıllarda hiç görüşmedik. Aslında onu ben de merak ediyorum. Son olarak bir huzurevinde kalıyordu.

— Biliyorum. Her şeyini kaybetmiş. Parasını, pulunu, eşini, dostunu, her şeyini...

— Bakıyorum, sen benden daha iyi takip etmişsin onu.

— Yıllarca evinde oturup kocasının yolunu gözleyen Handan Hanım bile nasıl oldu da onu terk etti, anlayamadım doğrusu. Kenan'ın bir gün bu hallere düşeceği kırk yıl düşünsem aklıma gelmezdi. Onu gözümde çok mu büyütmüşüm, yoksa olanlar gerçekten akıllara durgunluk veren şeyler mi, bazen ayıramıyorum. Ondan ayrıldığım zaman sürünen ben olacağım, o yine krallar gibi yaşayacak diyor ve içimden bunlara çok kızıyordum. O sıralar hep kaderime lanet ediyor, bu adaletsizliğe isyan ediyordum. Bugünlere nerelerden geldiğimi siz biliyorsunuz. O ise sanki tebdili kıyafet etmiş bir kral gibiydi. Kralların da devrilebildiğini, hatta hunharca öldürüldüğünü tarih kitaplarında çok okumuştum ama Kenan'ı onlardan bile beter bir kaderin beklediğini hiç tahmin etmemiştim doğrusu.

— Onun başına gelenler beni de çok hayrete düşürdü.

— Onun için üzüldünüz mü?

Bu soruyu niçin sorduğunu anlamak ister gibi bakıyorum yüzüne. Ama sabit bakan gözlerinde, içindeki çöküşün yansımalarından başka bir şey göremiyorum.

— Evet, çok üzüldüm. Önceleri ona ben de kızıyordum ama benim ona kızmamın nedenleri seninkilerden biraz farklıydı. Terapiyi biraz ciddiye alsa, hep kafasına göre hareket etmese, belki de bu hallere düşmezdi ama öyle şeyler yaşadı ki, öfke filan kalmadı bende. Onun için elimden geleni yapsam da, kadere dur diyemedim.

— Demek siz de kurtaramadınız onu! Bütün bunları gördükten sonra gel de ilahi adalete inanma. Şimdi birinin hakkını yiyeceğim, birinin ahını alacağım diye ödüm kopuyor. Allah insana demek her şeyin hesabını bu dünyada soruyor. Önceleri biliyorsunuz ona ben de çok kızıyordum. Nasıl beddua ettiğimi hatırlıyorsunuz değil mi?

— Hatırlamaz mıyım?

— Sürüm sürüm sürünsün derdim hep. İşin kötüsü o sürünürken buna belki de en çok üzülen ben oldum. Sanki o güne kadar yaşadığım acıların tek sorumlusu oymuş gibi ona kızarak, ona beddua ederek geçirmişim yıllarımı.

— Beddua çaresizlerin elindeki tek silahtır. Bütün mücadelelerin, savaşın bittiği yerdir.

— Benimki de öyleydi. On yıl savaşmış ama kazanamamıştım. Yapabileceğim hiçbir şey kalmamıştı. Ama zamanla öfke azalırken yerini derin bir kedere bıraktı.

— Hep öyle olur. Önce öfke gözlerimizi karartır, keder arkasından gelir. Unutamadın mı Kenan'ı?

Gözlerini yere indirip utanır gibi kısık bir sesle cevaplıyor sorumu.

— Yaşanan bunca şey unutulmuyor ki…

— Ayrıldığınız zaman biliyorsun senin ona geri dönmen için çok uğraştı ama sen dönmedin.

— Güya onu ben terk ettim ama işin aslının öyle olmadığını siz de biliyorsunuz. Beni birazcık sevseydi, her şey çok farklı olurdu.

— O sadece seni değil, hiçbir kadını sevmemiş. Ya da onu seven, onun için her şeyini vermeye hazır bütün kadınları sevmiş.

— Benim onun gözünde diğer kadınlardan hiçbir farkım yoktu.

— Bunu aşağılayıcı bir durum gibi görme. Bu seninle değil, onunla ilgili bir sorun. Keşke tek bir kadını sevmeyi başarabilseydi, belki her şey bu kadar kötü olmazdı.

— Açgözlüydü o. Hepsini birden istiyordu. Hem karısını, hem beni, hem de karşısına çıkan diğer bütün kadınları. Eskiden Handan Hanım'a da çok kızıyordum ama sonradan onunla aynı kaderi paylaştığımızı anladım. O da yıllarını verdi bu adama ama sonra…

— Sonra, o da senin gibi çekip gitti.

— Ben gitmesem, o da gitmezdi.

— Kimbilir, belki de haklısın. Senin gidişin Kenan'ın kaderini değiştirdi.

Başını önüne eğmiş, düşünüyor. Bu kızın bu yönünü çok seviyorum. Anlamaya, gelişmeye çok açık.

— O da benim gibi çok ah etmiştir ona. İlk yıllar öfkeden gözüm döndüğü için Kenan'dan hiç haber almak istemedim. Çünkü her gün bir başka kadınla gününü gün ederken bir yandan da evdeki karısıyla hiçbir şey yokmuş gibi yaşayıp gittiğini sanıyordum. İşte o dönem benim de birkaç erkek arkadaşım oldu. Aslında hiçbirine gerçek bir aşk ya da sevgi beslemiyordum. Sanki ona nispet yapmak, onu üzmek, kıskandırmak gibi hayallerim vardı. Hepsi de yakışıklı, gösterişli erkeklerdi. Zaten onları sevmek gibi bir istek de yoktu içimde. Belki de aklım sıra hayatla oyun oynuyor, bir çeşit deney yapıyordum.

— Sevilme arayışları…

— Ama bu deneylerin hiçbiri başarıyla sonuçlanmadı. Çok alıngan biri olmuştum. En küçük bir ihmal ya da bazen sadece bir bakış beni incitebiliyor, o bakışa içimden bin bir anlam yüklüyordum.

— Yıllar önce sanırım aynı şeyi bana da yaptın!

Utanmış gibi başını önüne eğerek cevaplıyor sorumu.

— Biliyorum! O zaman, çok kızmıştım size.

— Şimdi biliyor musun neden kızdığını?

— Beni ihmal ediyorsunuz, herkes gibi siz de bana değer vermiyorsunuz, beni terk ediyorsunuz gibi gelmişti bana.

— Daha yeni bir kayıp yaşamıştın ve sadece bana değil, bütün dünyaya öfkeliydin. Aslında derinde yatan kayıp duygusundan kaçmak için öfkelenir insan. Öfkeyi, bizi daha büyük acılardan koruyan bir kalkan olarak kullanırız. Sanırım sen de öyle yapıyordun. Bir de bana giderek daha çok bağlanıyordun.

— En çok da ondan korktum. Yeni birine bağlanmak, benim için o zamanlar tam bir felaketti. Zincirlerimi henüz kıramamıştım.

— Zincirler hâlâ duruyor mu yoksa?

— Bilmem! Bazen eskisi gibi çok verici oluyor, beraber olduğum erkekler için elimden ne gelirse yapıyor, bana sunacakları sevgiye layık olmaya çalışıyordum. Bazen de şeytan aklıma olmadık şeyler getiriyor, içimden bir ses, bu da seni kullanıyor diyor ve bir bahane bulup ilişkiyi hemen bitiriyordum.

— Hiç durmadan vermek yerine, başkalarının da sana bir şeyler vermesine ne zaman izin vereceksin?

Geçmiş, insanın peşini nasıl da bırakmıyor! Bu kız pek çok şeyin farkında ama yine de geçmişin tortularının kaderini yazmasına mani olamıyor.

— Fadi, sen akıllı bir kızsın ama görüyorum ki, geçmişin, hâlâ geleceğine hükmediyor.

— Sizce bunu neden yapıyorum?

— Kolayı seçiyorsun. Bütün insanlar genelde senin gibi yapar. Suyun yolunu değiştirmek yerine bırakıyorsun ve su alışkın olduğu yerden akmaya devam ediyor.

— Öyle galiba... Baktım ki ilişkilerde aradığımı bulamıyorum, bıraktım peşini. Zaten çok yoğun çalıştığım için böyle şeyleri düşünecek zaman da bulamıyordum. Ben de en iyi yaptığım işe yöneldim yani çalıştım. Hayat bir tek bu konuda bana hiç haksızlık etmedi.

— Lafa daldık, sana bir şey ikram etmeyi bile unuttum. Ne içersin?

— Şöyle demli bir çay varsa içerim.

Tamam, diyerek telefonun tuşuna basıyor ve biri açık, biri demli iki bardak çay istiyorum.

— Sizinle konuşmayı özlemişim. Buraya gelirken anlatmayı planladığım çok şey vardı ama şimdi çoğu uçtu gitti aklımdan. Biliyorsunuz ben Ankara'dan adeta kaçtım. İstanbul'a sığındım. Acıları, kederleri orada bırakmak istedim. Tıpkı yatılı okula giderken memleketimden kaçtığım gibi... Suçluluktan, utançtan kaçıp yeni bir hayat kurmak istedim kendime. Doğduğum günden beri üzerime yapışan kirden, pastan, aşağılanmalardan, sevilmemenin, istenmemenin, önemsenmemenin zulmünden kaçtım. İlk günler içim ağzına kadar öfke doluydu. İşte çalışırken bile en küçük bir uyaran beni eski günlere götürüyor, öfke boğazıma kadar yükseliyor, çatacak adam arıyordum. Sanki Kenan'dan önce hiç acı görmemişim gibi mutsuzluğumun, yalnızlığımın tek sorumlusu olarak hep Kenan'ı görüyordum. O benim için telafisi olmayan bir kayıptı. Onun iflas ettiğini duyunca içime sanki soğuk sular serpildi.

İntikamın hüzünlü galibiyeti, diyorum içimden ama ne hissettiğimi anlar gibi gözlerinin etrafındaki ince çizgiler hüzünlü bir gülümsemeyle derinleşiyor.

— Sadece aşk değildi kaybettiğim. Kendimi yenilmiş hissediyordum. Onun iflas ettiğini duyunca, ilahi adalet tecelli etti dedim. Beddualarım tutmuş, nihayet sonunda hayat sesimi duymuştu. Ben burada bir elim yağda, bir elim balda yaşarken, o sürünüyordu. Bu durum benim acılarımı hafifletmese de sanki içime soğuk sular serpilmiş, hiçbir şeyin karşılıksız kalmadığını hayat bana göstermişti ama bu da fazla uzun sürmedi. Bundan kötüsü zaten olmaz, o artık belasını buldu derken ortada kaldığını, İsmail'in yanına sığındığını duyunca bu sefer içime serpilen soğuk sular yerini kaynar sulara bıraktı. Sanki bir kurt girdi içime, başladı beni kemirmeye. İşte o zaman başladım yeniden ağlamaya.

Olanlardan kendini sorumlu tutuyor, suçluyor. Ne kadar insanca!

— Kendim bile ağladığımı fark edemeden gözlerimden sular seller gibi yaşlar boşalmaya başlıyordu. Gözyaşlarım dindiğinde neden ağladığımı uzun uzun düşünüyor, sonunda benim bir suçum yok desem de kendimi buna bir türlü ikna edemiyordum. İçime anlayamadığım bir korku düşüyor, başıma gelecek felaketlerden, bir daha hiç huzur bulamamaktan korkuyordum. Artık sık sık Kenan'dan haber almak, ne yaptığını, sağlığının nasıl olduğunu, başına yeni bir felaket daha gelip gelmediğini öğrenmenin peşine düşmüştüm. Aslında bir şeyler yapmak istiyor ama ne yapacağıma bir türlü karar veremiyordum.

O sırada kapı açılıyor ve Fatma Hanım elinde çay tepsisiyle içeri giriyor. İkimizin çaylarını da özenle önümüze koyarken Fadi kenarda duran şekerleri iade ediyor. Bense iki şekeri birden atıyorum çayıma. Bir süre ikimiz de konuşmadan çaylarımızı yudumluyoruz.

Demek Kenan'ın durumu onu çok etkilemiş. Etkilemeyecek gibi değil ki...

— Aslında tıpkı Handan Hanım gibi ben de artık onun yanında olmak istemiyordum ama bu durumuna ilgisiz kalmayı da kendime yediremiyordum. Madem hiçbir suç cezasız kalmıyor, hayat öbür tarafa gitmeden burada insana cezaların her türlüsünü veriyor, bana ne cezalar verecek acaba diye derin derin düşünmeye, kendimi, hayatımı, yaptıklarımı gözden geçirmeye başladım. Sizin anlayacağınız tam bir filozof kesildim.

Ne kadar acı verirse versin, yaşanan düş kırıklığı, insanı belli bir olgunluğa getiriyor. Sanki kozalarımızdan çıkıyor, yeni şeyler öğrenmeye, bizi zenginleştiren şeyler yapmaya başlıyoruz. Bunu öyle iyi anlıyorum ki...

— Sonra babam geldi aklıma. O da bize çok eziyet etti. Anneme haksızlık etti, kul hakkı yedi. Küçük ablam bu eziyete dayanamayıp attı kendini uçurumdan. Sonunda ne oldu? Bana bir oğul ver, neyim var, neyim yoksa al diyordu. Tanrı da sesini duymuş gibi ona iki oğul verdi ama sonra da her şeyini aldı elinden. Yıllarca hastanelerde süründü, çok acı çekti. Bir tek kızı neyin var diye başına gitmedi. Ben de elimi uzatmasam çoluk çocuk aç, susuz ortada kalacaklardı. Demek o da cezasını çekti dedim. Korktum.

İnsan hayatın içinde bunları gördükçe, böyle şeylerden gerçekten etkileniyor. Hayatı doğru okuyor bu kız.

— İşte o ara öfke yavaş yavaş bıraktı peşimi. Kederle baş etmeyi öğrenmiştim zaten. Bir yandan Kenan'ı takip ederken, bir yandan da gözüm hep kendi üstümdeydi. Çalıştığım yerden başlayarak tüm çevreme daha duyarlı olmaya başladım. Eskisi gibi her şeye kızmıyor, insanları anlamaya, onlara yardım etmeye çalışıyordum. Sonra Kenan'ı huzurevine yatırdıklarını duydum. Çok fena oldum. Her ne kadar benim çektiğim acıları o da çeksin istiyor olsam da, bu kadarı beni bile üzmeye başladı. Durup durup kendimi suçladım.

— Demek kendini suçladın?

— Bir türlü doğrunun ne olduğunu anlayamadım. İşte o sıralar bütün öfkem Handan Hanım'a yöneldi. Adamcağızı ortada bırakıp gitti diye başladım ona kızmaya. Madem gidecektin, bari biz ayrılmadan gitseydin diye söylendim durdum.

Sözün burasında duruyor, bakışları bulutlanıp ellerini iki yana hafifçe oynatarak, sanki kendi kendine konuşur gibi düşündüklerini söze dökmeye devam ediyor.

— Aslında ikimiz birden onu bırakıp giderken belki de amacımız onu cezalandırmaktı çünkü o da, ben de biliyorduk... Kenan'ın en çok korktuğu şey yalnız kalmaktı... Onu yalnız bıraktık... Acaba Handan bunu bilerek mi yaptı? Onun ne hallere geldiğini duyunca acaba benim gibi Handan'ın da içi sızladı mı, yoksa o benden daha mı güçlü? Oh oldu diyebiliyor mu? İşte bunların cevabını henüz bulamadım.

Hiç sözünü kesmeden dinliyorum onu. Zaten şu anda Fadi benimle değil, kendi kendisiyle konuşuyor, kendisiyle hesaplaşıyor.

Omuzlarını hafifçe silkerek küçücük bir sesle konuşmaya devam ediyor.

— İnsan bu kadar kızdığı, beddualar ettiği birine nasıl bu kadar üzülür, böyle merhamet eder, bazen ben de anlamıyorum. Keşke o kadar beddua etmeseydim diyorum, etmeseydim ama ettim. O ara elim hep telefona gitti. Arasam, halini, hatırını sorsam dedim ama sonra vazgeçtim.

— Neden vazgeçtin Fadi?

— Artık sözün bittiği yere geldik biz. İşte ben böyle kara kara düşünürken bir haber geldi Ankara'dan. Kenan'ın kaldığı huzurevi aslında oldukça pahalı, lüks ve özel bir yermiş. Bir yıl kadar ödeme işini bir vakıf üstlenmiş. Daha doğrusu arkadaşları vakfa bağışta bulunmuşlar, vakıf da bunun karşılığında Kenan'ın orada kalmasını sağlıyormuş ama sonra vakıf bu parayı ödemek istememiş veya ödeyemememiş. Orasını tam bilmiyorum. Huzurevi yöneticileri bir süre, duruma yeni bir çözüm aramışlar ama bulamayınca onu devlete ait bir yere nakletmeye karar vermişler. Bunu duyunca elim ayağım birbirine dolandı. Telaşlandım, heyecanlandım, Allah yine sesimi duydu dedim ve hemen kurumu aradım.

— Eee?

— Bizim şirketin bu ödemeyi devralacağını ama bundan Kenan Bey'in haberi olmasını istemediğimizi söyledim. Huzurevi yöneticileri bu işe çok memnun oldular. Aslında onlar da Kenan Bey'i oradan göndermemenin bir yolunu arıyorlarmış. Hatta biraz da indirim yaptılar.

— Yani?

— Yani işte o zamandan beri o parayı ben ödüyorum.

Duyduklarıma inanamıyorum. Hayat bazen insanı ne kadar şaşırtabiliyor. Bir kulübede doğup bin bir eziyetle bugünlere gelen bu narin, bu zarif, bu iyi yürekli kız meğer kendini nasıl da aşmış!

— Sen ödüyorsun ve bunu Kenan bile bilmiyor.

— Bilmiyor. Kimse bilmiyor zaten. İşte şimdi size söyledim. Buraya gelirken size söylemek istediğim en önemli şey buydu. Kimseye anlatamadım. Zaten anlatsam da anlamazlar ki... Belki de aptal derler bana.

— Sen aptal değil, çok akıllı, duygulu, merhametli, her türlü övgüye layık birisin Fadi. Hatırlıyor musun, bana ilk geldiğin günler Kenan'a hep "Kral" derdin. "O bir kral bense onun cariyesi bile olamam," dediğini hiç unutmuyorum. Kendini cariye olarak bile göremeyen o kız, şimdi büyümüş, zincirlerini kırmış, olgunlaşmış ve asıl kral o olmuş. Hayata karşı kazanılmış bir zafer bu! Artık seni kimse o tahttan indiremez. Acemi olarak geldiğimiz bu dünyada, sonunda hem kral, hem de filozof olmayı beceren nadir insanlardan biri olmuşsun.

Böyle diyerek ayağa kalkıyor ve sıkıca sarılıyorum ona. İkimizin de gözleri dolu. İkimiz de sıcak, ikimiz de heyecanlıyız. Kayıp ve reddedilme duygularını hazmettikçe, yeniden düşünebilmeyi öğrenmiş. Acılar onu olgun bir kadın yapmış. Yerime otururken bir yandan da konuşmaya devam ediyorum.

— Hayat çok uğraştı ama seni yenemedi. Üstelik galip gelen sadece sen olmadın, bu galibiyetten pek çok kişi nasibini aldı. Hayata boş gelip boş gidenlerden olmayacağın belliydi zaten. Hayat her şeyini elinden alsa da, alamayacağı çok şeyin var artık. Peki Fadi, nasıl hissettin o parayı ödemeye başlayınca?

— Rahatladım. Kendimle olan kavgam bitti. Bazı şeyler yaşanırken insan her zaman kendini haklı sanıyor. Ben de yıllarca hep öyle sandım ama filmin devamı hiç de umduğum gibi gitmeyince kafam karıştı. Şimdi artık kimseyi suçlamıyorum.

— Yaşananlar her birimizi ayrı ayrı etkiler. Kimi güzel anılarımız arasında yer alırken kimi de her aklımıza geldiğinde içimizi yakar. İşin kötüsü insanoğlu çoğu zaman tatlı değil acı olan anıların peşine düşer çünkü onların izi her zaman daha derindir. Sen hepsiyle başa çıkmayı başarmışsın. Şimdi sırada ne var?

— Nasıl yani?

— Sürünmek, acı çekmek, haksızlığa uğramak, insanüstü gayretle çalışmak, dibine kadar mutsuz olmak neyse, bunların hepsini yaşadın. Şimdi sırada ne var?

— Hayat beni nereye götürürse oraya gideceğim.

Canım sıkıldığında her zaman yaptığım gibi yine dudaklarımı gerip başımı iki tarafa sallamaya başlıyorum. Fadi ise anlamaz gözlerle izliyor beni.

— Mutluluk sana hâlâ çok mu uzak?

Dudaklarını bükerken mahzun ve umutsuz bir gülümseme yayılıyor yüzüne.

— İçimden bir türlü atamadığım bir aşağılık duygusu var

bende. Yaptığım hiçbir şey bu duyguyu düzeltmeye yetmiyor. Geçmişimi biliyorsunuz zaten. Sadece Kenan değil, sonra hayatıma giren başka erkeklerde de aradığımı bulamadım ya da buldum ama ben hep daha fazlasını istedim... Yılların açlığı öyle kolay doyurulmuyor. Yıllarca en büyük zevkim bir köşeye çekilip kitap okumaktı. O kitaplardaki kahramanlara her zaman hayranlık duyar, bir gün ben de böyle olacağım diye hayaller kurardım. Hiç gerçek kendim olamadım. Kendi gerçeğini yaşayamayan biri nasıl mutlu olur ki!

Kendini ne kadar iyi ifade ediyor, üstelik söylediklerinin hepsi doğru ama bu hikâye de mutlu sonla bitebilir. Belki bir psikiyatrist işte tam da bu noktada ona elini uzatabilir. Ona yol gösterebilir, öğretmenlik yapabilir.

O, kırık sesiyle konuşmaya devam ediyor.

— Bu hayallerin hiçbirinin gerçek olamayacağını bilmiyormuşum o zamanlar. Şimdi artık biliyorum.

— Öğrenmenin sonu yoktur Fadi. Hâlâ çok gençsin. Hayatın bizlere ne sürprizler hazırladığını şimdilik hiçbirimiz bilmiyoruz. Sürpriz dedimse, sadece iyi şeylerden söz ettiğimi sanma. Zaten hayatın bizi mutlu etmek gibi bir derdi yoktur. Mutluluk sadece bizlerin peşine düşebileceğimiz, yaramaz, hareketli, yakalanması çok zor bir kuştur. Yaşadıklarımız aklımızın bir köşesine satır satır yazıldıkça, o kuş bizden her gün biraz daha uzaklaşır. Senin gibi birinde aşağılık duygusu olmayacak da ne olacak?

Şaşırmış bir ifadeyle bakıyor yüzüme.

— Bütün bunları yaşayan birinin hemen mutlu oluvermesi mümkün mü? Türk filmleri geldi aklıma. Fakir kızla zengin oğlan, mahalledeki iyi kalpli komşuların da yardımıyla nasıl da çabucak mutlu oluverirler değil mi?

— Ben çok severim o filmleri.

— Neden sevdiğimizi şimdi daha iyi anlıyor musun?

— Bilmem!

— Çünkü hepimiz öyle olsun istiyoruz. Her birimiz, mürekkep kalemle yazılıp zihnimizi kara kara dolduran o kalabalık izlerden çabucak kurtulmayı hayal ederiz. Bizim filmlerimiz, yüz yıllar önce yazılmış efsanelere benzer. O efsanelerde de hep insanların hayalleri vardır. Gelelim şu mutluluk meselesine, eğer bir insan mutsuzsa, onu hiçbir şeyle mutlu edemezsin çünkü mutluluk bir karardır. Köşkler, yatlar, katlar, hatta mevki, başarı, sevgi bile bazen insanı mutlu edemez. Bizlerse onlara dışarıdan bakar, bir eli yağda, bir eli balda, mutlu olması gerekir diye düşünürüz ama "mutluluk" ile "gerekir" her zaman yan yana gelmez.

— Çocukluğumu düşünüyorum da, şimdi içinde bulunduğum güzellikleri o zaman hayal bile edemezdim ama ne gariptir ki, ben bütün bunlara rağmen mutlu değilim.

— Aniden bir şey olsun ve ben mutlu olayım diye düşünüyorsan, daha çok beklersin.

— ...

— Acıya gelince, bu dünyaya gelen her canlı, öyle ya da böyle acıyla tanışır. Kiminin acıları çok trajik, kimininki bize göre hafiftir ama bir de çekene sor. Şu ölümlü dünyada acı olmaz olur mu ama yalan dünya bu kadar güzel olmasa, hayat çekilir miydi? Şimdi artık mutluluğu arama zamanı!

Umutla bakıyor yüzüme. Çocukça, masum bir bakış ve bekleyiş bu...

— Ben onun ayak seslerini duymaya başladım bile çünkü bugün bana öyle şeyler anlattın ki, senin zihnini işgal eden o kara bulutlara yol görünmüş. Temizlenmiş, arınmışsın. Hayat artık sana kapılarını açmış, sana da oradan içeri girmek kalmış. Kader insanlara bu kapıları kolay kolay açmaz, hak etmek gerekir. Şimdi içeri girip girmemek sana kalmış. Önce mutlu olmaya karar ver, sonra da bıkmadan, usanmadan her yerde ara onu. Çiçekte, böcekte, resimde, kitapta, havada, suda, eşte, dostta, kiminin gözündeki yaşta, kiminin içten bir gülüşünde hep ara.

Heyecanla bakıyor yüzüme. Gözleri yaşlı da olsa ışıkların biri yanıp biri sönüyor. Gökyüzü gibi... O hiç ışımayan gözler şu anda yıldızlı bir yaz gecesine benziyor ve ben, o pırıltıyı gördükçe mutluluğu o ıslak gözlerde buluyorum.

* * *

Artık sık sık gidiyorum İstanbul'a. Bu seyahatler iyi geliyor bana. İstanbul'u seviyorum ama Ankara benim ilk göz ağrım. Halis Ankaralıyım ben. Hayatım bu şehirde geçti. Nereye baksam eski bir anı canlanıyor gözlerimde. Kiriyle, pasıyla, yüz kere yıkansa yine beyazlaşmayan rengiyle burası benim memleketim.

Yine sabahtan akşama kadar hayatın peşinde koşturup duruyorum. Gündüzler değilse bile, geceler bana ait. Eve gelip de biraz dinlendikten sonra ilk işim bilgisayarın başına geçip yazmak oluyor. Kenan Bey'i yazıyorum ama onun doktoru olmak ne kadar zorsa, yazmak da bir o kadar zor.

Zaten bu ara aklım hep onda. O günden sonra bir daha ne aradı, ne de sordu. Fadi'nin dediği gibi benim de elim sık sık telefona gidiyor ama sonra vazgeçiyorum. Bizim ilişkimizde de sözün bittiği yere geldik. Bana küstü, kırıldı da onun için mi gelmiyor, yoksa hasta mı? Kliniğe son gelişinde hiç de iyi görünmüyordu.

O gün son çareye başvurmuş ve onu üzmek pahasına da olsa çok üzerine gitmiştim. Aslında niyetim hiçbir zaman onu üzmek olmadı. İstedim ki, bir şeyleri artık anlasın. İnsanın kendini tarafsız bir gözle görmesinin ne kadar zor olduğunu biliyorum. Hatta bunun insanı ne kadar üzeceğinin, korkutacağının da farkındayım ama eğer onu durduramazsam acıları hiç bitmeyecek.

Meğer ne kadar korkakmış bu Kenan Bey! Yıllardır korkularının esiri oldu. Kader de onu önüne kattı, oradan oraya sürükleyip duruyor. Her yanı yara bere içindeyken bile sudan çıkmak, ona uzatılan dalı tutmak istemiyor ya da istese de tutamıyor.

Onu düşündükçe her zamanki gibi kendimi çaresiz hissediyorum. Bu son darbeyle de ayağa kalkamadıysa, demek ki artık onun için yapılabilecek bir şey kalmadı. Çareler tükendi... Ve o acılar içinde kıvranarak, ağır ağır ölüme yürüyor.

Kendimi adeta işkenceler altında kıvranan birini seyrediyor gibi hissediyorum. Üstelik elim, kolum bağlı...

Yirmi yıldan uzun süren bu hikâyede sadece ona değil, galiba bana da, verdiğim onca emeğe de yazık oldu. Yaşananlardan öylesine etkilendim ki, hiç olmazsa bunları yazıya dökerek başkalarıyla paylaşmak istedim.

İşte onun için bu kitabı yazmak bu kadar zor oluyor. Yazdıkça olayları yeniden yaşıyor, yeniden duygulanıyor ve hep "ben nerede yanlış yaptım" diye düşünüyorum.

Mutsuz sonları hiç sevmem ama bu sefer olmadı. İstanbul'da Fadi'yle yaptığımız son seans bu hikâyenin sonunu biraz olsun hafifletse de benim içimdeki huzursuzluk, kitabı bitirmeme mani oluyor. Bu hikâyede hâlâ tamamlanmamış, yarım kalmış bir şeyler var gibi geliyor bana.

Açık söylemek gerekirse Handan ve Fadi kadar olmasa da ben de çok emek verdim Kenan Bey'e. Hikâyenin sonunda her iki kadın da bir şekilde huzur buldu ama benim için durum öyle değil. Son görüşmemizden sonra Kenan Bey'in neler hissettiğini, neler yaşadığını bilememek huzursuz ediyor beni. Sonra da "Keşkeler" başlıyor içimde. Belki de bu yüzden kitap çoktan bitse de, bir türlü altına "SON" yazamıyorum.

İşte o günlerden birinde, bir akşamüstü, Ankara'daki kliniğe yaşlı bir adam geldi. Benimle özel bir konuda görüşmek istediğini söyleyerek randevu almış. Tuna yavaşça giriyor odama. Masam darmadağınık. Belli ki Tuna da yorulmuş.

— Biliyorum, yoruldunuz ama sanırım bu adamcağız odanızda çok kalmayacak. Ne görüşmek isteğini sordum ama söylemedi. Yaşlı ama bir o kadar da zarif biri. On beş dakikadır salonda onunla sohbet ediyoruz. Eskiden büyükelçiymiş. Gezmediği, gitmediği yer kalmamış. Sanırım bir yakınıyla ilgili görüşecek sizinle. Adı Mümtaz.

— Tamam Tuna, buyursun.

Zayıf, yaşlılıktan beli bükülmüş bir ihtiyar giriyor içeri. Gözünde kalın camlı, siyah çerçeveli gözlükler var. Koyu kahverengi bir takım elbise giymiş. Elbisenin modeli de eski, kumaşı da... Açık renk kravatı ve cebindeki mendil birörnek. Onlar da eski. Ağzındaki beyaz protez dişleri yerinden çıkmasın diye sık sık dudaklarını oynatarak onları tutmaya çalışıyor.

Elinde siyah deri bir çanta var. Bu çantayı ben sanki bir yerlerden hatırlıyorum. Son derece zarif ve saygılı bir tavırla elimi sıktıktan sonra karşımdaki koltuklardan birine oturuyor.

— Efendim, bendeniz Mümtaz Yargılı. Aslında daha önce gelecektim ama yaşlılık işte... İnsanın ne hastalığı bitiyor, ne de ağrısı, sızısı. Buraya kendim için gelmedim. Eski bir dostunuzdan hem selam, hem de bir emanet getirdim size.

— Buyurun Mümtaz Bey. Merak ettim, kim bu eski dost?

— Kenan, Kenan Baran!

Kenan Bey'in adını duyar duymaz heyecanlanıyorum. Demek nihayet ondan bir haber alacağım. Bana bir de emanet getirmiş! Ben daha bir şey sormadan, o yine başlıyor konuşmaya.

— Sizden çok bahsetti bana. O kadar çok anlattı ki, insan merak ediyor. Kenan Bey'i maalesef on gün önce kaybettik.

Göğsüme yumruk yemiş gibi oluyorum. Demek Kenan Bey öldü!

— Çok üzüldüğünüzün farkındayım. Şairlerin de dediği gibi her ölüm erken ölümdür doktor hanım. Bizler de çok üzüldük ama dünyanın kanunu bu.

Derin, çok derin bir keder kaplıyor içimi. Demek öldü! Öldü de kimsenin haberi bile olmadı. Garip, kimsesiz biri olarak öldü o. Ölüme yürüyordu zaten. Nasıl da korkuyordu ölmekten! Çok acı çekti mi acaba? Yapayalnız mı öldü? Ah...

— Beni gömün, ondan sonra haber verin doktora, dedi.

Demek ölürken de beni yanında istemedi. Küstü bana. Ah...

— Öyle mi dedi?

— Yıllardır çok yordum doktoru. Bir de ölümümle onun zamanını almak istemem, dedi.

— ...

— Yok, üzülmeyin buna. Sözlerinde sitem yoktu. Onun vasiyetini yerine getirmek üzere buradayım.

Vasiyeti mi? Nasıl bir vasiyet bu? Rengim solmuş, elim ayağım titriyor. Bir ölüden haber almak ne kötü etkiliyor insanı.

Yaşlı adam eğilerek yanında duran deri çantayı açıyor. Hemen tanıyorum o çantayı. Kenan Bey'in yıllardır her gelişinde elinde olan çanta bu. Mümtaz Bey çantanın içinden büyükçe, yeşil ciltli, kalın bir defter çıkarıyor. Defteri bana doğru uzatırken elleri titriyor. Mor damarlı, sadece kemik kalmış, buruşuk elleri... Ama her şeye rağmen bakışları derin ve canlı.

İçim titreyerek alıyorum defteri. Şöyle bir karıştırıyorum. Dolmakalemle uzun uzun bir şeyler yazılı defterde. Üstlerinde tarihler var. Bir ölünün hatıra defteri bu... İçime bir ürperti yayılıyor. Bunları Kenan Bey'in yazdığını bilmek heyecanlandırıyor beni.

— Neden öldü? Çok acı çekti mi?

— Kalp krizinden... Zaten son birkaç aydır biraz halsiz ve durgundu. Sanırım bazı şeyleri hissetti. O gece fenalaşmış. Hemen ambulansla en yakın hastaneye götürdük. Sabah kaybettik onu. Eşiyle oğlu da başındaydı. Merak etmeyin acı çekmedi, huzur içinde öldü Kenan Bey.

— Handan Hanım da mı geldi?

— Yok, o değil.

— Oğlu dediğiniz kim? Çocuğu yoktu Kenan Bey'in.

— Bu soruların cevapları defterde yazılı... Bu defteri size benim getirmemi istedi. Son sözleri, "Gülseren Hanım'a sevgilerimi söyleyin," oldu. Öldüğünde hâlâ gülümsüyordu.

Gülümsüyor muydu? Onun gülümsediğini keşke ben de görseydim. Ne diyeceğimi bilemeden susup kalıyorum. Demek huzur içinde, gülümseyerek öldü. Bunlar benim için öyle önemli ki... Gözlerim doluyor hemen. Derin bir hüzün çöküyor üzerime. Bir süre ikimiz de susuyoruz. Utanmasam bu yaşlı adamın karşısında hüngür hüngür ağlayacağım. Mümtaz Bey yeniden başlıyor konuşmaya.

— Sizi üzdüğümün farkındayım. Ancak bu görevi yerine getirmem gerekiyordu.

— Teşekkür ederim Mümtaz Bey. Buraya kadar zahmet ettiniz.

— Zahmet olur mu, arkadaşıma bu kadarcık hizmet etmişim çok mu? Biz onunla yıllarca aynı huzurevinde kaldık ve aramızda iyi bir dostluk oluştu. Yani ben de yakın bir dostumu kaybettim.

— Uzun yoldan gelmişsiniz. Çay, kahve, ne içersiniz?

— Teşekkür ederim, bir şey içmem. Zaten kurumun şoförü kapıda bekliyor. İş bitimi olsun diye böyle geç çıktık. Gitmeden önce sizden rica etsem, şu kitapları da imzalar mısınız?

Böyle diyerek siyah deri çantadan eski püskü üç kitap çıkarıyor Mümtaz Bey. Benim yazdığım kitaplar bunlar. Şaşırıyorum. Sanki yüz yıllık kitaba dönmüş hepsi. Kitaplara doğru uzanırken Mümtaz Bey benim ne düşündüğünü anlamış gibi cevap veriyor.

— Kolay mı, kaç ihtiyar okudu bu kitapları. Eskiyip yıprandı hepsi. Ama böyle olunca değeri daha da arttı. Kenan da okudu bunları. Orada yazdıklarınızı aramızda çok tartıştık.

— Kenan Bey de okudu demek! O pek kitap okumazdı ama…

— Bir zamanlar öyleymiş. Bir de durup durup keşke beni de yazsa diyordu.

Bu sefer iyice şaşırıyorum. Bunu gerçekten istedi mi acaba?

— Bunu o mu söylüyordu?

— Evet, hem de kaç kere söyledi. Son zamanlarda ölmekten değil ama unutulmaktan korkuyordu. Onun için odasına kapanıp kapanıp durmadan sizin için bir şeyler yazıyordu.

— Ne kadar ilginç! Yazıyorum zaten. Kitap bitmek üzere!

— Kenan Bey'i mi yazıyorsunuz?

— Evet.

— Ah keşke bunu o da bilseydi. İnşallah kitap bitene kadar yaşamak nasip olur. Çok isterim o kitabı okuyabilmeyi.

Yine ne diyeceğini bilemiyorum. Yaşlı adam ayağa kalkmış, bana doğru eğilmiş, kitapları imzalamamı bekliyor. Elim ayağım birbirine karıştığından, oraya ne yazacağımı bir türlü bilemiyorum. Mümtaz Bey yine araya giriyor.

— "Üstat ve geniş ailesine" diye imzalarsanız memnun olurum.

Daha fazla bir şey sormadan imzalıyorum kitapları. "Üstat ve geniş ailesine en içten saygı ve selamlarımla..." Demek kurumda Mümtaz Bey'e "Üstat" diyorlar. Demek hepsine önderlik etti, yol gösterdi. Başka türlü üstat olunmaz.

— Teşekkür ederim Gülseren Hanım. Telefon numaramı bırakıyorum size. Kitap çıkınca bir zahmet ararsanız çok memnun olurum.

— Tabii Mümtaz Bey, büyük bir zevkle ilk kitabı size göndereceğim. Yine "Üstat ve geniş ailesine" diye imzalarım.

— Minnettar kalırız. Ben artık gideyim. Sizi tanıdığıma çok memnun oldum. Üzülmeyin doktor hanım. Hayat böyledir işte. Bir kapıdan girer, öbüründen çıkarsınız. Göz açıp kapayana kadar geçer gider hayat. Bakın ben bunca yıl yaşadım ama her şey daha dün gibi. Yine de yaşamak heyecan vericidir. Önemli olan o heyecanı doya doya hissedebilmektir. Kimse ne o kapıdan içeri girdiğini bilir, ne de çıktığını. Biz de çıkacağız bir gün. İnsan bazı şeyleri anlıyor anlamasına da, biraz geç oluyor. Belki de bu, işin doğasında var. Tam anladım derken bir de bakmışsınız ikinci kapı açılıveriyor. Ben hâlâ buralarda olduğuma göre, demek ki öğreneceğim daha çok şey var.

— Nereye defnettiniz Kenan Bey'i?

— Garipler mezarlığına. Öyle istedi. Kimseye haber vermeyin, dedi. Biz de öyle yaptık ama yine de cenaze töreni kalabalıktı. Bizim oraya yakın köydeki camiden sela verip ölümünü anons etmişler. Oradaki ahalinin hepsi toplanıp gelmiş. Üzerine gül diktik. Sarı gül. İnşallah tutar. Oğlu suladı gülleri.

Yine oğlu diyor. Nereden çıktı bu oğlan?

Mümtaz Bey kitapları eski siyah deri çantaya dikkatle yerleştirdikten sonra hafifçe titreyerek sıkıyor elimi. Bu eller küçük, kemikli ama sıcak. Elimde yeşil ciltli defterle kalakalıyorum odada.

Hemen okumak istiyorum. Eve bile gitmeden hemen şimdi, buracıkta okumam lazım.

Demek kitabı bir türlü yayınevine gönderememenin bir nedeni varmış. Belki de bu defterde yazılanlar tamamlayacak kitabı. Hayat ne ilginç, ne anlaşılmaz, ne kadar esrarlı!

Hemen Tuna'yı çağırıyorum yanıma.

— Gelen kimmiş biliyor musun?

— Kimmiş?

— Kenan Bey'in huzurevinden arkadaşı. On gün önce bu dünyayı terk etmiş Kenan Bey.

Tuna elini ağzına götürerek küçük bir çığlık atıyor. Biliyorum, son zamanlarda çok kızsa da, o da severdi Kenan Bey'i.

— Bu defteri getirmiş bana. Kenan Bey'in hatıra defteri... Bana göndermiş.

Tuna gözleri büyüyerek deftere bakıyor.

— Vah vah... Ayol ölecek adam mıydı Kenan Bey? Son yıllarda ne aradı, ne sordu. Aslında size söylemedim ama sık sık aklıma düşüyordu o adam. Acaba arasak mı, sorsak mı deyip duruyordum.

— Ben de...

— Hasta mıymış?

— Sanmıyorum. Ani bir kalp krizinden ölmüş.

— Demek bu defteri size yollamış. Bizi yine şaşırttı bu adam. İçim bir tuhaf oldu. Siz de üzülmüşsünüz belli... Ben şimdi size hemen ıhlamur kaynatayım, içine de bal koyarız. Tatlı iyi gelirmiş üzüntüye.

— Sağ ol Tuna. Sen dediklerini yap ama ben bu defteri hemen şimdi okumak istiyorum. Odaya kimseyi alma, telefon bağlama ve işin bitince sen çık.

— İyi ama o defteri okumak çok uzun sürer. Siz burada yapayalnız ne yapacaksınız? Üstelik çok üzüldüğünüz de belli. Dünyada sizi burada yalnız bırakıp gitmem.

— Lütfen Tuna!

Böyle diyerek kapatıyorum kapıyı. Bir süre masanın başına

oturamıyorum. Bir aşağı, bir yukarı dolaşıyorum odada. Sonra camları açıyorum teker teker. Hem temiz hava almak istiyorum, hem de biraz cesaret toplamaya çalışıyorum. Kenan Bey'in bu odadan son çıkışı hiç gözümün önünden gitmiyor.

Ankara'ya bakıyorum uzun uzun. Bana uzaktan göz kırpan rengârenk ışıklara. Sonra gökyüzüne kaldırıyorum başımı. Bu akşam nasıl da çok yıldız var gökyüzünde. Bir yıldız daha kaydı diyorum içimden. Önce parlayan, sonra yavaş yavaş sönen bir yıldız...

O sırada kapı açılıyor ve elinde tepsiyle Tuna giriyor içeri. Tepside mis gibi kokan ıhlamur var, yanında taze kurabiyeler.

— İçine çubuk tarçın ve karanfil de koydum. Oh, mis gibi oldu. Bal da ne yakışır ama ıhlamura!

— Sağ ol Tuna. Yine beni düşünmüşsün.

— Tabii düşüneceğim. Aslında ben de kalsam, diyorum. Şimdi siz burada yalnız... Hiç içime sinmiyor. Okudukça hüzünleneceksiniz.

— Olsun... Sen git. Eline sağlık.

Tuna bana doğru yaklaşıp hafifçe sarılıyor. Gözleri dolu. Bir sıcaklık yayılıyor içime. Ben de sarılıyorum ona. Çıkarken kapıyı sıkıca kapatıyor. Önce odamdaki ışıkları tek tek kapatıyorum. Bir tek masamdaki lamba kalıyor. Sonra masanın başına geçip oturuyor ve defteri alıyorum elime. Ah... Bir süre sever gibi tutuyorum elimde sonra açıyor ve başlıyorum okumaya.

12 Şubat 2010

Sevgili doktorum,

O gün sizin yanınızdaydım. Bana çok farklı şeyler söylediniz. "Öbür tarafa giderken yanında ne götüreceksin?" diye sordunuz. Günahlarımdan başka götürecek neyim var ki... Yüzüme çarptınız bunu. Artık dostluğunuzdan mı böyle yaptınız yoksa siz de mi artık beni istemiyorsunuz bilemedim. Aslında o da insan dedim içimden. Kızması doğal. Yıllardır başının etini yedim kadı-

nın. Ama hepsi yalan dediniz bana. Hayallerimi, umutlarımı yerle bir ettiniz. Bir de artık ben yokum dediniz ya... İşte en çok da bu koydu bana. Sonunda doktor da terk etti seni, bu dünyada sap gibi kaldın oğlum, dedim içimden. Önce çok gücendim size. Gücenmeye, kırılmaya, horlanmaya alıştım artık ama yine de sizinki çok ağır geldi.

Sonra düşündüm, çok düşündüm. Az bile yaptı, dedim. Onun yerinde ben olsam bunca zaman sonra böyle bir adamı yanıma bile almazdım. Kötüyüm ben. Bunu en iyi siz biliyorsunuz. Kovsanız da, kızsanız da, her şeye rağmen yine de vazgeçmiyorsunuz benden. Hiç olmazsa kızıyor ve beni daldığım derin uykudan uyandırmaya çalışıyorsunuz. Kızarken hatta kovarken bile yüreğinizin bir tarafı beni reddetmiyor. Bunu biliyorum. Yufka yüreklisiniz. Eskiden ben de öyleydim. Ne oldu bana?

O gün konuştuklarımıza ben bile inanamıyorum. Onları hem hatırlıyor, hem çabucak unutuyorum. Sizin gerçek dediğiniz şeyler var ya, benim yüreğimi dağlıyor.

Kuruma gelince giriş kapısı sıkışmış. Kapıcı Osman Efendi'ye yardım ettim. O demir kapıyı kaldırmak kolay olmadı. Gece omuzlarım çok ağrıdı ama yine de o gün ilk kez değişik bir şey yaptım. Yıllar sonra birine yardım ettim. Bunları unutmuşum ben.

Odama gelince hemen yattım. Yorganı başıma çektim ve günlerce, hatta aylarca o gün sizinle konuştuklarımızı düşündüm. Bazı şeyleri görmemek, anlamamak için nasıl da direnmişim! Uzun uzun ağladım o yorganın altında. Hayatla olan tüm bağlantılarımı kesmek istedim. Hatta aklımdan kendimi öldürmek bile geçti.

Düşünebiliyor musunuz, ölümden bu kadar korkan ben, o günlerde ölmek istedim çünkü hayat artık benim için öyle boş, öyle anlamsızdı ki...

Sonra yıllardır çektiğim acılar geldi aklıma. Kelimenin tam anlamıyla sürünüyordum ama o zaman yine de hayallerim vardı. Gülseren Hanım aldı baltayı eline, hepsini tek tek yıktı diye size çok kızdım. İçimdeki acı kaybolmuş, yerini tam bir boşluk, hiçlik almıştı ve ben buna dayanamıyordum. Bir de üstelik neden bilmem, artık titremiyor, ıhlamıyor, inlemiyordum. Dayak yemiş gibi bütün vücudum ağrıyordu.

Sanırım üç aya yakın hiç çıkmadım o yataktan. Artık ne doktor istiyordum, ne de ilaç. Ölmekten korkmuyordum ki...

Meğer ben kendime neler etmişim Gülseren Hanım? Kafam çok karıştı. Arada bir bu benim kaderimmiş deyip geçtim, arada bir de bu kaderi kendime ben yazmışım gibi geldi. En çok da böyle düşününce içim yandı.

Sonra sizi düşündüm. Bir yandan, "Artık ben de yokum!" derken, bir yandan da beni ne kadar önemsediğinizi hissettirdiniz bana. Zaten açıkça söylemeseniz bile bana değer verdiğinizi, önemsediğinizi, ne yaparsam yapayım hep yanımda durduğunuzu bilmiyor muyum sanıyorsunuz? Ama benim eşek kafam bunların bile değerini zamanında anlamak istemedi.

Şimdi anlıyorum ki, korkağın tekiyim ben. Hani insanlar karanlıkta kalıp da korkunca ıslık çalarlarmış ya, ben de Orhan Baba'nın şarkılarından birini tutturdum, yıllarca bunlarla kendimi oyalamaya çalıştım ve hep "bir teselli" istedim... Çünkü benim içine düştüğüm karanlık da, öyle pek hafife alınacak gibi değildi. Hep, şansım tersine döndü, nazar değdi, büyü yaptılar, filan diyerek o karanlıkta ne kadar korktuğumu görmemek için bir sürü bahane uydurmuşum.

İşte artık biliyorum, yalnızım ve her yer karanlık!

18 Mart 2010

Önce ağlamalarım bitti. Demek artık gözümde yaş kalmadı dedim, sonra da ağrılarım. İşte o günlerden birinde yataktan kalktım ve giyindim. O sırada beni her zaman yoklayan Gülnaz hemşire geldi. Hep yatarken görmeye alışkın olduğundan, beni giyinik görünce şaşırdı.

Gülnaz hemşire otuz beş yaşlarında, kumral, kıvırcık saçlı, masmavi gözlü, hafifçe tombul bir kadın. Konuşmayı seviyor. Bu saatte genelde elindeki tepsiyle tek tek konuklara ilaçlarını dağı-

tır. Konukların çoğu bu vakitte salonda olduğundan, sadece benim ve koridorun sonundaki odada yatan Cemil Bey'in odasına gelir. "Hayrola Kenan Bey! Bir yere mi gidiyorsunuz?" dedi. Sonra da, "İsterseniz siz de salona çıkın," diyerek beni kolumdan tutup salona, öteki konukların oturdukları yere götürdü.

Burası büyük bir salon... Konukların çoğu kadın. Erkek az. Erkenden ölüp gittikleri için buralara gelmelerine gerek kalmıyor. Hepsinin de yaşı seksene yakın. En gençleri benim ama benim de ahım gitti, vahım kaldı. Gönlüm hepsinden daha yaşlı...

Kadınlar televizyonun karşısına geçmiş evlenme programı seyrediyordu. Bu kadınlar bu işlere ne kadar meraklı! Ama hiçbiri konuşmuyordu. Kadın dediğin çok konuşur. Bunlara ne olmuştu? Anlayamadım gitti...

Bir köşede iki erkek tavla oynuyordu. Onları seyreden iki kişi daha vardı. O tarafa doğru yöneldim. Yanlarına gelince hepsi başını çevirip baktı bana. Daha yaşlıca olan hemen ayağa kalkıp yer verdi. Tuhafıma gitti. Ben olsam vermezdim. Sonra bir koltuk daha çektik ve ben de girdim aralarına.

Yaşlı adam emekli büyükelçiymiş. Adı Mümtaz. İki yıldır burada kalıyormuş. Hayatından memnun gibi görünüyor. Benden çok yaşlı ama acayip saygılı ve mütevazı bir adam... "Koskoca büyükelçinin burada ne işi var?" dedim içimden. Sonra da kendime güldüm.

Ondan biraz daha genç duran ve tavla oynayanları seyreden kırmızı kazaklı zayıf, soluk benizli olan eski bir bankacıymış. Adı Latif. "Kızımla damadım attılar beni buraya," diyor. Benim gibi o da çok mutsuz. Belki de genç yaşta buraya düşenler kendini daha kötü hissediyor.

Tavla oynayanlardan biri, bir yandan avucundaki zarları sallarken, bir yandan da gülerek kendini anlatıyor. "Ben sığıntı gibi ne kızımın ne de oğlumun yanında kalmak isterim. Onların kendilerine göre bir düzenleri var. Arada bir pazar günleri gelirler buraya. Ben gelmeyin desem de geliyorlar. Ekin tüccarıydım. Sonra battım. Çok uğraştım ama düzelmedi işler. Çocukların her biri kendine iş buldu, ben de buraya geldim. Allah razı olsun burayı yapanlardan," dedi. Adı Recep. Yaşlı ama dinamik bir adam! İflas miflas ona vız gelmişe benziyor. Bunu nasıl yaptı acaba?

Tavla oynayan, kabak kafalı, şişman, büyük ağızlı, küçük gözlü olan eskiden devlet memuruymuş. Daire başkanlığına kadar yükselmiş. Hükümet değişince emekli etmişler. Üç kere evlenmiş. "Hanımların ikisiyle yapamadık, üçüncüsünü de zamansız kaybettim. Dört çocuğum var. Her biri bir yerde... Zaten hiç geçinemezler. Buraya geleli bir yıl dolmak üzere. Allah'a şükür idare edip gidiyoruz. Yediğimiz önümüzde, yemediğimiz arkamızda. Ama şu Latif'in yüzünü güldüremedik, o da başka," diyor. Adı Süreyya. Bu çirkin adam nasıl olmuş da üç kere evlenmiş, anlayamadım gitti. Kadınlar ne buluyor bu şişman ve göbekli adamlarda. Parası var desem, o da yok.

Hepsi kendini anlatıp bitirince sıra bana geldi. Ne diyeceğimi bilemedim. Sonunda, "Mühendisim. Serbest çalışıyordum. Ben de Recep Bey gibi battım. Çocuğum da yok. Zaten hastaydım. Onun için odamdan çıkamadım," dedim. "Geçmiş olsun," deyip daha fazla bir şey sormadılar. Hastalık lafı açılınca hepsi kendi hastalığını anlattı. Ben sevmem böyle konuları. Hem sevmem, hem de en çok ben anlatırım, o da başka...

Tavlada yenilenin yerine seyircilerden biri geçecekmiş. Bana da sordular, biliyor musun diye. Biliyorum ama yıllardır hiç oynamadım. Bu bile beni heyecanlandırdı. Kendine güven sıfır...

O gün ilk kez akşam yemeğini diğerleriyle birlikte salondaki büyük yemek masasında yedim. Kadınlar tek tek bana, "Hoş geldin," dediler. Çok yaşlılar. Benimle konuşmak istiyorlar ama bende iş yok. Canım hiç konuşmak istemiyor. Yemekten sonra kadınlar bu sefer de dizi seyretmek üzere hazırlığa başladılar. Hem hepsi birlikte seyretmek istiyor, hem de hangi diziyi seyredeceklerine bir türlü karar veremiyorlar. Sonunda ikisine birden bakmaya karar verdiler. Ben hemen izin isteyip odama çekildim.

Odama girince yine açtım yeşil kaplı defteri, başladım yazmaya. Tuhaf ama yazmak bana iyi geliyor. Bu dolmakalemi yaş günüm-

de Fadi hediye etmişti bana. Her şeyim gitti ama o deli kadın bir tek bunu bulamamış. Yazı yazmayı bile unutmuşum ama yine de iyi oluyormuş yazmak. Sizin karşınızda gibi hissediyorum kendimi. Artık oraya gelmesem de olur. Yazarak da konuşuluyormuş. Ölene kadar yazacağım. Sonra da bu defteri size göndereceğim.

Ölüm deyince elim ayağım birbirine karışırdı. Şimdi korkacak halim bile kalmadı. Teslim olmak neyse, işte o...

29 Nisan 2010

Artık yatmıyorum. Ben de herkes gibi sabah kalkınca duş alıp, tıraş oluyor, üzerime bir gömlek, onun üstüne de deri yelek giyip salona çıkıyorum. Az da olsa arada bir ben de konuşuyorum. Zaten beş erkek, hep bir arada oturuyoruz. Genellikle tavla oynuyoruz. Artık ben de korkmadan oynuyorum. Yendiğim de oluyor, yenildiğim de. Yenilince eskisi gibi kızmıyorum.

En çok emekli büyükelçi Mümtaz Bey'le anlaşıyoruz. Çok görmüş geçirmiş bir adam. Filozof gibi. Odası kitap dolu... Her isteyene veriyor bu kitapları. En çok da felsefe kitabı var. Yıllardır kitap okumadım. Zaten gençliğimde de bu işlere fazla meraklı değildim. Okuma, okuma, sonra al eline felsefe kitabı oku. Bir şey anladım desem yalan olur ama sevgili doktorum, senin yazdığın kitapları ben burada okudum. Onlar çok daha kolay okunuyor. Sen bana bu kitaplardan hiç söz etmedin. Boşa konuşmazsın, biliyorum. Nasıl olsa okumayacağımı biliyordun. Hem de kitapları bana kim verdi biliyor musun? Mümtaz Bey. Adamın oturduğu yerden her şeyden haberi var.

Ama var ya, iyi etmişsin doktorum. Yazmakla iyi etmişsin. Belki bir gün doktor beni de yazar dedim. İbreti âlem için yazmak lazım. Okusunlar da korksunlar bu dünyadan. Güvenmesinler dünya malına. Allah bir gün kafası kızınca çekip alıveriyor her şeyi. Böyle dımdızlak ortada kalıyorsun. Madem kıymetini bilmedin, al sana diyor.

Eskiden ölümden çok korkuyordum. Şimdi de korkuyorum ama ölümden değil, başka şeylerden. Aslında eskiden de bunlardan korkuyordum da açık açık söyleyemiyor insan. Sadece size değil, ken-

dime de söylemiyormuşum. Ama hani dediniz ya, "Öbür tarafa giderken yanında ne götüreceksin?" diye, o laf yüreğime oturdu. Şimdi kendi kendime düşünüp duruyorum. Bir de "Allah sana zaman tanıyor," dediniz ya, zaman tanıyor da, ben o zamanı nasıl kullanacağımı hiç bilmiyorum ki... Bunca günah nasıl affettirilir.

En azından cuma günleri beş erkek, hep birlikte cuma namazına gidiyoruz. Ben namaz kılmayı bilmezdim. Önce gitmek istemedim, sanki Allah'ı kandırır gibi ama Mümtaz Bey anladı bilmediğimi. Israr etti. Gittim. Biraz heyecanlandım, kim ne yapıyorsa ben de yaptım. Ama çok kötü hissettim kendimi. Doğru söylemek gerekirse abdest almayı da bilmem ben. İlk gün öylece gittim. Sonra onu da öğrendim. Duş alırken sabahları hep abdest alıp çıkıyorum banyodan. İyi oluyor. İnsan kendini daha temiz hissediyor.

Ben daha önce hep cenazeler için gitmiştim camiye. Hiç içine girmemiştim. Camiye girince, yanınızda kim olursa olsun yalnız hissediyorsunuz kendinizi. Ama yalnız olan sadece ben değilim, oradakilerin hepsi benim gibi. Bir tek Tanrı var orada. Bugüne kadar camiden kaçmakta haklıymışım. İnsan Tanrı'nın karşısına geçince mahzunlaşıyor. Sen ne biliyorsan kendi hakkında, o daha fazlasını biliyor. Saklamak yok. Çıplak gibisin. Doğduğun gün gibi... Öldüğün gün gibi... Bir daha gelmem ben dedim içimden, biraz utandım galiba. Biraz değil, siz anlıyorsunuz işte, çok utandım.

"Ulan," dedim kendi kendime, "Tanrı seni allamış, pullamış göndermiş bu dünyaya. İyi şeyler yap diye. Ne yaptın sen? Hangi yüzle çıkıyorsun Tanrı'nın karşısına!" Ama sonra hocayı dinledik. Allah affedicidir dedi. Yeter ki tövbe etmeyi bilin, yanlışlarınızı görün. Yanlıştan dönün. "Dönsem ne ki?" dedim, "bu yaştan, buralara düştükten sonra yanlıştan dönsem kime faydası olacak."

Sonra yine siz geldiniz aklıma. Gülseren Hanım duysa yine çatar kaşlarını dedim. Allah sana zaman tanıyor dediğine göre, bunun öncesi sonrası olmaz dedim. Aklıma geldiniz dedim ya, aslında hiç çıkmıyorsunuz aklımdan. Sakın yanlış anlamayın, artık eski Kenan değilim ben. Size Clark çeken Kenan değil yani. O zaman bile bunları vurmadınız yüzüme. Şimdi düşündükçe utanıyorum.

Ama o zaman öyleydim. Tek bildiğim buydu. Hayat hep o yolu gösterdi bana. Yakışıklıyım ya, her şeye yeter sandım. Bütün kadınlar hayran bana. Olacaklar tabii. Nerede bulacaklar benim gibisini. Gülseren Hanım bile bayılacak bana. Bayılacak ve ne gerekirse fazlasıyla yapacak. Bunlar benim en doğal haklarım.

Siz bana bayılmadınız ama yine de ne gerekiyorsa fazlasıyla yaptınız. Bari o zaman bir şeyler anlayabilseydim ya, anlamadım işte. Ama anlamadım da ne oldu, Allah, bazı şeyleri anlatana kadar vurmaktan vazgeçmedi. Vur Allah vur... Yine de bu aptal kulu bunlardan bir şey anlamadı. Sonra biraz insafa geldi galiba, son gün beni size yolladı. O gün hiç gelecek halim yoktu aslında. Yollarda düşer kalırım diye korka korka geldim. Üstelik önce eski yerinize gittim. Oradaki kız beni deli zannetti. Deliden farkım yoktu belki de...

Size ne hayallerle gelmiştim. Kurumdan ilk çıkışımdı. Zor da olsa demir parmaklıklardan dışarı çıkmış bir mahkûm gibi hissediyordum kendimi. Özgürlük hoşuma gitmişti. Bundan sonra her hafta giderim diyordum. Her hafta gider mızmızlanır dururum yani. Hiç beklediğim gibi olmadı. Sanki evire, çevire dövdünüz beni. Bana öyle geldi işte. Aslında dayak yemeye yıllardır alıştım ben ama döven siz olunca bir tuhaf oldum. İçime hançer saplandı. Aslında her zamanki gibi doğru söylüyordunuz. Yıllardır saçma sapan hayalleri anlatıp duruyordum size. Ne yapayım? Öyle çaresiz hissediyordum ki kendimi!

Her zamanki gibi önce uzun uzun dinlediniz, sonra başladınız vurmaya. Keşke daha önce vursaydınız. Kafam, gözüm, nereme denk gelirse şöyle çaksaydınız bir tane. Aslında daha önce de vurdunuz ama onlar sinek vızıltısı gibi geldi bana. Bu seferki tam bana göreydi doğrusu. Öyle bir çaktınız ki, gözümde de şimşekler çaktı.

Oradan çıktığımda her yerim sızlıyordu. Buraya nasıl geldim, bilmiyorum. Ama ne gariptir ki, bu eğri büğrü adamı o tokat düzeltti. Artık nasıl vurduysanız, bende ne titreme kaldı ne inleme. Küt diye durdu hepsi. O tokat var ya, o son umudu da yerle bir etti.

Meğer bazen umut çok tehlikeli olabiliyormuş. Bitince anlıyor insan dünyanın kaç bucak olduğunu. Şimdi düşünüyorum da, o umuttan çok çekmişim ben. Ihlayıp dururken, sesimi duyan olur sandım. Demek ki benden o nedenle hep kaçtı insanlar. Fare gibi kaçacak delik aradılar. Ben olsam, ben de kaçardım.

Şu emekli büyükelçi var ya, bir tek o ıhlamaz. Adam benim gibi boşa yaşamamış hayatı. Şimdi bile işi gücü bıraktı, benimle uğraşıyor. Önce neden bu kadar uğraştığını anlamadım. Sonra bir de baktım, sadece benimle değil, orada yatan herkesle uğraşıyor. Yardım etmeye çalışıyor herkese. Sizin gibi yani... Sonraları bunu da boşa yapmadığını gördüm. Adam biriktiriyor. Ne biriktiriyor biliyor musunuz? Öbür tarafa giderken benim gibi boş gitmeyecek. Bulabildiği her şeyi dolduruyor cebine. Bir de hayat hikâyesini anlattı ki, dayanılır gibi değil.

O olmuş ama ben hâlâ hamım, olamadım... Ham gelmişim bu dünyaya ham gidiyorum. Bunu ona da söyledim, o da sizin gibi gülüyor. Siz de gülersiniz ya böyle laflara. "Bunu bilen adam ham gitmez, merak etme," dedi bana.

Şu anda saatler gece yarısını çoktan geçti. Sizinle uzun bir seans yaptık yani ama bu gece canım yatmak istemiyor. Aylarca yattım, yeter artık. Sizinle konuşmaya devam edeceğim. Şu Cemil Bey'i anlatmak istiyorum size. Cemil Bey, koridorun sonunda yatan adam! Hasta! Emekli ağır ceza hâkimi. Seksenini çoktan geçmiş, bir deri bir kemik kalmış zavallı.

Geçen gün Mümtaz Bey'le birlikte Cemil Bey'in odasına, ziyarete gittik. Ben de tanıştım onunla. Sağ tarafı tutmadığı için sol eliyle benimle tokalaştı. Sonra sağ tarafını hafifçe kıpırdatarak yavaş yavaş iyileştiğini söyledi. Acıdım adama. Aylardır o odada tek başına yatıyormuş. Doktorlar, hemşireler gerekeni yapıyorlar ama adam yalnız. Ne arayanı var, ne soranı. Koskoca ağır ceza hâkiminin buralarda ne işi var dedim içimden. Sonra kızdım kendime. Bir zamanlar aynı şeyi kendim için de söylüyordum. Ulan Allah yarattığı kullar arasında ayrım yapar mı, dedim kendime. Yapar sanıyormuşum meğer. Aptal işte...

Şimdi artık yatacağım. Halim kalmadı, yoruldum. Yatağa yatınca her gece tövbe ediyorum. Hoca öğretti. Allah affeder dedi.

11 Temmuz 2010

Yaz geleli bahçede çalışıyorum. Meğer kurumun bahçesi güzelmiş. Mümtaz Bey'le birlikte iniyoruz bahçeye. Sonradan bizi gören kadınlardan bazıları da geldi. Cahide Hanım, Mesrure Hanım, Şaziye Hanım filan. Buranın bir bahçıvanı var. Adı Saliha. Hiç kadın bahçıvan görmemiştim. İriyarı, güçlü kuvvetli bir köylü kadın... Buralarda bir yerde bir gecekondusu varmış. Orada torunuyla oturuyormuş. Bunlar iki sene önce arabayla köylerine giderken trafik kazası geçirmişler. Kocası, oğlu ve gelini o kazada ölmüş. Kocası inşaatlarda çalışırmış, yani aylığı yok. Oğlu da işportacıymış. Orada burada çorap, iç çamaşırı filan satıyormuş. Torunuyla birlikte ortada kalmışlar.

O kazada ikisi de yaralanmış. Çocuğun yarası daha ağırmış. Üç ay kadar hastanede yatmışlar. Devlet yeşil kart vermiş, bedava bakmış yani. Ama çocukta çok hasar varmış. Ayakları o kazada ezildiği için tutmuyormuş. Okula bile gidemiyormuş çocuk.

Bizim kurum o zaman bu kadına iş vermiş işte. Sen ne iş yapabilirsin diye sormuşlar, bahçeye bakarım, evin önünde de var bahçe, pek güzel bakarım demiş. O zaman işe almışlar. Kaçta geldin, kaçta gittin diyen yok. İstediği zaman gelip gidiyor. Yolu uzun zaten... O yolu her gün yürüyerek geliyor buraya. Önce çocuğun karnını doyuruyor, ihtiyaçlarını gideriyor, öyle geliyormuş. Şimdi güleceksiniz ama biz o kadınla arkadaş olduk. Tam bir köylü kadın! Okuma yazması bile yok ama insan tarafı kuvvetli. Yaşı da epeyce var. Yine de hiç şikâyet etmiyor halinden. Görseniz bir de güzel çalışıyor. Bir yandan konuşuyoruz, bir yandan da bahçeyi belliyoruz.

Ben tutturdum begonvil dikelim diye. Aslında o çiçeğin adının begonvil olduğunu da bilmiyordum da, bizim Mümtaz Bey söyledi. Hani şu Bodrum'da çok olan, duvarları saran mor çiçek! Meğer o çiçek Ankara'da pek yetişmezmiş. Rüzgârı, soğuğu sevmezmiş. Ama Saliha ne yaptı etti, çiçeği buldu ve dikti. Güney cephesi gerekirmiş. Çiçek tuttu. Açmaya bile başladı. Bir de güllerimiz var. Ben çok gül aldım ama nasıl yetişir bilmem. Saliha böyle şeyleri çok iyi biliyor. Madem olacak, her renk olsun dedim. Zaten kenarda gül çoktu ama biz girişte, demir kapının sağına özel bir yer yaptık. Kapıcı Osman Efendi de her daim yanımızda.

Orayı kazıp bahçe haline getirmek için az ter dökmedim. Günlerce her yanım ağrıdı ama sonunda bizim de bir gül bahçemiz oldu. Her renk gül alıp diktik. Hele bir sarı gül var ki, bakmaya kıyamıyor insan. Sabah daha kahvaltı etmeden doğru gül bahçesine iniyorum. Kimse görmeden ben görmek istiyorum hangisinin açtığını. Elimde hortum ince ince su veriyorum onlara. Şar diye vermek olmaz. Her şeyin bir usulü var. Meğer bahçıvanlık çok zevkli bir işmiş.

Bir de çamları seviyorum. Onlar büyümüş, kocaman olmuş ama ilgilenmek gerekiyor. Alttaki dalları budanmazsa uzamıyor. Dikkatle buduyorum onları. Bunun için özel makasım bile var. Sadece bana ait bir makas. Kendim aldım ve hep cebimde taşıyorum. Bazen kurumdaki kadınlara hep birlikte gül kesip getiriyoruz. Jest olsun diye. Onlara kestirmiyorum gülleri. Tomurcuk olanlar kesilmez. İyice açmış olması gerekir. Yoksa yazık olur güle.

Arada bir Saliha Hanım'a, "Sen gelme, ben yarın ne gerekirse yaparım. Sen torunla ilgilen," diyorum. Seviniyor. O zaman okyanusa bir damla daha düşüyor sanki. O sevinince ben de seviniyorum. Torun sekiz yaşındaymış. "Senin gibi yakışıklı bir oğlan," diyor. Evde yalnız oturuyormuş. Akşamüstleri Mümtaz Bey'le bahçede gezerken düşünüp duruyoruz ama çocuğun durumuna henüz bir çare bulamadık. Ben çare ararken Mümtaz Bey, "Sen iyi bir adamsın," dedi bana. Size anlatsaydım bunları, siz de bana böyle der miydiniz?

28 Kasım 2010

Bu defteri yazmaya başladığımda her gün yazarım diyordum ama yazamadım. Vakit bulamadım desem yine gülersiniz. Ulan senin orada akşama kadar ne işin var? Yiyip içmekten başka ne iş yapıyorsun, dediğinizi duyar gibi oluyorum. Ama işte şimdi yanıldınız. Ben meşgul bir adamım. Bir yandan bahçıvanlık bir yandan

Mümtaz Bey'den aldığım felsefe dersleri var. Bir de Cemil Bey'le hemen her gün yaptığımız seansları da buna eklerseniz, geriye pek zaman kalmıyor.

Mümtaz Bey büyük oğlu ile karısını bundan on yıl önce bir deniz kazasında kaybetmiş. Daha doğrusu oğlu kazadan ağır yaralı kurtulmuş ama buna kurtulmak denmez. Tam iki yıl bir hastanenin yoğun bakımında kalmış oğlan. Babası da başında... Adam iki yılını hastanede geçirmiş. Bebek gibi bakmış oğlana ama sonunda yine de kurtaramamışlar. Hatta beyin ölümü gerçekleşince fişin çekilmesi kararını bizzat vermiş. Bunları anlatırken ağladı. Bahçede geziyorduk. Onunla birlikte ben de ağladım. Sonra kapanmış eve. Birkaç yıl çıkamamış dışarı.

Bir gün evde yalnızken ağır bir kalp krizi geçirmiş. Yerinden kalkıp hemen yardım bile isteyememiş. O zaman karar vermiş buraya gelmeye. Okumayı seven, özellikle felsefe ve tasavvufa düşkün biri... Bu okumalar kurtardı beni diyor. O da buraya geldiğinde namaz kılmayı bilmezmiş. Cemil Bey öğretmiş.

Cemil Bey'e gelince, hani demiştim ya, ağır ceza hâkimiymiş diye. Adamcağız odasında yalnız yatıyor. Her gün yemekten sonra yanına gitmeye başladım. Bizimkiler yemekten sonra bir saat kadar odalarına çekilip kestiriyorlar. İşte ben de o arada Cemil Bey'in yanına gidiyorum. Sandalyeyi çekip oturuyorum yanına. Beni görünce seviniyor. Evet, seviniyor. Beni görmek bu dünyada birini sevindiriyor. Ne kadar önemli benim için, siz bunu biliyorsunuz değil mi? Yıllardır insanlar beni görünce kaçacak delik arıyorlardı.

Oradan, buradan konuşuyoruz. Konuşkan bir adam Cemil Bey... Hep merak ediyorum, ceza vermek nasıl bir iş diye. "Ceza vermek insana göre bir iş değil," diyor. Hele büyük cezaları vermek korkuturmuş hâkimleri. Versen bir türlü, vermesen bir türlü diyor. İnsanların bir kısmı, daha hâkim kesmeden kendi kesermiş cezasını. Hâkim bunu mahkûmun gözüne bakınca anlarmış. En çok bu tiplere ceza vermek zor olurmuş. İyi ki ben hâkim filan olmamışım. Belki o zaman kötü cezalar verirdim insanlara. Şimdi olsa vermem ama o zaman verirdim.

Yine siz geldiniz aklıma. Son gelişimde hani demiştiniz ya, senin cezan ne zaman bitecek diye. Demek ben de kesmişim kendime cezayı. Belki de ondan, şimdi artık yukarıdaki ceza vermekten şimdilik vazgeçti. Cezaya ara verdi galiba. Uzun süredir kimse vurmuyor bana. Tövbe tövbe, nazar değmez inşallah!

Arada bir Mümtaz Bey de geliyor, odada üç kişi oluyoruz. Üçümüz sıkı bir muhabbete başlıyoruz. Bu muhabbetler hepimize iyi geliyor. Artık o saatte nerede olduğumuzu bildiklerinden hemşireler kendilerine yaptıkları çaydan gönderiyorlar bize. Çay içerken arada bir yardım ediyorum Cemil Bey'e. Gerçi sol eliyle pek çok şeyi beceriyor ama çay sıcak. Dökülür de adam yanar diye korkuyorum. Sanki saygıdan yapar gibi kendi çayımı karıştırmadan onunkini karıştırıyor ve yemek masasını tam önüne kadar çekiyorum. O zaman gülüyor bana. O haldeki bir adam gülüyor. Bir damla daha...

Hani demiştiniz ya, bunları gördükten sonra, sen bir daha eski Kenan olmazsın diye, dedikleriniz bir bir çıkıyor galiba. Eski Kenan, zamanını hasta bir adamın yanına her gün giderek, onu dinleyerek, ona biraz olsun yalnızlığını unutturmak için gidecek ha?

Utanıyorum utanmasına da, bu saatten sonra utanmanın bir faydası olur mu dersiniz?

17 Ocak 2011

Cemil Bey'i kaybettik. Babam ölmüş gibi geldi bana. Son ana kadar Mümtaz Bey de ben de yanındaydık. Bir ölüm olayına hiç bu kadar yakından tanık olmamıştım. Uyur gibi gitti adam. Zaten bir gece önce de başındaydık. Veda etti bize. Önce her şey için teşekkür etti, sonra da veda etti. "Hakkınızı helal edin," dedi. Bana böyle dedi... Üç kere helal olsun dedim. Ne hakkım varsa... Yanında oturmamızı çok önemsemiş meğer. "Beni yalnız bırakmadınız, sağ olun," dedi. İçim bir tuhaf oldu. Bu duygunun ne olduğunu bilmiyorum. Ertesi gün de öldü zaten.

Karşıyaka'ya kadar gittik Mümtaz Bey'le. Mezarının üstünü düzelttik. Saliha Hanım'ın hazırladığı gülleri diktik mezarına.

Suladık. Aslında bu çiçekler mezar yapılınca dikilirmiş ama belki de mezarını yaptıran olmaz. Eğer ölmez sağ kalırsak, bayramlarda Mümtaz Bey'le birlikte onu ziyarete gideceğiz. Bu ara kurumda çok ölen oldu. Bizimle birlikte arada bir bahçeye inen Cahide Hanım ve bir aydır hastanede yatan Sulhiye Hanım da öldü. Onların cenazesine de gittik. Artık korkmuyorum ölümden. Ölüm hiç korkulacak bir şey değilmiş. Bence doğumdan daha kolay!

7 Şubat 2011

Bu ara kurumda benimle ilgili bir sorun oldu. Ne olduğunu tam anlayamadım ama galiba benim burada yatmamı sağlayan bir vakıf varmış. Yani benim için bu kuruma parayı orası ödüyormuş. Hepsini de Handan ayarlamıştır. Kimbilir, belki arkadaşlarım da yardım etmiştir. Onlara da biraz haksızlık ettim gibi geliyor. Neyse, önce çok korktum. Tam buraya alışmışken nereye giderim ben? Sonra korkum geçti. Sen artık ölümden bile korkmuyorsun, bundan da korkma dedim. Ama sonra kurum bir şeyler yaptı, vakıf yine ödemeyi sürdürmeye karar vermiş. Hani bir zamanlar siz demiştiniz ya, sen değiş, dünya değişir, sana yeni kapılar açar diye... Kapılar açılıyor da, ben yeteri kadar değiştim mi acaba?

Bu ara Saliha Hanım'ın durumuna çok üzülüyorum. Kışı zor geçirdi. Kuruma gidip gelmek zor. Gerçi kışın bahçede yapılacak fazla bir şey yok ama kadıncağız evi ısıtamıyormuş. Bu kış da çok soğuk oldu. Küçük bir sobaları varmış. Ben hep kozalak topluyorum. Çıtır çıtır yanıyormuş sobada. Küçük oğlan seviyormuş kozalak yakmayı. Çıtır çıtır ses çıkarıyormuş. Kokusu da güzel oluyormuş.

Mümtaz Bey'le bizim kuruma yakın bir yerde çarşamba günleri kurulan pazara gittik. Oradan bir şeyler alıp Saliha ve oğlana gönderdik. Her seferinde mutlaka kestane alıyoruz. Sobanın üstünde patlatıyorlarmış. Bir de havuç ve portakal seviyormuş oğlan. Geçen gün pazarda çocuk kıyafetleri satıyorlardı. Bende para az. Gerçi artık pek paraya ihtiyacım olmuyor. Sigarayı bıraktım. Şehre de pek inmiyorum. Olanla bir şeyler aldım. Yün kazak, kalın çorap, iç donu gibi. Mümtaz Bey'de de para yok. Maaşının hemen hemen tamamını kuruma veriyor. Burası aslında çok pahalı bir yer. Parası olmayan gelemiyor. Handan'la benim arkadaşlar sağ olsun, ne yapmış etmiş, benim burada kalmamı sağlamışlar. Vesile olanlardan Allah razı olsun... Rahmetli Cemil Bey de maaşını kuruma veriyordu.

Oğlana gönderdim aldıklarımı. Çok sevinmiş kerata. Saliha söyledi. Okula gidemediği için okuma yazma bile bilmiyormuş. Aslında bir tekerlekli sandalyesi olsa, belki gidebilir. Şimdi dokuz yaşında. Bir gün gidip göreyim şu oğlanı diyordum ama gidemedim. İnsan böyle durumlarda çaresiz hissediyor kendini. Ne çok param vardı bir zamanlar. Bırak tekerlekli sandalyeyi, onlara en iyisinden ev bile alabilirdim ama o zamanlar böyle şeyleri gözüm görmüyordu. Aklım fikrim başka şeylerdeydi.

Sonunda bir gün şoför Muhammet beni götürdü oraya. Daha doğrusu hava çok yağmurluydu. Saliha Hanım'ın eve gitmesi gerekiyordu. Rica ettim Muhammet'e. "Ben de geleceğim, kadını bu yağmurda yollarda perişan etmeyelim. Evine kadar bırakıp gelelim," dedim. Çocuk beni kırmadı. Kimseye haber vermeden üçümüz atladık kurumun arabasına, Saliha'nın evine gittik. Ev dediysem, sakın gerçek bir ev diye düşünmeyin. Adı ev işte... Meğer ne kadar fakirmiş bu kadın! Derme çatma bir yer. Soğuk, her yerden giriyor içeri. Hele o çocuk! Kara gözlü, dokuz yaşında ama yaşından çok daha küçük görünen o mahzun bakışlı çocuk, bir daha gözümün önünden gitmedi. Sevdim, okşadım, konuştum onunla ama o pek konuşmuyor. Melül mahzun bakıyor insanın yüzüne.

Aceleyle döndük kuruma. Şimdi her gün Allah'a dua ediyorum, o çocuğa yardım et diye. Buradaki doktorlarla, hemşirelerle filan konuştum ama ne yapabileceğimi bilmiyorum. Yardım derneklerine haber verecekler. Artık yardım eli ne zaman ulaşır, bilemiyorum. Ne olurdu biraz imkânım olsaydı da şu çocuğa ben el uzatabilseydim.

18 Haziran 2011

Kendime yeni bir iş buldum. Evet, doğru söylüyorum, iş buldum. Bizim kurum muhasebeye yeni bir eleman alacakmış. Bilgisayardan anlayan, oraya her gün bazı şeylerin dökümünü yapacak bir adam. Bu işleri yapan bir kız varmış. Hamile kalmış. Doğum yaklaşınca ayrılmış işten. Ben yaparım, ücret de istemem dedim. Ama sonra vazgeçtim. Ücret istedim. Bir deneyelim dediler. Bu halime hepsi de şaşıp kalıyor. Ne de olsa eski, mızmız halimi biliyorlar. Bizim doktor bir süre hep kaçtı benden. Biliyorum, hiç hoşlanmıyordu o zamanlar benden. Şimdi o bile arada bir hatırımı soruyor. Gerçi hepimizi düzenli olarak haftada bir muayene ediyor ama hiç konuşmuyordu benimle. Bir şey diyeceğim diye ödü kopuyordu. Beni hastanelere sevk etmekten bir hal olmuştu adamcağız. Haklı...

Neyse, işi yapmaya zorladım kendimi. Sonunda beni beğendiler. Önce pek beceremiyordum ama işi o kadar çok istedim ki, sonunda başardım. Bir yakın gözlüğü aldım kendime, yazıları da çok güzel okuyabiliyorum. İş zaten kolay! Sürekli bir şeyleri hiç atlamadan, sırayla bilgisayara kaydetmem gerekiyor.

Bu işi neden bu kadar çok istediğime gelince, Vedat var ya, şu küçük oğlan. Adı Vedat. Ona tekerlekli sandalye almak için para biriktireceğim. Biliyorsunuz benim maaşımın yarısı borçlara kesiliyor. O borçların daha biteceği yok. Zaten aldığım Bağ-Kur maaşı. Bir sürü yerde alacağım vardı. O zaman bunları alabilirim sanıyordum. Güya bunları alacak ve sağdan soldan aldığım borçları ödeyecektim. Önce sizinkini. İnanın bana, alsam böyle yapacaktım ama alamadım. Öbür tarafa borçlu gideceğim ama elimden fazlası gelmiyor. Keşke daha büyük paralar kazanacak işler yapabilsem ama bizden o kadarı geçti artık.

Yine de bir işe yaradığımı hissetmek hoşuma gidiyor. Sabah sekizde alt kattaki büroda oluyorum. Akşam beşe kadar, yemek saati hariç burada çalışıyoruz. Üç kişiyiz. Diğer ikisi meslekten yani diplomalı muhasebeci... Bana saygı gösteriyor, takıldığım yerde yardım ediyorlar. Mümtaz Bey'le artık sadece hafta sonları ve akşamla-

rı görüşebiliyoruz. Aferin diyor bana. Bu parayı ne yapacağımı o biliyor. Kurumdakilere de söylemiş. Bunu duyunca biraz zam yaptılar maaşıma. Sigorta ödemedikleri için biraz daha fazla verebilirlermiş. Kaçak çalışıyorum yani.

22 Eylül 2011

Size güzel haberlerim var. Sonunda tekerlekli sandalyeyi aldım. Düşünebiliyor musunuz, benim gibi bir adam aylardır o küçücük odada akşamlara kadar bunun için çalıştı. Ben artık pek kötü biri değilim galiba. Arabayı Vedat'a kendim götürdüm. O kara gözlü, melül mahzun bakışlı oğlan arabayı görünce gülümsedi. O oğlanı güldürmeyi başardım yani. Damlalar çoğalıyor galiba...

Buna nasıl seviniyorum bir bilseniz! Belki de Vedat'tan daha çok ben sevindim. Hatta o gece sevinçten bir türlü uyku tutmadı. Daha doğrusu o oğlanın bana gülen kara gözleri hiç gitmedi gözümün önünden. Hep canım ağlamak istedi. Zaten durup durup ağladım. Böyle sevinçten ağlamak güzel oluyormuş. Hiç tatmadığım, değişik bir duygu!

Hani eskiden size çok anlattığım mutlu günlerim vardı ya, ondan bile güzel. O zaman mutlu bile olsam içimde bir şeyler kımıldanıp duruyordu. Yaptığımın biri doğruysa beşi yanlıştı. İnsan için için biliyor bazı şeyleri. O gece durup durup ağlarken içimde sadece sevinç vardı.

Ertesi gün heyecanla kalktım yataktan çünkü günlerden cumartesiydi ve biz huzurevi mensupları bugünü Vedat'a ayırmıştık. Benim gibi ötekiler de çok sevindiler bu araba işine. Bizim ekin tüccarı Recep'i çarşıya yolladık. Her şeyin en iyisini almayı o biliyor. Latif de onunla gitti. Ne lazımsa alıp geldiler. Hanımlar hemen mutfağa girdi. Hanımlar deyince, onlarda bu ara büyük bir değişim oldu. Artık konuşuyorlar. Hem de hiç susmadan. Bizim Süreyya organizasyon işini yapıyor. Salonu süsledik, masaları kurduk. Hanımlar nasıl da döktürmüşler, pasta, börek, çörek ne buldularsa yapmışlar. Hele ortaya kocaman bir pasta yapmışlar ki, pasta-

neler bile yapamaz. Üstüne de "Oğlumuz Vedat'a" diye yazmışlar. Bizim Süreyya müziği bile ayarlamış.

Sonra tekerlekli sandalyesiyle Vedat geldi. Onu da önceden düşündük. Oğlana giyeceklerini ben aldım. Ne de olsa artık burada para kazanıyorum. Lacivert süveter, beyaz gömlek, altına da iyisinden kot pantolon almıştım. Oğlan giyinmiş, kuşanmış, bir de güzel olmuş. Saliha saçlarını da taramış oğlanın. Akşama kadar yedik, içtik, hep beraber eğlendik. Hatta dans bile ettik.

Vedat'ı görseydiniz, gözleri gülüyordu oğlanın. Tekerlekli sandalyeyi kullanmayı da çabuk öğrenmiş kerata. Şimdi de sıra onu okula yazdırmaya geldi. Velisi ben olacağım. Okul zaten yakın. Defter, kalem neyse, hepsini alacağım oğlana. Pazartesi günü sabah izin aldım, okula gidip konuşacağım. Artık hep beraber bir çare bulacağız. Oğlanın yaşı ötekilerden büyük ama gösterişi küçük... Yedi yaşında gibi bile durmuyor. Artık dersleriyle de ilgilenmek gerekecek. Olsun, hepsinin bir çaresi bulunur ama oturdukları ev hiç içime sinmiyor. Soğuk... Her gece dua ediyorum, bir mucize olsa da şu çocuk kurtulsa o evden diye ama bu kadarını Tanrı duyar mı, bilmiyorum.

16 Şubat 2012

Okul müdürü oğlanı okula başlattı. Şimdilik okumayı sökemedi ama yakındır. Her hafta sonu kuruma getiriyor onu Saliha. Beraber oturup ders çalışıyoruz. Allahtan ellerinde bir kusur yok. Kalemi çok güzel tutuyor. Okuldan fiş vermişler, tombala çeker gibi torbadan çekip birlikte okuyoruz.

Arada bir de masal kitabı okuyorum ona. Kitapları Mümtaz Bey'le birlikte alıyoruz. Resimleri çok olunca oğlan daha çok seviyor. Hem okuyor, hem de birlikte resimlerine bakıyoruz. Bazen de televizyonda beraber çizgi film seyrediyoruz. Ben de sever oldum bu filmleri.

Kurumdaki kadınlar da çok seviyorlar Vedat'ı. Artık kimse boş oturmuyor. Hepsi de taktılar gözlükleri, Vedat'a bir şeyler örüyorlar. Değme mağazada bulamazsınız ördüklerini. Dıştan bakınca yaşlı gibi görünüyorlar ama sıra Vedat'a gelince işler değişiyor. Vedat'a masal anlatan bile oluyor. Benim de hoşuma gidiyor onların anlattığı masallar. Vedat'la birlikte yan yana oturup dinliyoruz. Bir elim mutlaka onun omzunda oluyor.

Hafta içi pek görüşemiyoruz Vedat'la. O okulda oluyor, ben de işte. Özlüyorum keratayı. Evlerinde telefon da yok, onun için sesini bile duyamıyorum. Biraz para biriktireyim, ilk işim ona bir telefon almak olacak.

20 Ağustos 2012

Şimdi söyleyeceklerime siz de inanmayacaksınız. Allah beni affetti galiba! Yıllardır kapalı olan kapılar bir bir açılıyor. Bu nasıl bir mucize, inanın anlamıyorum. Yıllardır bir türlü alamadığım paralarım vardı ya, işte onlardan biri bana ulaştı. Bir gün biri, elinde adıma yazılmış bir çekle geldi. Alacaklı olduğum bir fabrikanın sahibi, ölmeden önce, "Bütün borçlarımı kapatın, öbür tarafa borçlu gitmek istemem," demiş. Benim gibi... Bizzat oğlu getirdi çeki. Önce inanamadım, sonra başladım ağlamaya. İnsan ihtiyarlayınca böyle sulugözlü oluyor. Ben ağlayınca, delikanlı parayı kendim için istiyorum sandı. Ne bilsin... Hakkınızı helal edin diyerek gitti. O da kederli, ne de olsa babasını yeni kaybetmiş.

Önce borçlarımı ödemek geldi aklıma. Kusura bakmayın ama sonra vazgeçtim. Borç aldığım insanların hepsinin de şimdi durumu iyi. Ben öbür tarafa borçlu gideyim ama şu Vedat, bari bu dünyada rahat yaşasın dedim. Çocuk o evde perişan. Bu para onlara hem de iyisinden bir ev alır. Hemen çağırdım Saliha'yı. "Al bu çeki, istediğin gibi bir ev al, Vedat'la oturun," dedim. Kadın önce inanamadı duyduklarına, sonra boynuma sarıldı, başladı ağlamaya.

Saliha'yı görseniz, hiç anlamazsınız ne kadar duygulu bir kadın olduğunu. İriyarı, yarma gibi biri ama nasıl fedakâr, nasıl insan o kadın. Torunu için hiçbir fedakârlıktan kaçınmıyor. O yaşta her gün o yolu yürümek bile eziyet aslında. O ise yürümekle kalmıyor, bir de akşama kadar bahçede çalışıyor. Sonra da yine koşa-

rak evine gidiyor. Vedat'a yemek yapacak, yıkayacak, paklayacak. O evi ısıtmak bile marifet. Her gün o küçük sobayı yakacak da üzerinde yemek yapacak.

O ağlayınca, ben de başladım ağlamaya. Bu ağlamaları seviyorum. Hiç eski ağlamalara benzemiyor. Sonra kurumdakiler dediler ki, madem sen böyle bir büyüklük yaptın, bunu hep birlikte kutlayalım. Zaten artık hepsi, bir şey olsun da kutlayalım diye bahane arıyor.

Yine bizim Recep yollara düştü. Ne gerekiyorsa aldı, getirdi. Böyle bir şey olunca ona bile can geliyor. Koşarak gidiyor çarşıya. Aldı, getirdi. Bizim hanımlar da yine döktürdüler. Küçük bir tören düzenledik. O törende ben çeki Saliha'ya verdim. Bu sefer sadece ben değil, hepsi başladı ağlamaya. Zaten Saliha'nın gözü hep yaşlı... Vedat da geldi. O çocuğun yanında ağlamasak iyiydi ama duramadık işte.

Neyse, yine Süreyya yetişti imdadımıza. Hemen müziği başlattı. Hava dağıldı. Bu sefer de herkes başladı gülmeye, oynamaya. Bizim kurumdaki kadınlar sadece mutfakta değil, bu oynama işinde de çok başarılılar. Bir güzel oynuyorlar, görseniz, şaşar kalırsınız.

Kurumdakilerle kardeş olduk sanki. Ben ne yapsam, hepsi birden bana yardım etmek için can atıyor. Bu adamlar ve kadınlar beni seviyor galiba. Uzun süredir kimse sevmiyordu beni. İşin kötüsü ben de kimseyi sevmiyormuşum aslında. Şimdi ben de sevmeye başladım. En çok Vedat'ı seviyorum.

Şimdi kurumdakiler de seferber oldular, hep beraber Vedat ve Saliha için bu çevrede küçük bir daire arıyoruz. Her akşam salonda baş başa verip bunu konuşuyoruz. Okula yakın olsun diyoruz. Küçük ama kaloriferli, zemin kat bir daire. Hele bir de bahçesi olursa, Vedat o evde rahat eder. Aslında evleri de olsa aylık harcamalarına yetecek paraları yok. Saliha'nın kurumdan aldığı maaş çok az. Vedat'a, büyüyünce ne olacaksın diyorum, omuzlarını silkiyor. Ben onun büyüyünce hâkim değil avukat olmasını istiyorum. Ceza vermek yerine haklıya arka çıksın. Gülüyor bana. Kimbilir, belki olur. Biraz geç de olsa okumayı söktü. Okul olmadığı günler Saliha

Hanım'la birlikte bizim kuruma geliyor. Beraber bahçede geziyoruz. Hortumu veriyorum eline, bizim gül bahçesini suluyor. Şar diye verme suyu diyorum. Yavaş yavaş ver. Her şeyi çabuk öğreniyor.

25 Ekim 2012

Bugün evlendim. Senin aklın hâlâ mı bu işlerde demeyin boş yere. Saliha'yla evlendim. Ben ondan önce ölürsem maaşım ona kalsın diye. Yarım maaş ama olsun, hiç yoktan iyidir. Nikâh memuru kuruma geldi. Kadınlar kendi elbiselerinden filan bir şeylerle güzelce giydirip kuşattılar gelini. Ben de beyaz bir gömlek giydim. Kravatı da Mümtaz Bey'den aldım. Sadece ben değil, kurumda kalan herkes heyecanlandı. Günlerce bu tören için hazırlandılar. Vedat da geldi. Onu da bir giydirmişler, inanamadım. Bizim oğlan meğer bayağı yakışıklıymış. İlk tanıştığımızda Saliha söylemişti de inanmamıştım. Kara gözleri hariç, sanki bana benziyor çocuk. Kaybettiğim oğlumu bulmuş gibi hissediyorum kendimi.

Törenden sonra yedik içtik, derken onlar gittiler evlerine. Ben de odama çekildim. Muhasebede çalışmaya devam ediyorum. Okulun masrafı bitmiyor. Aldığım para ancak yetiyor. Araba seviyor oğlan. Her ay ona bir oyuncak araba alıyorum. Onları masanın üzerine dizip oynuyor. Garaja daha çok araba gerekiyormuş. Alacağız artık...

7 Aralık 2012

Tam istediğim gibi bir ev bulduk. İki odalı, şirin bir giriş katı. Çok iyi ısınıyor. Kaloriferlere el değmiyor. Ama bu sefer de eşya yok. Onların gecekondudan gelen eşya yetmedi. Kadınlar yine seferber oldu. Herkes oğlunu, kızını aradı. Kimin elinde fazla ne varsa getirdiler. Kurum da destek oldu. Beyaz eşyaları tek yerden, taksitle ben aldım. Şimdi artık oğlumun evinde buzdolabı, çamaşır makinesi, televizyon, velhasıl lazım olan her şey var. Hiçbir eksikleri kalmadı. Ev çok güzel oldu. Masal kitaplarındaki evlere benzedi.

Oğlanın yattığı odaya bir de küçük çalışma masası koydum.

Kitaplarını, kalemlerini dizdi oraya. Masanın bir tarafında da arabaları duruyor. Plastikten çit yaptım. Arabaları o çitin içine diziyor. En büyük merakı bunlar.

Bahçeyle uğraşmayı iyice öğrendi. Babaannesiyle birlikte bahçeye gül diktiler. Her akşam onları suluyormuş. Tıpkı benim öğrettiğim gibi. Arada dersleri aksatıyor kerata ama ben sürekli tepesindeyim. İhmal etmek yok. Avukat olacak o.

Bir tek sünnet işimiz kaldı. Oğlan on yaşına geldi ama hâlâ sünnet olmadı. Bu yaz o işi de halledeceğiz inşallah.

Gülseren Hanım, bunları okurken sizin de çok sevineceğinizi biliyorum. Bana değiş, kendini geliştir derken, ne demek istediğinizi bir türlü anlamıyordum ama şimdi tam da sizin dediklerinizi yapıyorum. Artık kendimi hiç düşünmüyorum. Yakışıklı olmak, kadınlar tarafından hep beğenilmek, sevilmek filan da umurumda değil. Demek böyle de yaşanabiliyor, mutlu olunabiliyormuş.

Aynalara bakmadan kendimi beğenmeye başladım. Geceleri daha huzurlu yatıyorum. Meğer bu huzuru ne kadar özlemişim bilseniz. İki tane gömleğim, iki pantolonum, bir de yeleğim var. Biri yıkanırken birini giyiyorum. Daha fazlasına hiç ihtiyaç duymuyorum. Zengin olmak, eskisi gibi yaşamak gibi hayallerimin hepsini artık ben de birer birer yıktım, yok ettim. Böyle yaşamaktan memnunum.

26 Şubat 2013

Ev alalı beri, aklım eskisi kadar oğlanda kalmıyor. Ama artık şu sünnet işini halletmek gerekiyor. Oğlanı yanıma alıp hastaneye götürdüm. Hazır gitmişken onu baştan aşağı muayene ettireyim dedim. İçimde hep bir ümit vardı. Oğlanı tekerlekli sandalyede gördükçe içim eriyor. Yaşıtları koşup oynarken o garip onlara uzaktan bakmakla yetiniyor. Eskiden tanıdığım bir doktor vardı. Sağ olsun, ilgilendi bizimle. Gerçi oğlanın kilosu filan normale döndü ama bacakları çok zayıf. Doktor oğlanı evirdi, çevirdi, iyice muayene etti. Bir iki ameliyat ve destek protezle ayağa kalkabilir dedi.

Hayatımda hiç bu kadar sevinmemiştim. Demek ayağa kalkabi-

lecek! Kurumdaki herkesi seferber ettim. Kimi yine oğlunu aradı, kimi kızını, kimi komşusunu derken onun da çaresini bulduk. Şimdi bir özel hastanede ameliyat olacak oğlan. Bu arada sünnet de aradan çıkacak. Kurum devreye girmese bu işlerin altından kalkamayacağız. Onun için hemen kurum yöneticilerine bir yemek verdik. Bizim hiç yüzü gülmeyen Latif bile o ara canlandı. Ne de olsa en gencimiz o. Her işe onu koşturduk. Sonunda ameliyat günü alındı. Şimdi hepimiz heyecanla bu ameliyatı bekliyoruz. Allah yardımcımız olur inşallah. Kadınlar, sabah erkenden kalkıp hep birlikte dua okuyorlar. Allah kabul etsin...

25 Temmuz 2013

Oğlum nihayet ameliyat oldu. Ben hiç başından ayrılmadım. Latif bile sık sık ziyarete geldi. Yurtdışından bacağına takılmak için bir şeyler getirdiler. Birine daha uzun, birine az daha kısa olanı takıldı. Uzun süre hastanede yatması gerektiğinden bu sene okula gidemeyecek.

Ben hiç yalnız bırakmadım oğlumu. Zaten biraz geç kalsam gözleri doluyor keratanın. Çok acı çekti çocuk ama ah bile demedi. Yürüyeceğine çok seviniyor.

Bu ara bende uyku durak yok. Bir yandan da kurumdaki işleri ihmal etmek istemiyorum. Ne de olsa kurum bunun için bana para veriyor. Derken sıra fizik tedavi faslına geldi. İlk bir ay bu tedaviyi hastanede yaptılar ama sonra eve çıkardılar oğlanı. Her gün fizik tedavi için oraya gidip gelmek zor. Neyse, aletlerle yapılacak kısmı bitince Gülnaz hemşire öğrendi ne yapılacağını. Şimdi de o bu hareketleri yaptırıyor oğlana.

Eskiden bizim kurumda kendine bile hayrı olmayanlar yatarmış. Şimdi işler değişti. Hepimizin bir amacı var. Vedat'ı ayağa kaldırabilmek... Eskiden bu amaç sadece benimdi şimdi herkes bu hedefe kilitlendi. Bunları yazarken yine ağlıyorum. Sulugözlü bir adam oldum ama bu gözyaşları ruhuma çok iyi geliyor. Pisliklerden arınıyorum sanki ama yoruldum galiba...

12 Mayıs 2014

Uzun süredir yazamadım çünkü burada hayat öyle hızlı, öyle anlamlı ve dolu ki... Oğlumla beraberken dünyayı unutuyorum. Vedat sonunda ayağa kalktı. Onu yürürken görmek var ya, dünyalara değer. Yakında çok daha iyi yürüyecek diyor doktorlar. Kurumdaki kadınlar, bütün sene ders çalıştırdılar oğlana. Hele bir tanesi zamanında matematik öğretmeniymiş, göz açtırmadı kerataya. Böylece sene kaybetmeden bir üst sınıfa alacaklar onu. Ben haftada bir okula gidip ders programını alıyorum. Ona göre çalıştırıyoruz. Bizim oğlan pek öyle görünmüyordu ama kafası iyi çalışıyormuş. Öyle dedi Melek öğretmen. Okulun müdürü de iyi bir adam, Vedat'ın durumuyla yakından ilgileniyor.

Saliha yine bahçeye bakmaya sık sık geliyor. Şimdi oturdukları daire kuruma daha yakın. O kadar uzun yol yürümesi gerekmiyor. Ben muhasebede çalıştığım için artık bahçeye yalnız bakıyor. Latif'e söyledim, yardım et kadına dedim. Önce yine suratını ekşitti ama Mümtaz Bey de destek verince kıramadı bizi. Şimdi bahçede onunla birlikte çalışıyorlar. O mendebur Latif'e de iyi geldi çalışmak. "Oğlum benim güllere iyi bak, soldurursan sonra bozuşuruz diyorum," gülüyor. Artık eskisi gibi mızmızlanıp durmuyor.

Her cuma camiye gitmeye devam ediyoruz. Hocanın söylediklerini kuruma gelince kadınlara da anlatıyoruz. Zaten biz camideyken onlar da oturup hep birlikte dua okuyorlarmış. Can kulağıyla dinliyorlar bizi. Sizin anlayacağınız bizim kuruma bir şeyler oldu. Galiba büyük bir aile olduk biz. Bana burada yeni bir isim taktılar. "ÜSTAT" diyorlar. Seviyorlar beni. Hani siz demiştiniz ya, daha değerli şeyler yapın diye, galiba yaptım. Bunu nasıl başardım, ben de bilmiyorum. Bildiğim başka bir şey daha varsa, o da affedildiğim.

Size nasıl teşekkür etsem bilmem ki... Bunca yılın emeğine karşı kuru bir teşekkür yetmez, biliyorum. Onun için yazıyorum bunları. Siz beni tanıyorsunuz zaten ama ben de sizi tanıyorum. Bunları duymak teşekkürden daha iyi gelir size.

Boş gitmeyeceğim öbür tarafa. Damlalar çoğaldı. Utanmıyorum kendimden. Benim cebimde de artık kimsenin elimden alamayacağı bir şeyler var.

Sevgili doktorum, o gün, sizinle son kez görüştüğümüz o gün her ne kadar beni affettiğinizi söyleseniz de biliyorum, sizin asıl duymak istediğiniz işte bunlardı. Sayenizde bu kurumda hayatımın en huzurlu günlerini yaşadım. Eski huzursuz, bir türlü doymak bilmeyen, kendinden başka kimseyi düşünmeyen Kenan gitti, yerine içi huzur dolu, kendiyle de, içinde yaşadığı dünyayla da barışık bir Kenan geldi.

İçimdeki o karanlık boşluğa gelince, önce en dibine kadar düştüm o uçurumun. Tıpkı şarkılardaki gibi merdivensiz kör kuyularda kaldım. Hayat benim için bitti dedim. İnsan o kuyuya düşünce, ölüm bile vız geliyormuş. Sonra ince bir ışık sızmaya başladı içeri. Kapıcı Osman Efendi, Cemil Bey, Mümtaz Bey, çiçekler, böcekler, güller, çamlar, toprağı bellerken duyduğum koku, ilk tanıdığımda suskun oturan kadınların sonradan duyduğum şen kahkahaları, çam yarması Saliha, derken Vedat, yani oğlum... Şimdi her yer Vedat'ın gözleri gibi pırıl pırıl...

Umarım günahına girdiğim diğer kadınlar da affeder beni. Hele Handan, hele Fadi... Onların ne kadar iyi insanlar olduğunu eskiden de biliyordum ama şimdi affedilmek istiyorum. Artık onu da Tanrı'nın büyüklüğüne, affediciliğine bırakıyorum.

Yıllardır hep bunları duymak istedin benden. Şimdi artık sen de sevin, sevgili doktorum, çok sevin. Sonra da otur, yaz beni. Benim yaşadıklarım başkalarına ışık olsun, nur olsun. Yazdığın kitabı o kadar çok insan okusun ki, sana olan borçlarımı da böylece ödemiş olayım.

Bundan sonra yine yazabilecek miyim, bilmiyorum çünkü son aylarda biraz yorgun hissediyorum kendimi. Zaten yazmasam da olur artık. Bunları okuyorsan eğer, bil ki, ben bu dünyadan çoktan göç etmişim. İnan bana artık yalnız değilim. Üstelik birkaç damla da olsa bir şeylerle gidiyorum öbür tarafa. Benim cebime giren şeylerin yarısı da senin. Hakkını helal et bana sevgili doktorum, helal et...

Kenan Baran

Ah!...

Defter bitiyor. Ah!...

Gözlerimi kapatıp bir süre öylece oturuyorum. Gözlerimden akan yaşlar önce ağır ağır düşüyor kucağıma. Bu gözyaşları durur sanıyorum ama durmuyor, durduramıyorum. Giderek hıçkırıklara boğuluyorum; içi keder, hüzün, sevinç, huzur dolu hıçkırıklar bunlar.

Demek Kenan Bey üstat olmuş.

Ah!...

Demek Mümtaz Bey'in kitapları imzalatırken yazdırdığı "üstat ve geniş ailesine"deki "üstat" Mümtaz Bey'in kendisi değil bizim Kenan Bey'miş!

Oysa ben onun acemi olarak geldiği bu hayattan yine acemi olarak ayrılacağını sanmıştım. Hiç umudum yoktu ondan, beni yine şaşırttı!

Bu nasıl bir dünya? Sürtük FİLOZOF oldu, acemi ise ÜSTAT...

Sonra gözlerimi silerek kalkıyorum yerimden. Her yanım tutulmuş. Yavaşça karşımda açık duran pencerenin önüne gidiyor, başımı kaldırıp gökyüzüne bakıyorum.

Ah!...

Yıldızların hepsi parlıyor. Sönük yıldız kalmamış. Rahatlıyorum. Başparmağımı zafer işareti yapar gibi kaldırıyorum gökyüzüne, "Helal olsun sana ÜSTADIM, bütün haklarım helal olsun," diyorum.

Artık Kenan Bey'i yazdığım kitabı bitirebilirim. Bir şeyler bitmeden nasıl "son" yazılabilir ki... Ama şimdi artık bitti.

Bir elime çantamı, ötekine yeşil defteri alıp çıkıyorum odadan.

Kendimi burada yalnız sanıyordum ama Tuna oturuyor masasında. Birbirimize sarılarak iniyoruz aşağı. Tuna sıcacık...

Sonsöz

Sevgili okuyucularım,

Bu kitap, yaşanmış yani gerçek bir hayat hikâyesinden esinlenilerek yazıldı. Benim ağlayarak yazdığım bölümlerde sanırım siz de ağladınız, gülerek yazdıklarımda güldünüz ancak şu anda yani kitap bitince içinizi derin bir hüzün kapladı.

Kenan Bey bütün bunları başaramadan ölseydi, hissettiklerimiz ne kadar farklı olacaktı değil mi? Sizi bilmem ama bu kitabın sonu böyle bitmeseydi ben kendimi yargılamaya, kendime hesap sormaya devam edecektim. Kenan Bey'e kızdıkça kendime küsecek, kendime küstükçe ona daha çok kızacaktım. Yani Kenan Bey kendisiyle yüzleşerek, değişerek, olgunlaşarak sadece kendini değil, beni de bu sıkıntıdan kurtarmış oldu.

Ruh doktorluğu işte böyle bir şey... Etkiliyor, bir o kadar da etkileniyorsunuz.

Kenan Bey'le son görüşmemizde, her ne kadar onun o bitmek tükenmek bilmeyen yalan umutlarını kırmaya çalıştıysam da aynı seansta, onunla ilgili kendi içimdeki umutları da kırmışım meğer. Kendimi bildiğim günden beri hayatı doğrudan bir umut olarak gören biri olarak, umutsuzluk çok yıpratmış beni. O kadar yıpratmış ki, sonunda bu duyguyla kendim başa çıkamayınca okuyucularla paylaşarak hafifletmeye çalışmışım. Ve kitabı bu duyguyla başlamışım yazmaya.

İşte bunlar da benim kendi kişilik analizim. İnsan psikiyatrist de olsa, kendini o kadar kolay yorumlayamıyor. Kitabın birinci ve ikinci baskısında bunlar yok. Hatta sonsöz hiç yok, önsöz var, yani bu kitabı bir başarısızlık hikâyesi olarak kaleme almış bir yazarın sözleri var.

Aslında herkesin çok özel bir hayat hikâyesi vardır. İş, sıra dışı şeyler yaşamakta değil, ne yaşıyorsan onu hissederek hayatı bir peri masalı gibi yaşayabilmektedir. Peri masallarında da kahramanlar hep keyif yapmaz, sürekli mutluluk içinde yüzmezler. Mutluluğu yakalayabilmek için çoğu zaman acı çekmeleri, çok çalışmaları, hayatla kıyasıya mücadele etmeleri gerekir. Büyü, masalın sadece sonunda, onlar murada erip biz kerevete çıkınca değil, masalın en başında başlar. Bizler, prenses acılar içinde kıvranırken bile hissederiz o büyüyü. İçimizden prensesin yerinde olmak geçer. Amacımız acı çekmek değildir, masalın içindeki büyüye kaptırırız kendimizi. Gerçek olmadığını bilsek de, masalların içimize, ruhumuzun derinliklerine aktığını unuturuz bazen. O masalları ne uzaylılar uydurmuştur, ne de insan olmayan başka varlıklar. İnsan zihninin istekleri, arzuları, hayalleri, korkuları, yaşamak isteyip de yaşayamadıklarıdır o masallar.

Çocukken çok severdim masal dinlemeyi. Büyüdükçe bana masal anlatan kalmadı ama bu sefer de hastalarım başladı anlatmaya. Üstelik bunları, o masalların gerçek kahramanlarından dinliyordum.

Bugüne kadar sanırım en az yüz bin saatim hasta dinlemekle geçti, belki de daha fazla çünkü bu yolculuk halen devam ediyor. Kimbilir kaç yeni insan, kaç yeni masal dinledim. Önceleri, bu anlatılanların da, anlatanların da, kişi sayısı arttıkça birbirine benzeyeceğini sanırdım ama yanılmışım. Her biri bana başka dünyaların kapılarını açtı. Kimi bu hikâyeleri kısa kesti, sorunu neyse düzelince kayıplara karıştı, kimi de bu seanslardan yıllarca vazgeçmedi ve kendini yeniden keşfetti, kaderini değiştirdi.

Bana gelince, asıl keşfi belki de ben yaptım. Onların hayatlarını mercek altına alırken, önemsiz sandıkları bir şeyleri onlara gösterirken, kendi hayatımda da benzer şeyler buldum. Yani binlerce kere psikanalizden geçirdi hastalarım beni. O yüz bin saat boşa geçmedi yani. Onlarla birlikte biraz daha büyüdüm, biraz daha geliştim, kimbilir, belki de olgunlaştım.

Hayatım boyunca bir yandan doktorluk yaparken, edebiyattan da hiç kopmadım. Aslında edebiyat insan ruhuna ve o ruhun sahibinin yaşadıklarına güçlü bir içsel yoğunlaşmadır. Zaten klasikleşmiş bütün büyük romanlarda bireylerin iç dünyalarına yapılan bu yoğun gözlemi ve anlatıyı görürüz.

İnsanın başka birini anlaması da, anlatması da zordur. Aslında insanoğlu bütün ayrıntılarıyla bilinmek, tanınmak istemez. Bırakın başkalarını, kendisi bile kendine bu kadar yakından bakmaktan hoşlanmaz, korkar... Hatta çoğu ruhsal hastalık da bu korku yüzünden gelişir. Bakarsa görecekleri korkutur insanları. O gerçekleri görmektense hasta olmayı tercih edenlerin sayısı oldukça fazladır. Bu durum pek bilinçli bir seçim olmasa da, onu bu seçime zorlayan korkularıdır; hepimizde var olan ama bilmeyi, görmeyi, anlamayı pek istemediğimiz, aslında son derece insani korkular.

Uygarlık ilerledikçe, insan ilişkilerine belli mesafeler girdikçe ayıplar, günahlar, yasaklar çoğaldıkça korkularımız daha derinlere indi. Kendi iç dünyamızı kimselerle konuşamaz olduk. Ancak bir başkasının ne yaşadığını, nasıl yaşadığını, neler hissettiğini anlayabilmek, dünyanın sırrına ermek demektir çünkü hakikat oralarda bir yerlerde gizlidir. Sadece kendimizi değil, başkalarının dertlerini, sorunlarını, acılarını görmeye çalışmak, bunları merak etmek bile bu hakikate bir adım daha yaklaştırır insanları.

Daha da önemlisi başkalarını hoş gördükçe, neyi, ne zaman ve neden yaptığını anladıkça kendi sorunlarımıza da başka bir gözle bakmayı öğrenir, gelişir, olgunlaşır, içimizi parçalayan acıların biraz olsun hafiflediğini görürüz.

Bir başkasını anlamak, bizi kendimize bir adım daha yaklaştırır; o hep kızdığımız, bir türlü beğenmediğimiz, kıyasıya suçladığımız, çoğu zaman hiç sahiplenmediğimiz, acımadığımız, merhamet etmediğimiz kendimize.

Arada bir gözümüzden kaçsa da, aslında hayat çok zalim.

Rahmetli babam, ben küçükken durup durup "Zalim Felek" ten söz ederdi. O zamanlar ölüm/kalım pek ilgilendirmezdi beni. Ne ölüm görmüştüm, ne zulüm.

"Zalim felek ne demek baba?" derdim. "Sen daha küçüksün, anlamazsın. Biraz büyü, o zaman zaten öğreneceksin," derdi. Yine de babamı çok üzen o zalimin kim olduğunu merak ederdim. Özellikle yatağıma yatıp da annem ışıkları söndürdüğü zaman karşıma çıkar diye ödüm kopardı. Okula bile gitmiyordum o zamanlar. Büyümeyi çok ister, ama ya zalim felekle karşılaşırsam diye korkardım büyümekten; sonunda büyüdüm.

Önce babaannem öldü. Yaşlı sanıyordum onu, ne de olsa altmışını geçmişti, sonra anneannem. Gerçi o henüz ellili yaşlardaydı ama onunla daha az beraber olmuştuk. Bizden uzakta yaşardı. Acı teğet geçmişti yani. Henüz yirmili yaşlardaydım ki, babam öldü. Bu sefer teğet geçmedi ölüm. Bir parçamı da aldı götürdü. Çoktan unuttuğumu sandığım zalim felek işte o zaman geldi aklıma. Zaten ondan sonra çok yakından tanıştık o zalimle. Ne de olsa doktor olmuştum. Ölüm artık çok yakınlarımdaydı. Sadece yaşlılar değil, gençler, çocuklar da ölüyordu. Babamın dediği gibi gerçekten zalimdi felek, hem de çok zalim.

Öyle genç, acıya öyle tahammülsüz, öyle yufka yürekliydim ki, hastanede gördüğüm her ölüm beni iliklerime kadar ürpertir, okulda olmasa da eve gelir ağlardım. Hele gencecik ölenlere hiç dayanamaz, günlerce yas tutardım. Aradan çok yıllar geçti ama hâlâ unutamadıklarım var. İntaniyede staj yaparken saçlarının örgüleri yanlarından sarkan, günlerce başından ayrılmadığım ama bir sabah gittiğimde yatağını boş bulduğum yeni gelini bana kim unutturabilir!

Yaşım ilerledikçe, acılarla harmanlandıkça hayatı, ölümü, zalim feleği çok düşünür oldum. Din, felsefe, tasavvuf, fizik, astrofizik, astronomi, matematik, dünyanın ve evrenin tarihi, ne bulursam okudum. Her şeye meraklı biriyim ben. Koskoca evrenin içinde dünyamızın kenarda köşede kalmış, ne kadar küçücük bir gezegen olduğunu, bundan milyarlarca yıl önce bir gaz bulutunun bom diye patlamasıyla tüm evren oluşurken bizim küçük dünyamızın da bir köşede kendine yer bulduğunu öğrendim. Milyarlarca yıl sessiz kalan bu küçük gezegende zamanla şimdi adına mikrop dediğimiz şeylere benzeyen küçük canlı varlıkların oluşmaya başladığını, bunların birleşe birleşe büyüdükçe daha büyük canlılara dönüştüğünü yazıyordu kitaplar. İşte bizler, tüm canlılar gibi, sonuç olarak o küçük mikroorganizmaların çocuklarıydık.

O ilk insanı düşündüm de, ne kadar yalnız, nasıl da çaresizmiş meğer! Sığınacak bir Tanrısı bile yokmuş çünkü Tanrı fikri bile yüzlerce, binlerce yıl sonra oluşmuş.

Zaman geçtikçe, insanlar geliştikçe daha bir derinden düşünüp, derinden hissettikçe ortaya psikiyatri bilimi çıkmış. Bu bilime, "insanı kendisiyle barıştırma sanatı" da diyebiliriz. Bir terapiste gitmek, ona hayatınızla ilgili bir şeyler anlatmak, bunları bir yakınınıza anlatmaktan çok farklıdır. O sizi yargılamaz, sizi sadece siz olarak dinler. Bu, aktif bir dinleyiştir. Dinledikleriyle sizi tanımaya, anlamaya, sorunlarınızın nereden kaynaklandığını bulmaya çalışır.

Hepimiz birileri bizi dinlesin, anlasın isteriz çünkü hayat bizi anlamaz, biz de hayatı. Terapist her zaman ve her şeye rağmen sizin yanınızdadır. Sizin dostunuz ve sırdaşınızdır. Kaderimiz hep kişiliğimizde, yani alışkanlıklarımızda, doğrularımızda ya da doğru bildiklerimizde gizlidir. Geçmişimize iyi bakabilsek, nerede, ne zaman ve neyi sürekli tekrar ettiğimizi görebilsek, bir falcı gibi geleceğimizi okuyabiliriz.

Ben bu tekrarları, annemin ben çocukken ördüğü çeşit çeşit dantellere benzetirim. Her birinin başka bir motifi vardı. Annem önce o motifi çıkarır, sonra da onu tekrar tekrar örerek çok güzel masa veya sehpa örtüleri yapardı.

İnsanların kaderi de böyledir. Hep aynı motifi tekrar tekrar yaşayarak bitiririz ömrümüzü. Her tekrarda, bu sefer doğruyu bulacağımızı sanırız. Aslında doğru, aynı motifi tekrar tekrar örerek değil, motifi değiştirerek bulunabilir. O motifi bir görebilsek, ah bir görebilsek... Sonra da kenarından da olsa az biraz değiştirebilsek, hayatımız ne kadar farklı olurdu.

Aslında bunca yıl insanları dinledikten sonra hayatın ne kadar bilinmez, nasıl farklı sürprizleri olabildiğini, insanı vezir de, rezil de ettiğini biliyorum. Bu hikâye bana bir başka şey daha öğretti; her ne olursa olsun, hayattan umudu kesmemeyi...

Demek ki bu hayatta hiçbir şey için geç değilmiş sevgili okuyucularım.

Bazı insanlar bir meltem gibi gelir geçer bu dünyadan. Kenan Bey ise hep fırtına, hep tayfun oldu. Bu fırtına önce başkalarını yıktı, sonra kendini. Ama her şeye rağmen bir köşeye atılmak, belki de en önemlisi unutulmak istemiyordu o.

Hikâyeyi okuyanların bir kısmı sanırım çok kızdı Kenan Bey'e, belki de oh oldu, sonunda ilahi adalet gerçekleşti dedi. Belki onu anlayanlar da oldu. Bense, Freud'a inanan, onun zihinsel yaratılarına hep hayranlık duyan biri olarak bilinçdışının adaleti diyorum buna.

Sigmund Freud, bundan yüz yıl önce bilinçdışı süreçlerin, biz hiç fark etmeden düşünce ve davranışlarımızı etkilediğini, adeta kaderimizi yazdığını söyledi. Yıllardır öyle hikâyeler dinliyorum ki, Freud'a hayranlığım bunları dinledikçe giderek artıyor. Aslında kaderimizi, dünyaya geldiğimiz günden itibaren yaşadıkça doldurduğumuz bilinçdışımız yazıyor. Tanrı, belki de kaderimizi bize yazdırıyor.

Bebeklikten başlayarak, yaşadığımız her gün anılarımızdan oluşan bir hazine biriktiririz içimizde. Çoğunu hatırlamayız bile ama bilinçdışı unutmaz, her şeyi bir bir kaydeder.

Her birimiz çok farklı şeyler için övülmüş, yine farklı durumlarda utandırılmış, cezalandırılmışızdır. Kimileri parmağını bile oynatmasına gerek kalmadan kolayca sevilmişken, kimi ömrü boyunca çok gayret etse de bu mutluluğa bir türlü erişememiştir. Kimi huzuru taze ekmek kokusunda bulurken, bu koku kimilerine aç kaldığı günleri hatırlatır. Yani yedi kuşak önceden bize kadar gelen uzun, ince ve kişiye özel bir yoldur bu.

İnsan yaşadıkça, dünyanın bir dili olduğunu, bize bir şeyler söylemeye çalıştığını hissediyor. Başka bir formülün, esrarlı bir düzenin varlığını belli belirsiz anlıyor.

Zihnimizin en karanlık köşelerine saklanan bilinçdışımızı hepimiz tanımalıyız. Tanımalıyız ki, hayatın bizi nereye götürdüğünü önceden bilelim.

Psikiyatriyle geçen bunca yıl sonra düşünüyorum da, biz insanlar bazen kendimizi çok akıllı zannediyoruz. Evet, dünyadaki diğer canlılara göre çok daha akıllı olduğumuz doğru ama bizim aklımız henüz çok genç. "Aklın genci mi olur!" diyeceksiniz şimdi. Ancak şöyle bir dönüp insanlık tarihine bakacak olursak, bizlerin dört ayaklı bir varlık olmaktan çıkıp iki ayağı üzerine dikilmesinin üzerinden aşağı yukarı iki buçuk-üç milyon yıl geçmiş. O zaman, iki ayağının üzerinde yürümeyi onca yılda ancak becermiş zavallı varlığın aklından söz edebilir miyiz? Milyonlarca yıl sonra yani bundan sadece kırk beş bin yıl önce nihayet o varlık bizlere az da olsa benzeyen bir canlı haline gelmiş. Akıl, işte o zaman ufak ufak oluşmaya başlamış. Kırk beş bin yılı düşünüyorum da, ne kadar uzun bir zaman! Oysa biraz daha geriye bakıp da, milyon yılları hatırlayınca, aslında akıl ile insanın bir araya gelişinin insanlık tarihinde pek de uzun bir zaman olmadığını hayretle görüyorum.

Asıl akıl, sanırım on bin yıl önce insanların tarımı keşfetmesiyle yükselmeye başlamış. Yükselmiş, yükselmiş ve sonunda insan bugünkü haline gelmiş. Sanırım aklımızdaki bu gelişme halen devam ediyor. Bilim adamları halen beynimizin ancak yüze birini kullanabildiğimizi söylüyorlar. Yüzde yüze erişince, o zaman nasıl bir dünya olacak diye merak etmekten kendimi alamıyorum.

Bütün bunlar bize şunları gösteriyor: Milyonlarca yıl boyunca insanı, adını ve varlığını, yeni keşfettiğimiz bilinçdışımız yönetmiş. Yani aklımız daha yeni, daha genç ve gelişip olgunlaşması için kimbilir daha kaç milyon yıla ihtiyacı var.

Madem öyle, kendi çok eski olsa da, yeni keşfettiğimiz bilinçdışının bir an önce varlığını kabul etmeli, onu önemsemeli ve bizim üzerimizdeki etkisini tanımaya, anlamaya çalışmalıyız çünkü o, bizi milyonlarca yıldır yöneten ZİHNİMİZİN KADİM EFENDİSİ'dir. Bu kitapta size o kadim efendinin, insana neler yapabildiğini anlattım.

Kenan Bey'i dinledikçe, yaşadıklarına tanık oldukça kader ile bilinçdışının nasıl el ele verdiğini gördükçe, geleceğimizi, kaderimizi nasıl kendimizin yazdığını görmek içimi ürpertti. Kenan Bey'in annesi, o daha çok küçükken bir yıl, belki de daha fazla bir süreyle onu bırakıp gitmeseydi, kaderi yine de böyle mi olurdu? Babası oğluna biraz sahip çıksaydı, onunla ilgilenseydi, oğlunu emanet ettiği babaanne o çocuğa biraz sevgi ve şefkat gösterebilseydi o yaralar yine bu kadar derin olur muydu? Ve o çocuk ileriki yaşamında bağlanmaktan ve terk edilmekten bu kadar korkar mıydı?

Böyle olmasa, her gün Fadi'nin de tıpkı annesi gibi, aradan yıllar da geçse geri döneceği ve onu bu azaptan kurtaracağı günleri bekler miydi? Babası zamanında ona biraz sevgi ve şefkat gösterseydi, erkek arkadaşlarına sürekli kızar ve ne yaparlarsa yapsınlar yine de onlara sitem eder miydi? Bunları üst üste koyunca insan Kenan Bey'i ne kadar iyi anlıyor değil mi?

Sevgili okuyucularım, gördüğünüz gibi hayat daha çocukluğumuzda başlıyor kaderimizi yazmaya.

Dilerim, bu kitabı okuyan herkes kendi bilinçdışıyla yani kendi ruhunun yaşlı efendisiyle bir an önce tanışmanın, onunla anlaşmanın bir yolunu bulur. Hele bir de kendi kaderinin sürekli tekrar eden motifini keşfedebilirse, işte o zaman kaderi değişir.

Umarım *Kral Kaybederse* sadece sizi oyalayan, kıymetli zamanınızı boşa harcayan bir kitap olmamıştır. Yine umarım ki, bu kitapla birlikte siz de kendinize, kendi hayatınıza şöyle alıcı gözle bakarsınız. Hele bir de kader motifinizi ucundan da olsa yakalayabildiyseniz, NE MUTLU BANA...

Bunca yıl insanların en derinlerini dinledikten sonra şimdi artık benim mutlu olabilmem için, başkalarını mutlu edebildiğimi görmem gerekiyor.

İşte bu kitapları yazma amacım, kişisel gelişim kitaplarıyla kafaları karmakarışık olan, o kitaplarda kendilerini arayan insanlara, çok sade bir dille ve yaşanmış hikayeler aracılığıyla ulaşmaktır. Bunun için, önce yılların birikimini ince bir süzgeçten geçiriyor, kuramsal bilgiyi uygulamaya çeviriyor ve öyle yazıyorum.

Dikkatli okunduğunda, sanırım birçok kişi bu kitapların bir yerlerinde mutlaka kendisini bulacak ve böylece psikiyatrinin temel ögesi olan iç farkındalık geliştirmeyi başaracaktır.

Kitabın kahramanı Kenan Bey'in ve kitabın diğer kahramanlarının toplum tarafından tanınmaması, bilinmemesi için elimden geleni yaptım ama hayatın akışını değiştirmemeye de çok özen gösterdim.

Aslında Kenan Bey hayatta olsaydı ve bu kitabı görseydi, kimbilir ne çok sevinirdi.

Ruhu şad olsun.

Hepinize en içten saygı ve sevgilerimle...

Dr. Gülseren Budayıcıoğlu

Teşekkür

Bu kitabın hazırlanmasında öncelikle, hayatının yirmi yılından fazlasını benimle paylaşan kitabın kahramanı sevgili Kenan Baran'a teşekkür etmek isterim. Beni zaman zaman çok kızdırsa da, üzse de, zorlasa da onu tanımak güzeldi...

Kitabın basıma gitmeden önceki her yeni halini bir kez daha okuyarak görüşlerini benimle paylaşan kızım Yağmur ve oğlum Hasan'ın emekleri gözardı edilemez; sağ olsunlar.

Bu renkli anıların kitap haline gelmesinde büyük emeği olan ve kendileriyle çalışmaktan her zaman gurur duyduğum Remzi Kitabevi ailesinden Sayın Erol Erduran'a, yaptığı işe bir sanatçı duyarlığıyla yaklaşan Ömer Erduran'a, bu işi hayatının anlamı haline getirmiş ve varlığıyla işine anlam katan sesi güzel, şiirleri güzel, ruhu sanatçı sevgili editörüm Neclâ Feroğlu'na, kitabın her aşamasıyla yakından ilgilenen Öner Ciravoğlu'na, kitabın sayfa düzenini yapan Nesrin Palabıyık ve Hatice Taş'a teşekkürlerimi sunuyorum.

Bazı okurlarım, telefon ve mail yoluyla, yıllardır içlerini çok acıtan bazı sorunlarını, bu kitaplardaki karakterleri hissetmekle tanıma fırsatı bulduklarını söylüyorlar. Zaten pek çok düşünür bir başkasını anlamanın, hissetmenin, kişiyi hakikate en çok yaklaştıran ve kendi gerçeklerine götüren yol olduğunu söyler. Bu kitaplar da zaten insan ruhuna bir ışık tutabilmek amacıyla yazılıyor.

Bir doktor ve yazar olarak benim de dileğim okuyucularımın bu ışığı kendi iç dünyalarına çevirmeleridir. Kitaplarımı okuyarak beni daha çok terapi hikâyesi yazmaya teşvik eden okurlarıma da buradan teşekkür etmek istiyorum.

Kitabın yazımı sırasında bana huzurlu bir ortam yaratan, bilgi ve görüşleriyle kitaba katkı sağlayan tüm Madalyon Psikiyatri Merkezi çalışanlarına da en içten teşekkürlerimi sunuyorum.